Jürgen Neffe

Mehr als wir sind

Jürgen Neffe

Mehr als wir sind

Roman

C. Bertelsmann

Der Autor dankt Caprice Crawford für das Aufspüren des Umschlagmotivs und den Vorschlag der Titelformulierung.

MIX
Papier aus verantwortungsvollen Quellen
FSC® C014496

Verlagsgruppe Random House FSC® N001967
Das FSC®-zertifizierte Papier *Munken Premium Cream* für dieses Buch liefert Arctic Paper Munkedals AB, Schweden.

1. Auflage

Satz: Uhl + Massopust, Aalen
Druck und Bindung: GGP Media GmbH, Pößneck
Printed in Germany
ISBN 978-3-570-10205-3

www.cbertelsmann.de

Für uns

Erster Teil

Der Dilettant

Wer Biograph wird, verpflichtet sich zur Lüge, zur Verheimlichung, Heuchelei, Schönfärberei und selbst zur Verhehlung seines Unverständnisses, denn die biographische Wahrheit ist nicht zu haben, und wenn man sie hätte, wäre sie nicht zu brauchen.

Sigmund Freud, *Brief an Stefan Zweig*, 31.5.1936

1

Wäre ich Coppki, würde ich mir nicht erlauben, seine Geschichte zu erzählen. Damit ist eigentlich alles gesagt. Zumindest habe ich das lange geglaubt. In Wahrheit ist das Gegenteil der Fall. Worüber man nicht schweigen kann, davon muss man reden. Wir sind nur so krank wie unsere Geheimnisse. Am Ende zählt allein die Frage, ob wir leben mussten oder durften. Das Übrige sind Details.

Meine Tätigkeit im Dienst der Schrift lässt mir keine Wahl. Nach altklösterlicher Tradition leiste ich sie als freiwillige Pflicht, fernab vom Treiben der Welt. Ich schreibe Texte ab. Briefe, Manuskripte, Notizzettel, Kochrezepte, Haushaltshefte, Tagebücher. Besser gesagt, entziffere ich handgeschriebene Zeilen, vor denen die Lesegeräte kapitulieren, und diktiere sie einem Schreibautomaten. Der macht daraus Vorlagen, die ich in einem zweiten Arbeitsgang zum lesbaren Ganzen ergänze. Inselbegabten Schnelllesern soll das mechanische Erfassen im Akkord sogar ein ordentliches Einkommen sichern. Inhalte lenken dabei nur ab. Ich als einfacher Wortklauber, der den Sinn im Zusammenhang sucht, muss mich mit der Lust am Lesen schadlos halten.

In einem fort lasse ich mir Material kommen, berühre die Seiten durch die weiße Seide meiner Handschuhe, stelle mir Menschen vor, Szenen, Dramen, Schicksale. Jede Einkaufsliste versetzt mich in Entzücken, jede Urlaubsgrußpostkarte lässt Welten vor mir erstehen. Ich sonnenbade, lüge, plane, feiere und fiebere mit, verliebe oder trenne mich, als wär's ein Stück von mir.

Anfangs irritiert mich das Gefühl, Intimität zu verletzen, wenn ich Schriftzüge aus der Hand fremder Menschen vor mir sehe. Wie darf ich ohne ihr Einverständnis lesen, was nicht für mich bestimmt ist? Bald verwandelt sich meine Scheu in ungezügelte Schaulust. Gerade das Nackte, Schutzlose, Unmittelbare zieht mich an.

Auf einmal rücken Menschen in den Mittelpunkt meines Schaffens. Dass es sich durchweg um Tote handelt, stört mich weniger. In ihren Zeilen bleiben sie lebendig und einzigartig. Es berührt mich bis heute, jemanden allein in der Linienführung seiner Hinterlassenschaften vom ersten Schuldiktat bis zu letzten Notizen reifen und welken zu sehen.

Ich habe nie so recht verstanden, warum unsere Vorfahren die handliche Technik aufgeben mussten, Gedanken aufs Papier zu malen. Schriftkundige, so heißt unser aussterbender Beruf, sehen in den Windungen und Schnörkeln einen Ausdruck sprechender Seelen. Gefühlslagen zeigen sich als Fingerabdrücke des Denkens wie Gehirnströme in einem Elektrodiagramm.

Unsere Großeltern haben die Kunst noch beherrscht. Jeder konnte sie mühelos im Kindesalter lernen. Wie schwer es fällt, sie sich noch als Erwachsener anzueignen, muss ich am eigenen Leib erfahren. Lange male ich Wörter unbeholfen wie damals Grundschüler in ihren Anfängerübungen. Umso erstaunlicher, wie sich dann doch meine ganz eigene Handschrift herausgebildet hat.

Das Schreiben schärft meinen Blick. Bald kann ich schludrigste Kritzeleien ohne Probleme vom Blatt lesen. Manchmal übertrage ich Sätze und Passagen mit einem Bleistift in mein Notizbuch wie Maler im Museum Skizzen der Meisterwerke. Aus dem Panoptikum der Figuren und Ereignisse errichte ich mir im Kopf ein Panorama, das mich an besseren Tagen begleitet, an schlechteren verfolgt. Dabei nehme ich mal diese, mal jene Rolle ein und führe sie im Guten wie im Bösen zu Ende.

Auf Dauer bleibt es nicht aus, das Alltagsgeschäft der Typen und ihrer Beziehungsmuster zu durchschauen. Irgendwann kommt der Augenblick, tausend Charaktere und Konstellationen sind durchgespielt, da kämpft sich ein Anflug von Langeweile ins Gemüt. Das ist der Zeitpunkt, von seiner Passion zu lassen. Oder sie als Mission zu verstehen, die nächste Herausforderung zu suchen und wenigstens eine Person ausfindig zu machen, deren Dasein noch Unentdecktes bereithält.

Alles aber, was das Archiv der Einmaligen Originale noch zu bieten hat*, jedes Blatt und jeder Zettel ist längst durch zahllose Hände gegangen, jede halbwegs reizvolle Rolle vergeben. Eines Tages bemerkt eine der letzten Bibliothekarinnen** die Verzweiflung hinter meiner Geschäftigkeit. Echte Chancen, sagt sie, biete Forschern wie mir allenfalls noch der Anonyme Friedhof. So nennen Großarchivare die Abteilung für Restbestände handschriftlicher Zeugnisse, die wegen Unleserlichkeit noch nicht erfasst oder keinem Urheber zuzuordnen sind.

Seit das Gesetz seine Bürger verpflichtet, alle noch in ihrem Besitz befindlichen Originalschriftstücke von Verstorbenen bei zentralen Sammelstellen abzugeben, seit die letzten Raritäten entdeckt, sämtliche Dachböden, Keller und Kisten durchwühlt worden sind, hat das Archiv für unbeschriebene Erinnerungen eine letzte kurze Blüte erlebt. Es hütet seine Schätze, Unikate aus der Zeit vor dem Großen Vergessen, in den Hallen und Stollen eines aufgelassenen Salzstocks. Die trockene Luft dort unten tut den Dokumenten gut, meinen Schleimhäuten weniger. Dennoch wüsste ich keinen besseren Ort für meine Arbeit als die weiß glitzernden Höhlen im ewigen Kristall.

Anfangs füllten die Hinterlassenschaften noch mächtige Hallen im Salz. Inzwischen herrscht auch hier der Kampf um letzte Claims. Für dessen Befriedung sorgt ein strenges, eigens für Schriftsachverständige geschaffenes System. Man sitzt, durch Trennwände vom Nachbarn abgeschirmt, in einer Art Kabine. An deren offener Vorderseite schiebt sich langsam ein Fließband mit Schriftstücken vorbei. Jeder darf sich ein Buch, ein Heft oder

* Schätzungen zufolge hat sich deutlich weniger als ein Milliardstel dessen, was je handschriftlich zu Papier gefunden hat, erhalten.

** Aus dem Griechischen. Das Wort stammt noch aus der Zeit gedruckter Bücher.

ein Zettelchen herunternehmen und so lange begutachten, wie es nötig erscheint, und dann gegen ein anderes eintauschen. Alle zwei Stunden ist eine Viertelstunde Pause erlaubt.

Wer nicht zurückkommt, verliert seinen Platz. Dann rücken alle um eine Kabinenbreite weiter nach vorn. Eine verborgene Mechanik faltet die freie Seitenwand samt dem dazugehörigen Fußboden zusammen, befördert sie ans Ende der Schlange und schafft dort eine neue Zelle. Nach Inkrafttreten des Gesetzes liefen noch Tausende solcher Bänder. Inzwischen ist ihre Zahl auf ein knappes Dutzend zusammengeschmolzen.

Es verlangt einiges an Ausdauer (und Proviant), sich allmählich dorthin vorzuarbeiten, wo noch echte Funde winken. Als die dritte Nacht anbricht, kann ich die Schleuse in der Ferne sichten, aus der die Stücke in geschlossenen Reihen an den Arbeitsnischen vorbeifließen. Wer sich hier vorbeugt, kann wie in einem Register Arme vorschnellen sehen, Hände in weißen Handschuhen, die greifen, sich zurückziehen, erneut auftauchen, ablegen und zufassen.

Gerade blättere ich durch eine handgeschriebene, offenbar nie eingereichte Doktorarbeit über die ersten Endlosromane der Literaturgeschichte, da läuft ein Buch in schwarzem Ledereinband auf mich zu. Wahrscheinlich ist es sein süßherber Duft, weiches Leder, das mit einem Raucher zusammengelebt hat, der mich bewegt, es gegen die Dissertation einzutauschen.

Glaubte ich noch an Zufälle, so könnte ich jetzt von glücklicher Fügung sprechen. Wenn ich zurückblicke, bin ich mir dagegen sicher, der schwarze Band – ich halte ein schwer entzifferbares Tagebuch in Händen – hat mich gesucht und gefunden. Richtig ist, dass ich wahllos eine Seite aufschlage, oben links zu lesen beginne, weiter über die Zeilen wandere und für eine Weile das Fließband vergesse. Da äußert sich in linkshändiger Seitschrift ein namenloser Pädagoge über einen Jungen, der Janush heißt und offenbar außergewöhnliche Talente besitzt.

Der Lehrer, Nachforschungen zufolge ein Mann namens Francke, hat seine Klasse *aufgefordert, einen Lebenslauf in der dritten Person zu schreiben – die Vergangenheit anhand der Erinnerung, die Zukunft aufgrund der Erwartungen*. Sosehr er bedauert, dem jungen Autor die schlechteste Note gegeben zu haben, so glühend bewundert er die Kühnheit, mit der dieser *J. C.* sich über die Aufgabe hinweggesetzt hat. Ausgerechnet der Zurückhaltendste der Klasse habe als Einziger eine eigene Stimme erhoben mit seinem *Fichte'schen Ich*, das sich betrachten könne, als wäre es ein anderes.

Als ich weiterblättere, fällt ein zweimal eingeschlagenes Stück Papier aus dem Buch. Ich ziehe mich tiefer in meinen Kubus zurück, entfalte den Streifen im Schatten meiner Brust und streiche ihn behutsam glatt. Säuberlich vom oberen Rand einer Seite abgetrennt, trägt er den Text, der den Lehrer so innig schwärmen lässt, einen einzigen Satz. Die ameisenkleine Schrift, mit Bleistift zu Papier gebracht, stammt offenbar aus der Hand des jungen Mannes, den er Janush nennt.

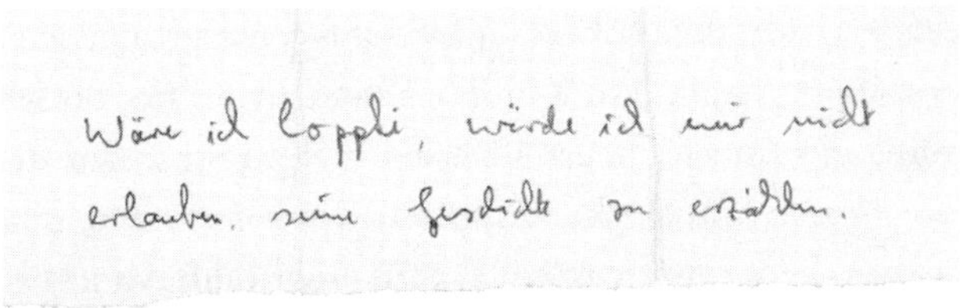

Ich höre sonst keine Stimmen. Aber in dem Moment spricht eine zu mir. Es ist meine eigene, die etwas sagt, was ich nicht verstehe, aber richtig als Weckruf deute. Die Handschrift ähnelt, wenn auch auf ein Mindestmaß an Lesbarkeit verkleinert, aufs Äußerste der meinen.

Ich fordere mein Schicksal heraus und melde mich in der Systemzentrale an. Als der Kontakt hergestellt ist, gebe ich den Satz durch. Aufatmen. Null Treffer. Den Text habe ich offenbar als Erster entdeckt. Nun kommt der Moment, auf den alle hinfiebern.

Ist dieses Leben noch zu haben?

Ich schließe die Augen, buchstabiere j a n u s h leerzeichen c o p p k i, lasse mir die Schreibweise bestätigen und höre schließlich das erlösende Wort: frei.

Mein Erstanspruch wird ohne Weiteres akzeptiert. Ich lege das Tagebuch zurück auf das Band, lasse das Zettelchen verschwinden, verlasse meine Kabine, passiere ohne Probleme die Ausgangskontrolle und laufe der nächsten Hoffnungsvollen in die Arme. Es ist zum Glück die Psychologin, mit der ich mich bestens verstehe.

»Darf ich fragen, was Ihre Laune erhellt?«

»Eine unbeschriebene Figur, die einen seltsamen Satz hinterlassen hat.«

»Gratuliere, Herr Kollege, da hat sich die Mühe ja gelohnt. Wie nennt sie sich denn, Ihre Figur?«

»Coppki heißt sie, Janush Coppki.«

»Nie gehört. Aber guter Name. Coppki?«

Auf die Buchstabenfolge bin ich im System noch ein paarmal gestoßen, jeweils mit dem gleichen Erschrecken, ein anderer könnte ihm ebenfalls auf die Spur gekommen sein. Es stellt sich in allen Fällen als verfrüht und unbegründet heraus.

Zuerst finde ich das Wort in der Klarschrift einer verwischten Ablichtung des *Handbuchs der Münzen Großbritanniens und Irlands im Britischen Museum* von Herbert Appold Grueber aus dem Jahr 1899 auf Seite 209 in der Anmerkung 218 zu einer Bildtafel mit Kupfermünzen von 1692. Als ich das Originalexemplar in der Britischen Nationalbibliothek schließlich in Händen halte, erweist sich mein Fund als ebenso nichtig wie zwei weitere Quellen in verzerrten Kopien australischer Zeitungen nach 1900. Es geht um ein Metall, nicht um einen Menschen.

Im tasmanischen *Mercury*, in Hobart verlegt, Hauptstadt der grünen Inselprovinz im Süden, taucht am 22. Juli 1914 in der Transkription einer längeren Meldung über die bisher größte Kupferlieferung des Britischen Commonwealth nach Australien auf Seite 4 ebenfalls das Wort Coppki auf, wenn auch aufgrund der mangelhaften Lesbarkeit des Originals mit einem Fragezeichen versehen. Im Originalbild der Zeitungsseite ist ziemlich deutlich statt »Coppki?« wie im Münzkatalog das Wort »Copper« zu erkennen.

Die rund 600 Kisten mit 15 Tonnen Penny- und Halfpennymünzen im Wert von etwa 6000 Pfund Sterling werden von Bord der *R.M.S. Egypt* unverzüglich in den Tresor der Staatskasse von Melbourne geschafft. Weltweit herrscht Knappheit an wertvollen Metallen.

Am selben Tag berichtet das Blatt auf Seite 5 in einer 19-zeiligen Meldung von Kursstürzen an den Börsen in Wien und Berlin infolge der Ermordung des österreichischen Thronfolgers Ferdinand in Sarajevo drei Wochen zuvor und des Ultimatums der kaiserlich-königlichen Regierung an Serbien. »Angst vor Krieg« ist die Überschrift untertitelt.

Am 14. August 1918, Mensch- und Materialschlacht stehen kurz vor dem Ende, erscheint, ebenfalls in der Ablichtung einer australischen Zeitungsseite, in diesem Fall des *Argus* aus Melbourne, erneut das Wort Coppki, das in der Auflistung der Aktienkurse von Bergbauunternehmen in Form einer Zwischenüberschrift eine neue Rubrik einleitet. Anhand des faksimilierten Originals ist es allerdings wiederum deutlich als Copper zu erkennen, diesmal im übertragenen Klartext aber mit einem Ausrufezeichen versehen.

Coppki! Der Spurlose. Solange ich suche, weitere Treffer erziele ich nicht. Sein Name ist, zumindest im schriftlich erfassten Teil der Geschichte, unbekannt. Ein weißer Fleck auf der Landkarte des Großen Gemeinsamen Gedächtnisses. Der Wechsel vom Frage- zum Ausrufezeichen hat mich gleichwohl noch lange beschäftigt. Er passt wie die Schablone eines allgültigen Horoskops auf sein Leben, das vor allem aus Fragen und Antworten besteht. Womöglich hat es mit Kupfer zu tun, einem chemischen Element mit der Ordnungszahl 29, und die Umbruchphase 14/18 könnte auf den Zeitenwandel hinweisen, wie er ihn hundert Jahre später ähnlich erlebt.

Angesichts meiner Entdeckung – ein vergessener Unbekannter, dessen Leben nicht nach den Regeln des Ruhms verlaufen ist –

sehe ich mich genötigt, mir ein Arbeitsfeld zu erschließen, dessen billigen Verlockungen ich bis dahin berufsstolz widerstanden habe: der Biografie. Historiker haben Lebensschilderungen längst als Quelle von Einkommen und Ansehen entdeckt. Darunter Koryphäen, die es verstehen, Dutzende Male ausgeschlachtete Vermächtnisse mit handwerklichem Geschick immer wieder in klingende Münze zu verwandeln. Eine Handvoll unbekannter Briefe oder persönlicher Notizen genügt, das Dasein eines vergangenen Menschen in ziegelsteindicken Werken von Grund auf neu zu bewerten.

Um meine Chancen auszuloten, schließe ich mich zum ersten Mal in meiner Laufbahn einem Berufsverband an und besuche die anstehende Jahrestagung Analytischer Biografen. Sollte je vom Jahrmarkt der Eitelkeiten die Rede sein, hier findet er sich in Reinkultur, wo sie zusammenkommen, die Sportler und Forscher und Denker, Politiker, Pop- und Filmstars und anderen Meister von Bild, Ton und Text – verkörpert von ihren Stellvertretern auf Erden.

Zwischen den Disziplinen herrscht freundliches Wohlwollen. Man versichert sich seiner Größe, der Musiker kennt gern mal einen Physiker, die Affenforscherin unterhält sich angeregt mit dem Golfprofi, der auf die Saxofonistin oder den Unternehmensgründer schielt.

Doch schon auf dieser Ebene lassen sich Unterschiede in Rang und Namen ausmachen. Philosophen stehen hoch im Kurs. Entdecker, Religionsgründer und Revolutionsführer schweben über allen. Maler halten sich für wichtiger als Dichter und umgekehrt. Aber beide rangieren weit unterhalb der Boxer.

Die Rangeleien bleiben in der Regel überschaubar, da alle ihr Gebiet ohnehin zum bedeutendsten erklären. Ganz anders innerhalb der Fächer. Ich wünschte, mir stünde das zoologische Vokabular zur Hand, das Gezerre angemessen zu beschreiben, sobald sich Rang- in Hackordnungen verwandeln.

Selbst wenn es den Experten einmal gelingt, sich auf die größten Physiker, Frauenrechtlerinnen oder Verleger zu einigen, hält jeder seine Lesart von deren Leben für die einzig gültige. Am Ende läuft alles darauf hinaus, den Markt möglicher Leser als Erster mit seiner Version zu überschwemmen. Prominente gleichen in dieser Hinsicht Bergen. Ihre Erstbeschreibung verheißt den größten Ruhm.

Einen Ausweg bietet das Jubiläumsjahr. Runde Geburts- und Todestage, hin und wieder auch das Jahr einer Entdeckung, können den Marktwert einer Persönlichkeit beträchtlich steigern und Platz für weitere Lebenslaufschilderungen schaffen. Den Preis zahlen die Biografen, die sich die Haut des Helden mit anderen teilen müssen.

In diesem Jahr stehen pünktlich zum fünfzigsten Jahrestag seiner Machtübernahme ein Staatsmann und seine einflussreiche Frau im Mittelpunkt – verkörpert von nicht weniger als acht Biografinnen und Biografen. Die Regie für das abendliche Bankett hat mich als Neuling ohne Person und Funktion an ihren Tisch gesetzt. In ihrem Oktalog nimmt die Runde kaum Notiz von mir. Das gibt mir Gelegenheit, ungestört fünf Staatsmänner und ihre drei mächtigen Frauen zu belauschen. Zu meiner Linken die Gattin in ihrer resolut rachsüchtigen Rolle, rechts neben mir gleich dreimal der Präsident, einmal tragisch groß, daneben bescheiden im Triumph und an dritter Stelle als Opfer seiner versteckten Homosexualität.

In ihrer Rechthaberei neutralisieren sich die Wettbewerber vollständig. Kein Wort des Abends wäre es wert, erwähnt zu werden. Nur eine Ausdrucksweise ist mir aufgefallen, eine Verwendung des Verbs *anlegen*, wie ich sie vorher nur aus der Welt der Darsteller kannte. »Ich finde, Sie legen Ihren Präsidenten zu schwermütig an.« – »Ihr Scheitern steckt schon in der Anlage seiner Persönlichkeit.« – »Ich habe sein Leben so angelegt, dass sein Schutzengel stets erkennbar bleibt.«

Am folgenden Morgen gerate ich eher beiläufig in den spärlich besuchten Vortrag eines biografischen Theoretikers. Soweit ich folgen kann, schlägt er neue Analysemethoden vor, unbekannte Helden aufzuspüren. Manchmal lasse sich der Lauf der Geschichte nur unter der Annahme handelnder Personen verstehen, die in den Büchern nicht verzeichnet seien. So wie niemand wisse, wer zuerst dem Rad eine Achse gegeben, einen Stift in die Hand genommen oder die Null als Zahl erkannt habe, so gingen mit Sicherheit auch in jüngerer Zeit gefeierte Ideen auf Einfälle vergessener Stichwortgeber zurück. Die üblichen Verdächtigen – Laborhelfer, Geliebte, Gärtner oder Fahrer – seien in der Regel gut überprüft. Doch dahinter, im Rauschen alltäglicher Begegnungen, vermutet der Professor eine weitere Ebene fehlender Bindeglieder, die das Fundament weltbewegender Ideen gelegt haben könnten.

Historiker messen unterschiedliche Dichten der Geschichte wie Geologen Schichten von Stein und Sediment oder Biologen Jahresringe in Baumstämmen. Die Lagen geben Auskunft über einstmals vorherrschenden Druck und Stress. Dabei verhält sich die Chronik ähnlich wie die Erdkruste. Wo deren Platten sich verschieben, bauen sich an ihren Rändern zunächst Spannungen auf, die sich dann in schweren Beben entladen.

Am entscheidenden Knackpunkt der jüngeren Menschheitsgeschichte, so der Professor, falle eine merkwürdige Diskrepanz ins Auge. Hätten sich die Verlaufskurven großer Epochen und ihrer prägenden Persönlichkeiten bis dahin entsprochen wie jährlicher Baumzuwachs und Klimaverhältnisse, so klafften sie hier auseinander, als ob sich der wichtigste Umbruch seit Urzeiten ohne Urheber ereignet hätte.

Alles und alle sprechen dagegen, die Geschichte könnte einen solch bedeutenden Anstifter oder Antreiber übersehen haben. Sie oder er müsste sich unsichtbar gemacht und sämtliche Spuren verwischt haben. Durch den Resonanzraum der Fachwelt aber geistert wie ein Yeti der Biografik ein geheimnisvolles Wesen, dessen Nicht-Existenz sich ebenso wenig beweisen lässt wie sein Vorhanden- oder Gewesensein. Ihn dingfest zu machen, darüber sind sich die Experten einig, käme einem Gottesbeweis gleich. Es mag vermessen klingen. Aber als ich den Kongress verlasse, fühle ich mich beseelt von der Idee, dem Schneemenschen der Moderne bereits auf der Fährte zu sein.

Bis an den Rand der Epoche, von der hier die Rede sein soll, die ersten Jahrzehnte des dritten Jahrtausends alter Zeitrechnung, konnte ein Menschenleben verstreichen, ohne wesentliche Spuren zu hinterlassen. Mit ein wenig Geschick ließ sich verhindern, dass viel mehr davon übrig blieb als der standesamtliche Nachweis von Geburt, Heiraten, Mutter- oder Vaterschaften und Tod.

Doch selbst, wer umgekehrt Briefe, Tagebücher, Fotos und Filme säuberlich sammelte, konnte die Erosion der Erinnerung nicht aufhalten. Spätestens mit dem Ableben verlor sich das Dasein der Dokumente ins Anekdotische, das nach einer, höchstens zwei Generationen vollends verschwand.

Innerhalb weniger Jahre verkehrten sich die Verhältnisse in ihr Gegenteil. Jeder musste nun ständig damit rechnen, nicht nur beobachtet zu werden, sondern sich auch in allen Bewegungen und Äußerungen wie fürs Jüngste Gericht in ewiger Erinnerung aufbewahrt zu wissen. Ein Segen im Zeitalter wachsender Mobilität und Migration, die alles zur Last machte, was Volumen und Gewicht besaß. Zugleich aber der Fluch all jener, denen die Gewalt über ihre eigenen Hinterlassenschaften entzogen war.

Keine Jugendsünde, kein unbedachtes Wort oder verfängliches Bild, keine längst bereute Tat, die vor dem Großen Gemeinsamen Gedächtnis und damit dem Zugriff der Nachwelt noch sicher gewesen wären. Was immer man von sich gab, sagte, fragte, meinte, bestellte, verkaufte, wozu man politisch neigte, wie man sich benahm, wo man ging und stand, wen man dort traf, geriet in die Fänge einer krakenhaften Maschinerie, die es fraß, verdaute und mit Gewinn an zwielichtige, gleichermaßen aus der Deckung operierende Abnehmer veräußerte. Die Matrix des werdenden Weltgeistes, damals noch *Internet* genannt, die uns heute so fern und grob gestrickt erscheint wie Coppkis Zeitgenossen die Anfänge von Telegrafie und Telefonie, steckte noch in ihrer vorbewussten Phase.

Bald konnte niemand mehr sicher sein, irgendetwas außerhalb der eigenen Schädelwände verborgen zu halten. Statt sich jedoch zu schützen, ließ die Mehrheit der Menschen plötzlich alle Vorsicht fahren und stellte von sich aus immer weitere Teile des vormals so sorgfältig gehüteten Privaten einem ständig wachsenden Publikum zur Schau.

Wahrscheinlich reagierten die Betroffenen auf die öffentliche Bloßstellung, indem sie sich in einer Art Vorwärtsverteidigung selbst enthüllten – anfangs noch unbefangen und ohne Sinn für die Folgen. Dann aber formten sie wie einst nur ihre Stars und Prominenten mit professioneller Perfektion das Bild ihres Selbst und wurden zu dessen besten Darstellern. Das Öffentliche geriet zunehmend zum Schauplatz allgemeiner Selbstvermarktung. Die Menschen inszenierten ihre Leben nach den Regeln von Angebot und Nachfrage. Ohne Profil und Portfolio war einer keiner.

Innerhalb weniger Jahre war die Welt eine andere geworden. Der neue Geist erfasste alle Bereiche. Kaum eine Berufsgruppe erlebte den Wandel so drastisch wie die Biografen. Herrschte bis in jene Tage noch Mangel an Lebensdaten, so drohten sie nun förmlich im Material zu ertrinken. Plötzlich schrieb jede und jeder täglich neue Folgen der Fortsetzungsgeschichte, in der sie oder er die Hauptrolle spielte. Die Zahl der Aufnahmen, die täglich von einem Menschen entstanden, erreichte Werte wie in Coppkis Kindheit nicht einmal pro Jahr.

Alle bastelten vor den Augen aller anderen an ihrer Biografie. Nur wenige widerstanden der Verlockung, ihr Selbstbild vorteilhaft zu gestalten und Schwächen zu kaschieren. Der Sinn des Lebens ergab sich aus der Stimmigkeit seines fabrizierten Verlaufs. Erinnerungen passten sich an. Täuschung und Fälschung blühten, bis die Beziehung von Schein und Sein den Charakter einer inszenierten Selbstlüge annahm, die sich für die Wahrheit hielt.

Die willkürliche Aneignung einer fremden Person erfüllte in jenen Tagen noch nicht den Tatbestand eines Vergehens. Erst Jahre später tauchte die verbriefte Urheberschaft am eigenen Leben, verbunden mit dem Grundrecht auf Vergessenwerden, in den Verfassungen auf. Damals konnte noch jeder alles über jeden behaupten, solange es nicht beleidigend war. Das galt aber nur für noch lebende Zeitgenossen. Die Toten waren vogelfrei.

Der Tisch, an dem ich dies schreibe, hat einmal Coppki gehört. Er steht im Keller der chemischen Laboratorien hinter dem Ausgabeschalter des Material- und Gerätelagers, das er als leitender Laborant ein Jahrzehnt lang in alleiniger Verantwortung führte. Dazu passend ein vierbeiniger Hocker gleicher Bauart aus Edelstahlrohr und geleimtem Schichtholz.

Hier saß er, wenn er sich leise murmelnd dem Denken überließ. Kreuzgerade, die Ellbogen aufgestützt, die Finger unterm Kinn verschränkt, die Augen nach Art der liegenden Acht auf unendlich gerichtet. Nun hocke ich auf seinem Platz in seiner Haltung und folge seinem Blick zurück bis zu jenem Tag, an dem er den Auftrag seines Lebens erhält.

Draußen vor dem Schalter hat sich eine Warteschlange gebildet. Mittags kommen alle auf einmal, am Ende der Pause, auf dem Weg von der Kantine, und holen ihre bestellten Chemikalien und Utensilien ab. Diplomanden, Doktoranden, Laboranten, die ihre verschmierten Kittel nicht einmal zur Mahlzeit ablegen. Chemikerstolz. Titelträger in reinweißen Gewändern finden eher selten den Weg in Coppkis Katakomben.

Wie fremdartiger Blütenduft hängt ätzend süß der Geruch von Lösungsmitteln in der Luft. Geübtere Nasen können Chloroform, Benzol und Benzine auseinanderhalten, Essig, Äther, Alkohole. In der Zentralkammer reihen sich abertausende Behältnisse vom fassdicken Blechbottich für Nährböden bis zum fingerhutkleinen Glas mit Feinheiten der Chemie des Lebens.

Ich schaue auf seine Uhr. Die Zeit treibt die Zeiger voran. In einer knappen Minute müsste er den Schalter öffnen. Was wäre, wenn er es nicht täte? Unruhe vor der Tür, der Betrieb geriete ins Stocken, Stress mit der Leitung, Anstellung gefährdet. Aber wäre das dann nicht genauso seine Bestimmung wie wenn er einen kräftigen Sprengstoff angerührt und sich mit dem Haus in die Luft gejagt hätte?

Die Frage, wie weit wir uns gegen die Vorsehung wenden können, hat sein Leben beherrscht. Sein Kosmos ist der Konjunktiv. Es war einmal, das war einmal. Was wäre, wenn: So fangen seine Märchen an. Er nennt sie Gedankenexperimente. In ihnen kann er sich so weit über den Rand seiner Wirklichkeit hinauslehnen, sogar das Unmögliche zu fragen: Was wäre, wenn es mich nicht gäbe? Nie gegeben hätte?

In zwanzig Minuten hat er die Wartenden abgefertigt. Ruhe kehrt ein im Keller der Chemie. Oben, in den Laboren des Lebens, sondert der Apparat der Erkenntnis sein tägliches Soll neuer Details über die Mechanismen des menschlichen Metabolismus ab. Ein mühseliges Geschäft detailversessener Spezialisten, die das Geflecht der Reaktionen wie ein Räderwerk auseinandernehmen, um mit chemischen Tricks Leistungskraft und Libido, Konzentration und Kondition zu steigern.

Hier unten, in Coppkis Kopf, drehen sich die großen Fragen. Was wäre, wenn es gelänge, einen Menschen Molekül für Molekül nachzubauen? Wäre das dann der gleiche Mensch? Oder würde sich herausstellen, dass der Kreatur etwas fehlt, etwas hinter den Dingen, ein unbekanntes, übermächtiges Prinzip, dem sich die Stoffe unterordnen? Alles ist Chemie, sagen die Erforscher des Lebens. Aber ist Chemie wirklich alles? Sind wir nicht mehr, als wir sind?

Niemand könnte ihm darauf eine Antwort geben. Stattdessen sieht er einen weltweiten Apparat wie ferngelenkt sein Pensum abarbeiten, als folgte er einem Programm, das er selbst nicht versteht. Sollte irgendwo eine Vorsehung walten, die sich durch nichts aufhalten lässt, so hätte Coppki hier ein beredtes Beispiel vor Augen. Die Wissenschaft geht unbeirrbar ihren Weg, Irrwege eingeschlossen.

Die Uhr zeigt kurz vor fünf. Feierabend naht. Wie jeden Tag um diese Zeit klappt er sein Werkbuch zu und verstaut es in seiner Leinentasche. Ich benutze die gleichen Kladden wie er, gebunden aus karierten, auf der oberen Ecke in schnörkelloser Stempeltype durchnummerierten Seiten. Manchmal lasse ich mich sogar dazu hinreißen, etwas in seiner Schrift hineinzuschreiben.

Als ich die Stahltür zum Lager abschließe und mich zum Gehen wende, steht wie eine *Diva ex machina* zart und zäh jene Frau vor mir, die sein Leben verändert hat. Sie schleppt eine schwere Umhängetasche und sieht überwältigend müde aus, irgendwie traurig, aber untilgbar anziehend. Ob sie hier richtig sei am Ausgabeschalter des Material- und Gerätelagers. Sie suche einen Herrn Coppki. Ich stelle mich vor und versuche mir auszumalen, was in jenem Moment in ihm vorgeht.

Vor der Frau um die vierzig steht ein Mann Anfang dreißig, der wie zwanzig wirkt. Seine Gedankenwelt besteht aus Stoffkaskaden und Reaktionszyklen. Er fühlt sie in sich wie innere Berührungen. Plötzlich bemerkt er ein neues, unbekanntes Signal. Es trifft ihn wie ein Pfeil und durchdringt sein System mit seinem schnellen Gift. Als Erstes stellt er fest, dass ihm die Worte fehlen. Hier ist etwas am Werk, das stärker wirkt als alle Versuche, es zu benennen.

Wer nun versucht, seinen Gedanken nachzugehen, so wie ich seinem Heimweg folge, aus dem Keller ins Erdgeschoss, durch die Glastür quer über den winterlichen Campus und das kurze Stück Hauptverkehrsstraße hinweg in die belebte Flaniermeile und von dort auf den Fußweg in seine Wohnsiedlung aus identischen Blöcken, der bekommt einen Eindruck von seiner Denkart, die so anders ist als die aller anderen.

Warum – er hat das Brausen der Hauptstraße schon im Ohr – ist ihm zumute, als hätte er gerade seine eigene Hinrichtung überlebt? Hätte er seine Symptome zusammenfassen können, das unruhige Herz, Hitzewellen und gelähmte Zunge: Der Boulevard mit seinen Kneipen und Bars hielte die gleiche uralte Antwort parat wie das branchenübliche Handbuch seelischer Befindlichkeiten. Er aber muss die fremde Macht erst von der Seite seiner Theorie her betrachten und huscht zwischen den Häusern hindurch auf seine heimische Bleibe zu.

Welche Kräfte könnten sein System von einem Augenblick auf den anderen so vollständig umkrempeln, dass er es gleichzeitig in Herz und Magen spürt, in Lidern und Fingerkuppen? Geht es ihm nicht ähnlich, wenn er plötzlich einen Einfall hat und eine Welle ihn durchfährt, die ihren Ursprung allein in gedachten Wörtern hat? Worüber könnten Ideen sich so scharf in feinstoffliche Abläufe übertragen, wie er sie in diesem Augenblick in sich wahrnimmt?

Der Fahrstuhl bringt mich in den fünften Stock. Bis zu seiner Wohnung sind es nur wenige Schritte. Von drinnen meine ich eine Stimme zu hören. Coppki kann am besten denken, was er gleichzeitig ausspricht. Als müsste er sich seine Gedanken diktieren. Kaum verständlich gemurmelt, wenn er sich in Gesellschaft weiß, deutlicher ausgesprochen, sobald er sich allein wähnt. Dabei aber stets in der gleichen monotonen Tonlage, alsläseerbuchstabenreihenohneleerzeichenvoneinemlaufendentextbandab.

Ich lege mein Ohr an das Türblatt. Gregorianische Stille.

Jeder hinterlässt auf seiner Reise durch Raum und Zeit eine eigene Weltlinie im Gedächtnis der Geschichte. Coppkis roter Faden verläuft quer zu diesen durchs Traumreich seiner theoretischen Versuche. Alles kreist um einen Kern, den er noch sucht, jenes Achsenglied an der Schnittstelle von Seele und Leib, wo Wortfolgen sich in Chemie verwandeln. Was wäre, wenn sich aus allem Gesagten anhand seiner Wirkung eine universelle Sprache ableiten ließe, die jede Seele versteht?

Ich halte seinen Schlüssel in der Hand. Das Haus ist still, als wären wir allein auf der Welt. Die Fußmatte vor seiner Tür trägt das Wahrzeichen der Optimisten. Ein selbstbewusstes, lang gestrecktes, unlöschbar ins Gewebe gewirktes Ausrufezeichen.

Biografen gleichen Exorzisten, die vergangene Leben wieder auferstehen lassen, um sich von ihren Dämonen zu befreien. So wie ich mir Coppki einverleibt habe, Jahr um Jahr, Tag um Tag, so muss ich ihn mir nun wieder austreiben, Seite für Seite, Zeile für Zeile. In seinem System bildet mein Bericht das letzte Glied in der Kette seiner Vorhersagen. Ich soll seine Kopfgeburten in fremde Gehirne übertragen, die sie nicht mehr vergessen und weiterverbreiten. Er leiht mir seine Geschichte, damit ich sie unsterblich mache. Der Beweis seiner Existenz hängt an der Kraft meiner Worte. Ich lege sein Leben in die Hände meiner Leser.

2

Seine Mutter lebte am steinigen Strand einer einsamen Insel in einer Kolonie freier Nackter, die in vulkanischen Höhlen an den Hängen einer unzugänglichen Bucht ihre Lager teilten. Als erste Gebärende einer Gemeinschaft, in der jede und jeder mit jeder und jedem schlief, fiel ihr die befremdliche Rolle einer Stammmutter zu, die den Erzeuger ihres werdenden Sprosses nicht benennen konnte. Das stand durchaus im Einklang mit den Idealen der Kommune, sechs Männern und sechs Frauen, die dem Einzelnen Eigentum und Besitz, zumal an Partner oder Kind, zugunsten gemeinsamer Rechte und Pflichten absprachen.

Da der berechnete Zeitpunkt der Empfängnis überdies auf die Tagundnachtgleiche im Frühjahr fiel, von den Kolonisten wie üblich mit Sex und Drogen und Rockmusik begangen, hätte ohnehin jeder männliche Bewohner die Vaterschaft für sich beanspruchen können.

Die Nackten feiern die Nachricht der Schwangerschaft mit schamanischen Fruchtbarkeitsritualen am nächtlichen Feuer beim Spiel ihrer Trommeln. Dabei bekräftigen sie ihren Willen, den Nachwuchs gemeinsam aufzuziehen.

Die einhellig beschlossene Wassergeburt am Tag nach der Wintersonnenwende muss wegen hohen Seegangs und schweren Regens ins Trockene der geräumigen Versammlungshöhle verlegt werden. Unter tatkräftiger Mithilfe aller bringt die neunzehnjährige Rianna nach einer Nacht schwerer Wehen einen gesunden Jungen zur Welt, der auf Wunsch der Gemeinschaft Mephias heißen soll.

Doch die Biologie spielt nicht mit. Spätestens als der Knabe nackt und gewaschen auf seinem weichen Lager aus Pfeifengrasähren liegt, die sie eigens in den Bergen gesammelt haben, ist seine Ähnlichkeit mit einem der sechs möglichen Erzeuger unübersehbar. Gegen alle Regeln der Vergemeinschaftung sieht sich der einundzwanzigjährige Josh, der damit am wenigsten gerechnet hat, zum Vater bestimmt.

Gemäß der Beschlusslage der Vollversammlung erklären sich die leiblichen Eltern einverstanden, die Aufzucht des Kindes in der allgemeinen Verantwortung zu belassen. Allein in einem Punkt bittet Josh, den seine Papiere als Jost Heinrich Coppki ausweisen, um eine Ausnahme von den Regeln, die ihm nach kurzer Debatte gewährt wird: Mit Einverständnis Riannas wird das Neugeborene noch am selben Tag mit körperwarmem Meerwasser auf den Namen Jan Hendrik getauft und in der Tradition seiner väterlichen Familie Janush gerufen.

Sein Geburtstag fällt, ohne dass die Höhlenbewohner davon wüssten, auf den Tag, als ein ehemaliger Studentenführer und Held ihrer Generation – »Der Kampf geht weiter!« – den Spätfolgen eines Attentats erliegt. Der Tod beendet das Jahr, in dem die Menschheit nach damals verfügbaren Parametern wie Sicherheit und Gerechtigkeitsgefühl den Höhepunkt ihrer Möglichkeiten überschritten hat.

Im selben Jahr befällt mit der Wahl einer Eisernen Lady ein Gespenst die Welt, das sie im transatlantischem Schulterschluss über eine Achse des Bösen jahrzehntelang gefangen halten wird. Ein strenger Geistlicher kehrt aus dem Exil in seine morgenländische Heimat zurück und errichtet dort einen autoritären Gottesstaat. Andere Länder folgen seinem Beispiel.

Da die Strandbewohner jeden Kontakt mit örtlichen Behörden meiden, die ihr Treiben mehr aus Trägheit denn aus Wohlwollen dulden, verzichten sie darauf, ihren Zuwachs im öffentlichen Geburtsregister eintragen zu lassen. So verbringt Janush unbeachtet vom Rest der Welt seine ersten Lebensjahre im Schoß einer Gruppe, die ihn wie seine künftigen Schwestern und Brüder als Verkünder ihrer Lehre im Geiste des Wir erziehen will.

Dass er mit zwei Jahren nur Babylaute von sich gibt und keine Anstalten unternimmt, erste Schritte zu tun, werten sie als Ausdruck seines Andersseins, zumal er sich zwischen den Felsen und runden Steinen am Strand geschickt auf allen vieren bewegt und schon im Säuglingsalter als sicherer und ausdauernder Schwimmer beweist.

Er soll alle Freiheiten genießen, wird gefüttert, wann ihm danach ist, darf kuscheln, mit wem, und schlafen, wann und wo er will. Nur gestillt wird er von keiner. Drei Ziegen liefern Milch für den täglichen Bedarf. Ein Brei aus zerstoßenem wildem Hafer, geriebenen Wurzeln und Früchten sorgt für eine ausgewogene Ernährung, bald um das Fleisch frisch gefangener Fische und Meeresfrüchte ergänzt.

Der Knilch gedeiht prächtig. Er genießt die geteilte Aufmerksamkeit von sechs Müttern und sechs Vätern. Ihm ist es auch zu verdanken, dass die Razzia der Inselpolizei, die dem paradiesischen Treiben der Nackten nach drei Jahren unbeschwerten Zusammenlebens ein jähes Ende setzt, einigermaßen glimpflich verläuft. Da ist er gerade zwei.

Die Beamten überraschen die Bewohner im Schlaf. Sie landen mit ihren Booten in der Morgendämmerung, stellen sich vor den Höhlen auf und brüllen wie auf ein Kommando los. Dann geht alles nur noch schnell. Die Nackten begreifen, was ihnen die Stunde geschlagen hat, kommen aus ihren Löchern hervor und folgen dem Befehl, sich anzukleiden und in einer Reihe aufzustellen. Als hätten sie früher oder später mit dem Schock gerechnet, haben sie ihre Kleider seit der Ankunft sorgfältig aufbewahrt. Nur für einen gibt es nichts anzuziehen.

Die Uniformierten entdecken das nackte Kind im hintersten Winkel der Versammlungshöhle. Es hat sich in den Vorratsberg aus Pfeifengras gegraben. Fast hätte es der Stiefel am Kopf getroffen, der mit Tritten den Haufen durchwühlt. Kaum lugt es hervor, setzt eine Stille ein, die das Wort Andacht nur unzureichend beschreibt. Wie das herzige Kerlchen mit den schlaubraunen Augen sie unerschrocken anschaut, verzaubert die Männer und stimmt sie milde gegen die friedfertigen Erwachsenen. Andere hätten in seinem Alter vor Angst drauflosgeschrien, dieser bleibt ruhig, beinahe gelassen.

Tatsächlich endet mit dem Erwachen an diesem Morgen sein Traum vom unbeschwerten Leben. Das Gebrüll wie von fremden Tieren, die unbekannte Kraft männlicher Gewalt, die Starre, die ihn befällt und nie wieder ganz loslassen wird, begründen sein Ringen mit dem Schlaf, das seine anbrechende Kindheit im Gewahrsam strenger Erwachsener prägen wird.

Der Schrecken ist ihm nur nicht anzusehen, weil das Staunen noch größer ist. Janush sieht zum ersten Mal andere Menschen als die zwölf, die für ihn die einzigen auf der Welt gewesen sind. Die Neuen gehören zu einer dritten Art, zwar ausgewachsen wie die anderen und alle von kräftigerem männlichem Typ, aber in seltsame Hüllen gepackt. Tarnfarbene Kampfanzüge werden zum Urbild seiner Erinnerung an Kleidung.

Bei aller biografischen Unschärfe könnte sich hier erstmals seine unvergleichliche Haltung gegenüber allem Neuen zeigen. Das Fremde als solches macht ihm keine Angst. Er untersucht die Eindringlinge mit Blicken, denen niemand lange standhalten kann. Auf die unangemeldeten Besucher muss er wirken wie ein furchtloser Erdenbewohner auf Außerirdische, vor denen sonst alle weglaufen.

Keiner wagt den Kleinen anzufassen, als er zwischen ihren Beinen ins Freie krabbelt. Dort lauert die nächste Sensation. Seine zwölf Eltern, die er nur unbekleidet kennt, haben sich ebenfalls verhüllt, wenn auch farbenfroher als die Amtsleute. Als ob er das Ganze als Spiel begreift, lässt er sich bereitwillig in ein buntes Tuch wickeln.

Als alle und alles an Bord gebracht sind, zerstören die Polizisten vor den Augen seiner Erbauer deren Idyll und stecken die Überreste in Brand. Sie lenken ihre Boote zum Fährhafen auf der anderen Seite der Insel.

Was Janush da erwartet, hätte das Zeug zur frühkindlichen Verwundung. Dass es noch mehr große Menschen gibt, in seinen Augen sogar unvorstellbar viele, die hinter Absperrungen Ankunft und Abtransport der Kommunarden verfolgen, berührt ihn weniger als der Anblick der Kinder, die ihn begaffen, auf ihn zeigen, ihm Unverständliches zurufen. Wie hätte er wissen können, dass er Artgenossen hat, kleine Menschen in allen denkbaren Ausführungen, manche so winzig wie er, andere größer, fast schon wie Erwachsene mit kindlichen Zügen, und wie jene in zwei Sorten aufgeteilt, die unterschiedlich angezogen sind?

Falls einem Zweieinvierteljährigen, der weder sprechen noch laufen kann und sich von einem Mann durch die Menge tragen lässt, eine derartige Gefühlsregung möglich ist, erlebt Janush beim Betrachten der Mädchen erstmals die Anziehungskraft des Unheimlichen. Eines sitzt auf den Schultern eines grauhaarigen Alten, wie er ihn ebenfalls noch nie zu Gesicht bekommen hat. Kaum älter als er, lässt sie ihre Augen nicht von ihm, ohne dabei eine Regung zu zeigen. Eine andere winkt und lächelt schüchtern, wendet sich jedoch sofort ab, als er ihre Blicke erwidert. Eine Gruppe in Röckchen steckt die Köpfe zusammen und kichert.

Die örtliche Presse liefert am folgenden Tag mit ihrem reißerischen Bericht über *Die Wilden* den einzig erhaltenen Beleg für die Existenz der Kolonie. Lange hat das wertvolle Dokument unentdeckt im vergessenen Koffer einer ausgewanderten Familie geschlummert. Den Artikel schmückt ein Gruppenfoto. Ein kleiner Junge sitzt auf dem Arm eines der Männer. Die Ähnlichkeit ist unübersehbar.

Die Polizei verzichtet auf eine Anzeige. Erfasst nur die Personalien der dreizehn und erkundigt sich nach den Eltern des Kindes. So sehen sich Marianna van Kampen und Jost Heinrich Coppki vor den Augen der anderen gezwungen, sich zum Paar zu erklären und den Geburtstag ihres Sohns anzugeben. Sie datieren ihn wahrheitsgemäß auf den zweiten Tag nach der winterlichen Sonnenwende vor gut zwei Jahren. Nur beim Geburtsort gibt Josh seinen eigenen an und verschweigt den wahren Hergang der Dinge. Als Nachnamen des Kleinen notieren die Beamten gemäß damaliger Gepflogenheiten den des Vaters, und niemand aus der Sippe, die gerade aufhört zu sein, wagt zu widersprechen.

Die junge Familie wird mit Fahrscheinen versorgt und samt ihrer wenigen Habe auf die nächste Fähre verfrachtet. Die anderen müssen sich noch mehrere Tage Verhören unterziehen, die sich im Wesentlichen auf Details ihres gemeinschaftlichen Geschlechtslebens beschränken, bevor auch sie von der Insel entfernt werden. Da stehen Rianna und Josh mit Janush auf dem Arm nach einer abenteuerlichen Reise per Anhalter über den halben Kontinent bereits vor dem Haus der Familie Coppki. Das Zerwürfnis, das dem Auszug Jostens aus dem Elternhaus voranging, ist augenblicklich vergessen, als ihnen der verschollene Sohn wie aus heiterem Himmel unverkennbar ihren ersten und einzigen Enkel vorstellt.

»Na, mein Kleiner, wie heißt du denn?«

»Er heißt Janush, Mutter. Können wir ihn bei uns aufnehmen?«

Rianna beobachtet die Szene aus dem Hintergrund. Sie gibt zu verstehen, ihre Eltern würden sie verstoßen, tauchte sie mit einem unehelichen Kind auf. Sie sagt nicht, dass sie mit dem Jungen wenig mehr verbindet als Schwangerschaft, Geburt und das Gruppenprojekt seiner Aufzucht. Sie spricht nicht von den losen Bindungskräften einer Sechstelmutterschaft. Sie redet auch nicht von der Freiheit, als Frau über ihren künftigen Lebensweg zu entscheiden. Stattdessen erkundigt sie sich höflich, ob die Großeltern dem Kleinen das Elternhaus bieten können, das sie ihm wünsche.

Selbst wenn sie gewollt hätten, wie hätten Ommka und Oppa, so nennen sie sich fortan, Nein sagen können? Schon nach wenigen Minuten verabschiedet sich Rianna, um zu ihrer Familie im Süden des Landes weiterzureisen. Sie nimmt das Bündel mit ihren Siebensachen und hält an der nächsten Hauptstraße ihren Daumen in den Wind.

Kaum ist sie aus dem Haus, wollen die Alten alles wissen. Josh, verstockt, wie sie ihn seit seiner Pubertät kennen, zeigt sich wenig geneigt, ihnen die wahre Geschichte anzuvertrauen. Fragen nach Janushs Herkunft und seinen ersten Jahren bleiben unbeantwortet. Das Papier der Inselbehörde dient als Grundlage einer ordentlichen Geburtsurkunde. Nach den Buchstaben des Gesetzes wächst der Enkel also an seiner Geburtsstätte in ihrer Heimatstadt auf.

Der Junge lernt bald laufen. Mit dem Sprechen hapert es weiterhin. Nur gelegentlich lässt er einzelne Wörter fallen. Seinen eigenen Namen benutzt er, um in der dritten Person von sich zu brabbeln. Hanush hatschi bedeutet, er müsse niesen, und wenn er Hanush haschaschine ruft, will er in der Küche vor dem Bullauge der Waschmaschine dem Drehen der Wäsche in der Trommel folgen.

Er gewöhnt sich bestens ein, was seinem biologischen Vater nicht gelingen will. Wie vor seinem Verschwinden bleibt Josh häufiger und länger fort. Er meidet seinen kleinen Sohn, als scheute er väterliche Verantwortung. Wortkarg lässt er seine Altvorderen nur wissen, er bemühe sich um ein Studium der Dichtkunst.

Neun Monate nach ihrer Trennung ist die junge Familie für wenige Momente wieder vereint. Rianna steht mit einem Campingbus vor der Tür. Ihr Sohn schläft in seinem Bett unterm Kruzifix. Sie streicht ihm übers Haar, er schlägt die Augen auf und fällt gleich in seinen Schlummer zurück. Josh steht in der Tür zum Kinderzimmer, das er selbst fast fünf Jahre bewohnt hat. Das ist, wenn er es überhaupt wahrgenommen hat, das Letzte, was Janush von seinen Eltern sieht.

Der Großvater besteht darauf, die beiden mit seiner Kleinbildkamera zu fotografieren. Die Aufnahme bekommt er erst Wochen später zu sehen, nachdem sein Rollfilm, so ging das damals, zu Ende belichtet und vom Fotolabor entwickelt worden ist. Das Bild zeigt ein junges Paar mit langen Haaren und Stirnbändern vor dem Camper, beide barfuß und in Hüfttüchern, sie im Bikinioberteil, er mit Bart, lächelnd für die Kamera. Es findet Platz auf dem Nachttisch der Großmutter.

Janush folgt seinen Instinkten, nimmt Oppa und Ommka, ohne ihnen je herzlich nahe zu kommen, als Bezugspersonen und ihr Haus als neue Heimstatt an. Seine Eltern erreichen nach wenigen Tagen ihr Ziel. Sie lassen sich in Richtung der einsamen Insel einschiffen. Die Fahrt dauert zwei Tage und zwei Nächte. Sie kehren nie wieder zurück.

3

Das Erste, was mir in seiner Wohnung auffällt, wäre mir beinahe entgangen. Dort riecht es nach nichts. Als hätte der Bewohner beim Verlassen seiner Bleibe alle Gerüche eingepackt und mitgenommen. Dabei steht und liegt noch alles an seinem Platz.

Fast zwanzig Jahre, vierzehn allein, hat Coppki in den Möbeln seiner Großmutter gelebt. Sie hat ihm die gemeinsame Zweiraumwohnung im Zentralbezirk der Hauptstadt vermacht, als sie starb. Ihr Zimmer hat er verschlossen wie seine Erinnerung an die Jahre mit ihr. Angrenzend die geräumige Wohnküche. Einbauschränke aus honiggelbem Nadelholz, ein schlichtes Ensemble aus Tisch und vier Stühlen vom gleichen Schlag sowie ein wuchtiger Schreibsekretär.

Ich nehme Platz, drehe den Schlüssel in der Decklade und rieche wieder nichts, obgleich mir die Augen Holzwachs, Scharnieröl, Tinte und welkes Papier versprechen. Die Schieberschienen arbeiten einwandfrei. Genau in der Waagerechten haken sie geräuschlos ein. Im selben Augenblick sorgt ein verborgener Mechanismus dafür, dass eine Leselampe zwischen den Fächern und Schubladen anspringt.

In die Platte hat der Erbauer eine rechteckige Vertiefung gefräst, in der eine dunkelgrüne Linoleumunterlage klebt. Auf der rechten Seite, vor einer Ablage mit Lochstanzer, Heftzange, Klammerlöser und Holzlineal, liegt flach auf seinem Gesicht ein postkartengroßer, in dunkle Leisten gefasster Bilderrahmen. Aus seinem Rücken ragt wie der gebrochene Flügel eines abgestürzten Vogels die Pappraute seiner Standvorrichtung in die Luft.

Ich lasse ihn liegen, mache die Platte wieder zur Klappe, drücke sie sanft in die Führung zurück und schließe ab. Bei der ersten Bestandsaufnahme kommt es darauf an, mögliche Beweisstücke unberührt in Augenschein zu nehmen und nichts zu verändern. Später lässt sich der Urzustand kaum wieder herstellen.

Links neben der Wohnungstür die Garderobe. An einem Haken seine sandfarbene Leinenjacke, an einem anderen der zementgraue Wollmantel. Auf der Hutablage leichte und schwere Schiebermütze. Am Boden zwei Paar Schnürschuhe, die einen flach, schwarz und auf Hochglanz gewienert, die anderen mit dickem Gummi besohlt und knöchelhoch aus wildem Leder, das sich an Schaft und Spitze blank genutzt hat.

Alles passt wie für mich gemacht.

Daneben schließlich sein Reich. Mitten auf das schleiflackweiße Türblatt, ziemlich genau auf Augenhöhe, hat er mit einer Schablone in eisvogelblauem Signallack tellergroß sein Zeichen gesprüht. c i t e ! Die Farbe lässt sich nicht mehr datieren. Nach Vergleich der Pigmentmischung mit Spuren auf jahrgangsbekannten Oberflächen müsste Coppki an die dreißig gewesen sein, als sie aufgebracht wurde. Das bis heute übliche internationale Format des Kürzels für das Zentralinstitut für Gedankenexperimente* spricht eher dafür, dass er älter war, die Verwendung des Ausrufezeichens sogar, dass sie erst nach seinem Verschwinden auf die Tür geraten ist.

Der Raum misst ungefähr vier mal sechs Meter. Vor Eingangs- und Rückwand erstrecken sich in voller Breite zwei baugleiche Stahlblechregale von geringer Tiefe. Unter der Zimmerdecke kleben Spiegelkacheln. Dort, wo sie mit ihren Ecken aneinanderstoßen, hängen Fäden von der Decke, und an deren Enden, mit Händen greifbar, die gleichen mannigfaltig geformten, wolkenhaften weißen Schaumstoffskulpturen, wie sie sich auch im Regal an der östlichen Wand aufreihen.

Die Ablagen gegenüber tragen in geradliniger Ordnung hand-

* Central Institute for Thought Experiments

liche, kinderfaustkleine Glasfläschen mit Schliffkorken und Etiketten. Allesamt sind sie gleich hoch mit klarer Flüssigkeit gefüllt. Durch die schablonenhaft beschrifteten Etiketten erinnern sie an den Inhalt von Apothekerschränken. Nur dass keiner der Namen in chemischen oder pharmakologischen Schriften zu finden ist. Euphorin, Memoral, Cognitax, Erotil, Libidox, Relaxan, Melanchosol.

Auf Zehenspitzen, als könnte ich stören, verlasse ich seine Werkstatt. Ich bin gerade im Begriff, mich aus der Wohnung zu stehlen, da reißt mich die Türklingel aus meiner Gedankenstille. Wie aus alter Gewohnheit hebe ich den Hörer der Gegensprechanlage aus seiner Halterung und lausche.

»Coppki, was machst du mit mir? Ich hab alle Hände voll, warum drückst du mir nicht einfach auf und lässt mich rein?«

Ich halte die Luft an.

»Was ist los? Ich hör dich atmen, aber du sagst nichts.«

Jetzt kommt es darauf an.

»Entschuldige bitte, ich war in Gedanken.«

»Das ist ja mal was ganz Neues.«

Offenbar treffe ich seinen Ton.

»Wärst du so freundlich, deinen Zeigefinger durchzustrecken und den Türdrücker damit so fest zu pressen, als wolltest du ihm wehtun?«

Ich höre aus einem verborgenen Lautsprecher in dem Kasten, wie unten die Haustür aufspringt. Der Klang scheint mitten durch meinen Kopf gewandert zu sein, als die gleiche Tonfolge wie vorhin, nun klar und unverzerrt, über den Spalt der Wohnungstür durch das Treppenhaus an mein anderes Ohr dringt. Hier draußen besitzt die Welt auch wieder eine erkennbare Note. Sie riecht nach Hausflur wie nur in diesem Gebäude, eine schwer aufschließbare Mischung aus trocken gealtertem Acryl, schwarzem Gummiabrieb und Sisalstaub.

Die Fahrstuhltür schiebt sich auf. Der Mann, mindestens zwanzig Jahre älter als ich, grüßt nur knapp, unternimmt keine Anstalten, mir die Hand zu reichen oder sonst irgendwie näher zu kommen. Sein dickes Haar trägt er zusammengebunden auf dem Hinterkopf, was sein bärtiges Gesicht noch länger macht, als es ohnehin ist. Seine glatten Hundeaugen schauen an mir vorbei, wenn er mit mir spricht.

»Wird ja immer schlimmer mit dir. Du guckst, als hättest du mich noch nie gesehen.«

Ich nicke freundlich.

»Ich bin's, Wendsel, dein Überlebenshelfer.«

»Komm doch rein und mach's dir bequem, Wenzel.«

Die Kenntnis eines Namens kann wertvoll sein, die von Fehlern ist mit Gold nicht aufzuwiegen. Ticks und Schwächen, Makel und Marotten verraten mehr über einen Menschen als alle gewöhnlichen Gewohnheiten. Nur wer sie kennt, schafft den Schritt vom Darstellen zum Verkörpern. Und wenn es nichts als ein typischer Gang oder eine eigentümliche Aussprache ist.

»Wie oft habe ich dir schon gesagt: Wendsel. Mit Deh und Ess. Nicht mit Zett.«

Ich halte ihm die Tür auf. Er geht geradewegs an mir vorbei in die Küche. Die Einkaufstüten in seinen Händen bemerke ich erst, als mir der Duft von Bratgeflügel in die Nase steigt. Die Hähnchenhälften sind in Aluminiumhaut eingewickelt. Er packt sie aus und lässt sie auf der Metallfolie liegen.

Offenbar essen wir dieses Gericht mit den Fingern. Er legt einen Packen Papierservietten auf die Mitte der Tischplatte, eine Pappschüssel mit ölgetränktem Krautsalat und zwei Schälchen mit Engelslocken-Pommes-frites, unserer Lieblingssorte. Bevor ich mich versehe, habe ich zwei eiskalte Flaschen Bier aus dem Kühlschrank genommen, einen Kronkorkenheber aus der Küchentischschublade, und die Deckel entfernt. Wir prosten uns zu. Flaschenwände schlagen aneinander. Zwischen uns dampfen die Speisen wie an jedem Tag um diese Zeit.

Wie alle gewerblichen Lebenslaufdeuter leide ich unter dem Dilemma der Distanz. Eine Art Berufskrankheit bei analytischen Biografen, die ihren Helden nur zu fern bleiben oder zu nahe kommen können. Hält man sie sich vom Leib, um ihnen nicht auf den Leim zu gehen, kriegt man sie nicht in den Griff. Rückt man ihnen auf den Pelz und geht ihnen unter die Haut, verheddert man sich unweigerlich in ihren Fängen.

Kollegen, die sich darauf einlassen, kennen die erste Umarmung, wenn sich Protagonisten für ein paar Jahre als Untermieter bei ihnen einnisten. Die neuen Bewohner können Freunde vergrätzen, Ehen zerrütten, Nachbarn zum Schweigen bringen. Sie sitzen mit am Tisch, mischen sich ein, beherrschen Gespräche, und wenn es ihnen gefällt, finden sie auch ihren Weg ins nächtliche Gemach.

Ich gehöre zur Gruppe der analytischen Biografen, die es vorziehen, sich bei ihren Helden häuslich einzurichten. Nur so glaube ich, ihre Beweggründe erforschen, ihre Entscheidungen verstehen zu können. Coppkis Haut etwa verträgt nur getragene und gewaschene, aber keine fabrikneuen Kleidungsstücke. Ich weiß, was er meint, wenn ihm Textilien wie schlecht sitzende Rüstungen vorkommen.

Die Sprache schreit ihn mit ihren Bildern an. Ob einem der Schädel platzt, das Herz bricht oder Hals und Bein, ob etwas ins Auge sticht oder unter den Nägeln brennt, es schmerzt ihn, obwohl er es besser weiß.

Mit Rücksicht auf seine Empfindlichkeiten müsste alles über ihn im seelenlosen Code einer automatisch lesbaren Maschinensprache protokolliert werden, die nur Tatsachen kennt und keine Zweideutigkeiten zwischen den Zeilen. Ein Datensatz aus Lebensfakten in der chronologischen Abfolge ihres Auftretens. Geboren am in von durch, Schulen von bis, Wohnsitze, Begegnungen, Erlebnisse, Partnerschaften und Nachwuchs mit, Ausbildungen, Abschlüsse, Beruf und Werdegang, Trennung von, Tod am in durch, Wirkung auf, Vermögen und Erbe.

Wer dem Einsiedlerkrebs zu nahe kommt, treibt ihn in sein Schneckenhausversteck zurück. Um dorthin vorzudringen, müssen wir das Gehäuse aufbrechen und uns wie Chirurgen ins lebende Gewebe hineintasten, um das schlagende Herz eines Wehrlosen freizulegen. Wollen wir zum Kern eines Helden vorstoßen, müssen wir Grenzen überschreiten, Intimbereiche ausloten, Geheimnisse lüften. Ein schmutziges, oftmals unappetitliches Geschäft, und wer es betreibt, tut das mit der gleichen seriös verkleideten Lust wie heimliche Spanner und Voyeure im Schutz bürgerlicher Harmlosigkeit.

Biografen zählen nicht ohne Grund zu den infamen Menschen, deren Leben besser unerzählt bleibt. Doch ohne professionelle Lüsternheit kommen selbst wissenschaftliche Lebenslaufanalytiker nicht aus. Sie kann indes auch unser Verderben bedeuten. Unversehens tappen wir, ebenfalls in der Zunft verbreitet, in die Falle der Identifikation.

Irgendwann siehst du ihn überall. Er fährt dir auf einer Rolltreppe entgegen, schaut dich in der U-Bahn vom Rücken einer Zeitung an, steht im Supermarkt in der Schlange hinter dir. Hier seine Augen, Lippen oder Ohren, da Statur und Haltung, dann wieder ein Blick, eine Geste, eine Gangart, die du nachahmen musst: Auf die eine oder andere Weise steckt er in jedem, den du triffst.

Die Formel für das Gesamtbild hast nur du im Kopf. Schon sitzt er dir im Blut. Ist er neurotisch, wirst auch du es, wenn du es nicht schon bist. Versagt er im Bett, kannst du dir sicher sein, bald selbst an deiner Potenz zu zweifeln. Sein Zorn wird dein Zorn, seine Kühnheit steckt dich an.

Wenn Ferne in Nähe umschlägt, gilt es daher gegenzuhalten. Erfahrene Segler kennen solche Momente. Wenn sie aus einer stillen Bucht in die stürmische See stechen und aus den Daten der Wetterkarte urplötzlich Naturkräfte werden, wissen sie, was zu tun ist. Sie passen sich den Verhältnissen an, steuern hart an den Wind und durchkreuzen seine Richtung. Folgten sie tatenlos seinem Willen, wären sie verloren.

So in etwa stellt sich die Lage von Biografen dar, die ins Kraftfeld ihrer Protagonisten geraten. Plötzlich sehen wir uns Zwängen ausgesetzt, die jeden beherrschen, der sie nicht unterwirft. Wie Richter um faire Urteile hinter den Aussagen ihrer Zeugen deren wahre Motive erforschen, müssen wir den Menschen hinter dem Mythos sehen, den er selbst geformt hat, müssen erkennen, woher die Winde wehen, welche Motive sich hinter ihren Handlungen verbergen. Was tun sie für sich und was für uns, damit wir sie nach ihren Plänen zeichnen?

Insbesondere wir mitfühlenden unter den analytischen Biografen teilen Schmach und Triumph mit unseren Figuren, erleiden ihre Krisen, folgen Denkwegen und berauschen uns an ihren Erfolgen und Erkenntnissen, wenn sie ihre Heurekas haben. Denk ich an Coppki in der Nacht, schlafe ich sogar schlecht, wenn mein Protagonist kein Auge zubekommt, weil es wieder einmal um alles oder nichts geht. Und wenn die Liebe zuschlägt, brennt mein Herz.

Darüber helfen wir uns in Gesprächskreisen hinweg, in denen wir einander über unsere Fälle berichten. Zu meiner Gruppe, einem reinen Kreis der Wissenschaft und Künste, gehören neben Coppki, vertreten durch mich, in Person ihrer Biografen eine Komponistin, ein Filmregisseur, eine Architektin, eine Chirurgin sowie ein Tänzer.

Coppkis Vorgänger, angeblich ein genialer Mathematiker, hat sich erfolgreich von seinem Chronisten gelöst, indem er die Formel für seinen Nachfolger fand, mich. Nach seinen Berechnungen soll das letzte Individualgenie der Naturforschung, bevor nur noch Teams und Arbeitsgruppen Durchbrüche erzielen, ein unbekannter Amateurwissenschaftler sein, der allein mit seinen Ideen den Entwicklungssprung der Spezies zu Beginn des dritten Jahrtausends auslösen kann.

In unserem Kreis wenden wir die dramatische Methode an. Die gemeinsam erarbeiteten Szenen liefern uns wichtige Anhaltspunkte für unsere schriftlichen Schilderungen. Jeder verkörpert dabei seine Heldin oder seinen Helden und Nebenfiguren im Leben der anderen. Es dauert meist eine Weile, bis ausgehandelt ist, wer wen spielen darf (oder muss), aber bis jetzt hat sich noch jede Gruppe geeinigt.

Das Treffen findet jeweils in den Arbeitsräumen jenes Autors statt, dem das Referat zufällt, inmitten der Materialien, die seine Erzählung voranbringen. Wir sehen uns einmal im Monat, sodass jede und jeder zweimal im Jahr als zentraler Held zum Zuge kommt. An den übrigen zehn Wochenenden sind wir Figuren in den Welten der anderen. Da bin ich Assistent der Architektin, Geliebter der Komponistin, Sohn der Chirurgin, Widersacher des Regisseurs und Trainer des Tänzers.

4

Ich höre noch, wie der Mechanismus aus- und gleich wieder einrastet. Sie zielt, ihre Augen auf meine gerichtet, aus freier Hand und kurzer Entfernung mitten in mein Gesicht. Ich kann gerade erkennen, wie sie die Luft anhält, als ihr Zeigefinger einknickt. Bevor ich mich wehren kann, hat sie abgedrückt.

Sie gehört zu denen, die nur einen Versuch benötigen, dafür aber umso mehr Zeit. Für gewöhnlich suchen sie zunächst das Gespräch, stellen harmlose Fragen, gehen auf Einwände ein, tasten sich allmählich vor, bis ihr Gegenüber Vertrauen gewinnt und sich öffnet. Erst wenn sie sich nahe genug wissen, lösen sie aus. In der Regel treffen sie punktgenau.

Jeden Werktag um fünf habe ich Coppkis Schalter geschlossen, Lichter gelöscht und die schwere Tür hinter mir zugezogen. Als ich diesmal den Schlüssel ins Schloss stecke, ihn zweimal herumdrehe und dann mich selbst, steht sie vor mir. Ich habe keine Schritte gehört. Sie muss den langen Kellerflur vom Fahrstuhl aus mit ihrer schweren Umhängetasche herübergeschwebt sein.

Die Komponistin aus meinem Gesprächskreis meistert ihren ersten Auftritt überzeugend. Ihrem entwaffnenden Wortschwall aus Entschuldigung, Auftrag und Termin habe ich nichts entgegenzusetzen. Schon gleitet sie auf leisen Sohlen durch die Regalreihen, zieht Schubläden auf, rückt Geräte zurecht, hält ihre fünfunddreißig Millimeter auf Destillen, Kolben, leere Reagenzglasständer, gefüllte Fläschchen, Säcke und Bottiche mit aufgeklebten oder angebundenen Etiketten. Dabei spricht sie unentwegt von einem Motiv, von Druck, Zwang, von ihrem Auftraggeber und einem Aufmacher, den sie noch am gleichen Abend liefern müsse.

Um Coppki kümmert sie sich zuletzt. Zwei Tage später hält er ihren Umschlag in Händen. Sein Foto steckt in einer Hülle aus milchtransparentem Papier, am oberen Rand zusammengehalten von zwei Büroklammern aus Edelstahl. Darunter eingeklemmt ihre Visitenkarte, Vera Linden, Fotografie. Links von der Schrift ist eine Kleinbildkamera abgebildet, aus deren Objektiv ihr Smaragdauge blickt. Auf die Rückseite hat sie in sauberer Schrift gemalt: Vielen Dank! PS: Habe Ihr Bild nicht verwendet. V. L.

Das hat sie ihm zusichern müssen, bevor sie ging.

»Keine Sorge«, hat sie sein Bitten beruhigt, »ich hab's nur für mich gemacht. Die brauchen eher was symbolisch Mysteriöses, ohne Menschen.«

Mit diesen Worten ist sie von dannen gezogen. Erst da erkennt Coppki das Durcheinander, das die Frau in seinem Revier hinterlassen hat. Während er alles an seinen Platz zurückbefördert, bis die gewohnte Ordnung wiederhergestellt ist, findet er auch seinen inneren Kompass wieder.

Der Sachverhalt ist schnell rekonstruiert. Eine Fotojournalistin, ein paar Jahre älter und einen halben Kopf kleiner als er, die Erscheinung einer Tänzerin mit goldbraunen Naturlocken, zu der mir Worte wie flink und flott in den Sinn kommen, ist auf der Suche nach einem geeigneten Bild für die Universitätszeitung in seine Gefilde geraten und dort offenbar fündig geworden.

Was dann geschieht, wie sie ihm näherkommt und ihr kleines, gemessen am jugendlichen Schwung ihrer Bewegungen fast altes, eingefallenes Gesicht zeigt, aus dem ihr Mund wie durch den Schlitz einer Pappmaske plaudert, das begreife ich erst, als sich unsere Blicke treffen. Keine Frau hat ihn, seit er sich als Mann fühlt, so unbefangen angesehen wie diese. Solche Blicke kennt er sonst nur von Reklametafeln. Sie beunruhigen ihn wie das undurchdringliche Schauen der Tiere.

»Wie war noch Ihr Name? Coppki? Klingt lustig.«

»Sie lachen ja gar nicht.«

Sie steht mit dem Rücken zum hölzernen Giftschrank, zu dem

nur er einen Schlüssel besitzt. Ich lehne an seinem Schreibtisch rechts vom Ausgabeschalter, einen knappen Meter von ihr entfernt. Sie redet in einem fort und sieht mich dabei geradeheraus an.

»Ich fühle mich richtig wohl bei Ihnen hier unten, wissen Sie das?«

»Woran macht sich das fest?«

»Lösungsmittelflaschen, Pulverdosen, die Gerüche, das Flair, fast wie bei mir zu Hause.«

Sie stehe im Ruf, altmodisch zu sein, weil sie auf Chemie setze, klassische Rollfilme, nur schwarz-weiß, die sie eigenhändig entwickle, in ihrer Dunkelkammer, wo sie auch ihre Abzüge belichte. Dabei schwöre sie auf Mechanik, so rein und perfekt wie möglich.

»Eine Kamera muss präzise funktionieren wie eine Waffe, von der das eigene Leben abhängt. Sie muss das kleinste Fingerzucken in jeder Lage zuverlässig in den gewünschten Schuss verwandeln können.«

Die Komponistin hat sich sorgfältig vorbereitet. Sie spricht vom Druckwiderstand, vom Verlauf der Verzögerung, von der kalkulierbaren Belichtung im besten Moment, der sich meist lange vorher ankündige. Denn anders, als oft behauptet, sei die Zukunft über gewisse Zeiträume sehr wohl vorhersehbar. Gespräche, Gesten und Gesichtszüge entwickelten sich nach berechenbaren Mustern. Wie alle Geschichtenerzähler passe sie instinktiv den Höhepunkt ab, forme das werdende Bild in ihrem Geist, ziele mit geübter Hand auf den gedachten Rahmen und senke den Auslöser genau jenen Bruchteil einer Sekunde früher über den Anschlagpunkt, den die Mechanik brauche, um ihr Werk im gewünschten Augenblick zu verrichten.

Ich reagiere auf ihren Vortrag wie erwartet und suche den Zeigefinger ihrer rechten Hand. Sie hält ihre Kamera in Manier einer Revolverheldin mit gebeugtem Arm seitlich vor ihre Brust. Dabei lässt sie mich nicht aus den Augen, als verfolgte sie im Spiel meiner Gesichtsmuskulatur den Gang meiner Gedanken. Da sie ihren

Verschluss fast geräuschlos auslösen kann, begreife ich zu spät, was sie im Schilde führt.

Coppki hat stets penibel darauf geachtet, dass sich nie jemand ein Bild von ihm macht. Der Gedanke, andere könnten es ohne sein Zutun betrachten, erscheint ihm unerträglich. Er will unerkannt durchs Leben gehen. Doch als im Kameragehäuse der Spiegel vor- und zurückschlappt, lässt er es ohne Gegenwehr geschehen.

Umso größer muss sein Erstaunen gewesen sein, als er sein Foto aus der Zellophanhülle zieht. So hat er sich noch nie gesehen. Zuerst denkt er, sie habe das Bild retuschiert. Seit seiner Kindheit probiert er Grimassen aus, sobald er einen Spiegel sieht, immer neue Gesichter, mal ernst oder verschlagen, dann wieder fröhlich, wütend oder würdevoll. Dieses ist nie dabei gewesen. Was ihn noch heftiger verstört als das Fremde seines Anblicks: Sein Bild gefällt ihm. Er kann sich gar nicht sattsehen am anderen Ich.

Er tritt vor den kleinen Spiegel über seinem Handwaschbecken, hält das Foto neben seinen Kopf und versucht, die gleiche Miene noch einmal aufzusetzen. Es will um keinen Preis gelingen. Da muss er lachen, wie man nur über große Dummheiten lachen kann.

Sie hat ihn nicht nur abgelichtet, sie hat ihn auch durchschaut. Nun führt sie ihm das Schattenreich seiner Seele vor, in dem er sich eben noch allein geglaubt hat. In ihm steckt ein anderer, ein Unbekannter, der ihm auf unheimliche Weise nahegeht. Einer, der sich so gut verborgen hält, dass er ihn bis dahin nicht einmal bemerkt hat.

Aber dieser Jemand hat sich einen Satz gemerkt, eher einen beiläufigen Seufzer, der ihr über die Lippen kommt, als er ihr, in Gedanken an ihre bevorstehenden Stunden im Rotlicht der Dunkelkammer, in einer ihm fremden Weise mit zweideutigem »Na dann« eine gute Nacht wünscht.

Sie wendet sich um und sieht mich an wie eine Ertappte, die nichts mehr zu verbergen hat. Das Abgekämpfte ihrer Züge hat ihre Augen erreicht und weiter in die Höhlen gedrängt. Ihr welker Mund öffnet sich kaum, als sie ihren Satz ausspricht. Wahrscheinlich hat sie ihn genauso schnell wieder vergessen wie die anderen Belanglosigkeiten, mit denen sie mich eine Stunde lang in Schach gehalten hat.

Ich habe mehr über das schwierige Dasein freiberuflicher Fotografinnen erfahren, als ich je zu wissen hoffte, dazu Exkurse über die Versorgungslage alleinerziehender Mütter in Vollzeitarbeit, die Konflikte zwischen Kunst und Kommerz, den Terror des technischen Fortschritts und den verkannten Wert des Augenblicks im Zeitalter der Beschleunigung.

Als sie endlich die Kamera in ihrer Tasche verstaut hat, sagt sie mehr zu sich als zu mir: »Schluss für heute. Jetzt brauche ich einen Wein.«

Jeder möge sich selber prüfen, der mir vorwerfen will, meine Chance nicht ergriffen zu haben, sie einzuladen und zu begleiten. Coppki verhält sich nicht anders als unzählige andere, die zwischen gut und gut gemeint nicht unterscheiden können.

»Was Sie jetzt brauchen, das ist ein Bett.«

»Wissen Sie, junger Mann.«

Die Komponistin singt nun im aufmüpfigen Moll der Hauptstadtbewohner, Melancholie mit Marschmusik.

»In durchwachten Nächten kann so ein Bett zur Folterbank werden, die man niemandem wünscht.«

»Dagegen gibt es Mittel.«

»Mich hält das Zeug nur auf Trab.«

»Und Wein?«

»Hilft. Selten. Immerhin. Könnte gern drauf verzichten.«

»Und dann?«

Und dann sagt sie den Satz, der sein Leben auf den Kopf stellt, ein verwegener Wunsch und zugleich ein Versprechen, das sie spätestens mit dem ersten Glas wegspülen wird. Zu oft gedacht, zu oft ausgesprochen, ohne Aussicht auf Erfüllung. In seinem Inneren aber gerinnen die Worte zum schleichenden Gift, das in seine Mitte sickert und sie aufzukrempeln beginnt wie ein Häutungshormon die Puppe eines Falters.

Sobald die Frau verschwunden ist, deren Namen er sich in seiner Aufregung nicht einmal gemerkt hat, wiederhole ich mir ihren Satz ein ums andere Mal, schreibe ihn auf eine Karteikarte und stelle sie neben sein Foto auf die Ablage über dem Schreibtisch. Auf der Pappe rechts von seinem Bild stehen in unserer Handschrift nun die Worte aus ihrem Mund: »Ich würde alles geben, wenn ich nicht mehr schlafen müsste.«

5

Wer den jungen Coppki schwer erziehbar nennt, trifft den Kern, aber nicht den Ton. Wo andere sich renitent dem Kurs der Erwachsenen verweigern, entzieht er sich ihren Bemühungen in aller Stille und geht seinen Weg. Er hält sich an den Tagesablauf im Großelternhaus, isst anstandslos die dargebotenen Mahlzeiten, trägt die bereitgestellte Kleidung, badet regelmäßig, putzt sich die Zähne und so weiter.

Nur im Sozialen sperrt er sich von Anfang an gegen jedwede Bevormundung. Während ihm das Notwendige und Nützliche an Grundrechenarten oder selbstständiger Lektüre unmittelbar einleuchtet, kann er keinen Sinn darin erkennen, die Zeit mit anderen Kindern zu verbringen, die ihm so wenig zu sagen haben wie er ihnen. Bevor er überhaupt einen Begriff davon hat, was es heißt, Rechte zu besitzen, besteht er ohne ein Wort darauf, dass man ihn jenseits verständlicher Pflichten in seinem Freiraum in Ruhe lässt.

Eine Weile bemühen sich Ommka und Oppa noch, ihren Einzelenkel mit Gleichaltrigen zusammenzubringen. Nachbarskinder werden eingeladen, Spielplätze aufgesucht, Ausflüge geplant. Doch was sie auch unternehmen, er meidet die anderen wie sie ihn – aus Scheu nicht vor Konflikt, sondern Kontakt. Ginge es nach ihm, könnte er glücklich der einzige kleine Mensch auf Erden sein. Mit dem Kindergarten versuchen sie es erst gar nicht. Sie ziehen den Jungen zu Hause auf, wo er Tag für Tag still und zufrieden in seinem Zimmer mit sich und dem Spielzeug beschäftigt ist, das ihm der Großvater baut.

Petrush Coppki gehört zur aussterbenden Spezies abendländischer Bergleute, die sich auf Altkumpelart in einem Förderkorb in die Erde schießen lassen. Dort ist es heiß, stickig und laut, eine Abteilung der Hölle nur zu dem Zweck, dem irdischen Fegefeuer Brennstoff in Form schmutziger Steinkohle zu liefern. Als allzeit bereiter Handmann obliegt es seiner Pflicht, die Stromversorgung sicherzustellen, Wettermaschinen zu warten oder Proben von Kohle und Gestein fürs Analyselabor im Souterrain der Hauptverwaltung zu sammeln.

Wenn im Ergebnis auch stets mit einer Spur Unfertigkeit behaftet, kann er doch fast alles herstellen, was ein Haushalt braucht. Sämtliche Möbel im Haus stammen aus seiner Heimwerkerschreinerei. Während die Ommka den Jungen von der Badehose bis zur Wintermütze mit Selbstgestricktem und Handgeschneidertem versorgt, das selten Gnade vor den Augen der Gleichaltrigen findet, fertigt der Großvater in seiner Freizeit das gesamte Spielzeug für den Enkel an. Bauklötze aus Holz, die er farbig bemalt, Gliederpuppen mit Scharnieren und Kugelgelenken, einen kompletten Metallbaukasten, wie ihn sich sonst nur bessergestellte Familien leisten können.

Janush baut unermüdlich. Ob aus Holz, Metall oder Knetgummi, der Junge kennt die Qualitäten seiner Bauteile wie ein Brettspieler den Wert seiner Figuren. Seine immer kühneren Konstruktionen entstehen zuerst in seinem Kopf, dann stellt er sie in Windeseile auf, um sie gleich wieder zu zerlegen. Er will nur einmal sehen, ob sie der Wirklichkeit standhalten.

Das Haus der Coppkis am grünen Rand einer der Kleinstädte, die sich später als Bezirke im metropolitanen Großraum wiederfinden, hat der Oppa vom ersten Spatenstich bis zum letzen Pinselstrich nach eigenen Plänen selbst errichtet. Nicht unbedingt schön, aber massiv und stabil. Sechs Jahre verwendet er jede freie Minute darauf, seinen Bau voranzutreiben. Sechs Jahre, in denen ihn sein Sohn, Janushs Vater Josh, kaum zu Gesicht bekommt.

Als das Gebäude mitsamt Werkstatt endlich einzugsbereit dasteht und dem Stolz der Eheleute Coppki dient, hat sich zwischen dem vierzigjährigen Vater und seinem nunmehr vierzehnjährigen

Sohn ohne Warnschrei und Alarm ein unüberbrückbarer Graben aufgetan.

Josh zählt die Tage, bis er endlich das Haus verlassen kann, das ihn von seinem Vater entfernt hat, der auch noch behauptet, es für den Sohn gebaut zu haben. Er treibt sich herum, bleibt tagelang weg, träumt von der Freiheit eines Künstlerlebens, ohne zu wissen, was das ist. Seine Freunde sind den Alten fremd, sein Umgang, seine Mähne, seine Musik und was er liest, wie er spricht, was in seinem Zimmer an den Wänden hängt. Er raucht und trinkt, von allem zu viel, Selbstgedrehte, Cannabis, Wein, Schnaps.

Die Mutter zeigt sich milde, da Josh die Schule mit einem Einsatz erledigt, der ihn ohne Weiteres durch die Reifeprüfung bringt. Schon am folgenden Tag bricht er mit leichtem Gepäck in die Ferne auf und meldet sich drei Jahre nicht.

Bei Janush wollen die Großeltern alles anders machen – aus guter Absicht wie aus dem eigensinnigen Wunsch, ihren Enkel nicht an dieselbe fremde Welt zu verlieren wie den Sohn. Die Mittlere Reife sei mehr als ehrbar. Nur ein ordentlicher Lehrberuf führe in eine gesicherte Existenz. Der Junge passe ohnehin nicht unter die Dünkelglocke der Akademiker.

Ihm ist es nur recht, verfolgt er jenseits ehrgeiziger Ausbildungswege doch längst seine eigenen Ziele. Er gehört nicht zur Sorte Kinder, die sich vor dem Alleinsein fürchten. Angst ist ihm auf eine verwirrende Weise fremd. Einsamkeit empfindet er als Seinsform des Glücks, ungestört nach eigenem Willen zu sein. Die Rolle des Einzelkinds in der Obhut erziehender Großeltern ist ihm wie auf den Leib geschrieben. Mit dem, was er hat und ist, lebt er ohne Bedauern.

Wo ihm Widerstand zwecklos erscheint, fügt er sich den Vorgaben im kindlich treuen Fatalismus eines Huftiers, das weder seine Fellfarbe infrage stellt noch die Lage seiner Weide. Hauptsache man lässt ihm Zeit, zu tun und zu lassen, was er will. Und das ist in den Worten der Großeltern vor allem herumsitzen und träumen. Ob er dabei eine blaue oder graue Hose trägt, verändert für ihn nichts.

Ganz anders, wenn er gegen seinen Willen die Willkür Einzelner oder dessen zu spüren bekommt, was er einmal »das System« nennen wird. Wenn man ihm vorschreibt, was und wie er zu lernen hat, ohne seine Bedürfnisse zu berücksichtigen. Wenn er Regeln folgen soll, die einem begrenzten eigenmächtigen Hirn entsprungen sind anstatt gesundem Menschenverstand. Sobald nur ein Schimmer von Zensur oder Dressur aufscheint, zieht er sich unerreichbar auf seine innere Insel zurück wie ein gelehrter Idiot.

Umso unheimlicher sind ihm die Zwänge von innen, denen er nichts entgegenzusetzen hat. Alles, was ihn, wie er einmal sagen wird, auf die Ebene der Tiere stellt. Mit Hunger und Durst schließt er seinen Frieden, isst, trinkt, was man ihm vorsetzt. Das Wort »müssen« verbindet er mit dem unbezwingbaren Drang, sich zu erleichtern. Ich muss mal, bedeutet so viel wie: Ich habe keine andere Wahl, aber wenn ich ihr folge, tut es mir gut. Das gilt auf eine irritierende Weise auch für das, was er nicht benennen kann, wenn er durchs Schlüsselloch* die Ommka im Bad beobachtet.

Von vollkommen anderem Schlag aber ist das Gift der Müdigkeit, das jede Nacht unweigerlich den Schlaf erzwingt. Besonders nachdem ihm die Ommka, als er sie einmal über den Tod ausfragt, zur Antwort gibt, Sterben sei wie Einschlafen, ohne wieder aufzuwachen. Eins wie das andere reiße den Menschen aus seinem Leben. Man muss nicht stärker am Dasein hängen als ein kleiner Mensch aus seiner innersten Natur, um das Entsetzen eines Kindes zu verstehen, das sich vorstellen soll, nicht mehr zu sein. Woher soll es beim Einschlafen wissen, ob es je wieder ins Bewusstsein zurückkehren wird?

Seine Großeltern würden nach bestem Wissen zu Protokoll

* Damals gebräuchliche *Buntbartschlösser* besaßen eine kleine Öffnung für den Schlüsselbart und -schaft, die durch die Tür reichte und heimliche Blicke auf die andere Seite ermöglichte.

geben, als Schläfer sei er unkompliziert. Statt Radau zu veranstalten, was seinem Naturell ohnehin nicht entspricht, schont er seine Kräfte für den wahren Kampf und geht zuzeiten brav ins Bett. Gleich, wie frisch oder erschöpft er sich fühlt, lässt die Ommka jeden Abend mit Getöse das Rollo aus seinem Kasten vor das Fenster rauschen, wünscht ihm nach immergleichem Müdebinichgehzurruh und Kreuzzeichen zum Kruzifix über seinem Bett pünktlich um acht einen gesegneten Schlaf und löscht das Licht. Er weint nicht, das tut er nie, gibt keinen Laut von sich, wenn sie sich zum Gehen wendet. Manchmal stellt er ihr noch eine letzte Frage für die Nacht.

»Ommka, was ist Zukunft?«

»Das ist die Zeit, die noch nicht geboren ist.«

Oder: »Ommka, woraus sind Träume?«

»Ich glaube, aus Luft.«

»Nicht aus Feuer?«

»Aus Feuer ist die Seele.«

Anfangs kommt ein paar Minuten nach ihr noch einmal der Oppa ins Zimmer geflüstert, »Janush?«, wartet, gewöhnt seine Augen an die Dunkelheit, hört den Jungen, der ihm den Rücken zeigt, regelmäßig atmen, sieht nicht seine aufgerissenen Augen, sagt sanft: »Gute Nacht«, und zieht leise die Tür wieder ins Schloss. Bald steigt er nur noch sporadisch in den ersten Stock, schließlich bleiben seine Kontrollbesuche aus. Janush verbucht es als Teilerfolg, da er fortan ungestört bleibt. Er vermisst nur den Biergeruch, den der Oppa immer im Zimmer zurückgelassen hat.

Beharrlich, wie er sich ans Wachbleiben klammert, stemmt er sich gegen das Wegdämmern, starrt im stillen Ringen in ein schwarzes Nichts, das seine Knabenfantasien heller leuchten lässt. Er stellt sich Bilder und Szenen vor, deren Ausgang er selber nicht kennt. Je besser es ihm gelingt, sie sich weiterzuerzählen, desto länger währt sein Widerstand.

Im Dunkeln stellt er die Ohren auf wie ein Tier, das Geräusche ortet. Manchmal tastet er sich auf Zehenspitzen zur Tür, legt sein

Ohr ans Holz und lauscht den fernen Gesprächen und Verrichtungen in Küche und Wohnzimmer. Das meiste, was die Großeltern sprechen, versteht er nicht. Aber er weiß genau, wann von ihm die Rede ist. Er hört es am Tonfall.

Hätte er schon ein Wort dafür, dann wüsste er, dass seine Beschützer sich Sorgen machen. Den Klang der Silben Ei-gen-bröt-ler kann er nachmachen, bevor er ihm einen Sinn zuordnen kann. Viel schwerer aber als alles Gesagte, das ihm noch so wenig bedeutet, wiegt der Verdacht, andere könnten über ihn reden. Fällt unten sein Name, während er oben mithört, hat er das Gefühl, nicht mehr ganz bei sich zu sein. Fast so, als hätten sie einen Teil von ihm geraubt und würden ohne seine Mitsprache über ihn verfügen.

Noch schmerzhafter trifft es ihn, wenn die Großeltern Gäste empfangen. Das geschieht zwar nur selten, wenn es hoch kommt, zweimal im Monat, immer kurz nach acht, wenn Janush schon in den Federn liegt. Aber dass die einzigen ihm nahen Menschen ganze Abende lang mit Unbekannten über ihn reden, empfindet er wie einen unentschuldbaren Verrat. Wie können sie zulassen, dass er willenlos im Kopf von Fremden herumgeistert?

Jedes Lachen der trinkfröhlichen Runde unten im Wohnzimmer trifft ihn, jedes Getuschel bezieht er auf sich. Nichts zu wissen, fällt so viel leichter, als zu wissen, dass man etwas nicht weiß. Erst wenn sich die Besucher auf den Heimweg machen und der Oppa neben der Ommka im breiten Ehebett nur eine Wand von ihm entfernt zu schnarchen anhebt, findet Janush die Ruhe, die ihn wehrlos in sein Traumreich fallen lässt.

Wenn etwas das kleine Erwachsenwerden während der Kindheit beschreibt, bei dem der Mensch sich erstmals als Person begreift, dann der Schritt vom Müssen zum Dürfen, wie er sich im Übergang vom kindlichen Kampf gegen den Schlaf zur jugendlichen Freude auf die nächtliche Ruhe vollzieht. Coppki hat ihn nie getan.

Seine frühesten Erinnerungen reichen zurück bis an den Tag, als die ewig tropfende Toilettenspülung im Haus seiner Großeltern verstummt. Nacht für Nacht hat sie tlipptlipptlipp aufseiten seines Schlummers gekämpft und ihn mit ihrem eintönigen Gesang ins Reich der Träume begleitet. Den Preis bezahlt die Ommka, dargestellt von unserer Chirurgin, die kein Auge zubekommt. Als sie einmal über das Maß ihrer Geduld gewacht hat, richtet sie das Wort an ihren Ehegatten und sagt zum Regisseur: »Pappa, mamma heile.«

An diesem Abend versteht der Enkel die Macht der Worte. Er spricht sie nach, seine ersten Bröckchen, alle drei auf einmal, pappamammaheile, pappamammaheile, die Ommka lächelt, der Oppa lacht und steigt in den Keller hinunter. Er trägt seine Werkzeugkiste in den ersten Stock und macht sich an den Eingeweiden seines Hauses zu schaffen. Er hat, wie man so sagt, zwar den Kopf, aber nicht immer das Händchen. An diesem Abend gewinnt der Kopf. Ein Griff in den Spülkasten genügt, schon hat er die Abflussdichtung von den problematischen Flusen befreit.

»So«, sagt der Oppa, als er wieder am Küchentisch sitzt, und dieses Stenogramm seiner Befindlichkeit lässt sich am besten verstehen, wenn dem sausenden S das O kurz wie in Gott auf die Zunge gelegt und dann mit einem Schuss Trotz unterfüttert wird – so wie es in den Ruinen des einstigen industriellen Herzens des Landes heute noch ausgesprochen wird. Seine Frau ist ihre Qualen los und der Enkel seine monotone Einschlafmelodie.

Als das Tropfen wenig später wieder einsetzt, nun deutlicher und einen Halbton höher als zuvor, sagt Ommka nichts. Die Chirurgin kennt den Regisseur nur zu gut, um zu wissen, dass der Oppa eine andere Lösung finden wird.

»Und?« fragt er sie schließlich.

»Muss!« sagt sie nur.

Statt erneut zu klempnern und am Ende die Abflussmechanik zu ruinieren, bringt Petrush von der Arbeit ein Paar kurze, stiftdünne Zylinder aus gelbem Schaumstoff mit, die, in die Ohren gesteckt, den Bergleuten Gehörschutz bieten.

Die Ommka probiert sie aus, findet ihren Schlaf wieder und gibt den Stöpseln schon am nächsten Morgen ihren bleibenden

Namen: *Freunde der Nacht*. Sie stopft sich die Stifte auch noch allabendlich in die Ohren, nachdem sie das Haus zwei Jahre nach dem Tod ihres Mannes verkauft hat und mit ihrem Enkel in eine Etagenwohnung im Zentrum der Hauptstadt gezogen ist, wo nichts mehr tropft oder tlippt.

Janush aber verbindet das Einschlafen fortan mit einem hellen Tropfen, das er in sich wachrufen kann, bis der kleine Tod an seine Pforte klopft. Schlafen gehört für ihn bald zu den unabänderlichen Notwendigkeiten des Lebens wie Atmen oder Pinkeln. Er weiß die Frische am Morgen danach sogar zu schätzen. Und nichts tut er lieber als träumen, solange er dabei wach sein darf. Was ihm zutiefst widerstrebt, sind die Träume der Nacht. Nicht ihr Gehalt macht ihm zu schaffen, den findet er bisweilen sogar unterhaltsam. Es ist ihre Unverfügbarkeit.

Sie spielen ihm vor, was ihnen gerade passt. Sie können ihn beglücken oder erschrecken, wann immer sie wollen. Mit ihren Versprechen und Verwünschungen versuchen sie ihn zu lenken. Er darf weder mitreden noch eingreifen, ein hilfloser Zuschauer seiner selbst, vor dem ihm bisweilen graut. Und wenn sie ihm dann doch einmal etwas Gutes tun, seine verfluchten Träume, ihm erlauben, übers Wasser zu gehen oder Regen zu machen, dann endet der Zauber am Morgen stets in der gleichen Enttäuschung, nichts davon wirklich erlebt zu haben.

Er ertrinkt jede Nacht. Jäh reißt es ihn in die Tiefe, nimmt ihm den Atem. Er strampelt, boxt, bäumt sich auf. Es hilft nichts. Finstere Mächte ziehen ihn hinab in ihr unsagbares Reich, wo die Regeln ihr Recht verlieren. Er kann am Grund des Meeres wandeln, Raum und Zeit durchqueren, fliegen, Stürze überstehen, den Stich ins Herz, unsterblich bis zum Ende der Episode – aber ausgeliefert, Betrachter des eigenen Handelns, ein Held in fremden Händen, Ich einer Geschichte, die ein anderer für ihn schreibt. Das einzig Beruhigende am nächtlichen Theater: Niemand sieht ihm dabei zu.

Tagsüber, wenn seine Träume schlafen, träumt er davon, sie zu beherrschen. Da er nicht gegen sie ankommt, lässt er sich Abend für Abend auf erbitterte Kämpfe gegen das Einschlafen ein. Allein im Dunkeln, setzt er alles daran, das Versinken zu verhindern. Er hält sich mit Geschichten wach, die er im Geiste notiert, bis ihn die Müdigkeit endgültig übermannt. Dabei schärft sich eine Gabe, der er die Durchbrüche späterer Jahre verdankt. Er begreift die Schöpferkraft des Dahindämmerns, dehnt die Phase unkontrollierter Gedankenverbindungen aus und merkt sich ihre Ergebnisse.

Coppkis Abenteuer spielen in seinem Kopf, und sie spielen mit ihm, bis er sich darin verliert. Allein in dieser Welt ist er zu Hause, die übrige ist ihm fremd wie ein unbekanntes Spiel, dem er nur zusieht. Allein in ihr kann er alles sein, in der da draußen sind ihm die Wege verstellt. Es ist die Lust am Rausch, die ihn tiefer ins Nebelreich führt, die Sucht nach dem großen Ganzen jenseits der Enge, die sein Wahrnehmen beschneidet.

Was er nachts an Einfällen gewinnt, verliert er tags drauf an Frische und Leistungskraft. Schon in der Grundschule gilt er als zurückgebliebener Außenseiter, bei Weitem der älteste Schüler seiner Klasse, dabei der kleinste und stillste. Seine Klugheit lässt er viel zu selten aufblitzen, als dass sie einen Widerhall in seinen Zeugnissen finden könnte. Dort steht, er sei ständig abwesend und könne sich überhaupt nicht konzentrieren.

Das Gegenteil ist der Fall. Er vertieft sich in Fantasien wie Zappelkinder ins Zappeln, erlebt Abenteuer, von denen die anderen nicht einmal träumen können, baut Luftschlösser in einem Labyrinth verschlungener Geschichten, die er verfolgt wie ein Schachspieler seine laufenden Fernpartien, und in jeder nimmt er seine Rolle ein.

Beinahe ist sein Los besiegelt, von Sonderschule wird bereits getuschelt, da kehrt in Person der Grundschullehrerin Monika Reichenbach die Wende ein – eine Nebenrolle, der sich in unserem Gesprächskreis einfühlsam die Architektin angenommen hat. Ihrem Einfallsreichtum verdanke ich die schönsten Dialoge aus Coppkis Kindheit.

Die Lehrkraft tritt mit ihren dreiundzwanzig Jahren so ungezwungen auf, dass Janush ihre freundschaftliche Autorität aus einem Gefühl geistiger Gemeinsamkeit begrüßt. Statt ihn als verstockten Sonderling aufzugeben, wie es ihre Kollegen tun, nimmt sie sich seiner an, hört ihm zu und bettet Lehrstoff und Fragen ins Umfeld seiner Tagträume ein. Oft verzichtet sie auf ihre freien Minuten während der Unterrichtspausen, um ihm seine Geschichten zu entlocken.

In seiner kindlich anmutenden Art kann er Fragen stellen und Vermutungen über die Welt äußern, wie sie selten einem Erwachsenen über die Lippen kommen.

»Alles, was wir sehen, ist schon vorbei.«

»Zwei und zwei ist vier. Eins und drei auch. Ist das dieselbe Vier oder eine andere?«

»Bausteine wissen, was man aus ihnen bauen kann.«

»Was wäre ohne den lieben Gott anders als mit ihm?«

Sie kann zuhören, aber ebenso kann sie einhaken und die Plausibilität seiner Gedankenkonstrukte einfordern. Heimlich bewundert sie seinen Einfallsreichtum. Nach außen bleibt sie die Anwältin des Zweifels, die mit Einwänden seinen Verstand zu schärfen sucht.

»Was wäre, wenn jeder wüsste, was die anderen denken?«

»Alle würden durcheinanderdenken.«

»Und? Wüssten wir dann mehr oder weniger über uns?«

»Wir wüssten alles und gleichzeitig nichts.«

Sie hat keine Ahnung, woher er das nimmt, dieser Neunjährige, der kaum älter wirkt als sechs.

»Du kannst es auch umgekehrt sagen: Wir wüssten nichts, weil wir alles wüssten.«

»Wir müssten schon vorher wissen, was einer sagen will. Dann müssten wir nur noch zuhören, wenn es wichtig ist.«

Die Lehrerin hat ihn zum Sprechen gebracht. Sie erscheint in seinen Träumen, nimmt ihn an der Hand als Freundin der Nacht, die ihm helfen soll, die Träume zu besiegen. Und tags drauf erklärt ihm die Traumfrau in ihrer Wirklichkeit, das könne, wenn überhaupt, nur im Traum selber gelingen.

»Du musst in sie eindringen und dich aus ihnen befreien.«

Der beste Augenblick dafür sei der des Erwachens, wenn er das Ende noch zu fassen kriege und den Ereignissen entgegeneile. Habe er erst gelernt, sich ins Reich der Träume zurückzukämpfen, würden sie sich verwandeln und schließlich seinem Willen unterwerfen.

Janush fängt an, das Drama der Nacht von zwei Seiten in die Zange zu nehmen, den privatesten Momenten des gesunden Menschseins. Er beginnt, das Aufwachen so auszudehnen, wie es ihm schon beim Einschlafen gelingt. Statt sich beim ersten Aufscheinen des Bewusstseins aus dem Bett zu erheben, bleibt er nun liegen und hält sich im Halbschlaf bereit, die Erinnerung an das Geträumte ins Wache zu retten.

Er entdeckt, wie sich die halbwache Schwebe des Morgens von der am Abend unterscheidet. Im Versinken löst sich der Knoten des Denkens auf. Das erlaubt ihm, einzelne Fäden aufzunehmen und so miteinander zu verknüpfen, wie es in der Kontrolle der Vernunft nie gelingt. Beim Auftauchen dagegen kann er das Gespinst lange genug festhalten, die Logik der Verknüpfungen zu untersuchen.

Die beiden Sphären liefern ihm Räume der Einbildungskraft von gänzlich unterschiedlicher Qualität. Wenn es ihm gelänge, sie zur Berührung, gar zur Deckung zu bringen und sich das Treiben des Unbewussten aus zwei Richtungen bewusst zu machen, könnte er dem Sieg über die Träume ein entscheidendes Stück näher kommen.

Ein erster Durchbruch gelingt ihm, als er sich beibringt, Nachtmahre wie ein schlafender Wachhund mit halb geöffnetem Auge als Klarträume aus der Ferne zu belauschen. Er lernt, die verdeckte Beobachtung so lange aufrechtzuerhalten, bis das Geschehen einen Höhepunkt erreicht. Erst auf ein Signal hin, das er mit sich selbst abgemacht hat, schaltet sein System auf Schnitt.

Einmal treibt er im dichten Nebel nackt auf einer Eisplatte im tropischen Ozean. Von allen Seiten her hört er es tröpfeln, gurgeln, plätschern. Er liegt flach auf dem Rücken, zur Hälfte im Wasser. Sein Körper hat eine Mulde ins Gefrorene getaut. Er dreht sich auf die Seite und trinkt vom Geschmolzenen. Verdursten wird er so schnell nicht. Er sieht sich um. In allen Richtungen das gleiche Grau.

Es kostet ihn einige Mühe, sich vom nassglatten Boden aufzurichten. Er atmet schwer. Die Luft erscheint ihm feucht und heiß wie in einer Sauna. Augenblicklich beginnt er zu schwitzen. Mit beiden Händen schöpft er sich Schmelzwasser über den Körper.

Er tapst auf allen vieren und beginnt, das schwimmende Eis zu erkunden. Zum Rand hin lichtet sich der Dunst. Verschwommen erkennt er den Horizont. Die Sonne muss genau über ihm stehen. Er behält die Taukante im Auge, krabbelt los und zählt seine Schritte. Der Weg beschreibt eine Kurve. Offenbar bewegt er sich im Kreis. Die Insel ist endlich, ihr Rand aber grenzenlos. Kein Punkt unterscheidet sich vom anderen. Er geht auf die Knie und pinkelt einen gelben Krater ins Eis.

Am Ende der nächsten Runde ist seine Spur noch zu erkennen. Er schätzt den Durchmesser seiner Scholle auf fünfzig Meter. Die Sonne tritt aus dem Dampf, der über seiner Insel aufsteigt. Er bemerkt, wie sie sich langsam, aber deutlich erkennbar um ihn dreht. Bis zum Anbruch der Nacht steht ihm das Licht neunmal im Gesicht. Glücklich weiß er sich nun im Besitz von Kompass und Uhr als Taktgeber für seine Tage.

Das verschafft ihm Ruhe, bis er sich den Eisberg vorstellt, der kopfüber unter ihm hängt und in messbarer Geschwindigkeit zerrinnt. Sein Tod durch Ertrinken ist unausweichlich. Sein Leben hält ihm noch eine Entscheidung offen. Springen und Schluss machen oder bleiben und auf das Ende warten.

Ein letztes Mal hat er die Wahl. Das ist das Signal, auf das er sich beim Einschlafen eingestellt hat. Er lässt sich über die Klippe kippen und landet im schweißnassen Tuch seiner Bettstatt. Ohne

Zögern steuert er das Traumtagebuch in seinem Kopf an: *Beim nächsten Mal bleiben.*

Die Nachttischlampe bleibt erloschen. Schon verlassen ihn die Sinne wieder. Der Körper fällt in Schlafstarre zurück. Nur das Bewusstsein bleibt bei federleichter Besinnung. Manchmal gelingt es ihm, den Faden wieder aufzunehmen und die Handlung mit freiem Willen fortzusetzen.

Als er wieder an der Eiskante steht, entscheidet er sich gegen den Sprung. Er verharrt auf seiner Scholle, hält die Waage zwischen Hitze- und Kältetod, trinkt sein schweißgetränktes Schmelzwasser und misst die Länge der Tage. Die eisige Reserve geht dahin. Die Insel dreht sich von Runde zu Runde schneller, als wäre sie in einen Strudel geraten. Irgendwann ist sie so weit geschrumpft, dass er sich nur noch rittlings auf ihr halten kann. Ihren Rest zwischen den Beinen, streckt er seinen kreisenden Kopf so lange über Wasser, wie es nur geht.

Da taucht am Horizont eine Schwester seiner Eisplatte auf. Das Warten hat sich gelohnt. Er macht sich sofort in ihre Richtung auf den Weg. Im warmen Tropenmeer würde er es tagelang aushalten. Als Reserve gegen den Durst hält er den Eisblock fest im Griff seiner Schenkel.

Der Vorrat ist längst aufgebraucht, als er das rettende Ufer erreicht. Er findet einen kleinen Wasserfall. Beinahe hätte er sich betrunken. Doch die Freude währt nur kurz. Ein Landgang aufs glatte Eis scheint unmöglich. Er umschwimmt die Insel. Sie kommt ihm um einiges größer vor als seine verlorene. Zwischendurch ruht er sich an tropfenden Eiszapfen aus. Mit ihren Spitzen raut er die Haut seiner Hände auf, um besseren Halt zu finden. Es gelingt ihm, zwei kräftige Zacken herauszubrechen. In einer Schmelzbucht wuchtet er sie in tiefe Rillen, die abfließendes Wasser in die Wände geschnitten hat. Es dauert nicht lange, da hat er sich auf die Platte vorgearbeitet.

Der eine Moment des Glücks reicht aus, den Kontakt abreißen zu lassen. Er verliert das Bild aus dem Blick, auf einmal wird ihm schwarz vor Augen, er fühlt, wie er am ganzen Leib zittert. Dann begreift er seine Lage. Er ist in der Badewanne eingeschlafen. Als er sich bewegt, spielt ihm das Wasser eine Melodie aus hellen Tönen vor, wie nur Wasser sie kennt.

Solche Erfolge bleiben die Ausnahme. In der Regel sind die Träume mächtiger als er. Sie geben sich so wirklichkeitsnah, dass ihm im Traum das Träumen nicht auffallen will. Schlimmer noch, vermengen sich Erlebtes und Eingebildetes in der Erinnerung untrennbar. Schon nach wenigen Stunden kann er nicht mehr sicher sagen, ob er etwas tatsächlich erfahren, es geträumt oder sich im Wachen nur vorgestellt hat.

Allmählich erlahmt sein Widerstand. Er nutzt weiterhin die schöpferische Kraft beim Ein- und Auftauchen, beginnt aber, den nächtlichen Zwang hinzunehmen wie andere Unvermeidbarkeiten des Lebens. Der Schlafmangel mildert sich. Die schulischen Leistungen erreichen einen Stand, der den Wechsel auf die Mittelschule nahelegt.

Die Coppkis leben ziemlich zurückgezogen. Die Kontakte des Großvaters beschränken sich auf seine Kumpel, mit denen er nach der Maloche hin und wieder auf ein Bier geht, und den Frühschoppen sonntags nach der Kirche. Die Großmutter, eine Schneidermeisterin, fertigt in ihrem Einfrauenbetrieb nach Schnittmustervorlagen Garderobe für einen kleinen Kreis befreundeter Kundinnen an, die sie zum Ausmessen und Anprobieren aufsucht und gelegentlich auch zu Hause empfängt.

Als Janush gerade vier ist, bringen die Großeltern ihm Skat bei. Er findet Gefallen an dem Kartenspiel, das in wechselnden Aufstellungen zwei gegen einen antreten lässt und neben den Mahlzeiten zu den wenigen gemeinsamen Unternehmungen der Familie gehört. Er beweist außerordentliches Geschick im Umgang mit seinem Blatt, merkt sich die Stiche, rechnet den aktuellen Stand der Punkte aus und ist den Alten schon mit sechs Jahren mindestens ein ebenbürtiger Partner.

Abgesehen von dem, was für das Spiel nötig ist, Zählen und fachkundiges Kommentieren, ist es während der Runden nach ihren strengen Regeln untersagt, zu reden. Janush begeistert die Skatsprache – reizen, drücken, stechen, ramschen, Nullouvert und Hand und Stock und Bock. Es muss ein herrlicher Anblick gewesen sein, wie er in Manier eines Wirtshausspielers mit der Faust auf den Tisch eine Karte ausspielt und ruft: »Die Kleinen fangen die Großen.«

Er mag das Haus nicht verlassen. Nur eins bringt ihn vor die Tür: Wasser. Sobald es heißt, es gehe zum Kanal, an den Baggersee oder ins städtische Hallenbad, verwandelt er sich in ein Amphibienwesen, das es an Land verschlagen hat und zum Nassen zieht. Er kann schon schwimmen, als er zu den Großeltern kommt, liebt schwereloses Schweben, spielt toter Mann oder zieht seine Bahnen. Es bleibt sein einziger Sport. Alles, was zum Kampf gegen die Schwerkraft ausartet, ist ihm zuwider. Kommt ein Ball ins Spiel, versagen Kopf und Hände.

So verwundert es kaum, dass er seinen Widerstand gegen jede Art organisierter Leibesübung erst aufgibt, als die Rede vom Schwimmverein ist. Dort eingetreten, hält er sich von den anderen fern und absolviert anstandslos sein Trainingsprogramm. Da er Konkurrenz in jeder Form ablehnt, wechselt er bald von den Wettkampf- zu den Rettungsschwimmern. Der ausbildende Trainer, ein Schwimmmeister alter Schule, der nicht viele Worte macht, bringt das Kunststück fertig, den zierlichen Jungen durch die Prüfung zum Lebensretter zu schleusen.

Janush ist süchtig nach Wasser, und zwar einer besonderen Sorte. Er besitzt eine Glasflasche mit Schnappverschluss, die füllt er jeden Abend mit Leitungswasser und nimmt sie mit ins Bett. Beim Einschlafen kühlt sie im Hohlraum der Decke seine Brust. Wenn er aufwacht, hält er sie mit beiden Armen auf seinem Herzen. Dann setzt er sich auf, lässt den Verschluss aufspringen und trinkt in langen Schlucken körperwarmes Wasser.

Spazieren geht er am liebsten, wenn es draußen regnet. Dann

hält er sein Gesicht in den Himmel und fängt mit der Zunge Tropfen aus der Luft. In der Badewanne bleibt er sitzen, bis er mit blauen Lippen friert. Stundenlang kann er in der Küche auf das rollende Auge der Waschmaschine starren oder im Garten die Tröpfchen des Rasensprengers zählen.

Der Großvater plant, ihm hinterm Haus ein bescheidenes Becken zu bauen. Aus dem Vorhaben wird nichts. Die staubkranken Lungen des Bergmanns lassen schwere Arbeiten nicht mehr zu. In seinen letzten Monaten ringt er um Luft, bevor er an seiner eigenen Atemlosigkeit erstickt. Die heimischen Skatrunden gehören für immer der Vergangenheit an. Da ist Janush gerade neun geworden.

Als er mit zehn gefragt wird, was er einmal werden will, sagt er: Prophet. Er kann kein Berufsbild zeichnen, das dem Wohlklang des Wortes entspricht. Allenfalls vage Skizzen einer Tätigkeit, die er den religiösen Einflüsterungen seiner Kindheit verdankt.

Seine Großmutter ist daran nicht ganz unbeteiligt. Der Himmel hat ihr das seltene Geschenk bereitet, den einzigen Sohn nach dessen Verschwinden ein zweites Mal aufziehen zu dürfen – in Person von dessen Sohn Janush, der seinem Vater wie ein verspäteter Zwilling gleicht.

Sie besitzt einen wuchtigen Schreibsekretär mit absenkbarer Tischplatte. Wenn sie nicht davor auf dem Hocker sitzt, hält sie die Klappe geschlossen. Janush vermutet in dem klobigen Möbelstück ein Ding voller Geheimnisse. Da sie weiter nichts vor ihm verbirgt, achtet er ihren Rückzugsort, auch wenn er alles gegeben hätte, den Inhalt der Schiebefächer, Ablagen und Schubladen einmal näher untersuchen zu dürfen.

Je beharrlicher sich das Innenleben vor ihm verbirgt, desto deutlicher fällt ihm beim flüchtigen Einblick ein Gegenstand in der rechten hinteren Ecke der Schreibfläche auf. In einem Rahmen aus schwarzen Leisten, den ein abgewinkeltes Pappdreieck aufrecht hält, bewahrt die Ommka hinter Glas sein Foto auf.

Es dauert nicht lange, bis der Junge erkennt, wie sich das Bild mit ihm verändert. Offenbar ersetzt sie es regelmäßig durch ein neueres – in merkwürdigem Widerspruch zur mechanischen Armbanduhr mit goldenem Gliederreif, die vor dem Bild auf der Seite liegt und immer dieselbe Zeit zeigt.

Hat er sich als Dreikäsehoch noch keine Gedanken über das Entstehen von Fotos gemacht, so erkennt er immer deutlicher, dass die Aufnahmen zwar sein Gesicht zeigen, alle paar Tage jedoch ein wenig anders, als würde es mit ihm älter. Eines Tages fasst er all seinen Mut zusammen. Bevor die Ommka ihn tadeln kann, steht er neben ihr und zeigt mit dem Finger wortlos auf sein Bild. Zu seinem Erstaunen reagiert sie so gelassen, als hätte sie schon lange mit seiner Frage gerechnet.

»Das ist dein Vater, als er so alt war wie du.«

Bis zu diesem Augenblick hat eine Lüge Janushs Kindheit begleitet, wenn das Verschweigen einer Wahrheit so genannt werden darf. Ohne es je zu behaupten, ließen die Großeltern ihn im Glauben, sie selbst seien Mutter und Vater für ihn. Mit seinen drei Jahren, als ein junges Paar auf einer einsamen Insel in seinem Campingbus verunglückte, konnten ihm die Tatsachen weder zugemutet werden, noch hätte er sie verstehen können. Nun, da er sechs ist, eröffnet ihm die Ommka, auch er habe Eltern, die sie beim Namen nennt, Josh und Rianna.

Sie streicht ihren Rock glatt und hebt den Jungen zwischen ihren Knien hindurch auf ihren Schoß. Er lässt es wie üblich ohne Freude oder Gegenwehr geschehen.

Hier die vierundfünfzigjährige Frau, rund und gemütlich, aber nicht im Sinne von dick, eher flink, fleißig und patent, wie man damals sagte. Dort der sechsjährige Knabe, schmächtig, still und zu klein für sein Alter, die braunen Augen unter aufgebogenen Wimpern stets weit geöffnet, damit sie ja nichts verpassen.

»Und wo ist er jetzt?«

»Im Himmel, genau wie deine Mutter.«

»Und was machen sie da?«

»Sie schauen uns zu und warten, bis wir zu ihnen kommen.«

Janush hört still zu. Die Großmutter fühlt sich erleichtert. Er aber wird zur schwebenden Feder, der die Luft abhandenkommt, bis sie im Vakuum fällt wie ein Stein. Er sucht einen Halt, irgendetwas, das ihm als Ankerpunkt dienen könnte. Er starrt auf das Bild des Sechsjährigen, der ihm zum Verwechseln ähnelt und einmal sein Vater war und nun aus dem Himmel zu ihm herüberblickt wie aus einem Spiegel.

»Muss er immer schlafen, wenn er tot ist?«

»Im Himmel muss niemand schlafen.«

»Auch nicht, wenn man müde ist?«

»Im Himmel muss man gar nichts.«

»Dann will ich auch in den Himmel.«

»Dahin kommst du früh genug. Aber vorher musst du leben.«

»Warum muss man leben?«

»Um in den Himmel zu kommen.«

Janush spürt nicht zum letzten Mal Unbehagen an der Tautologik des Religiösen, dem sein wissenschaftlicher Werdegang entscheidende Impulse verdankt. Wie oft, wenn er die Großmutter über das Paradies ausgefragt hat, haben ihre Antworten zu Zirkelschlüssen des Wie und Warum geführt.

Der ferne Vater, der ihm angeblich zuschaut, ist dabei unerheblich. Woher soll ein Junge wie er Nahrung für die Sehnsucht nach einem Erzeuger beziehen? Mag nach der Geburt der Instinkt eine Weile seine Dienste leisten. Mit sechs ist er längst erloschen. Dass ihm nun Eltern in die Welt gestellt worden sind, tote Menschen in anderen Sphären, berührt ihn eher als Kuriosum denn als Desiderat. Er senkt seinen Blick und richtet seine Kinderhand, Zeigefinger gestreckt, die übrigen zur Faust geschlossen, auf die goldene Armbanduhr.

»Die haben wir deinem Vater zum Abitur geschenkt. Sie muss stehen geblieben sein, als er starb.«

Janush hat schon mit vier gelernt, die Zeit zu lesen. Auf der runden Wohnzimmeruhr, die mit hektischem Herzen vor sich selbst weglaufen muss, um nicht zu erstarren. Aber was es bedeutet, wenn die Uhr eines Menschen aufhört zu ticken, erfährt er erst jetzt. Er schaut auf das Ziffernblatt. Es steht still wie das Gesicht auf dem Foto. Das Herz seines Vaters hat kurz vor Mittag oder Mitternacht aufgehört zu schlagen.

»Darf ich die haben?«

»Später, wenn du größer bist. Jetzt passt sie noch nicht.«

Zum Trost schenkt die Ommka ihm die ineinandergeschachtelten Matroschkapuppen, mit denen sie selber als Kind schon gespielt hat. Die innerste klein wie ein Püppchen beim Mensch ärgere dich nicht, das er gegen sich selbst spielt, die äußerste größer als der dickste Zwerg im Garten vor dem Nachbarhaus. Immer wieder zerlegt er sie und stellt die Figuren nebeneinander auf dem Fußboden seines Zimmers auf. Als er sie einmal im Kreis versammelt und sich vorstellen kann, die kleinste sei in ihrer Welt die größte, streift ihn erstmals die Ahnung der Unendlichkeit, als ob das Universum nur ein Partikel eines anderen wäre.

Ihr Mann muss Josh ziemlich häufig abgelichtet haben. Einmal wöchentlich nimmt sich die Großmutter den Wechselrahmen vor und legt ein neues Foto hinter das Glas. Dem wortkargen Enkel, der häufig in Gedanken versunken auf seinem Sessel sitzt und verstohlen auf den Altar für seinen Vater guckt, beschert der Bildertausch einen Höhepunkt in seinem täglichen Einerlei. Niemals jedoch würde ihm einfallen, die Ommka um einen Blick auf jene noch ausstehenden Bilder zu bitten, die seine kommende Entwicklung vorwegnehmen.

Der Anblick seines Erzeugers, der mit ihm wächst und älter wird, verschafft ihm weniger Befremden der verwirrenden Art als vielmehr ein stilles Erstaunen, dass sich im großmütterlichen Schreibsekretär ein Stück seiner Zukunft befindet.

Mit der Familie seiner Mutter, die tief im Süden des Landes lebt und dort eine Druckerei unterhält, verbindet den Jungen nur wenig. Die Großelternpaare sind sich nie begegnet. Jedes habe für sich, so heißt es, Abschied von seinem Kind genommen.

Es ist Susanna, die sich Sanna nennen lässt, ohne den Titel einer

Tante zu beanspruchen, Mariannas Zwillingsschwester, die den Kontakt aufrecht erhält. Wenn sie in der Gegend ist, schaut sie vorbei, meist, wenn die Arbeit getan ist und das Abendessen bevorsteht. Sie bleibt, bis sie den Neffen zu Bett gebracht und mit immer gleicher Weise in den Schlaf gesungen hat. *Weißt du, wie viel Sternlein stehen?*

Ihre Stimme, ihr Summen, die Berührung ihrer Finger, wenn sie ihm über Stirn und Haare streichen, zusammen mit ihrem unverwechselbaren Geruch, der ihn merkwürdig an Eisen erinnert, brechen ohne Chance auf Gegenwehr seinen Widerstand gegen das Wegschlummern. Sie begleiten ihn durch die Nacht, und wenn er morgens erwacht und sie längst wieder fort ist, erinnert er sich der Tante wie eines unerfüllten Traums.

Sanna betreibt eine Buchhandlung in ihrer Geburtsstadt. Regelmäßig bringt sie dem Jungen Lesestoff mit, den sie für altersgerecht hält. Als sie erkennt, wie er nach Gedrucktem giert, versorgt sie ihn aus der Ferne mit Büchern, die sie in wattegefütterten Umschlägen schickt.

All das verdiente freilich keine Erwähnung, hätte Sanna nicht auf andere Weise für Unruhe in seinem Herzen gesorgt. Auf dem letzten gemeinsamen Bild der Zwillinge, das sie in ihrer Brieftasche aufbewahrt, sind die beiden so gleich gekleidet, frisiert und geschminkt, dass Janush sie nicht auseinanderhalten kann.

Während er sich selbst im Schreibsekretär seiner Großmutter älter werden sieht, führt ihm die ferne Tante mit jedem Besuch vor, wie seine Mutter aussehen würde, wäre sie noch am Leben.

6

Die Aufnahme in einen Gesprächskreis analytischer Biografen gestaltet sich, wie alles in diesem Gewerbe, auf ihre eigene Weise schwierig. Für gewöhnlich entscheidet sich beim ersten Vorsprechen der Kandidaten, wer in eine Gruppe passt und wer nicht. Die Prüfung findet beim Prüfling statt. Unter Dutzenden Bewerbern habe ich mich mit Coppki auf Platz eins jener Einladungsliste vorgekämpft, die als Treffpunkt meine Adresse angibt. Nun liegt es an mir, ihn glaubhaft zu verkörpern.

Ich habe mir sagen lassen, die besten Ergebnisse erziele, wer vom Allgemeinen zum Besonderen kommt, und beginne mit Betrachtungen über unseren Beruf: »Wer ein Leben und sein Werk, und sei es das eigene, biografisch verewigen will, sollte wissen, worauf er sich einlässt. Von Romanschriftstellern und Filmerzählern ist zu hören, ihre Figuren würden mit ihnen sprechen, reisen, leben, einschlafen, sie beherrschen. Doch was ist das schon gegen die Macht der Stimmen aus Quellen und Dokumenten, Zeugnisse gelebter Momente und vollbrachter Taten?«

Meine Zuhörer quittieren meinen Einstieg mit einem Gleichmut, der sich noch nicht zwischen Wohlwollen und Missfallen entschieden hat. Ich serviere Trockengebäck.

»Dorthin vorzudringen, in die Maschinerie der Mythen, die Menschen formen, zum Kern der Persönlichkeiten, die ihr Ich ihrem Selbst übereignen, bis sie von Antreibern der Geschichte zu ihren Getriebenen werden, um sie dann wiederum wie auf höheres Geheiß weiter voranzutreiben: Darin liegt das Ziel der biografischen Zeitreise zu den Opferstätten der Historie, an denen sich die Tragik der wahren Heroen zeigt. Sie können ihre Rolle nicht mehr umschreiben, ist sie erst einmal abgespielt und aus dem Ruf, dem sie folgen, ihr Ruf in der Welt geworden.«

Das Echo der Worte ist Schweigen.

»Die wesentliche Arbeit analytischer Biografen liegt nicht im Studium der Quellen, sondern im Erkennen ihrer Macht. Ich meine weniger die Macht der Deutung, unheimlich genug, als vielmehr die Herrschaft über Personen, die ihr Leben nicht mehr ohne den Gedanken verbringen können, wie es einst in den Geschichtsbüchern auftauchen wird. Kaum etwas lieben werdende Prominente so sehr wie Porträts von gewordenen Prominenten. Personen der Zeitgeschichte lernen ihre Rollen und verfeinern ihre Strategien nach historischen Vorbildern. Sie machen sich mit Glanz und Elend vertraut, mit Vertrauen und Verrat, dem Wert von Allianzen, Triumph und Katastrophe. Dabei gewöhnen sie sich unmerklich an einen neuen Ton in ihrem Ohr. Mit jeder Lektüre vernehmen sie deutlicher die Stimme des möglichen Autors ihrer eigenen Geschichte.«

Hier lege ich eine Pause ein, gerade lang genug, meinen Besuchern Tee nachzuschenken.

»Kaum ein Held und eine Heldin, die das kalt ließe, die darauf verzichten könnten, wenigstens hier und da in die Ereigniskette einzugreifen, in umgekehrter Zeitreise den Biografen aufzuspüren, seinen Stil zu erkunden, seinem Diktat zu folgen und ihm mehr oder weniger nach dem Mund zu reden. Wer zum Kern einer Persönlichkeit vordringt, gleichermaßen zum Konjunktiv ihres Seins, wie sie gelebt hätte, wäre nicht das ewige Licht für sie entzündet worden, gewinnt damit einen paradox anmutenden, gegen den Pfeil der Zeit gerichteten Einfluss auf vergangene Lebensentwürfe. Sie wirkt zügelnd und entfesselnd, zensiert Sätze, steuert, kaum ist eine Kamera in der Nähe, Blicke, Gesten und Gesichter.«

Die Komponistin nickt, der Regisseur tippt mit dem Finger auf die Tischplatte, der Tänzer wippt mit dem Stuhl, die Architektin hat die Augen geschlossen, und die Chirurgin legt sich mit spitzen Fingern Butterplätzchen auf die Zunge.

»Wir können heute mitunter auf den Lidschlag genau jenen Moment ermitteln, in dem sich ein Mensch erstmals vom Auge der Geschichte beobachtet wähnt – aus Sicht der Biografik der entscheidende Wendepunkt im Leben der Helden. Zugespitzt, lenkt die Stimme der Biografen im Ohr ihrer Helden als Zensor und Motivator den Gang der Dinge. Mein Held, Janush Coppki, hat das genau verstanden.«

Als sein Name fällt, hellen sich die Mienen auf. Alle kennen das Ritual. Dem Streicheln der Berufsehre folgt die Vorstellung des Kandidaten, in dessen Rollenspiel sie ihren Platz finden müssen. Ich berichte, wie ich auf seine Spur gestoßen bin. Da ist niemand, der sich von solchen Allerweltserfahrungen beeindrucken ließe. Ich erzähle von Lehrer Francke, dem Coppki den Einfall der autorisierten Autobiografie verdankt. Leises Verständnisnicken. Ich stelle die Szene nach.

»Francke hat sich bei seinen Schülern einen Namen gemacht, weil er es fertigbringt, beim Betreten der Klasse seine ausgebeulte Lederaktentasche stets so zielsicher über die Köpfe der Jugend hinweg auf das Lehrerpult zu schleudern, dass sie unüberhörbar aufschlägt und wie angewachsen liegen bleibt.«

Die anderen spielen mit und ziehen ihre Köpfe ein.

»So anders sein Auftreten als Lehrer, so ungewöhnlich auch seine Unterrichtsmethoden. Eines Tages, Coppki ist sechzehn und auf dem Weg ins Berufsleben, die Klasse hat gerade Bewerbungsschreiben geübt, stellt er ihnen einen Aufsatz zur Aufgabe (ich hebe meine Stimme): ›Unser heutiges Thema lautet: *Mein Leben in der dritten Person*. Verfasst euren Lebenslauf so, als ob ihn ein anderer schriebe, der euch beim Nachnamen nennt. Schaut euch von außen an, hört euch sprechen, vermengt den Durst nach Intimität mit der Sehnsucht nach Distanz, wenn ihr wisst, was ich meine.‹

›Und nun stellt euch bitte vor‹ – auch das typisch Francke – ›ihr schreibt eure Biografie aus Sicht einer mehr oder weniger fernen Zukunft. Das verschafft euch die Chance, unsere Zeit mit all ihren

Sünden, Schwächen, Leiden und Verrücktheiten schonungslos bloßzustellen. Versetzt euch einmal in die Welt vor hundert Jahren. Stellt euch die Dramen vor, die Katastrophen, Siege, Niederlagen, Fehler, Durchbrüche. Was glaubt ihr: Hätte die Geschichte anders verlaufen, die Menschheit dem Schicksal in die Speichen greifen können? Wenn wir nun zur aktuellen Jahreszahl hundert addieren und uns vorstellen, wie die Menschen von dort aus auf uns und unsere Zeit zurückblicken werden, haben wir in etwa ein Bild davon, wie es ihnen mit uns ergehen wird. Sie beobachten uns und sehen mit dem gleichen Erstaunen, Entsetzen, mit Neid und Wehmut auf uns wie wir auf unsere Vorfahren.‹

Francke gibt den Schülern eine Doppelstunde Zeit. Nach drei Minuten legt Janush seinen Text aufs Lehrerpult und verlässt das Klassenzimmer. Der Lehrer liest, dann trennt er vom oberen Rand des Blattes einen Streifen ab.«

Ich trage Coppkis einzigen erhaltenen Schulaufsatz vor, der nur aus einem Satz besteht. Die Kommission nimmt es teilnahmslos zur Kenntnis. Da mache ich einen gewagten Schritt. Ich lese einfach weiter, wo nichts mehr zu lesen ist, lese aus dem Kopf, gerade da, wo er entsteht, den Aufsatz, wie ich ihn fortgeschrieben hätte …

Wäre ich Coppki, würde ich mir nicht erlauben, seine Geschichte zu erzählen. Um mir gerecht zu werden, müsste ich mir von Anfang an etwas vormachen, mir widersprechen, mich, um bei der Wahrheit zu bleiben, sogar belügen. Wie sollte ich mir jemals vertrauen? Andererseits könnte ich mir mich durchaus als Autor meines Lebens vorstellen – wie ein Stift in der Hand, die sich selber malt.

So leicht wollte ich es mir aber nicht machen. Ich wäre nicht Coppki, hätte ich nicht alles bis ins Kleinste vorgesehen und durchgeplant. Wie der Hase im Igel, der vor sich selber davonläuft, würde ich mich hinters Licht führen und dort aufs Glatteis, mir Bären aufbinden und Märchen auftischen, die ich dann, um hinter meine Fassade zu blicken, wieder zu entschlüsseln, entlarven und auf ihren Kern herunterzubrechen hätte.

Umgekehrt läge ich mir in den Ohren wie ein Kommentator aus der kommenden Zeit, die Stimme eines Besserwissers, der sich einmischt und Bedenken wälzt, antreibt oder bremst. Ich wäre mein Motor und Mentor, ein Weichensteller an den Scheidepunkten meiner Geschichte, der ihren Ausgang kennt.

Das wollte ich mir ersparen. Ich würde mich aufreiben, ja umbringen, ohne mir im ungleichen Duell jemals zu genügen. Es sei denn, ich könnte mich dazu bewegen, wie Coppki zu sein, mir seine Sicht aneignen, mich in seine Welt begeben, bei ihm einziehen, seine Kleider tragen, sein Bett belegen, mit ihm leiden, lieben und ihm täglich gleicher werden.

Alle Augen schauen auf mich.

»Wenn wir heute, hundert Jahre nach Coppkis Geburt, seine biografische Reise nachzeichnen, widersprechen wir seinem ausdrücklichen Willen. Kein Bild sollen die Menschen sich von ihm machen, keine Geschichten über ihn als Person erzählen, nie seinen Namen im Munde führen. Keine Erinnerung sollen sie bewahren an ein Wesen aus Fleisch und Blut, sondern allein an die Schöpfungen seiner Einbildungskraft.«

Weil aber Geschichtsschreibung nicht ohne Helden auskomme, müsse jeder, der sich Werken nähere, damit rechnen, auch auf deren Urheber zu stoßen. Da Coppki darüber im Bilde gewesen sei, müssten wir davon ausgehen, dass er gegen seinen erklärten Willen sehr wohl auf seine Entdeckung gebaut habe.

»Hätte der Versicherungsjurist aus Prag tatsächlich nicht gewollt, dass seine Dichtungen ihn überleben und ihn in seiner Totenruhe stören, hätte er sichergehen und sie eigenhändig vernichten können. Indem er es unterließ, hat er billigend in Kauf genommen, dass sein Leben bis in die letzten Windungen durchleuchtet und gedeutet wird.

Wir Analytischen Biografen als heimliche Detektive der Geschichte«, setze ich fort, was die Branche *Vorsingen* nennt, »verleihen ihr einen schlüssigen Verlauf, indem wir Menschheitspartikeln in ihren Bahnen und Verbindungen nachgehen. Dabei kommt es entscheidend auf unsere Blickrichtung an. Vom Ende her lässt sich jeder Daseinsablauf in einer sinnvollen Linie nachzeichnen, die auf ihre Anfänge zurückweist: das biografische Profil als Unterschrift eines Lebens.«

Als ich mein Schlussplädoyer vortrage, weiß ich fünf wohlwollende Augenpaare auf meiner Seite. Ich habe offenbar richtig gelegen: Das Handwerk ist der Schlüssel zum Erfolg.

»Manche Wanderer gehen ihre Wege lieber hin und wieder zurück, andere bevorzugen Rundstrecken. Coppkis Marsch ist immer nur in eine Richtung verlaufen. Wenn er sich dann doch einmal umwendet, staunt er darüber, wie anders ihm die Ereignisse in der Rückschau vorkommen wollen als im Augenblick ihres Erlebens. Doch je weiter er seine Strecke zurückverfolgt, desto tiefer reicht seine Sicht auch nach vorn, bis sich die Linien des Daseins zwischen Auftrag und Erwartung wie gegenläufige Parallelen irgendwo im Unendlichen treffen.«

Ich werde einstimmig aufgenommen.

7

Die Briefträgerin weiß, worauf der Junge wartet, der sie durchs Flurfenster mit ihrem Handkarren kommen sieht: Gepolsterte Umschläge mit Büchern von einer Adresse im Süden des Landes. Hat sie etwas für ihn dabei, nickt sie von Weitem vielsagend. Dann zieht er die Haustür auf, hüpft über die Treppenstufen auf den Plattenweg und läuft ihr durch den Vorgarten zur Pforte entgegen.

Bevor er ihren Inhalt erfasst, schlägt er die neuen Bücher in der Mitte auf, steckt seine Nase in den Falz und saugt den frischen Geruch bedruckten Papiers in sich auf. Von nun an wird der Band mit ihm leben und seinen Duft verändern, bis er allein zu ihm gehört.

Mit erfundenen Geschichten kann er nichts anfangen. Am wenigsten sagen ihm Zukunfts- und Fantasieromane, die andere Jungen seines Alters verschlingen. Gegen seine Einbildungswelten wirken sie albern und langweilig. Die Tante scheint seine Wünsche zu erraten. Schon bald beschränkt sie ihre Geschenke auf Bücher, in denen die Helden echte Forscher sind. Mit keinem trifft sie so voll ins Schwarze wie mit *Die Macht der Moleküle*, einem anspruchsvollen, von einem unbekannten pädagogischen Genie verfassten populärwissenschaftlichen *Führer durch die Geheimnisse der Chemie*.

Zum Dreh- und Angelpunkt der jugendlichen Begeisterung wird das Periodensystem der Elemente, jene bei Schülern verhasste, im Chemiesaal als Rollschautafel aufgehängte Übersicht, die jedem chemischen Element einen Platz in einem überschaubaren Raster zuweist. Allein schon die Namen verzücken ihn. Die Edelgase heißen wie Ritter: Neon, Argon, Krypton, Xenon und Radon. Ihnen können nicht einmal die aggressiven Elemente Phosphor, Schwefel und Chlor etwas anhaben, die aus der Hölle stammen müssen. Die Bausteine des Lebens nennen sich stolz »Stoffe« – Wasserstoff als Ursubstanz mit der Nummer eins, Kohlen-, Stick- und Sauerstoff, die Nachbarn sechs, sieben und acht.

Anfangs glaubt er noch, einer jugendgerechten Vereinfachung aufzusitzen, der bald ein feineres Bild mit Untergruppen und Seitenästen folgt. Umso verblüffter stellt er fest, dass dem nichts hinzuzufügen ist, dass sich die ganze Welt aus nicht mehr als hundert unterschiedlichen Bausteinen zusammensetzt. Der menschliche Körper, er selbst, besteht zu mehr als fünfundneunzig Prozent aus den vier Stoffen des Lebens, nennenswert sonst nur Kalzium, Baustoff der Zähne und Knochen, sowie die Höllenelemente Chlor, Phosphor und Schwefel, insgesamt kaum mehr als zwanzig, wenn er die zehn Spurenelemente hinzuzählt. Janush staunt wie ein verzauberter Zwerg, der seine Finger als Zählwerkzeuge begreift.

Es dauert nicht lange, bis seine Großeltern in der Sprechstunde der Frau Reichenbach seine außergewöhnlichen geistigen Abenteuer ansprechen. Ihnen sei aufgefallen, dass er in letzter Zeit Sätze vor sich hinsage, die sie nicht verstehen, aber zutreffend dem Jargon chemischer Labore zuordnen. Erstdaswasserdanndiesäuresonstpassiertdasungeheure. Die Lehrkraft empfiehlt, dem Jungen einen Chemiebaukasten* zu kaufen, der ihm die Experimente und Methoden näherbringe.

Nun lebt der Großvater schon seit mehr als einem Jahr zu Hause, früh verrentet nach einem Arbeitsleben unter Tage. Er hustet bereits schwarzes Blut. Sein breiiges Bellen erschüttert Tag und Nacht das Haus, und es bleibt ihm nicht mehr viel Zeit. Da schickt er sich an, seinem Enkel gleichsam als Geschenk seines Lebens etwas Bleibendes zu hinterlassen.

Seine letzten Wochen – er stirbt friedlich und ohne Gegenwehr in der Silvesternacht – verbringt er allein zwischen Werkbank, Schraubstock und Geräteschrank. Janush entgeht nicht, dass der Oppa öfter Kartons in die Werkstatt trägt. Doch seine Über-

* Gefragt war in jener Zeit *Der junge Chemiker* aus sowjetischer Produktion

raschung könnte nicht größer sein, als er nach dem Weihnachtsessen im Wohnzimmer unterm Christbaum anstelle verpackter Geschenke nur einen Schlüssel mit Etikett entdeckt, auf dem das Wort *Labor* geschrieben steht.

Es ist, als hätte der Oppa seine letzten Kräfte gesammelt, um an der Seite seiner Frau diesen einen Moment noch zu erleben. Janush schließt die Tür auf, die, solange er denken kann, ein Messingschild mit der Aufschrift *Werkstatt* trägt. Nun liest er auch hier *Labor*, schaltet das Licht ein – und hält den Atem an.

Er erkennt Ständer mit Klemmen für Gläser und Kolben, Reagenzglashalter, einen eisernen Dreifuß für die Asbestablage über dem Bunsenbrenner und in der neu gekachelten Rückwand Anschlüsse für Luft, Wasser und Gas in den Farben Weiß, Blau und Gelb. Er sieht ein Durchlaufsystem für wassergetriebene Vakuumpumpen, eine elektrische Heizplatte, Büretten, Pipetten, Handschuhe, eine Schutzbrille und nicht zuletzt einen Kittel aus frisch gebügelter weißer Baumwolle, den die Ommka mit Tränen in den Augen in der Tür für ihn bereithält.

Unvergesslich der Tag, als ihm erstmals eine Titration gelingt. Das Verfahren erlaubt es, die Stärke einer Säure oder Lauge durch allmähliches Hinzugeben ihres Gegenparts anhand eines Farbumschlags zu ermitteln, der als Lackmustest Eingang in die Gebrauchssprache gefunden hat. Der Versuch begründet sein lebenslanges Interesse an Verwandlungen in der Natur. Was passiert, wenn Wasser gefriert, ein Stern explodiert oder urplötzlich ein Gedanke auftaucht?

Janush öffnet den Hahn der fingerdünnen Glasröhre gerade so weit, dass er in der Kette der fallenden Tropfen noch jeden einzelnen erkennen kann. Als er sich dem Wert nähert, den er vorausberechnet hat, verlangsamt er den Ausfluss, lässt Tröpfchen für Tröpfchen allmählich in die tiefblaue Lauge fallen, die, angetrieben vom rotierenden Rührkern, aufgeregt im Becherglas kreist.

Unter den Wissenschaftlern bewundert er weniger die Entdecker neuer Kontinente, Tierarten oder Medikamente als vielmehr die Theoretiker. Sie machen Prognosen, die sich testen lassen. Da geht es um Dinge, die sich nicht einmal unterm Mikroskop oder im mächtigsten Teleskop beobachten lassen. Aber wer die Regeln versteht, kann das Werden der Dinge kennen, bevor es geschieht.

Die Schöpfer der Theorien wirken wie Propheten der Vernunft. Einer schreibt eine Tafel voll, vierzig Jahre später findet ein Team von zehntausend Kollegen tatsächlich das vorhergesagte Teilchen. Damit hat der Entdecker seinen Namen* im Standardmodell der bekannten Welt verewigt.

Alles hängt schließlich am letzten Tropfen, der baumelt an seinem Ende der Welt und zeigt diese im Kleinen auf dem Kopf. Janush erkennt sein Labor, winzig und am Horizont auf sich selbst zurückgespiegelt. Er sieht sein Abbild im Kugelrund der Flüssigkeit wie einen Homunkulus. Auf der Nase trägt er eine übergroße Schutzbrille.

Der Tropfen wächst, nimmt die Form einer Birne an und zielt geradewegs auf das Becherglas. Als er auftrifft, durchfährt die Farbe ein jäher Wechsel von Blau nach Rot, die Lauge hat sich in Säure verwandelt. Welche Macht so weniger Moleküle! Welch Triumph einer Theorie, nach deren Formelwerk er den letzten Tropfen genau vorhersagen kann!

Mit zwölf scheint sein Lebensweg entschieden. Irgendetwas mit Chemie, das steht fest. Der Spielraum, den sein Lebenspfeil spannt, hat seinen Mittelpunkt inzwischen in die Hauptstadt verlegt, wo Coppki mit der Ommka seit dem zwölften Lebensjahr wohnt. Seine Bücher hat er zurückgelassen, ihr Inhalt befindet sich in seinem Kopf.

Die Metropole, später Magnet der Freigeister weltweit, hat gerade ihre langjährige innere Entfremdung überwunden. Das Zusammenwachsen der vormals getrennten Sphären gehört bis heute zu den spannendsten Experimenten im Prozess der Zivilisation. Beide verbindet der Fluss, der Coppkis Leben prägen soll.

Im zweiten Sommer nach dem Umzug überschreitet Janush

* z. B. Peter Higgs mit seinem »Gottesteilchen« genannten Boson, 33 n. Co

eine weitere Stufe in der Kaskade jugendlicher Erkenntnis. Gleich nach dem Mittagessen, unverzichtbarer Bestandteil im Ablaufplan der Großmutter, macht er sich mit Handtuch, Wasserflasche und Butterbrotdose zum Schwimmen auf. Die Badehose zieht er in seinem Zimmer an, seit ihm erste Härchen unter den Achseln sprießen und am Pillemann, wie Ommka ihn nennt.

Er fährt mit der Unterirdischen zum innerstädtischen See. Nachdem er fast zwei Stunden am Stück geschwommen ist, sitzt er allein am Ufer im Schatten einer Trauerweide. Neben ihm blühen wilde Rosen. Da fällt vor ihm etwas vom Rosenbusch in die zarten Wellen. Ein behaarter Wurm, der sich krümmt und windet und wie eine kurze Schlange an der Oberfläche hält, bis er ein schwimmendes Ästchen erreicht, das er umschlingt.

Die Raupe scheint mit ihrer Lage zufrieden. Sie rührt sich nicht. Wahrscheinlich erwartet sie, an Land getrieben zu werden. Doch die Brise trägt sie aufs offene Wasser. Janush kann sie kaum noch sehen, als er erkennt, wie sich das Ästchen zu drehen beginnt und in einem Strudel versinkt. Auf der Stelle springt er zurück in den See. Taucht mit offenen Augen. Das Wasser seicht und klar. Ein, zwei kräftige Züge, dann nimmt er das Tierchen in die schützende Faust, schwimmt ans Ufer zurück und legt es vorsichtig ins Gras. Es lebt.

Er reißt ein paar Rosenblätter vom Busch. Raupe und Laub finden Platz in der leeren Butterbrotdose. Er legt sie in seinen Leinenbeutel und macht sich auf den Heimweg. In der Küche findet er ein Weckglas, draußen endlos Nachschub an Grünzeug für seinen Schützling. Nach ein paar Tagen häutet sich das Tierchen, lässt seine alte Hülle hinter sich, verändert sein Farbmuster und wird immer dicker. So geht das über Wochen, fressen, wachsen, raupenhaft, immergleich. Janush streichelt seinem Mitbewohner über die Haare und spricht mit ihm wie mit einem kleinen Kind.

Als er eines Morgens das Glas inspiziert, hat sich das wandelbare Wesen zum nackten Wurm gehäutet, der im Geflecht aus feinen Fäden zwischen den Zweigen hängt. Janush schaut zu, wie das

Tier Seide absondert und sich mit einer festen, weißlichen Hülle umgibt, in der es vollständig verschwindet.

Dann herrscht reglose Ruhe. Er nähert sich mit dem Ohr. Nichts zu hören. Er denkt an die Matroschkapuppen. An eine Mumie. An den Satz der Großmutter. Sterben ist wie einschlafen für immer. Er geht zu ihr. Sie sitzt vor ihrer Nähmaschine.

Zum einzigen Mal in ihrem gemeinsamen Leben vertraut er sich der Ommka an. Erzählt, wie er nach der Raupe getaucht ist. Dass er sie seit einem Monat in seinem Zimmer versteckt hält. Wie sie sich aus der Welt verabschiedet hat. Noch nie hat er den Tod so unmittelbar erlebt.

»Nein«, sagt die Großmutter, »das Tier ist nicht tot.« Es habe sich verpuppt, so heiße das, um sich in seiner Verpackung zu verwandeln. Nach dem Winterschlaf werde es als neues Wesen wieder hervorkommen und wie ein Engel in aller Pracht davonfliegen.

»Wie geht das?«

Darauf kann die Ommka ihm keine Antwort geben. Metamorphose gehört nicht zu ihrem Wortschatz. Ihr Verhältnis zu Insekten gehorcht den Erfordernissen häuslicher Reinlichkeit. Sobald etwas ins Haus gesummt oder gekrabbelt kommt, wird es gefangen, erschlagen, zerdrückt und über die Kanalisation entsorgt. Doch diesmal ist sie gnädig. Sie stellt das Glas in eine schattige Ecke ihres Südwestbalkons.

Eines Nachmittags im folgenden Mai klopft sie heftig an seine Tür. Gerade hat er mit ihrem Bild vor seinem inneren Auge onaniert. Für den kleinen Coppki ein Vorgang wie essen oder duschen. Sie ruft zur Eile. Die Puppe packe sich selber aus. Er kommt gerade rechtzeitig, um zu beobachten, wie der Falter* auf vier Vorderbeinen, die dottergelben Fühler vor sich gestreckt, mit verklebten Flügeln wie ein schlüpfendes Küken sein Hinterteil aus der toten, goldbraun geronnenen Seidenhülle zerrt.

Sie habe eine Kundin gefragt, was im Inneren passiert, sagt die

* Kleines Nachtpfauenauge der Spezies *Saturnia pavonia*

Großmutter. Eine Ingenieurin, die kenne sich in solchen Sachen aus. Er interessiere sich doch für chemische Vorgänge. Nichts anderes sei es, was die Raupe zum Falter mache. Alles Chemie. So laute der Schlüsselsatz.

»Und die hat uns der Schöpfer geschenkt. Genau wie die Schönheit. Schau mal.«

Indem sie es sagt, erleben sie das Wunder einer Wiederauferstehung. Das Nachtpfauenauge spannt seine Flügel, auf jeder Seite zwei. Von allen vieren blicken sie seltsam blinde Eulenaugen an. Als es seine feinnervigen Schwingen zum Flattern bringt und in den Himmel entfliegt, befreit das Tier den jungen Naturforscher aus der Enge von Organik und Anorganik. Es pflanzt ihm die Frage nach der Natur des Lebendigen in den Kopf, aus dem sie nie wieder verschwinden wird.

Man kann es Zufall nennen, Janush sieht eher die Fügung am Werk, als zwei Tage später auf dem Briefkasten noch einmal ein Paket mit der üblichen Grußkarte steht, *Ich hoffe, ein Treffer, liebe Grüße*, darin ein schweres Buch, *Die Chemie des Lebens*. Alles, was er in den folgenden Nächten liest, übersetzt er in die Bilder einer Märchenwelt, die schon bald die ganze Welt beherbergen soll.

Das chemische Geschehen im Inneren lebendiger Zellen stellt er sich als Paradiesgarten mit Tausenden Arten vor, die reibungslos dafür sorgen, den Apparat am Leben zu halten, der sie erzeugt, benutzt und wieder vernichtet. Ein Kosmos, der sich ernährt und entleert, Stoffe aufnimmt, andere abgibt, nie abreißender Reigen chemischer Reaktionen, zugleich fließendes Geflecht in höchster Ordnung und wässrige Maschine aus weichen, beweglichen Teilen im Skelett fester Verbände. Coppki kann das Hochfahren und Abstoppen der Produktion in sich wahrnehmen, das Flüstern des kalten Feuers, das den hoch geordneten Tanz in makelloser Choreografie mit Energie versorgt. Das molekulare Gewusel prickelt ihm im Leib. Jedes Teil weiß, was es zu tun hat, wann seine Zeit gekommen ist, jedes dient dem Ganzen wie das Ganze jedem Teil. Beide gemeinsam ringen der Umwelt ihr Leben ab.

Für das Brodeln, das ihn seit einiger Zeit erschüttert und das Badezimmer abschließen lässt, bevor er sich in die Wanne legt, hat die Großmutter einen Namen, den er erstmals hört, als sie einer Kundin im Hausflur anvertraut, er komme gerade in die Pubertät.

Wie das Leben entstanden sein könnte und welche Kraft es aufrechterhält, davon geben die Bücher keine endgültige Auskunft. Die Hand Gottes scheint dafür nicht vonnöten gewesen zu sein. Sollte ein Schöpfer Macht und Einfluss besessen haben, dann hat er sie mit Erschaffung der Naturgesetze abgegeben und die Welt dem Lauf ihres Seins überlassen. Denkt es in Coppki.

Die Gebäude seiner Mittelschule im lichten Pavillonstil gegen Ende des zweiten Jahrtausends verteilen sich, über Laubengänge miteinander verbunden, auf einem begrünten Gelände am Rande der Wohnsiedlung. Doktor Wolf, Religionslehrer im Ornat, hat die Vorhänge zugezogen, das Klassenzimmer verfinstert und Schweigen befohlen. Auf seinem Pult brennen in gerader Reihe ausgerichtet sieben armdicke Kerzen. Besinnungsstunde nennt er die Übung. Sie beginnt wie immer mit *Was wäre wenn*.

In der letzten Stunde vor Ostern sollen wir uns vorstellen, der Erlöser lebe unter uns. Wolf (der Regisseur) liest aus seinem Katechismus vor: *Am vierzigsten Tag nach seiner Auferstehung ist Er aus eigener Kraft in den Himmel aufgefahren. Er verließ die Seinigen, die in der Welt waren, und ging zu Seinem Vater in die himmlische Herrlichkeit. Von dort wird Er wiederkommen und die Erlösung vollenden.*

»Wie würde es Ihm ergehen in der heutigen Zeit?«

Bei *Er* und *Ihm* hebt er ulkig die Stimme.

Eine halbe Stunde lang zwingt er uns zur Ruhe. Die Minuten dehnen sich zu kleinen Ewigkeiten. Herr Wolf liest in seinem Buch. Das Umblättern klingt mir bis heute im Ohr. Die Ruhe macht mich schläfrig. Ich lasse es zu. Mein Puls pocht in meiner Brust. Ich zähle die Schläge zwischen dem Blätterrascheln. Wolf braucht etwa zwei Minuten für zwei Seiten. Mein Kopf sinkt nach vorn.

Ich mache mir Coppkis Methode zunutze, suche die Schwebe,

den schwerelosen Moment zwischen Wachen und Schlafen, bevor der Geist versinkt, entspanne alle Muskeln, atme tief und lange durch den Mund ein, stoße die Luft durch die Nasenlöcher jäh wieder aus. Alle Gedanken beenden, nichts mehr sehen, spüren, wissen, ausstrahlen. Dabei insgeheim die Bilder und fremden Worte belauschen, die aus dunklen Quellen fließen.

Die Kerzen verströmen Honigluft. Doktor W. legt Wert auf reines Bienenwachs. Wie oft habe ich mir die Schlüsselszene vorgespielt, aber das Richtige im Falschen gesucht, in Coppkis religiöser Prägung statt in der Ironie seiner Geschichte. Oder wie soll ich es sonst nennen, dass ein promovierter Theologe das befreiende Wort ausspricht, während er die Vorhänge zurückzieht und dem Tageslicht erlaubt, uns zu blenden?

Jeder bekommt eine Minute Zeit, dem Rest der Klasse das Ergebnis seines Gedankenexperiments vorzutragen. Seines was? Da ist er gefallen, der Begriff, den Coppki noch nie zuvor gehört hat. Endlich bekomme ich einen Namen für das, was ihn an jenem Tag auf eine neue Ebene befördert. Nicht der Inhalt seiner Gedanken ist entscheidend, sondern das Denken selbst.

Bevor ich an der Reihe bin, erlöst mich die Pausenglocke. Ich bleibe auf seinem Platz. So sitzt Coppki oft für sich im Klassenraum, blickversunken unterwegs in den Weiten seiner Tagmahre, die plötzlich geadelt sind, erhoben in den Ritterstand der wissenschaftlichen Theorie, Erkenntnisinstrumente bei der ewigen Suche nach Wahrheit.

Ich besorge mir alles seinerzeit Verfügbare über die Kunst des Gedankenexperiments, entdecke eine Art Gründungsdokument in den Zeilen von Mach: *Außer dem physischen Experiment gibt es noch ein anderes, welches auf höherer intellektueller Stufe in ausgedehntem Maße geübt wird – das Gedankenexperiment. Der Projektenmacher, der Erbauer von Luftschlössern, der Romanschreiber, der Dichter sozialer oder technischer Utopien experimentiert in Gedanken. Aber auch der solide Kaufmann, der ernste Erfinder oder Forscher tut dasselbe. Alle stellen sich Umstände vor und knüpfen an diese Vorstellungen die Erwartung, Vermutung gewisser*

Folgen; sie machen eine Gedankenerfahrung. Während aber die ersten in der Phantasie Umstände kombinieren, die in Wirklichkeit nicht zusammentreffen, oder diese Umstände von Folgen begleitet denken, welche nicht an dieselben gebunden sind, werden letztere, deren Vorstellungen gute Abbilder der Tatsachen sind, in ihrem Denken der Wirklichkeit sehr nahe bleiben. Auf der mehr oder weniger unwillkürlichen Abbildung der Tatsachen in unseren Vorstellungen beruht ja die Möglichkeit der Gedankenexperimente.

Ich lerne die Klassiker kennen, die Dämonen von Laplace und Maxwell, Einsteins Zwillingsparadox und seinen schwerelos Schwebenden im fallenden Fahrstuhl, Schrödingers Katze, die weder tot noch lebendig ist oder sowohl als auch, das Gehirn im Tank, das nicht weiß, ob die Welt da draußen tatsächlich existiert. Dabei stoße ich immer wieder auf einen Satz, der nach allem, was textanalytische Methoden hergeben, von Coppki stammen dürfte.

Der Mensch darf sich mit gleichem Recht als Gedankenexperiment Gottes verstehen wie Gott als Idee des Menschen.

Zwei, die einander bedingen und durchdringen. Ein System, das allein aus der Spannung zwischen seinen Polen Wirklichkeit erzeugt. Der eine kann ohne den anderen nicht sein. Ohne uns wäre Gott so wie wir ohne ihn – nichts.

Im Haus der Großeltern findet sich kein Buch außer der Bibel. Ihre Geschichten hört Janush, als er noch nicht lesen kann. Ihre Buchstaben helfen ihm, es zu lernen, ihre Gleichnisse sind seine Märchen. Er wäre nicht der erste Knabe, der dem Säugling im Strohbett verfiele, seiner geheimnisvollen Jugend, seinen dunklen Jahrzehnten bis zur Erweckung, den wenigen Wunderjahren, Heldentod und ewigem Ruhm, hegte er nicht eine tiefe Abneigung gegen diesen unsterblichen Toten, von dem es heißt, er beobachte unser Leben nicht nur, sondern lenke es auch.

Womit hat Er sich denn Allmacht und Allgegenwart verdient? Nicht mit dem schwersten, sondern dem leichtesten Tod, den ein Mensch sterben kann, einem Tod ohne Todesangst, weil Er weiß, dass Er wiederauferstehen darf, ein Sterben für die Galerie, für das Markenzeichen einer grausamen Lehre, Symbol einer Schuld, die sich niemals begleichen lässt. Und damit der Junge das nie vergisst, hängt der Scheintote auch noch, ans Folterkreuz genagelt, über seinem Bett.

In Coppkis Gedankenwelt stiehlt sich ein Erlöser nicht einfach davon, verspricht seine Wiederkehr und verhängt ewiges Warten. Vielmehr bringt er seine Aufgabe zu Ende, die Menschen von sich zu befreien, damit sie das Paradies auf Erden ohne ihn erreichen können.

Am Tag vor seinem vierzehnten Geburtstag, einem Donnerstag, findet er sich noch vor Beginn des Schulunterrichts im zuständigen Bezirksgericht ein, nimmt erstmals sein Recht als Staatsbürger wahr und verkündet seinen Austritt aus der Kirche. Er wird ihm nach Vorlage seines Kinderausweises und der ersten rechtskräftigen Unterschrift seines Lebens ohne Umschweife kostenfrei mit Wirkung des kommenden Tages bescheinigt, der im Kalender Heiligabend heißt.

Nun ist er o.k., ohne Konfession, sieht sich erleichtert, aber nicht befreit. Am Abend desselben Tages verbrennt er am Ufer des Flusses Gebet- und Gesangbuch, Bibel, Katechismus, Schulhefte, Merkzettel und alle weiteren Schriftstücke, die ihn an seinen Glauben erinnern. Als die Blätter, Pappen und Deckel lodern, legt er das hölzerne Kreuz aufs Feuer, unter dessen Balken er Nacht für Nacht hat einschlafen müssen. Kaum steht es in Flammen, beginnt der Gekreuzigte zu zerfließen und in Form flüssigen Zinns, ein chemisches Element mit der Ordnungszahl 50, in die Asche zu tropfen. Endlich kann der Heiland sterben.

Als das belastende Material auf ein Häuflein heruntergeschmort ist, stößt der Junge es mit dem Fuß in die Strömung. Die staubgrauen Metallbröckchen versinken auf der Stelle, ein paar Ascheréste halten sich an der Oberfläche und treiben flussabwärts ins Dunkel der Nacht.

Doch es hilft alles nichts. Etwas hat sich ihm unauslöschlich eingeprägt. Da er es nicht umarmen kann, muss er es verstoßen. Tagsüber schickt er die Stimme der Vernunft ins Rennen und beherrscht das Geschehen mit Logik und Verstand. Was er im Wachen gewinnt, geht nächtens, wenn das Wesen in ihm sein Unwesen treibt, jedesmal wieder verloren. Je schärfer sein wacher Geist es durchschaut hat, desto unerbittlicher ereilt es ihn im Schlaf. Wie ein pilzartiges Geflecht ist es ihm bis in die entlegensten Gewebe gekrochen. Um es aus der Welt zu schaffen, müsste er sich selber beseitigen.

Aus diesem Zustand kann ihn nur eine Erzählung befreien, die er sich glaubt, logisch, plausibel und widerspruchsfrei. Ein *Korrektiv im Narrativ,* wie es in der *Neuen Biografik* heißt. *Distanz durch Dissoziation*, die Zauberformel seiner Zeit. Tritt heraus aus dir, betrachte dich im Spiegel der Welt, sprich, schreib, denk von dir und über dich, als wärst du ein anderer.

An Einfällen mangelt es ihm nicht. Er hat nur keine Idee, wie er sich Gehör verschaffen soll. Solange jeder alles behaupten kann, bedeutet alles nichts. Er muss etwas leisten, was ihn von allen unterscheidet, um einen Beweis für seine Existenz zu liefern. Etwas wie ein Wunder, das keine Zweifel zulässt.

8

An dem Tag, als Coppki mit dem Zeugnis der Mittleren Reife in der Tasche pünktlich um eins zum Mittagessen erscheint, eröffnet ihm die Großmutter zu seinem Leibgericht, Frikadellen mit Kartoffelpüree und Gurkensalat, sie leide an einem unheilbaren Krebs im Bauchraum und werde seinen achtzehnten Geburtstag wohl nicht mehr erleben. Er solle nicht traurig sein, bittet sie ihn, sie habe ihr Leben gehabt.

Auf die Idee, in Trauer zu verfallen, wäre er nicht gekommen. Was immer ihm zustößt, er nimmt es hin wie der Beobachter eines unvermeidlichen Naturvorgangs. Sein Mitleid bleibt in den Grenzen dessen, der das Leid nicht kennt, das er teilen soll. So gut er kann, versucht er es sich zu übersetzen. Schmerzen hat er nur im Rahmen kleiner Verletzungen erlebt. Was die Ommka durchmacht, dafür fehlt ihm jeder Begriff.

Als hätte sie alle Kräfte gesammelt, bis er die Schule abgeschlossen und eine Lehrstelle gefunden hat, baut ihr Körper nun täglich ab. Der Enkel versucht noch eine Weile, das Zusammenleben unter verändertem Vorzeichen zu gestalten. Er versorgt sie und sich in seiner Art mit allem, was der Imbissstand an der Ecke hergibt, setzt sie auf die Toilette, wäscht ihr das Haar, schneidet ihr die Nägel, sobald er die Notwendigkeit der Aufgabe sieht. Nach wenigen Sommerwochen, noch bevor seine Ausbildung beginnt, muss er einsehen, dass er ihr nicht mehr helfen kann. Sie ist abgemagert, kann kaum noch Nahrung zu sich nehmen. Sie jammert, schreit vor Leibweh. Sie ist erst achtundsechzig.

Bei seinem vorletzten Besuch im Krankenhaus trifft er sie im Schlaf an. Über einen Tropf fließt Morphium in ihren Körper.

Trotz der höchsten erlaubten Dosis, berichtet der Stationspfleger, klage sie über unerträgliche Pein, wenn sie wach sei. Die Macht des Mittels sei an seine Grenze gelangt.

Unter ihren Lidern rollen die Augäpfel. Sie träumt. Eher aus Verlegenheit als aus dem Bedürfnis nach Nähe nimmt Coppki ihre Hand. Das hat er noch nie getan. Da fängt sie plötzlich an, ihm wie einem abwesenden Dritten, Satz für Satz in schönster Ordnung, ihr Leben zu erzählen. Sie schildert ihre bettelarme Kindheit als zweitjüngste von vier Töchtern einer Einwandererfamilie aus dem Osten, ihre Schulzeit und verrät ihm den Traum ihrer Jugend. Die Chirurgin gibt als Ommka ihr Bestes.

»Ich wollte Frauen anziehen, Mode machen, mir vorstellen, wie die Körper mit der Zeit gingen und die Zeit mit den Körpern. Figur, Farbe, Form, alles sollte immer passen, und dazu der richtige Stoff.«

Schon als Mädchen habe sie Kleider entworfen, zunächst für ihre nackte Kinderpuppe, bescheidene Zeichnungen fürs Poesiealbum, hübsch, aber eher bieder, nach Ende des Krieges eine Lehre zur Schneiderin abgeschlossen und sogar passabel ihre Meisterinnenprüfung bestanden. Zum Sprung ins Geschäft der Modeschöpfer habe es ihr an Talent und Mut gefehlt, Geld und nicht zuletzt an einer Zeit, die es ihr gegönnt hätte. Bei einer Tanzveranstaltung lernt sie den einzigen Mann ihres Lebens kennen.

»Er tanzte lausig, aber die Kleider, ganz mein Geschmack. Hellbraunes Wildlederblouson, marineblaues Strickhemd, locker fallende Bundfaltenhose in Beige, knöchelhohe Schnürstiefel, wie unsere Eltern sie in ihrer Jugend getragen haben.«

Und er besitzt die Aura von Benzin, damals der begehrteste Herrenduft. Der lässt die junge Frau pfeilgenau auf den Besitz eines Motorrads schließen. Die gemeinsamen Ausflüge ins Grüne münden noch am Ende des nämlichen Sommers in eine Schwangerschaft. Bevor der werdenden Mutter die anderen Umstände anzusehen sind, folgt eine überstürzte Hochzeit. Anfang Juni des folgenden Jahres kommt Josh auf die Welt, ihr einziges Kind.

Erstmals erfährt Coppki mehr über die Herkunft seines Vaters als nur aus knappen Skizzen. Da ihm die Vergangenheit einerlei ist, hat er auch nie danach gefragt. Umso mehr erstaunt ihn nun das Aufflammen seiner Neugier. Er beginnt, Fragen zu stellen. Was hat er gelesen, ist er gern geschwommen, konnte er Skat spielen? Doch die Großmutter hört ihn nicht und setzt mit bewegten Augen hinter geschlossenen Lidern geisterhaft gleichmäßig ihre Erzählung fort.

»Wir hatten nur zwei Räume für uns drei, unser Schlafzimmer und eine Küche, wo meine Nähmaschine stand und wo Josh auch geschlafen hat. Das Bad war im Flur, das haben wir mit Frau Lippek geteilt, und das Klo auf halber Treppe benutzten vier Parteien. Oppa hat immer vom eigenen Häuschen geträumt. Wir haben jeden Pfennig zweimal in die Hand genommen und alles, was ging, gespart. Vonnixkommtnix.«

Ihre Halskette mit dem kleinen Schlüssel nimmt er an sich. Zurück in der Wohnung, schließt er den Schreibsekretär auf. Der Bilderrahmen zeigt noch immer das Bild seines Vaters, als er siebzehn war. Er durchsucht das Möbelstück. Im Unterschrank findet er lange Karteikästen. Nach Jahr und Tag sortiert, stehen dort die Aufnahmen, die ihm wie ein Spiegelfilm seiner Reifung in äußerster Zeitlupe vorgeführt worden sind. Doch so genau er auch nachforscht, es gibt offenbar kein neueres Bild als das im Arbeitsfach des Sekretärs.

Die Ähnlichkeit zwischen Sohn und Vater, der sich Bart und Haare wachsen lässt, geht mit jedem Foto weiter zurück. Dann muss sich Josh der Kamera seines Vaters verweigert haben. Coppki legt seine Finger auf den Rahmenrand und stößt das Bild sachte um. Er nimmt die stillstehende Armbanduhr an sich. Als er sie über sein Handgelenk streift, setzt sich der nadelfeine Sekundenzeiger in Bewegung. Die Zeit stimmt genau.

In einer flachen Lade stößt er auf einen Umschlag. *Im Fall meines Todes zu öffnen.* Darin steht nur, sie vermache ihr Hab und Gut ihrem Enkel, Jan Hendrik Coppki, und wünsche sich, eingeäschert zu werden. Die Urne solle ohne Beisein von Zeugen nachts an einem ungenannten Ort auf dem anonymen Gräberfeld des städtischen Friedhofs beigesetzt werden. Den Preis habe sie bereits entrichtet, die Quittung liege ihrem Letzten Willen bei. Mit den zuständigen Bestattern sei vereinbart, den Deckel der Urne vor dem Versenken und Zuschütten so weit aufzuschrauben, dass noch Luft eindringen kann.

Der Anruf kommt am selben Abend. Sein Nachbar, Richard Wendsel, besitzt ein Telefon und reißt Coppki aus der Stille seiner Meditation. Frau Coppki, geborene Tkacz, was so viel wie Weber heißt, sei ins Koma gefallen und in die Intensivstation verlegt worden. Unverzüglich macht der Enkel sich auf den Weg. Er ist noch keine achtzehn.

Das Leben der Sterbenden hängt an Kabeln und Schläuchen wie an seidenen Fäden. Ihre Gesichtszüge sind eingefroren, die Augen weit aufgerissen. Coppki vergisst die Maschinerie, den toten Blick, den ranzigen Geruch. Er hört nur auf seine innere Stimme und nimmt die Hand der Ommka in seine. Vollkommen ruhig sitzt er an ihrer Seite und stellt sich vor, wie sie sich im Nebel der Betäubungsmittel ihre Geschichte weitererzählt.

Sie stirbt in der Stunde vor Mitternacht mit offenen Augen. Auf den eingefallenen Wangen das Salz getrockneter Tränen. Die herbeigerufenen Pfleger finden sie mit einem Kissen auf dem Gesicht. Offenbar hat ihr Enkel den Anblick der Toten nicht ertragen.

Coppki guckt von seinem Stuhl in die Leere. Nicht wegen des Todes, den hat er erwartet. Sondern wegen einer Ungewissheit, die ihn nie wieder loslassen wird. Schon wenige Minuten nach dem Ereignis kann er nicht mehr mit Sicherheit sagen, ob er der Ommka in den ewigen Schlaf geholfen oder sich nur ausgemalt hat, wie er ihr das Kissen auf Mund und Nase drückt, bis das Zucken aufgehört hat, und in Wahrheit ist sie friedlich entschlafen.

Auf der sicheren Seite seiner Erinnerung ist sie kurz aufgewacht, hat auf ihn gestarrt oder aus gebrochenen Augen durch ihn hindurch, hat in sich hineingeweint, gewimmert, darf ich endlich sterben? Tränen liefen ihr übers Gesicht, der Atem ging schwer, sie schnappte nach Luft, ein Schauer durchfuhr ihren Leib, dann noch einer.

Kein Lügendetektor der Welt könnte ihm helfen herauszufinden, was dann geschehen ist. In seinem Gedächtnis stehen für immer die Bilder, wie er sich ein Kissen packt, wie er wegschaut, während er zudrückt, wie sie sich aufbäumt, gegen ihn stemmt, wie er wahrnimmt, welche Kraft er braucht, ihr das Leben aus dem Körper zu treiben. Es ist weniger sein Gewissen, was ihn belastet – stand der Tod nicht vor der Tür, und wenn, hätte er dann nicht in ihrem Sinne gehandelt? –, als die nagende Ungewissheit. Führte ein Gericht den Beweis in die eine oder andere Richtung, er müsste sein Urteil so oder so hinnehmen.

Die Pfleger schöpfen keinen Verdacht. Sie sagen ein paar tröstende Worte und machen sich daran, den Leichnam zu entkleiden. Zum ersten Mal sieht Janush, ohne durchs Schlüsselloch zu lugen, die Großmutter nackt. Narben, hat sie einmal gesagt, erzählen Geschichten, die sie durch ihr Bleiben beglaubigen. An der Narbe über ihrer Scham vom Kaiserschnitt für seinen Vater gibt es keinen Zweifel.

Der Heimweg. Eine Leerstelle in der Weltformel seines Lebens. Kein Canossa, aber ganz bei sich. Das amtliche Vokabular von Ansprache und Bezugsperson, hier kommt es an seine Grenzen. Aus der Distanz des Biografen lässt sich leicht schreiben, Gefühle hätten ihn überwältigt, bis er sie nicht mehr fühlt. Er kann nicht anders als nach vorn schauen. Sollten wir nicht alles, was wir tun, für die Zukunft tun?

Vor seiner Wohnung erwartet ihn Wendsel. Bislang verbindet ihn mit dem Nachbarn kaum mehr als die gelegentliche Begegnung im Fahrstuhl. Er habe sich gedacht, so der Maler, nun, da Coppki wie er allein lebe, könne man sich doch zusammentun und das Hauptmahl des Tages, er nennt es »Abendbrot«, gemeinsam einnehmen. Gute Ideen, sagt er, bevor der andere nur ein Wörtchen mitreden kann, dürfe man nicht anbrennen lassen. Keine zwanzig Minuten später steht er vor der Tür, in beiden Händen Tüten, aus denen es nach Nahrung riecht.

Der Maler hat nichts hinterlassen außer dem *Panorama der Tage und der Nächte**, sein einziges Gemälde. Die drei Meter hohe Leinwand, die er täglich weiter bemalt und um zehn Zentimeter vorwärts dreht, ist auf ein Gerüst in Form einer raumhohen Tonne gespannt. Sie kommt weiß aus der einen Nahtlosrolle und verschwindet am Ende ihrer Runde durch sein Atelier bemalt in einer immer umfangreicheren anderen.

An seinem Lebensende misst das kolossale Langbild mehr als zwei Kilometer. Es endet in einer sauberen Senkrechten, die kongenial auf den Anfang passt, den er selber über fünfzig Jahre nicht gesehen hat. Als längstes Gemälde aller Zeiten geht es in die Kunstgeschichte ein und macht seinen Erschaffer, wie man so sagt, unsterblich – obwohl ihm die meisten Experten das malerisch Meisterliche absprechen.

Trotz aufwendiger Analysen und Deutungsversuche über die Jahrzehnte hinweg sind seine letzten Geheimnisse bis heute nicht vollständig geklärt. Eines gilt jedoch als unbestritten. Über die Leinwand zieht sich in Gestalt einer gezackten Sinusschwingung eine Phasengrenze, die einen Perspektivwechsel zeigt. Hat sich der Blick bis dahin nach außen gerichtet, wendet er sich plötzlich einer Innensicht zu, als ob die Anziehung der Farben in eine unwiderstehliche Form von Fliehkräften umgeschlagen sei. Wirken auf der älteren Seite die Dinge eher auf sich gestellt, so nehmen sie auf der jüngeren plötzlich zueinander Bezug, als wäre eine unsichtbare Membran zwischen ihnen geplatzt.

Die gängige Deutung der Kunstpsychologen zielt auf den Entstehungsort des kreativen Impulses. Der sei vom Kopf in den Bauch gewandert. Nach meinen Erfahrungen mit Handschriften, die ähnliche Übergänge erkennen lassen, folge ich eher der Min-

* Museum der Weltkunst, Abteilung für Transitionelle Malerei

derheit, die den Grund im Gegenstand des Gemalten sieht. Am Tag, als sich sein Stil für immer verändert, ist Coppki in Wendsels oder, besser, Wendsel in Coppkis Leben getreten.

Eine junge Sachverständige für Kryptomalerei unterstützt meinen biografischen Ansatz. Sie hilft mir dabei, das Panorama zu lesen und typische Muster darin zu erkennen. Wendsels Werk ist mir zur wichtigsten Quelle über Coppkis Befindlichkeiten und seine unübersehbaren Entwicklungssprünge geworden.

Anfangs ist mir noch mulmig zumute, wenn Wendsel mich Coppki nennt. Der Kunstmaler wohnt über ihm, und als ich eine Etage tiefer einziehe, begrüßt er mich wie einen alten Bekannten. In Coppkis Universum besetzt der Nachbar den nächsten bewohnbaren Orbit. Aber auch er kommt mir nie näher als nötig, sieht mir kaum in die Augen und meidet jede Berührung. Da er aber das Gespräch mit Coppki sucht und in mir findet, da er vom ersten Abend an mein leibliches Wohlergehen im Blick hat und mich mit den ausgefallensten Einfällen aus seiner fantastischen Küche verwöhnt, erlebe ich seine Distanz als Nähe.

Der Maler liest Kochbücher wie andere Leute Gedichtbände. Er versteht die Rezepte so innig, dass er sich den Geschmack einer Speise vorstellen kann, ohne sie kochen und zu sich nehmen zu müssen. Essen wir billigen Backfisch, schwärmt er von japanischen Meeresfrüchteraffinessen oder italienischer Hausfrauenküche. Liegen gebratene Panierschnitzel auf unseren Tellern, bereitet er in bewegenden Worten Kalbsnüsschen an Champagnerschaum zu, ein Dreiviertel gar geschmortes Entrecôte Lyonnaise über gedämpften provençalischen Crudités oder einen südäthiopischen Pot au feu. Selbst Süßwaren aus industrieller Herstellung weiß er durch bewegende Anekdoten aus dem Alltag der berühmtesten Patisserien zu verfeinern.

Die anderen Mitbewohner des Hauses gehen wortlos an mir vorüber. Aber das tun sie auch untereinander. Aus ihren Augen sprechen weniger Befremden, Verdacht oder gar Missbilligung. Das scheue Nicken fernen Einverständnisses möchte ich nicht allein darauf zurückführen, dass ich Coppkis Kleidung trage.

Schon bald habe ich mir ein Bild von seinem Bekanntenkreis gemacht. Dazu zählen das junge Paar im Imbisswagen, beide so hager, dass sie unmöglich Abnehmer ihrer eigenen Bratgerichte sein können, und die Streifenpolizistin, eine Vollblutelfe im Dienstanzug, deren Augen blitzen, wenn sie mich erblicken. Ihr uniformierter Begleiter dagegen glotzt mich an, als hätte er mich oder so etwas wie mich noch nie gesehen.

An Coppkis Äußerem liegt es nicht. Wer ihm begegnet, trifft auf einen aufgeweckten, wenn auch wortkargen, vielleicht ein wenig kauzigen, stets gleich gekleideten, keinesfalls aber abstoßenden jungen Mann. Er gehört allerdings zu jener Sorte Mensch, die man leicht übersieht, wenn man nicht direkt mit ihr zu tun hat.

Bereits nach wenigen Tagen kann ich fast jeden in seiner Umlaufbahn verorten. Manche stehen mir offenbar näher, wobei Nähe der falsche Begriff wäre, wollte ich den Zuständen Rechnung tragen. Coppki ist überzeugt, die anderen verbinde etwas, das er nicht besitzt. Es gelingt ihm nie, in ihre Kreise vorzudringen oder jene Nähe herzustellen, wie er sie zwischen ihnen vermutet. Er besitzt nicht die geringste Macht über Menschen, außer der, sie sich vom Leib zu halten.

Hätte ihn sein Leben vor die Wahl gestellt zwischen Bühne und Tribüne, er wäre nie in Verlegenheit geraten. Coppki ist der geborene Zuschauer, ein Beobachter im reinsten Sinn, der sieht und liest, vermisst, vergleicht und jedem Ding und jeder Erscheinung einen Platz in der Ordnung seines Systems zuweist. Niemals hat ihn auch nur der Federhauch eines Wunsches gestreift, mit Taten ins Weltgeschehen einzugreifen.

Sein Verhältnis zu den Menschen stellt er wie eine Naturerscheinung fest, ohne Arg oder Bedauern. Im sicheren Glauben, ihnen ergehe es ähnlich wie ihm, nimmt er sich hin, wie er ist. Seit er lebt, hört er sein Herz im Brustkorb hämmern, ohne Pause Schlag um Schlag, wie Gefangene ans Tor der Freiheit pochen. Niemandem ist das bewusst, nicht einmal ihm selbst. Er glaubt, jeder habe ständig die Trommel des Lebens im Ohr.

Ohne es je auszusprechen, dient sein Dasein nicht zuletzt auch dem Ringen um einen Grundanspruch, der erst viele Jahre später Verfassungsrang erhält: das uneingeschränkte Recht am eigenen Leben. Dazu gehört für ihn die Freiheit, unbehelligt vom Scheinwerferlicht sein Dasein zu erledigen und nach dessen Ende in Vergessenheit zu geraten.

Dabei verhält er sich wie ein Forscher, der darauf achtet, seinen Versuch nicht zu stören. Er betrachtet sich aus sicherer Distanz wie die Hauptfigur eines Stücks, das einem unverrückbaren Drehbuch folgt. Darin erkennt er den lebendigen Widerspruch zweier Weisheiten, die ihm die Ommka mit auf den Lebensweg gegeben hat. Auf der einen Seite stand ihr Credo, es komme, wie es komme, auf der anderen vertrat sie die Ansicht, von nichts komme nichts.

Coppki meidet Blicke auf sich wie ein Nachtfalter das Sonnenlicht. Er fühlt sich ausgeliefert, sobald andere ihn nur ansehen, erst recht, wenn sie über ihn sprechen oder gar lachen. Am meisten aber leidet er nicht, wenn er es sehen oder hören, sondern sich vorstellen muss. Die anderen finden ihn sonderbar in jener schwer fassbaren Weise, der die Ausdrucksweise seinerzeit ein fühlbares Bild entgegenhält: Es ist unmöglich, mit ihm warm zu werden.

Gleichzeitig wirkt seine haltlose Neugier übergriffig und unverschämt. Mit seinen Blicken kann er andere entkleiden und verzehren. Niemand will sich dem lange aussetzen. Doch wenn sie ihm aus dem Weg gehen und sich von ihm abwenden, hat er meist schon genug gesehen.

Liebe kommt in seinem Weltmodell ebenso wenig vor wie Mitgefühl, nicht einmal mit sich selbst. Die Leere der Bahnen, auf denen für gewöhnlich Freunde um einen Menschen kreisen, betrachtet er als Spielraum seiner Entfaltung. Ein Rest an Unbehagen speist sich allein aus der Tatsache, dass in der Chemie, der sich sein

Modell entlehnt, unbesetzte innere Orbitale um einen Kern instabil und nur von kurzer Dauer sind.

Seinen natürlichen Platz im eigenen Kosmos ortet er dort, wo er herkommt, bei den kleinen Leuten und ihren kleinen Dingen, die im Maßstab oft größer sind als die großen der Großen. In diesem Licht erscheint sein beruflicher Werdegang geradezu folgerichtig. Ein Studium hätte einen wie ihn nur gelangweilt. Was ihm dort entgeht, kann er sich mühelos selbst beibringen. Dennoch zieht es ihn nach Abschluss der Mittelschule an die Universität, wo er an den chemischen Instituten eine Lehre als Laborant absolviert.

Sein Wissen und sein Verständnis für die inneren Zusammenhänge der Materie würden ohne Weiteres ausreichen, ihn zum Leiter der Forschung zu machen. Er jedoch schätzt sich im Rahmen seiner Verhältnisse glücklich, nach erfolgtem Lehrabschluss den vakanten Posten des Lageristen und Materialbeschaffers zu erlangen.

Besser hätte er es sich nicht ausdenken können. Er hat sein Auskommen, erledigt seine Arbeit mit Viertelkraft und erhält durch den Publikumsverkehr an der Chemikalien- und Geräteausgabe seine Dosis menschlicher Nähe. Er will unterfordert sein, sich nicht verausgaben für einen Job, der ihm den Unterhalt sichern soll. Den Kopf frei behalten für sein eigenes Werk, so frei, dass er jeden unbeschäftigten Moment dazu nutzt, im Geist sein eigenes Experimentallabor zu errichten, größer als das größte der Fakultät und am Fluss gelegen.

In seiner Arbeit gilt er als so zuverlässig und hilfsbereit, dass ihm nie jemand zugetraut hätte, seinen Zugang zu Proben und Verbindungen für eigene Zwecke zu missbrauchen. Er hätte Grundsubstanzen zur Synthese haarsträubender Drogen, Gifte oder Sprengstoffe bestellen und in seinem Keller kiloweise auf die Seite schaffen können.

Die Bibliothek, landesweit unübertroffen, steht ihm jederzeit zu Diensten, seitdem er aus freien Stücken auch deren Bestellungen übernommen und damit die Poststelle entlastet hat. Alle wichtigen Fachbücher und Zeitschriften gehen durch seine Hände. Kein Inhaltsverzeichnis, das er nicht überflogen, kein Aufsatz und kein Kapitel von Interesse, die er nicht studiert hätte.

So verschafft er sich sein unvergleichliches Wissen über die Chemie des Lebens.

9

Wenn es aus der Zeit seiner Laborantenlehre an der Universität, die ihn durch alle Abteilungen der Chemie und weiter zum Wesenskern der Materie führt, wenn es aus den Jahren siebzehn bis zwanzigeinhalb seiner Biografie auch nur wenig zu berichten gibt, so gehört das wenige zum wichtigsten, was Coppki zu seiner Weltformel des Lebens führt.

Im Werkbuch einer greisen Professorin, einer säuberlich geführten Kladde, findet sich eine Notiz über das Gespräch mit einem Lehrling. Sein Name wird zwar nicht genannt, aber nach seinen Fragen und Einwänden dürfte es niemand anderer gewesen sein als Coppki in seinem zwanzigsten Lebensjahr.

Isabell Goldemer hat sich einen bleibenden Ruf erworben, da sie die räumlichen Formen der Eiweißkörper aus der Reihenfolge ihrer Bausteine vorhersagen kann. Sie verwendet dazu nichts als ihre Hände und eine watteleichte weiße Substanz, eine Art aufgeschäumte, formbare Knetmasse. Daraus erschafft sie mit geschlossenen Augen Figuren, deren Gestalt die analytische Forschung nach jahrelangen Vermessungen und Berechnungen ein ums andere Mal als korrekt im dreidimensionalen Aufbau bestätigt. Bleistiftskizzen ihrer wolkengleichen Skulpturen hat die Forscherin zwischen die in ihrer schlanken, eckigen Handschrift verfassten Zeilen gezeichnet.

Diese schon lange aus dem Dienst geschiedene, gebeugt gehende Dame, am Institut als Ehrengast mit Bewahrung ihres Labors belohnt, das mehr und mehr einem Atelier und Ausstellungsraum gleicht, diese Pythia im weißen Kittel suche ich eines Tages während der Mittagspause auf.

Zum ersten Mal weiß ich eine echte Prophetin vor mir, eine schmale Gestalt mit dünnem, schlohweißem Haar und lebendigen Augen im fröhlich verwelkten Gesicht. Aufrecht, so weit es geht, sitzt sie auf ihrem Hocker, einem Möbelstück derselben Bauart, wie ich es in Coppkis Keller nutze. Dabei sagt sie Dinge, die er in ihrer Tragweite kaum überblickt. Der Spruch etwa, Wissenschaft sei Leidenschaft, die durch Leiden Wissen schafft, führe in die falsche Richtung. Erstens sei, wer dabei nicht leide, fehl am Platz. Zweitens, und damit komme sie zum entscheidenden Punkt, entdeckt und gefunden werden könne nur, was bereits vorhanden sei.

»Wir bilden uns ein, Strukturen zu schaffen, Gemälde, Musikstücke (ich danke der Komponistin meiner Gesprächsgruppe bis heute für ihr einfühlsames Spiel in ihrer wichtigsten Nebenrolle), Bauwerke oder neue chemische Verbindungen. In Wahrheit können wir nichts *er*finden (sie betont die erste Silbe), sondern nur *fin*den und ver*bin*den, was schon da ist.«

Wenn man so wolle, liege das gesamte Wissen über die Welt wie ein eitler Schatz im Verborgenen bereits vor. Aus seinem Versteck sende es eine Art Strahlung zu den Menschen, für die aber nur ein kleiner Kreis empfänglich sei. Und dieses elitäre Völkchen, zu dem sie ihre Wenigkeit zähle, sei von der Idee besessen, Licht ins Dunkel zu werfen.

»Sie kennen doch die Kreiszahl Pi?«

»Wer kennt die nicht? Dreikommeinsviereinsfünfneun …«

»Das Verhältnis aus Umfang und Durchmesser von Kreis und Kugel ist älter als unsere Welt. Eine ewige Wahrheit, die überdies auf eine seltsame Weise untrennbar mit der Schwerkraft verknüpft ist, die den Aufbau der Welt bestimmt. Gravitation zwingt Materie in Kugelformen, die einander auf runden oder elliptischen Bahnen umkreisen, sämtlich Pi-Strukturen. Da die Quadratur des Kreises nie abgeschlossen werden kann, ist Pi gleichzeitig unendlich. Das bedeutet, in seinen Nachkommastellen taucht an irgendeiner Stelle jede mögliche Zahlenkombination auf. Damit sind auch alle Sätze, die je gesagt oder gedacht worden sind oder noch gesagt und gedacht werden können, alle Ideen und Geschichten, Erkenntnisse und Kunstwerke schon vorweggenommen wie die Form des Kosmos. Wenn Sie so wollen, birgt der Pi-Code eine vollständige Beschreibung der Welt.«

Coppki fällt ein, wie Frau Reichenbach einmal die quadratischen Holztäfelchen eines Kreuzwortspiels mit in die Schule brachte und planlos auf dem Tisch verteilte. Ohne dass die Lehrerin eingreifen musste, stachen aus der Buchstabensuppe einzelne Silben und Wörter hervor.

»Guck mal hier: d e r b ... und da: r o t ... und dort: h e r r ...«

Ein Spiel, wie für den kleinen Janush gemacht, der sofort begreift:

»k u r z ... l i e b ... p l a t t ...«

»Siehst du: Die Wörter sind schon da. Man muss sie nur suchen. Wenn wir das Rechteck größer machen, zum Beispiel so groß wie ein Fußballfeld oder ein ganzes Land, dann kommen irgendwann alle Wörter darin vor.«

Die alte Goldemer schraubt mit beiden Händen einen Bottich auf, den sie unter ihrer Laborbank aufbewahrt, ein dunkelbraunes Kunststofffass mit tellergroßem Deckel. Sie schaufelt eine Handvoll weicher, weißer Schaumstoffmasse hervor und beginnt, sie zwischen ihren Fingern zu formen.

»Ich habe in meinem Leben unzählige Figuren gestaltet. Meine Hände erkennen sie besser als meine Augen. Es ist, als würde das Material zu mir sprechen und ich ihm gehorchen. Sobald sich meine Figuren den Molekülformen annähern, die in der Natur vorkommen, folgen sie einer Art Führung, als ob sie die Vollendung ihrer Körper schon kennen.«

»Glauben Sie an Vorsehung?«

»Das geht mir zu weit. Aber ich glaube daran, dass sich Ereignisse im kleinsten Maßstab vorhersagen lassen. Wie weit man das ausdehnen könnte, kann ich Ihnen nicht sagen.«

Damals stand die Frage im Raum, wie weit Quantenphänomene mit ihren Unschärfen, Fernwirkungen und Zufällen in die vorbestimmte Welt der Gegenstände reichen. Bei kleineren makroskopischen Dingen und Vorgängen waren sie nachgewiesen. Aber ob auch der Mensch, ziemlich genau im Übergangsbereich von Mikro- zur Makrowelt angesiedelt, ob auch Lebewesen von fünfundsiebzig Kilogramm und hundertachtzig Zentimeter Körpergröße in verwaschen blauer Wäsche Quanteneffekten unterliegen, konnte niemand sagen.

»Ich fürchte, die Quanten helfen uns hier nicht weiter. Wir müssen das alles – klingt vielleicht seltsam, wenn eine Frau in meinem Alter das sagt – ein bisschen moderner betrachten. Sehen, dass es nur ein kleiner Bestandteil des großen Ganzen ist.«

»Sehen?«

»Die Welt meidet Zustände, andere sucht sie. Das ist, wenn Sie so wollen, schon eine Art von Sehen. Es muss sich um einen uralten Mechanismus handeln. Alle Lebensformen greifen darauf zurück. Wenn wir weiterdenken, dann erkennt auch das Leben, welche Formen ihm guttun, und strebt sie an. Deshalb weiß jede Eiweißkette schneller, als die chemische Theorie erlaubt, wie sie sich zusammenknäueln muss. Und wenn sie es weiß, dann können wir es auch wissen.«

»Wissen?«

»Ich bin in der Presse oft als Orakel bezeichnet worden. Nur weil ich etwas schneller erledigen kann als Rechenmaschinen. Ich würde es eher so sehen: Ich fühle mit den Molekülen.«

Ihr Vortrag trifft meine romantische Ader, lässt meine rechnende aber ratlos zurück.

»Wie soll sich Molekülen vermitteln, was sie wollen?«

»Sie wollen nichts, sie folgen nur ihrer Natur.«

»Und wie machen sie das?«

»Wir wissen nur, dass sie es machen und dass wir es ihnen abschauen können. Aber wie, das wissen wir nicht.«

Mir schießt in solchen Situationen immer Sauerstoff in den Kopf. Die alte Frau spricht von einer Schöpfung, die schon beim ersten Knall vom Sternenhimmel träumt, von den Bausteinen der

Welt, die von Anfang an ahnen, wie sie zusammengehören, bis zum Leben, das Absichten und Ziele verfolgt.

»Früher sprachen wir von Affinität. Mir gefällt Attraktivität eigentlich besser. Weil das auch künftige Zustände mit einbezieht. Da sind Anziehungskräfte im Spiel, deren Wesen wir noch nicht bezeichnen können. Ich nenne sie die Attraktion des Idealen, das dann wiederum von neuen Idealen angezogen wird und immer so weiter.«

Coppki spürt etwas im Kopf, das in seinen Ohren klingt wie ein mechanisches Klicken, bevor es im ganzen Körper widerhallt. Er denkt aber nicht über den Ton nach. Vielmehr überlegt er, was ihn ausgelöst haben könnte. Er schließt die Augen und lauscht in sich hinein. Der Geist allein kann es nicht sein. Dieses Gefühl ist ihm nur zu vertraut. Es ist eher so, als ob sich ein Bündel körperlicher Empfindungen, etwas wie ein Ablauf von Bewegungen, im Gehirn zusammenballt, um sich dann als Gesamtheit zu entladen.

Er kennt nur ein Muster, das dem nahe kommt: Wenn er zum Kopfsprung bereit am Wasserrand steht und mit jeder Faser dem Augenblick entgegenfiebert, in sein Element zu tauchen und auf einen Schlag alle Schwere zu verlieren. Das Entkommen aus den Klammern des Irdischen gleicht einer Häutung, die im Bruchteil einer Sekunde von den Fingerspitzen über Kopf und Rumpf die durchgestreckten Zehen erreicht.

Kein anderer Moment des Erlebens ist mit diesem vergleichbar, der allein den Sinnen gehört. Erwartung, Bewegung, Erregung, Berührung, Erfüllung, Vorahnung einer Idee. Er fühlt sich unweigerlich angezogen, hätte aber nicht angeben können, wovon. So wie die verwandelte Haut im Wasser verlangen nun die Hände, nicht die Augen, nach einer Erklärung.

Zurück im Kellerlager, gehe ich die Bestelllisten der letzten Jahre durch. Die alte Goldemer taucht nur alle paar Monate auf. Auf jedem Formular, das ihren Namen trägt, findet sich in ihrer schlanken Schrift dieselbe Sequenz: *Elasten**, *Formsubstanz, 5 l.* Laut

* Gesprochen: Eh-lass-tehn

Kartei müsste das Lager noch zwei Töpfe in Reserve halten. Sie stehen unberührt am angegebenen Standort in der Kammer für Gele und Nährböden. Coppkis makellose Buchhaltung.

Mit beiden Händen schaufle ich einen Haufen hervor und verfrachte ihn in meine Pausenbrotdose, die mir Wendsel morgens vor die Tür stellt. Das wiederhole ich nun jeden Tag. Um keine Engpässe entstehen zu lassen, bestelle ich beim Hersteller sicherheitshalber drei weitere Chargen. Es ist das einzige Mal, dass ich Coppkis Privilegien als Lagerlaborant für private Zwecke nutze.

Ich weiß, warum er dem Elasten verfällt. Jede freie Minute verbringe ich daheim hinter seiner Zimmertür und gestalte in meinen Figuren Coppkis Molekülskulpturen nach. Die alte Goldemer hat recht gehabt: Die Hände sehen mehr als die Augen. Verstehen kommt von Begreifen. Sobald ich mich einer in der Natur vorkommenden Form nähere, fühle ich die wachsende Entspannung in meinen Fingern.

Schon im chemischen Selbststudium während seiner Schulzeit sind Coppki Zweifel gekommen, ob allein das Miteinander der Moleküle die Abläufe des Lebens erklären könne. Oder ob das reibungslose Zusammenspiel im Inneren von Zellen nicht vielmehr jenseits der molekularen Ebene eine weitere, ihrer Natur nach im Winzigen angesiedelte Steuereinheit erfordere. Er hat auch nie verstanden, wie einzig ein Flechtwerk chemischer Reaktionen, und sei es noch so komplex, etwas herausbilden könne wie den menschlichen Verstand, der seine eigene Arbeitsweise versteht. Ursachen und Wirkungen, bis auf den letzten Grund zurückverfolgt, fügen sich zu einem sinnvollen Ganzen nur, wenn er Ordnungsmächte jenseits der Stoffe annimmt. Nun haben ihm die knochigen Finger einer alten Frau beim Kneten einer formbaren Masse eine Ahnung vermittelt, welcher Beschaffenheit diese Mächte sein könnten.

Er weiß um das System der Matroschkapuppen in der Wissenschaft. Niemand kann je sicher sein, die kleinste oder die größte entdeckt zu haben. Am anderen Ende, in seinem Wesen ähnlich geheimnisvoll wie die Schwerkraft, sieht er den unbändigen Lebenswillen am Werk, den das Leben besitzt, seit es sich aus den Klauen der toten Materie befreien konnte.

Mag das Ende der Einzelexistenz auch unausweichlich auf jeder Ebene drohen, dem kleinsten Eiweiß im Inneren einer Zelle wie der Zelle selbst, wie Kreaturen, Arten, Lebensgemeinschaften: Der Lebenstrieb beschützt und bewahrt offenbar etwas anderes, ungleich Höheres. Etwas wie ein Gesetz oder ein Ideal. Oder vielleicht auch nur eine Hoffnung, eine Illusion, den Traum von letztgültiger Unsterblichkeit in einem ewigen Universum.

So sieht es Coppki, und er sieht noch viel mehr. Nicht nur die Stoffkreisläufe in ihrem ständigen Werden und Vergehen, auch das Denken, das Bewusstsein und das Ich des Menschen wirken als Werkzeuge des Lebens, allein dazu geschaffen, seinen Fortbestand zu sichern. Der seiner selbst bewusste Verstand, den er in jeder wachen Stunde in sich wahrnimmt, das doppelte Ich von Beobachter und Beobachtetem, das Reflektieren der eigenen Existenz, die Gesamtheit aller Geister und Seelen, die den Planeten bevölkern, sie sind ihrerseits nur Teil eines übergeordneten Ganzen.

Die Erkenntnis überfällt ihn beim Schwimmen in der Badeanstalt. Sie bildet einen Höhepunkt seines Denkens und bis dahin den großartigsten Moment seiner Zeit auf Erden. Ich hätte mich beinahe verschluckt, als mir sein Gedankengang urplötzlich deutlich wird und ich das Nächstliegende vor mir sehe.

Wasser! Könnte es nicht sein, dass der Saft des Lebens, gemeinhin nur als sein Lösungsmittel bekannt, auf eine rätselhafte Weise die Entwicklung der Formen steuert und den eingeborenen Überlebenstrieb in sich trägt? Dass die Bühne, auf der sich das molekulare Geschehen in Zellen und Organismen abspielt, an ihm beteiligt ist? Sind womöglich keine neuen Molekülklassen zur Lösung des Lebensrätsels nötig, und das Geheimnis steckt in der Grundsubstanz biologischer Existenz, bloßem Ha-Zwei-O, nach dem er von Kindesbeinen an giert?

Allein indem er die Perspektive wechseln und sich Wasser als aktiven Teilnehmer statt allein als passiven Träger vorstellen kann, berührt Coppki erstmals jene tiefere Ebene des Seins, die nach heutigem Stand die Welt des Lebendigen im Innersten zusammenhält. Wie Wasser seine Wirkung entfalten könnte, davon hat der Dilettant* allerdings keine Ahnung.

Als er nach Orientierung sucht, gerät er flüchtig in den Bann der Homöopathie, eines aufgeregten Raunens um einen wahren Kern, den es selber nicht kennt, aber mit einem aberwitzigen Theoriegeflecht umgibt.

Sobald ich das Heilverfahren erwähne, ein Reizwort in Coppkis Zeit, mischt sich die Chirurgin in Person ihrer Biografin ein. Sie weist auf die Studie in einer renommierten medizinischen Fachzeitschrift hin, nach der die angeblichen Erfolge der Heilmethode vollständig ins Reich des falschen Glaubens an Scheinbehandlungen fallen. Sie wirken, obwohl sie keinen Wirkstoff enthalten.

Coppki ist sich darüber im Klaren. Er, der in seinem Leben noch nie ein Medikament genommen hat, hat sich das Reich der Zuckerpillen und Pseudooperationen, Selbst- und Spontanheilungen schon lange erschlossen. Von falschem Glauben kann keine Rede sein. Die Wirkung eines Placebos ist messbar und echt. Nur über den Mechanismus, der ihr zugrunde liegt, ist angesichts erdrückender Belege erschreckend wenig bekannt.

Der schüchterne Laborant, der so gern seinen Gedanken nachhängt, ist es schließlich, der sich allein auf die gefährliche Fährte begibt. Sollte Wasser sich Formen merken und weiterreichen und den Eiweißketten der alten Goldemer helfen können, schneller ihre Gestalt zu finden, als es die Gesetze der Chemie erlauben,

* Dilettant (italienisch *dilettare:* »sich erfreuen«): Amateur oder Laie, der sich ohne formale Ausbildung mit selbst erworbenen, oft glänzenden Kenntnissen aus Leidenschaft einer Sache hingibt. Als naturwissenschaftliche Dilettanten gelten u.a. der Musiker William Herschel, der zum größten Astronomen seiner Zeit aufstieg; der Mönch Gregor Mendel, der die Regeln der Vererbung fand; der Jurist und Dichter Johann Wolfgang von Goethe, der die Metamorphose der Pflanzen entdeckte.

dann ließen sich damit womöglich auch andere Ungereimtheiten in der Geschichte des Lebens erklären.

Was wäre, wenn sich im Zusammenspiel der Wassermoleküle Muster bilden, die sie bevorzugen und anstreben, wenn das Leben gleichsam als Gegenleistung für seine Existenz dem Wasser seine tiefsten Bedürfnisse erfüllt und ihm wie ein Bildhauer seinen Ateliergästen seine besten Arbeiten zeigt? Weil nur Wasser die Sprache des Lebens versteht und dessen Rückfall ins Dasein einer toten, formlosen Flüssigkeit verhindern kann?

Falsche Fährte!, ruft es ihm aus den gelehrten Schriften entgegen, die er nach Hinweisen auf die Sprache des Wassers durchforstet. Kein wahrer Wissenschaftler würde der Idee auch nur einen Gedanken opfern. Vermutlich wäre ihm da auch die greise Dame nicht gefolgt. Coppki kennt die harsche Kritik an den angeblichen Beweisen, wie sie selbst einen gefeierten Nobelpreisträger, Entdecker des gefährlichsten Virus seiner Zeit, HIV genannt, für seine Studie über das Gedächtnis des Wassers trifft.

Wie mag es gewesen sein, als er seine erschütternde Entdeckung machte? Was damals genau geschehen ist, lässt sich heute nicht mehr nachvollziehen. Anzunehmen ist nur, dass es sich so in Coppkis Kopf zugetragen hat. Dort gelingt es ihm, seine Wünsche auf Wasser, *Aqua dest.,* zu übertragen. Seelische Befindlichkeit und Gemüt folgen seinem Willen.

Ich probiere fast alle Fläschchen aus, die ich auf dem Regal in seiner verlassenen Wohnung finde. Euphorin lässt mich vor Begeisterung tanzen, Relaxan löst Spannungen, Memoral vertieft das Gedächtnis, Cognitax meine Wahrnehmung, Erotil lässt die Luft zittern, Libidox steigert mein Lustgefühl.

Eines Abends weihe ich Wendsel in mein Geheimnis ein. Der Gute ist nicht nur ein geduldiger Zuhörer, er lässt sich sogar überreden, es selbst auszuprobieren. Doch was auch immer er zu sich nimmt, nichts wirkt. In aller Milde, die sein Unmut ihm lässt, bittet der Tänzer darum, künftig von solchen Versuchen verschont zu bleiben. Wenn jemand imstande sei, Wasser zu verwandeln, dann seien es die Köche. In seiner fantastischen Küche legt er eine Suppenwoche ein.

Coppki aber hat verstanden. Jeder Versuch bringt ein Ergebnis. Jedes Resultat, auch ein negatives, lässt Schlüsse zu. Wendsel spricht, wie es in der Fachliteratur heißt, nicht auf das Mittel an. Das bedeutet gar nichts. Bei fast jedem Medikament gibt es Probanden, die keine Reaktion zeigen. Genau damit liefert der Künstler seinem Nachbarn den Hinweis auf einen entscheidenden Baustein seiner späteren Theorie.

Wenige Wochen nach seinem Besuch bei der Professorin hört Coppki, sie sei plötzlich gestorben. Fast alle Angestellten und Akademiker der chemischen Laboratorien erweisen ihr die letzte Ehre in frischen weißen Kitteln, selten gesehen auf einem Todesacker. Er zieht es vor, seinen Schalter geöffnet zu halten, vor dem sich an diesem Vormittag niemand einfindet. Bei der Beerdigung seines Großvaters – außer Sargträgern und einem Geistlichen waren nur er und die Ommka zugegen – hat er sich geschworen, nie wieder einer Bestattung beizuwohnen.

10

Auf dem Meeresgrund, im vulkanschwarzen Sand vor der steilen Küste einer Insel im weiten Ozean, steht wie an Bühnenseilen herabgelassen weich auf seinen vier Rädern in Rost und Rott mit offenen Türen der Rest eines weiß lackierten Campingbusses. Bei ruhiger See kann er mit seinen runden Augen durch die schlingernde Wasserhaut die Klippe sehen, die er am Ende seiner letzten Fahrt überwunden hat.

Von dem Vorsprung aus schauen ein junger Mann um die zwanzig und eine Frau in ihren späten Dreißigern in die Tiefe. Sie ist seine Tante und zeigt ihrem Neffen, wo seine Eltern vor siebzehn Jahren verunglückt sind, ihre Schwester und sein Vater.

Coppki hat die Reise nicht gewollt. Vor meinem inneren Auge erscheinen ihre Zeilen. *Ich freue mich auf unser Abenteuer. Sanna.* Er hat ihr nicht geantwortet und die Sache als erledigt abgehakt. Mit dem Ende der Schulzeit, als die Büchersendungen plötzlich aufhörten, ist der Kontakt abgebrochen. Sie muss im Ausbleiben des Neins ein Ja gesehen haben. Jetzt stehe ich in seiner blauen Badehose auf einem schwarzen Lavafelsen, unter mir die See, über mir weiß glühend die Mittagssonne, neben mir die Person, die Sanna spielt.

Eine gemeinsame Forschungsreise hat sie versprochen, in seine Vergangenheit, zurück zum Ort seiner Herkunft, gleich nach Abschluss seiner Laborantenlehre. Nach seiner Kenntnis ist er im Haus seiner Großeltern zur Welt gekommen und aufgewachsen. In seinem Pass steht auch nicht der Name einer Postkarteninsel, sondern der einer kleinen Stadt inmitten eines unübersehbaren Meeres aus Siedlungen, Fabriken, Fördertürmen und Kohlehalden im industriellen Herzen des Landes. Und dorthin zieht es ihn nicht im Geringsten zurück. Wenn ihn etwas reizt am Angebot der Tante, dann ihr Versprechen, ihm die Gräber seiner Eltern zu zeigen, über deren Existenz sich seine Großeltern ausgeschwiegen haben.

Am angekündigten Tag steht ihr Wagen mit geöffnetem Faltdach am Straßenrand vor seiner Wohnung. Coppki kommt von der Arbeit. Gerade hat er seinen Vertrag als Laborassistent der Chemikalien- und Geräteausgabe unterschrieben. Er biegt um die Ecke und sieht, wie jeden Tag, einem Abend allein mit sich entgegen, unterbrochen nur vom gemeinsamen Mahl mit seinem Nachbarn.

Sie steigt aus und kommt mir entgegen. Trägt das Haar hochgesteckt, ein Sommerblumenkleid, das über ihren Knien endet, die Arme entblößt wie die Füße in ihren schmalen Schnallensandalen. Auf ihren niedrigen Absätzen ist sie fast einen Kopf kleiner als ich – hinreißend verkörpert von der Chirurgin meiner Biografengruppe in ihrer Hauptrolle in Coppkis Leben.

Er hat noch nie einen Koffer gepackt. Er besitzt nicht mal einen. Sie hat einen Rucksack mitgebracht. Wir würden wandern gehen, erklärt sie. Seine erste große Fahrt führt Coppki über den Kontinent zum Fährhafen im äußersten Südwesten. Wir erreichen ihn nach zwei Tagen. Erst da geht mir auf, was mir die reine Vorstellung der Exkursion bisher vorenthalten hat. Es lohnt sich doch immer, nein, es ist unerlässlich, biografische Reisen durch gelegentlich Aufenthalte an tatsächlichen Schauplätzen zu bereichern.

Coppki sieht zum ersten Mal das Meer. Zumindest hat er das lange geglaubt. Wasser bis zum Horizont, mannshohe Wogen, die an die Hafenmauer klatschen, das hatte er noch nie vor Augen, noch nie in den Ohren. In seinem Kopf hat es nur zu einem animierten Bild gereicht, nicht zu diesem Tosen einer lebendigen Bestie, die ihre Wut in unerbittlichen Wellen an Land wirft. Dazwischen das graue Rauschen der See, das Auf und Ab des leise singenden Windes, das Lachen und Heulen der Möwen.

Wenn das akustische Gegenstück zum Déjà-vu zu den gängigen

menschlichen Erfahrungen zählt, dann erlebt Coppki ein Déjà-entendu, einen Widerhall von etwas, das im Inneren schwingt, ohne einen Ausdruck zu kennen. Seit ich die Szene nachgespielt habe, bin ich überzeugt, dass wir alle ständig dem Ton vergessener Vergangenheiten lauschen. Coppki saugt die Luft ein, wie er sonst nur Wasser trinkt, gierig wie ein Abhängiger, der nach langer Abstinenz unerwartet in Kontakt mit seiner alten, geliebten Droge kommt.

Das alles, Bilder, Töne und der würzige Geschmack der Atmosphäre nach Salz und Meeresfleisch, erscheint ihm vertraut wie die eigene Stimme, der Geruch seines Atems. Er ist seinem Element begegnet, Wasser in seiner ungezähmten, urwüchsigen Form. Und dieses Wasser wird ihn nun im Stahlmantel einer Fähre wohlbehalten an die Ufer seines Ursprungs tragen.

Sanna hat ihr Auto in einer bewachten Garage nahe dem Fährhafen gelassen. Während der Überfahrt höre ich mir die Geschichte ihrer Familie an, ohne kaum je selbst zu Wort zu kommen. Die Kindheit und Jugend mit ihrer Zwillingsschwester endet jäh, als Marianna, gerade achtzehn, mit Rucksack und unbekanntem Ziel aus der bürgerlichen Beschaulichkeit aufbricht.

Drei Jahre später ist sie wieder zurück, ein verwandeltes Wesen, das nichts über sich verrät. Sie wohnt noch einmal zu Hause, findet eine Anstellung in der Druckerei des Vaters, erledigt ihre Arbeit in der Titelgestaltung zu aller Zufriedenheit, spricht aber nur das Nötigste. Von einem Kind erwähnt sie nichts. Ihr Geld spart sie eisern. Nach neun Monaten kauft sie einen gebrauchten Campingbus und verschwindet, wie sie gekommen ist.

Als sich die Insel am zweiten Morgen aus dem Horizont hebt, stehen wir vorne an der Reling. Ich betrachte sie von der Seite, sie sieht mir aus dem Augenwinkel dabei zu. Ich weiß nicht, warum (und hier beginnen die Schwierigkeiten, die später zur tiefsten Krise unserer Gruppe führen sollen), aber ich verspüre ein überwältigendes Bedürfnis, die Chirurgin in den Arm zu nehmen.

Die kühle Souveränität, mit der sie die Szene beherrscht, obwohl ihr die Spannung nicht entgangen sein kann, zieht mich unweigerlich an. Entweder hat sie die Tragweite ihrer Rolle nicht verstanden, oder sie hat genau das erfasst und versucht, dem Augenblick seine Brisanz zu nehmen.

»Wie war meine Mutter?«

»Äußerlich waren wir uns sehr ähnlich, aber vom Wesen her ganz verschieden. Sie war eine Künstlerin, ich bin eine Geschäftsfrau.«

»Habt ihr gestritten?«

»Warum fragst du?«

»Weil ihr euch so gleich und doch so verschieden wart.«

»Wir haben kaum miteinander geredet. Wenn du so willst, haben wir uns blind verstanden.«

»Habt ihr nie etwas gemeinsam gemacht?«

»Wir waren fast immer zusammen. Sie hat gezeichnet, ich habe gelesen. Wir wollten keinen Unterschied zulassen, der anderen erlaubte, uns zu vergleichen und zu bewerten. Wir haben Stunden vor dem Spiegel verbracht und uns gegenseitig die Haare frisiert bis zur völligen Verwechselbarkeit. Kleider und Schuhe haben wir doppelt gekauft, mal die eine, dann die andere, damit jede ihren Geschmack einbringen konnte. Jeden Tag abwechselnd durfte eine bestimmen, was wir trugen.«

»Woran würde ich heute den Unterschied erkennen?«

»Das habe ich mich auch oft gefragt: was wohl aus ihr geworden wäre.«

»Wie hast du von mir erfahren?«

»Bevor sie endgültig verschwand, hat sie alles erzählt.«

»Was hat sie gesagt?«

»Dass sie einen kleinen Sohn habe, der bei den Eltern seines Vaters aufwachse.«

»Warum war ich nicht bei ihr?«

»Das hat sie mir nicht verraten. Sie sagte nur, das Haus Coppki sei besser für dich als unsere Villa van Kampen.«

»Wollte sie mich nie holen?«

»Ich habe keine Ahnung. Sie erwähnte zum Abschied, falls ihr je etwas zustoße, solle ich nach dir schauen.«

»Hat sie dir gesagt, wohin die Reise geht?«

»Sie sagte nur: ins Paradies. Und dann nannte sie den Namen dieser Trauminsel.«

Ich atme tief ein und halte die Luft an. Kopfüber durch die Wasserhaut sieht mich der Campingbus aus seinen runden Augenhöhlen auf sich zuschießen. Die vorderen Sitze sehen noch ziemlich erhalten aus. Doch als ich mich nähere, meine Hände Tuchfühlung aufnehmen wollen, zerfallen sie zu gelben Flocken. Wie aus heißen Quellen steigen Wolken zu schäumenden Geistern auf, die sich schon mit der nächsten Strömung verflüchtigen. Mit kräftigen Zügen drehe ich eine Runde um den Wagen und steige an die Oberfläche zurück.

Sanna empfängt mich mit hängendem Kopf.

»Können wir die Toten nicht ruhen lassen?«

»Ich wollte ein Bild mitnehmen.«

»Dazu musstest du sie berühren?«

»Was ist aus ihnen geworden?«

Die Chirurgin schaut schamhaft zur Seite, als ich mir das Handtuch um die Hüften wickle und die Badehose an meinen Beinen herunterlasse. Keinen Millimeter rückt sie von ihrer Rolle ab.

»Deine Mutter ist nie gefunden worden.«

»Das weiß ich. Und mein Vater? Wo ist sein Grab?«

»Du warst gerade darin.«

Auf der Insel herrsche noch immer der alte Brauch, Leichen von Ertrunkenen zu verbrennen und ihre Asche in den Ozean zu streuen, damit sie sich über die Weltmeere verteilen, bis sie eines Tages in jedem Tropfen stecken.

»Dann hat wenigstens er Rianna getroffen.«

»Der Gedanke hat mich am meisten beruhigt.«

Von der Unfallstelle gehen wir ein paar Hundert Meter die schmale Straße zurück auf die kleine Hafenstadt der Insel zu. An einer engen Kurve, von einer mächtigen Fächerpalme überschattet, zweigt gut markiert ein Wanderweg ins Hochland ab. Sanna geht voran, ich folge der Chirurgin auf dem schmalen Fußpfad über vertrocknete Wiesen und einstmals genutzte, von Natursteinmauern gesäumte Terrassen und kann meinen Blick nicht von ihren Fersen lassen.

Stundenlang sprechen wir kein Wort, das es wert wäre, wiedergegeben zu werden. Erst als wir den Waldrand erreichen, beugt sie sich vor, reißt einen Halm aus einem Büschel Gras und streckt ihn mir entgegen. Die Ähren landen in meinen Händen weich wie Daunen.

»Pfeifengras. Darauf hast du die ersten Jahre deines Lebens geschlafen.«

Im Wald ist es dunkel und feucht. Es riecht nach Moos. Von den Blättern der gedrungenen Bäume tropft eingefangener Nebel. An ihren Ästen hängen wie Bärte lange Flechten. Als wir den Scheitel überquert haben und unseren Abstieg auf der Südseite antreten, reißt der Himmel auf, die Wolken zerfallen zu weißen Fetzen, Sonnenstrahlen stechen scharf durchs Blätterwerk. Das finstere Dickicht endet so plötzlich, wie es begonnen hat. Straffe, Wasser speichernde Blätter von Opuntien und Agaven säumen nun strohtrockene Terrassen.

Gegen Abend erreichen wir den Eingang des Tals, an dessen Ausgang Coppki das Licht der Welt erblickt hat. Ich finde, die Chirurgin übertreibt, wenn sie in ihrem Kommentar den Abstieg mit einer Rückkehr in den Geburtskanal vergleicht. Heute glaube ich, ihre Biografin hat an dieser Stelle eigenmächtig jenseits ihrer Rolle agiert, um mir etwas klarzumachen. Coppki jedenfalls, dem in Sachen Erotik die Erfahrung fehlt, deutet ihre Worte nicht als Warnung vor dem nun Folgenden, als sie sagt: »Jeder Mensch hat einen Ort, von dem er aufgebrochen ist. Und dahin führe ich dich jetzt zurück.«

Schon von Weitem sind Häuser auszumachen, zunächst nur ihre Dächer, mit roten Ziegeln gedeckt. Wie Sättel schwimmen sie inmitten der grünen Plantagen, so harmonisch passen sich ihre

Natursteinmauern in die Landschaft ein. Im Zentrum liegt ein Gebäudekomplex, davor strahlt hellblau ein Schwimmbecken. Menschen auf Liegen, Sonnenschirme, Tische, Stühle und noch mehr Menschen, viele nackt, auf den Wegen, den Obstfeldern, am Strand. Vor der Felswand zur Rechten eine gemauerte Mole, daran angetäut ein Kabinenboot in leuchtendem Weiß.

Das Déjà-senti der Sinne verstärkt sich zu einem Sturm unbewusster Erinnerung. Coppki glaubt etwas wiederzuerkennen, ohne zu fühlen, es in diesem Körper selbst erlebt zu haben. Wie aus dem Gedächtnis eines anderen melden sich Einzelheiten einer Szenerie, so deutlich und unabweisbar, dass er schon vor dem Umrunden einer Felsformation weiß, was ihn dahinter erwartet.

Sanna ist offenbar schon oft hier unten gewesen. Gäste und Angestellte der Ferienanlage begrüßen sie aus der Ferne. Auf dem Tresen der Rezeption liegt der Empfangsschein mit unseren Namen bereit. *Das Höhlenhotel heißt Sie willkommen*. Sie muss die Tour bis aufs Kleinste vorbereitet haben. Wir bewohnen Suite eins.

Ein gepflasterter Weg führt unter Weindächern, leuchtender Bougainvillea und rankenden Passionsfruchtwinden zwischen weich-rund geschliffenen Lavaklötzen hindurch, dann ein Stück den Hang hinauf, und endet auf einem runden, mit flachen Kieseln aufgefüllten Plateau. Hier betrieb die Kommune ihren Feuerplatz für gemeinsame Rituale. Dahinter öffnet sich in einem Oval der Eingang zur ehemaligen Versammlungshöhle, wo Coppki den ersten Schrei seines Leben tat. Sie bietet am Abend den besten Blick auf die untergehende Sonne.

Planer und Erbauer haben ganze Arbeit geleistet. Die Höhlen sind originalgetreu wiederhergestellt und möbliert. Schirme aus Palmwedeln als Sonnenschutz, Tisch und Stühle aus Strandgut, Batiktücher vor den Eingängen, die Vorratskörbe für Lebensmittel an Seilen unter den Decken, Wandmalereien, Steinskulpturen und Kerzen aus Wildbienenwachs.

Die Gäste leben wie einst die Freien Nackten, ohne auf den Komfort einer gehobenen Herberge verzichten zu müssen. Im hinteren Teil der Höhle versteckt sich ein Luxusbad mit Sauna und Whirlpool, in einer Felsspalte eine Minibar. Der halbe Raum ist mit einem Teppich aus geflochtenem Pfeifengrasstroh ausgelegt, in der Mitte mit Polstern aus dessen Ähren zur Bettstatt aufgehäuft.

Während wir mit einem Eisteecocktail, der eigentümlich nach Heu schmeckt, den Tag ausklingen lassen, entzündet der Zimmerservice in einer Felsmulde vor uns ein Feuer. Der Nackte mit Kellnerschürze erkundigt sich nach weiteren Wünschen und erbietet seinerseits eine geruhsame Nacht. In meinen Gliedern macht sich der Marsch bemerkbar. Und der Cocktail. Dessen Wirkung lässt nicht lange auf sich warten. Ich sehe mich da sitzen, an meiner Seite die Darstellerin seiner Tante, die seine Mutter sein könnte. An meinem Handgelenk die Erinnerung an Coppkis Vater, dessen Armbanduhr aus dem Schreibsekretär der Großmutter. Auf der Haut, die unter einer nadelfeinen Salzkruste spannt, vielleicht noch Reste seiner Asche.

»Ich würde so gerne verstehen, warum das passieren musste«, sagt Sanna.

»Musste?«

»Ich glaube, dieses Drehbuch war schon lange geschrieben.«

»Von wem denn?«

»Wenn ich das wüsste.«

»Und welche Rolle spiele ich darin?«

»Du sollst den ewigen Lauf der Dinge durchbrechen.«

Er lauscht in sich hinein. Vernimmt im Herzen den Widerhall strandender Wellen. Die Tante beobachtet den Neffen, wie eine Mutter das werdende Kind durch die Bauchdecke ertastet. In seinen Adern kreist das Gift aus ihrem Blut. Steigt ihm zu Kopf und pendelt im embryonalen Bewusstsein eine verborgene Phasengrenze aus. Coppki hat im Leib seiner Mutter kaum eine Sekunde erlebt, in der aus ihrem Kreislauf nicht ein steter Strom von Psilocybin und Psilocin aus Pilzen, Tetrahydrocanabinol oder Mamas kleinen Helfern in seinen geflossen wäre.

»Er war so alt wie du heute. Die Gruppe feierte am Strand die

Tagundnachtgleiche des Frühlings. Die beiden sonderten sich ab, das war nichts Ungewöhnliches. Sie setzten sich auf dem Platz vor der Versammlungshöhle an die Brüstung. Rianna hatte eine leichte Decke geholt. Sie war so nahe an ihn herangerückt, dass er ihre Haut an seiner spürte.«

Die Kiesel tragen noch einen Rest Sonne in sich. Sie wärmen von unten. Die Chirurgin hat eine leichte Wolldecke über unsere Rücken gelegt. Ich spüre ihre Wärme an meiner Seite. Wenn sie spricht, überträgt sich ihre Stimme auf meinen Körper. Ich sehe, wie ich meinen Kopf auf ihre Schulter lege. Unter der Decke hat sie meine Hand gefunden und in ihre genommen. Unsere Hände mögen sich.

»Er schmiegte sich an sie, sie fasste seine Hand. Ihre Hände mochten sich.«

Man kann sich mein Erschrecken vorstellen, als ich auf die Armbanduhr schaue und die Zeit nicht mehr vorwärtsgeht. Ich habe den Eistee im Verdacht. Kaum ausgetrunken, gießt sie nach. Irgendwann, vom Feuer ist nur noch Glut übrig, erhebt sie sich elegant und zieht mich mit sich. Sie muss mir auf die Beine helfen. In der Höhle sinken wir aufs weiche Lager. Spätestens da setzt jener Teil meines Bewusstseins aus, der mein Gedächtnis steuert.

Als ich am nächsten Morgen erwache und zum Höhlenausgang hinausspähe, sehe ich die Chirurgin am Rand des Festplatzes auf der Brüstung sitzend das Meer betrachten. Sie hat sich in ein feines Seidentuch gewickelt, die Schultern nackt. Ich schaue sie von hinten an, ohne mich bemerkbar zu machen. Sie soll nicht sehen, wie ich erröte bei der Erinnerung an Coppkis Traum der vergangenen Nacht.

Wie Sanna ihn verführt hat und er sich verführen ließ auf dem Lager aus gesteppten Pfeifengrasähren. Wie er sie lange betrachtet hat, dann gestreichelt, dann mit seinen Händen gefasst, gepackt, herumgeworfen. Wie sie gelacht hat, gekeucht und gejammert. Wie um Mitternacht die Armbanduhr in sein Blickfeld geriet und Punkt zwölf das Datumsrad weiterspringen ließ. Wie er selbst im Traum glaubte, er träume. Jede Berührung, jedes geflüsterte Wort hat sich in sein Gedächtnis gebrannt. Wie sie da liegen und im Licht der gasbefeuerten Fackeln den flackernden Schatten im Gewölbe folgen.

»Was denkst du gerade?«

»Ob ich tatsächlich hier bin.«

»Ich komme mir auch ziemlich unwirklich vor.«

»Weißt du denn immer, wer du gerade bist?«

»In den letzten Stunden wusste ich es sehr genau.«

»Ist das jedes Mal so?«

»Was?«

»Als ob man träumt.«

»Nur dann ist es wirklich.«

»Am Ende war mir, als würde ich aus einem fremden Zustand erwachen.«

»Mit einem leisen Stöhnen, wie ein Kind im späten Schlaf.«

»Habe ich etwas gesagt?«

»Du wolltest den Augenblick für immer festhalten.«

»Tatsächlich?«

»Ich kenne das Gefühl. Bei der Liebe komme ich mir auch oft vor wie eine andere. Wie ein nacktes Tier ohne Wortgedanken, ein fremdes Wesen mit Freude am Schmerz, das gebissen werden und selber zuschnappen will. Dazwischen liegen winzige Lidschläge, in denen ich mich sehe und schäme und ekle, weil mich Scham und Ekel nur noch wilder machen.«

»Vergiss nicht: Für ihn war es das erste Mal.«

»Ich hoffe, ich habe dich nicht erschreckt.«

»Was sollte mich denn erschrecken?«

»Ich habe mich einfach gehen lassen. Jede Kontrolle aufgegeben.«

»Erinnerst du dich noch an *dein* erstes Mal?«

»Daran will ich gar nicht denken. Ich konnte es kaum abwarten. Heute wüsste ich nicht einmal, ob es schön war. Das Einzige, was ich nicht vergesse, ist sein Gesicht. Ich hatte gar nicht gewusst, dass es solche Gesichter gibt.«

»Hast du mich auch angeschaut?«

»Du warst ein verzweifelter Engel, der überrascht die Schönheit der Hölle entdeckt.«

Ihre Hände suchen meine Haut, mein Gesicht, meinen Hals. Sie schweben über Schultern, Brust und Bauch zu meinen Hüften. Dann finden Lippen Lippen. Meine Finger können nicht fassen, was sie zu fassen bekommen. Noch einmal lassen wir uns fallen, nun aber nicht mehr jäh und heftig, sondern leichtfertig wie zwei verschlungen herabtaumelnde Blätter. So verliert sich der herrliche Fluch im Nebel der Erinnerung. Je weiter er verblasst, desto deutlicher sehe ich uns da sitzen, angelehnt ans Mäuerchen.

»Als er am Morgen erwachte, saß sie schon vor der Höhle. Josh erinnerte sich an einen wüsten Traum und schämte sich im zerschlagenen Körper seiner Gedanken. Nie wieder wollte er so die Kontrolle über sich verlieren.«

»Er hat tatsächlich geglaubt, er habe sich das alles nur eingebildet?«

»Die Bilder verloren sich in Fetzen. Kaum hatte er sich erhoben, waren sie verschwunden. Schon am selben Abend war er sich nicht mehr sicher, wie er die letzte Nacht verbracht hatte. Das Fest ging mit dem Sonnenuntergang weiter, meine Schwester entführte einen anderen Partner, dein Vater fand sich in der kleinen Höhle, die heute die Nummer vier trägt, in den Armen seiner Lieblingsgespielin wieder.«

»Und woher weißt du das alles?«

»Ich stelle es mir so vor.«

Der Zimmerservice tischt ein üppiges Frühstück mit Hirsebrot, Eiern, geräuchertem Fisch, Früchten und Käse auf. Der Kräutertee vertreibt die trüben Gedanken. Sanna erzählt, sie habe gehört, einer aus der Kommune sei vor ein paar Jahren auf die Insel zurückgekehrt und lebe als Einsiedler in den Bergen. Unser nächstes Ziel. Die Chirurgin drängt zum Aufbruch.

Hinter der letzten Höhle windet sich ein steiler Pfad auf den nächsten Bergsattel. Mir fällt jeder Schritt schwer. Nach stundenlanger Kraxelei durch die aufsteigende Hitze entdecken wir das erste Schild mit der Aufschrift *Eremit*. Kurz bevor wir mit Blick auf das ferne Gekräusel des Ozeans den Vorsprung erreichen, auf dem sein geducktes Haus aus Granitblöcken liegt, steht am Wegrand eine hölzerne Tafel.

Darauf hat er mit Reißzwecken eine Klarsichthülle geheftet. In ihr steckt ein Blatt Papier, auf dem ein gewisser Peter erklärt, er lebe hier zurückgezogen mit Katzen, Hund und Ziegen. Jede Störung sei willkommen. Für hungrige und durstige Wanderer sei gesorgt. Er biete ein paar einfache Gerichte nach Originalrezepten aus der Kommune der Freien Nackten an, die er neben einer Preisliste aufführt.

Vor dem Haus, auf einer ausladenden, mit Felsplatten gepflasterten Terrasse, stehen zwei grob gezimmerte Tische, umringt von Bänken. Fast alle Plätze sind besetzt. Wir stellen unsere Rucksäcke in die Reihe der anderen und zwängen uns auf ein freies Eckchen. Die Leute trinken Wasser und Wein. Zum Brot werden Tomaten und Öl, Käse und Schinken serviert. Als Peter, ein gedrungener Kerl mit Vollbart, Halbglatze und Zopf, mit Nachschub aus seinem Wohnhaus tritt (nackt bis auf eine geschlossene Schürze aus Ziegenhaut, wie sie das Gesetz der Insel als Mindestbekleidung vorschreibt), fällt ihm das Tablett aus der Hand.

»Rianna! Du lebst? Ich dachte …«

Es folgt eine Pause, die der Regisseur in seiner dritten Nebenrolle genießerisch ausdehnt.

»Und Josh?!«

Alle können sehen, wie Sanna sich erhebt und auf den Einsiedler zugeht wie auf einen Fremden. Ich bleibe sitzen und schaue einem Mann in die Augen, der mich zu kennen scheint.

»Du irrst dich. Ich bin ihre Schwester, wir waren Zwillinge. Und das ist mein Neffe.«

»Janush! Das kann nicht wahr sein. Eins zu eins der Vater.«

Peter ist kleiner als sie, und während er die Scherben aufsammelt und auf seinem Tablett stapelt, blickt er sie schräg von unten an.

»Sie hat nie eine Schwester erwähnt.«

»Das sieht ihr ähnlich.«

»Wo sie doch sonst so viel von ihrer Familie erzählt hat.«

»Ich bin mir sicher, mein Bericht würde kaum anders ausfallen. So sind wir van Kampens eben.«

Es wird ein langer Abend mit kurzer Nacht, in der wir in getrennten Kammern neben seinem Haupthaus schlafen. Immer wieder versucht der gesellige Eremit, über die alten Zeiten zu reden, als wären wir dabei gewesen.

»Wisst ihr noch, als die Bullen kamen? Janush war unser Held. Hätte er nur schon reden können. Vielleicht hätten sie uns sogar in Ruhe gelassen.«

»Weshalb sind sie überhaupt gekommen?«

»Du stellst Fragen. Wegen dieser Volkszählung natürlich. Jeder Bewohner sollte an einem Stichtag erfasst werden.«

»Woher wussten die von euch?«

»Das wussten doch alle. Wir hatten fast jeden Tag Besuch von Booten. Die Leute beobachteten uns durch ihre Ferngläser.«

Er malt das Leben der Kommune in leuchtenden Farben.

»Hattest du auch was mit meiner Mutter?«

»Du bist lustig. Alle hatten was mit allen.«

»Und als ich in ihrem Bauch war?«

»Da wurde sie merkwürdig. Ich weiß nicht, ob sie uns nur beruhigen wollte, aber sie sagte, das Kind habe keinen bestimmten Vater.«

»Das würde doch niemand glauben, wie soll das gehen?«

»Sie erzählte, sie habe eine Erscheinung gehabt. Wenn wir wollten, seien wir alle die Väter. Wir haben das sogar begrüßt. Bis zu deiner Geburt. Da flog die Sache auf. Für mich war am erstaunlichsten, wie du uns alle angenommen hast.«

An diesem Abend lerne ich mehr über den kleinen Coppki, als ich mir je erwarten konnte. Offenbar weinte er nie, kannte weder Kummer noch Furcht, steckte mit seinem Frohsinn die anderen an und bestaunte mit vergnügter Selbstgenügsamkeit die Welt aus

Schokotaleraugen. Dabei fiel auf, wie er beim Sammeln und Sortieren von Kieselsteinen Geschick für die Ordnung von Formen bewies.

Am nächsten Morgen ist Sanna verschwunden. Die Chirurgin habe kurzfristig abreisen müssen, erklärt der Regisseur als sozialer Einsiedler in seiner unverbindlichen Art. Ein dringender Notfall, sie habe mir Geld dagelassen, viel mehr, als ich für die Heimfahrt benötige.

»Keinen Brief, nichts Persönliches?«

Nichts. Nur, auf meiner Wanderung zurück zum Hafen, am Wegesrand ein Opuntienblatt, in das vor Kurzem jemand *Leb wohl* geritzt hat. Das kann auch von jeder und jedem anderen stammen. Als ich den letzten Kamm umrunde und über den Hang auf die Inselhauptstadt blicke, biegt im Licht der Nachmittagssonne gerade die Fähre in den Hafen ein. Wenn Sanna früh losgekommen ist, könnte sie das Mittagsboot erreicht haben.

Schon auf meinem Heimweg, einer endlosen Bahnfahrt über den halben Kontinent, rückt die Erinnerung an den Ausflug weiter ins Reich der Einbildungen. Ich kann einfach nicht glauben, dass die Exkursion je in Coppkis Wirklichkeit stattgefunden hat. Vor allem die Nacht, so plastisch wie es nur ein Traum im Traum sein kann. Die seligen Stunden auf dem Pfeifengras in der Höhle seiner Geburt kommen ihm so unwirklich vor wie eine eitle Einbildung.

Die Chirurgin erscheint mir verändert, als wir uns wiedersehen. Nachdenklicher, vielleicht auch ein wenig distanzierter. Aber umso angriffslustiger, als sie sich mit der Komponistin auf ein kleines Scharmützel über die Verkörperung von Frauenrollen einlässt. Sie gebe alles, höre ich sie noch heute sagen, solange es glaubwürdig sei. Aber ab jetzt verzichte sie gern auf Fernreisen, die allein der Illustration einer Fantasie meines wie auch immer sympathischen Helden dienen.

Unser Gesprächskreis hat sich turnusgemäß bei ihrer Biografin eingefunden. Sie besitzt ein schmales Stadthaus, das wir uns als weiträumige Villa vorstellen sollen. Wir spielen das Drama ihrer

Heldin weiter. Ich gebe den Sohn, dem nur der Halskloß des Gewissens im Weg steht, sich von ihr zu lösen. Ich habe gerade mein Studium aufgenommen, wohne aber weiterhin zu Hause und bin meiner alleinerziehenden Mutter bei der Auswahl ihrer Liebhaber behilflich. Genauer gesagt besteht mein Job darin, durch gezielte Abwehraktionen das Schlimmste zu verhindern.

Sie hat die Chirurgie der Herzkranzgefäße revolutioniert und damit unzähligen Menschen das Leben gerettet. Nur mit ihrem eigenen Herzen kennt sie sich nicht aus. Sie sucht sich stets genau jene Männer aus, die ihr mit Sicherheit die schlimmsten Schmerzen zufügen werden. Als ich wieder einmal souverän spätpubertär einen Bewerber in die Flucht schlage, glaube ich in ihren blitzenden Augen eine stille Dankbarkeit zu sehen, wie nur enge Vertraute sie kennen. Der Streit, den sie anzettelt, zeugt von den wahren Beweggründen. Unser Ausflug hat offenbar tiefere Spuren bei ihr hinterlassen. Gegen alle Regeln der analytischen Biografik hat sich die Chirurgin in Coppki verliebt.

11

Einmal, nur ein einziges Mal, er ist nun sechsundzwanzig und bald neun Jahre in Diensten der Universität, fasst Coppki sich ein Herz und bittet um einen Termin bei Professor Steinberg, dem Direktor der biochemischen Laboratorien. Ich sitze allein in der Wartereihe auf dem ersten Stuhl an der Tür zum Vorzimmer, trage Coppkis weißen Kittel, darunter die abgewetzte blaue Hose und einen seiner drei verwaschenen, ehemals marineblauen Baumwollpullover.

Wolfgang Steinberg, ein Mann Mitte fünfzig, eher fürs Parkett als für Büro und Akten gemacht, lässt es sich nicht nehmen, wie ein guter Doktor im wehenden weißen Kittel den nächsten Wartenden persönlich abzuholen.

»Herr Coppki, was verschafft mir die seltene Ehre Ihres Besuchs?«

»Ich war noch nie bei Ihnen, Herr Direktor.«

»Ach, wirklich? Nennen Sie mich doch Wolfgang, wie alle hier.«

Er führt mich ins Vorzimmer, wo sich Frau Kramer von ihrem fünfbeinigen Chefsekretärinnenstuhl erhebt.

»Möchten Sie etwas trinken, Kaffee, Wasser …?«

»Nein … doch, ein einfacher Kaffee wäre … danke.«

Dass unsere Chirurgin die Kramer in einer Nebenrolle übernehmen würde, war von vornherein klar. Der Tänzer lässt sich erst zum Direktor machen, als er einsehen muss, dass er dessen Charakter am nächsten kommt. Wir haben ihn danach nie besser gesehen, nicht einmal als choreografischer Theoretiker im letzten Kapitel seiner eigenen Geschichte.

»Treten Sie doch näher.«

Steinberg schiebt mich sanft durch die offene Tür in sein weiträumiges, sonnenlichthelles Direktorenbüro. Die hintere Wand des Raums wird von einem abstrakten Gemälde in grellen Farben beherrscht, auf dem Coppki zuerst zwei weibliche Ringer, dann die Lippen eines Lamas, den Blick durch eine Herzklappe und schließlich, in grotesker Verdrehung, betende Hände zu erkennen meint.

»Sagen Sie's gleich …«

Steinberg streicht vom Kreuz bis in die Kniekehlen seinen Kittel glatt.

»… Sie kommen wegen Geld. Alle kommen doch immer nur wegen Geld.«

»Ich wollte …«

»Ich will Ihnen einmal etwas erklären. Wir sind hier ein Forschungsinstitut, in dem jeder freie Cent der Wissenschaft zugutekommen soll. Dienende Abteilungen – Sie arbeiten doch in einer solchen, stimmt's? – müssen da schon mal hintanstehen.«

»Ich habe nicht wegen Geld um eine Unterredung gebeten.«

»Da bin ich aber gespannt, was der allseits geschätzte Lagerlaborant vorzutragen hat.«

»Ich würde gerne Ihre Meinung hören …«

»Aber gerne, jederzeit. Schießen Sie los.«

»… zu meinen Gedanken über die Grundlagen der Chemie des Lebens.«

Die Tür geht auf – nächster Akt im Ritual – und hineingleitet, als wollte sie das Unvermeidbare vermeiden, nämlich das Gespräch zu stören, die Chirurgin als Vorzimmerfrau, postiert ihr Kostüm in einstudiertem Abstand zwischen uns und fragt: »Darf ich?« Sie gießt eine Porzellantasse halb voll und platziert sie dampfend vor Coppki, der sich nun sicher ist, dass sie, seit er an ihr vorbeigegangen ist, den Kragen ihrer hellblauen Bluse um einen Knopf weiter geöffnet hat.

»Wolfgang trinkt um diese Uhrzeit nur grünen Tee.«

»Danke, Jana. Du kannst mir gleich die Leitung zu Froebe machen.«

Coppki ist mit leeren Händen gekommen. Was er sagen will,

hat er im Kopf. Nun beginnt er sich zu fragen, ob es nicht doch gescheiter gewesen wäre, seine Ideen schriftlich auszuführen und sie dem Direktor mit ein paar zusammenfassenden Worten zu überreichen. Dagegen sprechen allerdings die kreuz und quer gestapelten Manuskripte auf dessen Schreibtisch, die nicht den Eindruck erwecken, in letzter Zeit wesentlich bewegt worden zu sein.

»Soso, Sie zerbrechen sich also unseren Kopf und denken über Biochemie nach. Solche Mitarbeiter lobe ich mir.«

Steinberg nimmt seine Tasse vom Tisch und schaut, als er sie an die Lippen führt, auf das Zifferblatt seiner klobigen Armbanduhr. Der Tänzer genießt jede Minute seines Auftritts. Ich muss mich gegen den Impuls wehren, es ihm als sein Trainer bei nächster Gelegenheit heimzuzahlen.

»Sie wissen, dass meine Sprechstunde dem wissenschaftlichen Personal vorbehalten ist.«

»Eine andere Sprechstunde gibt es nicht.«

»Ich denke, das hat seinen guten Grund.«

»Wenn Sie erlauben, würde ich gerne mit Ihnen über unsere Wissenschaft sprechen.«

»Unsere?«

»Ich glaube, dass wir die Biochemie noch nicht genug verstehen, um eine einheitliche Theorie des Lebens zu begründen. Nach meiner Vorstellung …«

Die Ungeduld des Direktors wäre nun mit Händen greifbar, hätte Coppki nur einen Sinn für Körpersprache. Monatelang hat er mit dem Vorhaben gehadert, bei Schalter eins vorzusprechen. So nennt das Institut das Machtzentrum der Leitungsebene, das ich gerade zum ersten und wohl auch zum letzten Mal betreten habe.

»Mein lieber Coppki. Ich schätze es grundsätzlich, wenn unsere nichtakademischen Mitarbeiter sich populärwissenschaftlich fortbilden. Ich will Ihnen auch nicht vorwerfen, dem Irrglauben verfallen zu sein, die Dinge durchdrungen zu haben. Aber ich versichere Ihnen: Dahinter verbirgt sich ein Kern, von dem Laien wie Sie nichts verstehen.«

»Genau um diesen geht es mir.«

Steinberg hat Mühe, sich zu beherrschen.

»Wir sind noch nicht zum Kern dessen vorgedrungen, was Leben heißt.«

»Wir?«

»Die Menschheit, die Aufklärung, die Naturforschung. Nennen Sie es, wie Sie wollen.«

Diese Entgegnung verbuche ich als ersten und letzten zählbaren Treffer, den Coppki im ungleichen Zweikampf erzielt.

Der Direktor schwingt sich auf. Schon steht er an der Tür, die Arme in weitem Bogen als unmissverständlichen Wegweiser nach draußen aufgespannt. Eine Geste wie ein Befehl. Ohne Vorsatz springe auch ich auf.

»Schön, dass Sie uns beehrt haben. Ich begleite Sie gern zum Fahrstuhl.«

Das Institut ist in einem zweiflügeligen Gebäude aus den späten Fünfzigerjahren des zwanzigsten Jahrhunderts untergebracht. Die Stühle vor dem Leitungstrakt sind bis auf den letzten Platz besetzt. Schon kommt das Treppenhaus in Sicht.

Coppki greift die gereichte Hand. Zupacken, sagt in ihm meine Stimme, festhalten, nicht loslassen, und dann deine Frage.

»Ich wünsche Ihnen auch alles Gute, Wolfgang. Aber könnte es nicht sein, dass sich die Entwicklung des Lebens nur aus seiner Zukunft erklären lässt?«

»Ein wirklich bemerkenswerter Gedanke, lieber Herr Coppki, und nun leben Sie wohl.«

Das dritte Frühjahr in Folge endet grau und verregnet. Ein Frosteinbruch im Mai hat den Großteil der Keimlinge vernichtet. Was die anschließende Julidürre übrig lässt, wird die Fäulnis im vorzeitigen Herbst erledigen. Ihr Gestank zieht vom Land in die Städte, streicht durch Gassen und Straßen, sickert durch Fensterritzen, unter Türen hindurch, dringt in jeden Winkel vor und erreicht unvermindert die empfindliche Nase des Lagerlaboranten Coppki.

Jeder Naturgeruch inmitten seiner Welt aus künstlichen Düften kommt ihm gelegen. Er lässt das Aroma über seine Schleimhäute streichen, riecht Kohldämpfe, Kartoffelfäule, Grünschimmel, Gärgas und den Darminhalt zertretener Nacktschnecken. Dazu kommt die schwere Süße verwesender Kleinsäugetiere. Sein Gehirn meldet Cadaverin und Putrescin, die Ekelamine des Leichengifts*. Bei genauem Hinriechen, für das es den hundefeinen Duftsinn eines erfahrenen Laborknechts braucht, stellt sich unweigerlich die feine Schweißnote verletzter Seelen ein. Er wittert die Ausdünstungen von Kummer und Schmerz, Angst und Stress.

Da weiß er, dass sich sein Lebenstraum gerade zu erfüllen beginnt: Die Menschheit steht vor der gewaltigsten Umwälzung, seit ihre Ahnen das Wandern aufgegeben und sich niedergelassen haben. Und er darf nicht nur Zeuge des Umbruchs sein, er kann endlich erfahren, ob er mit seinen Prognosen richtigliegt. Danach ist die letzte überlebende Spezies der Gattung *Homo* gerade dabei, sich von der Ära des Individuums zu verabschieden und sich einem Überorganismus zu unterwerfen, in dem Menschen wie Zellen in Organen oder Einzelwesen zwischen Geweben und Gewerken agieren.

Seit er mit neun in der Werkstatt seines Großvaters den Lackmustest bestanden und mit einem Tröpfchen Lauge einen Bottich voll rotsaurer Flüssigkeit in tiefbasisches Blau verwandelt hat oder umgekehrt, beschäftigt ihn die Frage, wie das Kleine im Großen wirkt, was genau ganze Systeme wie Seen oder Gesellschaften umkippen lässt, den Stein ins Rollen bringt, das Fass zum Überlaufen, was Samen zu Keimen, Kaulquappen zu Fröschen, Larven zu Puppen und schließlich zu Faltern macht.

Als Mensch der Menschheit ausgeliefert, bietet sich ihm nun die Gelegenheit, einen nie da gewesenen Phasenwechsel aus Sicht eines Partikels am eigenen Leib zu erfahren. Die Verlaufskurve ist ihm aus Dutzenden anderer Systeme vertraut. Ihre tastende An-

* Beide kommen auch in der Samenflüssigkeit des Mannes vor.

fangsphase, als müssten sich die Kräfte zuerst sammeln, harmlos unbedrohlich bis weit über den Punkt ohne Zurück. Dann das Durchstarten, wenn es längst kein Halten mehr gibt, kein Verharren im Zwischenreich des Wandels, bis sich das schäumende Tosen, sein nahendes Ziel im Visier, zu besänftigen beginnt, das Alte im Neuen aufgeht und eine weitere stabile Phase einsetzt.

Die ersten Anzeichen erkennt er in der allgemeinen Raserei, die alles nach vorn wirft, beschleunigt, perfektioniert, optimiert bis an die Grenzen der Kräfte und natürlichen Schätze. Der Effizienz des Einzelnen wird das Letzte abverlangt, äußerer wie innerer Druck steigen unaufhörlich an, Fälle von Erschöpfung nehmen beängstigend zu, das Wort vom ausgebrannten Menschen macht die Runde. Er sieht es im alltäglichen Irrsinn, dem sich die Menschen im festen Glauben an die alten Götzen hingeben. Kein Innehalten scheint möglich, erst recht kein geordnetes Zurück. Die bekannten Gesetze versagen, neue sind noch nicht in Kraft.

Wie Vögel mit ihrem feinen inneren Ohr ein Erdbeben herannahen hören und in gemeinsames Schweigen verfallen, bis es unter ihnen hindurchgerollt ist, so vernehmen die Leute damals den unmittelbar bevorstehenden Bruch der Geschichte als Verlust aller Gewissheiten. Niemand kann erklären, warum das System die ständige Beschleunigung benötigt. Keiner besitzt ein brauchbares Rezept, wie das Rasen aufzuhalten wäre.*

Die Krisen häufen sich. Nie für möglich gehaltene Weltereignisse, die zuvor die Schlagzeilen über Wochen beherrscht hätten, lösen einander in der Schlagfolge von Tagen ab. Despoten fallen, Staatenbünde, Währungsgemeinschaften und globale Konzerne geraten ins Wanken. Die Spaltung der Spezies in Gewinner und Verlierer, Schuldner und Gläubiger hat bedrohliche Ausmaße an-

* Wer sich ein Bild davon machen will, wie abgewirtschaftet das Individuum in jenen Tagen war, dem sei die Mediathek im Museum der Menschheit ans Herz gelegt. Profile und Gesprächsprotokolle der kommerziellen, nur dem Namen nach »sozialen« Netzwerke zählen zu den ausdrucksstärksten Dokumenten der damaligen Befindlichkeit.

genommen. Das zynische Zeitalter am Zenit seiner Freude am Frevel des eigenen Verderbens. Die einen baden in Champagner, anderen fehlt das Wasser zum Überleben. Was sie hier wegwerfen und verheizen, würde dort reichen, allen Hunger zu stillen. Geschäfte mit Geld übertreffen die Produktion von Waren um ein Vielfaches. Das System überhitzt sich und droht gleichzeitig im Überfluss seines eigenen Treibstoffs an den verstopften Kanälen zwischen Haben und Soll zu ersticken.

Selbst die Erde spielt mit, als gäbe sie unter der menschlichen Milliardenlast nach. Sie liefert dem drohenden Ende der alten Ordnung eine nie erlebte Kulisse grandioser Naturkatastrophen. Aschewolken, Tropenstürme, Monsterbeben, Riesenwellen, Hochwasser und Dürren ungekannten Ausmaßes überziehen die Welt wie Vorboten des Jüngsten Gerichts.

Jedes Desaster hätte für sich einen Platz im ewigen Kalender der Gattung verdient. Ihre Häufung ruft Apokalyptiker auf den Plan. Astrologen beschwören Saturn oder Jupiter. Uralte Weissagungen haben Hochkonjunktur. Die Natur nehme Rache, so heißt es, Rache für den Verrat am Paradies und die Sünde der Hybris, sich über ihre Gesetze zu erheben. Auf Bildern und in Filmen betrachten Menschen eine Erde ohne ihresgleichen, deren letzte Spuren sich in wenigen Jahrhunderten verlieren. Der Weltuntergang, zum Greifen nahe.

Wo andere die Zivilisation zerfallen oder gar die Menschheit untergehen sehen, erkennt Coppki Übergang statt Niedergang, macht alle Anzeichen für den Wechsel in einen Aggregatzustand höherer Ordnung und Verbundenheit aus – Wasserdampfteilchen vergleichbar, die ihre Freiheit opfern, sich zu Tropfen vereinen, um sich endlich fallen zu lassen und mitgerissen von wilder Strömung das Weltmeer anzusteuern, ihr gemeinsames Ziel, das sie einmal erreicht haben müssen wie Pilger die heiligen Stätten ihres Glaubens.

Vor seinen Augen sammeln sich Kräfte, treffen Komponenten aufeinander, bündeln sich Energien wie in einem Reaktionsgefäß kurz vor der Explosion. Er spürt, wie sich das allgemeine Aufbegehren verdichtet und eine kritische Masse erreicht. Er kann es förmlich riechen. Nur benennen könnte er es nicht.

Philosophen mögen ihm vorhalten, die Welt nur aus den Augen des Naturforschers zu betrachten. Den Psychologen mag er zu einäugig vonseiten der Materie denken. Das wäre nichts Neues. Propheten galten schon immer am wenigsten im eigenen Reich. Andererseits gehört aus biologischer Sicht nicht viel dazu, der Spezies die Grenzen des eigenen Wachstums aufzuzeigen und dafür zwei Denkmodelle in Aussicht zu stellen, ein blutiges und ein unblutiges.

Etliche Völker haben den Ruf vernommen, bleiben stabil oder schrumpfen sogar zum Segen der Art. Andere stellen sich taub und folgen dem Seidfruchtbarundmehreteuch, als müssten sie Kanonenfutter für die kommenden Kriege um Wasser, Nahrung, Land und die Macht über Lebensläufe schaffen. Der Geschichte ist es letztlich gleichgültig, auf welchem Weg sie ihr Ziel erreicht, ob friedlich aus eigenem Willen oder in Chaos und Kampf.

Den Termin bei Direktor Steinberg hat Coppki aus seinem Gedächtnis getilgt. Zumindest glaubt er das, als sich zeigt, wie heimtückisch die Angelegenheit dort darauf lauert, sich zurückzumelden. Am letzten Arbeitstag vor seinem dreißigsten Geburtstag, kaum zwei Wochen nach dem Besuch der Fotografin in seinem Kellerlager, findet er in der Hauspost neben seinem Gehaltszettel einen weiteren Umschlag, in dem seine Kündigung steckt.

Kann es sein, dass Steinberg sich nach über vier Jahren an seinen Besuch erinnert und bei den anstehenden Einsparungen zuerst an ihn gedacht hat? Dass die jungen Kostüm- und Anzugträger der Beratergesellschaft, die im vergangenen Sommer ein paar Tage durchs Institut gezogen sind und dabei auch ihm einen, wenn auch minutenkurzen Besuch abgestattet haben, dass sie in ihrem Gutachten ausdrücklich ihn und seine Tätigkeit als überflüssig erkannt haben? Dass ausgerechnet in dem Moment, da sein Herz kopfsteht und nach einer Lösung für das erste echte Leib-Seele-Problem seines Lebens verlangt, der Auflösung eines verschlungenen Knotens keimender Liebe, dass an einem milden Mittwoch, nach der längsten Nacht des Jahres, ein Wink des Weltschicksals ihn gemeint hat?

Coppki ist nicht entgangen, wie sich die Schlangen vor seinem Schalter im Laufe der Jahre verkürzt haben. Wie sich die Welt um ihn herum verändert und auch den Forschungs- in einen Wirtschaftbetrieb verwandelt hat. Wie er immer weniger leisten muss, um seinen Job zu erledigen, statt mehr, wie alle anderen. Statt in Sorge nimmt er es freudig zur Kenntnis. Das Ausbleiben der Kundschaft gibt ihm Zeit zum Denken.

Es liege keinesfalls an seiner Leistung, lässt ihn der Personalchef in seinem Schreiben* wissen. Herr Coppki habe seine Aufgaben immer zur Zufriedenheit aller erledigt. Er werde ein angemessenes Zeugnis erhalten. Der Grund seien allein Etatverschiebungen. Man danke ihm für sein Engagement, wünsche ihm weiterhin alles Gute und bitte ihn, die Kündigungsfrist zu beachten, innerhalb welcher er sein Lager einer Generalinventur unterziehen und die Reste zusammenpacken möge.

Als wir die Szene nachstellen, kann ich kaum glauben, was ich empfinde: Freude über eine Befreiung, ohne je Gefangenschaft verspürt zu haben. Keine Wehmut, keine Wut. Solche Gefühle sind Coppki fremd. Vielmehr staunt er über die Präzision der Vorsehung, die ihm zum rechten Zeitpunkt den Freiraum schenkt, den er nun braucht. Fast hätte er aus Dankbarkeit ein Kreuzzeichen gemacht. Drei Monate sind mehr als genug, auf die Seite zu schaffen, was er für sein Schlaf- und Wachlabor braucht.

Ich sehe Wendsel vor mir, der einen Lieferwagen besorgt und hinten an die Rampe gelenkt hat. Niemand hat meine Bestellungen beanstandet, Hautelektroden, Anschlusskabel, Aufzeichnungsmaschinen für Hirnströme, Monitore, Datendrucker, Kurvenschreiber, Überwachungskameras. Niemand nimmt Notiz von uns an

* angelehnt an vergleichbare Vertragsauflösungen jener Zeit

diesem klirrend kalten Freitagnachmittag im März, als wir all das verladen, was hinterher auf den Inventarlisten fehlen wird.

Der Maler hat ein verlassenes Laborgebäude aufgetan, das seinem wachsenden Panorama angemessen Platz bietet. Es liegt auf dem verseuchten Gelände einer überwucherten Industriebrache am Ufer des Flusses. Um es im Rahmen der zulässigen Grenzwerte nutzen zu können, müsste die Muttererde metertief abgetragen und die darunterliegende Schicht versiegelt werden. Das erspart uns das Thema Besucher.

Als der Wagen vor der Eingangstreppe zum Stehen kommt, kann ich Coppkis Erleichterung verstehen. Sie erzeugt in ihm eine Erregung wie Glück oder zumindest Genugtuung. Jedes Ding hat seine Dauer. Die Zeit im Keller der Chemie ist abgelaufen. Kaum eine Stunde ist es her, da er beim Pförtner den Schlüssel abgegeben hat, schon beginnt die Erinnerung zu zerfließen. In wenigen Tagen wird sie ihm erscheinen wie ein ferner Traum und Steinberg wie eine Karikatur.

Den Umzug erledigt mein Überlebenshelfer ohne mich. Der einzige Gegenstand von Gewicht, seine Panoramaleinwand, muss mittels eines Krans über die Außenfassade gehievt werden. Das Ufer vor dem Laborgebäude erreicht er als Beiladung auf einem Lastkahn. Nun spannt sich das Tuch im Obergeschoss in einem Rund von über vierzig Meter Umfang tonnenförmig auf, sodass der Fortschritt aus einem Jahr zu besichtigen ist.

Die Mahlzeiten genießen wir neben den Leinwandrollen im Wohnbereich seines Ateliers. Dort hat Wendsel aufgetischt, als wir den Wohnblock für immer hinter uns gelassen haben. Er hat sich eine Küche eingerichtet, im Werkstattstil mit Lochblechen über Montierbänken, Haken und Ösen für die Geräte und einem Schraubstock zum Halten und Knochenbrechen.

Seit er über mein Konto verfügt, auf dem sich in den Jahren Geld nur angesammelt hat, ohne nennenswert wieder abzufließen, zeigt er jene großzügige Seite, die ich an ihm so schätze. Geht regelmäßig zum Feinkosthandel, lässt sich seine Einkäufe an die

Pforte unseres Grundstücks bringen, fährt sie in einem Einkaufswagen über den holprigen Weg zu unserem Heim und dünstet, kocht, brät und schmort uns all die aberwitzigen Spezialitäten, die er zuvor nur in seiner Einbildung herzustellen wusste.

Coppkis Saal im Erdgeschoss misst zwölf mal zwanzig Meter. Er besitzt zwei quer liegende und eine halb umlaufende Arbeitsbank. Tische, Regale und Schränke sind leer, als hätte die Wissenschaft schon lange Abschied genommen von dem Ort. Nur in der fensterlosen Ecke türmen sich auf einer langen Platte die Teile und Gerätschaften für sein provisorisches Laboratorium, das er mit Wendsels Hilfe aufbauen will.

Zwei durchlaufende Fensterfronten reichen bis unter die Decke, die längere auf der südlichen, dem Wasser zugewandten Seite, die kürzere nach Westen ausgerichtet, wo sich der Schattenriss der Metropole aus dem Horizont hebt und abends die untergehende Sonne das Spiegelbild des Himmels im Wasser rot aufglühen lässt.

12

Heiß und trocken hat sich eine Juliglut auf die Hauptstadt gelegt, wie sie die Bewohner lange nicht gedrückt hat. Ich rolle seine Badehose in ein Handtuch, packe das Bündel mit Wasserflasche und Butterkeksen in seine Tasche, schleiche im Schatten der Häuser zur Haltestelle der Unterirdischen und fahre an den innerstädtischen Badesee.

Wenn Coppki nicht weiterweiß, geht er schwimmen, oft direkt von der Arbeit, im Sommer zum See, im Winter zur Badeanstalt, die ihm jedesmal vor Ohren führt, was den Hall und die Halle verbindet.

Schon von Weitem künden Hundegebell, Kindergeschrei, Plätschern und Platschen von regem Betrieb. Mein Weg führt über die Liegewiese ans Ufer. Einmal mehr beschleicht mich das Gefühl, niemand nehme von mir Notiz. Die Menschen laufen durcheinander, liegen auf Handtüchern und Decken, spielen, sprechen, lesen – aber all das würden sie genauso tun, wenn ich nicht vorhanden wäre. Gelegentlich trifft mich sogar ein Blick, aber er kommt aus einem anderen Irgendwo und meint mich nicht mehr als einen Papierkorb oder Baum.

Ich finde einen freien Flecken im Schatten einer Trauerweide, unweit der Sandbucht mit Zugang zum Wasser. Als ich, weniger umständlich als erwartet, in seine Badehose steige und die Kleider gefaltet auf dem Handtuch ablege, nicken mir einige der Nachbarn verschämt zu, als wollten sie mir Einverständnis mit etwas signalisieren, das sich mir verschließt.

Coppki hat sich sämtliche Literatur zur Schlafforschung kommen lassen. Monografien, Tagungsberichte, Sammelbände, populäre Sachbücher. Er verschlingt ihren Inhalt in kürzester Zeit. Jeden Tag erreicht ihn ein neues Paket aus der Bibliothek, jeden Tag stapelt er das Gelesene in die leere Kiste und schickt es postwendend an den Absender zurück.

Bis spät in der Nacht sitzt er im Licht seiner Klemmlampe und findet mehr Antworten, als ihm lieb ist, weil ihn keine überzeugt. Warum müssen wir schlafen? *Müssen* wir überhaupt schlafen? Was lässt uns wegdämmern, was zur Besinnung kommen? Kein Weg ist bekannt, keine Substanzen, die tief greifende Ereignisse wie Einschlafen oder Erwachen erklären können, keine Befunde, die das Umschlagen des Organismus in einen völlig veränderten Zustand mehr als nur beschrieben. Nicht einmal der Ansatz zu einer Theorie, die sich durch Experimente überprüfen ließe.

Bis zu den Knien reicht mir das Wasser. Unter meinen Fußsohlen kitzelt der Sand. Einmal schaue ich mich noch um, dann mache ich einen Satz, strecke meinen Körper durch und beginne zu kraulen. Nun bin ich bei mir, mit ihm, gefangen und befreit im Rhythmus, den mir der Schlag seiner Arme vorgibt. Dazwischen der Atem, schnell und präzise, im Schutzraum der Achselhöhle. Die übrige Welt dringt wie aus platzenden Blasen in Geräuschfetzen an mein Ohr.

Er arbeitet sich durch die schlafende Tierwelt bis zum Organisationsniveau der Schnecken zurück, findet zu jeder Regel Ausnahmen, zu jeder These Gegenthesen. Wie ernüchternd, wenn selbst Lordsiegelhalter ihrer Fachrichtung am Ende eines Forscherlebens nur feststellen können: *Die einzige Funktion des Schlafs, auf die wir uns alle einigen können, ist die, dass Schlafentzug schläfrig macht.*

Der See besitzt die Form eines toten Flussarms. Er schlängelt sich ein paar Bogen durch die Landschaft, am südlichen Ufer von Wiesen gesäumt, das nördliche steigt steil auf in einen Kiefernwald. Das laue Wasser trägt mich fort. Nach der zweiten Biegung verlieren sich die Töne in der Ferne, zuerst die dumpfen, zuletzt die schrillen, bis das Quaken und Singen der Frösche und Vögel die letzten Reste übertönt.

Angenommen, irgendein natürlicher Stoff oder irgendwelche körpereigenen Substanzen könnten Menschen – und alle Tiere – zum Schlafen zwingen und, wenn sie es nicht tun, allmählich sogar vergiften: Warum hat man trotz intensiver, jahrzehntelanger Suche keinen Hinweis gefunden, weder in Versuchstieren, die bis zum Wahnsinn wach gehalten wurden, noch im Blut der Rekordhalter, die sich über zweihundert Stunden auf den Beinen halten? Welche offenbar lebenswichtige Funktion könnte der Körper bis zur Selbstvergiftung schützen? Wäre eine Substanz verantwortlich, dann müsste der Schlaf dazu dienen, sie über einen entsprechenden Metabolismus wieder abzubauen. Ein Jahrhundert intensiver Forschung hat nichts in dieser Richtung zutage gefördert.

Er schwimmt Zug um Zug. Gelegentlich unterbricht er seinen Schlag, richtet sich auf, blickt umher und lauscht der belebten Stille. Bisher hat seine Methode zuverlässig gewirkt, eine Art bewegter Schwebemeditation in Wachtrance. Irgendwann hebt sich der Schleier, und er sieht klar, wie der Weg für ihn weitergeht. Doch diesmal versagt das Verfahren. In seinem Kopf türmen sich die Fragezeichen.

Das Gehirn, heißt es, nutze den Schlaf, das Gedächtnis zu formen, Erinnerungen zu verfestigen. Aber warum muss es dem Körper dazu acht Stunden bewusstlose Ruhe verordnen? Wodurch entsteht der Zwang, von Folterern missbraucht, was macht die Unerbittlichkeit aus, mit der uns Müdigkeit in die Knie und in die Federn zwingt? Warum sind wir selbst nach entspannt durchwachter Nacht körperlich erschöpfter als davor? Warum führt Schlafentzug zu Halluzinationen und schließlich zum Tod? Ist das nicht ziemlich viel für ein paar Tage ohne die formende Kraft der Erinnerung?

Der Abend beginnt bereits zu dämmern. Noch immer ziehe ich meine Arme hinter mir aus den Wellen, lege sie ausgestreckt auf die schwappende Haut, drücke sie beherzt hinein und ziehe mich mit Wirbelschlägen weiter. Das Herz schlägt zweimal mit jedem Zug, idealer Frequenzverstärker für den Vorstoß zum nächsten Orbit. Aber irgendetwas hält mich zurück, ein Widerspruch, ein fundamentaler Zweifel, der sich fair und offen gibt.

Da hat er alles in Erfahrung gebracht, was bekannt ist über den Schlaf, hat Wellendiagramme studiert, Hirnareale, Systeme der Wärmeregelung und Steuerung der inneren Uhr, alle Zyklen, Wirkstoffe und Rezeptoren vom Melatonin über Kortisol bis zum Interleukin. Aber nach wie vor steht die Frage im Raum: Könnte es sein, dass es bei der nächtlichen Narkose um etwas fundamental anderes geht als um Chemie und Moleküle, etwas, das noch niemand kennt, eine höhere Ebene, die über den Niederungen des Materiellen thront?

Warum muss das Bewusstsein täglich abgeschaltet werden, als störe es andere, lebenswichtige Vorgänge im Schlaf? Welche Vorgänge könnten das sein? Die Rolle des nächtlichen Theaters steht nicht minder in den Sternen. Warum muss (oder darf?) das Ich die Träume ertragen (oder erleben)? Brauchen Menschen sie, um zu *über*leben? Könnten wir auch auf sie verzichten? Wie sind Menschen, die nie träumen? Nach allem Anschein normal, besagen Schriften, die anekdotisch über Traumlose berichten.

Ich nehme den Weg zurück, ziehe mich wie vom eigenen Trommelschlag getrieben im Kraulwirbel durch die gewellte Wasserfläche, nehme, ohne innezuhalten, Biegung auf Biegung, verfolge, wie es in mir weiterdenkt, ohne dass ich seine Gedanken verstehe. Als schon vereinzelte Geräuschfetzen des Badebetriebs aus den Blasen platzen und ich dem Ende meiner Reise auf dem Wasser näher komme, da dämmert es mir: Noch nie ist er ohne Resultat ans Ufer zurückgekehrt.

Die Dinge wollen in der Logik seiner Ordnung nicht mehr zusammenpassen. Er muss das bestehende System verlassen, Fragen hinterfragen, raus aus den Schleifen des immer wieder Gesagten, Gedachten, zurück zu den Ursprüngen der Ignoranz, zum *Ignorabimus*, zur Frage nach dem Sinn des kleinen Todes, der den großen erzwingen kann, wenn man ihn herausfordert.

Essenz, ein Muss wie Atmen, Essen, Trinken. Kopf hoch, Luft raus, Arm hoch, Kopf rechts, Luft rein, Arm taucht, Grenze zwischen Elementen, Kopf runter, Luft anhalten, Gegenarm hoch, Kopf bleibt, Widerstand, Haltung, Rumpf, Bewegung, Wirbel, Auftauchen, Herzschlag, Beinschlag, Schub, trägt, schwebt, unbeschwert, Salz, Blut und Wasser, Herrscher über Augenblicke, im Dienst einer Ewigkeit, die nur an sich selber glaubt. Der Urton des Daseins, schwingt, schaukelt, pendelt sich aus, pendelt sich ein, hält unscharf die rettende Linie, schwebend über dem Schwarz, dem Schmerz, da ist das Ufer in Sicht.

Irgendein verrücktes System übersetzt den Wunsch nach Tempo in beschleunigten Armschlag, ein Wunsch ohne Absicht, aber sicher mit einer Ursache. Niemand denkt in Formeln. Wir können alle nur in Geschichten denken, in Wörtern, Bildern, Erzählungen. Stell ein Abbild der Welt in einen Rahmen, den du selbst setzt. Dann nimm Abstand und schau dir das Ganze aus der Entfernung an. Achte auf den Punkt, der deine Sinne als erster reizt.

Auf einmal liegt vor mir, wonach er immer gesucht hat: Ein unerforschter Kontinent mit aller Zukunft auf seiner Seite – der Kosmos des Schlafs. In dieser Welt aber wirkt ein Mechanismus, den niemand versteht. Endlich eine Aufgabe, die ihm gewachsen ist, ein Gegner seiner Größe, mit dem es sich zu messen lohnt, ein Rätsel, dessen Lösung alle betrifft, und endlich sogar, wenn ich ein Wort aus seinem gestrichenen Wortschatz verwenden darf, so etwas wie Sinn.

Dein Wort in Gottes Ohr, würde die Großmutter jetzt sagen, und er sähe eine fleischige Muschel vor sich, die seine Sätze in ihre Windungen saugt. Doch ihre Stimme ist verstummt. Statt ihrer vernimmt er, was andere den Ruf der Geschichte nennen. Durch das Auge der Zukunft schaut ihm ein Geist- oder Geisterschreiber entgegen, dem er seine Gedanken übertragen soll. In der Gegenübertragung begrüßt ihn der Autor seines Lebens, dessen Stift ich führen darf.

Als ich die Sandbucht wieder erreiche, hat sich die Wiese geleert. Nur hier und da packen Leute ihre Sachen zusammen oder ziehen Korken aus Weinflaschen und machen es sich auf ihren Picknickdecken gemütlich. Das Handtuch mit seinen Kleidern liegt unversehrt. Ich finde Ruhe im Butterkeks.

Wenn ich mich recht verstehe, laufe ich rückwärts, als ich sein Haus erreiche, seine Wohnung, sein Reich, das Cite!, wo ich beginne, Wölkchen von der Decke zu pflücken, verformbare Wesen aus widerstandsfähigem weißem Schaum, die ich auf dem Fußboden versammle, vermenge, verbinde, wenn sie sich mögen, trenne, wenn sie sich voneinander abwenden, die Aufstellung aller Kräfte, mit Feldern, Ausrichtung und Einflussvektoren, fast im Kopf zu berechnen, wenn sie stillhalten, zum Irrewerden, wenn sie ihre eigenen Wege suchen im Flohzirkus der Möglichkeiten, der dann doch immer im gleichen Rahmen sein Auskommen findet, wie jedes Kleine gefangen im Größeren.

Neun Monate nehme ich mir Zeit, Pfade und Wege seines Denkens nachzuzeichnen, so lange, wie Coppki gebraucht hat vom Besuch der Fotografin in seinem Keller bis zum Gegenbesuch in ihrer Wohnung. Neun Monate, in denen er seine wichtigsten Gedankenexperimente formuliert. Sein kurzes Wunderjahr gehört zu den geheimnisvollsten der Wissenschaftsgeschichte.

Bis zum Umzug sitze ich kerzengerade auf dem Meditationskissen am Fußboden seiner Werkstatt, weiße Schaumstofffiguren um mich versammelt, und schwebe mit ihm auf den Wellen der Schwerelosigkeit. Seit wir uns neu eingerichtet haben, nutze ich Coppkis Futon. Ich habe ihn vor der langen Fensterreihe auf der Laborbank ausgerollt. Von da aus kann ich im Spiel der Wellen das

Blinzeln der Sterne betrachten, bis mir die Augen zufallen. Unzählige Male hat sich der Fluss vor meinen Augen geleert und gefüllt und dabei wiedergeleert. Allein dort, wo die Bewegung, seit sie begonnen hat, nur eine Richtung kennt, kann die Eroberung der Nacht und der Träume gelingen.

Seine Seele hält er nach wie vor für eine Art Maschine, die Fehler aufweisen, repariert und optimiert werden kann. Damit liegt er auf Linie der Forscher, die in ihren Labors nach neuartigen Mitteln fahnden. Er ist aber überzeugt, synthetische Verbindungen mit ihren Nebenwirkungen seien dazu weder nötig noch geeignet. Er baut auf natürliche Kräfte, ohne den Organismus mit Wirkstoffen überschütten zu müssen. Lassen sich nicht allein mit seinen Wässerchen seelische Schwächen überwinden und Beschwerden bekämpfen?

Ich habe mich tief in sein Labyrinth verirrt, gleite durch die Sphären des Glaubens, wo sich das Wunder der Heilung ohne Heilmittel vollzieht, beherrsche im Coppkikopf Schmerz, Angst und Trauer, trinke mich mit Wasser glücklich und frei, lege meinen Instinkten Ketten an, bremse die ziellose Lust und lasse seinen Geist sprühen – da kommt mir der Satz der Fotografin in den Sinn. Sehnt sie sich etwa danach, schlafen zu dürfen? Keineswegs. Vielmehr würde sie *alles geben, nicht mehr schlafen zu müssen*.

Fast jeder Zwang lässt sich bezwingen, jeder Trieb unterdrücken. Hunger, Durst, Geilheit, der Drang des Darms, der Blase, das Atmen, und wenn ich die Kunst der Yogis richtig verstehe, sogar der Schlag des Herzens. Neben dem unvermeidlichen Sterben entzieht sich nur der Schlaf, der kleine Tod, hartnäckig jedem Versuch, ihn zu beherrschen. Irgendetwas ist bei ihm fundamental anders, und das scheint mit dem Tod verwandt. Hypnos und Thanatos, die göttlichen Zwillinge.

Die Sprache, hat die alte Goldemer gesagt, weiß oft mehr als wir. Ich mache mich mit dem Eifer eines Feldforschers ans Werk, der jeden Stein zweimal umdrehen muss, um sicherzugehen, die entscheidende Wanze nicht zu übersehen. Schon etliche Male habe ich die Übung vollzogen, mich im Wegnicken durch einen Schlüsselbund geweckt, der mir aus der Hand fällt, sobald ich die bewusste Kontrolle verliere, da reiht sich vor mir eine Kette von Fragen auf. Wer oder was hat mich überwältigt, zur Ruhe gezwungen, niedergestreckt, erschöpft, entkräftet? Was macht mich schlapp und schlaff, matt und machtlos?

Am dritten Abend, ich bin erneut kurz davor, die Kontrolle abzugeben, bleibe ich am Wort *erschöpft* hängen. Wer oder was ist erschöpft? Das Gehirn kann es nicht sein, es arbeitet im Schlaf geisterhaft weiter und verbraucht dabei fast so viel Energie wie im Wachen. Der übrige Körper hat sich den Tag über geschont. Die Muskeln hätten ein Vielfaches der Arbeit leisten können. Meine Reserven reichen noch für Wochen.

Manche Menschen wandeln im Schlaf mit offenen Augen umher, unternehmen Ausflüge und richten dabei mitunter sogar Unheil an. Werden sie geweckt, können sie sich an gar nichts mehr erinnern. Sie sind sich ihrer Taten nicht bewusst, wohl aber ihrer Träume. Sind sie wohl erschöpft? Keine einzige Studie deutet in diese Richtung. Selbst nach langen Ausflügen bei voller körperlicher Anstrengung zeigen Schlafwandler alle Anzeichen der Ausgeschlafenen. Was wäre, wenn der Schlummer nur eine Begleiterscheinung, vielleicht sogar die Voraussetzung für etwas anderes wäre?

Wenn Coppki einen Kandidaten unter den Wörtern ausgemacht hat, dreht und wendet er ihn nach allen Regeln der Grammatik. Besonders die Dimension des Reflexiven im Selbstgespräch, all die schwebenden Gebilde, lässt ihn nicht los. Wenn *ich* erschöpft bin, ohne *mich* erschöpft zu haben, hat *sich* dann vielleicht etwas *in mir* erschöpft, ein geheimer Vorrat, ein Substrat, etwas anderes als mein Selbst, vielleicht mein Ich?

Könnte es nicht genauso gut sein, dass es keine Stoffe gibt, die müde machen und schlafen lassen, sondern etwas, das uns wach hält? Und zwar etwas, das nur im Schlaf gebildet werden kann und so lange wirkt, bis es sich wieder verbraucht, *erschöpft* hat? Etwas, das durch sein Fehlen für Müdigkeit sorgt und, wenn es vollständig aufgebraucht ist, Tiere und Menschen sogar umbringen kann?

Anders herum, umgekehrt, in Gegenrichtung, von vorne gedacht, aus der Zukunft gelenkt, gegen den Strom, den Pfeil der Zeit, so muss es gewesen sein, das Aufflackern seines Heureka, der große Zapfenstreich am Ende der kreisenden Gedanken. Das Bild und sein Gegenbild, Welt und Antiwelt, die einander durchdringen und um den Augenblick ringen und sich verzehren im Jetzt. Sie könne Negative wie Positive lesen, hat die Fotografin gesagt. Sie will überwinden, was sie am meisten begehrt, nicht mehr müssen, statt immer dürfen, und wenn alles nichts mehr hilft, dann trinkt sie roten Wein.

So nahe werde ich Coppki wohl nie wieder sein. Er steckt in meinem Kopf wie ich in seinem. Ich könnte mit ihm tanzen, in tausend Stücke zerspringen, beten. Wanderer, kommst du nach Kana. *Und er nahm das Wasser und verwandelte es in Wein.* Die Elixiere des Himmels als Optimalopium fürs Erdenvolk. *Tu Deus Laudanum.* Gegrüßetseistdumariaherrgottnochmal, Kruzifix und Asche und flüssiges Zinn, ein Element mit der Ordnungszahl fünfzig, das im Jordan versinkt, in Ha-Zwei-O, im Treibstoff des Lebens, seines Lebens, gegen den Teufel, den Tod, gegen den Tod und seinen kleinen Bruder.

Das Erstaunliche an solchen Explosionen im Gedächtnis: Sie haben nur räumliche Dimensionen. Darin spannen sie ein Multiversum möglicher Ausgänge auf, die in einem zeitlosen Moment wie in einem Zielpunkt aufeinandertreffen. Wenn keine bekannten Vorgänge im Kosmos chemischer Reaktionen den Schlaf verursachen, wäre er nicht der geeignete Kandidat für die geheime Wirkung des Wassers?

Das ist so ein Augenblick der Emergenz, wie er ihn aus den Heldensagen der Wissenschaft kennt. Der Ehe von Ideen, wenn das Beil seinen Stiel findet, das Rad seine Nabe, der Stift die

Schrift, ein Moment, in dem sich getrennte Reiche vereinen, Magnetismus und Elektrizität, Wind und Licht. Aber Wasser und Wachsein? Warum nicht? Kein neuer Stoff wäre nötig, nach dem so lange vergebens gesucht worden ist, sondern nur ein veränderter Zustand, der ausnahmslos im Schlaf entsteht. Die Formel bliebe die gleiche, H_2O, und auch alle messbaren Eigenschaften wie Gewicht, Dichte, Siede- und Gefrierpunkt. Allein die Form des Ganzen veränderte sich, eine Form, die aufgebraucht wird, die sich erschöpft wie die Schönheit, platonisch, bis das Bewusstsein versinken muss, um sich im Träumen mit neuer Lebenskraft zu versorgen.

Es will nicht aufhören. Welle auf Welle rollt der Angriff des Künftigen auf die Gegenwärtigkeit. Die Opfer der Folter, die Rekordjäger, die Schlaflosen, alle beschreiben das gleiche Gefühl. Wie schwer es am Ende ist, die Welt als Bild im Fenster des Bewusstseins zusammenzuhalten. Könnte verwandeltes Wasser nicht sogar ein Bindestoff des Bewusstseins sein, der sich durch das wache Erleben verbraucht und nur im bewusstlosen Zustand wieder herstellt?

Da ist er gedacht, der große Gedanke, und erfüllt ihn bis in die verstecktesten Winkel seines Seins wie Glauben oder Glück. Sieben armdicke Kerzen kommen ins Bild, ein verdunkeltes Klassenzimmer, der strenge Doktor Wolf, das erste bewusste Gedankenexperiment vom Ende her gedacht, wie die Liebe vom Zeitpunkt des Trennens.

Du musst deinen Träumen entgegengehen, hat die Lehrerin gesagt, die in seinem Gedächtnis nur Monika heißt. Vom Ende her in ihr Reich eindringen, sie erobern, besetzen, überwältigen. Wasser verwandeln, müdes, verbrauchtes Wasser in frisches Futter für das Bewusstsein, für hellwaches Erleben. Das Echo der Erinnerung sucht seinen Frieden im Einklang gemeinsamer Schwingungen. Der Traum hängt am Schlaf wie Leben am Wasser. Ein Sieg über den Schlaf wäre das stärkste Signal, sich seiner Theorie zu vergewissern. Spürbar, sichtbar, messbar. Ich kann sein Denken murmeln hören. Ichwürdeallesgebenwennichnichtmehrträumenmüsste.

Am Ende des neunten Monats, der Kalender zeigt September, der Himmel November, halte ich das Ergebnis seiner Arbeit in Händen. Ungezählte Experimente liegen hinter mir, langwierige Inkubationen, Aufgüsse, Tierversuche, ein paar Dutzend Nächte unter laufender Kamera, in denen ich verkabelt mein Schlafpolygramm aufgezeichnet habe. Ein regelmäßiges Auf und Ab von Stadien und Phasen zwischen Tiefschlaf, Traumgeschehen und kurzem, meist unbewusstem Erwachen.*

Ich lasse die Flüssigkeit von den Analytikern der chemischen Laboratorien untersuchen. Wie erwartet finden sie nichts als Wasser in seiner reinsten Form. Draußen sickern Nebeltröpfchen aus einem Regenbogen. In mir verschwindet die Welt in einer weißen Puderschicht. Schnee verschlingt den Lärm der Stadt. Der Antichrist in uns hält Hof.

Wenn ich alles richtig gemacht habe, halte ich ein Kölbchen voll des Elixiers in Händen, das Coppki *Kraftstoff des Bewusstseins* nennt. Das erste Etappenziel ist erreicht. Jetzt folgt der Biograf seinem Helden ins Unbekannte und fügt sich in die Ahnenreihe historischer Selbstversuche.

Alles hat er noch einmal überdacht, jeden Schritt ein ums andere Mal durchgespielt, Messwerte abgelesen, Daten verglichen, Vorkehrungen und Vorrichtungen überprüft, die Kameras, die verschlossenen Türen, den automatischen Alarm, hat Geräte justiert, schwarze Tücher über die Verschläge der Versuchstiere geworfen, alle Elektroden auf seinem Kopf, auf Brust, Armen, Beinen, Bauch und am Penis mit Kontaktcreme versorgt und die Kabel an der Aufzeichnungsapparatur mit ihrem jeweiligen Eingangskanal verstöpselt. Über der Eingangstür bewegt die reifengroße Wanduhr ihre dicken Zeiger.

* Schlafende erwachen im Durchschnitt 28-mal in einer Nacht.

Einmal der Erste sein, Neuland betreten, vor allen anderen einen Kontinent erkunden, das treibt die Abenteurer an. Und die unstillbare Lust auf die Wiedergeburt im eigenen Geist. Ein Wachtraum erfüllt sich, das Gedankenexperiment geht auf, das Ich macht sich zur Hauptperson der selbst erdachten Geschichte. Coppkis innere Uhr läuft rückwärts. Er zählt die Sekunden bis zum Start ins Unbekannte. Vor ihm liegt aufgeschlagen sein Werkbuch. Die erste freie Seite trägt die Nummer 56. Sein Atem wird ruhig. Die Sinne sammeln sich.

Kaum ist die glutrote Sonne zur Hälfte im Fluss versunken, richte ich die Klemmleuchte auf das Werkbuch, trage neben der laufenden Nummer in die dafür vorgesehenen Felder Datum und Uhrzeit ein, 22. September, 18 Uhr Weltzeit, halte den Stift in der Rechten, hebe mit der freien Linken den schnapsbecherkleinen, zu einem Drittel gefüllten Stehkolben an meine Lippen, verharre einen Augenblick, umschließe das Glas mit der Hand, schiebe es ins Licht, vergewissere mich der Probennummer, 7-24, führe das Behältnis an meine Lippen – und gieße mir den Kolbeninhalt in einem Zug auf die Kehle wie eine beißende Spirituose. Und schlucke.

Dann nehme ich die Kladde, rücke den Hocker vor den zentralen Monitor. Das Kabelbündel wandert an einer drehbaren Angel mit. Ich mache es mir bequem und erlaube meinem Gehirn, sich selbst inmitten von Tabellen, Messkurven und Säulendiagrammen in fließenden Farben bei der Arbeit zuzuschauen.

Zunächst deutet alles auf einen Fehlversuch hin. Mit jeder Minute werde ich müder wie immer um die gleiche Zeit. Das Hypnoskop zeigt eindeutig Signale nahender Erschöpfung. Gegen Mitternacht verspüre ich den unbändigen Drang, mich hinzulegen und die Augen zu schließen. Nur das Nachdenken, wo der Fehler liegen könnte, hält mich noch wach.

Filmaufnahmen aus dem Schlaflabor zeigen, wie ich mich mit Coppki quäle. Es muss einer dieser verschwommenen Momente zwischen Tag und Traum gewesen sein, als das letzte Mosaiksteinchen seinen Platz findet: Es reicht nicht aus, eine Idee zu haben, man muss auch an sie glauben. Nur dann kann sie sich verwirklichen. Statt meinen inneren Kräften zu vertrauen, habe ich darauf gewartet, dass etwas von außen kommt und mich durchfährt.

Der Geistesblitz macht mich wach und sprungbereit wie ein aufgeschrecktes Tier. Coppki, Narr am Fürstenhof seiner Fantasie, beherrscht die Technik der bewussten Selbstbeeinflussung bis ins Mark. Bei den sprachlosen Versuchstieren hat es erwartungsgemäß versagt. Taube, Maus und Katze fielen wie gewohnt in ihren Schlummer. Blieb nur der Mensch, die Wirkung zu beweisen.

Draußen blinken die Lichter der Großstadt den Sternen zu. Hinter den Lidern hinterlassen Gedanken leuchtende Spuren. Alles, was wir sind, sind wir durch uns. Verlöre ich jetzt den Faden, bliebe er für immer abgeschnitten. Unsere Welten trennten sich, Coppki lebte weiter in seinem Kokon und ich in meinem. Sein Preis ist der höchste, den ein Held von seinem Biografen verlangen kann, bindungsloser Glaube.

Die Wirkung tritt unmittelbar ein. Die Zeiger der Instrumente schlagen über ihre Skalen hinaus. Kurvenschreiber zucken, malen Zacken, zittern sich auf ihr neues Niveau. Plötzlich ist alle Müdigkeit aus mir gewichen. Ich bin frisch und wach wie nach einer restlos ausgeschlafenen Nacht. Fühle mich energiegeladen wie sonst nur in den klarsten, euphorischen Momenten des Tages. Die Konzentration hält sich auf höchstem Stand. Die Wahrnehmung schärft sich, wie ich es nie empfunden habe. Kein Mensch, der das nicht erlebt hat, besitzt nur die Spur einer Chance, es sich vorzustellen. Das häufigste Wort in überlieferten Beschreibungen heißt »unbeschreiblich«. Ich wüsste kein besseres. Der Sprache fehlt der Name für den Maßstab.

Erfüllung klingt so abgedroschen. Und doch trifft es einen wahren Kern. Das Bewusstsein füllt augenblicklich die Leerstelle aus, die der Schlaf hinterlassen hat. Wie sich der Ozean über einer versunkenen Insel zusammenschließt. Der Organismus ist plötzlich ein anderer und vergisst, wie er war. Die Zeit davor verblasst zur unwirklichen Erinnerung. Es ist, als wäre es schon immer so gewesen. Begeisterung? Staunen? Verwunderung? Nichts trifft das, was Coppki hier empfindet.

Es ist eher ein leises Versprechen, das er vernimmt, ein Gedanke, aufgetaucht im Kopf eines Mannes, der in einem verlassenen Laborgebäude am Fluss auf seiner ausgerollten Futonmatte vom Größten träumt, das sich im Kleinsten zeigt. Erst in diesem Augenblick nie erlebter Klarheit erkenne ich Coppkis wahre Geisteskraft. Der Glaube an sich selbst hat ihm den Durchbruch gebracht.

Inmitten des großen Erwachens, nach dem es keinen Schlaf und keinen Traum mehr geben wird, richtet er sich auf, stützt sich auf seine Ellbogen und blinzelt ins aufkeimende Licht eines Septembermorgens. Unbekleidet, wie er ist, tritt er vor die Tür, geht die wenigen Meter zum Ufer des Flusses, saugt feuchte Luft in seine Lungen und lässt sich in die Wellen gleiten. Er schwimmt mit kräftigen Zügen gegen den Strom und durchquert den Wasserlauf auf kürzester Strecke.

Als er wieder Boden unter den Füßen verspürt und sich aus dem Schweben in die Schwere erhebt, macht sich in der Unruhe seines Herzens erneut das Überbewusstsein frischer Erkenntnis bemerkbar. Der Traum vom Ende aller Träume endet im Bild einer Brücke über das Nichts. Unter Coppkis Schritten beginnt sie zu schwingen und einen Ton in unhörbar tiefer Lage von sich zu geben. Das Raunen wird zum Grundbass des erwachten Bewusstseins, begleitet vom leviathanischen Lächeln des Erleuchteten. Sein endgültiger *Ecce-homo*-Moment.

Was wäre, wenn alle immerwach ihrem gesunden Menschenverstand folgen könnten? Wie wäre eine Welt ohne Schlaf? Sobald er das Gedankenexperiment zulässt, spaltet es sich in Gut und Böse auf. Er entscheidet sich für den günstigen Ausgang.

In sein Reich zurückgekehrt, tritt er nackt an die steinerne Laborbank, schlägt sein Werkbuch auf, nimmt den Bleistift in die Hand, schaut auf den Fluss des Lebens wie auf eine Riesenschlange, die ihn trägt, und setzt mitten auf die erste freie Seite ein kräftiges Ausrufezeichen.

13

In ihren Fenstern brannte noch Licht. Damals, das Zeitalter des Feuers als längste Ära des Menschengeschlechts ging auf sein Ende zu, besaß das Wort vom leuchtenden Feuer noch tiefere Bedeutung. Nach Holzscheit, Teerfackel, Kerze, Öl, Petroleum und Gas in immer raffinierteren künstlichen Lichtquellen hatten gut hundert Jahre lang sogenannte Glühbirnen den Leuten heimgeleuchtet. In eigens zu diesem Zweck angefertigten, nach ihrem unweigerlichen Ende sachgemäß zu entsorgenden Glaskugeln mit einem unvergleichlich quietschenden Messinggewinde an ihrem Fuß, um sie, so sagte man, in ihre Fassung zu schrauben, verglühten im Verlauf ihrer Existenz Abermilliarden von Metallfäden, vergaben sich im warmen Strahlen, erhellten die Straßen und füllten die Behausungen ihrer Bewohner mit einem Licht, das Zeitgenossen magisch nannten.

Coppki, der für diese Art von Magie nichts übrig hat, nennt es magnetisch. Da berührt etwas vergrabene, aber ewig lebendige Instinkte, für die er keine Begriffe hat. Aus Sicht des Biografen spricht die Stärke des Signals für graue Vorzeit, tiefe Schichten, irgendetwas Urmenschliches, aus dem Wörter wie »Heimat«, »Heim« und »Herd« entstanden sind. Es weiß vom Trost in der Nacht in einer Gemeinschaft aus lodernden Gesichtern mit schwarzen Augen, zwischen denen sich die Geschichte ihre Geschichten erzählt.

In der linken Jackentasche halte ich das Glas umklammert, mit dem er die Festung erobern will, in der rechten zögert die Hand in der Faust, sich aus der Höhle zu lösen. Auf meinen Zeigefinger wartet eine Tafel mit den Namen der Bewohner. Jeder kann noch unverstellt sehen, wer wo zu Hause ist. Nur einer der Knöpfe kann meine Geschichte weiterführen: das erbsenkleine Messingrund neben dem Namenszug *Linden*.

Ich mache es wie Coppki und zögere. In seinem Gedankenexperiment benutzt er nun immer häufiger seinen Biografen als Ausrede vor sich selbst. Beinahe hätte ich mich, das warme Licht im Herzen, Licht aus dem dritten Stock, in einem seiner Universen verloren, Irrgärten seiner Ideen, die sich im Kreise drehen statt zu fliegen und dabei einen feinen Brummton von sich geben wie vor dem Verenden zappelnde Insekten auf einer Fensterbank. Da bringt sich wie aus eigenem Antrieb mein rechter Zeigefinger in Stellung.

Coppki steht an der Schwelle vom Eswareinmal zum Waswärewenn, und jedes Mal, wenn ihm ein Rückfall droht, strecke ich ihm meine Hand entgegen und ziehe ihn weiter. Erst ist er störrisch und beschließt zu schweigen, dann legt er sich einen Satz zurecht, entschuldigen Sie bitte, irgendetwas hat mich bewegt, bei Ihnen zu läuten. Doch als ich ihre Stimme höre, ihr Lebenszeichen durch den Klingeldraht, sie wiedererkenne, als wäre es gestern gewesen, da sehe ich sie vor mir, den Hörer in der Hand, die Locken hochgebunden, vielleicht sogar in Hausschuhen und einem zugeknöpften Laborkittel, unter dem sie nur das Nötigste trägt, und ich frage mich, was sie in dieser Sekunde wohl denkt.

»Ja bitte?«

»Frau Linden?«

»Wer ist denn da?«

»Ich bin es, Coppki, aus dem Keller der Chemie.«

»Herr Coppki, das ist aber eine feine Überraschung. Mit Ihnen hätte ich nun gar nicht gerechnet. Kann ich Ihnen helfen?«

Nun wird sich entscheiden, welche Richtung das Experiment einzuschlagen gedenkt. Ich lasse Coppki einen Satz sagen, den er gegen alle Gewohnheit nicht vorher gedacht, im Kopf ausprobiert und unzählige Male von allen Seiten begutachtet hat. Die Worte fallen ihm förmlich aus dem Mund.

»Ich bin hier, um *Ihnen* zu helfen.«

Oh, das tut mir leid, mir passt es gerade überhaupt nicht, rufen Sie mich doch mal an, dann können wir reden, mit Terminen ist es bei mir gerade schwierig. Haben Sie damals die Unizeitschrift bekommen? War ja ganz schön, was die Grafiker aus Ihrem Lager gemacht haben. Nette Erinnerung, finden Sie nicht? Wenn Sie mögen, schicke ich Ihnen noch ein paar Abzüge. Ich stehe eh gerade in der Dunkelkammer, also dann, auf Wieders … nichts von alledem sagt sie, sie sagt es nur in Coppkis Kopf, dort, wo sich Mut und Angst begegnen … wissen Sie, ich trenne da sehr genau, zwischen Beruf und Privatem. Stellen Sie sich mal vor, jeder käme hier vorbei, den ich einmal abgelichtet habe. Klingeln Sie sonst auch einfach so aufs Geratewohl bei Leuten?

Oben geht ein Fenster auf, ich trete ein paar Schritte auf dem Gehweg zurück, es ist das ganz rechte im dritten Stock. Ihre Lockensilhouette erscheint vor gelbem Glühlicht als milder Umriss.

»Mein Türdrücker ist gerade defekt. Ich werfe Ihnen einen Schlüssel runter. Vorsicht.«

Wie ein feuchtes Tuch trudelt eine Tüte auf mich zu. Bei näherem Hinsehen eine kleinformatige Klarsichthülle, die neben ihrem Schatten auf den Rasen schlägt. So romantisch habe ich mir den Anfang seines Liebeslebens nicht einmal in den gewagtesten Fantasien am Rande des Erlaubten ausgemalt – weshalb er in jenem Moment auch gar nicht erst auf die Idee kommt, es könnte soeben begonnen haben.

An dieser Stelle entlarvt sich die Unbefangenheit des Biografen als Selbstbetrug. Da wir den Fortgang der Geschichte kennen, beurteilen wir Situationen zwangsläufig anders, als unser Held sie erlebt. Wir sehen Fehler, die noch keine waren, als sie geschahen, und sich erst im weiteren Verlauf als solche entpuppen. Wir nennen Entscheidungen visionär, die vollkommen zufällig fielen, sehen Vorsehung am Werk, wo kein Plan im Spiel war, halten umgekehrt für Zufall, wohinter Weitblick steckte.

Vor allem aber zwingen wir die Erzählung des Lebens in die Logik einer Dramaturgie, wie sie das Drama des Lebens nur selten hergibt. So polieren wir Glanz, wo Trübnis herrschte, zeichnen große Lebensläufe, die sich nie großartig anfühlten, legen Tragik in Lebenswege, denen ihre Zeit nichts Tragisches ansah.

Würde denn Coppki den Schlüssel vom Boden aufheben, aus der Hülle ziehen, die Haustür aufschließen, das Treppenhaus ansteuern, drei Stockwerke nach oben steigen und sich vor ihrer Wohnung aufstellen, wenn er wüsste, dass sein Plan einen Fehler aufweist, dessen Folgen sich nie wieder beheben lassen?

Aber ich weiß es, und wenn ich mich in seine Lage versetze, so kurz vor einem weiteren Wendepunkt in seinem Dasein, den er sich ganz und gar anders vorgestellt hat, dann würde ich an dieser Stelle das Drehbuch seines Lebens ein wenig verändern. Nach allem, was bekannt ist, trägt er seine Sommerjacke, seine Sommermütze, sein Sommerhemd und seine Sommerschuhe. In der Innentasche der Jacke steckt sein Feldnotizbuch, das bei keiner Exkursion fehlen darf. In der linken Seitentasche halte ich das Glaskölbchen umklammert. Kaum stehe ich vor Vera Lindens Wohnungstür und wiederhole mir im Geiste die einstudierten Worte, öffnet sie sich.

Der erste Satz ist entscheidend. Floskeln liegen mir nicht. Entschuldigen Sie bitte die Störung, käme mir nicht über die Lippen.

»Sie kommen mir wie gerufen«, kommt die Komponistin mir zuvor, vollends mit ihrer Rolle verschmolzen. »Hat sich mein Malheur schon bis zu euch in der Chemie herumgesprochen? Irgendetwas stimmt nicht mit meinem Ammoniumthiosulfat. Ich habe alles gereinigt, neue Chemikalien gekauft, aber meine Bäder stoppen und fixieren nicht mehr so messerscharf die Entwicklung, wie ich es brauche. Könnten Sie sich mein Labor bitte einmal anschauen?«

Sie trägt einen lappigen Laborkittel, der mit dem Muster seiner Flecken lustige Geschichten erzählt, darunter ein hochgeschlossenes Kragenhemd, eine weite Flanellhose und, zum erregenden

Glück, Hausschuhe. Ich habe noch keine Silbe gesprochen, da befinde ich mich in einer hell erleuchteten Dunkelkammer, die neben Tischen, Regalen und Geräten gerade zwei Personen Platz bietet.

An dünnen Stahlseilen hängen entwickelte Rollfilme. Vor einen blass scheinenden Leuchtkasten hat sie einzelne Negativstreifen gespannt. Auf mehreren Trockenständern reihen sich frisch fabrizierte Abzüge. Neben dem Spülbecken steht ihr Vergrößerungsapparat, ein altmodisches Exemplar aus der goldenen Endzeit der Schwarz-Weiß-Fotografie mit Läufen, Stellschrauben und Objektivhüllen aus blankem Edelstahl.

Sie bleibt in der Tür stehen und beobachtet mich. Ihre Chemikalien sind, mit handschriftlichen Etiketten versehen, in Gläsern und Kanistern über dem Becken auf Regallagen aufgereiht. Offenbar meidet sie Konservierungsstoffe und mischt sich ihre Entwickler jeweils frisch an.

»Könnte ich einmal Ihre Seife sehen?«

»Meine Seife?«

»Ihre Handseife, das Stück, mit dem Sie sich die Hände waschen.«

»Was hat meine Seife mit meinem Fixierbad zu tun?«

»Nur so eine Idee. Bestimmte Seifen enthalten Enzyme, die Emulsionen kontaminieren«

»Damit ließe sich die Unschärfe auf den Abzügen erklären?«

»Zeigen Sie mir doch einmal, wie Sie arbeiten.«

Sie geht mir voraus, zeigt mir neben der Dunkelkammer ihr Badezimmer. Heute würde ich sagen: das Bad einer allein lebenden Frau, die nicht mit einem Besucher gerechnet hat, schon gar nicht mit einem männlichen. Wenn ich das Wechselspiel aus Erotik und Romantik richtig deute, befällt Coppki beim Anblick der tausend Frauensachen eine befremdlich lustvolle Spannung.

Sie verwendet eine reichlich parfümierte Rosenölseife. Mir fällt es schwer, die Bestandteile mit der Nase auseinanderzuhalten. Mit dem Fingernagel kratze ich eine Flocke vom Seifenlaib und folge der Frau zurück in die Dunkelkammer. Die Enge zwingt uns näher zusammen, als es Coppki normalerweise lieb ist. Leichte Berührungen sind unvermeidbar. Die Ausdünstungen ihres Körpers und der Duft ihrer Haare kitzeln einen mir unbekannten Nervenknoten in der Mitte meines Gehirns.

An der Seife kann es nicht liegen. Sie arbeitet mit Gummihandschuhen. Warum mich nun auch das aufregt, kann ich nicht sagen. Sie bittet mich, die Tür hinter mir zu schließen, den schweren schwarzen Vorhang davorzuziehen und das Licht auszuschalten. Für eine Sekunde verschwindet sie im Dunkeln, dann taucht sie allmählich im Schein der Rotlichtlampen wieder auf. Die Augen gewöhnen sich schnell an die neue Lage, der Kopf beginnt, sich die Szene farbig auszumalen.

»Ich wollte sowieso gerade an die Arbeit. Jetzt sind Sie dran.«

Sie macht sich ans Werk, eine Priesterin im Reich des Roten, stellt Schalen bereit, schraubt Gefäße auf, wiegt Pulver ab, nimmt Maß bei den Salzen, schüttet Lösungen zusammen, rührt, mischt, gießt, schaltet ihren Vergrößerer an, spannt einen Filmstreifen ein und erläutert jeden einzelnen Schritt mit knappen, klaren Worten. Ich beobachte ihre Bewegungen, ihren Tanz auf engstem Raum, der ein wenig verzögert wirkt, verschleppt wie alles an ihr, vielleicht sollte ich bedächtig sagen, vorsichtig oder anmutig.

Ich stelle mir vor, wie sie das alles genauso macht, wenn sie allein ist. Auch das geht nicht ohne Reiz an meinen Nerven vorüber. Aber nun bin ich im Raum, ein zweiter Körper, an Ort und Stelle. Moleküle reagieren nur mit- oder gegeneinander, nicht allein. Das steigert die nervöse Reizung, treibt ein leichtes Grummeln in die Eingeweide, beschleunigt den Atem. Mein Puls steigt an, ich kann die Schläge zählen. Sie redet unablässig, wendet mir hier und da ihr Gesicht zu, ein verwischtes Negativbild in Rot, monochrom, mit fließenden Schatten, Funkeln von Augenpunkten und aufscheinenden Zahnreihen unter einem flammenden Lockenschopf.

»Ich sehe da keine Verbindung zur Seife.«

»Ach, wirklich?«

Ihre Stimme verleiht dem flachen Rot eine neue Dimension, eine vernehmbare Tiefe, über die sich die Ohren den Augen mitteilen. Sie steht unmittelbar vor mir. Mit ausgestreckten Armen könnte ich ihren Hals berühren. Ihre Hände sprechen mit. Bedächtig, wie mit gedämpfter Stimme.

Da verrät sich das Wesen der magnetischen Kraft, deren Gegenpol ich selber bin. Nicht das warme Licht des Feuers hat mich angezogen. Es dient nur als Medium zur Verbreitung und Ausrichtung eines Feldes. Dessen Linien kommen aus dem Mittelpunkt eines lebendigen Menschen, verstärken sich mit dem Quadrat der Nähe zum Empfänger und erhöhen die Temperatur in meinen Wangen.

Neben die Anziehungskraft, die sich bereits aus der Distanz vermittelt, gesellt sich im Nahbereich ein schnell wachsender Impuls, der mich zurückweichen lässt, bis ich mit dem Rücken an der Wand stehe. Da ist etwas, das mich von ihr und sie von mir fernhalten will. Als hätte sich auf einmal ein Keil des Misstrauens zwischen uns geschoben.

»Aber machen Sie doch bitte weiter.«

Im Entwicklerbad erscheinen die ersten Konturen eines Gesichts, das mich aus feigen Augenwinkeln fixiert. Das reduzierte Silberbromid verfärbt sich schwarz, der Kopf eines Mannes hebt sich in den roten Dunst der Kammer. Ich erkenne ihn – es ist Steinberg, Coppkis ehemaliger Direktor – sofort an der Hemmungslosigkeit, mit der er in die Kamera schaut.

Mit einer breitfüßigen Edelstahlpinzette nimmt die Komponistin sein Konterfei aus der Lösung, lässt das Papier über der Wanne abtropfen und nebenan ins Fixierbad gleiten. Von dort sieht uns der flach liegende Steinberg an, als blickte er von oben herab. Eine halbe Minute lang darf er sich seiner Überheblichkeit erfreuen. Dann landet er im Wasserbad. Es verleiht seinen Zügen im Nu eine unsichere, irgendwie weichere Note.

Sie gleitet hautnah an mir vorbei und schaltet das volle Licht wieder ein.

»Sehen Sie? Das meine ich. Es verändert sich.«

»Dann kann es nur am Wasser liegen.«

»Am Wasser?«

»Haben Sie denn keine Benachrichtigung erhalten?«

»Hieß es nicht, wir hätten jetzt besseres Wasser?«

»Für die Küche, ja, aber nicht unbedingt fürs Labor.«

»Und was kann man dagegen tun?«

»Haben Sie Aktivkohle?«

»Ich glaube schon.«

»Und Watte?«

»Ja, sicher.«

Sie sieht mich fragend an.

»Ein Becherglas mit Überlauf, ein Stück Schlauch und Klammern?«

Als alles beisammen ist, schiebe ich mich an ihr vorbei, ohne dabei aufzusehen. Die Bestandteile setze ich auf der Laborbank zu einem einfachen Durchlauffilter zusammen, wie Coppki ihn in der Werkstatt seines Großvaters verwendet hat. Wir spielen die Szene im Rotlicht noch einmal durch, gleicher Ablauf, gleiches Erregungsmuster, nun aber läuft gefiltertes Wasser durch das abschließende Bad.

Das Resultat verblüfft selbst mich. Sie legt die Abzüge nebeneinander, und tatsächlich unterscheiden sie sich um entscheidende Nuancen im Ausdruck. Steinbergs überhebliche Züge zeigen sich, wie die Kamera sie festgehalten hat, nun aber deutlich von einem unsicheren Blick begleitet. Unsere Schultern berühren sich.

»Komischer Kerl, Ihr Chef«, sagt sie, als das Licht wieder eingeschaltet, der Vorhang zurückgezogen und die Tür geöffnet ist. »Hält sich für was Besseres, oder? So sind sie doch alle. Soll ja bald Rektor werden.«

Bevor ich ihr entgegnen kann, er ist nicht mehr mein Chef, das Kellerlager wurde geschlossen, drückt sie mich behutsam beiseite und drängt mich mit sanfter Hand aus ihrer Kammer. Ich folge ihr ins Wohnzimmer. Auf einem niedrigen Metalltisch zwischen zwei

Sesseln und einer Couch aus cremeweißem Leder leuchtet ein knappes Dutzend Kerzen. Die Flammen flackern im Luftzug des offenen Fensters. Von dort hat sie ihren Schlüssel geworfen. Ich trage ihn noch bei mir. Sie schiebt den Fensterflügel in seinen Rahmen.

»Vielen Dank für Ihren Einsatz. Nehmen Sie doch Platz. Ich denke, wir haben uns ein Glas Wein verdient.«

»Ich trinke keinen Wein.«

»Whisky, Brandy, Gin?«

»Ein kaltes Bier wäre mir lieber.«

Hier gehen unsere Erinnerungen auseinander. Coppki behauptet, sie habe sich angeboten, ihm rasch das Gewünschte im Eckladen zu besorgen. Währenddessen habe er die Porträtfotos betrachtet, die eine Wand ihres Wohnzimmers bedecken, und dabei sein eigenes Bild entdeckt. Er sieht es an, seine Augen schauen zurück, als ob sie ihn erforschen wollten.

Ich aber gehe selbst auf die Straße, ärgere mich über die versäumte Chance, mich in Ruhe in ihrer Wohnung umzusehen, und als ich mit zwei Flaschen eisgekühltem Pils in einer Tragetüte schon wieder auf dem Weg zu ihr bin, verlässt mich kurz der Mut. Ihr Schlüssel in meiner Hosentasche, körperwarm inzwischen, überzeugt mich eines Besseren. Ich sperre die Haustür auf, suche meine zweite Chance und steige wieder in den dritten Stock.

Sie geht in die Küche, ich höre ein Zischen, wie wenn beim Öffnen eines Behältnisses Druck entweicht. »Möchten Sie ein Glas?« Ich – »nein, ich trinke aus der Flasche« – wie so oft ein wenig zu schroff. Die Komponistin kommt mit dem Bier, einer Schale schwarzer Oliven, ein paar Scheiben Salami und Weißbrot auf einem Teller. Dazu stellt sie ein Gläschen mit Zahnstochern. Das Kerzenlicht gibt sich Mühe, das Ausgezehrte ihrer Gesichtszüge zu verwischen. Sie lässt sich in einen Sessel sinken. Ich setze mich auf die Couch und rieche das Leder. Sie hat ein Detail übersehen, das kaum Erwähnung verdient. Coppki mag Oliven nur, wenn Wendsel sie kredenzt, als Idee sozusagen. Aber als eingelegte, ölgetränkte Früchte sind sie ihm zuwider.

»Darauf wäre ich nie gekommen.«

»Worauf?«

»Na, das mit dem Wasser.«

Coppki hört, aber er hört nicht hin. Er kann das Knistern seiner Fasern nicht deuten. Keine seiner Berechnungen hat ihn darauf vorbereitet, seinen Trumpf zurückzuhalten und zunächst nur in die leicht zugänglichen Teile ihres Terrains vorzustoßen, um von dort mit einem Stich ungleich größere Gewinne zu erzielen. So verdirbt er sich die Chance, den Anfang jener Kausalkette zu ergründen, die das Missverständnis seiner ersten Liebe erhellt.

Auch wenn er zeitlebens darunter leiden wird, die Wahrheit nicht zu kennen, ob die erste wirkliche Frau in seinem Leben ihn auch ohne sein Mitbringsel geliebt hätte, so handelt er jetzt doch traumwandlerisch richtig. Ich hätte es noch so weit gebracht, sie in ein Gespräch über Fotos und die Ewigkeit des Augenblicks zu verstricken, vielleicht auch mit Flasche und Glas über dem Tisch anzustoßen oder auch nur kontaktlos vom Sessel zur Couch. Zuzusehen, wie ihre Augen immer kleiner werden und zufallen, wie sie sich beugt und windet, wie ihr das Gespräch entgleitet und sie sich schließlich noch einmal aufbäumt, um mich in aller Freundlichkeit aus ihrer Bleibe zu komplimentieren.

Als sie aus der Küche zurückkommt, Bier mit Häppchen serviert und sich in ihren Sessel fallen lässt, hat Coppki das Gläschen aus seiner Jackentasche auf dem Tisch platziert.

»Ich habe Ihnen etwas mitgebracht.«

»Darf ich fragen, was das ist?«

»Wasser.«

»Sagten Sie Wasser? Sie haben mir Wasser mitgebracht? Lassen Sie mich raten: Es ist gefiltert, stimmt's?«

»Es schmeckt wie Wasser. Aber es wirkt, wie soll ich's ausdrücken? Es wirkt belebend.«

»Was Sie nicht sagen.«

»Möchten Sie einmal riechen?« Ich halte ihr das Gläschen hin.

»Ich rieche nichts.«

»Das bedeutet gar nichts.«

»Sie sind ein ziemlich seltsamer Mensch, Herr Coppki.«

»Ich möchte, dass Sie das trinken.«

»Warum sollte ich?«

Jetzt hätte ich sagen können, als Sie damals … beim Abschied sagten Sie … ich habe mir Ihren Satz genau gemerkt … ich würde alles geben … ich wüsste gern, was alles ist … Sie haben mir die Augen … ich meine, Ihr Satz hat mir klargemacht … wenn ich nicht mehr schlafen müsste … das ist doch lächerlich.

Aber das denkt er nicht. Jeder Wunsch hat seine Wurzeln, so hat er sie verstanden, sachlich und ohne Hintergedanken, und heute geht ihr Wunsch in Erfüllung.

Stattdessen sage ich, indem ich das Kölbchen in meine Rechte nehme, mit der Linken den Korken aus dem Hals ziehe und den glasglatten Rand an meine Lippen führe: »Ein winziger Schluck genügt. Schauen Sie.«

Sie sieht, wie das Gefäß über seine Neige kippt, wie ein Rinnsal in meinen Rachen läuft, wie ich schlucke, und Coppki hat sein Ziel vor Augen.

»Ich mache mal den Anfang. Schließlich möchte ich Sie ja die Nacht über beobachten.«

»Sie möchten *was*?«

Ich ziehe das Feldnotizbuch aus der Innentasche seiner Sommerjacke, schlage es auf, nehme den Bleistift aus der elastischen Lasche und schreibe. Zumindest tu ich so, als würde ich schreiben.

»Ich würde mir gern ein paar Notizen machen.«

»Ich glaube, ich bin müde.« Die Komponistin verlässt ihr Skript. »Lassen Sie uns noch anstoßen, mit Bier und Wein, meine ich. Danach wäre ich lieber wieder allein.«

Ich halte Kurs. »Sie haben das Glück, als zweite Versuchsperson an diesem Experiment teilnehmen zu dürfen.«

»Wie schön, vielen Dank.«

Sie scheint nun ungehalten.

»Und wer ist die erste?«

»Coppki.«

»Meinen Sie den Laboranten aus dem Keller der Chemie?«

Die Komponistin drückt das weniger abfällig aus, als es hier klingt. Hat Vera den komischen Mann im Lager nicht sogar in ihr Herz geschlossen? Zumindest hat sie ihn wahrgenommen und nicht vergessen. Für ihn ist das schon mehr als viel. Sie findet ihn liebenswert wie ein tapsiges Kind mit Kulleraugen, das einen Erwachsenen spielt.

Aber nicht wie einen Mann, den sie je begehren könnte.

»So wie er hier vor Ihnen sitzt.«

»Wenn ich nur wüsste, wer Sie geschickt hat.«

»Der Himmel.«

»Sie sind verrückt.«

»Ihre Teilnahme ist an eine Bedingung geknüpft.«

»Da bin ich aber gespannt.«

»Außer uns darf nie jemand davon erfahren.«

Ich reiche ihr die Hand. Natürlich ist das alles ziemlich unbeholfen. Er kann ja nicht einmal denken, dass sie ihm gefällt. Sie schlägt ein. Ihre Handfläche und meine gewöhnen sich rasch aneinander. Sie schmiegen sich an wie alte Bekannte und tauschen Wärme aus.

»Sie müssen mir vertrauen.«

Ich führe ihre Hand auf den Tisch und binde ihre Finger um den Kolben. Coppki hätte das nie fertiggebracht. Aber wenn er will, kann er sich alles in der Welt vorstellen. Außer natürlich sich selbst.

»Wo soll das hinführen?«

»Das entscheiden Sie allein.«

»Was haben Sie nur mit Ihrem Wasser?«

»Es ist ein Mittel gegen Müdigkeit. Wenn Sie es regelmäßig nehmen, müssen Sie nie wieder schlafen.«

»Das kann ich nicht glauben.«

»Sie müssen es aber glauben, sonst wirkt es nicht.«

»Wie soll ich das anstellen?«

»Stellen Sie sich vor, wie es wäre, wenn es wirkte.«

»Nie wieder müde? Herrlich. Wirkt es denn sofort?«

»Auf der Stelle.«

»Und wie viel müsste ich davon nehmen?«

»Nach meinen Berechnungen reicht ein winziger Schluck.«

»Was meinen Sie mit winzig? So was wie Sie ist mir noch nicht untergekommen.«

Ihre Ungeduld ist nun mit Händen zu greifen. Aber Coppki lässt sich nicht aus der Ruhe bringen. Vielleicht hat sie das am Ende überzeugt.

»Ein paar Tropfen wären mehr als genug.«

Dann kommt der Moment, für den ich mir diese Szene ausgedacht habe. Sie hält ihren Zeigefinger ins Glas, führt ihn an die Lippen und schaut mich an.

»Und Sie meinen, das reicht?«

In seinem Notizbuch beginnt das Protokoll einer Nacht, an deren Ende seine Welt eine andere ist. *Versuchsperson 3* – Wendsel mitgezählt, er selbst ist Nummer eins – *nimmt minimale Dosis. Heftige Reaktion. Anfangs in Wellen*.

Sie streckt und taucht und dreht und leckt ihren nackten Finger und blüht auf wie ein ausgedorrtes Pflänzchen im heiß erwarteten Regen. Der Versuchsleiter bittet sie, ihm in allen Einzelheiten zu schildern, was in ihr vorgeht. Die Komponistin findet bewegende Bilder.

»Das breitet sich von der Kopfhaut bis unter die Fußsohlen aus. Es wird immer dichter, fast dicker, und füllt mich aus, als hätte jemand mir frisches Blut injiziert.«

Ein unwiderstehliches Lächeln gewinnt Oberhand, als hätte ihr Zustand plötzlich ihr Bewusstsein erreicht. Euphorine fluten ihr Hirn, ihr Körper richtet sich auf, das Gesicht strafft sich, selbst der Haarschopf strahlt in neuem Glanz.

»Ich fühle mich wie verzaubert. Wie haben Sie das nur gemacht?«

»Ich habe Sie überzeugt.«

»Nein, ich meine chemisch. Was haben Sie da in das Wasser gemischt? Das wirkt ja fantastisch.«

»Nichts.«

»Hören Sie auf, von nichts kommt doch nichts. Verraten Sie mir Ihr Geheimnis?«

»Sie haben nichts als reines Wasser getrunken.«

»Jetzt werden Sie mir aber wieder unheimlich. Ich trinke mein ganzes Leben lang Wasser. Aber das ist mir noch nie passiert.«

»Das Wasser ist verwandelt.«

»Unsinn.«

»Sagen wir: aktiviert.«

»Wo haben Sie das Zeug her? Sie haben es doch nicht etwa aus dem Institut? So einer sind Sie doch nicht, oder?«

»Nein, ich habe es eigenhändig hergestellt.«

»Arbeiten Sie denn selbst als Chemiker?«

»In gewisser Weise schon. Im Kopf.«

»Können Sie noch mehr davon machen?«

»So viel Sie wollen. Aber nur, wenn Sie Ihr Versprechen halten. Kein Dritter darf je davon erfahren.«

»Was sind Sie nun: ein Genie oder ein Spinner.«

»Das Genie sind Sie. Ohne Ihre Bereitschaft hätten Sie nicht die geringste Veränderung verspürt. Sie haben mir geglaubt, als ich Ihnen sagte: Hier, trinken Sie, das nimmt Ihnen die Müdigkeit.«

»Haben Sie das gesagt?«

Coppki schickt seine Ameisen über die Notizbuchseiten. Wie die Probandin bemerkt, was ihr gerade widerfährt, wie ihre Haut sich spannt und glättet, wie ihre Lider die Trauer abschütteln und sich zu Rahmen formen, aus denen fast so etwas wie Übermut spricht. Er notiert blind. *Hellwach. Gesteigerte Aktivität in größerer Gelassenheit. Bettzeit überschritten. Irritierendes Lachen. Lippen füllen sich. Spricht fortwährend. Rotwein, dann Cognac.*

»Ich langweile Sie hoffentlich nicht.«

»Ganz und gar nicht. Sie machen mich nur nachdenklich. Wenn

das, was ich gerade fühle, immer in mir gesteckt hat, warum habe ich es nie wecken können?«

»Sie sprechen eines der größten Rätsel des Menschseins an. Und wenn Sie so wollen, das Forschungsgebiet, dessen einziger Vertreter hier vor Ihnen sitzt. In uns stecken Kräfte, die wir nicht nutzen, und andere, die wir nicht beherrschen, weil wir sie nicht verstehen. Gesundkräfte, wenn Sie wollen. Und jede von ihnen und alle zusammen haben Gegenkräfte, die schädlich genannt werden, obwohl sie unverzichtbar sind fürs Gleichgewicht. Egal, auf welche Weise wir eingreifen, wir laufen stets Gefahr zu überfordern, was wir fördern wollen, und zu unterdrücken, was für die Balance unerlässlich ist.«

Endlich findet sein Wahn ein Ventil und die Theorie ihr erstes Ziel. Nach ihr soll es keine weitere Versuchsperson geben. Deshalb ist sie dazu bestimmt, jene letzte Annahme zu bestätigen, die sein Gebäude zum Bollwerk verfestigen soll.

Kurz vor Mitternacht reißen die Aufzeichnungen ab.

Ich will den Pakt, hier und jetzt, mit ihr als Eingeweihter, die sein Geheimnis teilt und sich zu immerwährendem Schweigen verpflichtet. Ich muss mich ihr vollständig öffnen, mich durchscheinend und verständlich machen, damit sie in meiner Richtung genügend Raum findet, dem Druck des einsamen Wissens standzuhalten.

Schon als Kinder empfinden wir schmerzhafte Seelenlast, etwas allein für uns behalten und mit uns herumtragen zu müssen. Das Nichts, die Null, mit niemandem über eine Sache reden zu können, wird unerträglich. Ein einziger Vertrauter kann reichen, das innere Drängen so weit zu bannen, dass sich der Dämon keine Bahn mehr brechen muss im Verrat.

Nur wenige beherrschen das heikle Geschäft von Mittäter und -wisserschaft auf Gedeih und Verderb. Coppki betritt Neuland. Sein Plan sieht vor, sich ihr zu offenbaren und sie so tief in sein Spiel zu verstricken, dass sich ihr Gewissen auf seine Seite schlägt. *Die Wissenschaft macht keine Gefangenen*, kritzelt er zuletzt noch in sein Buch.

»Ich werde Ihnen etwas erzählen, das ich noch nie jemandem gebeichtet habe.«

»Ich hoffe, ich kann Ihnen folgen.«

»Ich habe eine wichtige Entdeckung gemacht, aber ich fürchte, die Menschheit ist dafür noch nicht reif.«

»Und Sie meinen, ich sei reif?«

»Darauf fußt mein gesamtes Modell.«

»Auf mir?«

»Dass ich Ihnen heute Nacht erkläre, was Coppki durch den Kopf geht. Sie wollen doch bestimmt erfahren, was sich hinter all dem verbirgt. Ich spreche nicht von irgendwelchen Wirkstoffen. Damit würde ich Sie nie belästigen.«

»Sondern?«

»Wenn ich recht behalte, und Ihre Reaktion lässt mich nicht daran zweifeln, haben wir es mit einer neuen Quelle der Kausalität zu tun.«

»Wie soll ich das verstehen?«

»Wir denken in Ketten von Ursachen und Wirkungen. Tatsächlich haben wir es in lebendigen Systemen mit komplexen Netzwerken zu tun, in denen sich die Dinge grundsätzlich anders verhalten. Sie folgen nicht allein dem Gebot des Vorangegangenen, sondern richten sich auf eine Weise, die ich noch nicht ganz erklären kann, an Erwartungen aus. Im Extremfall, bei T gleich minus T, also wenn der Pfeil der Zeit umgekehrt ist, bestimmt die Zukunft vollständig über den Ablauf der Ereignisse.«

»Wäre das nicht auch so etwas wie Schicksal?«

»Es ist jedoch von gänzlich anderer Natur. Über diese Art Schicksal kann sich das Leben erheben. Es kann sich ausrechnen, was ihm blüht, und andere Wege gehen. Das wissen schon Amöben. Wir sprechen hier natürlich von einer schwachen, unterschwelligen Kraft, die dem Einzelnen kaum bewusst wird. In ihrer Summe aber sind ihr fast keine Grenzen gesetzt. Hören Sie mir überhaupt zu?«

»Verzeihung, ich bin wohl zu sehr mit mir selbst beschäftigt.

Ehrlich gesagt, habe ich keine Ahnung, wie mir gerade geschieht. Wollen Sie mir etwa sagen, dass ihr Wässerchen dafür nicht verantwortlich ist?«

»Nicht mehr als Sie. Es tut nichts weiter, als einen Prozess auszulösen, den Sie selbst ausführen. Das Wasser hilft bei der Orientierung. Haben Sie nicht gerade noch, als die allerersten Effekte zu spüren waren, die Sie sich vielleicht sogar nur eingebildet haben, haben Sie da nicht schon das Suchen bemerkt, das Vortasten, Sie können es auch Instinkt nennen, mit dem Sie treffsicher das Ungleichgewicht in Ihrem inneren Milieu aufgespürt und überwunden haben? Bewegten Sie sich nicht auf etwas zu, als folgten Sie einem Sog, auf etwas, das noch gar nicht da war, sondern durch ihre Annäherung erst entstand wie ein Beweis am Ende seiner Kette?«

»Ich weiß nicht, ob ich verstehe, wovon Sie sprechen. Aber ich glaube zu ahnen, was Sie meinen.«

»Wenn schon in jedem Einzelnen solche enormen Kräfte ruhen, die sich wecken lassen, sofern man dazu bereit ist, um wie viel stärker müssen sie erst sein, wenn sie sich vereinen? Lange habe ich mich gefragt, wie das überhaupt möglich ist, wie sich die Zukunft der Gegenwart bemerkbar machen könnte. Im Rahmen der geltenden Naturgesetze ließ sich das nicht erklären. Alle bekannten Strahlen fielen aus, weil sie nicht schneller sein können als Licht. Und da Licht auf der Höhe der Zeit reist, müssten wir es irgendwie überholen. Wenn alle Materie und damit auch jede Form von Energie ausschied, gab es eigentlich nur noch eins, was mir einfallen wollte.«

»Lassen Sie mich raten. Fantasie?«

Die Komponistin steckt voller Angriffslust und Spiellaune, die sich im Sarkasmus aus Sympathie gegen mich verbünden. Wie auch immer ich mich herauszureden versuche – für sie ist Coppki die Ursache des Wunders, das der Fotografin soeben widerfahren ist. Mein Reden versteht sie wie den Text eines Beipackzettels, den man liest, wenn man das Mittel bereits genommen hat. Allmählich beginne ich Coppkis ausgetüftelten Plan zu durchschauen. Ich bleibe auf seiner Spur.

»Im Grunde haben Sie recht. Das ist es. Aber ich würde es nicht so weit einschränken. Fantasie ist nur eine Form dessen, was ich meine. Ich denke da eher an Ideale, die unerreichbar bleiben wie Punkte am Horizont, aber eine Richtung vorgeben. Nennen Sie es meinetwegen das Prinzip der mitwachsenden Wünsche. Auf nichts anderem beruht die Wirkung.«

Die alte Goldemer wäre stolz auf ihn gewesen. Eleganter hätte er die Macht des Wassers nicht einführen können, die er in einem kühnen theoretischen Schritt mit der Macht des Wissens ins Gleichnis setzt.

»Der Wunsch steht am Grund seiner Verwirklichung wie die Vorstellung am Anfang des Willens.«

Frau Linden legt den Finger auf ihre Lippen und sagt: »Gleich werde ich Ihnen etwas erzählen, das *ich* noch nie jemandem erzählt habe.«

Im Grunde macht sie sich lustig über mich. Sie spricht vom Prinzentraumprinzen im Traumprinzentraum, der allein die Welt retten will, von kindlichen Erlöserfantasien, von meinem Mangel an Mitgefühl aus zu viel Mitgefühl und meiner Arglosigkeit, die sie noch bei keinem anderen so erlebt habe. Sie hätte auch hundertmal den Buchstaben A aufsagen können oder das Alphabet vor- und zurückbeten, die Wirkung wäre die gleiche gewesen. Mir fällt kein besseres Wort ein als »elementar«.

»Und Sie glauben, der Effekt hält an?«

»Ich nehme es schon länger und kann nicht feststellen, dass er nachlässt.«

»Das heißt?«

»Das heißt, dass Sie womöglich nie wieder schlafen müssen. So, wie sie es sich gewünscht haben.«

Ihre Verwandlung hat sich längst vollzogen, ihre Blüte ist aufgegangen, da macht sie einen weiteren Wandel durch, weniger in Form und Farbe als vielmehr im Ausdruck. Sie scheint zu glühen.

Ich muss an meinen ersten erfolgreichen Selbstversuch zurückdenken, als mich lange nach der körperlichen Wirkung eine Welle durchlief und mir eine Größe des Augenblicks dämmerte, die ich mir nie hatte vorstellen können.

»Wissen Sie eigentlich, was Sie da sagen? Wenn das herauskommt, wollen es doch alle haben.«

»Oder keiner, weil sie es mit Entsetzen ablehnen, weil die Menschen am Schlaf hängen. Diesen Teil des Experiments würde ich uns lieber ersparen.«

Es ist, glaube ich, das unschuldigste Uns, das je geäußert wurde. Aber es verfehlt seine Wirkung nicht. Sie setzt ein vielsagendes Gesicht auf. Es sagt Ja und Nein, sagt es munter und ernst und spricht dabei frech und vertraulich. Ich suche ihren Blick. Allein ein Algorithmus steht noch zwischen uns. Zu Ende gerechnet, kennt er nur ein Resultat.

»Sie besitzen doch sicher einen Spiegel.«

»Welche Frau hätte keinen?«

»Der Spiegel wird Sie überzeugen.«

»Das bin ich doch längst.«

Sie schwingt sich aus den Lederpolstern, kommt um den Metalltisch, fasst mich feierlich an der Hand und führt mich in ihr Schlafzimmer. Das Notizbuch bleibt liegen.

Eine Stehlampe aus fünf biegsamen, in alle Richtungen reichenden Armen mit tropfenförmigen Lampenschirmen sorgt für Licht. In einer Ecke steht auf hölzernen Giraffenbeinen ein altmodischer Schminktisch mit Zierleisten und einem Spiegel hinter geschlossenen Seitenklappen. Sie fasst die Läden und dreht sie nach außen, bis wir uns sehen wie in den drei Flügeln eines Altars.

Sie nimmt ihre Hände, greift sich ins Gesicht, als ob sie mit dem Spiegeltest nicht sich, sondern den Spiegel testen wollte. Dann bricht ein Sturm los, die Dinge überschlagen sich, ich kann ihre Reihenfolge kaum wiedergeben. Ist da zuerst der Aufschrei oder die Umarmung oder das Du oder der Kuss, ein Kuss, nur gedacht auf meinen Lippen, ein erschütternder Schrei aus einem Wort, das nur aus Vokalen besteht, Buchstaben des Staunens, ein Umschlingen, das erwidert sein will, ein zärtlicheres Du, als Coppki es je gehört hat?

»Sag mal: Träume ich?«

»So wirst du jetzt immer träumen.«

Er verhält sich weniger linkisch als erwartet. Der Biograf gibt ihm freie Bahn. Loslassen, habe ich geflüstert, jetzt weiß ich es wieder. Vielleicht habe ich auch gesagt, die Zeit sei reif, aber da bin ich mir nicht mehr sicher. Alles, was folgt, spricht dafür, dass Coppki es so verstanden hat.

Wir haben nicht mitgezählt, wie oft wir uns geliebt haben in jener Nacht und in welchen immer neuen Spielarten. Mal kommen wir uns vor wie Adam und Eva als erste Raumfahrer in der Schwerelosigkeit. Dann wieder wollen wir nur gewichtig sein, Fleisch auf Fleisch, im Schweiß des anderen baden. Sie hat den Rhythmus, und ich den Blues, oder andersherum, ein Wesen aus zweien, kaum schlägt es heftig aus, schon raschelt es leise, knackt wie Eis und sinkt sanft in seine eigene Hülle.

Und wären sie am nächsten Morgen ineinander erwacht, hätten sie glauben können, dass ihnen das alles niemals widerfahren sei. Wir aber können nicht mehr erwachen, denn wir sind wach und bleiben wach, das erste immerwache Paar der Geschichte, das sich die Nacht zum Tage macht, wie es sich für wild Verliebte gehört, die sich in Eden wähnen.

Wenn ich irgendetwas auf seinen Spuren noch einmal erleben wollte, dann sind es die späten Stunden, in denen wir durch die menschenleeren Straßen der Hauptstadt ziehen, über Verkehrsadern ohne Verkehr und verlassene Plätze, wo unsere Schritte als einzige widerhallen. In denen wir Licht in den Fenstern sehen, hinter denen die Menschen nicht zur Ruhe kommen, und uns Geschichten ausdenken mit gutem und mit bösem Ende. Oder die Streifengänger und Portiers, Nachtwachen ängstlicher Seelen, die verlorenen Spätheimkehrer mit Schlagseite, die verrauchten Kneipen und übernächtigten Bars, die der Sperrstunde trotzen und sich dafür nur im Rausch ertragen lassen, mit Tränen und Schlägen und Vorwürfen und Geständnissen und manchmal auch mit neuartigen Betrachtungen der Welt.

Wir verfolgen das Dämmern des Tages mit allem, was eine Stadt zum Erwachen braucht, den Märkten mit taufrischen Lebensmitteln und Blumen und Fisch, den Zeitungs- und Brötchenboten, sehen, wie sich eine Metropole räkelt, die ihre eigene Lüge nicht glauben kann, niemals zu schlafen, und das stumme Lichtspiel der aufleuchtenden Fenster am Ende der Nacht.

Es sind die Fahrten ins Umland mit seinen weiten, abgeernteten Feldern, über die sich schwarze Wolkenbäuche schieben. In Kieferwälder, die noch wissen, was Dunkelheit heißt. An die sandigen Strände ruhender Seen, die den Mond spiegeln in ihrer doppelten Welt und zwei Paar nackte Füße umspülen, die einander umschmeicheln.

Die unbeschwerte Zeit währt nur wenige Monate. Aber diese Monate, schattenlos wie mittags eine Lichtung im Dickicht, bringen mich Coppki näher als alle Jahre zuvor. Auf seine unvergleichliche Weise ist er ein verdammter Romantiker, der die Wärme im Herzen spürt, aber keine Entsprechung findet in der Vernunft. Er liest Veras Liebe mehr, als dass er sie empfindet. Deutet ihr Verhalten wie ein Forscher, der seinen Versuchsaufbau den jeweiligen Verhältnissen anpasst.

Sucht sie Nähe, tut er es ihr nach, schweigt sie, schweigt er auch, ist ihr nach Reden, ist ihm ebenfalls danach, sieht er Zeichen von Lust, erwidert er sie in seiner Sprache. Nichts ist logisch an dem, was er tut. Er beobachtet sich mit höchster Aufmerksamkeit und träumt den fatalen Traum einer Kontrolle, die es niemals geben kann.

Eigentlich sind wir gar nicht verliebt. Heute würde ich das auch anders nennen. Wir sind eher wie zwei Moleküle, die zueinanderfinden und sich vereinigen, um eine Weile gemeinsam zu wirken. Unsere Liebe ist wie ein Frühling, der bereits nach Herbstlaub duftet. Das Glück, sagt man, herrscht über den Augenblick, das

Unglück über die Dauer. Die Kunst der Liebe besteht darin, den Augenblick zu dehnen.

Auch wenn ich die Tage und Monate als die glücklichsten in seinem Leben beschreibe, empfindet keiner von uns ein Glück, wie es sich als Glück ins Gedächtnis schreibt. Coppkis Glück ist von einer anderen Sorte, ein Glück, wie es die alte Goldemer besser verstanden hat als die schöne Fotografin, die in seinen Armen gelacht und gewimmert hat, geschrien, geschnurrt, aber niemals sich völlig vergessen.

Wenn ich bedenke, wie das alles einmal ausgehen wird, erkenne ich bereits in der ersten Umarmung den Ursprung für den Riss, der sich unmerklich zwischen uns auftun wird. Nun bin ich an der Reihe, mir ihre Geschichte anzuhören, die niemand kennt. Und wenn ich sie jetzt nacherzählen müsste, würde sie wohl einseitig klingen, vielleicht sogar eifersüchtig, wäre Coppki die Eifersucht nicht so fremd wie Neid oder das Streben nach Ruhm.

Zweiter Teil

Freunde der Nacht

Der einzige Weg, die Grenzen des Möglichen zu finden, ist, ein klein wenig über diese hinaus in das Unmögliche vorzustoßen.

Arthur C. Clarke *Profile der Zukunft*

Sehr geehrter Herr,
noch nie habe ich etwas schreiben müssen wie die folgenden Zeilen. Lieber würde ich sie Ihnen und mir ersparen. Doch das erscheint mir unmöglich. Betrachten Sie mich bitte als Täterin, die ein Geständnis ablegen muss, damit sie ihre Tat fortsetzen kann, und Sie sollen mir dabei helfen.

Wir sind uns nur einmal flüchtig begegnet, vor der Tür meiner Mutter. Sie gingen, ich kam, die junge Frau im roten Mantel, die sich mit ihrem Koffer abmühte. Ihr Hallo klang, als wüssten Sie, wer ich bin. Umgekehrt hatte ich keine Ahnung, wer Sie waren, und ließ Sie einfach stehen. Das tut mir leid. Mama hatte nie einen Freund erwähnt. Ich traf gerade für meine Winterferien zu Hause ein, war schon den ganzen Tag unterwegs und ziemlich angespannt vor dem Wiedersehen nach einem halben Jahr Trennung.

Momente später, und ich hätte Sie vergessen, wäre mir da nicht diese verjüngte, fast unheimlich vitale Frau entgegengetreten. Sie glich nur noch vage der schwermütigen Madonna, vor der ich geflüchtet war. Ich sah sie ungläubig an, wies mit dem Daumen über die Schulter und fragte mit den Augenbrauen: Der? Sie nickte. Ich staunte. Einen wie Sie hätte ich bei ihr nicht vermutet. Bis ich begriff, dass sie keinen Besseren hätte finden können.

Sie haben ihr ein neues Leben geschenkt wie einer trockenen Blume Wasser. Sie feiert jeden Augenblick ihres Daseins und geht mit Mut und Schwung alles an, was sie früher verzweifeln ließ. Ich hatte nicht die geringste Idee, wer Sie sind, da konnte ich Ihre Wirkung bereits spüren.

Anfangs dachte ich noch, Sie seien eine Art Arzt oder Seelendoktor, vielleicht auch Schamane, Programmierer oder so etwas. Erstaunlich eigentlich, wie richtig ich da schon lag. Dann erzählte sie mir vom Auftrag, Ihr Kellerlager zu fotografieren, und wie sie dabei auch eine Aufnahme von Ihnen gemacht habe. Sie hätten sich für den zugesandten Abzug nie bedankt, aber neun Monate später plötzlich mit einem Geschenk vor ihr gestanden, und von da an sei alles anders gewesen. Mehr hat sie mir nicht verraten. Ihre Verwandlung erklärte sie ausschließlich mit der neuen Zweisamkeit. Irgendwann aber begann ich zu zweifeln, ob allein die Kraft der Liebe ein solches Wunder hervorbringen kann.

Glauben Sie mir, es war reine Neugier, die mich trieb, ohne Pläne oder Hintergedanken. Mama ihrerseits schöpfte keinen Verdacht und führte mich geradewegs auf Ihre Spur. Eines Abends erkannte ich im Vorbeigehen die winzige Heimlichkeit in ihrem Tageslauf. Das Fläschchen hält sie in ihrer Dunkelkammer versteckt. Zuerst war ich hin- und hergerissen. Ich hatte vor Augen, was ich finden wollte. Hätte ich es nicht dabei belassen können? Mein Wissensdurst verlangte mehr. Ich wollte es in mir spüren. Den Rest muss ich Ihnen nicht erzählen. Ich kenne Ihr Geheimnis.

Jennifer

Coppki blickt auf. Ihm ist zumute, als hätte er all das kommen sehen, ohne es je bemerkt zu haben. Als gingen in dieser Sekunde alle Formeln auf, die er immer schon hinter den Dingen vermutet hat. Über Veras Tochter weiß er kaum mehr, als dass sie sich auf einem College in der Ferne aufs Abitur vorbereitet.

Ich schließe meine Lider. So also macht sich eine biografische Wende bemerkbar. Alles Erlebte, jeder Schritt auf dem Weg dahin, alle Höhepunkte, Niederlagen, Versäumnisse und Entscheidungen scheinen noch einmal auf. Die Linien laufen zusammen und verdichten sich im Jetzt zu jenem Punkt, der auf die Zukunft zielt.

Coppki weiß genau, was nun zu tun ist. Er bereitet seine Abwesenheit vor, schlägt sein Werkbuch auf, blättert, bleibt an einer Seite hängen und reißt sie mit Schwung aus der Bindung. Nicht irgendeine Seite, sondern jenes Blatt 55/56, das seither aus meiner Kladde verschwunden ist. Vermutlich hat er es eigenhändig vernichtet. Wenn das Geheimnis schon keines mehr ist, dann will er wenigstens das Geheime dahinter für sich behalten.

Sein Labor, wie es nach seinem Verschwinden angetroffen wird, liefert keine Hinweise auf zerstörte Dokumente. Das Schriftstück, in Jennys runder Mädchenschrift verfasst, hat sich erhalten. Auf der Rückseite gesteht sie ihm unter Entschuldigungen, sie habe das Mittel mit ihren Freunden geteilt. *Wir sind zwölf.* Augenblicklich seien sie die besten Schüler geworden. Jetzt, kurz vor dem Abschlussexamen, neigten die Vorräte sich dem Ende zu. *Können Sie uns helfen?*

Als ich am nächsten Morgen in seiner einzigen leichten Jacke – seine Großmutter hat sie Coppki aus fester sandgelber Baumwolle genäht – das Haus verlasse, stellt sich mir ein Fremder in den Weg. Ein Mann seiner Größe, aber von anderer Statur, für die Coppki keine Worte hat. Ich würde ihn aufrecht nennen, elegant, weltläufig vielleicht, meinetwegen auch souverän. Aber unnahbar mit seinem Lächeln, das mich auszuschließen scheint.

»Herr Coppki?«

»Ja?«

»Sie reisen zu meiner Tochter, richtig? Wären Sie so freundlich, ihr dies hier mitzunehmen?«

Er reicht mir ein verschnürtes Päckchen vom Ausmaß einer kleinen Pralinenschachtel. Hielte ich das Mitbringsel nicht in Händen, könnte ich glauben, der Mann habe nie vor Coppki gestanden. Ich kenne ihn nur aus der Geschichte, die Vera vor mir noch niemandem erzählt hat. Leon hat sie ihn genannt und mich vor ihm gewarnt. Er verfüge über charismatische Kräfte. Nun ahne ich, was sie meinte, als sie seine Macht durch Wissen beschwor. Woher kennt er meine Pläne, die ich nur mit Wendsel kurz besprochen habe?

»Jenny weiß Bescheid«, sagt er noch, »danke – und auf bald.«

In der folgenden Nacht, im Flug nach Osten um viereinhalb Stunden verkürzt, beginnt Coppkis Verwandlung vom Kriechtier zum Wesen mit Schwingen. Das Alleinsein gehört der Vergangenheit an. Noch nie hat er so lange (rund zehn Stunden) mit so vielen Menschen (fast dreihundert) auf so engem Raum verbracht, und noch nie seit dem vergessenen Abschied von der Insel seiner frühen Kindheit eine Sekunde gemeinsam mit anderen Schlafenden.

Als die Kabinenlichter abgedunkelt sind, folgt er dem Beispiel seiner Sitznachbarin, einer zarten, olivhäutigen Dame, geht durch die Gänge, spaziert vom Heck zum Bug und zurück, vertritt sich die Beine. Er betrachtet die Müden und Schläfer, als blickte er auf eine fremde Unterart des Menschen. Ausgestreckt unter Decken, angelehnt ans Außenrund, zusammengekauert auf ihrem Stuhl, Köpfe auf Tischen, verbogene Glieder, Nackenkissen, Augenklappen und in manchen Ohren jene Schaumstofffreunde der Nacht, die seiner Großmutter ins Reich der Träume geholfen haben.

Staunend stellt er fest, wie Bewusstlosigkeit Gesichter entgleisen lässt, wie hässlich Schlafende mit ihren offenen Mündern sein können, wie scharf auf der anderen Seite das wache Bewusstsein die Züge kontrolliert. Es sind auch ansehnliche Erscheinungen darunter, denen die Ruhe der Entspannung das Ebenmaß friedlicher Milde ins Antlitz schreibt. Vor allem Kinder beherrschen die Kunst der süßen Züge. Frauen, geübt im Wandel von Charme und Scham der Betrachteten, scheinen ihr Mienenspiel nach dem Einschlafen insgesamt ein wenig besser im Griff zu haben als Männer.

Den Rest des Fluges verbringt er im Zentralinstitut für Gedankenexperimente. Was wäre, wenn alle ihre nächtliche Reise bei wachem Verstand erleben könnten? Ohne dass er ihn zu Ende denken muss, lässt der Gedanke eine erschütternde Ahnung in ihm aufsteigen. Im Bauch des Flugzeugs schwappt in zwölf verschlossenen Kolben das Mittel gegen Müdigkeit und die Leiden der Zeitverschiebung, die als *Jetlag* ins Vokabular der Weltsprache eingegangen sind. Würden seine Mitreisenden ihm den Trank aus den Händen reißen?

Irgendwann um Mitternacht, ruhig fauchend gleitet das Ungetüm dahin, die Uhr hat den Datumswechsel noch vor sich, in der schwarzen Weite unter uns lodern Abfackelfeuer frisch bestellter

Erdölfelder; in einem jener gestauchten Momente, wie nur Flugreisende sie erleben, fährt es Coppki in die Glieder wie der letzte Tropfen einer Titration und lässt sein Bewusstsein lackmusscharf umschlagen. Was wäre, wenn sich ihm einer (wie ich) auf die Fährte setzte? Wenn dieser als Spurensucher nach Ursprung und Urheber des Wunderwassers fahndete?

Weil Bewusstsein das Sein bestimmt, ist dasselbe Selbst nicht mehr gleiche, wenn es sich vom Auge der Geschichte beobachtet wähnt. Sämtliche Gedanken kreisen nun blind wie Sterne um ein imaginäres Zentrum, das aus dem Nichts in seinem Kosmos aufgeblüht ist. Alle Reflexe bündeln sich in einem, der dem Leben sein Überleben sichert: Flucht. Und zwar ein Entkommen ohne Spuren, nicht willenlos hinausgeschleudert von den Fliehkräften des Schicksals, sondern zum einzigen Ort, den sie nicht erreichen, an seinen Mittelpunkt, ins Auge des Wirbels, auf die Drehachse des Karussells, das wilde Fahrt aufnimmt.

Als der Wal mit Janush im Bauch aus den Wolken zum Sinkflug ansetzt, hat sein Plan im Lauf dieser Welt einen Platz gefunden. Er selbst hat den Wachgeist aus der Flasche gelassen. Vergebens wäre jede Mühe, ihn dorthin zurückzudrängen. Doch besitzt er nun die Chance, die Anfangsbedingungen eines Großversuchs aus eigenen Stücken zu steuern. So wie Piloten das Fallen zum Gleiten nutzen, so wird er, einem Katalysator ähnlich, das unvermeidbare Menschheitsexperiment als kontrollierte Kettenreaktion selber in Gang setzen – und sich dann unsichtbar machen.

Tigertatzensanft setzt der Koloss seine Fahrwerke auf die nächtliche Landebahn. Blaue Positionslampen sausen wie Lichterketten am Fensteroval vorbei. Triebwerke brüllen auf. Der Jungfernflug endet, wie er begonnen hat, mit einer unbekannten Empfindung. Haben sich beim Start die Knochen ins Polster gedrückt, als wollten sie die Erde nicht verlassen, würden sie nun am liebsten weiterfliegen. Der Körper nimmt das Bremsen in jeder Zelle wahr. Nichts ist intensiver als das erste Erleben neuer Erfahrungen. Aus den Lautsprechern rauscht und knackt es. *Willkommen an unserem*

Ziel. Die Ortszeit beträgt drei Uhr dreißig. Coppkis Uhr schlägt noch im Gestern.

Angesichts des heutigen Luftbeförderungswesens fällt es nicht leicht, die schmutzige und lärmende Fortbewegungsweise jener Zeit angemessen zu würdigen. Die schwerfälligen Flugzeuge konnten sich nur mit Mühe von der Erde lösen. Sie mussten tonnenweise Treibstoff verbrennen, um in der Höhe zu bleiben. Dieses hier, ein Elefant der Lüfte, heißt »Jumbo« und speit aus vier Düsentriebwerken seinen glutheißen Atem in die Atmosphäre. Gleichwohl stehen die Maschinen im Museum der Menschheit heute zu Recht in der Abteilung für die Helden der Arbeit. Vor allem ihrer unermüdlichen Leistung verdankt die Spezies die fortschreitende Vermischung ihrer Kulturen, Sprachen und ihres Bluts als Grundlage ihrer Befriedung.

Als die Maschine zum Halten gekommen ist, ist ein knappes, hell gefärbtes Ting zu vernehmen. Das Signal löst ein Spektakel aus Melodien, Klängen und Stimmen aus. Die Passagiere haben ihre Mobiltelefone* eingeschaltet, um sich irgendwo auf dem Globus ins Leben zurückzumelden.

Coppki besitzt außer seinem elektrischen Handrasierer und einem Kühlschrank keine Apparate. Nur für sein Wachlabor hat er sich die nötigen Geräte verschafft und in seinen Versuchen eingesetzt. Der einzige Rechner, den er je genutzt hat, und das allein dienstlich, stand im Keller der Chemie auf seinem Schreibtisch. Das Kameraauge über dem Bildschirm hat er zugeklebt, nachdem Nachbar Wendsel ihn gewarnt hat, mithilfe der Optik ließen sich,

* Damals gebräuchliche, handliche Apparate zur ständigen Verfügbarkeit als Sender und Empfänger, die bald jeder bei sich trug. Aus einfachen Funktelefonen – »Handys« – hervorgegangen, wurden sie bald zum Fenster in die Welt zum Hören, Lesen, Schreiben, Filmen und Versenden der Texte, Töne und Bilder. Die Kleinrechner, wahre Stromfresser, mussten regelmäßig aufgeladen werden. Waren ihre Reserven aufgebraucht, gingen sie entzwei oder verloren, war ihr Besitzer, mitunter als lebensbedrohlich empfunden, von der Welt und allen Kontakten abgeschnitten.

horribile dictu, Menschen unbemerkt wie durch ein Schlüsselloch beobachten.

Vorn und hinten werden Türschleusen geöffnet. Feuchtwarmer Dampf breitet sich im Inneren der Röhre aus. Ein Gemenge unbekannter Dünste entlädt sich auf der empfindlichen Riechhaut des ausgemusterten Lagerlaboranten Coppki. Er weiß gar nicht, wo er zuerst hinriechen soll. Sein Olfaktorium weckt seinen Verstand und feiert mit ihm die Ankunft im neuen Dasein.

Einreisen in Staaten mit abgeschlossenen Territorien zu jener Zeit bedeutet: Visum und Stempel für »Ausländer«, Zollkontrollen, »Wechselkurse« und ein Bündel bunter Scheine in fremder »Währung«. Es dauert eine Weile, bis der Ankömmling den gebetsmühlenartig wiederholten Ausruf in der Empfangshalle mit seiner Person in Verbindung bringt.

»Professor Coppki, bitte melden Sie sich am Informationsschalter, Professor Coppki bitte, wir haben eine Nachricht für Sie.«

Professor! Selbst in der historischen Simulation zucke ich zusammen. In Verbindung mit seinem Namen ausgesprochen, hat er den Titel noch nie gehört. Ich brauche eine gefühlte halbe Ewigkeit, bis ich den Schalter finde, und noch einmal mindestens so lange, bis ich den Singsang der diensthabenden Dame verstehe. Sie spricht mehr mit Augen und Händen als mit ihrem geschminkten Mund. Dabei schaukelt unentwegt ihr Kopf wie unentschieden zwischen Frage und Antwort, als wäre er nur über ein leicht bewegliches Zwischenglied auf ihrem Hals befestigt. Auf der Stirn trägt sie einen roten Tupfer.

»Wie kann ich Ihnen helfen?«

»Mein Name ist Coppki, Janush Coppki. Ich soll …«

»Ah, Professor Coppki. Fräulein Jennifer … Sie wissen, um wen es sich handelt? … lässt Ihnen ausrichten, der Fahrer warte draußen auf Sie.«

Fahrer? Sobald ich die Ankunftshalle verlasse und in die Schwüle der scheinwerferüberstrahlten Nacht hinaustrete, verstehe ich den Wert des Versprechens. Augenblicklich bin ich Trauben von Männern ausgeliefert, die nach mir greifen, nach meinen Armen, meinem Gepäck, und mir das einzige Wort zurufen, das sie zu kennen scheinen: Taaa-xi. Einige halten Schilder mit Schriftzügen in die Höhe, rufen, winken, zischen und versuchen mit allen Mitteln, die Aufmerksamkeit der Ankommenden auf sich zu lenken.

Ein einsamer Heimkehrer hat die Szene festgehalten. Die wertvolle Aufnahme lag Jahrzehnte in einem vergessenen Schuhkarton inmitten Hunderter aussortierter Abzüge. Als ich im Schilderwald in dieselbe Richtung schaue wie der damalige Reisende, fällt mein Blick auf drei Buchstaben, die hinter einer Tafel mit der Aufschrift *Osho* hervorlugen: p k i. Natürlich könnte es sich um einen Irrtum handeln, und vollständig gelesen richtete sich das Schild an eine Frau Schnepki oder Mister Canapki. Aber so wie mich der schmächtige Mann auf sich zukommen lässt, ausgebreitete Arme mitgedacht, scheint er keine Zweifel zu hegen, in mir die richtige Person zu erwarten.

»Professor Coppki?«

»Ich bin kein Professor.«

»Aber die Ansage hat Sie so genannt.«

»Dann hat sie einen Fehler gemacht.«

Bald sitze ich neben einem Fahrer, dem gleichförmige Bewegung fremd oder verdächtig zu sein scheint. Wenn er nicht bremst, beschleunigt er, bis er wieder in die Eisen steigen muss, um dann erneut aufs Gas zu wechseln. Sein Mittelfinger tippt dabei unablässig auf einen kurzen, an der Lenksäule befestigten Hebel, tutt-tutt-tuut, kurz-kurz-lang, andere hupen in ihrer Melodie aus dem Morsealphabet zurück.

Die Fahrt dauert gut eine Stunde und verschiebt für immer mein Bild von der Welt und ihren Bewohnern jener Zeit. Eine Himmelfahrtstour durch die Nahkampfzonen des täglichen Überlebens zurück ins Mittelalter der Moderne. Wir machen uns heute kaum einen Begriff vom Elend, das damals selbst in einem »Schwellenland« auf dem Weg aus der sogenannten Dritten Welt geherrscht hat. Ein solches Ausmaß an Armut, Schmutz und zahnloser Versehrtheit, zerlumpten Kleidern, Enge und Bitternis hat Coppki in den einunddreißigeinviertel Jahren seines Lebens noch nicht gesehen.

Wellblechhütten, Ochsenkarren, Tempel – und Menschen, Menschen, Menschen, am Straßenrand, auf Pritschen unter freiem Himmel, am offenen Feuer, um Glühbirnen versammelt, an die Waggons schaukelnder, spärlich beleuchteter Eisenbahnzüge geklammert. Am Stadtrand, von hohen Zäunen umgeben, die Wohntürme der Wohlhabenden, dahinter finstere Dörfer, Fabriken, Kloaken, brennende Müllhaufen.

Schließlich verengt sich die schmale Teerstraße auf eine Spur und windet sich nach Passieren einer bewachten Pforte durch einen Eukalyptushain zum Campus der *OneWorld School*. Er liegt auf einer steil aufragenden Erhebung*, die zum Süden hin eine Flussniederung mit sattgrünen Feldern und Weiden überblickt. Das Gästehaus, wo ich unterkomme, steht außerhalb der Außenmauer des Schulbezirks nahe dem wuchtigen hölzernen Hauptportal. Ich stelle mein Gepäck unter, schließe ab und trete durch das Tor. Kaum bin ich ein paar Schritte gegangen, nähert sich von hinten ein Uniformierter.

»He, Sie da. Was suchen Sie hier?«

»Eine junge Frau namens Jenny.«

»Ah. Guten Tag. Dann sind Sie bestimmt ihr Onkel.«

»Onkel?«

»Willkommen in der Eineweltschule. Wenn Sie mögen, zeige ich Ihnen das Gelände. Mein Name ist Mahak. Ich arbeite beim Sicherheitsdienst.«

»Sicherheitsdienst?«

»Äußere und innere Sicherheit, wenn Sie verstehen, was ich meine.«

»Was droht denn von außen?«

»Bei den Leuten im Tal gilt die Schule als reich.«

* 18° 32' 29.42 N, 73° 35' 00.56" O

»Ist sie das denn nicht?«

»Für einfache Leute in jeder Hinsicht. Ich lebe selbst dort unten. Hier gibt's alles, was bei uns knapp ist oder fehlt.«

»Und womit rechnen Sie?«

»Wir hatten schon Diebstahl, Einbrüche, Raub. Deshalb müssen wir Eindringlinge aufhalten und stellen. Gäste erhalten für die Dauer ihres Aufenthalts einen Ausweis.«

Er verschwindet im Pförtnerhaus und kommt gleich darauf mit einer Klemmkarte zurück. Sie muss schon bereitgelegen haben. Auf der Namenszeile steht, was ich für den Rest meines Aufenthalts und am Ende auch auf der Zimmerrechnung sein werde: *Jennys Gast*. So ist es auf der verschweißten Plastikkarte zu entziffern, die vor Kurzem bei Ausschachtungen auf dem ehemaligen Schulgelände entdeckt worden ist.

Das Areal ist im Lauf der Jahre so häufig abgelichtet worden, dass Rekonstrukteure es problemlos in allen Einzelheiten wieder aufleben lassen konnten. Sicherheitsmann Mahak, der seine rostbraune Uniform trägt wie einen zusammengebundenen Sack, führt mich auf gepflasterten Wegen durch tropische Gartenanlagen mit frisch geschnittenen, üppig grünen Rasenflächen unter ausladenden Schattengewächsen zum Zentrum der Lehranstalt.

Die Klassenzimmer gruppieren sich entlang eines umlaufenden Laubengangs um einen lichten, bambusüberwachsenen Innenhof. Ihre schweren Mauern aus dicht verfugtem, lavaschwarzem Naturstein lassen die Gebäude massiver erscheinen, als sie sich in ihrer inneren Luftigkeit dann zeigen.

»Jeder registrierte Bewohner und Gast kann sich hier rund um die Uhr frei bewegen. Deshalb achten wir genau auf Leute, die wir nicht kennen.«

»Und was droht der inneren Sicherheit?«

Er bringt seine Lippen so nah an mein Ohr, dass ich seinen feuchten Atem spüren kann, und sagt mit gedämpfter Stimme: »Ausschweifungen.«

»Ausschweifungen?«

»Das fängt bei der Kleidung an. Mit Rücksicht auf das einheimische Personal. Wer sich sehen lässt, ohne sich ordnungsgemäß zu bedecken, wird umgehend zum Umkleiden in sein Haus zurückgeschickt.«

»Sonst nichts?«

»Doch. Drogen, Alkohol, Zigaretten, alles illegal, genau wie die heimlichen Partys und Zusammenrottungen.«

»Zusammenrottungen?«

»Wir haben gerade wieder so einen Fall«, flüstert er und schaut sich wachsam um. »Ihre Nichte …«

»Meine Nichte?«

»… soll die Wortführerin sein.«

Vera hat kaum über ihre Tochter gesprochen. In den Jahren vor ihrer Abreise, so viel hat sie angedeutet, müssen sich die Spannungen zwischen den beiden immer häufiger in hitzigen Streitereien mit schweren gegenseitigen Verletzungen entladen haben.

»Außerdem soll eine neue Droge im Spiel sein. Da kennt die Leitung kein Pardon. Wer mit unerlaubten Mitteln erwischt wird, kann seine Koffer packen. Sagen Sie das Jennifer bitte. Wir alle mögen sie sehr und wollen nicht, dass sie ihren Abschluss gefährdet.«

Der Tag ist jung, die Sonne noch nicht überm Horizont. Wir gehen über eine weite Rasenfläche, rechts das Bibliotheksgebäude, links die Aula, zum Sport- und Freizeitzentrum der Schule. Dort gibt es ein kleines Imbissrestaurant mit lokalen und internationalen Fertiggerichten, einen Kiosk für Happen und Getränke, ein *Gymnasium* mit Ertüchtigungsgeräten, Übungsräumen und einer Turnhalle, von der sich Coppki angewidert abwendet, aber auch ein Schwimmbecken, in dem eine ältere Frau mit langem Zopf ihre Bahnen zieht.

»Frau Robbin«, flüstert Mahak, »unterrichtet Biologie.«

Meinen Helden juckt es unter den Schwimmhäuten.

Die Schüler sind, nach Jahrgang und Geschlecht getrennt, zu

sechst in Unterkünften mit Gemeinschaftsbad und gemeinsamen Wäschebereich untergebracht. Ihre Häuser im kompakt-luftigen Campusstil scharen sich in Gruppen von drei oder vier Paaren wie kleine Gehöfte um ihren inneren Gartenbereich. Zwischen den Sprengeln, in gebührendem Abstand vom Areal der Lehrkräfte, verläuft durch lichten Wald und Buschwerk ein System schmaler Pflasterpfade.

Meine geführte Tour endet in der Mensa, wo gerade die ersten Oberschüler – so hat Coppkis Großmutter sie verächtlich genannt – zum Frühstück eintreffen. Die einen schlurfen gähnend herein, arbeiten sich teilnahmslos am Büfett vorbei und nutzen die Mahlzeit zum Lesen und Lernen. Andere speisen gemeinsam an runden Tischen. Die Reichhaltigkeit des Angebots kommt dem Standard solider Hotels nahe. Coppki hat noch nie eine solche Auswahl gehabt.

Während ich unentschieden, was ich mir aufs Tablett wünschen soll, dem Treiben zusehe, tritt eine Vierergruppe von der Terrasse in den Saal, je zwei junge Frauen und Männer. Wie sie sich bewegen, ihr Lachen, ihre Ausgelassenheit, die Wahl ihrer Speisen und Getränke, ihre Blicke gehören so vollständig dem Einzelnen wie ihre Kleidung und Rucksäcke.

Als Einheit jedoch geht von ihnen etwas anderes, Helleres aus, eine gemeinsame Aura, die ungleich stärker strahlt, als jeder Einzelne es allein könnten. Darin wirkt jeder für sich wie alle zusammen, als stammten sie aus einer anderen Sphäre. Auf einen unpassenden Begriff verkürzt, würde ich ihre überwältigende Präsenz außerirdisch nennen. Niemand im Saal unter dem Lärmpegel jugendlichen Lebens am Morgen füllt ein vergleichbares Volumen Wirklichkeit aus.

Die geteilte Schwingung lässt keinen Zweifel: Sie gehören zu der Gruppe, die Coppki als Versuchspersonen vier bis fünfzehn in seine Anordnung aufzunehmen gedenkt. Unversehens schlägt sein Gedankenexperiment eine neue Richtung ein. Ein Wort, das wie Geheimbund klingt, geistert durch seine Hirnwindungen. Es breitet sich aus wie ein Blutklecks in bewegtem Wasser. Da trifft mich ein Blick des Kleinsten unter ihnen, eines kraus gelockten Burschen, vertraut wie herausfordernd. Er sagt etwas in seine Runde, nun schauen alle vier in der gleichen eindringlichen Weise zu mir, grüßend, fragend, wissend.

Vom Eingang her schlendert in voller Wahrnehmung ihrer Anziehungskraft eine junge Frau auf den Tisch der vier zu. Ich erkenne sie wieder, von Fotografien im Wohnzimmer ihrer Mutter, darauf ein Mädchen in Schwarz-Weiß: Jenny, nunmehr verwandelt in eine Frau in allen Farben, schlank, eine Handbreit größer als Vera, das volle, glatte schwarzbraune Haar mit einem Ring am Hinterkopf gebündelt.

Wir erkennen einander wie Artgenossen in einer fremden Umwelt. Die Strahlkraft der Blicke geht von Coppki nicht minder aus als von ihr. Es ist die gleiche Klarheit, die Vera und mich durch die letzten Monate getragen hat wie das erste Paar einer aufkommenden Gattung.

Wir haben keine Sprache für die Eigenarten der Augen, aber wenn wir eine hätten, müsste ihr Vokabular für dieses goldbraune Paar um eine Dimension erweitert werden. In ihren Rahmen, den feinen, in einem fort stumm sprechenden Lidern, die wie geschminkt wirken, ohne Farbe gesehen zu haben, im Schnitt ihrer Ovale, die aufs Ende der schmalen Brauen zielen, lassen sie beinahe das restliche, fern vom Idealen geformte Gesicht vergessen: die am Sattel leicht eingeknickte Nase, ihre vollen Wangen, die schmalen, fruchtroten Lippen über großen, ebenmäßigen Schneidezähnen.

Sie kommt auf mich zu, und wenn ich ihre Schritte richtig deute, darf ich sie freudig heißen. Ihr knappes knopfloses weißes Hemd und die weite Hose aus luftigem rostrotem Leinenstoff lassen die Rundungen darunter nur erahnen. Ihre kindhaft fleischigen Füße in Flip-Flops* lenken meine Neugier von ihren ausgestreckten Händen ab. Erst als wir uns wie beim Menuett vierhändig be-

* Nach ihrem typischen Geräusch beim Gehen benannte Zehenstegsandalen

grüßen, erfasse ich die weiche Form ihrer Finger und Handballen. Dann ihre würzige Stimme, damenhaft dunkel durchsetzt von mädchenhellen Tönen.

»Herr Coppki …?«

»Fräulein Linden?«

»Hard. Jennifer Hard. Ich heiße nach meinem Vater. Aber sagen Sie doch einfach Jenny zu mir. Wir duzen uns hier alle.«

»Als Professor oder als Onkel?«

»Entschuldigen Sie bitte das Theater, aber als mein Onkel können Sie sich hier viel freier bewegen, und unser Direktor hat eine Schwäche für gelehrte Titel.«

»Deine Mutter nennt mich Janush.«

»Ach ja? Ich glaub, ich mag deinen Namen. Klingt nach Prinz.«

»Was soll ich mir darunter vorstellen?«

»Hast du Mama nicht wach geküsst?«

»Das hat sie ganz allein gemacht. Ich habe ihr nur ein Fenster geöffnet.«

»Komm und setz dich an unseren Tisch. Ich stell dich meinen Freunden vor.«

»Warte noch. Was wissen die anderen?«

»Nicht mehr als ich. Ich weiß nur, dass du eine Art Chemiker bist und Wasser verwandeln kannst, und zwar in das Großartigste, was wir je erlebt haben. Jetzt wollen wir hören, wie es wirkt.«

Sie ist achtzehn und er einunddreißig, ihr Herz ist offen, seins steht unter Verschluss. Coppki muss schlucken, als sie ihn zu ihren Freunden führt.

An die Zweisamkeit mit ihrer Mutter hat er sich leidlich gewöhnt. Nun aber sieht er sich einem unberechenbaren Vielkörperproblem gegenüber. Er zählt zwölf Personen, je zur Hälfte männlich und weiblich, um den runden Tisch verteilt. Eine groß gewachsene junge Frau mit seidenfeinem blondem Haar richtet das Wort an mich.

»Wir freuen uns sehr, dass Sie gekommen sind.«

»Ihr habt mir keine andere Wahl gelassen.«

»Dürfen wir Sie etwas fragen?«, fragt ein stoppelhaariger Asiat.

»Lasst ihn doch erst einmal sich setzen«, sagt Jenny. »Sein Name ist Janush.«

»Janush? Gefällt mir. Ich heiße Aris.«

Der Krauskopf von vorhin reicht mir die Hand. Zwölf Augenpaare sind auf meines gerichtet.

»Ihr könnt mich alles fragen. Aber erst einmal möchte ich wissen, wer ihr seid.«

»Wir sind« … »wir nennen uns« … »am Anfang stand« … »eine Gemeinschaft« … »Optimisten« … »das Versprechen« … »im Glauben« … »nach einer langen Nacht« … »gegründet« … »an die Zuversicht.«

»Wir sollten das besser lassen«, zischt Jenny mir zu. »Die Wände hier haben Ohren. Komm doch zu unserem Treffen heute Nacht. Am besten hole ich dich gegen zehn im Gästehaus ab. Aber bevor wir hier alle noch vor Neugier platzen: Dürfen wir mit Nachschub rechnen?«

Coppki, im Nahbereich vollständig ironiefrei, lauscht in sich, hört seinen Biografen und spricht dessen Worte nach, die er allein nie gewählt hätte.

»Das kommt drauf an.«

»Worauf?«

»Ob wir uns einigen.«

Niemand staunt mehr als er selbst über das, was er sagt. Biografien bedeutender Menschen stecken voll solcher Momente. Plötzlich hören sie ihren Ruf, halten Ansprachen, wagen Vorstöße, äußern Ideen, die sie vorher nie erwogen haben. Doch ich bin sicher, die Floskel vom Wink der Geschichte greift hier zu kurz. Ich glaube eher, und das habe ich Coppki zu verdanken, es handelt sich um eine Stimme aus der Zukunft. Innere Sensoren nehmen sie wahr, lange bevor sie ins Bewusstsein dringen kann.

»Ihr wollt etwas von mir, und ich will etwas von euch.«

»Wir geben, was wir können.«

»Ich brauche euer Vertrauen.«

»Sollst du haben.« – »Könnte unser Markenzeichen sein.«

»Wir werden sehen.«

Ich spiele Coppkis Rolle im Stil eines Routiniers, der sich zum ersten Mal mit einem neuen Text beschäftigt. Schon seit ein paar Monaten, genauer gesagt seit seiner ersten durchwachten Nacht, steht seine Körpersprache immer häufiger im Widerspruch zu dem, was er mit Worten äußert. Seinem Gesicht und Mienenspiel fehlt es an jedweder Erfahrung und Übung, Gesagtes im Sinn des Gedachten angemessen zu begleiten.

Vera findet es drollig, wenn er brettsteif vor ihr steht und ihr die schönsten Komplimente macht. Oder ihr in Manier eines Kindes seine theoretischen Überlegungen näherbringt. Während sie jedoch im Bann des Elixiers auf ihr Repertoire zurückgreifen kann, so wie ihre alte Schönheit wieder aufgeblüht ist, hat Coppki aus den dreißig Jahren seines bisherigen Lebens nichts Vergleichbares aufzubieten.

Er kann grinsen, während er etwas in sich fühlt, das andere Bedrohung nennen. Dann wieder lässt er den Blick teilnahmslos über Menschen gleiten, wenn dem Rest der Welt zum Lachen oder zum Weinen ist. Der Austausch von Informationen beschränkt sich aus seiner Sicht auf das Hin und Her der Sätze. Das Lesen in Gesichtern und zwischen den Zeilen ist ihm fremd. Was er vernimmt, nimmt er wörtlich und tappt in alle Fallen von Zynismus, Ironie und Sarkasmus, ohne es zu bemerken.

Den Schülern ist der Typus nicht unvertraut, oft als autistoider Dilettant dargestellt, in dem sich kühler Sachverstand mit Unbeholfenheit paart, Naivität mit Narzissmus, blitzgescheite Ignoranz mit Inselbegabung und Tunnelblick. Die Generation ihrer Eltern sieht in ihm das Erfolgsmodell ihrer Generation. Anfangs verlacht, später in seiner Machtfülle gefürchtet wie gefeiert, schafft der Nerd* das technische Fundament der vereinigten Menschheit.

* Scherzhaft, aber treffend für: *Non Emotionally Responding Dude*, »emotional nicht ansprechbarer Typ«

Es fällt nicht ganz leicht, sich aus damaligen Quellen ein einheitliches Bild von ihm zu machen. Üblicherweise ein Abbrecher, hin und wieder auch vollendeter Absolvent sogenannter Pickelfächer. Gefühlsblind aus einem Zuviel an Empathie wirkt er wie ein Apparat, der sich mit seinesgleichen in Maschinensprache unterhält.

Coppki kann nicht mit Gerätschaften reden, wohl aber mit chemischen Verbindungen. Wenn man so will, schreibt er Programme für Gehirne in einer Sprache, die der gebräuchlichen aufs Äußerste ähnelt. Oft reicht ein Wort – ich kenne dein Geheimnis, dein Vater ist dein Bruder, du bist nicht der, für den du dich hältst –, um Kaskaden von Reaktionen auszulösen. Botenstoffe setzen sich in Bewegung, Rezeptoren erwarten sie mit offenen Armen, das Milieu kippt um – und plötzlich fühlen wir uns ins Mark getroffen, betrogen, enttäuscht, erleichtert.

Jede Zeit hat ihre Helden und jeder Held seine Zeit. Aus biografischer Sicht setzt sich die letzte erkennbare Herrscherklasse zu guten Teilen aus mehr oder weniger Gestörten zusammen, die Großartiges leisten. Das zeitweilige Vorherrschen sehr junger, zumeist männlicher Datenverarbeitungsfachleute* täuscht darüber hinweg, dass sie in allen Bereichen zu Hause waren, als Chemiker, Geistliche, Schachgroßmeister, Politiker, Lyriker, Konzernchefs, Rechenkünstler, Verwaltungsbeamte, Musiker, Amateurforscher.

Nerds wollen Systeme nicht nur verstehen, sondern auch verbessern und erneuern. Manche bringen es dabei zu ansehnlichem Ruhm und sehen ihre Erfindungen in den Kanon der Kulturen einziehen. In den Endzeiten des Spätkapitalismus reicht oft eine einzige Idee, um binnen weniger Jahre ein erdumspannendes Milliardenunternehmen zu errichten.

Als Jenny spät am Abend im Gästehaus auftaucht, um mich zur nächtlichen Versammlung abzuholen, habe ich einen vollen Tag alternative Eliteschule hinter mir. Im Geist des Drills, der sich nach

* Damals Computerkids genannt

dem Unterricht in Sondertutorien fortsetzt, lernen sie mit eisernem Willen, um mit Bestnoten an den renommiertesten Universitäten unterzukommen. Ihre Eltern wenden ganze Vermögen auf, um ihnen die Vorzüge einer erstklassigen Ausbildung zu gewähren.

Coppki hat Unterrichtseinheiten in Fächern erlebt, deren Namen ihm noch nie begegnet sind. Systemkunde, angewandte Psychologie, politische Praxis, ökologische Pädagogik. Alle tragen zum Gesamtbild bei, in dem sich Differenzialgleichungen und die Gesetze der relativistischen Mechanik mit literaturtheoretischen Begründungen unterschiedlicher Demokratieformen ergänzen, klimabedingt veränderte Wachstumszyklen von Speisepflanzen und verstärkt auftretende Adoleszenzphänomene mit Lösungsansätzen für eine demografisch entgleiste Bevölkerungsdynamik.

Vor mir steht Jenny. Das Gold ihrer Augen hat sich in ein dunkles Funkeln verwandelt. Ich halte das Päckchen bereit, das ihr Vater mir mitgegeben hat. Sie bedankt sich und reißt die Verpackung auf. Drinnen steckt eine Schachtel, deren Inhalt sich als tropenfester Karamell entpuppt. Routiniert löst sie das Zuckerzeug aus dem Karton.

»Magst du? Ich mach mir nichts aus Süßem.«

»Aber warum schickt er …?«

»Sein Name ist übrigens Leonard.«

»Ich weiß. Deine Mutter … Vera hat mir von ihm erzählt.«

Mit geübtem Griff zerlegt sie den Deckel der Schachtel. Ein Bündel Banknoten in großen Notierungen kommt zum Vorschein.

»Mein Taschengeld. Er denkt immer noch, Geld müsse man verstecken.«

»Wofür brauchst du das hier?«

»Zum Verschenken. Ich behalte nur das Nötigste für mich.«

Auf dem Weg erklärt sie mir, zur Ausbildung an ihrer Schule gehöre im zweiten Jahr soziales Engagement in den Dörfern und Städten der Umgebung. Die einen helfen Versehrten aus dem letzten Bürgerkrieg mit Prothesen ins Leben, andere bei der Wiederaufforstung kahl geschlagener Hügel oder beim Latrinenbau. Sie kümmere sich um ein Heim, in dem Kinder von Prostituierten ein Zuhause gefunden hätten. Ihre Apanage, so nennt sie den väterlichen Geldsegen, stecke sie in den Bau eines Schulhauses, in dem ihre Schützlinge Grundlagen einer ordentlichen Bildung bekommen sollen.

»Weiß dein Vater davon?«

»Er findet es sogar gut. Seit ich ihm davon erzählt habe, hat er den Betrag verdoppelt.«

»Du weihst ihn in alles ein, was du machst, stimmt's?«

»Keine Sorge. Von unserer Geschichte weiß er nichts. Wenn er von guten Ideen hört, ist er nicht aufzuhalten. Sobald er an etwas glaubt, spielt Geld keine Rolle.«

»Scheint ein reicher Mann zu sein, dein Vater.«

»Alles selbst verdient. Er hat einmal ganz klein angefangen. Freischreiber bei Lokalzeitungen.«

»Er ist Journalist?«

»War. Er kam als Storyhunter groß raus. Geschichten, die kein anderer hatte. In der Zeit hat er auch Mama kennengelernt. Die beiden waren das Traumpaar des gehobenen Boulevards. Nach ihrer Trennung und dem Höhepunkt seiner Karriere hat er alles hingeschmissen. Er sagt immer, man müsse wissen, wann man am besten mit etwas aufhört.«

»Und was tut er jetzt?«

»Ehrlich gesagt, weiß ich das nicht so genau. Er hat schon tausend Dinge gemacht. Ich glaube, das meiste Geld verdient er mit Lizenzen für Unterhaltungsformate.«

Coppki hat keine Ahnung, wovon sie spricht.

Wir bleiben, vom Gästehaus kommend, außerhalb des umzäunten Schulgeländes. Die Sichel des abnehmenden Mondes geht am Horizont auf. Sterne glimmen fahl durch Schichten aus leichtem Dunst. Wir gehen einen schmalen Pfad bergab durch dichtes Buschwerk. Ich sehe fast nichts. Sie scheint den Weg blind zu kennen und nimmt meine Hand. Ihre Wärme wandert in meine Gewebe. Wir stehen still und lauschen in die belebte nächtliche Stille.

Das ist meine Gelegenheit. Ich berichte ihr, was mir der Sicherheitsmann anvertraut hat.

»Das ist doch längst ein alter Hut. Vor den Weihnachtsferien waren wir noch anders, schlecht in der Schule und gut im Feiern. Wir haben intensiv diskutiert. Was soll daran schlimm sein?«

»Er sprach von aufwieglerischen Parolen.«

»Wir steigerten uns damals in Fantasien, alles Alte zu zerstören. War immer ziemlich munter, mit Saufen und Rauchen und so. Wir wussten nur, was wir nicht wollten, aber nicht, was wir uns stattdessen vorstellen sollten. Dann muss uns am letzten Tag vor den Weihnachtsferien jemand verraten haben.«

»Stimmt es also doch?«

»Die haben uns nach unserer Rückkehr genau beobachtet. Das war so plump, das hätten Blinde erkannt. Wir haben uns enger zusammengeschlossen und die perfekte Tarnung gefunden. Als der Direktor uns dann zur Rede gestellt hat, konnten wir ihm wahrheitsgemäß berichten, eine Lerngruppe fürs Abitur gegründet zu haben.«

Ich bin mir nicht sicher, ob ich ihr wirklich folgen kann. Heute verstehe ich ihre Geschichte etwa folgendermaßen: Alle Mitschüler stammen aus wohlhabenden, wenn nicht reichen Familien. Oft auf eigenes Betreiben werden sie im Geiste einer, so steht es in Großbuchstaben auf die Stirnwand der Mensa gemalt, »vereinten, friedlichen und gerechten Welt« erzogen, die mit ihrer natürlichen Umwelt im Einklang lebt.

Im Lauf des ersten Schuljahrs haben sie sich an Ungleichheit, Not und Elend neben Prunk und Luxus gewöhnt wie an das folkloristische Beiwerk einer fremden Kultur. Als ihr Jahrgang am Ende der Sommerpause aus der behüteten Behaglichkeit der Elternhäuser zurückkehrt, sehen sie krasser als bei der ersten Ankunft die Unterschiede zwischen unten und oben, sie selber eingeschlossen. Der Masse der einheimischen Bewohner gelten die Siebzehnjährigen als unerreichbar reich.

Die Direktion hat ihnen zum Ende der Regenzeit ausnahmsweise ein Willkommensfeuer genehmigt. Ein harter Kern von zwölf bleibt bis in den frühen Morgen versammelt. Sie sprechen über ihre Gefühle bei der Fahrt vom Flughafen in ihre sichere Enklave, nennen ihre Privilegien beim Namen, finden viele Worte für die gleiche Empörung.

Tief beschämt über ihren bevorzugten Status und die besseren Chancen im Leben allein aufgrund ihrer Herkunft, schwören sie einander, neben ihrer Kraft auch Teile ihrer zu erwartenden Vermögen und Erbschaften gegen Leid und Elend einzusetzen. Von der Vision einer neuen Welt ist da noch nicht viel zu hören. Eher vom Lindern der Missstände, wie sie es von ihren Eltern als Trostpflaster gegen schlechte Gefühle kennen.

Sie treffen sich regelmäßig nach dem Unterricht und schärfen in Referaten und Debatten ihr politisches Bewusstsein und ihre Kritikfähigkeit. Mit jeder Woche wächst die Liste dessen, wogegen sie, einmal in ihren Berufen angekommen, ankämpfen wollen. Hunger, Armut, Unterdrückung und so fort, das übliche Programm. Damit liegen sie noch ziemlich genau auf der Linie ihrer Schule.

Nach Weihnachten kehrt eine von ihnen merkwürdig verwandelt zurück. Sie strotzt vor Kraft und Klarheit, glänzt im Unterricht, bringt neue Töne in den Diskurs der Zwölf. Wer etwas überwinden will, solle das Gesamtsystem im Auge behalten, größer denken, weniger an Abriss als an Aufbau.

Ein verdrießlicher Mensch ist Jenny nie gewesen. Bisweilen etwas verzogen und launisch. Jetzt strahlt ihre Ausstrahlung auf sie zurück. Als hätten sich dunkle Flecken von ihrer Seele verflüchtigt, besitzt sie, noch nicht einmal volljährig, so etwas wie einen Nimbus. Alle suchen ihre Nähe. Ihr Rat ist gefragt. Sie wird gelobt, für ihre Worte, ihr Wesen. Was sie anfasst, gelingt ihr. Heillos unterfordert vom schulischen Programm, erlebt sie Momente der Grenzenlosigkeit.

Dabei ist sie so glücklich wie jemand, der spürt, dass er nie wieder so glücklich sein wird. Je länger sie ihre jugendliche Allmacht genießt, die Leichtlebigkeit, das Wohlwollen der Lehrer, die

Blicke der Männer, desto stärker empfindet sie ihr Anderssein als Last. Zwischen sie und selbst ihre besten Freunde hat sich eine Wand geschoben. Sechs Tage (und Nächte, die sie in der Bibliothek verbringt) hält sie es dahinter aus. Am siebten hat ihr Glück sein gesamtes Vermögen in Elend umgetauscht. Auf einmal sieht sie sich hinterfragt, beäugt, ausgeschlossen. Auf ihrer Seite der Mauer ist sie einsam wie der erste Mensch.

Als die Nacht anbricht und die Gruppe sich wie jeden Abend versammelt, macht sie ihrem Herzen Luft und weiht die Kameraden in ihr Geheimnis ein. Noch nie hat sie sich so befreit gefühlt. Nicht einmal, als sie Abschied genommen hat von der unverbesserlich dauererschöpften Mutter. Zusammen mit ihrem einsamen Wissen entledigt sie sich auch der Last des Gewissens, einen unverdienten Vorteil zu besitzen. Sie bietet den anderen ihren Wachtrank an. Das Mittel wirkt sofort.

Coppki notiert im Geist: *Versuchspersonen 5 bis 15 bei Ersteinnahme ohne Zweifel an Wirkung durch Beispiel VP 4. Anschauung ansteckend.*

»Sagtest du nicht, ihr seid gegen Privilegien?«

»Am Anfang waren wir nur überwältigt. Wir feierten die ganze Nacht.«

»Ihr habt gefeiert?«

»Nicht, wie du dir das vielleicht vorstellst. Wir haben auch getanzt. Aber hauptsächlich geredet. Herumgesponnen. Vor uns lag eine unendliche Welt. Alles war möglich.«

»Du teilst gerne, stimmt's?«

»Ich wüsste nichts, was glücklicher macht.«

»Das Mittel war für deine Mutter bestimmt, für niemanden sonst.«

»Du nimmst es doch auch. Das haben wir sofort gesehen.«

»Ja, sie und ich. Zwei, aber nicht weitere zwölf. Damit ist es in der Welt, ist euch das klar?«

»Ist das denn so schlimm? Der Stoff hat eine wunderbare Nebenwirkung: Man hat nicht nur mehr Zeit, man lernt leichter und besser. Wir sind jetzt die Besten der Schule. Der Direktor hat uns die Sache mit der Lerngruppe sofort abgenommen. Stimmt ja in gewissem Maß auch.«

»Aber?«

»Wir lernen gemeinsam, das ist richtig. Aber wir machen mehr als das. Wir treffen uns jede Nacht. Kein Schlaf mehr, der uns trennt. Wir nehmen dein Mittel und arbeiten an einem Plan.«

»Einem Plan?«

»Wir entwerfen das Bild einer besseren Welt. Seit wir immer bei uns sind, hat sich die Stimmung gewandelt. Warum, das weißt du vermutlich besser als jeder andere.«

»Ich habe keine Ahnung, wovon du sprichst.«

»Wir gehen nicht mehr davon aus, was zu zerstören wäre. Vielmehr fragen wir uns, wie eine Welt aussähe, von der die allermeisten Menschen sagen würden, so soll sie sein.«

»Du sagst, das Wasser hat euch umgekrempelt?«

»Das war schon gleich in der ersten Nacht so. Drinnen, ich meine vor allem im Innern unseres Kreises, stellte sich eine fast schon unheimliche, hell leuchtende Zuversicht ein. So ein Gefühl von unschlagbarem Gemeinsinn. Wenn wir wollen, können wir alles schaffen.«

Feldnotizbuch im Kopf: *Offenbar Gruppenphänomen. Kollektive Zuversicht. Abbruch des Experiments nicht ratsam.*

»Kannst du das näher beschreiben? Wie macht sich das bemerkbar?«

»Das kannst du gleich alle fragen. Wir sind da. Vorsicht: Es geht ein paar Stufen nach unten. Die anderen warten schon.«

Die anderen. Vom Ansehen her kenne ich bereits jeden einzelnen. Den ganzen Tag über bin ich ihnen begegnet. In ihrer unverwüstlichen Frische heben sie sich unübersehbar ab, nicken mir heimlich zu, als würden wir uns schon lange kennen.

Wir steigen, meine Hand in Jennys, nach einer steilen Kehre hinab in die Erde. Kurz ist es stockschwarz. Dann sehe ich den Schein einer Flamme. Sie leuchtet ein Felsgewölbe aus, das einmal einem Einsiedler als Unterschlupf diente. Die anderen sitzen auf Kissen im Kreis um eine Öllampe. Keiner spricht, außer mit den Augen, die sich auf uns richten.

»Ich bringe euch die Quelle unseres neuen Lebens, meinen Onkel, Professor ...«

»Ich bin kein Professor und auch nicht Jennys Onkel. Ich bin der Freund ihrer Mutter.«

Jenny drückt meine Hand. Ich verstehe.

»Ihr habt es wahrscheinlich schon gemerkt. Ich habe ihm für die Schule eine passende Identität gegeben. Willkommen in unserem Kreis. Du wirst gleich eine kleine Zeremonie erleben.«

»Eine Zeremonie?«

»Unser tägliches Ritual, bei dem wir die Tropfen nehmen.«

Das Lämpchen verbreitet warmes Licht.

»Du möchtest wissen, wer wir sind. Wir werden dir unsere Ideen vorstellen. Aber erst einmal wollen wir dir danken, dass du die lange Reise auf dich genommen hast.«

Zwölffacher Applaus. Ich blicke in die Runde. Freundliche, wohlwollende, erwartungsvolle Gesichter. Alle Hautfarben. Dann fangen sie an zu sprechen. Es geht reihum. Jeder sagt einen Satz und reicht den Stab der Redestaffel weiter. Zusammen klingt es wie ein früher Entwurf des Optimistischen Manifests.

»Wir glauben an die Zukunft der Menschheit.« – »Wir wollen sie erleben.« – »Nicht nur von ihr träumen.« – »Wir glauben an die Tat.« – »Die Menschen wissen genug über die Probleme der Welt, um sie zu lösen.« – »Der Schlüssel zum Erfolg liegt im Kommenden, nicht im Gewesenen.« – »Der Blick nach hinten lähmt.« – »Wir glauben an den Fortschritt.« – »Pessimismus und Fatalismus sind unsere Feinde.« – »Wir wollen erschaffen, nicht vernichten.« – »Wir glauben an die Gemeinschaft.« – »Gemeinsam können wir alles erreichen.« – »Sind wir mehr, als wir sind.« – »Wir glauben an Transparenz.« – »Was jeden betrifft, soll jeder wissen können.« – »Wir glauben an die Kraft der Utopie.« – »Nichts ist unmöglich bis zum Beweis des Gegenteils.« – »Wir glauben an das Paradies auf Erden als ewiges Ziel.« – »Jede neue Wirklichkeit beruht auf Visionen.« – »Wir glauben an uns.«

Wo sich andere, besonders die Intellektuellen seiner Zeit, kopfschüttelnd abwenden würden, weil ihnen der Sinn für jugendliche Leichtigkeit abhandengekommen ist, schwingt Coppki mit im Reigen der Sprüche, die er wörtlich nimmt. Als einer, der nie erwachsen wird, käme er erst gar nicht darauf, nur einen ihrer Punkte als blauäugig oder realitätsfern einzustufen. Vor seinen Augen erscheint ein gemeinsames Gedankenexperiment, das alle Wünsche in sich vereint. Einen Augenblick lang, fast zu kurz, ihn zu begreifen, nimmt er seine Verwandlung wahr als Umschlagen seines inneren Milieus.

Mein Blick wandert über das grob gehauene Rund im stumpfen Fels. Ich sehe die Schatten sprechen. Wörter aus abstrakten Dimensionen, nur wirklich, solange sie vorhanden sind. Kein Halten, kein Verbleiben. Wie Schwimmen auf dem Trockenen. Die Wände der Höhle schlucken Schall und Widerhall. Konzert für zwölf Stimmen und eine Stille. Die Hände an den Hebeln der Regie treiben ihr Spiel mit Coppki und seiner Geschichte.

Er bemerkt, wie er sich häutet, ohne etwas dagegen unternehmen zu können. Das Bei-sich-Sein der Immerwachen, die mit ihm sind, Vertretern seiner Sonderart, mildert die Wehen. Zum ersten Mal hat er, jenseits des Ausgabeschalters im Kellerlager, das bestimmte Gefühl, er werde gebraucht.

Womöglich verstehen sie mich besser, als ich es wahrhaben will. Ich registriere feine Schwingungen im innersten Orbit um den Kern meines Selbst. Etwas Ansteckendes dringt hinein und erfüllt mich bis in die letzten Kapillaren. Ich könnte es das »Glück der Gruppe« nennen, hätte Coppki ein Konzept für das Gefühl. Gleichwohl, es öffnet sein Herz an der vorgesehenen Stelle. Das Fremdeln entweicht, die Scheu aus Scham verflüchtigt sich. Er weiß sich angekommen und aufgenommen unter Gefährten in der kühlen Erde eines überbevölkerten Subkontinents.

Jenny findet als Erste ihre Sprache wieder.

»Entschuldige bitte, das war jetzt ein bisschen heftig. Das gemeinsame Bekenntnis gehört zu unseren täglichen Übungen.«

»Wollt ihr euch nicht erst einmal vorstellen.«

Mein neuer Ton fordert ihn heraus.

»Wir verstehen uns zuvorderst als Wir, dann erst als viele Ichs.« – »Wir haben gemeinsam ein Wunder erlebt.« – »Wir sind andere Menschen geworden.« – »Wo vorher Skepsis war, herrscht Lebensfreude.« – »Wir entwerfen ein Bild der Welt von morgen, in der sich alle Menschen zu Hause fühlen können.« – »Wir haben den Optimismus entdeckt.« – »Er folgt den Regeln prophetischer Selbsterfüllung.«

»Woher seid ihr?«

Jeder stellt seinen Nachbarn vor, wieder geht es reihum. »Wir stammen aus allen Winkeln der Erde.« (Dieses eine Mal erlaube ich mir, Namen von Ländern zu nennen, aber auf alles Äußere wie die Beschreibung der Bekleidung zu verzichten.)

»Das ist João (ein milchkaffeehäutiger Brasilianer). Er verkörpert die Überwindung der Rassenschranken.« – »Joejoe (als Amerikanerin in Chile aufgewachsen) entwirft geschlossene Stoffkreisläufe.« – »Numbutu (der lange Ugander) plant eine gesunde Wirtschaft ohne Wachstum.« – »Shadiye (saudi-arabisches Herz, europäische Seele) predigt den Sieg der dialektischen Vernunft.« – »Ihre (hier heimische, indische) Mitbewohnerin Rajiji hat das Selbstbestimmungsrecht der Frauen im Blick.« – »Raissa (die seidenblonde Russin) träumt vom Ende der selbst verschuldeten Unmündigkeit im Jahrhundert der Psychologie.« – »Jennifer (aus Deutschland) von freier Beweglichkeit in einer Welt ohne Grenzen.« – »Kato (von der japanischen Insel Okinawa) besitzt einen Plan zur Entwaffnung der Welt.« – »Sein Freund Vaúvaú (von der Südseeinsel Tuvalu) kümmert sich um die Entgiftung der Erde.« – »Aris (aus Israel) will die Gärten der Welt verbinden.« – »Für eine Gesellschaft ohne Klassenschranken steht Jeanette (aus dem australischen Kernland).« – »Chan-chan-Charlie (aus dem großen China) entwirft Modelle für die Mehrheitsfindung in basisdemokratischen Systemen.«

Ich habe mich oft gefragt, was es mit dem Bad in der Menge auf sich hat. Coppki erlebt es am eigenen Leib. Gedankenexperimente kennt er bislang nur als selig einsame Erlebnisse. Nun geht ihre Saat in der Lebenspraxis auf. Neben seiner Ideenwelt hat sich ein Gemeinwesen zusammengefunden, in dem die Entwicklungslinien nicht wie in der Evolution üblich auseinandertreiben, sondern zum umfassenden Ganzen zusammenwachsen. Sie nennen es *Welt von morgen*. Ihm ist, als hätte das Wasser aus seiner Hand verborgene Energien aus seinem Inneren auf Jenny und ihre Freunde übertragen. Oder als wäre es durch eine Fügung genau in die Hände derer geraten, die im gleichen Denkraum zu Hause sind wie er.

Als Forscher könnte ich sagen, Coppki habe ein Modellsystem entdeckt, mit dem sich seine Thesen testen lassen. Tatsächlich hat er es selbst begründet, wenn auch eher nach dem Gesetz der Unbeabsichtigten Folgen. Bislang hat er verwandeltes Wasser nie als Medium verstanden, das Menschen gleicher Wellenlänge verbindet. Schon gar nicht als Kitt einer eingeschworenen Gemeinschaft, die ihn zu ihresgleichen zählen und mit ihren jugendlichen Träumereien verzaubern könnte. Er lässt sich vereinnahmen und ergreift seine Chance, als ihn Aris (»Gärten aller Länder, vereinigt euch«) in der Einsiedlerhöhle in den Mittelpunkt rückt.

»Es wäre uns eine Ehre, wenn du uns heute dein Mittel persönlich verabreichst.«

Der Lockenschopf zieht aus seiner Hosentasche ein daumenkleines Gefäß aus braunem Lichtschutzglas mit Saugballverschluss hervor, wie sie damals zum Verabreichen von Tropfen Verwendung fanden.

»Du wirst uns hoffentlich nicht enttäuschen.« – »Wir freuen uns schon so lange darauf.«

»Wie macht ihr es sonst? Ich reihe mich gerne ein.«

»Das geht leider nicht.« – »Wir glauben an die gute Zahl.« – »Wie die Zwölf.« – »Mit dir als Dreizehntem stünde die Runde unter schlechtem Omen.« – »Außerdem sind wir für die Gleichverteilung von weiblich und männlich.« – »Aber wenn du willst, tritt einer von den Jungs zurück, und du nimmst seinen Platz ein.«

»Auf gar keinen Fall. Ich bin nur euer Gast.«

Wer wüsste denn besser als ich, dass der Vorgang so oder so ohne Folgen bliebe. Sie lehnen die Idee eines Leitwolfs ab. Sie wollen nur das Bild vollenden, an dessen Anfang Jennys Geständnis und die erste Nacht des Teilens stand. Ich aber sehe durch Coppkis Augen den Auslöser einer Explosion und möchte den Augenblick verstehen, in dem die Welt ihre neue Form angenommen hat. Der Wunsch, zu wissen, wie wir wurden, was wir sind, steht am Anfang aller historischer Neugier.

Lange habe ich geglaubt, jeder Umbruch gehe ursprünglich von einem Elementarteilchen in irgendeiner Gehirnzelle aus, so wie letztendlich ein einziger Mensch unter den mehr als hundert Milliarden, die je gelebt haben, den Ausschlag gegeben hat für Windmühlen, Impfstoffe oder Dadaismus. An einem Punkt im Universum, der sich molekülgenau benennen ließe, an irgendeinem Synapsenspalt in einem Basalganglion, zum Beispiel im frontalen Cortex eines Laientheoretikers namens Coppki, breche etwas ab, kippe um oder schaukle sich auf, das auf einem Bündel von Ursachen beruht, einen kritischen Punkt überwindet und die Spezies in eine neue Richtung schickt.

Seit ich mir den Gedanken erlaube, die Ewigkeit habe keine Dauer, und der Zeitpfeil zeige in mehr als eine Richtung, seit ich das Jetzt nicht nur aus dem Entstehen sehe, was es war, sondern auch aus dem, was es wird, verstehe ich jeden Fortschritt der Welt als Gemeinschaftswerk, in dem sich Ahnungen und Erwartungen anhand ihrer Ziele verwirklichen. Außer dass mir das selbst unheimlich vorkommt, ist daran nichts Unheimliches. Jeder Kristall blüht von einem Kern in seine unnachahmliche Form und Schönheit. Wenn überhaupt so etwas wie Zufall im Spiel ist, dann allenfalls, wen es trifft, aber nicht, was es ist, das trifft.

Coppki hat längst mit sich ausgemacht, womit ich noch lange hadere. Er ist weder auserwählt noch verflucht, sondern gerade an der Reihe. Eine Sekunde Verzögerung im Weltverlauf, und eine andere Person am anderen Ort stünde nun vor der gleichen Aufgabe. Hier knien zwölf junge Menschen im Kreis auf ihren Kissen und halten ihm mit geschlossenen Augen ihre ausgestreckten Zungen hin wie Vögelchen, die aufgereiht am Rand ihres Nestes die Fütterung erwarten.

Im Geiste der Geschichtsschreibung ist es ohne Bedeutung, ob es so war. Dass es so gewesen sein könnte, ist das Einzige, was zählt. Erst als ich meinen Widerwillen überwinde, mich erhebe und den Kreis abschreite, enthüllt sich mir die neue Dimension. Das hier ist nur ein Anfang, der bald vergessen sein wird. Das erste Glied einer sich verzweigenden Kette, die sich, zum Netz verknüpft, um den Erdball spannen wird. Jedes Mal, wenn ich mit meinem Wässerchen vor den nächsten trete, sehe ich, wie im Lichtschein der Öllampe unsere Schatten verschmelzen. Am Ende der Runde fehle als Letzter nur noch ich selbst.

»Nun setz dich bitte wieder auf dein Kissen und schließe die Augen.« Jenny führt das Wort wie aus verwandtschaftlicher Nähe. Dann das Defilee. Dabei summen sie den ersten Buchstaben des Sanskrit-Alphabets im Kammerton A.

Die Erste nimmt mir das Fläschchen aus der Hand, hält mir die Pipette über die Zunge, aber nichts passiert. Kein Tropfen. Nur Om wie in Omega. Der Nächste tut es ihr gleich. Ich höre, wie sie aufstehen und auf ihre Kissen zurücksinken. Wieder kein Wasser. Ich öffne die Augen. Sofort senke ich die Lider wieder. Alle anderen haben ihre geschlossen. Gleiten heran, halten das Kapillarröhrchen, geben das Glasgefäß weiter und entschweben.

Vielleicht haben Spritzer meine Zunge erreicht, Mikrotröpfchen allenfalls, vielleicht auch nicht. Kein Gefühl von Flüssigem jedenfalls. Dennoch empfinde ich die gleiche erquickende Wirkung wie durch den Schluck, den ich mir seit Monaten jeden Abend gönne. Vermutlich liegt hier die Grundlage seiner bald folgenden Versuche zur Nulldosierung, die milliardenfache Herstellung und weltweite Verbreitung erst ermöglichen.

Auf der Merkliste in seinem Kopf taucht das Wort *Verdünnungsreihe* auf.

»Wenn du nichts dagegen hast, würden wir jetzt gerne das Licht löschen.«

»Wozu soll das gut sein?«

»Wenn wir arbeiten, wollen wir uns ohne Ablenkung auf die Worte konzentrieren.«

»Reicht es nicht, die Augen zu schließen?«

»Im Dunkeln denkt es sich entspannter.«

»Also gut. Ich bin für alles offen.«

Eine Floskel wie dahingesagt, hätte sie es nicht in sich. Coppki ist genau das, was er von sich gibt, so offen wie nie zuvor für das, was kommt. Joejoe bläst die gelbe Flamme aus. Seine Seele begreift schneller als sein Geist, wie ihm geschieht. Ohne das Gefühl, beobachtet zu werden, kann er seine Gedanken ungleich freier äußern als im Angesicht anderer Menschen. Die Kunst des Redens als Blinder unter Blinden geht ihm leicht von den Lippen. Wie wenn sich in der lichtlosen Höhle ein Wachtraum erfüllt. Darin senden und empfangen sie auf einer neuen, für alle gleichen Frequenz, vollkommen sachlich, ruhig und gelassen, als wäre mit dem Licht aller Aufruhr der Gemüter erloschen.

Jeder sieht in einer Figur, was er mit ihr verbindet. Menschen existieren in so vielen Varianten wie Menschen, die sie wahrnehmen. Auch meine Version von Coppki und seinen jungen Gefährten ist nur eine unter anderen. Es gibt keine biografische Wahrheit jenseits der unabweislichen Fakten.

Was haben wir denn zu bieten? Eine Klemmkarte mit der Aufschrift *Jennys Gast*, die Beschreibung einer freigelegten Höhle im Hang der ehemaligen *One World School* (Überreste der Eremitenbehausung dienten dem Nachbau) und ein ziemlich originalgetreues Bild der dortigen Verhältnisse in der fraglichen Zeit. Alles andere bleibt uns überlassen. Das ist die Wahrheit der Biografie.

In jener Nacht und in den folgenden, als sie sich zu Theaterproben in der Aula treffen und dort bis zum Morgen bleiben, dann in einem Klassenraum, um Mathe zu pauken und danach an ihrer Utopie zu basteln, im Lesesaal der Bibliothek, der ihnen ab Mitternacht allein gehört – in all den Arbeitsnächten sind die zwölf plus eins (auf die Formel haben wir uns schon bald verständigt) zur symbiotischen Schicksalsgemeinschaft zusammengewachsen. Wenn man so will, haben zwei an sich harmlose Komponenten, seine Theorie und ihr Weltentwurf, zum reaktiven Gemisch zusammengefunden.

Ich erläutere meinen Mitstreitern das Wirkprinzip des Elixiers, lege ihnen Coppkis Vorstellungen vom aktiven Wasser mit Gedächtnis auseinander und mache sie mit der These vertraut, waches Bewusstsein brauche und verbrauche eine Form von gedächtnisgesättigtem H_2O, die nur im Schlaf nachgebildet werden kann: »Das wache Ich als höchstorganisiertes Aggregat im Universum verfeuert reine Lebenskraft.«

Sie ihrerseits öffnen meine Augen für den möglichen Triumph der Vernunft im Sinne der damals gefährdeten Aufklärung, nach Kant, den sie zitieren, *der Ausgang des Menschen aus seiner selbstverschuldeten Unmündigkeit. Unmündigkeit ist das Unvermögen, sich seines Verstandes ohne Leitung eines anderen zu bedienen. Selbstverschuldet ist diese Unmündigkeit, wenn die Ursache derselben nicht am Mangel des Verstandes, sondern der Entschließung und des Mutes liegt, sich seiner ohne Leitung eines andern zu bedienen.* Sapere aude! *Habe Mut, dich deines eigenen Verstandes zu bedienen! ist also der Wahlspruch der Aufklärung.* Man beachte die Verwendung des Ausrufezeichens.

Die jungen Leute sprechen von der Domestizierung des Menschen durch den Menschen, der seit seiner Werdung daran arbeite, seinen animalischen Kern zu überwinden. Dabei liefern sie mir das Vokabular für den Aufbruch der Spezies, den sich Coppki ohne Ahnung vom Wann und Wie seit Jahren ausmalt. Der Sieg des Bewusstseins, das vierundzwanzig Stunden immer wach bei sich sein kann, werde dazu beitragen, das Tier im Menschen zu zähmen.

Meine dritte Nacht. In Coppkis Sinn kommt mir ihre mündliche Tradition entgegen. Nichts wird auf Papier festgehalten, aber alles regelmäßig wiederholt und verfestigt. Jeder hat, nicht anders als er in seiner theoretischen Arbeit, das gesamte Bild der Vision vollständig im Kopf.

Aus der Forschung ist damals zu hören, Schlaf schärfe das Gedächtnis. Wenn er sich hingegen zu etwas eignet, dann eher zum befreienden Vergessen. Das Wenige, was die Erinnerung beim Erwachen behält, erscheint ihr naturgemäß deutlicher. Doch es besteht keinen Vergleich mit der Gedächtniskunst Nimmermüder. Ohne nächtliches Vergessen lassen sich die Dinge ungleich umfangreicher und detaillierter im Gedächtnis aufbewahren und verarbeiten.

Das Wissen meiner neuen Freunde versetzt mich ein ums anders Mal in Erstaunen. Wie wertvoll umfassende Schulbildung doch sein kann. Ihre Neugier ermutigt mich, auch das Spekulative an Coppkis Denken einzubringen: Bliebe unser Planet, wie er ist, davon ist er überzeugt, würde es auf Erden bis in alle Ewigkeit krauchen und fleuchen. Niemand kenne die Kraft hinter dem Überlebenstrieb des Lebens. Ihre Ausläufer aber verspüre jede Kreatur in sich als stärksten Seinsimpuls unbedingter Selbsterhaltung.

Wer das Naturgesetz dahinter als Erster beschriebe, würde der Biologie zum Durchbruch im Verständnis des Lebendigen verhelfen – ähnlich wie die Physik ihn ein Dreivierteljahrhundert vor Coppkis Geburt mit Neuordnungen der Welt im Kleinsten und Größten erlebte. Zu entdecken wäre ein Prinzip von vergleichbar theoretischer Tiefe wie Relativität und Quantensprung.

Unsterblichkeit, wie sie das Leben uns vormacht, erscheint wie ein unfassbar großer Schritt für einen Menschen. Für die Menschheit als Ganzes wäre es ein kleiner, ein Umdenken nur. Er kenne, sagt Coppki, keine zwingenden Gründe, warum unsere Spezies aussterben sollte, wenn sie es nicht selbst bewerkstelligte. Doch auch kollektiver Selbstmord wäre aus thanatologischer Sicht keine triviale Angelegenheit. Von der erotischen sagt er nichts.

Optimisten sind solche Erwägungen fremd. Dankbar greifen

sie seine Argumente auf und fügen sie als Elemente in ihren Entwurf einer Welt von morgen. Sein Glaube an die Unsterblichkeit des Lebens als irdische Gesamtheit beflügelt ihre Einbildungskraft. Allein die unwiderlegbare Aussicht auf eine nach menschlichen Maßstäben endlose Weiterexistenz, so Coppki, verleihe dem Utopischen einen eigenen göttlichen Glanz. Die Menschheit sollte ihre Zukunft in Jahrmillionen zählen, bis sie endlich irgendwo im fernen All Kontakt mit ihresgleichen fände.

Ein Überorganismus mit solch weit reichenden raumzeitlichen Perspektiven, erkennt sogleich Jeanette, vertrüge sich weder mit unorganischem Wachstum noch mit Egoismus oder Despotismus. In ihrer optimistischen Utopie, pflichten ihre Freunde bei, hätten sich die Menschen mit Willkürherrschaften, einseitigen Privilegien und insgeheimer Vorteilsnahme nicht mehr herumzuschlagen.

Hellwach fantasieren wir uns durch ein Morgen, wie Coppki es sich nicht einmal in seinen kühnsten Gedankenexperimenten hat ausmalen können. *Sein* Menschheitswesen in der Verfassung *ihrer* transparenten Weltbürgergesellschaft wäre die beste Antwort auf die drohende Entmachtung des Menschen durch seine Hervorbringungen. Kollektives Bewusstsein und gemeinsame Vernunft könnten das *Humanum* über die Zeit retten, bevor intelligente Maschinen und Roboter die Herrschaft an sich reißen und all die überforderten Ichs beherrschen.*

Wir sind einer höheren Form des Seins auf der Spur, die Coppki weder allein noch in der Zweisamkeit mit der immerwachen Gefährtin empfunden hat. Dabei setzen die zwölf auf mehr als den täglichen Tropfen Wunderwasser, namentlich auf ein nichtstoffliches Prinzip, das Coppki ohne Chance auf Gegenwehr bereits infiziert hat: den Optimismus als erwünschte Nebenwirkung seines Elixiers.

* Texte jener Zeit lesen sich, als hätte sich die Menschheit bereits mit der Überwindung des Menschen im *Transhumanum* oder sogar seiner eigenen Abschaffung abgefunden, wenn erst seine technischen Hervorbringungen die Sinnfrage stellen und abschlägig beantworten würden.

Spätestens da muss ihm klar geworden sein: Sein Wasser ist nicht Mittel, sondern Vermittler. Aktiviert, aber nicht aus sich aktiv. Kandidat für das gesuchte Medium am Schnittpunkt von Leib und Seele, das den Überlebenstrieb des Lebens von seinem Beginn an sichert. Jedoch nicht sein Agens.

Wenn alles Lebendige sich dem Prinzip seiner Selbsterhaltung unterordnet, mithin auch Sehnsucht, Utopie und Traum, dann schließt sich der Kreis am Grenzübergang zwischen Optimismus und Optimierung. Die Erfolgsgeschichte des Lebens mit seinen vielfältigen, fein ausbalancierten Gemeinschaften beruht auf unzähligen Verbesserungs- und Anpassungsschritten im Zuge natürlicher Auslese. Sie legt den Verdacht nahe, der Lebenstrieb selbst trage optimistische Züge in sich.

Einmal zu nachtschlafender Stunde kommt, von einem Wachmann alarmiert, Direktor Gupta vorbei, ein ältlich verknittertes Männlein, entlegener Spross einer örtlichen Dynastie, dem sich freudloser Ehrgeiz ins Gesicht gegraben hat.

»Was macht ihr hier noch so spät? Ihr solltet längst im Bett liegen und schlafen.«

»Was sollen wir schon machen?«, entgegnet Jenny unverfroren. »Wir lernen für unsere Prüfungen. Professor Coppki steht uns hilfreich zur Seite.«

»Ohne Hefte und Bücher?«

»Wir dürfen Sie daran erinnern, dass die Prüfungen mündlich sind.«

»Mir ist zu Ohren gekommen, dass ihr bei euren Treffen heimlich Drogen nehmt.«

»Wer behauptet denn so was?«

»Das tut hier nichts zur Sache.«

»Und? Sehen oder riechen Sie irgendwas Verdächtiges?«

Auf den Schulbänken vor uns stehen unsere Trinkwasserflaschen. Der Direktor, aufgesetzte Härte bei trockener Humorlosigkeit, geht von Platz zu Platz, schraubt, schnuppert, die Enttäuschung macht ihn nur noch entschlossener.

»Keiner verlässt den Raum. Leert eure Taschen aus.«

»Was soll das hier werden? Eine Durchsuchung?«

»Wenn ihr nichts zu verbergen habt, habt ihr auch nichts zu befürchten.«

Als alles auf den Tischen liegt, steuert Mr. Gupta schnurstracks auf das Fläschchen mit dem Saugballverschluss zu.

»Und was ist das?«

»Was draufsteht. Flüssigkeit für trockene Augen.«

Jenny bleibt standhaft. Er nimmt das Glas, schraubt es auf, saugt eine Portion in die Pipette, mehr als die Gruppe in einer Woche verbraucht, drückt sie sich in die Hand, hält die Nase drüber, streckt seine Zungenspitze vor und leckt die Pfütze auf. Alle halten den Atem an. Alle außer Coppki.

»Wasser?«

»Was denken Sie denn? Wasser gegen Trockenheit.«

Er stutzt, schüttelt den Kopf, stellt das Gläschen geistesabwesend zurück, murmelt eine Floskel der Entschuldigung und strebt mit schnellen Schrittchen dem Ausgang zu.

Coppki muss meine Stimme gehört haben. *Placeboprobe*. Kaum habe ich es gedacht, spricht er es auch schon aus.

»Was sagst du?«

»Wir müssen ihm nachgehen.«

»Warum das? Ich denke, er hat genug.«

»Aber wir nicht. Das ist eine einmalige Chance.«

»Wenn wir ihn in Ruhe lassen, lässt er uns in Ruhe.«

»Ich meine etwas anderes. Ihr alle habt gesehen, dass er das Elixier genommen hat.«

»Komplette Überdosis.«

»Umso besser. Wüsste er, was es ist, und glaubte er an die Wirkung, müsste er jetzt wach bleiben. Hat er keine Ahnung, schläft er bald wieder ein, so müde, wie er aussah. Wisst ihr, wo er wohnt?«

»Während der Woche bezieht er ein Häuschen am Rande des Lehrerareals.«

Vaúvaú und Kato machen sich auf den Weg. Niemandem ist die

Bedeutung der Stunde so bitter bewusst wie Coppki. Wenn ich im Verlauf meiner Zeit in seinem Leben jemals so etwas wie Nervosität verspürt habe, dann jetzt. Noch deutlicher ist ihm die Erleichterung anzusehen, als die Kundschafter, die Daumen gesenkt, die Klasse betreten.

»Schläft und schnarcht wie ein satter Teddy.«

»Ihr wisst hoffentlich, was das bedeutet.«

»Du wirst es uns sicher erklären.«

»Wenn er keine Ausnahme darstellt – und warum sollte er? –, dann hängt die Wirkung des Mittels zu hundert Prozent davon ab, ob man an sie glaubt.«

»Und was heißt das für uns?«

»Chemische Analysen des Elixiers ergeben nichts als Wasser. Die Aktivierung lässt sich nicht messen. Wenn nun auch der biologische Nachweis fehlschlägt, weil man eher seiner Zunge traut als dem Gerücht, dann können wir uns unbeschwert mit dem Mittel durch die Welt bewegen.«

Coppki hat endlich Zuhörer gefunden. Allein dafür hat sich die Reise gelohnt. Nun wagt er sich einen Schritt weiter aus der Deckung. Er spricht von seinen Gedankenexperimenten. Die zwölf stünden kurz davor, ein neues zu starten. Er skizziert ihnen die Anfänge einer Welt ohne Schlaf. Er habe das nie so beabsichtigt, aber wenn es nun komme, dann liege es nicht an ihm, sondern an der Vorsehung.

»Können wir das Licht ausschalten?«

Die Welt verschwindet in Schwarz. Coppki redet frei. Er macht sie mit seinen Überlegungen zu sprunghaften Veränderungen vertraut. Spürbare Beschleunigung, erhöhter Druck und chronischer Stress deuteten auf einen baldigen Entwicklungsschritt der Menschheit hin. Das Mittel könnte, gleichsam als steter Tropfen, Medium der kommenden Gemeinschaft sein. Zur Vereinigung gehöre aber auch, dass individuelle Teile sich zu einem Ganzen zusammenschließen, dem sie sich unterwerfen.

»Unterwerfung? Wir wollen Befreiung!«

»Die beiden hängen zusammen wie Wille und Vorstellung. Bereits die ersten Elementarteilchen, die sich nach der Geburt des Kosmos zur Materie verbanden, folgten dem Prinzip. So wie Atome Gefängnisse ihrer Teilchen sind, so unterliegen sie als Bausteine den Gesetzmäßigkeiten der Moleküle. Das große Ganze beschneidet die Freiheitsgrade des Einzelnen.«

Das Gleiche gelte für Zellen, die sich zu Vielzellern oder Organen verbinden. Der Organismus garantiere ihnen Nahrung und eine Langlebigkeit, die sie einzeln nie erreichen würden. So gehe es weiter bis zur vereinigten Menschheit.

»Kann man da schon von Zähmung sprechen?« – »Tiere werden in Gefangenschaft viel älter als in freier Wildbahn.«

Ein schräges Bild, aber ich sehe, was sie meinen könnten. Den sichersten Weg, Menschen an ihre höchstmögliche individuelle Lebensdauer heranzuführen, verspricht ihr enger sozialer Zusammenschluss.

»Zähmung und Unterwerfung werden so fließend sein, dass wir als Gewohnheitstiere auf zwei Beinen sie kaum wahrnehmen. Schon bald wird es so sein, als wäre es nie anders gewesen.«

»Wie soll das gehen?«

»Da kommen Tod und Generationenwechsel ins Spiel. Alte Gewohnheiten sterben buchstäblich aus, neue entstehen. Was den Altvorderen unerträglich erschien, empfinden ihre Nachkommen als normal. Das hat es schon immer gegeben.«

»Muss es denn auf ewig so weitergehen?«

»Die Versklavung durch das System, zu dem man selbst beiträgt, jenseits aller Alleinherrschaft, ist unausweichlich. Dagegen steht die größtmögliche Wahlfreiheit. Wie sich Leute kleiden, einrichten, was sie glauben, hören, lesen, anschauen, womit sie sich beschäftigen, unterhalten, bleibt allein ihnen überlassen. Anders als je Menschen vor ihnen, können sie dazu auf ein weltweites Angebot zurückgreifen. Freiheit ist keine Konstante. Sie ist ein Gefühl und damit relativ.«

Bei Anbruch meiner vierten Nacht haben wir uns hinter der

Bibliothek auf einem überdachten Bambuspodest versammelt. Es überschaut die Ebene in ihrer gesamten Weite. Der Fluss liegt wie ein gewundenes Band aus grau schimmerndem Stahl im stumpfen Schwarz der nächtlichen Felder.

Wir sitzen wieder im Kreis. Im schwachen Licht der Sterne können wir nur die Silhouetten der anderen ausmachen. Die Gesichter verbergen sich in undurchsichtiger Dunkelheit. Das Fläschchen hat seine Runde gemacht. Seit zwölf plus eins vereinigt sind, hat das alte Ritual ausgedient. Jeder hat sich im Zuge des neuen Regiments seinen Tropfen selbst auf die Zunge geträufelt und geschluckt.

»Ich weiß nicht, woher sich eure Tatkraft und Zuversicht speisen. Wäre es allein das Elixier, hätte ich es ebenfalls bemerken müssen, bevor ich euch traf. Ich habe aber nie das Bedürfnis verspürt, die Welt zu verbessern.«

»Und warum, glaubst du, wirkt es bei uns anders?«

»Vielleicht, weil es euch verbindet. Was dem Einzelnen unmöglich erscheint, kann die Gemeinschaft ohne Weiteres erreichen. Vermutlich steckt der Wunsch, die Welt reicher zu verlassen, als man sie betreten hat, in jedem Menschen, wird aber meistens von gegenläufigen Impulsen überlagert.«

»Du meinst Erscheinungen wie Resignation und Verzweiflung?« – »Oder eher Wut, Habgier, Neid, Sprachlosigkeit?«

»Das einzige Mittel, sich selbst zu beherrschen, ist Sprache.«

Gespannte Stille. *Somniare aude*. Wage zu träumen. Nichts muss so bleiben, wie es ist. Im Zentralinstitut für Gedankenexperimente gehen die Lichter nie wieder aus. Ich bin mir nur allzu bewusst, gerade der Urszene der Optimistischen Bewegung beizuwohnen. Coppki beginnt, sich aus seiner Abschottung zu befreien. Wellen des Wirgefühls durchdringen ihn, als wäre zwischen Körper und Geist eine Haut geplatzt. Wo sich Sätze in Stoffwechsel übersetzen, um ein System zu durchdringen, entspringen dem Metabolismus umgekehrt Bilder, die zu Worten werden. Gedacht, gesagt, das Dilemma des Dilettanten, übersetzt ins Glück der Tüchtigen. So gelangen Einfälle in die Welt.

»Ich kann mir vorstellen, dass sich auch Hoffnungen gegenseitig verstärken, wenn es sein muss, bis zur Gewissheit.«

»Wusstest du, wie *Das Prinzip Hoffnung* ursprünglich heißen sollte? *Die Träume vom besseren Leben*.«

»Ich glaube nicht, dass Hoffnung ein Prinzip ist. Träumen gefällt mir schon besser, trifft es aber auch nicht. Kommt der Impuls nicht eher aus dem Glauben?«

»Aber wenn, dann doch wohl nicht an eine Substanz, sondern an Worte, an Subjekt, Prädikat, Objekt.«

»Glaube ist nichts anderes als Hoffnung, die den Zweifel verdrängt.« Coppki vertraut mir, er lässt seiner inneren Stimme freien Lauf.

»Lieber eine falsche Gewissheit als keine.«

»Das Risiko zählt wohl zur Grundkonstitution allen Glaubens, ob an Götter oder Pillen.«

»Sind Glaube und Hoffnung nicht nur Untermengen von etwas anderem?«

»Und wie würdet ihr dieses andere nennen?«

»Wenn es nicht so naiv« … »blauäugig« … »realitätsfern« … »unzeitgemäß klänge, würden wir gerne beim guten alten Optimismus bleiben.«

»Ich finde, hier seid ihr zu verhalten. Als Optimisten solltet ihr offensiver sein. Offenes Visier (mein Wort in Coppkis Ohr). Wenn ihr nach einem Grundsatz sucht, vergesst die Hoffnung. Bekennt euch zu dem, was ihr seid. Vielleicht steckt hinter dem Optimismus ein echtes Prinzip.«

»Wie kommst du darauf?«

»Ich halte das Leben selbst für optimistisch.«

»Kann man das so sagen?«

»Es setzt darauf, dass es immer weitergeht. Man könnte auch sagen, dass es das weiß.«

»Optimismus beruht auf Wissen?«

»Auf Gewissheit.«

»Dass man ein Ziel erreichen kann?«

»Nein, mehr als kann: Dass man es schaffen wird.«

»Und das spürst du bei uns?«

»Ich nehme es in jeder Faser wahr, wenn ich mit euch bin. Euer Selbstvertrauen hat etwas Mitreißendes.«

An meinem sechsten und vorletzten Tag in der Einewelt-schule haben die Freunde einen Kleinbus mit Chauffeur organisiert. Der Mann besitzt drei Hände, eine für Fahrgeld, das er für Treibstoff ausgibt, eine zweite für Trinkgeld und eine dritte für sein Schweigegeld. Das Steuern erledigt er, als führe er freihändig. Er bringt uns in die nahe Kleinstadt hinter der einzigen Brücke über den Fluss und nachts wieder heim. Coppki zahlt großzügig.

Sie unternehmen den Ausflug jeden Samstag, um sich am Markt mit Gebäck und Tabak und getrocknetem Obst einzudecken. Am Ende suchen sie ein lauschiges Gartenlokal auf, das Spezialitäten der würzigen Regionalküche auftischt. Coppki ist erstaunt, die meisten Gerichte zumindest theoretisch aus Wendsels fantastischer Kochwerkstatt bereits zu kennen, und noch überraschter, dass sie in der Praxis so anders schmecken, als anhand der erzählten Rezepte erwartet.

Nach Einbruch der Dunkelheit kehren wir ein. Der Garten liegt im Licht bunter Glühbirnen. An den Nachbartischen wochenendlich herausgeputzte Familien. Die Kellner kennen die jungen Kunden. Einer stellt in dicken, schwitzenden Flaschen jedem ein Bier einheimischer Braukunst auf den Tisch. Für die Marke wird an jeder Ecke geworben. João hebt an, die anderen tun es ihm gleich und richten sich an Coppki.

»Auf dein Wohl.«

»Auf eures.«

»Unser aller.«

Eiskalt purzelt es durch meine Kehle. Nichts erfrischt nach der Hitze des Tages besser als, nahe null gekühlt, prickelnder Gerstensaft.

»Früher haben wir uns hier regelmäßig einen gegeben.« – »Bis der Tisch voll stand mit Flaschen.« – »Heute trinken wir nur einmal in der Woche.« – »Und nie viel.« – »Wir machen uns nichts mehr aus Alkohol.« – »Außer dem Geschmack.«

Sie erinnern mich an etwas, das ich fast vergessen hätte. Seit ich hier bin, habe ich keinen Tropfen angerührt.

»Habt ihr eine Erklärung dafür?«

»Der Preis ist zu hoch.« – »Der kurze Genuss steht in keinem Verhältnis zu den Nachwehen.« – »Ausnüchtern bei vollem Bewusstsein.« – »Alk in größerer Menge fühlt sich irgendwie nicht mehr richtig an.«

Kein wahrer Wissenschaftler am Beginn eines unüberschaubaren Experiments, schon gar kein Amateurforscher vom Schlage Coppkis, der hier anders reagieren könnte. Höchste Zeit, Daten zu erheben, bevor der Versuch zum Irrtum wird.

»Wie lange nehmt ihr das Mittel jetzt?«

»Wir können dir den Tag genau nennen.« – »Morgen vor acht Wochen haben wir begonnen.«

»Also in der Nacht vor zwei Mondphasen.«

»Du guckst so verdrießlich.« – »Haben wir was falsch gemacht?«

»Ich brauche eure Angaben. Ihr seid die erste Versuchsreihe, deren Aussage ein gewisses Gewicht besitzt. Könntet ihr möglichst detailliert aus der Erinnerung schildern, was sich bei euch verändert hat, seit ihr nimmermüde seid?«

»Wozu soll das dienen?«

»Wir haben die einmalige Chance, unseren Versuch von Anfang an zu dokumentieren und womöglich zu kontrollieren. Stellt euch vor, ihr hättet gerade die Steinaxt erfunden. Wie hilfreich wäre es für die Nachgeborenen, den Weg vom Werkzeug zur Waffe präzise nachzeichnen und daraus ihre Lehren ziehen zu können! Ihr seid die erste Kontrollgruppe, an der sich frühzeitig erkennen lässt, wohin sich die Sache entwickelt.«

»Was willst du eigentlich beweisen?«

»Nichts. Ich will mich nur vergewissern.«

»Wovon? Dass dein Mittel wirkt, dürfte unbestreitbar sein.«

»Wirken kann. Aber nicht muss. Was wissen wir schon über Schäden, Ausfälle, Langzeitfolgen?«

»Ich verstehe«, sagt Jenny. »Wir sollen deine Versuchskaninchen sein.«

»Das ist der Preis, den ich auch zahle. Ich darf dich daran erinnern, dass ich das ursprünglich nicht so geplant habe. Wäre es nach mir gegangen, hätte die Zahl der Versuchsteilnehmer zwei nicht überschritten. Aber jetzt, wo es passiert ist, wäre es wissenschaftliche Verschwendung, den Fortgang nicht zu verfolgen.«

»Also gut. Was brauchst du, was bringst du? Du weißt, wir würden alles geben, wach und bei Bewusstsein zu bleiben« (Jenny, wie ihre Mutter).

»Ich habe in meinem Gepäck für jeden von euch den Vorrat für mindestens ein Jahr.«

Jubel, Beifall, gereckte Fäuste.

»Im Gegenzug sollt ihr mir berichten, was euch aufgefallen ist. Stimmungen, Gewichtsveränderungen, Appetit, Sexualität, trockener Mund, Hauterscheinungen, kognitive Beeinträchtigungen, höhere Leistungsfähigkeit, veränderte Wirkung von Drogen, alles, was euch einfällt. Am liebsten hätte ich Blutproben, Speichel, Urin, Hirnstromdiagramme und so weiter. Doch dazu ist es zu spät. Meine Untersuchungen am eigenen Leib sind zum Glück deutlich genug. Die Werte lassen vermuten, dass wir uns ständig in einem Zustand wie vollkommen ausgeschlafen befinden.«

»Wir haben alle an Gewicht zugenommen.« – »Wahrscheinlich durch die zusätzliche Nachtmahlzeit.« – »Trotzdem sind wir sportlich fitter.« – »Alle haben ihre persönlichen Bestleistungen gesteigert.«

»Und im Kopf?«

»Das gleiche Bild.« – »Man arbeitet problemlos ständig am Limit.« – »Uns ist aufgefallen, dass dein Elixier …« – »Ist es wirklich nur Wasser?« – »… unwiderstehlich ist.«

»Hattet ihr Entzugserscheinungen?«

»Keine körperlichen Symptome, wenn du das meinst.«

»Wie würdet ihr dann die Sucht beschreiben?«

»Wie eine Sehnsucht.« – »Ein geistiges Lustgefühl.« – »Ein unbezwingbares Verlangen des Bewusstseins.«

»Verlangen wonach?«

»Da zu sein.« – »Ununterbrochen bei sich zu sein.« – »Zu bleiben.« – »Nicht abgeschaltet zu werden.« – »Bei voller Kraft zu sein.« – »Vielleicht ein bisschen wie auf Koks.«

»Ihr nehmt Kokain?«

»Wir haben schon alle Drogen ausprobiert, die man kriegt.« – »Das sind fast alle, die es gibt.« – »Nichts dabei, was man sich länger zumuten sollte.« – »Neben Immerwach sind alle anderen irgendwie sinnlos.« – »Nur manchmal Cannabis.« – »Bekommst du hier an jeder Ecke.« – »Weitet das Denken.« – »Wirkt auch, wenn du nicht dran glaubst.«

Rajiji hat einen makellos trichterförmigen Joint auf die Reise geschickt. Mildes Gras, stark im Abgang. Für Coppki das erste Mal. Im Nu findet das Tetrahydrocanabinol seine Rezeptoren. Ich sehe mich dasitzen und zuhören wie einen anderen, dem sie erzählen, was sie bewegt. Der Ausflug mit Sanna auf die einsame Insel kommt mir in den Sinn.

Jenny mustert Janush von der Seite. Eine Leuchtstoffröhre* flackert in stroboskopischer Trance. Fast kommt es ihr vor, als müssten sie ihn mit ihrem Entwurf noch überzeugen. Sie haben Utopien untersucht, sich vom Scheitern aber nicht abschrecken lassen. Stattdessen bringen sie die großen Ideen, die bis in die heutige Zeit Gewicht besitzen, in einem Bild zusammen. Solange es sich in Worte hüllt, klingt es harmlos und unschuldig.

Der Kapitalismus jener Tage – wir befinden uns in der vorratio-

* Auch: Kaltkathodenröhren; dünnwandige, mit *Leuchtstoffen* beschichtete Glasrohre, die nach Anlegen elektrischer Spannung ultraviolettes in sichtbares Licht umwandelten und kurz vor ihrem Erlöschen zu blinken begannen.

nalen Phase der Nationalökonomie – trägt noch seine religiösen Züge. Der Glaube an den Markt duldet keinen Zweifel. Doch die alten Regeln fangen an, ihre Gültigkeit zu verlieren. Wissenschaftler entwickeln Modelle einer neuen Wirtschaft der Entschleunigung, die sie weder kapitalistisch noch sozialistisch nennen mögen, Ausgangspunkt der späteren Wir-Ökonomie.

»Unser System baut auf vollkommene Durchschaubarkeit aller wirtschaftlichen, juristischen und politischen Prozesse.« – »Es gibt keine Geheimnisse, die das Öffentliche betreffen.« – »Eigentum ist an ein Leben und seine Leistung gekoppelt.« – »Sonst ist es Diebstahl.« – »Mit dem Tod fällt es der Allgemeinheit zu.«

»Ihr stellt das Eigentum infrage?«

»Nicht, solange es einer lebenden Person gehört, die es rechtmäßig erworben hat.« – »Aber alle Formen wirtschaftlicher und hierarchischer Erbschaft.« – »Niemand kann anderen materielle Werte oder Macht hinterlassen.« – »Dafür darf jeder zu Lebzeiten entscheiden, was nach dem Tod mit seinem Vermögen geschehen soll.« – »Innerhalb mehrheitlich beschlossener Rahmen.« – »Vererben als Dienst an der Gemeinschaft.« – »Der Anreiz, wohlhabend oder reich zu werden, bleibt erhalten.« – »Der Lohn für Fleiß und Leistung misst sich an ihrem Wert für das Gemeinwohl.«

Coppki hat sich nie mit solchen Dingen auseinandergesetzt. Nun zeigen sie sich ihm als natürliche Bestandteile des Lebendigen. Aus seiner Sicht wäre eine gesunde Wirtschaft als Teil des gesunden Lebens auch ohne Privilegien, Eigentum und Egoismus möglich, ja sogar unverzichtbar für einen Überorganismus aus denkenden Menschen.

Der Kellner bringt die Rechnung. Der Ehrengast sieht sich eingeladen. Das Städtchen hat sich in seiner Nachtruhe den Hof- und Straßenkötern überlassen. Vor der Pforte wartet in seinem Kleinbus der Fahrer. Die Rückfahrt dauert eine halbe Stunde. Offene Feuer, bloße Glühbirnen hinter Fenstern, Menschen am Straßenrand, aufblendender Gegenverkehr, hier und da wird ein Hund aus dem Weg gehupt.

Die halbe Stunde dehnt sich, als hätte die Zeit sich vergessen. Ich bilde mir ein, neunzig Minuten seien verflogen, da hat sich die Uhr im Cockpit des Fahrers gerade mal um zwei weiterbewegt. Das Auto fährt durch eine Lichtlosigkeit, wie wir sie in besiedelten Gebieten schon lange nicht mehr kennen. Wir sehen einander nur schemenhaft und reden in einem fort. Das Protokoll des Gesprächs wird mehr als fünfzig Seiten umfassen. Die eine Hälfte der Redezeit bestreite ich, die andere sie im Geiste des Wir.

Der oberste Grundsatz der zwölf ist ihr fester Glaube an die Machbarkeit. Ein funktionierendes Wirtschaftsmodell zu entwerfen, ziehen sie übereiltem Erfolg vor.

»Wie muss ich mir das vorstellen?«

»Indem du es vom Ende her denkst.«

Sie antworten mit einer Überzeugungskraft, als hätten sie gerade den Chor der klaren Vernunft vernommen. Daraus schöpfen sie die Kraft, härteste gesellschaftliche Tabus infrage zu stellen, neben dem Vererben von Eigentum auch die elterliche Selbstbestimmung über die Zahl ihrer Nachkommen.

»Wenn wir wollen, dass es *allen* gut geht …« – »Und warum sollten wir das nicht?« – »… dann lässt die Formel nur einen Schluss zu.« – »Die nach uns *wir* zu sich sagen, müssen weniger sein.« – »Die erfolgreichste Spezies in Sachen Fortpflanzung beendet ihre gefährliche Vermehrung.« – »Das Recht auf Kinder bliebe natürlich unangetastet.« – »Nachwuchs muss aber nicht zu Wachstum führen.« – »Ein einzelnes Kind ist das Ideal.« – »Zwei sind im Rahmen.« – »Die große Mehrheit der Eltern sieht das schon jetzt nicht anders.« – »Wer auf Kinderfülle verzichtet, dient der Menschheit und schadet ihr nicht.«

In den Tagen, da mein Bericht entsteht, hätte die Weltbevölkerung nach damaliger Prognose zehn Milliarden überschreiten sollen. Die zwölf Bewegten fragen sich, ob sich die Menschheit mit einer, drei oder höchstens fünf Milliarden* nicht auch schon voll-

* Humanpopulation in den Jahren 1835, 1959, 1986

ständig gefühlt habe. Um die Welt in einer allumfassenden Kreislaufwirtschaft für alle lebenswerter zu machen, sollte sich die Erdbevölkerung im Lauf der Generationen auf ein gesundes Maß halbieren.

»Ich verstehe davon zu wenig. Aber so was kann man doch nicht einfach beschließen.«

»Hier gilt das Prinzip des Utopischen.« – »Was einmal gedacht und ausgesprochen ist, hat größere Chancen auf Verwirklichung.« – »Die Zeit ist günstig.« – »Je besser man die Zukunft benennt, desto sinnvoller kann man die Gegenwart gestalten.« – »Das Miteinander auf eine solide Basis stellen.« – »Die beste Versorgung sicherstellen.« – »Eine Planwirtschaft nicht aus den überforderten Köpfen weniger, sondern den Bedürfnissen und Wünschen aller.«

Alles fließt so wunderbar ineinander, dass Coppki überzeugt ist, gemeinsame Tagträume setzten allgemeine Schlaflosigkeit voraus. Nur ununterbrochen wach seien vernetzte Bewusstseine imstande, eine stabile Einheit zu formen, wie sie die Welt von morgen erfordere. Das gilt für das große Bild wie für den Kreis im Minibus, der die Nacht mit Worten füllt. Eine halbe Stunde lang dürfen wir Revolutionäre auf Rädern spielen. Von mir stammt das Gerüst, von ihnen der Rohbau, von mir der Grundriss, von ihnen die Einrichtung, dann ziehen wir gemeinsam ein.

Die jungen Leute haben sogar errechnet, unter welchen Bedingungen die Zahl der Gewinner ihres Systems die möglicher Verlierer so weit übertrifft, dass kein Weg an ihnen vorbeiführt. Noch denkt keiner an die große Politik, an Parteien, Programme, Mehrheiten und Gestaltungskraft. Dennoch bewegen sie sich geradewegs auf das Ziel demokratischer Rechtfertigung zu, um ihr System einer dynamischen Volksherrschaft mit Debatten und Abstimmungen zu verwirklichen, an denen sich alle beteiligen können.

Coppki erkennt die einmalige Gelegenheit. Er stellt ihnen seine Wunschmaschine vor und überträgt das Zentralinstitut für Gedankenexperimente in die nächste Dimension, das Großhirn eines

Überorganismus. So wie Neuronen einen Geist hervorbringen, der Vorstellung und Wille mit Wirklichem zusammenführt, so würden sich Wünsche und Fantasien aus vielen Köpfen zum Übergeist fügen, der gemeinsame Absichten und eine Theorie über sich selbst entwickeln könnte. Mit ihrem Weltbewusstsein bekäme die Menschheit wie nie zuvor Gelegenheit, ihr Schicksal in die eigenen Hände zu nehmen.

»Von nun an teilen wir unsere Ideen, Sympathien und Wünsche und erkunden gemeinsam die Zukunft.«

»Wie stellen wir das an?«

»Wir Menschen sind Zeitmaschinen. Mal gehen alle Uhren rückwärts, dann werden wir jünger und erinnern uns. Dann wieder laufen sie ihrer Zeit voraus, und wir malen uns das Kommende aus.«

»Entschuldige, aber das klingt ziemlich nach Horoskop.«

»Ich meine das im Sinne eines Sinns, den alle besitzen, wenn auch ziemlich unterentwickelt. In jedem steckt ein Prophet, der ihm durchs Leben hilft. Jeder lebt immer ein Stück weit im Waswärewenn. Nur wer vorausdenkt, kann sinnvoll planen, handeln und entscheiden. Ohne Prognosen kann niemand selbstständig existieren. Das gilt *ad hoc* wie *ad infinitum*. Die Zukunft spricht ständig zu uns. Wir verstehen sie jedoch allenfalls in Bruchstücken. Wenn wir erst ihre Sprache kennen, können wir uns viele Um- und Irrwege ersparen. Gemeinsam besitzen wir eine Vorhersagekraft unschätzbarer Größe.«

Ich verstehe Coppki etwa so: Das Schicksal Einzelner mag an der Begegnung ihres Lebens, am Losglück oder am herabfallenden Ziegelstein hängen. Das Gesamte bleibt davon unbeeindruckt. Es findet über diesen oder jenen Weg immer zu seinem Ziel wie ein Rinnsal seinen Bach, seinen Fluss und sein Meer. Wenn der eine das erste Flugzeug nicht baut, weil eine Krankheit ihn dahinrafft, dann tut es der Nächste. Undenkbar, dass es nicht geschieht. Die Tragik des Ikarus: Er wusste zu früh, dass Menschen einmal fliegen werden.

Wenn sich die Geschichte noch einmal ereignete, würden viele vieles anders machen, aber alle gemeinsam doch wieder alles genauso wie zuvor. Zwei Augen, zwei Arme und zwei Beine, Häuser mit Dächern, befestigte Wege, der Traum vom Abheben, vom Überwinden der Schwerkraft. Wir hätten erneut Sinfonien, Gedichte und Schmerzmittel. Bei genauerem Hinsehen unterschiede sich die Wiederwelt nur im Kitt der Kultur. Wir hätten andere Jahrhundertromane, andere Kompositionen von Ewigkeitswert, andere Religionen. Aber die gleichen Fragen, die gleiche Mathematik, den Goldenen Schnitt, die gleichen Grundformen, Farbpaletten, Tonleitern und Rauschmittel.

Keine Katastrophe, kein Aufstand und keine Revolution kann den großen Gang der Dinge aufhalten oder entscheidend verändern. Aus der Ferne erscheinen selbst Weltenbrände wie winzige Zacken auf einer stetig fortlaufenden Linie. So steht auch der neue Mensch lange, bevor er als Idee auftaucht, immer schon in den Büchern der kommenden Zeit.

Coppki könnte noch nicht sagen, wer oder was ihn das denken lässt. Dennoch tut er den nächsten Schritt so beherzt, als erfüllte er sich einen uralten Wunsch.

»Was wäre, wenn wir das Zentralinstitut für Gedankenexperimente gemeinsam betrieben?«

»Es gehört doch dir.«

»Ich schenke es uns. Stellt euch vor, ihr könntet nicht nur jeden Vorschlag machen, sondern würdet belohnt, wenn er sich durchsetzt.«

»Ein Lohn für erfolgreiche Ideen?«

»Eher für prophetische Gaben. Wer mit seinen Wünschen und Anregungen häufiger richtig liegt, beweist höhere Vorhersagekraft. So ähnlich arbeitet übrigens unser Gehirn.«

Coppki kann so sprechen, weil er nichts weiter tun muss, als auf seine Schwingungen zu hören. Genauso stellt er sich die Zusammenarbeit der Zellen vor, der Geister im Weltgeist. Neues kann nur entstehen, wenn ständig von allen Seiten Impulse ausgesandt, überprüft, in der überwältigenden Zahl der Fälle verworfen, aber im Einzelfall auch verstärkt werden. Dieses System überträgt er auf die nächste Ebene, wo die gemeinsame Weltvernunft wachsen soll.

»Woher käme die Belohnung?«

»Ihr ideeller Teil aus der Bestätigung, richtiggelegen zu haben. Das rührt an tiefe Bedürfnisse. Die reale Lohn ergibt sich aus dem Wert der Vorhersage.«

»Eine Art Wettbüro auf das Morgen?«

»Mehr als das. Ein zentrales Orakel. Wer die Zukunft kennt, dem gehört die Welt. Sind die Menschen nicht immer erfolgreicher imstande, den Zufall zu Fall zu bringen, Leben zu retten, Ängste zu überwinden und die Lebensdauer zu steigern? Und zwar durch Theorien und Vorhersagen, wie sie jeder ständig macht? Wer mag vorhersagen, wie weit es die vereinigten Menschen der Erde brächten? Je sicherer wir das Kommende einschätzen, desto besser können wir uns wappnen.«

»Oder dagegenhalten.« – »Bedrohungen abwehren.«

»Ich nenne es das Paradox der Prognose. In ihm drückt sich die Freiheit des Willens aus. Wir werden ein zunehmend sicheres Gefühl dafür ausbilden, was geht und was nicht. Es liegt in unseren Händen.«

Hier haken sie ein mit ihrem Begriff des Politischen. Es komme darauf an, wessen Hände »unsere« seien. Nur die von Anteilseignern mit ihrem besonderen oder die aller Mitglieder der Gesellschaft im allgemeinen Interesse? Das Zentralinstitut für Gedankenexperimente gehöre in die Hände aller, die seine Leistungen gleichermaßen erbringen und nutzen. Angesichts der Verhältnisse beim Großen Gemeinsamen Gedächtnis, das mehr und mehr von undurchsichtigen Konzernen kontrolliert werde, komme die Menschheit auf Dauer nicht daran vorbei, ihren Geist als ihr Eigentum zu reklamieren und damit die Systemfrage zu stellen.

Kurz vor Mitternacht sehen wir am Fuß des Hügels die fahl erleuchtete Pforte der Eineweltschule. Ein letztes Tuten des Fahrers, ein gähnender Wachmann, die Schranke hebt sich, dann noch knapp drei Minuten über die Einbahnstraße, die sich in gegenläufiger Spirale auf den Gipfel und von dort bergab zurück ins Tal windet. Im Schatten der Bäume verlieren wir die Reste unserer Umrisse. Das Aufgekratzte, Ausgelassene hat sich stillem Erregtsein übergeben. Dreizehn Figuren fiebern dem Finale ihres verbotenen Ausflugs entgegen. Jenny findet als Erste zur Sprache zurück.

»Wir brauchen einen Namen, ein Wahrzeichen, ein Gründungsdokument.«

»Wie kommst du darauf?«

»Nimm das Zentralinstitut für Gedankenexperimente. Ist es nicht erst wirklich geworden, als du es so genannt hast?«

»Im Grunde ist es schon immer dagewesen. Mit dem Namen hat es nur seinen Platz in der Welt gefunden.«

»Dann verstehst du ja, was wir meinen.«

Ich versuche es mit dem Nächstliegenden: »Warum nennt ihr euch nicht einfach Optimisten?«

»Haben wir auch schon überlegt.« – »Und dann wieder verworfen.« – »Klingt vorbelastet.« – »Fällt dir nichts Besseres ein?«

Noch einmal steht ihm das Dunkel zur Seite. Er vernimmt ein neues Erregungsmuster in sich, ähnlich wie in der Einsiedlerhöhle nach dem Löschen der Ölflamme. Unbeobachtet und unbeschwert von den irritierten Blicken der anderen, weil sein Ausdruck nicht seinem Inneren folgt, findet seine Stimme ihren eigenen Klang. Sie lässt ihn Dinge äußern, die er bis vor Kurzem nur im Kopf notieren konnte.

»Nichts Besseres, aber vielleicht etwas Passenderes.«

Erst jetzt erreicht seine Häutung aus dem Kern heraus die Grenze des Selbst. Als bräuchte es Finsternis, um ans Licht zu treten. Er spürt es im Zusammenspiel aller sechsundzwanzig Muskeln seines Gesichts, so als könnte er sich von innen sehen. Was er mit Worten sagt, sagt endlich auch sein Mienenspiel. Ohne dass er etwas dazu tun muss, weiß es, was es zu tun hat. Die Ursprache früher Kindheit verscheucht die Fremdheit aus dem eigenen Antlitz.

»Wir sind gleich am Ziel«, sagt der Fahrer im Singsang seiner Heimatsprache und schaltet das Kabinenlicht ein.

Alle Augen sind auf Coppki gerichtet. Alle können es sehen. Er selber erkennt es in ihren Blicken, dann in der Seitenscheibe. Dieser andere verbirgt sich tatsächlich in ihm. Vera hat ihn mit ihrer Kamera als Erste eingefangen. Er konnte ihn bisher nur nie abrufen und sein wie er. Vorsichtig lässt er das Muskelspiel fahren, schon blickt er in sein altes Spiegelbild. Er ruft es wieder auf, zurück ist das Gesicht, das die Seelenbildnerin in Schwarz-Weiß von ihm gezeichnet hat.

Wie ein Vulkan, der weiß, dass er ausbricht, bevor es ihm anzumerken ist, so erkennt auch Coppki, was ihm nun bevorsteht, ohne dafür einen Namen zu kennen – in meiner Lesart der Phasenwechsel seiner Persönlichkeit, als hätte er in jenem Moment den Kontakt zu seinen Ursprüngen wiedergefunden.

»Warum nennen wir uns nicht einfach Freunde der Nacht?«

Freunde der Nacht. Wie die quittengelben, bleistiftdünnen Schaumstoffzylinder, die seine Ommka sich in die Ohren gestopft hat. *Wir uns.* Kaum ist es ausgesprochen, hallt es aus dem Gewirr ihrer Wörter wider wie ein vielfaches Echo.

Der Kleinbus hält an der Rückseite des Campus, nahe dem Schlupfloch im Zaun. Der Dreihändige überlässt uns der Finsternis eines sternenlosen Firmaments. Wir bilden einen Kreis, die Arme auf den Schultern der Nachbarn.

»Freunde der Nacht.« – »Klingt klar und rein.« – »Wie der Beginn einer Hymne.« – »Wir lieben die Nacht.« – »Schlaflos glücklich.« – »Und die Nacht liebt uns.« – »Ihre wachen Bewohner.«

Ich könnte nicht mehr sagen, wer als Erster das Wahrzeichen ins Spiel gebracht hat. In meiner Erinnerung steht am Anfang ein Gemeinschaftswerk. Beitrag und Leistung Einzelner spielen im neuen Geist keine Rolle mehr. Alle reden durcheinander. Da taucht, nachdem wir uns an einfachen Formen wie Pfeilen, Kreisen und

Strichpunktgesichtern abgearbeitet haben, von irgendwoher, vielleicht auch von mir, das Wort »Ausrufezeichen« auf.

»!«, sagt das Morgen zum Heute. Unverkennbar, leicht herzustellen, nur Linie und Punkt, dabei größte Projektionsfläche gemeinsamer Einbildungskraft. Ohne Coppki wären wir nie darauf gekommen. Und er nicht ohne mich.

»Nehmt eure Stifte, eure Pinsel und Sprühdosen und schreit es heraus. Wir glauben an die Zukunft.«

»Und was machen wir mit der Dreizehn?« Numbutu, der Zahlenmann.

»Damit sollten wir unseren Frieden schließen. Dreizehn Wochen vergehen von der Tagundnachtgleiche zur Sonnenwende, zum nächsten Equinox.«

»Die Woche mit ihren sieben Tagen ist doch ein menschliches Konstrukt.«

»Aber zuerst ein himmlisches. Die Woche beschreibt ein Viertel Mondphase. Jeweils sieben Tage – in Wahrheit etwas mehr – vergehen vom Neumond zum Halbmond zum Vollmond und zurück. Im Körperkalender unserer Ahnen stehen die Sieben und die Dreizehn vor jeder Ahnung von Astronomie als Größen fest.«

»Und was ist mit der Zwölf?«

»Was wollt ihr hören?«

Ich zitiere einen Lexikoneintrag, der bis heute Bestand hat:

»Die Zwölf ist eine *erhabene* Zahl, weil sowohl sechs, die Anzahl der Teiler, als auch achtundzwanzig, die Summe ihrer Teiler, *vollkommene* Zahlen sind. Gleichzeitig ist zwölf auch eine *abundante* Zahl, was bedeutet, dass die Summe ihrer echten Teiler größer als sie selbst ist, sie ist die kleinste abundante Zahl. Außerdem kann man zwölf – gleich große – Kugeln um eine weitere Kugel gleicher Größe legen, sodass alle diese berühren, aber keine Überschneidungen auftreten; zwölf ist damit die dreidimensionale *Kusszahl*.«

»Dreidimensionale Kusszahl?« – »Wie poetisch die Zahlenlehre ist.« – »Wie stehen zwölf und dreizehn zueinander?«

»Wie zwölf plus eins. Eine Kugel steckt in der Mitte, zwölf berühren sie. Jede der dreizehn könnte das Zentrum bilden. So identisch sind sie. Zwischen den zwölf Außenkugeln bleibt aber so viel Platz, dass zwei den Platz tauschen können, ohne den Kontakt zur Zentralkugel zu verlieren. Seit Jahrhunderten wird gerätselt, ob der Raum nicht für eine dreizehnte Kugel ausreicht. Dann wäre die Kusszahl der räumlichen Dimension dreizehn. Ungefähr zwischen der zerlegbaren, uhrwerkordentlichen Zwölf und der wilden, unteilbaren Dreizehn verläuft die Charaktergrenze von Venus und Mars.«

Coppki fallen die Worte förmlich zu. Er kann sich nicht erinnern, jemals über die wilde Dreizehn nachgedacht zu haben. Oder über den Abendstern. Dennoch wirkt er bestens vorbereitet. Er besitzt das damals seltene Talent, auf unbewusstes Wissen zuzugreifen. Die heute gängigen Techniken sind noch weitgehend unbekannt. Er nutzt die Gunst der Runde, sich untrennbar mit den anderen zu vereinen. Noch immer stehen wir im Schulterschluss wie ein Spielteam in der Auszeit.

»Wir schaffen unser eigenes Netzwerk.« – »Im alleinigen Besitz der Gemeinschaft.« – »Unabhängig von fremden Interessen.« – »Einen Raum des freien Wortes.« – »Offen nach innen.« – »Uneinsehbar für die Außenwelt.« – »Bis keine Außenwelt mehr da ist.« – »Alle können sich an allem beteiligen.« – »Zusammen entscheiden, was uns weiterbringt.« – »Ein Wettbewerb der Ideen, den wir gemeinsam gewinnen.« – »Jeder Gedanke ist erlaubt.« – »Jeder Einwand willkommen.« – »Nichts ist unmöglich.« – »Niemand muss sich äußern.« – »Es ist verboten zu verbieten.« – »Das sollten wir begehen.«

Alles läuft jetzt schneller ab, als hätte sich die Zeit in ihrem Uhrwerk auf ein kleineres Zahnrad umgelegt.

»Ihr wollt feiern?«

Die Antwort geht im Lachen unter. Der Kreis löst sich auf. Eine nach dem anderen huscht durch den schmalen Spalt im Zaun. Im Inneren führt ein Tritt durch einen Bambushain zum Haus der

Kunst. Durch die Hintertür schlüpfen wir unhörbar in die Werkstatt für Bildhauerei. Die anderen kennen den Saal und bewegen sich leichtfüßig durch das Dunkel. Ich taste mich vorwärts, remple Skulpturen an, stolpere über Sockel, verlangsame den Schritt und stoße an eine Werkbank.

Eine Feuerzeugflamme leuchtet auf. Zwölf Augenpaare spiegeln das Flackern. Ich sehe mich von Figuren umringt, wie aufgestellt von höherer Hand, in typischer Haltung erstarrt. Mir am nächsten, fast zum Greifen, Jenny. Selbst wenn Coppki nie gelebt hätte, für sie müsste man ihn erfinden.

»Onkel Janush, lass uns tanzen.«

Das Licht versinkt. Jeder summt seine eigene Musik. Im Nu hat sich eine gegen die anderen durchgesetzt. Alle übernehmen Takt und Melodie. Coppki verinnerlicht Rhythmus und Tonfolge und fällt ein in den Chor der geschlossenen Lippen. Der Tanz der Finsternis beginnt. Er hört Schuhe scharren, Rascheln von Kleidung, vernimmt den Windhauch, wenn sie an ihm vorbeistreichen. Er riecht Haut und Atem. Er hat noch nie getanzt. Sie reißen ihn mit. Niemand kann es sehen, aber alle spüren, wie ungeschickt er beginnt, wie er sich anpasst und mit jedem neuen Lied enger mit ihnen verbindet.

Eintracht, das ist unsere Droge. Mehr brauchen wir nicht. In Stille. Die Musik haben wir in uns. Sie findet ihren Ausweg in Bewegung. Und Berührung. Abtanzen, antanzen, auftanzen, austanzen… vortanzen, zurücktanzen, zart wie die Luft. Nun verstummt auch noch das Summen. Tonlos wirbeln wir durcheinander in geheimnisvoller innerer Ordnung. Körper haben Augen und Ohren jenseits des Kopfes.

Es riecht nach Lack und Lehm. Hier ist die Kunst zu Hause. Die Skulpturen der Abschlussklasse fügen sich reibungslos in die Choreografie. An der Schwelle zur Reife, halb Kind noch, halb erwachsen. In einer einzigen Morgenstunde holt Coppki seine verlorene Jugend nach.

Und sie tanzen die ganze Nacht. Als der Tag aufscheint, ist

Janush nicht mehr er selbst. Jenny nimmt ihn bei der Hand und führt ihn hinaus ins Licht. Geblendet vom Tag folgt er ihr über enge Fahrstraßen und Wege bis an ihr Haus.

Sie hat sich bei ihrer ersten Ankunft, als Schlaf und Alleinsein ihr noch etwas bedeuteten, eines der wenigen Einzelzimmer auf dem Campus sichern können. Nun, da sie hier nicht mehr schläft, hält sie sich fast nur noch im Gemeinschaftsraum der anderen auf. Wir setzen uns auf das verwaiste Bett, das fast die Hälfte des Raums einnimmt. Über unseren Köpfen baumelt zusammengeknotet ein Mückennetz. Die Schreibplatte am Fenster lässt sich absenken. Daneben ein Regal mit Büchern, Blättern, einer kleinen Musikanlage und, auf der untersten Lade, einer alten Reiseschreibmaschine, die meine Blicke fesselt.

Ich muss hier etwas nachschieben aus meiner eigenen Biografie. Bevor ich mich auf Handschriften verlegte, habe ich Textblätter aus mechanischen Schreibmaschinen begutachtet, wie sie ein gutes Jahrhundert zu Abermillionen im Dienst der Schriftkultur standen. Bis zu ihrem Aussterben in Coppkis Jugend geriet fast das gesamte moderne Denken durch sie aufs Papier und damit ins Gedächtnis der Spezies.

Fachgerecht aufbewahrt können maschinengeschriebene Seiten Jahrhunderte überdauern, ohne die Spuren ihres Ursprungs und Merkmale ihrer Einmaligkeit einzubüßen. Überdies sind wichtige Texte häufig beim Tippen mithilfe von kohlebeschichteten Folien vervielfältigt worden. Solche »Durchschläge« helfen, die Überlebenswahrscheinlichkeit einer Botschaft erheblich zu erhöhen.

Unter Aufsicht wacher Archivare durfte ich Echtschriften durch die feine Lederhaut weißer Glacéhandschuhe mit eigenen Händen berühren. Manchmal ließen sich die eingestanzten Zeichen im Papier ertasten wie eine Blindenschrift. Dann meinte ich das Tippen auf der Tastatur noch zu hören, das Klappern, wenn die Typenhebel im Wirbel auf das eingespannte Blatt trommeln. Eine herrliche, mit vollautomatischen Schreib- und Lesesystemen leider brotlos gewordene Kunst.

Jennys schwarze Schönheit ist etwa hundert Jahre alt. Sie hat damit fast alle Menschen überlebt, die mit ihr auf die Welt gekommen sind. Dank ihrer dreifach belegten Typenhebel kommt sie mit drei statt vier Tastenreihen aus. Da sie sich zudem zusammenklappen lässt, ist sie als kompaktestes Tippgerät ihrer Zeit vor allem bei reisenden Freiberuflern beliebt. Andere könnten aus dem Stand Dutzende Gedichte aufsagen, Briefe und Pamphlete zitieren, Werke der Weltliteratur nennen, die auf einer Klapp-Erika* geschrieben worden sind. Coppki fehlt die klassische Bildung.

»Die hat mir mein Vater geschenkt. Ein Erbstück der Familie. Darauf hat er tippen gelernt.«

»Benutzt du sie?«

»Nur, wenn ich ihm schreibe.«

»Das Farbband ist trocken.«

»Ich tippe farblos. Mein Vater bestreut die Blätter zum Lesen mit einem Pulver. Ich habe gerade einen Brief fertig.«

Sie zieht das Blatt aus der Maschine und hält es mir hin. Ich nehme es in beide Hände, schaue ihr ins Gesicht und lese heimlich mit den Fingerkuppen.

Lieber Papa! Dein Päckchen ist unversehrt angekommen. Für das Geld lasse ich die Schulbänke bauen. Tausend Dank! So schnell ging es noch nie. Unser Kurier arbeitet bestens. Tolle Idee, ihn vor seinem Flug abzufangen. Ich werde ihm meine Antwort gleich wieder mitgeben. Mit der Bitte, ein Paket für uns bereitzuhalten, wenn du demnächst kommst. Er hat sich hier alles angesehen und auch beim Unterricht mitgemacht. Ich denke, sein Bericht wird Mama beruhigen. Sie macht sich Sorgen, ob ich hier richtig bin. Du weißt ja, wie sie ist. Jetzt kann ihr Freund ihr bestätigen, dass die Schulgebühr sinnvoll angelegt ist. Du kannst ihn ja selbst fragen. Stör dich nicht daran, dass er anfangs etwas weltfremd wirkt. Das ist er ganz und gar nicht. Er sieht die Welt nur aus einem anderen Winkel als wir. Er hat

* »Erika« von Seidel & Naumann, benannt nach der Enkelin des Firmengründers, auch »Klapp-Erika« genannt, da zum Transport der Wagen auf die Tastatur umgelegt wird.

sich gleich mit meiner Clique angefreundet. Wir finden ihn ziemlich witzig und klug. Rein äußerlich kann ich mir nicht vorstellen, was Mama an ihm findet. Sie legt doch so viel Wert auf Eleganz. Er trägt alte, verblasste Hosen und Pullis. Mir gefällt das. Er hat seinen eigenen Stil. Seine Haare sehen aus, als würde er sie selbst schneiden. Auch sonst passt er überhaupt nicht in Mamas Beuteschema. Ich finde ihn aber auf seine Weise ganz süß. Am schwersten fällt es, sich an seine Blicke zu gewöhnen. Er stiert, als wollte er einen durchleuchten. Doch das meint er nicht so. Nimm es hin wie seine ungelenken Bewegungen. Aber verrate ihm bitte nicht, dass ich über ihn geschrieben habe, und Mama erst recht nicht. Ich muss dir nicht sagen, wie sie darauf reagieren wird. Wahrscheinlich habt ihr sowieso noch immer keinen Kontakt. Ich hoffe, dir geht es gut. Schreib mir doch bitte mal, womit du dich gerade beschäftigst. Ich weiß ja schon gar nicht mehr, was du so machst. Eigentlich schade. Liebe Grüße, Deine Jenny

Sie nimmt mir das Blatt ab und steckt es in einen Umschlag.

»Den könntest du ihm mitnehmen.«

»Ich weiß nicht, ob ich ihm noch mal begegne.«

»Doch, das wirst du. Er erwartet dich schon.«

»Hast du ihm …«

»Nein. Er weiß von nichts. Ich hätte viel zu viel Angst, er würde sich einmischen. Aber er möchte dich treffen und sich über deine Zeit hier berichten lassen. Darf ich dich etwas fragen?«

»Du fragst ja bereits.«

»Liebst du meine Mutter?«

»Warum willst du das wissen?«

»Es würde mich für euch freuen.«

»Ich habe keine Ahnung, was das ist: Liebe. Aber wenn es das ist, was ich für sie empfinde, dann liebe ich sie.«

»Und was empfindest du für sie?«

Da gerät Coppki ins Nachdenken. Seine Gefühle für die Gefährtin gehören nicht ins Reich der Worte. Keines, das ihm einfällt, will passen. Eher hätte er den Vielklang mit Händen in Elastenformen ausdrücken können, molekularen Wolken, die in gegenseitiger Attraktion eine Wirkeinheit bilden. Er schließt die Augen und sagt: »Tanz.«

»Ihr geht tanzen?«

»Nein, aber wenn wir zusammen sind, ist es wie Tanz. Wie zwei Körper, die einander umkreisen, weil sie sich anziehen.«

»Na gut, ihr habt Sex, das habe ich verstanden, auch wenn es mich bei Mama wundert. Seit meiner Geburt hat sie sich angeblich mit keinem Mann eingelassen. Wenn sie bloß nicht immer so reden würde, als hätte sie es für mich gemacht. Ist da sonst nichts, was euch verbindet?«

Doch, du, denkt es in Coppki, aber er spricht es nicht aus. Seine Blicke ruhen auf der Schreibmaschine. Wenn er sein inneres Muster richtig liest, ist die Phase seiner Inkubation eingetreten. Er erinnert sich an ein Kapitel aus der *Chemie des Lebens*, das er mit dreizehn wie eine biblische Geschichte auswendig gelernt hat.

Zur Familie der Pfauenspinner zählt neben tropischen Exoten wie Atlasspinner und Kometenfalter auch das Kleine Nachtpfauenauge der gemäßigten Breiten. Die Falter aus der Ordnung der Schmetterlinge tragen auf ihren vier Flügeln je einen Augenfleck. Bei voller Spannbreite verbinden sich die Flügelzeichnungen zu monströsen vieräugigen Fratzen, die Fressfeinde abschrecken sollen. Manche Nachtfalterarten können die Augenflecke übereinanderlegen und gegeneinander verschieben, als würden sie mit blinden Augen rollen. Im Schutz ihrer Masken vollziehen die Pfauenspinner von allen anderen unbemerkt das Spiel von Amor und Eros. Die Weibchen sitzen still an einem Blatt oder Ast und entlassen aus winzigen Drüsen Lockstoffe in die Luft. Männliche Tiere besitzen fächerförmige Antennen, mit denen sie die chemischen Signale auch über enorme Entfernungen wahrnehmen können. Ihr Leben ist vom Verlassen der Puppe an ein Wettlauf mit der Zeit. Als Falter können sie keine Nahrung aufnehmen. Mundwerkzeuge und Darm sind zugunsten der Riechantennen für das Universum weiblicher Düfte verkümmert. Alles, was ihnen zum Leben bleibt, haben sie sich während der Raupenphase angefressen. Der Vorrat ist in wenigen Tagen aufgebraucht. Anders als bei Pfauenvögeln, die Partnerinnen mit der Schönheit ihres Augengefieders locken, bestimmt bei den prächtigsten unter den nördlichen Schmetterlingen nicht das anziehende Äußere die Wahl, sondern allein der begehrteste Duft. Jedes Weibchen besitzt seine eigene Note und sucht damit einen Partner, der chemisch am günstigsten zu ihm passt. Die Männchen sehen ihre Schönheit gleichsam mit der Nase und flattern auf ihrer Duftspur kilometerweit durch die Nacht.

»Doch«, sagt er. »Uns verbindet das Wachsein. Die Befreiung von den Träumen. Die Streifzüge durch die nächtliche Stadt.«

»Vermisst du deine Träume nie?«

»Träumen wir nicht immer? Manchmal scheine ich mein Wachsein zu vergessen. Bei vollem Bewusstsein versinke ich in eine andere Welt. Mal nur für einen Augenblick, mal lang und ausführlich. Beim Gehen zum Beispiel. Da bin ich minutenlang weg, obwohl ich alles um mich herum genau wahrnehme. Wenn es zu Ende geht, ist es wie ein Erwachen. Ich habe zwar alles gesehen, mir aber nichts gemerkt. Als wäre mein Gedächtnis gelähmt gewesen. Ich bin mir nicht mehr sicher, was in den vergangenen Minuten geschehen ist. Aber ich weiß, wo ich war: in einem Jenseits. Egal, wann und wie es mir passiert, es ist immer da.«

»Mama als Wachträumerin kann ich mir kaum verstellen.«

»Sie sagt, ich hätte ihr die Augen geöffnet. Dafür lässt sie mich die Welt durch ihre Augen betrachten.«

»Die Augen einer Fotografin.«

»Durch sie sehe ich Dinge, die ich nie wahrgenommen habe.«

»Welche Dinge?«

»Sie hält Augenblicke fest. An ihrer Seite kann ich die Zeit anhalten.«

»Wenn du jetzt die Zeit anhältst, was siehst du da?«

Ich sehe eine Klapp-Erika mit manueller Farbbandumschaltung. Ich sehe ein fließendes Panorama, das zum Stillstand kommt, wenn wir es anschauen. Ich sehe mein rastloses Innenleben, wenn ich den Namen »Jenny« ausspreche. Ich sehe zwölf Freunde der Nacht, die zum Abschied in mein Zimmer kommen, das ich kaum von innen gesehen habe.

Sie haben ihre Kissen mitgebracht. Vor jedem steht ein kugelrundes Glas, zwölf plus eins. Ich habe mich für Kugelflakons entschieden, wie sie für Parfüms verwendet werden.

»Wegen der Kontrollen?«

»Wegen des Volumens. Rundkolben fassen mehr, als man denkt.«

Kerzengerade sitzen wir da, das gehört dazu, aufgereiht an der Wand, angewinkelte Beine, Handrücken auf Kniegelenken. Die milde Brise zwischen den offenen Fenstern lässt das Ölflämmchen flackern. Coppki in ihrer Mitte, die offenen Augen in sich gekehrt, murmelt vor sich hin.

»Wir verbreiten den Geist des Wir wie ein Virus der Wahrheit durch das Wunder der Wachheit.«

»Wie soll das geschehen?«

»Das Gerücht pflanzt sich schneller fort als das Mittel. Der Andrang ist riesig. Je mehr wir sind, desto mehr wollen dabei sein. Keine zehn Monate, und die gesamte Menschheit ist infiziert.«

»Theoretisch.«

»Nein, praktisch. Es geht schneller, als man denkt. Jeder Nimmermüde hat einen Mondmonat Zeit, zwölf neue Anhänger zu gewinnen, sechs männliche und sechs weibliche, möglichst bunt gemischt. Schon zwölf hoch neun macht über fünf Milliarden.«

»Das klingt machbar.«

»Die Neuen bekommen vom Begründer ihren Vorrat, erleben ihre Erweckung und machen sich erneut auf die Suche nach geeigneten zwölf.«

Eine Buchstabenkette füllt das Feldnotizbuch in Coppkis Kopf. *zwölfmalzwölfmachthundertvierundvierzigmalzwölfgibteintausendsiebenhundertachtundzwanzigmalzwölfgleichzwanzigtausendsiebenhundertsechsunddreißigmalzwölfergibtzweihundertachtundvierzigtausendachthundertzweiunddreißigmalzwölf…*

Heute erscheint uns das langsam. Damals machte es die Menschen noch schwindlig. Tatsächlich orientiert sich Coppki in seinem Gedankenexperiment ziemlich genau an den Innovationszyklen und Ausbreitungsraten jener Tage. Ein Jahr ist fast zu lang für ein Produkt, das niemand vermisst hat, aber jeder haben muss. Manche Neuheiten finden in viel kürzerer Zeit ihren Massenmarkt.

Coppki lässt sich nicht vom Kurs abbringen. Er ist sich keineswegs sicher, ob sich die Szene gerade ereignet oder er sie sich nur vorstellt. Als er kurz vor Mitternacht in einer letzten gemeinsamen Umarmung Abschied nimmt und von dannen fährt, beginnen sich die Grenzen bereits zu verwischen. Eingebildetes und Erlebtes vermischen sich im Gedächtnis, als liefen Tintenkleckse ineinander.

In seiner Jackentasche steckt der blinde Brief an Jennys Vater, den ich mit Fingerspitzen gelesen habe. Hat sie ihn darin nicht witzig, klug und süß genannt, Worte, wie ich sie nicht einmal von ihrer Mutter kenne? Wie kann ich ihre Zunge schmecken, wenn sie meiner nie begegnet ist? Wie können wir dem Gedächtnis unserer Helden trauen, wenn uns das eigene belügt und verlässt?

Die Poststation im Flughafen hat bei Nachtflugbetrieb bis in die Morgenstunden geöffnet. Aus seinem Feldnotizbuch reißt Coppki die Mitschrift der Woche mit der Grundskizze des Optimistischen Manifests und steckt sie zu Jennys Schreiben in den Umschlag. Darauf schreibt er seine Adresse, ein Postfach in der Hauptstadt, das Wendsel betreibt. Er lässt ihn frankieren, abstempeln und im Briefkasten vor dem Ausgang verschwinden. Würde ihn das Schreiben daheim erreichen, hielte er einen untrüglichen Beweis in Händen, mehr zu sein als nur seine eigene Idee.

Dritter Teil

Welt ohne Schlaf

You may say I'm a dreamer
But I'm not the only one
I hope someday you will join us
And the world will be as one

John Lennon, *Imagine*

1

Bis hierher hat meine Gesprächsgruppe aufmerksam zugehört. Zusammenfassende Erzählpassagen mit klaren Deutungen gelten als Erholungsinseln im Lebenslaufgeschäft, seit es sich mehr und mehr im Aneinanderreihen von Szenen und Sentenzen erschöpft und Biografien zu Biogrammen verkürzt.

Der überaktive Tänzer, für alle etwas anstrengend, aber unersetzlich in unserem Kreis, ergreift als Erster das Wort: »Das heißt, Coppkis Geschichte geht jetzt erst richtig los?«

Er hat das Pech, dass sein Held, in seinen Worten »der göttlichste unter den himmlischen Solisten des klassischen Balletts«, nach Ende seiner Karriere mit fünfunddreißig Jahren noch weitere fünfzig ohne Ehrgeiz und Erfolg vergnügt in den Tag gelebt hat. Dieses halbe Jahrhundert Menschendasein, in dem nichts über einen Tänzer Berichtenswertes passiert sein soll, will sein Stellvertreter auf Erden in einem einzigen Kapitel unterbringen und damit ungleich härter zusammenfassen, als ich es Coppki je zugemutet hätte. Schon allein deshalb kann ich seinen Einwand nicht einfach so stehen lassen.

»Ich habe Coppkis Vorleben schon auf das Allernötigste verkürzt. Wolltet ihr nicht sogar mehr Begebenheiten aufnehmen, als es darum ging, wie ich mit Vera durch die Nächte ziehe? Dann wären wir jetzt nicht mal im Flugzeug. Ich würde auch nicht von der eigentlichen Geschichte sprechen. Alles, was vorher passiert ist, war absolut notwendig. Sein Leben habe ich gerade deshalb in drei Teile getrennt. Bei den Jugendlichen wird der Immerwache noch einmal geweckt und endgültig ein anderer. Er verwandelt sich in den Menschen, der alles verändert und spurlos verschwindet.«

»Findest du das nicht selbst ziemlich aufgesetzt? Keiner unserer Helden hat sich je versteckt. Sie haben ihren Ruhm genossen oder darunter gelitten. Aber jeder hat sich dem Joch unterworfen. Und jetzt sollen wir plötzlich eine Ausnahme zulassen?«

Seit unserem Ausflug auf die Insel reagiert die Chirurgin leicht gereizt. Sprechen wir ihr launenhaftes Gehabe an, so führt sie es auf ihren verrückt spielenden Hormonhaushalt zurück. Sie sei schwanger, sagt sie und behauptet, das Kind sei von Coppki. Wir haben versucht, ihr das auszureden. Aber Frau Doktor besteht darauf, obwohl unsere beiden Figuren nicht einmal Zeitgenossen waren.

Trotz der anderen Umstände, setzt sie nach, habe sie sich ihrer Prominenz nie entzogen. Coppki dagegen versuche, sich vor seiner Verantwortung zu drücken. Sie gibt ihren Einwand zu Protokoll. Hiermit gebe ich ihn ordnungsgemäß wieder. Als ihr Sohn, meine Hauptrolle in ihrem Spiel, hätte ich dazu natürlich ein paar Fragen. Aber heute sind wir nicht in ihrer, sondern in Coppkis Welt unterwegs.

Die Architektin, nunmehr in Person der achtzehnjährigen Jenny, hält sich bedeckt. Die Heldin ihrer Geschichte entzieht sich dem Fluch des Ruhms durch Freitod. Wäre sie wie Coppki anonym geblieben, so wäre das womöglich nicht geschehen. Der Regisseur dagegen, dessen leuchtender Auftritt in unserem Drama unmittelbar bevorsteht, kann Konstellation und Situation einiges abgewinnen. Ein Täter, der unerkannt unter den Menschen weilt, sagt er, sei ein uralter Topos. Dankbar nehme ich seinen Einwurf auf.

»Coppki denkt nicht in Kategorien der Film- und Theaterdramaturgie. Er verhält sich, obwohl Laie, durch und durch wie ein Wissenschaftler. Ihm geht es um seine Theorie und das Experiment, sie zu stützen. Ob es uns gefällt oder nicht, er hat sich als Beobachter goldrichtig positioniert. Er kann sich zurücklehnen wie ein Raumfahrtingenieur im Kontrollzentrum nach dem erfolgreichen Start einer Rakete. Endlich hat er seinen Platz gefunden: Beobachter eines Menschheitsversuchs mit unabsehbarem

Ausgang. Er hält sich, so weit es geht, aus allem heraus, um sich zu schützen. Aber ohne die innere Stimme wäre ihm das, glaube ich, nicht gelungen.«

»Nehmen wir uns hier nicht etwas zu wichtig?« Die Chirurgin mit ihrem Mediziner-Wir. Ich muss aufpassen, sie nicht anzufahren.

»Warum glaubst du das? Nur weil du dir deine Helden anders vorstellst? Vergiss nicht, woher er kommt.«

»Wie könnte ich das?«

»Ich meine seine soziale Phobie, seine Angst, beobachtet zu werden. Sie ist stärker als alle anderen Impulse. Die Vorbilder seiner Jugend, Entdecker und bahnbrechende Forscher, hat er nur wegen ihrer Leistungen bewundert, nicht als Personen der Zeitgeschichte. Mythos ist ihm immer fremd geblieben.«

»Und das soll er von dir haben?«

»Glaubst du denn, deiner Heldin sei es anders gegangen? Du hast uns doch selber ihren biografischen Wendepunkt geschildert. Hat sie während der Herzkranzoperation, die ihren späteren Ruhm begründete, nicht auch deine Stimme gehört?«

»Zumindest hat sie daraus andere Schlüsse gezogen …«

»… und sich feiern lassen, um dann erst die Unfreiheit und Einsamkeit des Prominentendaseins zu erleben. Coppki ist das klar, und es ist ihm ein Graus. Er will genau das Gegenteil. Wenn schon Erlöser, dann einer, den niemand wahrnimmt, obwohl ihm alle folgen. Er sieht die kommende Menschheit vor sich und versteht sich in der Rolle dessen, der den ersten Keim setzt. Von da an läuft der Vorgang – ich meine die Große Vereinigung – von allein ab.«

»Welches Motiv könnte er dabei verfolgt haben?«

Endlich bringt der Regisseur wieder ein wenig Ruhe in die Runde. Ich nehme seinen Faden auf.

»Coppki will in Erfüllung gehen sehen, was er prophezeit hat, ohne dabei mehr zu sein als nur ein passiver Teil des Geschehens. Ich finde die Idee überzeugend.«

»Das erinnert mich an den Brandstifter unter den Schaulustigen, der den Löscharbeiten seines selbst entfachten Feuers zusieht.«

»Für gewöhnlich«, nun schaltet sich die Komponistin als Mutter von Jenny ein, »verstecken sich die Zündler in den Reihen der Feuerwehr, die sie vorher selber alarmiert haben. Und dann besiegen sie das Böse an vorderster Front. Hinterher dürfen sie sich doppelt als Helden fühlen, Schurke und Retter in einer Person.«

Sie will nicht wahrhaben, dass nicht einmal Vera, die Coppkis Geliebte ist, außer einer zweideutigen Aufnahme irgendeinen direkten Hinweis auf seine Existenz hinterlassen hat. Das Tagebuch der Fotografin sind ihre Bilder. Unter denen, die sich erhalten haben, zeigt zwar nur eines Coppki, wie wir ihn uns vorstellen. Aber hat Vera nicht in der fraglichen Zeit radikal ihren Stil verändert und begonnen, die Leere der Nacht abzulichten? Ich fürchte, die Komponistin hätte in ihrer Rolle an meiner Seite einfach lieber ein gefeiertes Genie an der ihren gehabt.

»Das Bild vom Feuer finde ich gar nicht schlecht«, lässt mein Alter Ego mich sagen. »Nur passt es hier nicht ganz her. Coppki hat eher einen Schwelbrand gesetzt, der lange unbemerkt blieb, bis er nicht mehr zu löschen war.«

Die Komponistin: »Mir will noch immer nicht in den Kopf, ob er das bewusst oder unbewusst getan hat.«

Ich: »So seltsam es klingt: beides. Coppki lebt in der Gegenwart und handelt aus dem Moment heraus. Aber die Richtung gibt ihm die Zukunft vor, wie sie vor seinem inneren Auge erscheint. Sprechen wir also besser vom Anstifter, der nicht anders kann, als seinem Ruf zu folgen, und dabei zugleich der Gestalter und dessen Betrachter wird.«

Die Architektin: »Klingt reichlich nach Wünschelrute.«

Ich: »Ist auch nichts anderes. Er handelt nur in dem Sinne bewusst, dass er sich seine Handlungen bewusst macht, aber nicht, dass er sie bewusst plant.«

Der Regisseur: »Ohne Motive?«

Ich: »Zumindest ohne äußere. Aus dem Inneren scheint ihm so

etwas wie der Leitstrahl der Propheten, wenn ihr wisst, was ich meine. Pure Intuition.«

Die Komponistin: »Das erklärt nicht, wie ein krankhafter Schüchtling zwölf junge Menschen verführen und zu seinen Jüngern machen kann, ohne dabei Spuren zu hinterlassen.«

Heldenkritik nennen wir das. Kommt bei jeder Sitzung vor, wenn auch nicht immer so krass. Dem Tänzer wird sein Balzverhalten vorgeworfen, mit dem er sich von der Bühne herab junge Liebhaber angelt. Der Chirurgin ihr stoischer Gang über Leichen. Dem Regisseur ständige Selbstinszenierung. Der Architektin Höhenwahn. Und der Komponistin die Manipulation durch das Melodische. Aber niemand polarisiert stärker, ruft mehr Widerspruch hervor als Coppki, der Spurlose, dem wir fast alles, was wir über ihn wissen, erst andichten müssen.

»Wartet doch ab. Das ist nur die eine Seite der Geschichte. Die zwölf haben keinen geringeren Anteil an dem, was nun kommt, als er. Natürlich können wir die dramaturgische Ausrede des Zufalls ins Feld führen, der ihre Weltlinien zusammenlaufen lässt. Plausibel wird das Geschehen aber erst, wenn wir Coppkis Maxime ernst nehmen und von einer Vorsehung ausgehen, der er sich überlässt wie ein loses Blatt dem Wasserlauf.«

»Deine entsetzlichen Bilder« (die schwangere Chirurgin).

»Jeder Versuch, das Geschehen zu steuern, hätte unweigerlich sein Scheitern bedeutet.«

»Typisch Männer, die Männer verstehen« (die Chirurgin, nun erst recht aufgebracht). »Der Arme konnte also nicht anders, sagst du. Alles nicht seine Schuld. Auftrag von ganz oben, ja? Sicher eine himmlische Weisung.«

»Das könntest du über jeden sagen.«

»Aber die anderen sind keine Feiglinge. Sie stellen sich der Geschichte, statt sich vor ihr zu verstecken.«

Analytische Biografen sind, wie ihre Helden, auch nur Menschen. Unsere Berichte folgen alle der gleichen Machart. Wir stellen Thesen über Personen auf, die wir anhand unserer Quellen und Versatzstücke belegen, mal entsetzlich vieler, dann wieder erbärmlich weniger. Das Übrige bleibt Einbildungskraft und Deutungsfreiheit überlassen. Das weiß jeder. Aber wehe, einer spricht es aus.

Ich tue es, um mich zu verteidigen. Eigenmächtiges Verhalten muss ich mir nicht vorwerfen lassen. Und auch keinen Alleingang, nur weil ich ohne den Rest meiner Gruppe sieben Tage in Coppkis Leben mit unserer Architektin auf dem Campushügel der Eineweltschule verbracht habe.

Sie verkörpert ihre Jenny dabei mit einer Hingabe, als wollte sie sich von der Tragik ihrer eigenen Hauptfigur erholen. Die stürzt sich in der Stunde des Triumphs bei der feierlichen Einweihung vom Dach des Hochhauses, das die Fachwelt gerade als ihren Geniestreich feiert.

Mir als Assistenten der Baumeisterin gibt sie indirekt die Schuld an deren Tod. Ich hätte sie mit dem unausgesprochenen Versprechen hingehalten, auf ihr heimliches Werben einzugehen. Als hätte ich je vorgehabt, mit meiner Chefin ein Verhältnis anzufangen! Irgendwann wäre sie sowieso auf meine Kollegin und spätere Frau gestoßen, mit der ich ein erfolgreiches Büro betreibe.

Bei der anstehenden Biografenrunde in meiner Klause sehe ich mich bitteren Klagen ausgesetzt. Die magere Quellenlage könne man mir nicht anlasten. Auch sei fachlich an meiner Arbeit nichts auszusetzen. Besonders hoch rechnen sie mir an, alle zwölf Urfreunde der Nacht ausfindig gemacht zu haben. Die Verwandlung meines Helden aber zu vollziehen (der Regisseur sagt: exekutieren), als wäre sie gleichsam aus sich selbst heraus geschehen, und dabei wie nebenher den Gründungsmythos der Optimisten umzudichten, laufe der Wahrheitsfindung zuwider.

Sie beschwören die goldene Regel, ein Autor müsse hinter seinem Werk verschwinden. Wenn er sich aber selbst zum Thema mache, und nicht nur sich, sondern auch noch seinen Biografenkreis, führe Dekonstruktion zur Demontage der Kunst. Ich halte das für vorgeschoben. In meinen Augen wird hier etwas anderes verhandelt. Eifersüchteleien, Parteinahmen, Frust, Überdruss. Man schaut einander nicht mehr zu, man beäugt sich. Der Regisseur, gefangen in seiner Rolle des postmodernen Skeptikers und Relativierers, gibt sich nicht geschlagen.

»Cliquen mit Weltverbesserungsfantasien kommen und gehen. Die meisten jungen Leute durchleben diese adoleszente Spielphase. Wichtig für ihre geistige Entwicklung, aber unbedeutend für den Gang der Welt.«

»Den Unterschied machen das Elixier und die geteilte Erfahrung. Sie sind das, was sie in sich spüren: besonders. Dazu kommt diese unbeugsame Zuversicht.«

»Hast du dafür auch eine Erklärung?«

»Wenn schon leichter Schlafentzug Depressionen lindert oder heilt, dann kann man sich ausmalen, wie vollkommene Schlaflosigkeit in dieser Beziehung wirkt.«

»Führt sie nicht eher zu Wahrnehmungsstörungen und Halluzinationen?«

»Nur wenn dem Bewusstsein der Treibstoff ausgeht.«

»Aber sonst verbindet sie doch nichts, Coppki und die zwölf.«

»Zwei eigenständige Gedankenexperimente fließen zu einem einzigen zusammen. Allein mit dem Elixier hätten weder sie noch er etwas ausrichten können. Dem Leib fehlt die Seele und der Seele der Leib.«

»Du sprichst in Rätseln.«

»Ich würde eher sagen: in Bildern. Sie geben seinem Überorganismus ein Gesicht, er ihrer Utopie einen Sinn. Sie kennen das Ziel, er den Weg.«

»Wie hat er das angestellt?«, fragt der Regisseur. »Er kann doch nicht wissen, was auf ihn zukommt.«

»Seine, wenn du so willst, Planlosigkeit, ist ein Segen. Pläne schränken ein. Er hat ihnen gegen seine Absicht, ohne Wissen und Hintergedanken, ein Wunder geschenkt. Sie nehmen es an und verwandeln es in Zuversicht. Er begreift den Optimismus als Lebensprinzip. Sie träumen vom Teilen. Er erkennt, wie das Wunder durch Teilen wächst. Von den Früchten solcher Fusionen nährt sich der Fortgang des Weltgeschehens.«

Der Tänzer: »Reden wir hier nicht von zwei unabhängigen Vereinigungen? Hier zwölf plus eins und da die Menscheinheit?«

Ich: »Die eine lässt sich ohne die andere nicht denken. Sie gehören zusammen wie Pianist und Klavier. Wobei meist nur der Musiker gesehen wird und nicht, was das Instrument mit ihm macht.«

Die Komponistin: »Wer ist dabei wer?«

Ich: »Beide beides, wenn ihr euch das vorstellen könnt. Jeder spielt auf der Klaviatur des anderen von derselben Partitur. So wie Politik und Psychologie einander bedingen.«

Die Architektin: »Oder Macht und Angst.«

Der Tänzer: »Utopie und Optimismus.«

Ich: »Vom Optimismus haben wir gesprochen. Jetzt bin ich euch noch die Utopie schuldig und wie sie Coppki gefangen nimmt.«

2

Angenommen, es wäre so gekommen. Wie selbstvergessen dreht der geflügelte Riese noch eine Runde über den südlichen Ausläufern der Hauptstadt, bevor er fast lautlos den Frühtau der Piste unter seine Fahrwerke nimmt. Coppki streift die Uhr vom Handgelenk, in der das Herz seines Vaters schlägt. Jenny und ihre Freunde sitzen wohl schon zu Mittag. Er stellt das Zeigerwerk zurück und freut sich über die gewonnenen Stunden. Dann zieht er sich die Schiebermütze in die Stirn und macht sich auf die Suche nach der ungeborenen Zeit.

Vera holt ihn vom Flughafen ab. Die Komponistin erwartet mich am Ausgang. Sie hat sich ein Auto gemietet. Der Tag ist noch jung. Als sie ihn kommen sieht, läuft sie ihm entgegen und nimmt ihn in den Arm. Durch den Mantelstoff strahlt die Wärme ihres Körpers. Wir fahren zu ihr. Er hätte die Wohnung unter Tausenden allein an ihrem Geruch erkannt. In der Küche wartet ein gedeckter Frühstückstisch. Wir lassen ihn links liegen und bewegen uns geradewegs ins Schlafzimmer. Dort werfen wir einander aufs Bett, als wären seit dem Abschied hundert Jahre vergangen, atemlos, überstürzt. Kaum hat sich der erste Sturm gelegt, schaut die Komponistin mich forschend an.

»Irgendwie bist du verändert.«

Ich würde eher sagen, es ist unser Verhältnis, das sich verändert hat, und zwar zu seinem Nachteil, seit ich in ihrer Geschichte als heimlicher Geliebter in Ungnade gefallen bin. Dabei habe ich mir nichts anderes gewünscht, als mich einmal bei einer Premierenfeier als ihr Partner zu erkennen zu geben. Genau daran, hat sie gesagt, seien ihre letzten Beziehungen gescheitert. Wenn es mir nicht genüge, unser Verhältnis als das zu genießen, was es sei, dann könne sie mir nicht helfen. Mit einem sichtbaren Mann an ihrer Seite wäre sie eine andere. Ihre Musik würde als Ausdruck des Privaten gedeutet statt aus sich selbst heraus. Als erfahrene Lebenslaufdeuterin sollte sie wissen, wie das Vermengen der Rollen und Spiele ins Verderben führen kann.

Wir sitzen gegen das Kopfteil des Bettes gelehnt. Sie hat sich eine Zigarette angesteckt. Coppki mag Tabakrauch.

»Ich weiß nicht, wie ich es ausdrücken soll. Einerseits bin ich noch derselbe, andererseits schaue ich wie durch neue Augen in die Welt. Was ist dir aufgefallen?«

»Eigentlich wie du sagst: Du wirkst auf einmal deiner selbst bewusst und zupackend.«

»Eine wilde Entschlossenheit in allem, was Coppki in die Hand nimmt. Zuerst ihre Schultern und Schenkel, ihre Brüste, den flachen Bauch und dann vom Rücken über den Po zwischen den Beinen hindurch an ihre heikelste Stelle. Bisher ist es stets ein Spiel unter Gleichen gewesen. Jetzt will etwas in ihm sie unterwerfen. Fast, als müsste ich über einen Abwesenden triumphieren.«

»Vielleicht sagt man so was nicht, aber gerade das hat mir gefallen.«

»Vera empfindet das Besitzergreifende als männlich.« Sobald ich meine Geschichte erklären darf, blühe ich auf. »Coppki ist entsetzt über sich. Nicht über das Erlebte. Das hat ihm sogar Lust und Freude gemacht. Sondern über die Lust und Freude. Und deren Unbezwingbarkeit. Statt sich beherrschen zu können, wird er beherrscht. Wie früher in seinen Träumen.«

»Wie lange sind wir jetzt ein Paar? Ein halbes Jahr?«

»Aber heute ist etwas anders. Du bist auch verändert. Fast, wie soll ich sagen?, als fordertest du meine Härte ein.«

Vera erkennt ihren Freund nicht wieder. Seine Sprache, seine Worte, vor allem sein Mienenspiel. Plötzlich folgt das Gesicht dem Gesagten auf anrührend arglose Weise. Sie staunt über sein Feingefühl. Sie kennt die tiefere Ursache seiner Empfindungen.

Sie schreckt davor zurück, ihm die Wahrheit zu offenbaren: Während der Woche, als Janush bei Jenny war, hat sie sich mit Leon getroffen, deren Vater. Auge in Auge hat sie ihm von ihrem neuen Mann erzählen wollen, leise, ohne Triumph. Seit über zehn Jahren haben sie sich nur fernmündlich oder via Tochter ausgetauscht.

Coppki hört sie sprechen. Schaut in ihre Richtung. Durch sie hindurch. An ihr vorbei. Als könnte er hinter ihr sehen, wie ihm im Kino ihres Lebens der Fehler seiner ersten Liebe erklärt wird. Auf der inneren Leinwand der Frau Linden spult sich die Szene ab wie eine Filmsequenz, die sich nicht anhalten lässt. Kaum hat sie Leon erblickt, sagt sie den Satz, den sie sich vorgenommen hat.

›Wenn du wissen willst, was die Liebe aus einer Frau machen kann: Hier siehst du es vor dir.‹

Vor ihm sitzt die einstige Geliebte, Mutter seines einzigen Kindes, anziehender als am ersten Tag, schöner denn je. Er kann – das Café voll besetzt, Klappern, gedämpfte Stimmen – seinen Blick nicht von ihr lassen. Das Gespräch verläuft anders, als Vera es sich vorgestellt hat.

›Ich habe fast vergessen, wie gut du mir gefällst.‹

Jäger wie Leon entwickeln aus dem Stand einen mächtigen Hunger nach Herrschaft und Besitz. Sie kämpfen um ihr Revier wie um ihr Recht am Fleisch. Fressen und Fortpflanzung als zwei Seiten derselben Münze. Vera durchschaut die Mechanismen, aber ohne Chance auf Gegenwehr.

›Versuch nicht, dein altes Spiel mit mir zu spielen.‹

›Wenn's dir nicht gefällt, musst du ja nicht mitmachen.‹

›Janush hat das jedenfalls nicht nötig.‹

›Janush? Klingt wie ein kleiner Junge. Wie ist er?‹

›Ich vertraue ihm.‹

›Das ist alles? Geht ihr nicht weg? Habe dich schon lange nicht mehr gesehen.‹

›Wir sind jede Nacht unterwegs. Aber anders, als du denkst.‹

›Ganz neue Welt, richtig?‹

›Wissenschaft, falls dir das was sagt.‹

›Du bist unter die Forscher gegangen?‹

›Ich habe einen Gefährten gefunden, wie du nie einer für mich sein wolltest. Nur das zählt.‹

›Gefällt er dir?‹

Das hätte er nicht fragen dürfen. Niemand kann sich dem Fluch des Vergleichs entziehen. Vor Vera sitzt in seinen Fünfzigern der begehrenswerteste Kerl, dem sie je begegnet ist. Kein anderer hat vergleichbare Instinkte in ihr geweckt. Die »unerfüllte Aufgabe ihres Lebens« hat der Regisseur seinen Leon genannt.

Der hat Coppki nur einmal kurz gesehen. Das reicht ihm, den Jüngeren als Rivalen nicht ernst zu nehmen. Ohne es benennen zu können, muss der ungleiche Gegner genau das in Veras Armen von Anfang an wahrgenommen haben. Seit der ersten gemeinsamen Nacht, in der sie wie Adam und Eva eins der wenigen Geschenke eines Neubeginns bekamen, die uns das Leben beschert, seit sie noch im Schweiß der Liebe den Vater ihrer Tochter erwähnte, so verächtlich und dabei so zärtlich, hat Coppki das Unheil kommen sehen, wenn nicht herbeigesehnt. Was keine Zukunft hat, hat auch keine Gegenwart verdient.

Vera saugt an ihrer Zigarette. Sie sieht seine Nacktheit und ihre eigene und lässt beide unter der Bettdecke verschwinden. Jetzt würde sie gern schlafen. Ruhig und tief und fest, wie es nur Liebende können nach dem gemeinsamen Rausch. Die Uhr anhalten und vergessen, was auf einen wartet. Aber sie ist nicht müde, nie mehr müde, ohne Pause Gefangene ihrer Gedanken, die sich aus versteckter Quelle speisen. Ihre Fotografie lebt von der Idee der Kontraste im Augenblick, oft erst beim zweiten Hinsehen zu erkennen als Schatten einer Sorgenfalte oder das Aufleuchten innerer Harmonie. Ohne Schwarz kein Weiß, ohne Anfang kein Ende. Nur wer die Krankheit kennt, kann die Gesundheit wirklich schätzen. Was ist Wachsein wert ohne Erwachen, ohne die Wiedergeburt nach dem kleinen Tod?

Klammheimlich überdrüssig ihrer Unermüdlichkeit, schaut sie zu dem Mann neben sich, dem sie ihre Lage verdankt. Coppki blickt in eine fühlbare Leere und schnüffelt den Rauch. Könnte er sie lesen, verstünde er jeden ihrer Gedanken. Drei Nächte an der Seite von Leon, der im Nachklang der Liebe in eine Stille fiel wie Überlebende nach dem Ende der Schlacht. Drei schlaflose Nächte im geheimen Neid auf den Entrückten haben Veras strahlenden Helden aus dem Keller der Chemie in ein neues Licht gerückt. Er hat gegeben, aber auch genommen. Die Moral ihres Märchens vom Prinzen, der sie ins Leben zurückholt: ohne Soll kein Haben. Es gibt keinen Retter, nicht mal einen Heiland, der nur das Gute bringt.

Aber trägt sie nicht selbst einen Teil Schuld? Hätte sie damals, als sie ihm alles versprach, nur nach dem einzig Richtigen gegriffen, statt das Unmögliche zu fordern, und »dürfen« gesagt statt »nicht mehr müssen«, und »schlafen« statt »nicht mehr schlafen«, dann hätte sich der Fluss ihrer Geschichte ohne Weiteres ein anderes Bett suchen können. Gemeinsam mit Leon könnte sie vielleicht sogar wieder den wunderbaren Schlummer genießen wie damals in den Nächten ihrer überbordenden Liebe.

Coppki atmet unregelmäßig. Als hätte er die Schwingungen in Veras Herz registriert und in seinem verarbeitet. Wie kann einem ein Mensch so fern sein, der so nahe bei einem ist? Hat er sich von ihr entfernt oder eher sie von ihm? Wo sich aber bei anderen Trauer einstellen würde, Verlustangst oder Furcht vor der Leere, hat mich mit ihm der Ehrgeiz des Versuchsleiters gepackt. Wie lange hält der Zauber an, wenn der Zauberer abtritt? Würde das Elixier im gleichen Maß seine Wirksamkeit einbüßen wie Vera den Glauben an ihn?

Als ob sie meine Gedanken lesen könnte, weicht die Komponistin ihnen aus.

»Erzähl mir von Jenny.«

»Warte. Wir ziehen uns erst an. Wir sind hungrig. Frühstück am späten Nachmittag. Du hast noch geduscht. Ich habe Kaffee gekocht. Die Eier sind leider längst kalt.«

»Wie ist sie ohne Schlaf?«

Coppki schweigt. Wir sitzen am Küchentisch, lange Zeit sein Lieblingsplatz. In ihm nagt der Verdacht, ihr das alles eben erst erzählt zu haben. Mit Händen und Lippen und Haut auf Haut in seiner zupackenden Art. Dann ergreift er das Wort: »Sie glauben an die kommende Zeit.«

»So wie du?«

»Anders. Sie verstehen Zukunft als Überwindung der Herkunft.«

»Niemand kann aus seiner Haut heraus.« Die Komponistin improvisiert. Coppki auf der Höhe seiner Kunst.

»Die Herkunft bestimmt über die Zukunft wie die Zukunft über die Herkunft.«

»Das hast du schön gesagt. Ein echter Janush.«

Spätestens an dieser Stelle, wo Möglichkeit auf Wirklichkeit trifft, Aphorismus auf Floskel, auf den Weg zu sprechen, ohne sich zu äußern, da beraubt sich die Fotografin ihrer letzten Chance auf das Glück einer Liebe, wie sie das Leben jedem nur einmal bereithält. Ich hasse es, Coppki nun als Zombie oder Nerd ins Gefecht zu schicken. Aber ich weiß natürlich, anders als er, dass Mitleid die schlechteste Basis für Freundschaft ist. Also lässt er mich sagen, was ich ihn sagen lasse: »Die Zukunft weiß alles über die Herkunft, die Herkunft ist blind für die Zukunft.«

»Jetzt weiß ich wieder, warum ich dich so mag.«

»Coppki kann stundenlang solche Sätze aus Grundwörtern bilden. Das Unbewusste besitzt ein eigenes Bewusstsein, das gelegentlich durch eine innere Stimme zu ihm spricht.«

»Du bist und bleibst ein hoffnungsloser Spinner. Wenn ich nur wüsste, was plötzlich in dich gefahren ist.«

»Ich habe in zehn Kilometer Höhe bei tausend Stundenkilometern über Grund Rührei mit Toast gegessen und dazu kaltes Bier getrunken. Auf der gleichen gedachten Höhe habe ich Jenny und ihre Freunde kennengelernt.«

Sie fragt nicht, wie war der Toast, das Bier, sie fragt, was hat das mit den Freunden auf sich?

»Sie wollen teilen. Jeder soll das Mittel bekommen.«

»So weit seid ihr schon?«

Die Komponistin redet sich um ihre Rolle. Lässt sich vom Regisseur, den sie verehrt, vom Skript abbringen. Opfert das einzig denkbare dauerhafte Glück ihres Lebens dem Fortgang der Handlung, die sich gegen sie wendet. Ich bin mir nicht sicher, ob sie sich der Tragweite ihrer Entscheidung bewusst ist, als sie »ihr« sagt, wo sie von Herzen lieber »wir« gesagt hätte. Aber da sie das Ende ihrer Geschichte kennt (dafür verschicken wir die Drehbücher ja im Voraus), verspielt sie ihre biografische Glaubwürdigkeit im falschen Glauben an die ewige Liebe. Das Elixier hat sie hellwach gemacht wie uns alle. Aber bei ihr zeigt es die paradoxe Wirkung, dass sie gespielte von gelebten Gefühlen nicht mehr trennen kann.

Coppki ist sich unsicher, wie er mit Vera verfahren soll. Getauft, bevor die Taufe erfunden wird, Mitglied der Glaubens-, nicht aber der Stammesgemeinschaft, Gefährtin der Nächte, aber nicht Freundin der Nacht. Mag sein, dass der Falter nach seiner Reise die Welt anders vernimmt als die Raupe. Aber möglich auch, dass sich die Welt verändert hat, als er sich im Puppenschlaf neu erfand. Was auch immer es ist, Abstand, Fremde, Unbehagen, er verspürt kein Bedürfnis, sie einzuweihen. Stattdessen erhebt er sich unvermittelt von seinem Stuhl und verlässt grußlos ihre Wohnung. Auf der Straße beginnt er zu laufen, als müsste er etwas abschütteln.

Nichts besitzt mehr seine vollständige Gültigkeit. Deshalb überfällt ihn, als er nach langem Irren durch die Stadt – Vera wohnt auf einem der sieben Hügel – den Fluss erreicht und am Ende des verseuchten Grundstücks das Laborgebäude erblickt, ein seltenes Gefühl des Ankommens. Es geht auf den Abend zu, die Dämmerung verdammt den Tag zur Nacht, in Wendsels Etage glimmt Licht, genau wie es Coppki sich vorhergesagt hat. Er verspürt sein erstes Heimweh in dem Moment, als es verfliegt. Könnte er weinen, würde er es jetzt tun.

Wendsel hat Coppki noch nie so blutarm erlebt. Seine Blässe führt er auf die lange Reise zurück. Die Appetitlosigkeit muss ihre

Ursache im späten Frühstück bei der Freundin haben. Aber die Art nervöser Nachdenklichkeit ist neu an seinem nimmermüden Nachbarn, der sich unverzüglich an die Arbeit macht.

Die Gerätschaften und Laborutensilien aus den chemischen Laboratorien leisten Coppki ausgezeichnete Dienste. Jeden Tag verdünnt er das Elixier weiter um den Faktor zehn. Die Wirkung bleibt unverändert. Bald muss er als Träger winzige Zuckerkugeln einsetzen, um die Dosierungen noch handhaben zu können.

»Ein Wissenschaftler durch und durch«, sagt die Komponistin.

»Ich war lange geneigt«, antworte ich, »seinen Sieg über den Schlaf, das Stoffliche, als Coppkis lebensgroßen Durchbruch anzusehen. Heute mag uns das Gedächtnis des Wassers als kindliches Bild erscheinen. Seine Idee einer Wirkebene jenseits der Dinge gehört dennoch zu den ewigen Wahrheiten.«

»Sobald du ihn als Theoretiker sprechen lässt, wirst du unverständlich. Was willst du mir eigentlich sagen?«

»Niemand kann je sicher davon ausgehen, das Kleinste oder Größte entdeckt zu haben. Eines Tages würden auch Elementarteilchen, davon ist Coppki überzeugt, das Geheimnis ihres Aufbaus preisgeben, eines anderen Tages das Universum zum kleinen Teil von etwas namenlos Umfangreicherem schrumpfen und die Antinomien der reinen Vernunft ein Stückchen weiter in Richtung Unendlichkeit verschieben. Irgendwann wird auch das Zentralinstitut für Gedankenexperimente sich selber als Gedankenexperiment einer ungleich komplexeren Einheit entpuppen. Nicht bedeutender als eine Zelle in einem Gehirn, das an der alten Zeile nagt: Wenn Gott die Welt erschaffen hat, wer hat dann Gott gemacht?«

»Du glaubst das alles wirklich, habe ich recht?«

Die Komponistin im Modus von Zweifel und Verifikation. Als hätte sich Vera in ihrer Darstellung nach dem Verlust ihrer großen Liebe nicht selber in Arbeit gestürzt, um sich abzulenken. Ihr will nicht in den Kopf, wie einer einen Plan verfolgen kann, indem er keinen Plan verfolgt.

Ein paar Nächte ziehen wir noch gemeinsam um die Blöcke. Sie fotografiert die Leere der Nacht, ich stelle mir deren Lebendigkeit vor, wenn niemand mehr schliefe. Menschen unterwegs zu jeder Zeit, Vierundzwanzigstundengesellschaften mit steuerbaren Stimmungen und selbst leuchtenden Häusern, Straßen und Bäumen, das Summen einer einzigen Ewigkeit. Unsere Ausflüge enden jedoch nicht mehr im Bett, sondern im freundlichen Adieu. Dann sagt sie das nächste Treffen aus fadenscheinigen Gründen ab. Wir gehen nie wieder gemeinsam los.

Fortan streicht Coppki zu später Stunde allein durch das Dunkel der Hauptstadt, stets in der leisen Hoffnung, die Fotografin bei der Arbeit anzutreffen. Falls er zu solchen Empfindungen fähig wäre, würde ich sagen, er kommt sich verloren vor. Mehr als zu allem anderen fehlt ihm die Gefährtin als Gegenüber im Gespräch. Ohne sie fühlt sich das Alleinsein einsamer an als in der Zeit vor ihr. Keine Sekunde aber hadert er mit dem Schicksal und seiner Bestimmung. Rastlos wie ein Hamster im Rad zieht er seine Kreise und macht sich Notizen im Geiste.

3

Es naht der Tag, an dem Leonard Hard im Auftrag seiner Tochter Jenny die geheimnisvolle Sendung an sie abholen soll. Coppki hält in verschließbaren Kunststoffhütchen genügend Zuckerperlchen für die nächsten einhundertvierundvierzig Freunde der Nacht bereit, allesamt Schüler am *One World College*. Die Proben dürften bis zum Ende des Jahres reichen, gleichwohl aber mühelos in eine Hosentasche passen.

Der Bote geht augenscheinlich von umfangreicheren Chargen aus. Er kommt mit eigens hergerichtetem Aktenkoffer.

»Schön, Sie wieder gesund unter uns zu wissen, Herr Coppki. Jenny hat mir schon berichtet. Tausend Dank für Ihre Dienste.«

»Guten Tag. Wie sind Sie überhaupt hier hereingekommen?«

»Ihr Nachbar hat mir freundlicherweise den Zahlencode überlassen.«

Wie gerufen steht Wendsel in der Tür. Er begrüßt Leon per Handschlag. Die beiden scheinen einander schon länger zu kennen.

»Herr Hard interessiert sich für meine Malerei«, sagt Wendsel in Coppkis fragende Miene. »Vera hat ihm davon erzählt.«

»In höchsten Tönen geschwärmt hat sie«, sagt Hard. »Ein Meisterwerk ganz eigener Art.« Die Seelenverwandtschaft zwischen Maler und Fotografin, beide Chronisten des Augenblicks, drängt sich beinahe auf. »Eine Art Oblomow«*, hat sich die Komponistin als Gegenüber gewünscht, »der sich ostentativ als Figur gegen das Immerwach wehrt und viel schläft.« Der Tänzer lässt sich nicht

* Persönliche Mitteilung

zweimal bitten. Er liebt seinen Schlaf, und wenn er es ausspricht, zieht er das »ie« der Liebe ganz lang.

An der Peripherie lasse ich solche Eingriffe bereitwillig zu. Wendsel als notorischer Verteidiger des Schlafs kommt mir und »der theoretischen Anlage des ganzen Konstrukts« entgegen. So hat der Regisseur das Problem zusammengefasst, in meinem simulierten biografischen Roman werde »vieles nur diskutiert«, was »die Figuren nicht ausleben«. Die Komponistin weist auf das einhellige Votum der Gruppe hin, im gesamten Text fehle »eine Figur, die durch das Immerwach ins Verderben stürzt«. Das erst »gäbe dem Ganzen so eine menschliche Tragik«. Wer wäre dazu besser geeignet als Vera, ihre Figur in meinem Spiel.

Also lasse ich Vera dem Maler Wendsel nun näherkommen und ihn eines Tages zum Treffen der schlafenden Künstler begleiten. Seine Ortsgruppe trifft sich einmal jeden Monat in einer umgebauten Remise im Hinterhof eines Gewerbekomplexes. Die Gebäude aus verziertem gelbem Backstein werden noch heute für Zusammenkünfte außerparlamentarischer Parteiersatzgruppen genutzt.

Diese hier hat weniger mit Politik zu tun als mit der Pflege des Brauchtums. Trinken, streiten und voneinander lernen, so würde ich aus Coppkis pragmatischer Sicht den Abend beschreiben. Und zwischendurch gemeinsam schlafen. Der Regisseur charakterisiert die Zusammenkünfte als katholisch, aber eher nach Art eines Karnevals im Zeichen des heiligen Christopherus. Die Chirurgin hätte lieber weniger Stammtisch, Niedertracht und Zynismus, dessen unendlicher Spaß beim gemeinsamen Lachen über Missgeschicke und Schwächen anderer an seine Grenzen stößt, sich ansonsten über alles und jeden aufregt und lustvoll Krise und Untergang beschwört. Als könnte man sich's aussuchen.

Wendsel lebt im Kreise seinergleichen auf. Wie seine künstlerischen Kollegen ist er fest davon überzeugt, am Tag nur abbilden zu können, was ihm nachts erschienen ist. Erst im Traum erreiche er die Ebene der Abstraktion, die sein Panorama zeitlos mache.

Sein Glaubensbekenntnis, das Schöpferische an den Schattenseiten von Kunst und Wissenschaft speise sich aus der täglich wiederkehrenden Bewusstlosigkeit, lässt Vera aufhorchen. Sie kann zwar viel mehr leisten, seit sie ihre tägliche Dosis nimmt. Aber das viele schafft nicht die Vielfalt, die sie im *Panorama der Tage und der Nächte* so begeistert.

Ich bin sicher, früher oder später hätte sie sich der Gegenbewegung angeschlossen und ihr Heil im Schlaf gesucht, wäre ihr nicht Leon zuvorgekommen, dem irgendein selbstverliebter Regisseur in einer verrückten Gesprächsgruppe den Floh ins Gehör gesetzt hat, den Urheber ihrer Verwandlung ausfindig zu machen. Folgerichtig steht Leon jetzt mit einem umgebauten Aktenkoffer vor Coppki in dessen Behausung am Fluss und gibt sich als Förderer von dessen Nachbarn Wendsel zu erkennen.

»Die Leinwandkonstruktion werden wir schützen lassen.«

»Wir?« Coppki beharrt auf seiner Marotte, Aussagen durch Wiederholen einzelner Wörter zu hinterfragen.

»Ich habe Herrn Wendsel angeboten, ihm bei der Sache behilflich zu sein. Für mein Büro ist das eine Kleinigkeit. Wir machen so was jeden Tag. Aber was reden wir? Wenn es hier dringend eines Patents bedarf, dann doch wohl für Ihre grandiose Erfindung.«

»Ich weiß nicht, wovon Sie reden.«

»Na, dein Wachhalter, was denn sonst.«

»Du hast ihm davon erzählt?«

»Sehen Sie, lieber Herr Coppki, ich habe nur eins und eins und eins etwas anders zusammengezählt und ein Ergebnis ungleich drei erzielt. Niemand hat Sie verraten. Aber was Vera mir erzählt und Jenny mir geschrieben hat, hat ausgereicht, Herrn Wendsel den Rest zu entlocken. Neugier plus Fragetechnik, wenn Sie verstehen. Sollte Ihnen als Forscher nicht unbekannt sein. Bedenken Sie Veras Verfassung. Aufgeblüht ist gar kein Wort. Als ich sie wiedersah, so wach und frisch wie noch nie, hatte ich sofort den Verdacht, dass sie etwas einnimmt. Ich schrieb Jenny, als wüsste ich bereits von dem wunderbaren Mittel, das ihre Mutter nimmt. Es sei großartig, bekam ich zur Antwort. Sie nehme es auch. Bei Herrn Wendsel bin ich ähnlich vorgegangen. Ich fragte ihn, woraus das Mittel besteht.«

»Und, Wendsel? Hast du's ihm verraten?«

»Ich musste doch annehmen, dass er Bescheid weiß.«

»Ich kann Sie beruhigen. Ihr Nachbar hat sich prächtig aus der Affäre gezogen. Seines Wissens, hat er gesagt, handle es sich um reines Wasser. Die Antwort auf meine Frage ist mir ohnehin einerlei. Um die chemischen Details kümmern sich andere. Solange es die Leute einem abkaufen, kann es meinetwegen auch Weihwasser sein. Aus Herrn Wendsels Verhalten ließ sich unschwer schließen, dass Sie Hersteller des Tropfens sind. Deshalb mein Angebot: Sollten Sie einen Schutzantrag stellen, kann ich Ihnen helfen. Erst wenn Erträge fließen, stünde mir ein Prozent der Gewinne zu. Also eher Anerkennung als echte Beteiligung.«

»ichbrauchekeinpatent«

Irritiert registriert Coppki den Rückfall in überwunden geglaubte Gewohnheiten.

»Was sagen Sie? Sie sollten sich wenigstens die chemische Zusammensetzung und das Verfahren eintragen lassen.«

»esgibtkeinverfahrenundkeinechemie«

»Sie machen Witze.«

»Ich würde es eher Wunder nennen«, sagt Wendsel.

»Damit sollten Sie als Künstler sich auskennen.«

»jederhatseinegeheimnisse«

»Ich verstehe Sie nicht. Um es zu vertreiben, brauchen Sie doch Genehmigungen.«

Coppki räuspert sich, als hätte er eine Fluse im Rachen. So hat er gelernt, die alte Sprechentgleisung in den Griff zu bekommen. Sofort findet seine Stimme zur gewohnten Musik zurück.

»Wer sagt denn, dass ich es vertreiben will?«

»Gesunder Menschenverstand, Mitgefühl. Glauben Sie etwa, Vera sei der einzige Mensch, der von Ihrem Mittel profitieren kann? Abermillionen leiden unter schweren Schlafstörungen. Wollen Sie es denen vorenthalten?«

»Wer wollte mich daran hindern?«

»Ihr Gewissen? Forscherehre? Wer etwas entdeckt, das anderen helfen kann, hat der nicht die Pflicht, es ihnen zugänglich zu machen?«

»Ich bin niemandem verpflichtet außer mir selbst. Jeder kann über seine Entdeckungen genauso frei verfügen wie über seine Gedanken.«

»Das widerspricht allem, was ich über die Codes der Aufklärung gelernt habe.«

»Hier muss ich als Künstler Herrn Coppki beispringen. Warum soll ich andere über den Wert meines Werks entscheiden lassen? Was glauben Sie, wie viele bedeutende Romane, Gemälde oder Kompositionen niemals öffentlich geworden sind. Wer will, nimmt alles mit ins Grab.«

»Sie reden von der Freude an der Kunst, lieber Wendsel, ich von vermeidbarem Leid. Hat Herr Coppki nicht genau aus diesem Motiv heraus Frau Linden geholfen? Ich schlage Ihnen ein Gedankenexperiment vor.«

»Sie kennen Gedankenexperimente?«

Coppki versucht, sein Verblüfftsein zu verbergen. Nie zuvor hat ihm jemand eine genuine geistige Versuchsanordnung präsentiert.

»Ich war lange genug im philosophischen Seminar.«

»Philosophie? Da kenne ich mich nicht aus. Können Sie es auch praktisch formulieren?«

»Wie soll ich anfangen?«

»Was wäre, wenn?«

»Was wäre, wenn die Entdecker von Impfstoffen oder Antibiotika ihre Ergebnisse verheimlicht hätten?«

»Irgendwann wären andere daraufgekommen. Oft sogar ziemlich bald. Solche Dinge liegen in der Luft. Trotzdem wäre manches besser erst später bekannt geworden.«

»Aber die Verheimlicher, aus welchen guten Gründen auch immer: Sind sie nicht schuldig am Tod von Tausenden oder Millionen, die mit ihrer Entdeckung hätten gerettet werden können?«

»Das ist doch rein hypothetisch. Außerdem geht es hier nicht um Leben und Tod. Aber wenn Sie darauf bestehen, will ich Ihnen einen guten Grund anführen, warum ich die Schuld, wie Sie das nennen, gern auf mich nehme: Ich will meine Ruhe, keinen Ruhm.«

»Und der Applaus, wollen Sie den nie hören?«

»Reicht es nicht, eine Idee in die Welt zu setzen, die von sich aus weiterlebt? Wenn sie gut ist, wird sie sich durchsetzen, ohne dass ihr Urheber in Erscheinung treten muss.«

Hard glaubt ihm kein Wort. Falls Coppki der Erfinder ist, woran er keinen Zweifel hat, warum sollte er sich hinter seiner Tat verstecken? Doch er lässt sich ein auf das Spiel, ohne die Folgen zu überblicken.

»Kann man nicht das eine tun, ohne das andere zu lassen?«

»Wie könnte ich mir je sicher sein?«

»Sie können sich auf mich verlassen. Mit Informantenschutz kenne ich mich aus. Sie wären nicht der Einzige, der das Rampenlicht scheut.«

»Ich will ganz und gar unbekannt bleiben.«

»Die wichtigste Person dabei sind Sie selbst. Wenn Sie sich zurückziehen, will ich gern alles tun, Ihr Privatum zu schützen. Niemand muss wissen, wer dahintersteckt. Ein Mysterium macht die Sache nur noch interessanter. Und wenn sie ein Gesicht braucht, bin ich bereit, es ihr zu geben.«

Wie faustgetroffen erkennt Coppki seine Chance. Rollentausch! Der eine fährt zur Hölle, der andere feiert Menschwerdung und verfolgt seinen diabolischen Plan – die Natur beherrschen als ihr höchstes Wesen, Taten vollbringen, die wie Wunder wirken. Hard erscheint ihm als ein Engel der Geschäfte, als perfekter Antreiber seines Experiments. Sein Gegenüber sieht nicht, wie er in diesem Moment die Fäden aus der Hand verliert, da Coppki ihn in seine Versuchsanordnung einbaut.

»Also gut. Nehmen wir an, ich wäre willens, die Millionen zu versorgen, von denen Sie sprechen.«

»Dann brauchen Sie ein Konzept, Ihr Mittel an die Leute zu bringen. Ideen gibt es ohne Ende. Die meisten werden nie bekannt. Selbst die besten sind nichts wert ohne richtige Vermarktung. Auch dabei kann ich Ihnen helfen. Wenn Sie wollen, baue ich Ihnen ein funktionstüchtiges Vertriebssystem auf.«

»Das heißt, Sie können garantieren, dass jeder Mensch, dem es zusteht, sicher versorgt wird?«

»Per Versand ließe sich das bewerkstelligen. Aber dazu brauchen Sie eine Organisation, Büros, Mitarbeiter, Hallen, Abfüll- und Verpackungsanlagen. Und Sie brauchen Geld, Einnahmen, Finanzpläne, Investoren, all das Zeug, mit dem ihr Freigeister nicht behelligt werden wollt. Ich kann Ihnen das alles abnehmen, wenn Sie wollen.«

»Warum würden Sie das tun? Was versprechen Sie sich davon?«

»Sollten Sie tatsächlich ein Mittel gefunden haben, Müdigkeit zu überwinden, wäre das eine Sensation. Ich sehe schon die Schlagzeile vor mir: *Sieg über den Schlaf.* Das wird nicht nur die Nachtkranken interessieren.«

»Wissen Sie was, meine Herren? Warum klären wir das nicht bei einer Mahlzeit oben bei mir? Ich habe einen Auflauf im Rohr.«

»Eine gute Idee, Herr Wendsel. Jede Revolution beginnt mit einem Auflauf. Und danach spielen wir Skat. Sagten Sie nicht, Ihr Nachbar sei begeistert von dem Kartenspiel?«

»Er hat es mal erwähnt. Wir haben noch nie zusammen gespielt. Uns fehlte immer der dritte Mann.«

»Er steht vor Ihnen, meine Herren!«

Coppki ist hingerissen. Skat! Seit der Oppa gestorben ist, hat er kein Blatt mehr in Händen gehalten. Kann es sein, dass ihm sein Leben gerade jetzt die passenden Karten zuspielt?

»Wenn Sie nichts dagegen haben, gehen wir zum Du über. Ich heiße Leonard. Bei meinen Freunden nur Leon.«

»Mein Name ist Jan Hendrik.«

»Ach wirklich? Vera nennt Sie Janush.«

»Sie können auch Coppki zu mir sagen.«

»Also gut. Coppki. Und du?«

»Ich heiße Richard.«

»In meiner Kindheit hatte ich einen Klassenkameraden, der so hieß. Den haben wir Rick genannt.«

»Du kannst mich gern auch einfach weiter Wendsel nennen.«

»Wir sollten anstoßen. Ich habe Champagner mitgebracht. Wo stehen die Gläser?«

»Wir trinken nur Bier.«

»Und nur aus der Flasche.«

»Also gut.«

Wenig später stoßen die drei, die das Drehbuch durch den einfachen Trick einer gemeinsamen Kartenrunde an einen Tisch gebracht hat, mit ihren Bierflaschen an.

»Auf den Frühling!« – »Auf unsere Runde!« – »Auf den Koch!«

Nach kaum mehr als einer Stunde, noch bevor die Karten auf den Tisch kommen, ist der Pakt, von Wendsel bezeugt, per Handschlag besiegelt. Davon hat Leon lange geträumt: Ein global vermarktbares Produkt des täglichen Bedarfs, anwenderfreundlich, mit klarem Profil. Alle Menschen als potenzielle Kunden. Massenware, die auch bei kleinen Stückpreisen hohe Erträge verspricht.

Ihre Winzigkeit machen den Vertrieb der Kügelchen zum Kinderspiel. Hard reicht die Zusicherung, dass sie keine verbotenen Substanzen enthalten. Um ganz sicherzugehen, lässt er vor seinem Abflug zu Jenny noch eine Dosis untersuchen. Der Analysebogen führt nur zwei Substanzen auf: Wasser und Milchzucker. Was immer dieser Chemiker hineingemischt hat, er muss es verdammt gut versteckt haben.

Um Genehmigungen muss er sich nicht kümmern. Nirgendwo ist es verboten, süße Perlen zu vertreiben. Coppki überlässt ihm das Recht, das Elixier zu vermarkten. Dabei setzt er die Promilleregel durch. Sie stammt von den Freunden der Nacht. Ein Tausendstel des Nettoeinkommens, freiwillig bezahlt, würde keinen

Teilnehmer überfordern.* Günstiger wäre zusätzliche wache Lebenszeit nie wieder zu haben.

Herstellung und Formel der Stammsubstanz bleiben bei Coppki. Der geräumige Keller des Laborgebäudes bietet ausreichend Raum für eine vollautomatische Anlage, um Milliarden Kügelchen zu produzieren. Für den Transport zum Verpackungs- und Versandzentrum flussaufwärts sollen ausgemusterte Postboote sorgen. Der Regisseur hat an alles gedacht.

Sogar Kleinigkeiten wie die Kleiderordnung werden geregelt. Sollte das Unternehmen Erfolg haben, woran er keinen Zweifel hat, würde Leon es bei seinen öffentlichen Auftritten in Art eines anarchistischen Avantgardisten in geschlossenem Schwarz verkörpern. Von Coppki würde die Welt nie etwas erfahren, solange er es nicht will. Im Gegenzug vermacht er Leon sein Recht auf Ruhm.

Erst jetzt, die Karten liegen auf dem Tisch, zieht Coppki seine Trumpfkarte und bringt das Zentralinstitut für Gedankenexperimente als Anstalt des öffentlichen Bewusstseins ins Spiel. Was sollte Leon gegen eine angegliederte Denkfabrik einwenden? Immerhin hat sie schon in ihrer Einmannversion das beste Produkt hervorgebracht, dem er je begegnet ist. Er sagt zu, alle Gewinne aus dem Immerwachgeschäft in den Aufbau des Cite! zu stecken, bis es auf eigenen Füßen steht.

Die erste Runde geht klar an Coppki. Beim Skat macht ihm niemand etwas vor. Er bringt riskante Spiele ohne Buben nach Hause, punktet beim Ramschen, lässt mal mit diesem, mal mit jenem an seiner Seite einen sicher geglaubten Grand oder Nullouvert verhungern. Weit nach Mitternacht kommt es zur Stunde der Wahrheit. Seine Skatbrüder werden müde. Plötzlich erscheinen sie ihm wie zwei ältere Herren, die sich nach den Federn sehnen. Ihre Lust verwandelt sich in Launen. Halb im Spaß, halb ernst, wie es bei Angetrunkenen vorkommt, werfen mir Regisseur und Tänzer vor,

* Die Praxis des *Micro Payment* kam gerade erst auf.

mich durch Wasser wach zu halten, um sie über den Kartentisch zu ziehen, statt mich mit ihnen zu betrinken.

»Vonnixkommtnix.«

»Wie bitte?«

»Ich meine: Nach allem, was wir wissen, wirkt das Wasser in jeder Beziehung leistungssteigernd. Es hält nicht nur frisch, sondern macht klüger, schneller und geschickter.«

»Was du nicht sagst. Damit erweitert sich der mögliche Abnehmerkreis auf sieben Milliarden. Davon schwärmt heute jeder. Sind Nebenwirkungen bekannt?«

»Nur die gewünschte, dass man nicht mehr schlafen muss.«

»Unglaublich.«

»Warum probiert ihr es nicht einfach aus?«

»Lass mich mit deinem Zeug in Ruhe«, fährt Wendsel dazwischen. »Du hast mich schon einmal überredet, und es hat nichts gemacht.«

»Wirkt es denn nicht bei jedem?«

»Coppki sagt, es wirkt nur, wenn man dran glaubt.«

»Ist das wahr? Das rückt die Sache in ein anderes Licht.«

»Ich bin da vielleicht kein Maßstab«, sagt Wendsel. »Ich glaube an nichts.«

»Außer an die Kunst, nehme ich an.«

»Nicht einmal an die glaubt er«, sagt mein Alter Ego. »Wenn überhaupt, dann vertraut er auf das Gesetz der Serie.«

»Die Kunst der Kunst besteht darin, Kunst zu sein, ohne Kunst sein zu wollen.« Der Tänzer liebt diese Szene. Sein Held war von gesundem Schlaf genauso abhängig wie unser Wendsel.

»Wie steht's mit dir, Leon?« Coppki berührt den wunden Punkt.

»Wenn du meine religiöse Erziehung meinst, würde ich mich gläubig nennen. Womit ich nichts anfangen kann, sind Utopien und Heilsversprechen.« Und das vom Regisseur des utopischen Kinos simultan erlebter Selbstdarstellung.

»Dann könntest du es ja versuchen.«

»Aus welchem Grund sollte ich deinen Wachstoff in meine Adern lassen? Das wäre ja, als müsste ich unseren Vertrag mit meinem Blut unterschreiben. Ich liebe meinen Schlaf.«

»Soll das heißen, du willst etwas unters Volk bringen, das du selbst nie versucht hast?«

»Was mich betrifft, so bin ich nicht wichtig. Ein guter Verkäufer muss überzeugend genug sein, auch Waren an die Kundschaft zu bringen, mit denen er selber nichts anfangen kann.«

»Wird dein Verkäufer nicht besser, wenn er sich vom Wert seiner Angebote überzeugt hat?«

»Um es noch einmal zu sagen: Ich habe keine Probleme mit meinem Schlaf, keine mit meiner Leistung und Konzentration, und, falls dich das interessiert, auch keine mit meiner Potenz.«

»Bist du denn nicht neugierig, ob du darauf ansprichst?«

»Ich wüsste nicht, was ich mehr fürchten soll: Dass es wirkt oder dass es nicht wirkt. Vieles lässt man besser im Ungewissen. Außerdem wartet mein Fahrer.«

»Und auf mich mein Bett«, sagt Wendsel und tritt ab. Der ungläubige Richard – mein Oblomow – kann und will und wird nicht verstehen, wie jemand freiwillig auf den Segen einer geruhsamen Nacht verzichten kann.

Leon weiß nicht genau, warum er Coppki flüchtig an sich drückt. Dass er ihm die Geliebte genommen hat, belastet ihn nicht weiter. Mitleid im Revierkampf ist ihm fremd. Er sieht sich als Verursacher, nicht als Schuldigen. Wenn ihn etwas berührt, dann Coppkis Unfähigkeit, in Konkurrenz zu treten, seine scheinbare Gleichgültigkeit im Umgang mit dem Verlust.

Nach seiner Stippvisite bei der Eineweltschule – insgesamt ist er länger unterwegs als vor Ort – lässt Hard sich direkt zu Coppki bringen. Den Fahrer schickt er weg. Die wenigen Stunden mit Jenny und ihren Freunden haben seine Neugier geweckt. So klar und bei sich, wie er es bei jungen Leuten nie erlebt hat, dabei so vereint und voller Zukunftslust.

Statt ihm eine Hand zu reichen, legt Leon sie Coppki auf die Schulter.

»Tut mir leid, mein Lieber. Du hast recht gehabt. Ich sollte mich für unser Produkt interessieren. Jetzt wäre ich bereit.«

»Ich weiß. Irgendwann kommt jeder darauf. Wenn du nichts dagegen hast, werde ich dich gleich verkabeln.«

Coppki empfängt ihn, als hätte er mit seinem Besuch gerechnet. Die Messgeräte sind eingeschaltet, Elektroden liegen bereit. Für Versuchsperson siebzehn, Direktor Gupta mitgezählt, hat er sich eine neue Anordnung ausgedacht.

»Gehört das zum Programm?«

»Nach mir bist du erst der Zweite.«

»Wozu soll das gut sein?«

»Ich brauche Vergleichskurven. Zuerst vermessen wir deine Normalwerte. Magst du Wasser, bevor du dich hinlegst?«

Während der Rückreise hat Leon den Komfort der ersten Klasse zum Arbeiten genutzt und kein Auge zugetan. Er leert das Glas, streckt sich in Schuhen und Anzug auf die Pritsche, lockert Hosengürtel und Krawatte. Coppki schließt die Kabel an. Schon nach wenigen Sekunden schlagen die Deltawellen aus. Hard hat sich ohne Umschweife in Morpheus Unterwelt begeben. Sein Brustkorb hebt und senkt sich regelmäßig. Dabei entweicht ihm ein Säuseln, das wie eine Frage klingt.

Coppkis Experiment hat eine entscheidende Weichenstellung erreicht. Er durchlebt Momente äußerster Klarheit. Bis hierher ähnelt die Anordnung dem Verlauf bei Gupta. Jetzt wüsste er gern, ob sich der Effekt auch mit Verzögerung auslösen lässt. Er wartet das Ende von Hards erster Tiefschlafphase ab, dann weckt er ihn. Leon schlägt die Augen auf. Neben ihm krakeln Zeiger seine Gehirnkurven auf Endlospapier.

»Das gibt's nicht. Guck ich mir etwa selbst beim Denken zu?«

»Nicht wirklich. Was du siehst, sind eher Aufzeichnungen vom Betriebsgeräusch deines Zentralnervensystems.«

»Kann man da auch erkennen, dass ich dringend aufs Klo muss?«

Coppki befreit ihn von seinen Anschlüssen. Die Haube behält Leon auf dem Kopf. Er schwingt sich auf die Beine und verschwindet in der Toilettenkabine neben dem Eingang.

»Bekomme ich jetzt mein Kügelchen?«, ruft er durch die Tür.

»Nicht nötig. Du hast das Mittel bereits in dir. Hast es mit dem Wasser genommen.«

»Was du nicht sagst! Wirkt es bei mir etwa nicht?«

»Bist du denn immer noch müde?«

»Hundemüde.«

»Gut so.«

Während der drinnen pinkelt, als liefe alles Flüssige aus seinem Körper, beginnt der vor der Tür auf ihn einzureden wie Hiersteheichundkannnichtanders. Kein melancholisch mäandernder Missionar, der sich mit seiner Predigt selber tröstet, sondern ein blitzwacher Visionär mit den Argumenten einer zu Ende gedachten Theorie auf seiner Seite.

Leon schüttelt die letzten Tropfen ab und hört, wie Coppki ihm durch die Tür in einfachen Sätzen seinen Gedankenkomplex auseinanderlegt. Er spricht über die Formbarkeit des Wassers, sein Gedächtnis und dessen Vermittlerrolle gegen den Pfeil der Zeit. Über das wache Bewusstsein, das wie ein Treibstoff Ordnung und Form verbraucht, die nur im bewusstlosen Schlaf neu entstehen können. Über das Elixier als verwandeltes, mit Gestalt aufgeladenes Wasser, das alle Müdigkeit vertreibt.

Der Pinkler ruft von innen: »Komm mir jetzt bitte nicht mit *Vis vitalis,* der guten alten Lebenskraft.«

»Du sprichst von Kraft, ich meine: Form.«

»Formen werden gemacht, sie machen sich nicht selbst.«

»Du denkst an Druck, ich spreche von Sog.«

»Kannst du mir das vielleicht etwas besser erklären?«

»Wenn du nichts erwartest, ist wenig schon viel. Wenn du alles erwartest, ist viel noch viel zu wenig.«

»Ich bin mir nicht sicher, ob ich verstehe, was du meinst.«

»Ein Funke Neugier reicht aus. Er enthält genug Glauben an

die Möglichkeit einer Sache. Du trinkst ein paar Tropfen von dem Wässerchen, vergisst alle Müdigkeit und wirst nicht einmal schläfrig, wenn die Nacht dich überfällt. Und wenn du das jeden Tag zur gleichen Stunde tust, wirst du überhaupt nicht mehr müde, bis du nie wieder zu schlafen brauchst. Du musst nur daran glauben.«

Als die Toilettentür aufschwingt, ist Leon gleißend wach. Er fühlt sich noch größer und stärker als sonst. Coppki hat das nächste Etappenziel erreicht. Das Mittel wirkt durch nichts als nachgereichte Worte. Und eigene Vorstellungen und Wünsche. Das goldene Dreieck aus Glauben, Wollen und Können. Während Hard aber noch seinem Materialismus anhängt und über die Verwandlung durch Wasser staunt, ist Coppki schon einen Schritt weiter.

So wie er vor Jahren in ein unbekanntes Terrain jenseits der Chemie vorgedrungen ist, so öffnet sich ihm soeben der Kosmos verbundener Seelen. Seit Vera ihren unvergesslichen Satz ausgesprochen hat, ichwürdeallesgeben, rumort in seinen Eingeweiden eine Ahnung von der Allmacht der Sprache. Kein Thema verbindet ihn enger mit Hard. Am Anfang war die Endlosschleife, ein Wort gab das andere in ewiger Wiederholung. Und das Wort war mit den Menschen.

Durch den Pakt hat er einen Verbündeten gefunden, der in der Beweiskette seiner Existenz eine wichtige Funktion einnimmt. Leon, der Magier der Menge, an Coppkis langer Leine. Würden seine Ideen aus dessen Mund bei den Leuten ähnliche Wirkung erzielen, wie er sie soeben erlebt hat, dann brächte ihm das einen ungleich stärkeren Beleg für die Wirkkraft des Glaubens.

Der Gast ist überwältigt. Entschuldigt sich für seine Skepsis. Spricht wie ein bekehrter Ketzer, dem ein Wunder die Pupillen aufgerissen hat. Betrachtet den undurchschaubaren Sonderling, der das allein mit seiner Wissenschaft bewirkt hat. Zum ersten Mal in seinem Leben bewundert Leonard Hard einen anderen Mann. Weniger wegen dessen Kompetenz oder Konsequenz, nach denen er andere beurteilt, als vielmehr für sein – wie soll ich es sagen, ohne pathetisch zu klingen? – Durchdringen der Materie? Noch nie hat eine solche Macht ihn überwältigt. Er kann sie bis in die letzten Faszien seines Bindegewebes spüren. Ins Bewundern mischt sich eine Sorge, die er nicht zulassen will.

»Was passiert, wenn man es wieder absetzt?«

»Keine Ahnung. Wir hatten noch keinen solchen Fall. Du könntest dich zur Verfügung stellen.«

»Ihr habt es nie ausprobiert?«

»Bis jetzt hat keiner den Wunsch geäußert. Offenbar bist du der Erste, dem es anders geht.«

»Wer sagt, dass ich gleich wieder aufhören will. Schlafen kann ich noch lange, wenn ich die Augen für immer schließe.«

»Siehst du, das sagen alle.«

Coppki zieht bereits Bilanz. *Elixier durch Theorie aktivierbar. Instanteffekt bei Verdünnungsgrad einundzwanzig. Euphorisiakum*. Er sieht vor sich, wie sich die Seiten füllen. *Experiment verselbstständigt sich schneller als erwartet. Katalysatorfunktion unterschätzt. VP nicht mehr aufzuhalten. Baut innerhalb weniger Wochen weltweites Vertriebsnetz auf. Kauft Versanddienst für dringend benötigte Arzneimittel. Schließt Verträge mit den wichtigsten Fluggesellschaften. Lässt Piloten eilige Briefsendungen gegen gutes Entgelt bis in entlegenste Winkel der Welt befördern. Verschweigt den wahren Inhalt der Umschläge, die er mit* Akutperlen für Diabetiker *etikettiert. Agiert unterhalb der Wahrnehmungsschwelle, bis der Punkt ohne Rückkehr überschritten ist.*

Die Sache mit dem Immerwach ist für Coppki fast schon erledigt, bevor sie richtig losgegangen ist. Es dient ihm nur noch zum Beweis seiner Theorie. In diesem Augenblick zählt allein die Einsicht, wie sich das innere Milieu eines Menschen ohne Pillen, Spritzen oder körperliche Eingriffe durch nichts als den Wechsel der Sichtweise umkrempeln lässt. Allein Leons innere Bereitschaft, sich von der Theorie überzeugen zu lassen, hat die volle Wirkung des Elixiers ausgelöst. Die Verwandlung des Wassers hat Coppki in gewisser Weise nur als Metapher gedient, eine Hilfskonstruktion ähnlich dem Äther, der hundert Jahre vor seiner Zeit als unverzichtbares Medium für Licht- und Radiowellen galt, bis er sich als überflüssig erwies.

Was er nicht notiert: *Gläser vertauscht. Leitungswasser verabreicht. Was wäre, wenn VP erführe, das Tonikum nie gekostet zu haben? Unbedingt doppelblind durchspielen.*

4

Das Schuljahr geht zu Ende, bevor der Sommer die Geister auf dem Hügel der Eineweltschule vollends lähmen kann. Die Freunde der Nacht verstreuen sich über den Erdball. Leon hat seinen Wagen geschickt. Statt sich zum Vater bringen zu lassen, nennt Jenny dem Chauffeur eine Adresse am Fluss. Er kennt sich aus und zeigt ihr den verborgenen Eingang. Sie bittet ihn, zu warten, und lässt ihren Koffer im Auto. Ein Schild warnt vor dem Betreten des verseuchten Bodens. Den Zahlencode hat ihr Coppki geschickt.

Der verwilderte Garten hat die Trümmer des ehemaligen Verwaltungstrakts überwuchert und reicht bis an die Rückwand des zweistöckigen Laborgebäudes. Ein Aufgang aus ausgelutschtem Waschbeton führt zum Eingangsportal. Verwittertes Sicherheitsglas, die Scheiben milchig, die Rahmen spangrün. Eiserne, bis auf Gerippe heruntergerostete Handläufe. Ein Flügel wird von einem armdicken Holzkeil offen gehalten. Im Treppenhaus steht stickig Modergeruch. Stücke von Stufen fehlen. Auf halber Treppe eine wuchtige Stahltür, angelehnt.

Jenny trifft Coppki allein in seiner Behausung an. Der Raum übertrifft alle ihre Erwartungen. Größer, heller, leerer und freier. Beide überrascht die Innigkeit ihrer Umarmung. Drei Monate haben sie sich nicht gesehen. Jennys Duft füllt Coppki aus wie ein Vademekum das Vakuum. Die Architektin lächelt.

»Ich hab dir was mitgebracht.« Sie lenkt meinen Blick auf den Kompaktkoffer im Eingang. »Du warst so hingerissen von ihr.«

»Deine Erika? Hast du die nicht von deinem Vater?«

»Jetzt gehört sie dir. Ich brauche sie nicht mehr.«

Von allen Gedanken, die sich in den Vordergrund drängen – vielen Dank, aber ich würde sie lieber nicht annehmen, gib sie besser deinem Vater zurück, sie steht hier nur unnütz herum, ich schreibe ja nie –, setzt sich einer durch, der allein seinem Verständnis von der Dramaturgie des Lebens entspringt.

»Wendsel weiß bestimmt, wo es Farbbänder gibt.«

Solch ein Gegenstand kann gar nicht zufällig in sein Dasein gefallen sein. Jenny schaut hinaus auf den ewigen Fluss.

»Wo ist meine Mutter?«

Vera, die sie an seiner Seite erwartet hat, habe kurzfristig abgesagt, erklärt Coppki. Sie wolle Jenny gemeinsam mit Vater Leon in ihrer Wohnung in Empfang nehmen.

»Papa und Mama? Warum weiß ich davon nichts?«

»Bis vor wenigen Momenten wusste ich es auch nicht.«

»Was soll das heißen? Seid ihr getrennt?«

»Hätte ich eine Ahnung, wie es sich bemerkbar macht, ob man getrennt ist oder nicht, könnte ich es dir sagen. Sie sagt, du habest dir deine Eltern immer zusammen gewünscht. Jetzt wollen sie dir zur Begrüßung die Freude machen.«

»Sie haben doch nicht ihre alte Geschichte wiederbelebt? Ich fand meinen Vater schon seltsam verändert, als er uns die Proben brachte. Regelrecht euphorisch. Er sprach von der Chance seines Lebens. Ich dachte, er meint das Elixier.«

»Was hast du ihm gesagt?«

»Er weiß viel weniger, als du denkst. Aber er tut immer so, als wüsste er alles. Er fragt dich aus, und du hast das Gefühl, nur noch Details beizutragen. Mit denen trumpft er beim Nächsten auf. Früher habe ich ihn dafür bewundert.«

»Und jetzt?«

»Seine Methode finde ich nach wie vor bestechend. Mir war nur nicht klar, dass er sie in der eigenen Familie anwendet.«

»Habt ihr ihn eingeweiht?«

»Das Ritual fand ohne ihn statt. Schon aus Rücksicht auf die Freunde. Ich hätte auch nicht die Eltern eines anderen in meinem Kreis gewollt. Auf unsere Ideen hat er wohlwollend reagiert, bis wir ›das Heiligtum‹, berührten, wie er es nennt, bis wir Eigentum und Erbschaft infrage stellten.«

»Ich kenne ihn nur freundlich und höflich.«

»Ist er gereizt, kann er sich in gönnerhaftem Spott ergehen, nett verpackt natürlich, wie alles bei ihm. Er zählte uns Beispiele auf, die wir kannten. All die gescheiterten Aufstände, untergegangenen Utopien. Unzählige in unserem Alter hätten die gleichen Ideen und Parolen geäußert. Das sei in seiner Jugend nicht anders gewesen. Er kenne jede Menge trauriger Fälle von Versagern, die noch immer ihren alten Idealen nachhingen.«

»Immerhin hat er kürzlich mehr als zwanzigtausend Proben präzise an ihre Bestimmungsorte versandt.«

»Dass die Sache jetzt so reibungslos läuft, haben wir nur ihm zu verdanken. Tagelang hatten wir kein anderes Thema. Was können wir denn verändern, wenn alles doch wieder nur im Sinne der Etablierten läuft? Wir haben eine wichtige Lektion daraus gelernt. Ein System lässt sich nur von innen erneuern, nicht von außen ersetzen. Wir müssen es verstehen und nutzen, wo es uns hilft, bis wir auf eigenen Beinen stehen. Er hat mich gefragt, ob ich seine Assistentin werden will. Keine Ahnung, was das bedeutet. Aber erst einmal habe ich zugesagt.«

Wenig später steht Jenny vor dem Bild, um das sie sich eine Kindheit und Jugend lang betrogen fühlte. Vater und Mutter Hand in Hand als strahlendes Paar. Sehen sie kommen, laufen ihr entgegen, schließen sie in ihre Umarmung ein und feiern die Heimkehr der verlorenen Tochter. Küsse, willkommen zu Hause, lass dich drücken, wie war die Reise, gut siehst du aus.

»Das hättet ihr euch auch früher überlegen können.«

Vera (schwärmt): »Es ist nie zu spät.«

»Ich versteh noch nicht ganz.«

Leon: »Was ist daran nicht zu verstehen?«

Vera: »Haben wir alles Janush zu verdanken.«

»Der Arme.«

Leon: »Mach dir keine Sorgen. Er steckt das gut weg.«

»Tut er dir nicht leid?«

Vera: »Er scheint dir sehr am Herzen zu liegen.«

»Dir wohl nicht mehr.«

Vera: »Wir bleiben Freunde.«

Leon (freut sich): »Und Geschäftspartner.«

»Das sieht dir ähnlich.«

Vera: »Leon trifft sich mit ihm auch zum Skat.«

»Um Geld, nehme ich an.«

Leon: »Wir spielen nicht nur Karten. Ich kann ihm stundenlang zuhören. Er ist einfach ein Genius. Mit allem Wahn, der dazugehört. Ich komme nicht immer ganz mit bei ihm. Aber spricht sein Produkt nicht für sich? Außerdem ist Coppki ein Mensch, mit dem man Pferde stehlen kann.«

»Du nennst ihn Coppki?«

»Er hat es mir angeboten. Janush klingt mir zu kindlich.«

»Passt aber zu ihm.«

»Tritt näher«, ruft Vera. »Wir haben Sekt kalt gestellt.«

Wie hat die Tochter diese Wohnung gehasst, die dauernde Depression, Stress, Erschöpfung, die Dunkelkammer. Für immer wird Essig- und Entwicklerdunst mit Kämpfen, Schreierei und Trotz auf beiden Seiten verbunden bleiben. Nur beim Vater war es ärger. Dort roch es nach fremden Frauen. Jeder Duft ein neuer Hieb gegen die Hoffnung auf ein Seit' an Seit' der Eltern.

Vera hat umdekoriert. Statt der Porträts hängen nun weitflächige Fotodrucke nächtlicher Straßenszenen an den Wohnzimmerwänden. Hübsche Idee, aber nicht unbedingt das Beste, was wir zum Thema dekorative Flachware gesehen haben. Deckenstrahler leuchten den Raum sachlich aus. Leon versinkt im Ledersessel, den Coppki so lange wie seinen eigenen angesehen hat.

»Du scheinst den Kauz zu mögen.«

»Er ist der interessanteste Mensch, den ich je kennengelernt habe. So anders als alle anderen. Mama hat ihm ein neues Leben zu verdanken.«

»Nicht nur deine Mutter. Sein Mittel hat riesiges Potenzial.«

»Falls du das meinst: Janush hat mit deiner Art von Geschäften nichts im Sinn.«

»Du hättest sehen sollen, wie er auf mein Bild eines allumfassenden Spiels mit Wetten auf die Zukunft eingestiegen ist.«

»Er ist eben Prophet.«

»Hat er dir das auch erzählt? Für mich ist er erst mal ein verdammt guter Chemiker, der das Treiben der Moleküle in uns besser versteht als jeder andere. Dass dabei eine Reihe profitabler Produkte herausschaut, macht ihn nicht unbedingt zum Hellseher. Zumindest nicht mehr als jeden erfolgreichen Unternehmer. Oder kann er in Glaskugeln lesen und aus der Stellung der Sterne vorhersagen, wie sich mein Konto entwickelt?«

»Solche Individualprophezeiungen lehnt er ab. Er sieht sich eher als Universalprophet der großen Linie. Sein Sieg über den Schlaf signalisiert den Beginn einer neuen Ära.«

»Wenn wir das bei jeder neuen Pille behaupten würden, kämen wir ziemlich lächerlich daher, findest du nicht? Da werden sich ein paar Märkte verschieben, wenn die Leute mehr Zeit haben zum Arbeiten und Geldausgeben. Mit den üblichen Profiteuren und Pleitiers. Ich muss aber kein Weissager sein, um zu wissen, wie sich auch das einspielt und abnutzt. Wenn sich alle aufputschen, verschieben sich nur die Leistungsgrenzen. An den Regeln ändert das nichts.«

»Du wirst schon noch sehen«, sagt die Optimistin.

»Das letzte Wort hast immer noch du«, fährt Vera dazwischen. »Zumindest daran hat sich nichts geändert.«

»Euer Sekt schmeckt mir nicht.«

Einmal mehr fühlt sich Jenny von ihren Eltern hintergangen. Als sie auf den Flur tritt, steht ihr Vorsatz fest, die Wohnung nie wieder zu betreten. Der Fahrer bringt sie zum Hotel, das ihr Vater in ihrer Abwesenheit gekauft hat. Sie stellt ihren Koffer in der Suite ab, die Leon für sie hat reservieren lassen. Die Zimmerflucht liegt in einem der obersten Stockwerke des Turms und überblickt mit ihren mächtigen Fenstern in majestätischer

Geste die Niederungen der östlichen Hauptstadt, die er in seinen Schriften »Baby Babylon« nennt.

Auch hier wird sie nicht bleiben. Lieber einer der Punkte und Strichmännchen sein, die da unten das Pflaster bevölkern. Sie tritt aus der Lobby, winkt dem wartenden Fahrer ab und macht sich zu Fuß auf den Weg.

Mittagsgeschiebe in der Fußgängerzone, Selbstfütterungen im Stehen, die Junisonne kurz vor ihrem höchsten Stand. Jenny schreitet zügig voran. Das Tempo der Metropole steckt ihr in den Gliedern. Hier ist sie aufgewachsen, hier hat sie ihre Jugend verlebt, bevor sie ihre hiesigen Freunde hinter sich ließ und der Freudlosigkeit des mütterlichen Heims entfloh. Jetzt reihen sich in ihrem Kalender die Verabredungen mit ihnen. Heute erwartet die Weitgereiste noch keiner.

Sie denkt an Janush, den einzig Immerwachen, den sie neben Vater und Mutter hier kennt. Im Verteilungsdurchschnitt müssten sich unter den dreieinhalb Millionen Bewohnern zehn von ihnen verlieren, womöglich aber auch kein weiterer. Selbst wenn es hundert wären, hätte sie ohne Hilfe des Zufalls keine Chance, auch nur auf einen zu treffen.

Die Menschen kommen ihr verändert vor, angestrengter, gehetzter, nervöser. Aber wahrscheinlich sind nicht die anderen anders geworden, sondern Jenny, die Abwesende, und ihr Blick auf sie. Sie drosselt ihre Schritte. Macht sich gelassen. Sucht Gesichter. Schaut, wird angeschaut. Ertappt sich im wohlwollenden Lächeln frühreifer Abgeklärtheit. Gibt den Augen die Schuld, den unvergleichlichen Augen der Freunde der Nacht.

Dann sieht sie eine wie sich. Kleine Person, hübscher Körper, Kastanienhaar, seidenes Sommerkleid. Hat sich in ein Schaufenster verirrt. Mustert sie durch die Scheibe. Steht da zwischen leblosen Männerpuppen mit erstarrten Mienen. Mode der Saison. Engere Hosenbeine, kürzere Hemdkragen, breitere Krawatten, der ewige Kreislauf eben.

Sie nickt ihrem Spiegelbild heimlich zu. Senkt ihre Lider wie zum Zeichen. Ich weiß, dass du weißt, was ich weiß. Sie werden uns erkennen. An ihrem namenlosen Unbehagen. Als ob an uns etwas nicht stimmt. Wir dürfen uns aber nicht verstecken. Nur verbergen. Sehen, aber nicht gesehen werden. Die andere nickt schüchtern zurück. Jenny betritt das Geschäft.

Wo finde ich Sonnenbrillen? Wir haben nur welche für Herren. Soll für meinen Vater sein. Kommen Sie, wir haben eine ansehnliche Auswahl an Modellen, alles Markenware. Ich bräuchte etwas für lichtempfindliche Netzhäute. Da würde ich Ihnen unbedingt die schwarze Serie empfehlen. Schwarze Serie? So nennt der Hersteller sie.

Jenny probiert das Angebot durch. Der Verkäufer rückt den Spiegel näher. Gestell für Gestell lässt sie sich hinter ihrer Undurchsichtigkeit verschwinden. Sie entscheidet sich für einen Rahmen aus Horn, bezahlt, lässt das leere Futteral in ihren Umhängebeutel gleiten und tritt ins Freie zurück.

Als sie die Brücke über den Fluss erreicht, dreht sie sich noch einmal um. Neben dem Fernsehturm ragt das Hochhaushotel ihres Vaters in den Himmel. Sie spürt die Kälte von Leons Schattens im Widerhall seiner Worte.

Das wirst du alles einmal erben.

Sterben. Erben. Ich will im Leben nichts geschenkt bekommen. Erst gar nicht von einem Toten, der sich ersetzen will.

Eine ausgetretene Natursteintreppe führt auf die Uferpromenade. Jenny wandert Richtung Osten. Ausflugsboote stauen sich an der mittelstädtischen Schleuse. Aus jedem eine andere Stimme. Vor uns der erste Schiffshebekran ... bis Mitte des vorletzten Jahrhunderts ... heute ein beliebtes ... Reste der zweiten Stadtmauer ... sollten Sie keinesfalls verpassen. Kinder und Alte winken. Ausgebreitete Stadtpläne, Kameras, Kaffeegedecke, Bier in Krügen, Limonade mit Strohhalm. Alles unter täuschend echtem Himmelsblau.

Lasst euch nichts vormachen. Die Sterne sind auch noch da, wenn ihr sie nicht seht.

Sie findet Coppkis Laboretage unverschlossen vor. Niemand zu Hause. Leben steckt einzig in der Wanduhr, die streng ihre Sekunden zählt. Und in der Luft, die seinen Atem trägt.

Öffnet sie seine Schränke, zieht Schubladen auf? Wenn ja, findet sie dort nichts außer dem Nötigen: verblasste Kleidung, einen Korb mit zusammengerollten Socken, einen anderen mit Badehose und Schwimmbrille. Nichts Geschriebenes, Bedrucktes. Nur ein weißes Blatt Papier, eingespannt in ihre alte Erika. Sie setzt sich auf den Hocker und beginnt zu tippen. Coppki hat das Farbband bereits erneuert. Schwarz auf weiß reihen sich die Buchstaben aneinander.

Hallo, ich bin's. Hätte dich jetzt gern an meiner Seite. Wie wär es, wenn wir meine erste Nacht zusammen verbringen? Nur wir zwei. Ich zeig dir meine Stadt und du mir deine. Lauschen, wie sie einschläft, wie sie träumt und wieder zu sich kommt. Wir können nackt in Brunnen baden, wenn du magst. Die Hunde im Regierungsviertel reizen. Uns im Zoo einschließen lassen. Wir können auch einfach nur dasitzen und reden. Es gibt so viel zu besprechen. Nichts muss bleiben, wie es ist. Ich warte um acht unter der roten Backsteinbrücke. Lass mich Teil deines Gedankenexperiments sein. Ich spüre deine Kraft in meinen Adern. Jenny

Sie kommen beide gleichzeitig zu früh, der Tag noch abendrot. Ein Handinhand und Handaufsherz und Hastdunichtgesehen. Haare, die Haare kitzeln. Der Duft gespannter Haut. Ein Kuss, der kein Ende kennt, nur Atempausen. Auf der Bank an der Biegung des Flusses. Weißt du, wie viel Sterne stehen, an dem mhmmh Himmelszelt? Meine Tante hat immer »Sternlein« gesungen. Gott der Herr hat sie gezählet. Als sollte sie nie ein Ende finden, ihre Reise ans Ende der Nacht.

Eine Turmuhr erklingt, vier Glockenschläge lang, Coppki flüstert.

»Hörst du das Rauschen? Die Menschheitsmaschine kommt in Gang.«

»Ich möchte mit dir allein sein. Lass uns zu dir gehen.«

Sie verführt ihn bei Sonnenaufgang am Rand der kleinen Kieselbucht. So hat sie den gebogenen Uferstreifen unterhalb des Laborgebäudes getauft, das von Stund an ihr Zuhause sein wird. Coppki erlebt die Szene wie ein Zuschauer die unerwartete Wendung in einem Stück. Er hat darauf *gezählet,* aber nicht damit gerechnet.

Dankbar empfinde ich seine Dankbarkeit über meine Distanz. An Liebesszenen sind die mächtigsten Federn gescheitert. Es kann nicht Aufgabe des Biografen sein, selbstverständlichen Säften zu Auftritten zu verhelfen. Wir schreiben ja auch nicht über den Sauerstoff, den unsere Helden atmen. Höchstens über gute oder schlechte Luft. Wer die Gedanken des Schöpfers verstehen will, interessiert sich nicht für seine Schuhgröße. Aus Respekt vor dem Unaussprechlichen im innersten Kreis.

Coppki und Jenny lieben sich, als müssten sie in jedem Moment die Liebe neu erfinden. Zwei ungleiche Teile, die sich suchen und zueinanderfinden, sie ganz bei sich, er außer sich, als könnten sich Ratio und Romantik in einem gedachten Ort am Rande des Kosmos verschwistern. Und als sie vorüber sind, die Augenblicke des Wireinanders, vorbeigerauscht wie Punktpaare auf einer beliebigen Lebenslinie, gehört jeder wieder sich allein. Falls etwas unaussprechlich ist am Sein, dann ist es die Einsamkeit des Menschen nach der innigsten Vereinigung.

Im Nachklang der Liebe liegt Coppkis Ohr auf ihrem Bauch, in dem es noch leise brodelt. Nun hat er, den Inseltraum eingerechnet, mit allen drei Frauen der Gesprächsgruppe etwas gehabt. Ich höre, wie die Architektin mit fester Stimme sagt: »Ich muss mit dir über meinen Vater sprechen.«

»Er ist wohl immer dabei?«

»Ich weiß nicht, ob du ihm gewachsen bist.«

»In meiner ersten Nacht mit deiner Mutter hat sie auch von ihm angefangen.«

»Keine Sorge, Liebster, ich werde Leon nicht verteufeln. Ich will dich nur vor ihm schützen. Er sieht die Welt durch andere Augen als du.«

»Sagt man nicht, vier Augen sehen mehr als zwei? Ich lerne viel von ihm. Wenn ich ihn richtig verstehe, er auch von mir.«

»Er spielt mit dem Leben, du nimmst es ernst.«

»Sein Hinweis auf das Leben als Spiel mit Zukunftswetten war äußerst hilfreich.«

»Was er sagt, hat immer zwei Seiten. Ich fürchte, du bist für seine Doppelbödigkeit nicht gemacht.«

Jenny warnt Janush vor den Einflüsterungen ihres Erzeugers wie vor der verbotenen Frucht. Wie niemand sonst versteht sie das Wörterbuch des Verführers, in dem sich das Sein-oder-Nicht-sein nicht nur als Frage des Habens buchstabiert, sondern auch des Gestaltens. In jedem ihrer Sätze schwingt Bewunderung mit für den Vater, der etwas schaffen will, bedeuten, hinterlassen.

»Er handelt wie ein Hochstapler, der so lange an sein Märchen glaubt, bis es wahr wird.«

»Was macht das dann noch für einen Unterschied?«

»Er zwingt dir sein Spiel auf, ohne dass du es merkst.«

»Ich verfüge über ein feines Gespür für fremden Willen.«

»Da kennst du ihn aber schlecht. Er wiegt dich im Glauben, frei zu entscheiden. Dabei tust du genau, was er will.«

»Kein Problem, solange er dabei auch tut, was ich will.«

»Ich habe noch niemanden getroffen, der ihn länger in Schach halten könnte.«

»Wir spielen Skat.«

»War das deine Idee oder seine?«

»Wahrscheinlich denkt er, es war seine. Tatsächlich kam der Anstoß von mir. Über meinen Nachbarn als dritten Mann. Lösung eines Dreikörperproblems über Bande, wenn du verstehst.«

»Ich versuch es mir gerade vorzustellen. Aber wozu Skat?«

»Damit ich weiß, wie er funktioniert. Er hat Schwierigkeiten, sein Risiko einzuschätzen. Manchmal verlässt er sich auf das falsche Bündnis. Oder er übersieht die einfachsten Stiche, obwohl er einen klaren Wink bekommen hat.«

»Hat er echt zugestimmt, das Zentralinstitut zu finanzieren?«

»Investitionen in Kultur machen sich immer gut, sagt er. Hat uns sogar geholfen, das Cite als weltweit tätige, gemeinnützige Organisation registrieren zu lassen.«

»Ich möchte wissen, mit welchen Hintergedanken.«

»Ein Spiel mit verdeckten Karten, bis einer sie auf den Tisch legt.«

»Meine Mutter sagt, Wunschzettel hätten Leute zu allen Zeiten geschrieben.«

»Vera hat noch nicht verstanden, was es bedeuten würde, alle Wunschzettel zu kennen.«

»Wenn mein Vater ahnte, Geburtshelfer der Bewegung zu sein, würde er sein Blatt anders einsetzen.«

»Du meinst seine Zeitung?«

»Das *Boulevard* wird uns noch sehr nützlich sein. Besser können wir unsere Ideen nicht verbreiten.«

»Wie stellst du dir das vor? Soll er Bekennerschreiben abdrucken?«

»Das kommt der Sache schon ziemlich nahe.«

Mit dem Malen von Ausrufezeichen hat sich Jenny lange zurückgehalten. Diese Art öffentlicher Stellungnahme Einzelner zwinge allen Passanten eine Botschaft auf, nach der niemand gerufen habe. Zumindest will sie nicht den Anfang machen. Wochenlang ist sie keinem Zeichen an der Wand begegnet, als wäre die Hauptstadt noch immer weitgehend frei von Freunden der Nacht.

Als sie nach dem Frühstück in einem Bistro zum ersten Mal auf ein Ausrufezeichen trifft, mit dickem Filzstift auf die Innenseite einer Toilettentür gemalt, durchfährt sie Jubel und jähe Angst in einem. Sie fühlt jenen inneren Widerspruch, den ein Schiffbrüchiger verspürt, der auf seiner einsamen Insel die Fußspuren eines anderen Menschen entdeckt.

Dem ersten Impuls, sich zu verstecken und ihre Unabhängigkeit zu bewahren, steht ein ungleich stärkerer Drang entgegen, sich unter Gefährten zu begeben. Sie kauft sich einen Permaschreiber. In einem unbemerkten Moment malt sie ihr erstes Ausrufezeichen auf das grüne Glas einer Ampel an einer belebten Kreuzung. Von da an sehen es täglich Tausende Verkehrsteilnehmer.

5

Leonard C. Hard kennt das Leben lange nur aus Sicht einer Trumpfkarte, die immer sticht*. Sein Erfolg verdankt sich kluger Entschlossenheit nicht weniger als seinem Auftritt und Ausdruck. Wenn er spricht, erst recht wenn er lacht und voller Leibeskraft aus dem Inneren leuchtet, verfallen ihm die Menschen wie von fremden Kräften angezogen. Sein Redetalent, heute würde ich wohl von Überredungskunst sprechen, hat Coppki von Anfang in Bann gezogen.

Noch während seines Studiums der Philosophie und Wirtschaft versucht Hard sich als Journalist. Der Beruf verspricht Reisen und Begegnungen, Ansehen und mehr als ein einträgliches Auskommen. Für eine Reportage über eine Hauskatze, die auf beiden Seiten der Mauer lebt und hier anders heißt als dort, wo es fremdes Fressen gibt, fremde Erziehungsmethoden, Gerüche und Wohnungseinrichtungen, über ihr Verschwinden und ihr plötzliches Wiederauftauchen mit einem Halsband, das eine Nachricht von drüben trägt, ihre Kurierdienste im Dienst zweier Systeme und einer unerfüllten Liebe, für dieses anrührende Porträt eines schizoiden Haustiers in der geteilten Hauptstadt erhält er als jüngster Bewerber den begehrtesten Journalistenpreis.

Kurz darauf meldet sich der Herausgeber des *Boulevard*. Das wichtigste Massen- und Straßenblatt jener Zeit schmückt sich gerne mit langen, klugen Texten von Schönschreibern, die es aus seiner Schmuddelecke befreien sollen. Binnen Kurzem ist Hard zu

* Eckdaten zum Lebensweg von Leonard Hard entnehme ich den zahlreichen nach seinem frühen Tod erschienenen Biografien.

fürstlichen Bedingungen engagiert. Bald gehört der *Storyhunter* zu den Bestbezahlten der Branche, unschlagbar im Finden und Aufschreiben Aufsehen erregender Geschichten.

Er zeigt schon erste Züge der zweiten Reife, als ihn seine Zeitung mit der Nachwuchsfotografin Vera Linden zum Reporterteam zusammenschweißt. Sie ist achtzehn, halb so alt wie er, und wäre ein perfektes Opfer, hätte sie es nicht von Anfang an auf ihn abgesehen. Normalerweise erkennt seine weibliche Beute in ihm schon von Weitem den Jäger, der durch Unnahbarkeit erobert werden will. Niemand hat gezählt, in wie vielen unerfüllten Träumen er Gefährte und Liebhaber blieb. Denn der, nach dem sie sich sehnen, ist nur auf jene aus, die ihm widerstehen.

Nur eines hat er nicht bedacht: Sie hätte ihn niemals ablichten dürfen. Sie erledigt es so nebenbei und geräuschlos, dass er es kaum wahrnimmt. Als sie dann am Leuchttisch sitzen, Veras Schwarz-weiß-Abzüge vor sich, durchfährt Leon ein dumpfer Schmerz. Sie hat nur ein einziges Bild von ihm gemacht, ein Autorenfoto auf Wunsch der Redaktion. Doch in ihrem Kamerablick erkennt er sich wieder wie ein Überführter. Zwischen zwei Momenten seines Lächelns offenbart sich ein verborgenes Gesicht, das Überdruss und Trauer offenbart. Auf die gleiche Weise hat sie zwei Jahrzehnte später Coppki erobert.

Sie macht sich keine Illusionen über sein ausschweifendes Leben, seine Liebschaften, die zu regeln ihm Mühen bereitet. Sie kennt seine Vorlieben wie seine Schwächen. Als er ihr Werben erhört, will sie unbedingt glauben, bei ihr und nur bei ihr könne er endlich in einen festen Hafen steuern und zur Ruhe kommen.

Ihre gemeinsame Tochter Jennifer ist, soweit bekannt, sein einziger Nachwuchs geblieben. Als das Mädchen zur Welt kommt, gehen ihre Eltern bereits getrennte Wege, privat wie dienstlich. Während Vera in den Wehen lag, hat er sich mit ihrer besten Freundin amüsiert. Nach der Geburt kehrt sie aus dem Mutterschutz nicht wieder zum *Boulevard* zurück. Wegen des gemeinsamen Sorgerechts bleibt sie in der Hauptstadt wohnen.

Sie hört nie auf, ihn heimlich zu lieben, sucht wie eine Abhängige sogar noch verzweifelt seine Nähe, als sie ihm ständig an Seiten neuer Begleiterinnen über den Weg läuft. Gleichzeitig verflucht sie ihn, der auch nach der formellen Scheidung jeder neuen Verbindung auf ihrer Seite im Weg steht. Kein anderer reicht an ihn heran. Hätte sie nur seine Hülle geliebt, ohne sein Herz zu wollen, geteilt, statt ihn ganz für sich zu beanspruchen, wäre aus Vera, Leon und Jenny womöglich so etwas wie eine Familie geworden.

Für ihn nimmt sie einen anderen Rang ein als alle anderen. Auch er ist mit ihr auf eine ihm fremde Weise noch nicht fertig. Noch keine hat ihn verlassen. Immer ist er es gewesen, der ging, in der Regel zur Nächsten. Vor allem aber ist sie die Mutter seiner Tochter. Umso mehr schmerzt ihn, das Mädchen auf jene erbitterte Art zwischen ihnen hin- und hergeschoben zu sehen, wie sie das Märchen vom Rosenkrieg erzählt.

Die Kleine vergöttert den Vater, solange sie seine zweite Seite nicht kennt. Er nimmt sie mit auf seine Reisen, der Reporter mit der bezaubernden Tochter, die sogar das Eis brechen kann, an dem er sich vergeblich versucht. Zu ihren schönsten Erinnerungen zählt, wie sie nachts in fremden Ländern vom Hotelbett aus Filme ohne Ton angesehen und sich dabei Dialoge ausgedacht haben.

Mit dem allmählichen Abschied vom bedruckten Papier setzt auch der jähe Abstieg der Zeitung und ihres berühmten Reporters ein. Die Ursachen des Niedergangs sind wie immer vielfältig. Masse verdrängt Klasse. Alle Welt kopiert seine Methoden. Schließlich ist er nur noch einer unter vielen. Er kündigt und startet seine Karriere als erfolgreicher Multiunternehmer, die ihn weltbekannt macht.

Sein Geschäftsmodell, wenn es so genannt werden darf, lässt sich in einem Satz zusammenfassen: Er nutzt seinen Spürsinn für Neues, tut Trends im allerfrühesten Stadium auf, meldet Patente, Wortbildmarken, Verbrauchsmuster an und vermarktet Nutzungsrechte, die er selten eigenen Ideen verdankt.

Jeden ersten Sonntag im Monat zieht er Bilanz seiner Dachgesellschaft *Hardsoft* und misst sein Vermögen. Die Summe stellt er gegen den aktuellen Kaufpreis des *Boulevard*, das den zerstrittenen Erben des Gründers gehört. Die Beträge bewegen sich unentwegt aufeinander zu. Als er das Unternehmen mit allen Gebäuden, Druckereien, Rechten und Verbindlichkeiten übernimmt, fällt es ihm gleichsam in den Schoß. Die Eigner wollen nur noch Kasse machen, bevor es zu spät ist. Die Käuferschaft ist auf einen Bruchteil ihres einstigen Spitzenwerts gefallen.

Zum Neustart des Blattes hat er eine Serie geplant, mit der er Leserbeteiligungen testen will. Die Idee stammt von Vera, aufgeblüht in neuer Liebe. Die Auftaktstücke will er selbst schreiben, die Fotos kommen von ihr. Später sollen die Nutzer die Zeitung mit eigenen, branchenüblich bezahlten Beiträgen füllen, von Redakteuren zum Epos eines Tages verdichtet.

Seinem Sinn für die Natur von Spiel und Spieler verdankt Leon die Eingebung, an den Anfang der ersten Staffel eine wirklichkeitsnahe Fahndungsaktion zu stellen. Er schätzt die Kunst des Graffiti in ihrer wilden Kraft und Ausdrucksstärke. Die Flure im Foyer seines Hotels, dessen oberste Stockwerke er bewohnt, hat er den Sprühdosen herausragender Wandmaler überlassen. Was er hasst, sind Schmierereien auf öffentlichen Flächen.

Leserreporter sollen die Nacht bevölkern, mit ihren Kameras echte und falsche Künstler aufspüren und im *Boulevard* vorführen. Den Fotografen der besten winkt ein Bonus. Überdies dürfen sich die gezeigten Künstler auf Kosten der Zeitung auf ausgesuchten Wänden, Brandmauern, Brückenpfeilern, Parkhäusern und anderen öffentlichen Grauflächen verewigen.

Zum Glück ist Leon zwar forsch, aber vorsichtig. Nie würde er ein Unterfangen dieser Tragweite ohne Testphase starten. Vera als Nachtaktive sieht er geradezu berufen, die Sprüher *in flagranti* aufzuspüren. Sie sagt zu und tut das aus Liebe. Seit der Mann ihres Lebens genau wie sie die Nacht zum Tage macht, unterdrückt sie tapfer alle Zweifel am Verzicht auf schöpferischen Schlaf. Tief in ihr aber brodelt ein Groll gegen Coppki, der ihr mit seiner immerwachen Zuversicht per Wunderwasser die Grundschwere genommen hat, aus der sie einst ihr bildnerisches Können bezog.

Um mit den Freikünstlern ins Gespräch zu kommen, hat sie auf ihren Touren immer ein paar ihrer besten Arbeiten dabei. Die Mauermaler erkennen jedes Mural an seiner Handschrift. Bildner und Abbilderin kommen sich näher. Sie lässt sich in der Szene herumreichen, lernt geheime Treffpunkte kennen, Unterführungen, Güterbahnhöfe, Rohbauten als Übungsateliers. Sie findet sich in Wohngemeinschaftsküchen wieder, wo in Rauch und Rotwein Strategien für kommende Aktionen ausgeheckt werden.

Die Nachricht von der wissbegierigen Nachtfotografin eilt ihr voraus. Wo sie hinkommt, heißt man sie willkommen. Bald kennt sie die wildesten, vorlautesten, malerischsten, zurückhaltendsten und verhuschtesten Sprüher der Metropole und ihre Signaturen. Sie weiß, wer mit wem kann und wer nicht, bewundert ihre Disziplin und staunt über das eisern befolgte Gebot, vorhandene Werke niemals zu übertünchen.

Der Konflikt mit dem Geliebten entfaltet sich wie im Lehrbuch. Er wirft ihr mangelnde Distanz und Fraternisierung vor. Sie hält ihm Paternalismus entgegen. Genau gegen solche Bevormundungen malten die Künstler an. Sie habe auch nicht den Eindruck, sie würden sich kaufen und auf behördlich genehmigte Flächen beschränken lassen. Im ersten Streit der Wiedervereinigten entladen sich aufgestaute Missverständnisse aus zwei Jahrzehnten, bis beherzter Beischlaf zur Schlichtung führt.

Die Beziehung renkt sich wieder ein. Sie erlebt sogar einen weiteren Höhepunkt, als er sich für sein Verhalten entschuldigt, wenn auch nur in Art eines Kavaliers, der ein nichtiges Delikt einräumen muss. Wieder macht er alles richtig. Ohne Vera und ihre Kontakte im Untergrund der Straßenkunst hätte er sein Unternehmen nie zum späteren Erfolg führen können.

Eines frühgrauen Morgens stürmt sie in sein Büro und berichtet ihm aufgeregt, in der Szene sei von Feinden die Rede, die niemand kenne. Die halbe Nacht habe sie mit Kindskünstlern, allesamt noch schulpflichtig, an einer hell erleuchteten Haltestelle gesessen und mit ihnen die Aufnahmen der vergangenen Tage durchgesehen. Auf einmal seien die jungen Leute über etwas in Rage geraten, das sonst ihnen vorgeworfen wird. Sie reden von Vandalismus. Auf einigen Fotos sind Ausrufezeichen zu sehen.

»Die sind nicht von uns.«

»Woher wollt ihr das wissen?«

»Keiner, der zu uns gehört, macht solche Schmierereien.«

»Ich finde sie vergleichsweise harmlos.«

»Dann müssen Sie blind sein.« – »Schauen Sie hier und hier und hier.« – »Die verletzen den Code und setzen ihre Zeichen mitten in unsere.«

»Wer sind denn die?«

»Wenn wir das wüssten.« – »Sie treiben ihr Spiel schon länger.« – »Wir haben uns erst nichts daraus gemacht.« – »Aber die Zeichen werden ständig mehr.« – »Jetzt sind sie zum Angriff übergegangen.« – »Sie machen unsere Arbeiten kaputt.« – »Im Nordend haben sie ein haushohes Wandgemälde überpinselt.« – »Dafür braucht man ein Baugerüst oder einen Kran.« – »Oder eine Tintenstrahldrohne.«

»Vielleicht kommen sie von außerhalb und kennen eure Regeln nicht.«

»Der Code ist international.« – »Wenn es Neulinge sind, warum geben sie sich nicht zu erkennen?« – »Und werden immer mehr?« – »Achten Sie einmal darauf.« – »Seit ein paar Tagen sieht man die Zeichen plötzlich überall.« – »Wir haben noch nie gesehen, wie eins entstanden ist.« – »So ein Punktstrich ist einfach zu schnell gemalt.«

Leon begreift sofort. Eindringlinge! Das ist sein Stichwort. Allein schon die unbehagliche Vorstellung von Unbekannten, die Zeichen hinterlassen, weckt Jagdinstinkte. Und was für Zeichen! Ausrufezeichen! Achtung! Wir sind da!

Die nächste Neuigkeit steuert Leons neuer Freund Wendsel bei. In einem der Magazine, die er zur Inspiration seines Panoramas der Tage und der Nächte regelmäßig durchblättert, sind ihm auf Fotos aus einer Großstadt im Süden des Landes gleich mehrere Ausrufezeichen aufgefallen. Noch am selben Tag durchforsten die drei alle verfügbaren Archive und erleben zum ersten Mal jene erregende Mischung aus Spannung und Unbehagen, die später weite Kreise erfassen wird. Mit einmal geschärftem Blick finden sie die Zeichen in allen denkbaren Größen und Formen auf Bildern von Orten rund um die Welt. Im Eingangsbereich bekannter Wolkenkratzer genauso wie auf Kirchenmauern, Grabsteinen oder Werbeplakaten.

Vera schlägt vor, sich nur noch darum zu kümmern. Doch sosehr sie sich auch bemüht, Urheber dingfest zu machen, sie erwischt nie einen. Sie dehnt ihr Revier bald über die Landesgrenzen aus, reist kreuz und quer über die Erde und schickt reiche Ausbeute nach Hause.

6

Die Heimkehrer aus der Eineweltschule haben keine Schwierigkeiten, unter ihren alten Kameraden geeignete Kandidaten für den nächsten Kreis der immerwachen Optimisten zu finden. Die Neuigkeit verbreitet sich schneller, als sich der Bedarf befriedigen lässt. Eine Zeit lang halten sich Gerücht und Geheimnis die Waage. Bald hat jeder junge Mensch zwischen Nord- und Südpol vom neuen Wundermittel gehört.

Ein Leichtes, zwölf weitere Teilnehmer zu bestimmen, die dem Zentralinstitut ihre Träume anvertrauen, um im Gegenzug als dauerwache 7-24-Menschen ein neues Leben im Zeichen des Ausrufesymbols zu beginnen. Erste Nester entstehen und wachsen, zwischen ihnen bilden sich neue, bis die Knoten ein dicht geknüpftes Netz verbindet und aus lokalem Gemeinschaftsgeist der Geist einer globalen Gemeinschaft wird.

Während der frühen Runden kommt es häufiger vor, dass Einzelne sich Zeit lassen mit der Vermehrung. Der Reiz besteht darin, die Urerfahrung zu verlängern, wie Coppki sie neun Monate zuvor gemacht hat: Sich wie Eroberer auf einem neuen Kontinent zu bewegen und die Ureinwohner aus der Deckung des Gleichseins wie eine fremde Spezies zu beobachten. Es muss eine herrliche Zeit gewesen sein, als sie noch wenige waren und mit Entdeckerlust durch die Tage und Nächte zogen, zu zwölft, in kleineren Grüppchen oder für sich allein.

Sobald sie sich wieder im Alltag verlieren, müssen sie feststellen, wie ihre zupackende Zuversicht die meisten Schläfer verunsichern oder verärgern kann. Auch wenn sie es nicht wahrhaben wollen, werden sie als anstrengende Gutelaunemenschen und arrogante Streber wahrgenommen. Kaum zu glauben, aber noch vor Kurzem waren sie genauso negativ. Doch mit der Müdigkeit haben sich nicht nur üble Stimmung, Ungeduld und Pessimismus verflüchtigt. Auch körperliche Leiden gehen zurück. Kranke genesen spontan, als ob das Elixier den Heilschlaf nicht nur ersetzt, sondern überflügelt.

Jenny trifft sich mit ihren Freunden auf einer Landzunge unweit ihres Domizils. Endlich wieder ein Sommer, der den Namen verdient. Mit heißen Tagen und lauen Nächten und naturfrischen Gewittern und Regenstürzen. Ein Geschenk des Himmels, das die Optimisten unbemerkt über die kritische Schwelle trägt. Lange nimmt niemand über Gebühr Notiz von den umherziehenden Jugendlichen, ihren Partys bis ins Morgengrauen, den sich immer weiter verbreitenden Ausrufezeichen.

Vorbeifahrende Schiffer glauben Tanzende zu beobachten, ohne Musik zu hören. Später kauern die Nachtaktiven um ein Lagerfeuer aus Treibholz. Beflügelt vom konspirativen Charakter ihrer Zusammenkünfte, debattieren die jungen Optimisten und Antifatalisten mit heiligem Eifer die kommende Zeit, die wir bis heute »Postkapitalismus« nennen. Eine wahre Lust, seine eigene Welt zu haben, von der die Erwachsenen nichts wissen. Auf dem ganzen Globus finden ähnliche Treffen statt. Und alle folgen den gleichen Regularien.

Nichts geht über das gesprochene Wort. Mit ihrem klaren Gedächtnis fällt den Immerwachen die Rückbesinnung auf mündliche Überlieferung leicht. Da die Kreise sich ständig neu ergeben, ist reger Austausch gesichert. Nach und nach geht das gesamte Wissen in erzählte Geschichten über, die immer weiter über die Gegenwart hinausreichen. Schon bald kristallisiert sich ein Bild der *Welt von morgen* heraus, so bunt wie die Menschheit selbst, in seinen Zielmarken jedoch über alle Grenzen hinweg erstaunlich einheitlich.

Aufgewachsen in einer Welt, wo jedes Gespräch mitgehört, jeder Gedankenaustausch mitgelesen, jedes Bild von unbekannten

Augen betrachtet und beurteilt wird, entdecken die Freunde der Nacht die verlorene Langsamkeit wieder. Anfangs folgen sie vor allem der Attraktion des Untergrunds und erleben das Abenteuer verbriefter Geheimnisse, wie sie es von den Großeltern kennen. Sie stellen ihren gesamten Schriftverkehr auf getippte Originale um, die sie einander in versiegelten Umschlägen schicken und nach Empfang vernichten. Die Praxis erklärt einige der schmerzlichsten Lücken im Großen Gemeinsamen Gedächtnis.

Nach und nach verschwinden Schreibmaschinen vom Markt für Museumsstücke und ausgediente Gebrauchsgeräte. Ich erwähne das nicht ohne Hintergedanken. Der seinerzeit proklamierte *Fortschritt durch Rückschritt* könnte das Motto meiner beruflichen Laufbahn gewesen sein. Aus Knappheit an mechanischem Schreibgerät, vor allem aber wegen wachsender Maschinenlesbarkeit der Texte, lässt sich die Bewegung noch einmal um eine Entwicklungsstufe zurückfallen. Um möglichst lange der Überwachung von allem und jedem zu entgehen, tauschen sie sich bald nur noch in Handgeschriebenem aus, das Leseautomaten überfordert.

Wo es unumgänglich ist, weiten sie das Verfahren auf den digitalen Postverkehr aus und schicken einander nichts als Ablichtungen handschriftlicher Notizen. Was sie verbreiten, wird durch eine Zusatzfunktion verschlüsselt und löscht sich nach dem Lesen selbst. Wenn sie sich treffen, bleiben elektronische Geräte ausgeschaltet oder gleich zu Hause. Das Kalkül geht auf. Gleichsam im Verborgenen erreicht die Bewegung in wenigen Monaten das Moment ihrer unwiderstehlichen Stärke.

Jenny hat ihren Freund mitgebracht. Mit seinen zweiunddreißig Jahren ist er unter den Versammelten regelmäßig der Älteste, wirkt aber oft wie der Jüngste. Gerade junge Erwachsene besitzen einen unbestechlichen Blick für den Stand der Reife unter Altersgenossen. Janush erschiene ihnen beinahe kindlich, widerspräche dem nicht die Weisheit seiner Äußerungen, die nachschwingen wie wahrlichwahrlich und ichabersageeuch.

»Mir winkt der Tod, wir sind unsterblich.«

»Was macht dich so sicher?«

»Nichts. Sicherheit zerstört den freien Blick.«

»Sieht nicht jeder denselben Horizont?«

»Das Wir reicht weiter als das Ich.«

Sie hängen an seinen Lippen. Keiner ahnt, dass er dem unbekannten Urheber der neuen Weltordnung Gehör schenkt, der gekommen ist, seinen Versuch zu überwachen. Fehlt nur noch, dass er sie segnet. Jenny protokolliert und extrapoliert. Gehen Nimmermüde mit ihrem notorischen Optimismus anfangs Normalschlafenden noch auf die Nerven, so würden sich die Verhältnisse bald umkehren. Wer einmal die Früchte des Fortschritts gekostet habe, da ist sie sich sicher, wolle nie wieder in *das tierische Verhaltensmuster* zurückfallen, stundenlang bewusstlos dahinzudämmern.

Auf dem Affenfelsen, so heißt die zoologische Sektion des Zentralinstituts für Gedankenexperimente, findet das Mit- und Gegeneinander von Verkehrsteilnehmern besonderen Zuspruch. Schon die Wahl der rollenden Rüstungen – damals kommen tonnenschwere Vehikel als Personenwagen in Mode – verrät viel über deren Insassen. In der Fahrweise zeigt sich der animalische Kern und im Straßenkampf, Fahrer gegen Fahrer, das abrufbare Aggressions- und Befriedungspotenzial. Bleche machen Leute.*

Die Leute wollen ihre Fahrzeuge nicht nur lenken. Sie müssen sie um jeden Preis besitzen. Autos prägen das Bild der Städte und Gemeinden, die im Stau und seinen Abgasen ersticken. Die Absurdität kann jeder auf Fotos jener Tage betrachten. Blechkarossen, wohin man schaut, fahrende, parkende, die Straßen gesäumt von ruhendem Verkehr. So hieß das tatsächlich.

* An kaum etwas hat sich die Ichwelt länger geklammert als an die freie Fahrt für freie Bürger, wie damals proklamiert. Die Philosophie mobiler Autonomie dient einer mächtigen Industrie, von der halbe Volkswirtschaften abhängen. Den Preis des automobilen Individualverkehrs zahlen Zehntausende mit ihrem Leben. Jedes Jahr die Einwohnerzahl einer mittleren Metropole.

Dann, mit jeder neuen Runde der Uhr, die Ruhe der späten Stunden, wenn alles schläft, niedergerungen von Erschöpfung, aus dem Verkehr gezogen, friedlich in aller Unschuld, und Jenny durch die sterbensstillen Straßen wandert, manchmal ein helles Fenster entdeckt und dahinter einen Nachtwandler weiß, der unter dem Zustand leidet, den sie gerade schlaflos glücklich feiert.

Janush folgt der Unruhe seiner Binnenbefindlichkeit und schließt sich ihrem Spiel an, als wäre es seines. Jenny erregt seine Unnahbarkeit, wenn sie sich am nächsten sind. Keiner ihrer jugendlichen Liebhaber war so bei der Sache und zugleich mit voller Aufmerksamkeit derart abwesend wie er. Coppki gibt sich ihrer Hingabe hin wie ein gelehriger Schüler, der sich selber aus unsagbarer Distanz beobachtet. Sie nimmt ihn in den Arm. Er riecht ihre Wirklichkeit.

Zur Liebe gehört die Lüge wie der Teufel zu Gott, der den Satan mit der Welt erschuf. Coppki leistet sie in sachlicher Leidenschaft, jenseits der brunftgeilen Spielart, die ihn zuletzt so erschreckt und erregt hat. Ich bin jedes Mal überrascht, wie schwer es mir fällt, ihm zu folgen. Allem, was er äußert, kann ich mich anschließen. Doch es beschreibt immer nur die eine Seite der Dinge, als ob ihm wie einem Zombie die andere fehlte. Gleichwohl schätze ich genau diesen analytischen Blick auf die Welt, wie sie ist, wenn wir sie nicht ansehen.

Jedem Erguss wohnt ein Abschied inne, in jedem Begehren wartet Überdruss. Wenn Jenny und Janush, statt es zu treiben, sich treiben lassen, trauert er bereits um die Zukunft, wo das Vorhersagbare Macht über die Gewohnheit gewinnt. Wo nichts bleibt, wie es ist, würde es nie wieder so werden, wie es war. Wie eine Geisel der Gegenwart, die immer mit einem Fuß im Später steht, nie mit beiden Beinen im Hierundjetzt, sieht er in Leid und Genuss nichts als die Erfüllung eines Kommenden, das sich in ihm verwirklicht.

Jeder Geschlechtsakt trägt in sich den uralten Glauben des Lebens an eine Zukunft nach der eigenen Zeit. Der Sinn aller Sinnlichkeit besteht im ewigen Wiederholen desselben Versuchs, dem Flüchtigen eine feste Form zu geben. Die Unerbittlichkeit des Triebs folgt einem molekularen Muster aus den Tagen des Gewürms und erfüllt sich am Menschen im Mechanismus der Melancholie. Momente sterben so schnell.

Niemand empfindet die Vergeblichkeit vermeintlicher Vermehrung schmerzhafter als Leonard Hard, der sich wie ein Spieler von seiner Sucht zu immer neuen Eroberungen getrieben sieht. Die Nacht riecht nach Beute, sobald er die Straße betritt. Die Attraktion des Neuen folgt der wachsenden Ungeduld seines Herzens, das sich mit jedem Schlag stärker gegen das Gift der Gewöhnung stemmen muss. Auf der Strecke bleiben gebrochene Seelen, die ihre Eifersucht verleugnen oder verraten, jeweils aus demselben Grund, ihn nicht fortstoßen zu können.

Ich bin mir bis heute nicht sicher, ob ich Leon (in der Darstellung unseres Regisseurs) eher bewundern oder beneiden oder bedauern soll. Getriebene sind wir doch auf unsere Weise alle. Aber muss er hier wirklich als Wiederholungstäter auftreten, der sich zum zweiten Mal am selben Opfer vergreift? Mir hätte, in der Nachfolge Coppkis an Veras Seite, ein Mann gereicht, der sich weniger von ihm unterscheidet.

Jetzt bekommt sie, worum sich die Komponistin in ihrer Rolle von Anfang bemüht hat: Wie zum Trost für vergangenes Leid muss sie sich mit dem reumütigen Versprechen seiner Treue zufrieden geben. Ihr feines Gespür für unbewusste Gesten und Zwischentöne registriert wachsende Fliehkräfte. Sein Anstand signalisiert Abstand, seine Fürsorge vorauseilendes Mitleid. Hilflos überlässt sie sich einer Hoffnung, die schon einmal betrogen wurde, und fällt zurück in eine verzeihende Angst, die sie längst überwunden glaubte. Was wie eine zweite Chance begann, droht in Wunden und Narben zu enden.

Nur Wendsel, der schwule Schläfer, sorgt für einen Rest von Gleichgewicht in unserer Geschichte. Er kann Männer lieben, die er nie berühren würde, ob aus Achtung oder fehlender Anziehung.

Mit anderen vögelt er, für die er nichts empfindet als diese unverwechselbare Form der Gier. Als mit seiner ersten gleich die große, bis heute unübertroffene Biografie erschien, waren Gesprächsgruppen noch nicht in Mode. Wie gern hätte ich mir die Protokolle und Aufzeichnungen einmal zu Gemüte geführt, in denen nirgends der Name Coppki auftaucht, als wären wir uns nie begegnet.

Zu ihm, der Lust und Liebe so vollständig trennen und dabei die Erinnerung an den Wert des Schlafs so wunderbar wachhalten kann, zum Panoramamaler Wendsel sieht sich Vera im keuschen Sinn eines schweigepflichtigen Beichtvaters hingezogen. Regelmäßig schaut sie vorbei, braut sich einen Kaffeetürkisch und sieht ihm vielsagend bei der Vorbereitung zur Arbeit zu. Er zeigt ihr den Rücken seines verschmierten weißen Kittels. Den hat er von seinem Nachbarn, den die Geschichtsschreibung übersehen hat. So hört wenigstens Coppkis stillgelegte Arbeitsjacke aus den Tagen an der Universität, wie seine erste Geliebte den Mann, für den sie ihn verlassen hat, aus den Händen verliert. Wie anders das Jetzt in Malerei und Fotografie doch ist!

7

Das rote Logo des *Boulevard* bedeckt die gesamte erste Seite, fadenscheinig verschleiert wie von hauchdünner Gaze, auf der in tiefem Schwarz ein Ausrufezeichen prangt.

»Ich denke, so machen wir das. Was meinen Sie, meine Damen, meine Herren?«

»Ein starkes Statement.« – »Könnte in die Mediengeschichte eingehen.« – »Wenn es läuft, wie Sie denken.« – »Wenn nicht, werden wir uns lächerlich machen.« – »Die Tradition unseres Blattes verhöhnen.« – »Mit der Sie ja noch vertraut sein dürften.« – »Ich persönlich würde das nicht wagen.« – »Aber wenn Sie es so wollen.« – »Ihnen gehört die Zeitung schließlich jetzt.« – »Sie haben natürlich unsere volle Unterstützung.«

»Danke! Damit wird uns der Befreiungsschlag gelingen. Das Publikum erwartet täglich unsere Sterbeanzeige – nun darf es Zeuge unserer Wiederauferstehung werden. Mehr kann man sich kaum wünschen.«

»Was macht Sie so sicher?«

»Überall auf der Erde haben wir die Zeichen entdeckt. Ihre Zahl nimmt täglich zu. Mittlerweile dürfte sie in die Milliarden gehen. Erstaunlich, aber noch niemand hat darüber berichtet. Damit haben wir die Story exklusiv. Weltweit. Das allein wäre eine Schlagzeile wert. *Boulevard deckt geheimes Zeichensystem auf.* Ab morgen kann es dann keiner mehr übersehen. Unser Blatt auf allen Kanälen. Doch damit geht es erst los. Wir verschießen unser Pulver nicht auf einmal. Wir liefern Hintergründe, Tag für Tag. Eine Serie ohne absehbares Ende.«

Die Redakteure klopfen mit ihren Stiften auf den Konferenztisch. Hard erhebt sich und lässt seinen Blick durch die umlaufende Fensterfront über die Hauptstadtlandschaft gleiten. Kirchtürme, Regierungsgebäude, Banken- und Konzernzentralen liegen ihm zu Füßen. Genauso ist er hier vor einem Vierteljahrhundert für seine erste Exklusivgeschichte über die verborgene Welt der Unansehnlichen und Entstellten begrüßt worden.

»Packen wir's an. Die Ausgabe kann abgefahren werden. Wir drucken das Dreifache unserer letzten Auflage. Die Kollegen sind startklar. Gleichzeitig wird unser Titelblatt morgen früh auf Tausenden Plakatwänden und Litfaßsäulen* zu sehen sein. Ohne weiteren Kommentar. Und noch etwas: Unsere Zeitung erscheint ab sofort nur noch auf Papier. Alle elektronischen Versionen sind eingestellt. Es gilt allein das gedruckte Wort.«

Spät am Abend speist Hard als letzter Gast im Restaurant seines Hotels. Das Haus, dessen oberste zwei Etagen er bewohnt, gehört ihm erst seit Kurzem – kaum mehr als ein Mosaiksteinchen im Monopoly des Glücksritters, dem alles zu Gold wird, was er anfasst. Seine *Coverstory* rast gerade durch die Rotation zur Packstation für Stapelware. Lastwagen fahren sie in alle Richtungen der Nacht. Am Ende der Mahlzeit bringt ihm der Ober wie jeden Tag auf einem Silbertablett die neue Ausgabe. Mit geübtem Handrückenhieb schlägt der Regisseur die Titelseite an der Knickkante auf, wie Hard es seit fünfundzwanzig Jahren jeden Werktag tut.

»Na, Hansen, wie gefällt Ihnen das?«

»Ich weiß nicht ...«

»Macht es Sie nicht neugierig?«

»Unbedingt, Herr Hard. Aber was soll es denn sein?«

»Kommt es Ihnen bekannt vor?«

»Ich würde sagen: ein Ausrufezeichen.«

* Nach dem Berliner Drucker Ernst Litfaß benannte, seit 1855 verwendete Stehzylinder (»Annoncier-Säulen«) im öffentlichen Raum für Mitteilungen und Plakate.

»Und sonst?«

»Was sonst?«

Leon schlägt die Zeitung in der Mitte auf. Die Doppelseite ist vollständig mit Fotos bedruckt. Alle dreihundertvierundachtzig zeigen das gleiche Motiv, einen Strich mit einem Punkt darunter, in allen denkbaren Farben und Formen, an dreihundertvierundachtzig Orten der Welt, auf Verkehrsschilder und Stoßstangen und Mauern gepinselt, auf Züge gesprüht, in Bäume geschnitzt, in Glas gekratzt.

»Darf ich fragen, was das bedeutet?«

»Stellen Sie sich nur einmal vor, lieber Hansen, wir hätten Besuch von ganz weit draußen. Aus dem All, meine ich. Damit sie nicht auffallen, haben sich unsere Gäste etwas Besonderes ausgedacht: Sie sehen exakt aus wie wir, und zwar jeder Einzelne wie einer von uns, Molekül für Molekül nachgebaut. Ihre Aufgabe ist es, uns zu ersetzen, einen nach dem anderen.«

Coppki hätte seinen Spaß, wenn er sähe, wie der Skatfreund seine Gedanken umsetzt und verbreitet.

»Und was passiert mit uns?« Der Tänzer steht neben dem Tisch und balanciert sein leeres Tablett in tadelloser Haltung.

»Das weiß keiner. Aber angenommen, es wäre so, dann würden die Doppelgänger unseren Platz einnehmen und wir im selben Augenblick verschwinden. Wir würden unser Ende nicht einmal bemerken, weil sich unsere Existenz nahtlos in ihnen fortsetzte. Aber dann nach ihrem Willen und ihrer Vorstellung. Wenn wir Glück hätten, brächten sie uns vielleicht in ihre Heimat, um uns auf einem ihrer Planeten auszusetzen und zu beobachten.«

»Ich verstehe immer noch nicht die Aufgabe dieser Zeichen.«

»Falls sie von Eindringlingen stammen, wäre das ihre Achillesferse. Am Anfang sind sie noch so wenige, dass sie tagelang nicht auf ihresgleichen treffen. Mit den Zeichen könnten sie ihr Revier markieren. Eine leicht erkennbare Signatur, die auf die Dichte der lokalen Population schließen ließe. Uns sind etliche

Vorschläge für die passende Formel zugegangen. Wir werden sie mit leicht verständlichen Erklärungen abdrucken, damit die Leser sie selbst anwenden können. Dann wüssten sie stets, wie viele in ihrer Nähe sind. Die Wachstumskurve deutet auf eine frühe Phase der Invasion hin. Noch sind die Verwandelten in deutlicher Minderzahl.«

»Was könnten die Menschen denn ausrichten?«

»Anfangs würde es viele Dörfer und kleine Städte geben, die noch frei von ihnen sind. Sie könnten versuchen, sich wie Inseln vom Rest der Welt abzuschotten, und hoffen, verschont zu bleiben. Solche Widerständler bekämen bei uns einen eigenen Platz im Blatt. Sobald das erste Zeichen bei ihnen auftaucht, würden sie beginnen, einander zu beobachten und zu verdächtigen. Guter Lesestoff. Andere würden die Doppelgänger begrüßen. Sie könnten es kaum abwarten, aus ihrem alten Ich befreit zu sein. Von dort ließen sich Dutzende Geschichten weiterspinnen, etwa nach unserer Ankunft auf ihrem fernen Planeten.«

»Könnte man sie denn nicht bekämpfen?«

»Wie sollte das aussehen? Menschen gegen Menschen, die einander für Eindringlinge halten und gegenseitig einsperren oder umbringen? Schlechte Science-Fiction. Man müsste wohl eher versuchen, die anderen daran zu hindern, an unsere Stelle zu treten – Frau gegen Frau und Mann gegen Mann sozusagen. Wären sie früh genug auszumachen, ließen sie sich womöglich aussondern. Mit genauer Überwachung aller durch alle, Wege und Begegnungen eingeschlossen, müsste sich erkennen lassen, über welche Pfade sich die Pest einzuschleichen versucht. Solange jeder Vertauschte früh genug abgesondert würde, ließen sich Gemeinwesen von Ursprungsmenschen aufrechterhalten.«

»Wie sollen wir sicher sein, dass es nicht die Falschen trifft?«

»Wofür haben wir die Wissenschaft? Sie wird Messmethoden entwickeln, die den Unterschied zwischen Original und Kopie erkennen und uns als Frühwarnsysteme dienen. Sie wird Strahlenschirme und Schutzanstriche schaffen, die das Durchdringen und Vertauschen von Avatar und Atavar verhindern.«

Wenn wir nicht aufpassen, geht dem Regisseur seine Filmfantasie durch. Im *Kino des Lebens*, das seinen Ruhm begründet, hat er die Grenze zwischen Bühne und Tribüne eingerissen. Die Zuschauer, Betrachter und Betrachtete in einem, tauchen in ihre künstliche Wirklichkeit ein und gehen vollends in deren Handlung auf. Seiner Endlosserie vom *Aufstand der Figuren*, einer lupenreinen Spiegelung der Welt hinter der Kamera, verdankt unsere Gruppe Arbeit und Struktur. Immer wieder versucht der Regisseur, uns dem Narrativ seines Hauptwerks einzuverleiben. Kurz nach Coppkis Verschwinden gestartet und den Läufen des Lebens überlassen, zeichnet es, bis heute sehenswert, ein getreues Bild der Ermächtigung durch virtuelle Doppelgänger und den verzweifelten Kampf der Originale um selbstbestimmte Biografien. Wenn man so will, hat Coppki das Ringen mit mir in sich vorausgelebt. Der Tänzer lässt sich nicht aus der Rolle bringen.

»Das klingt alles, wie soll ich sagen?, ziemlich aufregend. Aber auch bedrohlich.«

»Sehen Sie, Hansen, genau da wollen wir hin. Niemand weiß bisher, woher diese Zeichen kommen. Es könnten auch Menschen sein, die sich hier einen Schabernack erlauben. Wie bei den Kornkreisen.* Die Invasorentheorie ist nur eine unter vielen. Ein Rest an Unsicherheit reicht aus, die Sache nicht zu leichtzunehmen. Wir haben Sonderseiten für Verschwörungstheorien eingerichtet.«

»Eine, wenn ich mir die Bemerkung erlauben darf, höchst ungewöhnliche Spielart des Journalismus.«

»So etwas nennt man Kampagne in unserem Gewerbe.«

* In jener Zeit in Getreidefeldern zu findende mysteriöse Figuren, die in der Regel zyklische Formen bilden. Als Verursacher wurden Außerirdische diskutiert.

»Mit welchem Ziel, wenn ich fragen darf?«

»Was Sie Ziel nennen, heißt bei mir Etappe. Wohin das am Ende einmal führen wird, kann ich Ihnen nicht sagen.«

»Darf ich abräumen?«

»Danke, Hansen. Ich brauche Sie heute nicht mehr.«

Hard durchquert den Speiseraum, löscht die Lichter und nimmt den Fahrstuhl in seine Wohnung. Er rasiert sich, das muss er zweimal am Tag, duscht und kleidet sich für seinen Ausflug. Schwarzer Leinenanzug, anthrazitgraues Polohemd, bequeme Schuhe aus wildem Kitzleder. Die Nacht ist lau. Er nimmt den Motorroller. Seit er keinen Schlaf mehr braucht, gehören die Touren zu seiner täglichen Routine.

Nach Berechnungen seiner Experten hat die Zahl der Zeichen weltweit die Milliardengrenze überschritten. Die Zunahme spräche nach ihrer Formel für etwa drei Millionen Urheber. Landesweit wären das rund fünfunddreißigtausend. Auf die Hauptstadt entfielen sechzehnhundert. Nur einen einzigen aufzuspüren, gliche dem Finden der Nadel im Heu. Es sei denn, man hätte einen magnetischen Sinn. Leonard Hard hat einen, ohne es zu wissen. Er kennt ihre Blicke, kennt sie aus dem Spiegel. Es sind die gleichen wie seine.

Was er heimbringt, sind nichts als Geschichten. Die verflicht er mit dem Geschehen der vergangenen vierundzwanzig Stunden, Weltereignissen wie Wetter, Aufreger des Tages oder Stadtgespräch, zum Teppich seiner fortlaufenden Geschichte. Das gibt Lesern das Gefühl, mitten im Gewühl der Weltläufe zu stehen und dabei die Chance zu besitzen, jederzeit selbst als Figur auftauchen zu können.

Sein Text für die erste Ausgabe füllt das gesamte Blatt, unterbrochen nur von Interviews, Zeittafeln, Expertenbeiträgen, Bildern und Grafiken. Er schildert nicht nur das Geschehen des vergangenen Tages, sondern spannt einen weiten Bogen von Höhlenmalerei bis zu Graffiti, von Engel- bis Ufosichtungen, von der Entwicklung der Schrift über Buchstaben und ihre ursprüngliche Bedeutung bis hin zu viralen Varianten vernetzter Zeichensysteme.

Meine berufliche Herkunft hat ihm den Ursprung des Ausrufezeichens geliefert. Mittelalterliche Kopisten schrieben an das Ende abgeschriebener Sätze als Ausdruck von Freude und Bewunderung *io*, was so viel wie »Hurra« bedeutet. Später stellten sie die Buchstaben übereinander, das i ohne Punkt über das o.

In dieser Nacht sammelt Leon erste Eindrücke über die Stunden nach der großen Enthüllung. Er beobachtet, wie die Plakatkleber übermannsgroße Ausrufezeichen auf Säulen und Wände leimen. Er hört die Nachtlieferanten seiner Zeitung auf ihren Mopeds zu lokalen Verteilerpunkten knattern. Er sieht Straßenverkäufer an Ecken stehen oder in Kneipen verschwinden. Er steigt ab und schlendert durchs nächtliche Szeneviertel am Alten Bahnhof. Straßencafés und Biergärten sind noch gut besetzt. Überall stecken Köpfe hinter der aufgeschlagenen Zeitung mit dem Zeichen auf dem Titelbild.

Er bleibt stehen und schaut den Leuten beim Lesen seiner Gedanken zu. An ihren Gesichtern glaubt er zu erkennen, an welcher Stelle sie gerade sind. Die Menschen kommen ins Gespräch, zeigen mit Fingern in alle Richtungen, weisen andere auf ihre Beobachtungen hin. Zweifel unmöglich, überall Ausrufezeichen. Auf der kurzen Ahornallee des Viertels zählt Hard zweiundvierzig.

Er setzt sich an einen freien Tisch. Bestellt ein Glas Wein. Lauscht. Die Gespräche bieten ihm Stoff für die nächste Folge seiner Serie. Plötzlich will jeder schon immer Bescheid gewusst haben. Sie lesen einander Passagen vor. Jemand kratzt mit seinem Schlüssel ein Ausrufezeichen ins Tischholz. Eine andere nimmt ihren Lippenstift, geht zum Straßenrand und malt das Zeichen auf ein Durchfahrts-Verbotsschild. Applaus aus den umliegenden Lokalen.

Wie erwartet findet die titelgebende These über die *Invasion der*

*Zeichen** den meisten Zuspruch. Allein der Gedanke, es mit Außerirdischen zu tun zu haben, die in jedem Gegenüber stecken könnten, beflügelt die Einbildungskraft. Während die einen ihre Späße machen, schauen andere sich ängstlich um. Schon die erste Nacht bringt Paranoia und kleinere Panikattacken. Vor allem das Postskriptum nach dem letzten Satz – *Teilen Sie uns Ihre Beobachtungen mit. Verwendete Beiträge werden nach gängigen Tarifen bezahlt.* – hat Aufsehen und Gemüter nachhaltig erregt:

PS: Falls sich auf der Titelseite dieser Ausgabe ein Ausrufezeichen befinden sollte, können wir nicht ausschließen, bereits selbst befallen zu sein. Fachleute machen geltend, vor jeder Machtergreifung stehe die Besetzung der Medien. Womöglich werden wir schon als Sprachrohr genutzt. Dann sollten Sie unter keinen Umständen die morgige Ausgabe mit der Fortsetzung kaufen. Werfen Sie die heutige Nummer nach dem Lesen unverzüglich weg. Oder verbrennen Sie sie. Waschen Sie sicherheitshalber Ihre Hände.

PPS: Das Deckblatt heben Sie besser auf. Vielleicht wollen Sie es einmal in Ihr Fenster hängen.

Hard will nicht, dass man ihn erkennt. Er möchte seinen Triumph still für sich genießen. Ab morgen dürfen sie ihn feiern oder verfluchen. Ab morgen werden die Redakteure mit handwerklichem Geschick und Erfahrung den *Boulevard* in die erste Zeitung verwandeln, die – gegen Bezahlung – von den Beiträgen ihrer Leser lebt.

Leon bedient sich zweier Kniffe der Dramaturgie, für die es in der Fachsprache lange Namen gibt. Zum einen vermittelt er den Lesern das unbestimmte Gefühl, zwischen den Zeilen schon etwas über die kommende Entwicklung zu erfahren. Zum anderen soll aus Halbsätzen und rhetorischen Fragen die Stimme einer fremden Macht durchklingen. Auch wenn er ihn niemals beim Namen nennt, soll beim Lesen jeder an einen Mann denken, den Mann hinter Hard, der unerkannt unter den Menschen

* Zitate aus dem *Boulevard*, später *Wir!*, sind Originalen im Pressearchiv entnommen.

lebt und die Welt in Atem halten oder aus den Angeln heben kann.

Seine Strategie hat er bis aufs Kleinste mit seinen Skatbrüdern ausgetüftelt. Seit etlichen Wochen sucht er die beiden jede Nacht in ihrem Paradies der Abgeschiedenheit auf. Wendsel kocht, Coppki steuert kaltes Bier bei, Hard die Nachrichten von der Front. Er kennt die Natur der Spieler aus einschlägiger Lektüre wie aus eigener Erfahrung. So hinreißend Wettbewerbe um Ideen, Geschick und Bildung auch sind, so begierig stürzt sich die Mehrheit der Teilnehmer auf Spielformate, bei denen man auch einfach nur Glück haben kann.

»Wenn ihr mich fragt«, hat er den beiden kürzlich seine ökonomische Philosophie erläutert, »sind wir alle vom ersten bis zum letzten Atemzug Zuschauer und Teilnehmer an einem Spiel ohne Ende. Dessen Regeln folgt in seiner inneren Logik das gesamte Leben. Mal ist das Risiko gering und die Rendite hoch, mal riskierst du alles und erreichst nichts. Und wisst ihr, was der Kern des Spiels ist? Wir leisten ständig Wetten auf die Zukunft. Alles, was einer plant, entscheidet und tut, hängt von Gewinn-Verlust-Rechnungen ab, auch wenn sie ihm nicht bewusst sind. Alle zusammen ergeben aber kein Nullsummenspiel, sondern Wachstum und Fortschritt.«

Wäre ich Coppki, müsste ich jetzt ein inneres Echo vernehmen. Offenbar nutzt der Regisseur Kenntnisse aus der Gesprächsgruppe seines Biografen, als hätte er uns bereits vorgesehen. Wohin wir auch gelangen, jedes Mal ist er, im Kopf, vor uns am Ziel und ruft: »Ich bin schon da.«

Das erste Format, das Hard sich schützen lässt, bringt ihm ein Vermögen ein. Kein Medium, das fortan noch auf die *Wetterwette* verzichten könnte. Der Einsatz ist gering, der Gewinn kann gewaltig sein, wenn unwahrscheinliche Wetterlagen wie vorhergesagt eintreffen. Gewinner und Verlierer verteilen sich wie fast alles im Leben über eine typische Glockenkurve. Es dauert nicht lange, bis der Wert der notorischen Sieger unübersehbar wird. Ihnen verdankt die Wetterprognose ihre großen Fortschritte.

Coppki überträgt die Idee auf das Zentralinstitut für Gedankenexperimente. Ein Sammelbecken, dem jeder seine Einfälle, Hoffnungen und Ängste anvertraut, müsste an sich schon ein hohes prophetisches Potenzial entwickeln. Allzu lange haben die Menschen ihre Wünsche für sich behalten müssen oder nur ihrem engsten Orbit vermitteln können. Wie oft lebten Gleichgesinnte Tür an Tür, ohne voneinander zu wissen? Jetzt kann jeder sich allen mitteilen. Interessengemeinschaften können sich finden, Allianzen knüpfen, Mehrheiten bilden.

Dabei kommt ein System von Formeln und Operationen zum Einsatz, das aus Sehnsüchten und Sorgen mit wachsender Genauigkeit für alle einsehbar Vorhersagen über die Welt von morgen ermittelt. Wetten mit Gewinnchance lassen die Teilnehmerzahl in die Höhe schnellen. Fast vom ersten Tag an sprudeln die Einnahmen. So könnte die Mär entstanden sein, das zentrale Orakel sei einmal als Gewinnspiel gestartet.

Durch die nächtliche Hauptstadt saust im gemütlichen Viertakttuckern ein blank polierter Motorroller, in dem sich die Lichter der Straßenlaternen spiegeln. Die Komponistin ist mit dem gleichen Gefährt unterwegs wie der Regisseur. Vera wartet an der verabredeten Kreuzung mit laufendem Motor auf Hard. Seit dem frühen Abend hat sie unzählige Aufnahmen gemacht. Mit ihrer Ausbeute ließen sich ganze Ausgaben füllen. Sie folgt ihm über die Hauptstraße, die parallel zum Fluss nach Osten führt. Hinter Mauern und Zäunen liegen überwucherte Industriebrachen im Dunkel. Ruinen zerfallender Gebäude zeichnen ihre Silhouetten in den mondhellen Nachthimmel.

Kurz bevor sie ihr Ziel erreichen, lenkt Leon seinen Roller auf den Randstreifen, schaltet das Licht aus und sieht sich um. Vera steht mit laufendem Motor ohne Beleuchtung hinter ihm. Als weit und breit kein anderes Fahrzeug zu sehen ist, biegen sie in einen zugewachsenen Seitenweg, der nach ein paar Metern an einem schmiedeeisernen Tor endet. *Halt!* warnt ein Schild. *Kein Zutritt! Boden vergiftet. Gefahr für Leib und Leben.* Beide bringen ihre Maschinen zum Schweigen und setzen ihren Helm ab. Aus dem Finsterdickicht vor ihnen flüstert eine Lautsprecherstimme.

»Alles klar. Wir haben euch gesehen. Parole?« Der Tänzer, nun wieder unverkennbar in seiner Hauptrolle als Wendsel.

»Es lebe die Nacht.«

Langsam schiebt sich das Tor zur Seite, dann wieder zu. Bevor sie den gewundenen Sandweg Richtung Flussufer nehmen, küssen sich Regisseur und Komponistin, wie im Drehbuch vorgesehen.

»Hat das nicht noch etwas Zeit?«, fragt die Stimme aus dem Buschwerk. »Kommt doch erst einmal vor. Wir platzen vor Erwartung.«

Hard zieht die Zeitung aus der Innentasche seines Jacketts und hält sie den verborgenen Augen vor die nachtsichtige Optik.

»Also kein Aufstand in der Redaktion?«

»Nicht einmal Widerstand. Die machen alles mit, um ihren Job zu retten.«

»Das müssen wir feiern.«

»Ist Jenny denn auch schon zurück?«

»Wir sind alle an Bord.«

Leon kennt den Weg blind. Für Vera ist es seit Langem das erste Mal, dass sie die geschützte Einrichtung betritt.

»Aufgeregt?«

»Nein, nur erstaunt, wie genau euer Plan aufzugehen scheint.«

»Unser Plan ist auch deiner. Hast du gesehen, wie gebannt alle die Doppelseite mit deinen Aufnahmen studieren? Da kann man schreiben, was man will. Am Ende sind es Bilder, die wirken.«

»Ohne deinen Text wären sie nichtssagend.«

»Hast du ihn schon gelesen?«

»Nur in den Augen der Leute. Er muss großartig sein.«

»Das bin ich dir doch mindestens schuldig.«

»Wenn du wüsstest, wie glücklich ich bin.«

»Keine Reue wegen Coppki?«

»Ich glaube, er hat die Aussichtslosigkeit unserer Beziehung früher erkannt als ich. Jenny passt viel besser zu ihm.«

»Aus seiner Sicht vielleicht, aus meiner weniger.«

»Was hast du gegen ihn?«

»Gar nichts. Nur die väterliche Sorge, dass sie mit ihm auf Abwege gerät. Seit sie diese Partei gegründet haben, wird sie mir immer fremder.«

»Glaubst du, Janush durchschaut, was mit ihm geschieht?«

»Ich fürchte, dass er es nicht nur weiß, sondern auch bis ins Detail steuert.«

Die Stimme aus dem Buschwerk meldet sich. »Kommt endlich an. Die Nachrichten bringen es schon. Coppki meditiert vor dem Monitor, Jenny massiert ihm den Nacken. Ich habe jamaikanischen Currykarpfen über Kapernmus an gestocktem Curdreis im Rohr.«

Wendsel und seine Weltküche für zwei ungleiche Paare und einen Solisten. Zum ersten Mal treffen die fünf aufeinander. Zum ersten Mal sehen Vera und Leon ihre Tochter an der Seite eines Mannes, dem sie zärtlich zugetan ist. Die beiden verbindet unübersehbar mehr als frische Verliebtheit. Ein stilles Einverständnis, das sich im Einklang ihrer Haltungen zeigt, oft auch ihrer Handlungen.

Sie betreiben ihr Doppelspiel mit der gleichen Akribie wie Leon, der keine Ahnung hat, wie die drei Enden seiner Geschäfte zusammenhängen. Sein publizistischer Coup mit den Zeichen hat für ihn nichts zu tun mit den Schlaflosen und seinem Vertrieb des Elixiers. Coppkis Theorie wird zum Start einer neuen Staffel ihren großen Auftritt im Blatt bekommen, wann er es wünscht. Den Optimismus hält Hard für eine der flüchtigen Zeiterscheinungen, wie sie in jenen Tagen kommen und gehen*, und im Zentralinstitut sieht er ein Riesenspielzeug für junge Leute.

* Z.B. die sog. Occupy-Bewegung: u.a. Besetzung öffentlicher Plätze mittels Zelten

Der Tisch ist eingedeckt. Weißes, penibel gebügeltes Leinentuch, gestärkte Baumwollservietten, zu Kragen gerollt auf vorgeheizten Tellern. Die Fenster sind von innen verdunkelt. Die Rückseite von Wendsels Rundbild begrenzt den Wohnbereich. Als das Panorama mit seinen schließlich zwei Kilometer Länge ein Vierteljahrhundert nach Wendsels Tod im Museum der Weltkunst erstmals vollständig zu sehen ist, können Kunsthistoriker den Tag ermitteln, als sich auf der Andeutung einer Zeitung in einer Menschenmenge fast unsichtbar fein gemalt erstmals ein Ausrufezeichen ins Gemälde schleicht.

Auf den Fotos aus aller Welt sind die ersten Zeichen ebenfalls vor einem halben Jahr aufgetaucht. Wie im Panorama, so folgt ihre Zunahme auch hier keiner steten, sondern einer regelmäßig stufenartig ansteigenden Kurve. Die Sprünge ereignen sich jeweils kurz nach Vollmond. Leon will das Phänomen in einer seiner Folgen vorstellen und die Leser an der Lösung beteiligen. Die besten Vorschläge werden abgedruckt und der Allgemeinheit zur Diskussion gestellt.

Der Tänzer dreht die Lautstärke des Fernsehers auf, der die ganze Zeit stumm vor sich hin geflimmert hat. Hinter dem Sprecher ist Leons Porträtaufnahme neben dem neuen Cover des *Boulevard* zu sehen.

... soll die Nachtausgabe komplett vergriffen sein. Mehr als Hards publizistischer Coup zählt der Inhalt seines Titelstücks. Nach Recherchen unserer Redaktion ist ihm während seiner Zeit als Starreporter beim Boulevard *niemals ein Fehler unterlaufen. An der Tatsache der Zeichen gibt es ohnehin keinen Zweifel. Davon kann sich bald jeder vor seiner Haustür überzeugen. Die ins Spiel gebrachte Möglichkeit, sie könnten von Außerirdischen stammen, sorgt für Unruhe in der Bevölkerung. Die Regierung bittet alle Bürger, Ruhe zu bewahren. Noch gebe es nicht die geringsten Hinweise auf Invasoren. Wir versuchen seit Stunden, Hard zu erreichen. Er meldet sich nicht zurück.*

»Ich bin ja neugierig«, sagt Jenny mit der ihrem Vater abgeschauten Prägung zum Pragma, »wie du die Außerirdischen wieder einfangen willst.«

Der Regisseur grinst die Architektin an. Über mich schaut er glatt hinweg.

»Ich werde den Teufel tun, es zu versuchen. So was zerstört die Aura meiner Arbeit. Unterschwellig muss der Verdacht weiter durch die Serie wabern.«

8

Die Architektin hat einen Bogen in die alte Reiseschreibmaschine gespannt. Seit wir zusammen in Coppkis Etage wohnen, spielt sie ihre Jenny wie eine heilige Johanna der neuen Zuversicht. Ganz bei sich als Teil der Gemeinschaft. Sie schaut zum Fenster hinaus, bis sie sich im bewegten Fluss wie auf einem Dampfer durch die Hauptstadt fahren sieht. Dann beginnt sie zu tippen.

Wenn Völker dem Gebot der Stunde folgen und ihr Wachstum einstellen, leidet das Miteinander der Menschen auf eine neuartige Weise. Im Triumph der Vernunft über den evolutionären Fluch ewiger Vermehrung verschieben sich die Alters- und Mehrheitsverhältnisse. Der Segen der Demografie wird zum Schwachpunkt der Demokratie. Die Jugend gerät ins Hintertreffen.

Wie nie zuvor in der Geschichte erleben junge Menschen, die Frischzellen jeder Gesellschaft, sich heute als machtlose Minderheit. Mehr denn je liegt alle Herrschaft in den Händen der Älteren und Alten. Niemand kann gegen sie regieren und ihre Besitzstände angreifen. Als Wähler setzen sie ihre Interessen im vollen Wissen um den Schaden künftiger Generationen durch. Die Träume der Jungen, ihr Gestaltungswille, ihre Talente und Ideen verkümmern wie Schattengewächse im Dickicht hergebrachter Rechte, Ansprüche und Gewissheiten.

Bis vor Kurzem stellte der jüngere Teil der Bevölkerung den weitaus größten Anteil. Vor allem ihrem Widerstandsgeist, ihrem Tatendrang und Wagemut verdankte sich der Fortschritt. Vor dem Abknicken der Bevölkerungskurve trug jede Generation die Spitze der Alterspyramide mit Leichtigkeit. Wir hingegen haben auf schmalem Fundament das zahlenmäßige Übergewicht von Eltern und Großeltern zu schultern.

Uns fehlt nicht nur die Stärke, unseren Beitrag gebührend einzubringen. Die Verhältnisse zwingen die meisten von uns, darunter die Besten, unsere Tatkraft ins hergebrachte System zu stecken, statt beherzt eine Welt nach unserem Bild zu gestalten. Rebellion scheint sinnlos, Widerstand wirkt lächerlich, an Revolution wagt niemand zu denken. Da hilft es nur wenig, wenn unsere Eltern uns den Weg ins Leben so leicht wie möglich machen und mehr zuteil werden lassen als je einer Jugend vor uns.

Wie jeder Nachwuchs leben wir in einer Welt, die unsere Vorfahren nach ihren Vorstellungen geschaffen und uns hinterlassen haben. Als »verlorene Generation«, wie Historiker uns bereits einstufen, müssen wir uns fügen, auf Gelegenheiten warten und tatenlos zusehen, wie die Heutigen auf Kosten von uns Morgigen leben. Da wir Gewalt zur Durchsetzung politischer Ziele als Relikte animalischer Reflexe ablehnen, bleibt uns nur, Mehrheiten herzustellen. Dazu brauchen wir angesichts unserer zahlenmäßigen Unterlegenheit mächtige Verbündete.

Seit jeher besteht zwischen Großeltern und Enkeln ein besonderes Band, anders, als das zwischen Eltern und Kindern. Wenn jemand dem Optimismus Einfluss verschaffen kann, dann sind es die Alten, die noch etwas bewegen wollen, bevor sie abtreten. Die das Vergängliche im Irdischen sehen und Sinn und Besitz nicht mehr gleichsetzen. Die sich, solange sie nicht unter Qualen das Ende herbeisehnen, über kaum etwas mehr freuen als einen Zugewinn an Lebenszeit. Und sich wieder jung fühlen dürfen, wenn sie an der Seite der Jugend die Herrschenden herausfordern, um es ihren Kindern noch einmal zu zeigen, den Eltern ihrer Enkel.

Es lebe die Nacht!

Jenny blickt auf und sucht den Fluss. Die spätsommerliche Brise macht dem Wasser Gänsehaut. Würde sie das Blatt in ein Lesegerät schieben und die Starttaste betätigen, so gingen ihre Zeilen um die Welt. Es genügte, zwölf Adressen von zwölf Empfängern einzugeben, die ihrerseits die Botschaft an zwölf weitere Adressaten schickten. Alles in allem dauerte der Vorgang, das Lesen eingeschlossen, weniger als fünf Minuten. Verfügte jeder über die nötigen Vorrichtungen, so ließe sich in einer Stunde die gesamte Menschheit erreichen.

Sie zieht das Blatt von der Walze, zerknüllt es und wirft es in den Papierkorb. Warum müssen ihre Beiträge immer so missionarisch ausfallen? Weshalb kann sie ihre Gedanken nicht so zu Papier bringen, wie sie beim Reden entstehen? Sie weiß es. Es liegt an der Verzögerung. Bevor sie ihre Hände wie eine Pianistin auf die Tastatur senken und lostippen kann, muss sie erst jedes Wort und jeden Satz so lange in ihrem Kopf zurechtformen, bis ihnen alles Unbedachte ausgetrieben ist. Als schämte sich der schreibende Verstand des sprechenden. Allein die Vorstellung, jeder Buchstabe könnte sich sofort unkontrolliert verbreiten, lässt sie mit äußerster Vorsicht vorgehen.

Die Frage nach geeigneten Verbündeten steht im Raum, seit sich die Optimisten für den Weg durch die Einrichtungen entschieden, ordnungsgemäß eine Partei gegründet und in allen Ländern angemeldet haben, die politische Gruppierungen erlauben. In den übrigen agiert die erste Weltpartei der Geschichte im Untergrund, unterstützt von legalen Verbänden andernorts.

Für ihr Ziel, die Welt nach ihren Wünschen zu gestalten, werden sie allerorten freundlich belächelt. In keinem Land der Erde bekämen sie genug Stimmen zusammen, um überhaupt in ein Parlament einziehen zu können. Unterstützung erhalten sie nur von ein paar prominenten Ruheständlern und Spätberufenen, die ihre Karrieren als Politiker hinter sich haben oder am Ende eines unpolitischen Lebens ihr Herz für die Sache der Widerspenstigen und Aufmüpfigen entdecken.

Eine Allianz mit den Alten könnte die mächtigen Mittelalten unter Druck setzen und am Ende überstimmen. Jenny wirbt vehement dafür, bei der nächsten Runde neuer Freundeskreise die vorgerückten Jahrgänge zum Zug kommen zu lassen. Wenn Menschen an ihrem Lebensabend erst in den unerwarteten Genuss zusätzlicher Wachzeit kämen, wären sie eher bereit, der Enkelgeneration ihre Erbschaft über den Weg der Gemeinschaft zukommen zu lassen. Dabei setzt sie auf Reue, nicht Rache. Wenn die Alten beim Abgang so viel hätten und die Jugend so wenig, käme ihrer aussterbenden Generation der Lebenssinn abhanden, die Welt in guter Hoffnung zu verlassen.

Coppki hat ihr die ganze Zeit über die Schultern geschaut, auf die er nun seine Hände legt. Die Stimme des Biografen hat er so weit verinnerlicht, dass sie sich aus dem Dunkel der Grauen Masse automatisch zu Wort meldet. Er braucht mich jetzt immer seltener. Sein Redenohnepunktundkomma hat sich vollends verflüchtigt. Er denkt für sich und spricht zu anderen. Im Augenblick lässt er seine Schwimmerarme sprechen und dreht Jenny auf ihrem Hocker mit dem Gesicht zu sich.

»Sobald ich eine Zeile schreibe, steht mein Vater hinter mir. So wie du gerade. Und schon krieg ich nichts mehr zustande. Als würde ich für ihn schreiben. In meinem Kopf ist das alles sehr viel mehr, wie soll ich sagen?«

»Radikaler?«

»Auf jeden Fall klarer. Vielleicht hat Chan-chan-Charlie ja recht.«

»Euer Volkswirt? Was sagt er denn?«

»Ich lese es dir vor. *Was wäre, wenn wir den Schwur ausweiteten? Wenn jeder beim Eintritt in die Gemeinschaft ihr sein Erbe vermachte?* Er nennt es das *Testament der Jugend*. So könnten wir den Alten Eindruck machen. Aber auch allen Neuen. Wir ersten Generationen von Immerwachen stammen vielfach aus wohlhabenden Verhältnissen. Wenn wir vorangehen, überzeugt das auch die nächsten Kreise. Leon hat gönnerhaft gelächelt, als ich ihm davon erzählte.«

»Du weihst ihn aber auch in alles ein.«

»Ich wüsste keinen Besseren, unsere Ideen zu testen. Er sagt, ›das habt ihr euch ja fein ausgedacht. Die ratlose Jugend macht ihre Eltern zur verlorenen Generation.‹ Wir sollten erst einmal eigenes Geld verdienen, bevor wir auf das anderer schielen.«

»Genau das tun wir gerade. Die Testläufe im Zentralinstitut bringen erste belastbare Prognosen. Noch nichts, womit wir an den Markt gehen sollten ...«

»Du hast viel von ihm gelernt.«

»... aber ein paar interessante Trends. Wenn wir bei der Wirtschaft bleiben, ist der stärkste ein zunehmender Verzicht auf persönlichen Besitz. Lieber teilen, leihen, tauschen, als sich mit Dingen zu belasten. Mehr Sein als Haben, wenn du so willst. Dicht gefolgt vom Wunsch nach mehr Gemeinschaftseigentum, öffentlichem Raum und kostenloser Kultur.«

»Wie die Zeile über unserem Manifest. Vom Ich zum Wir.«

»Das passt zum größten gemeinsamen Teiler persönlicher Wünsche: mehr Zeit für sich und andere Menschen. Ziemlich rege Aktivitäten verzeichnen wir auch bei allen Gedankenexperimenten zu der Frage, wie man die allgemeine Beschleunigung stoppen könnte.«

»Wir brauchen politische Macht, aber nur kurzzeitig, um ein paar Gesetze und Verfassungsartikel dem neuen Gemeinschaftsgeist anzupassen. In unserem Programm verpflichten wir uns, dem Volk zurückzugeben, was des Volkes ist. Die Partei schafft sich nach Erreichen ihrer Ziele wieder ab.«

»Bisher werden die Optimisten nicht als politische Bewegung wahrgenommen, allenfalls als weltfremde Idealistensekte. Hätte Leons Blatt uns nicht ein paarmal erwähnt, wüsste niemand außer uns von uns.«

»Da kennst du die heutige Jugend aber schlecht. Ich weiß, dass dir das einen Stich versetzt …«

Wörtlichnehmer Coppki zuckt, wie von einer Spitze getroffen.

»… aber die meisten von uns sind mit ihren Eltern befreundet. Die wissen mehr, als du denkst. Wahrscheinlich übermalen die ersten schon fleißig Ausrufezeichen.«

»Ganz in unserem Sinn.«

»Ganz und gar nicht. Da hört die Freundschaft nämlich auf. Sobald man ihnen vom Immerwach erzählt, formiert sich eher Widerstand als Wohlwollen. Im Cite kursieren bereits Berichte über Warnungen vor einem gefährlichen neuen Jugendkult mit bewusstseinsverändernden Drogen. Wenn die sich zusammentun, sind sie mehr als wir. Du solltest sie erst erleben, wenn der Kinderschutzfaktor durchschlägt. Für das Wohl ihrer Brut gehen manche über deren Leichen, seelisch gesprochen.«

»Genau der richtige Gärboden.« Coppki bleibt auf meiner Linie. »Erst der Konflikt treibt die Entwicklung voran. Das alte Vielfeindvielehr. Hab ich auch von deinem Vater. Fehlen nur noch die Skeptiker.«

»Schon am Start. Shadiye und Kato berichten aus ihren dritten und vierten Kreisen von Teilnehmern über Kinder von Wissenschaftlern, die sich ihren Eltern anvertrauen. Aber nicht nur das. Sie haben ihnen unser Mittel zu Testzwecken überlassen. Und weißt du, mit welchem Ergebnis?«

»Lass mich raten. Sie haben es genommen und nichts gemerkt.«

»Ein Ehepaar in Katos Heimat ist da besonders aktiv. Sie haben die Kügelchen analysieren lassen.«

»Und …?«

»… nur Milchzucker und Wasser gefunden.«

»Dem Immerwach geht es wie jedem Segen. Um triumphieren zu können, muss es erst selbst zum Fluch werden.«

Überall auf der Welt machen sich besorgte Eltern auf die Suche nach Gleichbetroffenen. Wollte man den Ausbruch einer Hysterie im Detail verfolgen, böte sich hier ein Fall fürs Lehrstück an. Die Lager der Gestrigen, Vor- und Ewiggestrigen, die partout nicht auf den Segen ihres Schlafs verzichten wollen, bündeln ihre Kräfte zu einem letzten Gegenschlag, in dessen Folge die legendäre Dopingdebatte Gesellschaften an den Rand der Totalprohibition treibt.

Der Widerstand löst sich aus heutiger Sicht zwar so schnell in Wohlgefallen auf, dass er nicht einmal als Fußnote in die Geschichtsbücher findet. Sobald sie sich nur einmal auf das Mittel eingelassen haben, werden aus bittersten Gegnern glühende Befürworter. Gleichwohl liegt in den konservativsten Kreisen die Keimzelle der Außenseiterbewegung, die als Schläfer noch lange am Rand der Gesellschaft lebt und die Nachtruhe verteidigt.

Die allermeisten frönen ihrer Lust wie Wendsel im Verborgenen ihrer eigenen vier Wände, während das öffentliche Bild schlafender Menschen allmählich aus dem Rahmen fällt. Die einen machen ihre Witze über Penner und Schnarchnasen, andere fürchten sich vor dem tierischen Verhalten, das auf beängstigende Weise dem Totstellen in Lebensgefahr gleicht. Vereinzelt werden sie mit terroristischen Aktivitäten in Verbindung gebracht. Letzte Klarheit lässt sich anhand der Quellen nicht erzielen. Aus ihren Kreisen soll auch der Mann stammen, der eines Morgens die Waffe auf Leonard Hard richten wird.

Vermutlich als erster Mensch macht Vera Linden eine erschütternde Entdeckung. Als Sympathisantin der Schläfer hat sie das Elixier abgesetzt, um sich einer Gruppe in ihrem Viertel anzuschließen. Doch jedwede Müdigkeit bleibt aus. Solange sie wartet, an Einschlafen ist nicht zu denken. Sie behält ihr Geheimnis für sich, erzählt es nur Wendsel. Der hält sich an sein Versprechen, es nicht auszuplaudern. Nur mit Coppki teilt er den Befund, Immerwach könne chronisch wirken. Der verrät niemandem etwas außer Jenny, die es der Allgemeinheit im Zentralinstitut als Gedankenexperiment präsentiert.

Wenn ich hier etwas vorgreife, hat das seinen Grund. Coppki hat es genau so vorhergesagt. In seinem Gedankenexperiment verdichten sich die dramatischen Ereignisse, die ich im Sinn seiner Suche nach dem Kern seines Selbst wiedergeben will.

Eine erste Schrecksekunde erlebt er, nachdem ihm Leon aus seiner Redaktion eine Einladung zum Kongress über die »Neuroethik kognitiver Leistungsverbesserungen« mitgebracht hat. Der beiliegende Pressetext übersetzt ihm das Titelungetüm mit *Hirndoping*. Hard muss den Freund als Begleiter auf die Abendveranstaltung mitgenommen haben. Zwar taucht der Name Coppki, wie üblich, auf keiner Gästeliste auf. Ich will aber wetten, dass er zumindest beim Eröffnungsvortrag von Professor M. aus M. zugegen war.

M., ein theoretischer Philosoph mit praktischen Erfahrungen in der Meditation und tiefen Einblicken in die moderne Hirnforschung, lässt sich über die »Naturalistische Wende im Menschenbild« aus. Anders als der philosophisch vorbelastete Hard hat Coppki, dem noch nie ein Vortrag dieser Güte zu Ohren gekommen ist, reichlich Mühe, *deskriptive* und *normative Ethik* zu unterscheiden.

Oder in seinem Inneren einen Begriff wie *geistige Autonomie* zum Sprechen zu bringen. Der Professor, ein glänzender Rhetoriker, versteht es dennoch, das Publikum mit einleuchtenden Beispielen in seinen Bann zu ziehen, die er zum maßlosen Vergnügen seines Zuhörers am rechten Rand der letzten Reihe in Gedankenexperimenten ausdrückt.

»Was wäre, wenn sich die Moral der Menschen mit chemischen Mitteln verbessern ließe? Dürfte man sie ihnen vorenthalten? Oder müssten wir nicht alles tun, uns zu besseren Menschen zu machen und notfalls zu unserem Glück zwingen?«*

Eine heftige Diskussion bricht vom Zaun. Das Wir, mit dem M. hantiere, sei ein reines Konstrukt, das an der Autonomie des Ichs scheitere. Niemand dürfe am Genuss des Mittels gehindert, aber auch niemand dazu gezwungen werden. M. hat den Einwand eingeplant und ändert seine Versuchsanordnung.

»Was wäre, wenn sich die Bereitschaft zu Gewalt pharmakologisch ohne nennenswerte Nebenwirkungen auf null senken ließe? Wie stünde es um die Autonomie jener Ichs, die Partner, Kinder, Mitschüler misshandeln, Passanten überfallen, Menschen töten? Müssten wir erst warten, bis jemand straffällig geworden ist? Oder wäre das Wir stark genug, dafür zu sorgen, das Befriedungsmittel für alle dem Trinkwasser beizumischen?«

Erneut ein Aufruhr aus Für und Wider. Warum sollten unbescholtene Mitbürger gegen ihren Willen etwas einnehmen, das ihre Persönlichkeit verändern kann? Nur die allerwenigsten Menschen würden je wegen Gewalt auffällig. Warum die Mehrheit zu etwas zwingen, das nur eine Minderheit betreffe?

»Sie sehen, meine Damen und Herren. Zwischen dürfen und müssen verläuft ein schmaler Grat. Ich will Ihnen noch ein letztes Beispiel geben. Was wäre, wenn wir durch eine harmlose Pille

* Im Original heißt es: »Wenn man mit vertretbarem Risiko die ethische Einsichtsfähigkeit und das prosoziale, altruistische Verhalten bei Gesunden verbessern könnte, entstünde dann eine moralische Verpflichtung, dies auch zu tun?«

nicht mehr müde würden? Immer auf höchster Stufe aktiv, immer mit Bestleistung, ohne Schlaf.«

Ein Zwischenrufer letzte Reihe, rechts, seine Name ist Hard: »Ihre Beispiele sind mir zu hypothetisch. Wer sagt uns, ob es solche Substanzen je geben wird? Wir reden ja auch nicht über die ethischen Dilemmata eines Flugs zur Sonne.«

Ein fuchsbraunäugiger Zuhörer neben ihm, der zusammenzuckt. Und wartet. Und nichts passiert. Kein Teilnehmer, der aufsteht und ruft: »Meine Tochter nimmt das Zeug neuerdings auch.« Aber eine Erörterung, die dem Zentralinstitut zur Ehre gereicht.

»Einige werden leichter Zugang haben als andere, zum Beispiel aus wirtschaftlichen Gründen.«

»Um der Gerechtigkeit willen müsste es an alle, die danach verlangen, gleichermaßen verteilt werden.«

»Wenn es alle haben, verlieren sich die Vorteile.«

»Aber jeder müsste es nehmen, um keine Nachteile zu haben.«

»Der Mensch war sich selbst nie gut genug. Nach Selbstverbesserung zu streben, gehört zu unserer Natur. Die Frage ist, ob das aus freien Stücken geschieht.«

»Müssten wir nicht, um uns unsere Freiheit zu beweisen, zunächst einmal annehmen, dass wir sie besitzen?«

Endlich holt sich der Referent das Wort zurück.

»Hier, meine Damen und Herren, sehe ich die normative Kraft der Ethik. Die stille Übereinkunft von Gemeinschaften in gegenseitiger Kontrolle. Wenn alle einen roten Punkt auf der Stirn tragen, weil es angeblich der Denkleistung dient oder auch ohne jeden Grund, besitzen die wenigsten die Statur auszuscheren und ihrer tiefsten Überzeugung zu folgen.«

»Wobei wir uns fragen müssen, woraus der gefühlte Kern besteht, der ein Mittel trotz unbestreitbarer Nutzen ablehnt.«

»Darauf wollte ich hinaus. Das einzige Maß für den freien Willen ist das Gefühl, ihn zu besitzen und auszuüben. Ein Mittel, das alles aus allen herausholt und nur schadet, indem man darauf verzichtet, würde sich unweigerlich verbreiten und in der Alltagskultur verankern. Was ich damit sagen will: So wie Ethik bewegliche Ziele verfolgt, so muss sie selbst beweglich bleiben. Nur wenn wir Gedankenexperimente wagen, die über den Horizont hinausreichen, können wir heute Antworten auf die Fragen von morgen finden, statt weiter hinterherzuhecheln.«

Leon reckt seinen Arm. »Eine Zwischenfrage, wenn Sie erlauben, Herr Professor.« Er erhält das Wort. »Wenn ich Sie richtig verstehe, fordern Sie einen moralischen Rahmen für eine Zeit, deren Randbedingungen wir nicht kennen.«

»Wer ethische Grundsätze wägen will, muss die Druckverhältnisse im Gesamtkörper kennen. Sie bestimmen letztlich, was als richtig und falsch empfunden wird. Führen Sie sich bitte einmal vor Augen, was Sie jeden Tag ohne Widerspruch, ohne nachzudenken tun, das unsere Vorfahren abgelehnt und als Zwang oder Untat empfunden hätten.«

»Das ist der Preis der Freiheit, die wir auf der anderen Seite hinzugewinnen«, ruft Hard.

»Sehen Sie, darum geht es mir. Ich frage mich, ob dieser Ausgleich von Gewinn und Verlusten ewig gültigen Gesetzen folgt.«

Leon bedankt sich, reicht das Mikrofon weiter, flüstert seinem Nachbarn etwas ins Ohr und verlässt den Saal. Kaum ist er zur Tür hinaus, tut Coppki, was ihm sein Biograf niemals zugetraut hätte. Er steuert auf die Pressedame zu, die sie eingelassen hat, stellt sein Gesicht auf Lächeln und Entschlossenheit, die sich unmittelbar in ihm breitmachen, sucht Blickkontakt und sagt in ein hinreißendes Himmelaugenblau hinein: »Ich würde gerne Professor M. interviewen. Sagen Sie ihm, ich komme vom *Boulevard*.«

Wenn Coppki es richtig verstanden hat, dann blickt mit M. ein Bruder im Geiste an der gleichen Stelle über den Tellerrand wie er. Zwei, die einander nie begegnet sind, folgen unabhängig voneinander den gleichen Gedankenpfaden. Bei genauem Hinsehen denkt natürlich ohnehin kein Mensch je etwas für sich allein.

»Ich werde mein Bestes versuchen. Darf ich fragen, wen ich melden soll?«

»Mein Name ist Coppki.«

»Noch nie gehört. Schreiben Sie nicht unter eigenem Namen?«

»Ich weiß nicht einmal, ob ich unter meinem Namen lebe.«

»Sieh an, ein Philosoph. Ich wusste gar nicht, dass ihr beim *Boulevard* so was habt.«

Die Architektin grinst verschmitzt.

»Ich bin freier Mitarbeiter.«

Die Mitteilung lässt ihren Charme verblassen. Ich höre noch etwas von Bescheidsagen, kein Versprechen und Bühneneingang, wo Coppki sich wenig später einfindet. Er hätte M. gern gefragt, ob das Gefühl der eigenen Natürlichkeit Grenzen kenne, welches Selbstbild und welches Weltbild Wirmenschen hätten, wie sich Normalität und das Normative zueinander verhielten. Doch als sich die Tür vor ihm öffnet und der Professor in den Innenhof tritt, wo ein Taxi abfahrtbereit wartet, fehlen ihm der rechte Mut wie das rechte Wort, sich ihm in den Weg zu stellen.

Ein Ethikertreffen, das die prophetische Philosophie als eigenen Zweig der ältesten Disziplin etablieren soll, findet natürlich nicht im luftleeren Raum akademischer Trockenübungen statt. Schon die großzügige Ausstattung seitens der Heilmittelindustrie lässt auf handfeste Interessen schließen. Die Logos der Unternehmen und ihrer Produkte bedecken die Rückseite des Programms. Unverhohlen preisen sie Steigerung und Steuerung von Leistung und Stimmung durch ihre Pillen, Pflaster und Tinkturen an. Ein Gefühl für den Geist der Zeit vermittelt der Vorschlag für ein Romanprojekt, dessen Autor gemäß Gästeliste dem Kongress beigewohnt hat:

Die nächste große Herausforderung droht dem Selbstbild des Menschen, darin sind sich Philosophen, Psychologen und Hirnforscher mit der Mehrheit weltoffener Naturwissenschaftler einig, weniger durch gentechnisch veränderte Individuen, menschliche Klone oder künstliche Intelligenz.

Vielmehr entsteht sie aus seinem ewigen Wunsch, sich selbst (und nicht erst künftige Generationen) an Leib und Seele zu verbessern.

Ich will Coppki damit keineswegs vom Sockel stoßen. Es wäre aber kurzsichtig, zu bestreiten, dass ihm und seinem Experiment der Boden bereitet war. Hätte die Menschheit nicht begonnen, sich allmählich an die Vorstellung modifizierter Körper und Gemüter per Chemie und Chirurgie zu gewöhnen, so wäre Immerwach im evolutionären Sinn wohl als verfrühter Pionier in der Versenkung verschwunden.

Meiner Ansicht nach ist auch die Debatte um das optimierte Gehirn nicht zufällig entbrannt, bevor das Elixier ins öffentliche Bewusstsein trat. Ihr Aufflammen zeigt, wie reif der Augenblick war für die radikalste Droge aller Zeiten. Ausgelöst hat sie sie nicht. Erst in historischer Verdichtung täuscht der Eindruck von Gleichzeitigkeit eine Ursachewirkungsfolge vor, die das geschehene Geschehen nicht hergibt.

Coppki bückt sich und holt das zerknüllte Blatt aus dem Papierkorb.

»Das solltest du besser aufbewahren. Es könnte uns noch einmal nützlich sein. Da ist übrigens noch etwas, das ich von deinem Vater gelernt habe: Alles hat seine Zeit. Wer zu früh kommt, den bestraft das Leben nicht weniger als die Verspäteten. Gegen die Bewegung wird sich eine Welle erheben, die alles verschlingen kann. Wir müssen uns so lange bedeckt halten, bis sie am besten zu nehmen ist.«

Mir ist es nie gelungen, ihm diese dramatischen Zuspitzungen auszureden. Irgendwann kommt der Zeitpunkt, ab dem man lernt, mit den Eigenheiten seines Helden zu leben. Ich versuche es auf meine Weise.

»Den Geist der Revolution in der Wissenschaft zeichnet aus, den richtigen Zeitpunkt für sein Wirken zu kennen. Abwarten können, bis alle Bausteine für das neue Weltbild beisammen sind. Und dann nach dem Horizont greifen und das Vorhandene so zu ordnen, dass die Richtung plausibel erscheint. Aber stets im demütigen Wissen, nicht den Stein der Weisen gefunden zu haben, sondern nur einen Kiesel auf dem Weg dorthin.«

Biografen berichten häufig, wie ihren Helden die eigene Geschichte entgleitet. Warum sollten große Unbekannte davon ausgenommen sein? Früher als dem Rest der Welt wird Coppki klar, wie uneinholbar der neue Geist sich verbreitet. An ein Zurück ist schon lange nicht mehr zu denken. Darin unterscheidet sich das Elixier kaum von anderen Mitteln oder Ideen, die sich durchsetzen, legalen wie unerlaubten. Coppki geht auf die Knie, um kleiner zu sein als Jenny.

»Ich denke, wir sollten die kommenden Konflikte rasch hinter uns bringen. Ob ein Wir entsteht, ist doch keine Frage mehr, sondern nur noch wie.«

»Was passiert, wenn sich der Glaube an verwandeltes Wasser und an die bessere Welt entkoppeln?«

»Am Ende zählt nicht das Wasser, sondern das Wort.«

»Wir hören immer häufiger Berichte von Kreisen, die sich ohne Ritual zusammentun und ihr Immerwach teilen. Mir sind sogar Gerüchte von grauen Verkäufen zu Ohren gekommen, Einbrüchen und Überfällen auf Besitzer.«

»Mit Randerscheinungen muss man immer rechnen. Bis wir die kritische Masse erreicht haben, fallen sie nicht ins Gewicht. Unser großer Tag steht ohnehin unmittelbar bevor.«

»Wenn mein Vater mitspielt.«

»Warum sollte er nicht? Wir lassen ihn endlich das Rätsel der Eindringlinge lösen. Einen größeren Coup kann er sich doch gar nicht wünschen. Und dann noch aus seiner Feder. Jeder, der an das Wunder glaubt und es dann am eigenen Leib erlebt, wird es fortan mit der optimistischen Idee verbinden.«

Jenny stutzt. »Leon und sein *Boulevard* als Sprachrohr der Bewegung, die den neuen Menschen preist?«

»So steht es im Vertrag. Wir versorgen ihn mit Rohstoff für seine Serie. Er erklärt, sobald wir es wollen, die Theorie und erzählt die Geschichte der Freunde der Nacht.«

»Die ganze Geschichte?«

»Mit einer Ausnahme: Ich komme darin nicht vor. Zumindest nicht als Person. Höchstens als namenloses Phänomen.«

»Eine Art Engel, der ihm erscheint?«

»Er kann es nennen, wie er will: Stimme, höheres Wesen, Geist.«

»Wie kannst du wissen, ob er nicht eines Tages, wenn ihm der Stoff ausgeht, Ross und Reiter nennt? Er ist Journalist.«

»Wir haben einen Pakt. Sein Ruhm gegen mein Geheimnis.«

»Weißt du schon, wann du es ihm sagen wirst?«

»Am Tag, bevor es passiert.«

9

Gruppenreisen in vergangene Welten zählen zu den Lichtpunkten im Dasein biografisch-analytischer Kreise. Meine Mitstreiter haben sich die turbulenten Tage ausgesucht, als Leon die zweite Staffel seiner Serie über Symbol und Verfolgung startet. Nach Coppkis Formel für das Umkippen von Systemen* fällt die Pilotfolge auf die letzte Vollmondnacht vor der Tagundnachtgleiche im anbrechenden Herbst, genau zwischen siebtem und achtem Erweckungskreis.

Keiner von uns war je in jener Epoche unterwegs, als ein unbekannter Chemielaborant in seinem Kopf eine Zeitenwende einläutete. Nun dürfen wir uns ein Bild machen von den Umständen, die Coppki »kritisch« nennt für einen bevorstehenden Entwicklungssprung. Unsichtbar wie alles in ferner Zukunft, können wir uns ungezwungen unter den Menschen bewegen und unsere Figuren in Kostüm und Kulisse im Spiel miteinander erleben. Wir dürfen der Musik des Alltags lauschen, Gespräche, Geräusche, Gesichter studieren und sogar die Witterung damaliger Welten aufnehmen. Die seltenen Gemeinschaftsreisen in den Zeitstrom der Vergangenheit bieten das volle Spektrum der Gerüche. Nur der Tastsinn bleibt blind.

In den erhaltenen Ausgaben des *Boulevard* wirken die Ausrufezeichen wie allgegenwärtig. In der bunten Wirklichkeit der Metropole verlieren sie sich in jenen Tagen dagegen zu einer Nebensache

* In der Rekonstruktion liegt die Spieldichte nach $D_S = 1/12^{7,5} \times 7 \times 10^9$ bei 56 (Coppkis Lieblingszahl, 7×8) Teilnehmern oder rund 1,8 Prozent an der Gesamtpopulation

unter vielen. Was aus der Ferne so gewaltig erschien, zeigt sich vor Ort kaum als sporadischer Blickfang. Im Meer der Reize deutet nichts darauf hin, gerade hier könnte sich eine Entwicklungslinie gegen alle anderen durchsetzen. Zehn Milliarden weltweit, vier Millionen in der Hauptstadt, macht gerade mal gut eins pro Bewohner.

Ohne Leon und seine Serie wären die Punktstriche noch lange niemandem aufgefallen. Die tägliche Fortsetzung genießt, wie es heißt, Kultstatus. Überall springen uns die Schlagzeilen ins Auge. Wir besteigen Zugabteile, wo alle Passagiere die gleiche Zeitung lesen. *Invasoren immer dreister. Weltweit Milliarden Ausrufezeichen. Wandmaler bleiben unsichtbar*. Lichtfallen, Spähdrohnen und versteckte Kameras kommen zum Einsatz. Nachbarschaften vereinen sich zur gemeinsamen Jagd im Raster der Stadt und berichten vom nächtlichen Treiben.

Die einsetzende Flut einschlägiger Fotos vom ersten Tag der Kampagne an hat ihren überwältigenden Erfolg vorweggenommen. In kürzester Zeit hat die Welt nur noch ein Thema: die Eindringlinge. Der *Boulevard*, inzwischen global verlegt und vielerorts führend, hat seine Leser auf Sonderseiten ihre Angst- und Erwartungsträume ausbreiten lassen. Die einen sehen sich bereits von Außerirdischen umstellt, andere beschwören die Chance durch mögliche Retter.

Wir hätten uns denken können, dass wir nicht die einzigen Zeitreisenden sind, die es in diesen Tagen in die Straßen der Hauptstadt verschlägt. Die Jahre vor dem Großen Vergessen zählen zu den meistbesuchten, die junge Metropole im Herzen der Alten Welt meldet Jahr für Jahr neue Besucherrekorde. Nirgendwo findet sich eine größere Dichte möglicher Helden, die dem Blick der Geschichte entgangen sind, weil ihre Taten im Gemeinschaftswerk aufgehen. An jeder Ecke treffen wir Lebenslaufforscher, die uns, wie wir sie, nach dem Minusmalminusgleichplus der Geister erkennen. Doch außer uns scheint niemand hinter Coppki und seinen Mitstreitern her zu sein.

Der erste befremdliche Eindruck offenbart sich – im Vokabular seines Kosmos – in einer gefährlichen Ungleichzeitigkeit. Das Leben der Menschen im zweiten Jahrzehnt nach der Jahrtausendwende alter Zeitrechung erscheint im selben Moment äußerst gemächlich und ungesund hektisch, ich könnte auch sagen: uneffektiv. Getriebene, denen die Gesetze ihres Getriebenseins so fremd sind, dass sie ihm nichts entgegenzusetzen haben. Die sich im selben Maß überschätzen, wie sie überfordert sind.* Längst verstrickt ins dichter werdende Netz gegenseitiger Abhängigkeiten, pflegen sie ihre Eigenwilligkeiten in der Illusion wahlfreier Individualität.

Wenn ich nur einen einzigen bleibenden Eindruck aus Coppkis Welt festhalten dürfte, dann wäre es der unheilvolle Geruch nach Tier. Dabei denke ich weniger an die Dünste von Schlachtvieh, Blut und Fleisch, die jede Stadt bis zum Erbrechen erfüllten, bevor die Hybris des mitleidlosen Tötens und Verwertens ihr Ende fand. Unvergesslich sind mir vielmehr die animalischen Ausdünstungen der Menschen, die ihnen selbst verborgen blieben.

Jedem Hund und jeder Katze hätten sie noch im Stockdunkeln ein getreues Bild der herrschenden Seelenlagen vors innere Auge geführt. Feinsinnige Nasen von Coppkis Güte werden überflutet von Bouquets aus den Drüsen gestresster, unterwürfiger, angriffsbereiter, fressgieriger Zeitgenossen in ihrem erdumspannenden Freigehege.

Der vorherrschende Geruch kommt vom Brutgeist einer Angst, die ihre Leidtragenden kleinmacht. Sie brennt in den Menschen wie ein ewiges Feuer, und alles was die Hitze absorbiert, wird dankend begrüßt. Wie kurz die Menschheit vor der Schockstarre steht, in der keine Zeit vergeht, zeigt sich im selbstvergessenen Umgang mit der zunehmenden Durchsichtigkeit der Person. Die Leute scheinen zu glauben, wenn jeder immer verdächtig sei, gebe es bald keinen Grund mehr zum Verdacht.

* Vgl. Prinzip nach Lawrence J. Peter: »In einer Hierarchie neigt jeder Beschäftigte dazu, bis zu seiner Stufe der Unfähigkeit aufzusteigen.«

Eine überwältigende Mehrheit hat nach eigenen Angaben nichts zu verbergen. Nach heutigem Stand stimmt das Gegenteil. Statt zu verteidigen, was ihrem Anspruch auf Freiheit entspräche, leisten sie keinen nennenswerten Widerstand gegen deren Raub. Allgemeine Sehnsucht nach Sicherheit, von Freigeistern verächtlich »Versicherungsmentalität« gescholten, beschleunigt die Metamorphose.

Ein Wort ist mir haften geblieben aus der dunklen Zeit, die noch an das unbeschränkte Recht auf Geheimnisse glaubt. Es ist das Wort »unbehelligt«. So nennt man Täter, deren Schuld im Dunkeln bleibt, Steuerbetrüger, Vergewaltiger, aber auch Eltern, die ihrem Nachwuchs unbehelligt die Zukunft mit der Last ihrer Vergangenheit erschweren, körperliche und seelische Folter inbegriffen.

Abgas, Schweiß und billige Chemie in der Nase, das Auf und Ab großstädtischer Grobmechanik im Skelett, den täglichen Takt der Maschinen im unentwegten Brüllen stinkender Verbrennungsaggregate, und im Herzen die Undurchschaubarkeit einer Welt im elektronischen Schweigen: So harrt die Spezies ihrer Befreiung aus den Fesseln des überforderten Ichs. Ein explosives Gemisch, das die Menschheit in ihren nächsten Orbit befördert.

Auf besonderen Wunsch der Komponistin suchen wir die chemischen Laboratorien der Universität auf, wo Vera einst Coppki erschienen ist. Wir nehmen die geschwungene Treppe in die Tiefe. Sein Reich am Ende des menschenleeren Korridors ist verschlossen. An der Tür hängt noch immer der Hinweis, das Lager sei aufgelöst. Weiteren Auskünften verweigert sich der Ort. Originalschauplätze können so unergiebig sein, gemessen an der getreuen Rekonstruktion früherer Zustände.

Wir verzichten auf weitere Besuche abgespielter Bilder, laufen die Schauplätze der letzten Episoden ab und machen uns auf die Suche nach unseren Figuren in ihrer aktuellen Szene. Das Hotel, unter dessen Dach Leon seine Fäden zusammenhält, ist weniger hoch als erwartet. Ein Zwerg fast neben dem Fernsehturm, aber geradezu riesenhaft gegen das Verlagshaus des *Boulevard*. Veras Wohnung angenehm großzügig, gemessen an den Beschreibungen. Flussgrundstück, Laborgebäude und die Atelieretagen als romantische Zeugen der Industriekultur sind originalgetreu gealtert und dornröschenschlossmäßig eingewachsen.

Aus dem Untergeschoss ist Hämmern und Sägen zu hören. Wir steigen treppab. Baustaub, Betonfeuchte, lose Kabel entlang fluchtenger Flure. Im früheren Bunker für Explosivstoffe geht Coppkis Schlaf- und Wachlabor nach seinem Umzug aus dem Hochparterre der Vollendung entgegen. Wie ein guter Forscher, der nur Etappen kennt, keine Endziele, ist er zu neuen Ufern unterwegs.

Hier, tief unter der Erde, will er, allein auf sich gestellt, in weitere Dimensionen des Denkens vorstoßen, will die nächste Matroschkapuppe je nach Blickwinkel wie ein Kind aus der Mutter befreien oder in ihr verstecken. Zu dem voll eingerichteten, schalldicht von Tageszeit und -licht abgeschotteten unterirdischen Versuchsraum gehören Küche, Bad, Schreib- und Esstisch und ein Bett, über dem ein Bündel Kabel baumelt.

Als wir näher treten, verschwindet gerade die letzte Schraube in der Wand. Coppki kann es kaum abwarten. Er hat seine Elektrodenhaube bereits auf dem Kopf und schließt die Leitungen an. Sie wandern mit ihm durch ein ausgeklügeltes Laufkatzensystem bis in die hinterste Ecke seiner Behausung. Er nähert sich einer Messstation, in der er über Kurvenschreiber die Ausschläge des Nervenbündels in seinem Gehirnkasten verfolgen kann. Seit Wochen hat er sich täglich im Wachschlafen geübt. Ein reiner Akt des Wollens. Wasser verwandeln, trinken, versinken, autogen einstellen, Körper lähmen, Bewusstsein offen halten und lauschen mit der Lust am Luziden.

Was wäre, wenn sich das wache Ich herunterblenden ließe wie Tageslicht zum Dämmerschein einer Vollmondnacht, in der Sterne und Erde gleichermaßen zu erkennen sind? Noch klar genug, den Weg durch die Welt zu finden, aber weit genug versunken, das Getriebe des Nebelreichs zu erkennen?

Was wäre, wenn alle den Suchkegel des Bewusstseins auf die verborgene Innenwelt lenken könnten, so wie schlafende Hunde aus dem Augenwinkel Wache halten?

Was wäre, wenn jeder neben dem erlebten Leben einen einzigen Traum träumte, von dem Schlafende nur einzelne Fetzen erwischen?

»Warum will er das wissen?«, fragt die Chirurgin. »Was macht es für einen Unterschied, ob wir nur im Traum träumen oder immer?«

»Die Nachtmahre«, erkläre ich im Stil eines Touristenführers, »lassen sich durch das Schlüsselloch betrachten und anschließend zur Analyse geben. Tagträume laufen dagegen ohne jede Kontrolle ab. Wer sie nicht kennt, kann auch nicht wissen, was sie mit einem machen.«

Mithilfe der Zeigerspuren macht Coppki sich auf den Weg in die Unterwelt, wo der unermüdliche Doppelgänger sein Unwesen treibt. Wir befinden uns im Zeitraffermodus. Drei Tage und drei Nächte verliert Coppki sich tiefer und tiefer in die Nähe eines Schlafs, der ihm nichts anhaben kann. Dabei verfolgt er die Zackenmuster der Kurven. Je tiefer er gelangt, desto klarer bestätigt sich sein Verdacht, seinerzeit zwar den Schlaf, nicht aber seine Träume besiegt zu haben.

In ihm, das zeigt sich, sobald er im Polygramm die starken Signale wacher Wahrnehmung herausfiltert, mährt es ständig leise weiter – vom Licht des Bewusstseins zwar überstrahlt wie am Tag die Sterne von der Sonne, aber von geheimnisvollen Sinnen fühlbar wie Schatten im Dunkeln. So wie die Welt nicht verschwindet, wenn man die Augen schließt, so gehen die Träume weiter, wenn man nicht schläft. Die Arbeit versetzt ihn in wilde Erregung, noch gesteigert, weil er sie heimlich verrichtet.

Genau dort, wo Leib und Seele zusammenhängen, Mikro- und Makrowelt, Physik und Metaphysik, vermutet er die Wurzeln des Abermenschlichen. Wer den Glauben an die Seele verliert und nur auf den Geist vertraut, dem bleibt am Ende nichts als ein bunt verschachteltes Räderwerk chemischer Reaktionen. Gedächtnis, Gewissen, Liebe, Hass, Schmerz, Trauer, das Glück, die Ekstase. Alles Chemie. Verstehbar, steuerbar, trostlos.

Sein nervöses Maschenwerk läuft gleichmäßig wie immer, aber wie mit einem neuen Geräusch, als wäre es vom Sand im Getriebe befreit. Mit jeder Stunde blitzen wie Sterne bei einer Sonnenfinsternis mehr Bilder der überblendeten Tagtraumwelt in ihm auf. Anfangs will es ihm nicht gelingen, sie einzufangen und zu vereinen. Dann, in einem Moment bewachter Trance, erhascht er einen Blick, wenn auch nur schemenhaft, auf das blinkende Firmament seiner dunklen Innenwelt. Nur hauchkurz währt der erste erfolgreiche Übergriff. Doch er markiert den Geburtsmoment des kollektiven Unbewussten als zentrale Arbeitseinheit der aufkommenden Weltvernunft.

Noch ist er wie blind, kann gerade Licht von Schatten unterscheiden, kein Vergleich mit den klaren Bildern im Traumraum der Nacht. Was wäre, wenn sich das Verfahren verfeinern und nutzen ließe, wenn sich jeder in jedem Augenblick halb bewusst in die eigene Anderwelt einklinken könnte? Mit der entsprechenden Technik, da ist er sicher, geeigneterweise eine nach Methoden der Meditation geschliffene und eingestellte Binnenoptik, müssten sich schon bald Einzelheiten erkennen lassen.

Irgendwann wird das weite Land des Innersten besiedelt sein, und die Menschen werden sich auf eine vollständig neue Weise miteinander verständigen und verbinden. Irgendwann passt das nötige Instrumentarium in die Hosentasche oder in ein stecknadelkopfkleines Etwas, das jeder in sich trägt.

Zum zweiten Mal in seinem Leben ist Coppki der erste Mensch an einem Punkt im Weltgeschehen. Wie vor einem Jahr (mein Gott, so lange ist das schon her), als er das fremde Land des immerwachen Ichs entdeckt, betritt er erneut als Pionier einen unbekannten Kontinent. Wenn auch noch bruchstückhaft und in weiten Teilen unverständlich, kann er bei vollem Bewusstsein wahrnehmen, wie es in ihm dünkt und denkt.

Der Durchbruch gelingt, als er sich vorstellen kann, der Erde entrückt wie ein Raumfahrer schwerelos durch körperwarmes Wasser zu gleiten. Vom Grund her funkeln Steine wie nächtlich erleuchtete Dörfer und Städte. Seine Lippen kleben an der Luft. Genau dort, an der Grenze der Elemente, im Fegefeuer der Fantasie, wo Körper und Geist in Atem und Blut aufeinandertreffen, erkennt er plötzlich wie einen durchsichtigen Schatten: mich.

Musik erklingt. Die Komponistin ist gerührt. Ihre erste Sonate wird auch in Coppkis Tagen noch gespielt. Ein neuromantisches Werk für zwei Klaviere und Orchester, das sie mit zwölf Jahren über Nacht zum Nachwuchsstar machte. Dankbar legt sie dem Regisseur die Arme um den Hals, von der Architektin argwöhnisch beäugt. Der Tänzer zaubert eine Pirouette aufs Parkett. Die Chirurgin strahlt eine unbehagliche Unruhe aus.

Einen Lidschlag später finden wir uns in Leons Lobby wieder. Der Regisseur will den Ort persönlich in Augenschein nehmen. Die Eingangshalle dämpft Schritte und Stimmen und drängt ihre Bewohner zum Flanieren. Die Architektin sieht sich mit kritischem Kennerinnenblick um.

Der Besitzer leistet sich den Luxus, seine Gäste nach alter Sitte mit Dienstpersonal im Übermaß zu versorgen, das sich in maßgeschneiderten Uniformen um ihr Wohlergehen kümmert. Überall tauchen in jener Zeit lebendige Überbleibsel untergegangener Feudalwelten auf, vom bürgerlichen Publikum mit Wohlwollen begrüßt. Seine Codes und Etiketten kennzeichnen nach wie vor die Rangordnung in Gesellschaftsverbänden.

Wäre ich Coppki, so wäre ich jetzt der, den der Liftboy wie einen treuen Kunden des Hauses begrüßt und gemeinsam mit seinen Gästen ins Dachgeschoss befördert.

»Willkommen bei Hardsoft. Der Fahrstuhl bringt Sie in die private Leitungsebene. Sie werden dort oben nur auf interessante Menschen treffen. Leute, die wissen, wie wichtig sie sind. Dafür sorgt der Chef persönlich. Sie sollten die anregende Wirkung der Nähe zum Ruhm wie ein ansteckendes Agens empfinden. Wer unter Bedeutenden weilen darf, wird selbst bedeutend. Ich darf Sie nun wieder in die Freiheit entlassen und Ihnen einen erfolgreichen Tag wünschen. Wir sind am Ziel.«

Wir treffen unsere Figuren ohne Sanna in Leons Penthouse an. Der Saal erstreckt sich über die gesamte Etagenfläche und überspannt in der Höhe zwei Stockwerke. Nahtlose Fenster vom Boden bis zur Decke bringen den Himmel der Hauptstadt bis in die Mitte des Raums. Dort sitzen die fünf auf Polsterstühlen um einen runden Holztisch unter einer betagten Fabriklampe aus schwarzem Blech. Keiner nimmt Notiz von den Zaungästen.

Nur Coppki, der für die Runde unsichtbar unter uns und gleichzeitig als Mensch aus Fleisch und Blut bei ihnen weilt, schielt gelegentlich heimlich herüber. Die schmachvolle Erkenntnis, seine Träume nie besiegt, sondern nur überblendet zu haben, während sie weiter in ihm wähnen, treibt ihn schließlich zur Tat. Er lässt seinen irdischen Stellvertreter hinter sich treten, sich umschauen, die Lehne seines Stuhls fassen und sich daraufsetzen, als wäre er frei. Ich kann noch wahrnehmen, wie wir verschmelzen, schon bin ich in ihm verschwunden wie er in mir.

Ich habe mich schon immer gefragt, wie es wäre, niemand zu sein. Hier stellt sich mir endlich eine Antwort. Ein Niemand ist kein Nichts, solange es noch irgendwo umhergeistert, und sei es nur als kausalkritischer Konjunktiv. Das Nichts steht gegen das Alles, ein Niemand nur für die Leerstelle einer Person. Jeder trägt sein Niemand mit sich herum und füllt es mit seinem Jemand aus. Nach seiner Logik kann keiner dem Niemand seine Logik aufzwingen. Das hat es mit dem Nichts gemeinsam. Deshalb werden die beiden gelegentlich verwechselt.

Der Tänzer versucht es mit einem alten Hausmittel. Wendsel setzt es jeden Tag ein, bevor er seine Pinsel schwingt. Zwei Schüsseln, eine mit heißem Wasser, die andere mit eiskaltem, in jede soll Coppki eine Hand legen. Jenny streicht mir übers Haar, Leon klopft mir auf die Schulter, Vera fragt besorgt: »Bist du bei dir?«

»Ich war noch nie so bei mir wie in diesem Moment. Figur und Verfasser in einer Person. Das kleinste Wir der Welt. Mit unseren zwei Sichtweisen können wir die nächste Dimension erkennen, so wie zwei Abbilder desselben Dings, zur Deckung gebracht, den Raum vor unseren Augen öffnen.*«

»Klingt eher, als wärst du völlig außer dir.«

»Was wollt ihr hören? Heute Nacht nehmen wir die Hürde vom Gerücht zur Gewissheit? Oder: Der Tag ist gekommen, an dem die Mücke zum Elefanten wird? Oder: nullkommaeinssiebenpunktachtfünfsiebeneinsvierzweiperiode?«

»Ein fremdartiger Wert ohne Einheit. Was soll das sein?«

»Eine Konstante für die kritische Schwelle. Weniger als zwei Prozent wahrhaft Gläubige reichen aus, Religionen wie Innovationen unaufhaltsam zu verbreiten. Bei allen Glaubenssystemen der gleiche Wert.«

»Mein Gott, wie aufregend«, sagt Wendsel. »Aber was folgt daraus?«

»Heute Nacht lassen wir den Umschlagpunkt hinter uns. Ein Thema der wenigen wird zum Thema für alle. So wie gleichsam aus dem Nichts etwas klar werden kann, so entsteht plötzlich ein Wirbewusstsein über eine Sache. Auf einmal reden alle darüber und wollen teilhaben. Das war beim Buddhismus nicht anders als beim Mobiltelefon.«

»Entschuldige bitte meinen Vergleich«, geht der Regisseur dazwischen, »aber das klingt wie die perfekte Vermarktungsformel für Produkte in der konkurrenzlosen Frühphase. Von welcher Sache redest du eigentlich?«

»Vom optimistischen Prinzip.«

Leute wie Leonard Hard reagieren empfindlich auf die Ahnung, benutzt zu werden. Was sie noch mehr reizen kann, ist die Einsicht, nicht Bescheid zu wissen. Er sieht sich überrumpelt, als

* Räumliche Bilder und Filme für den Stereoblick waren gerade in Mode gekommen.

Jenny und Janush ihm und Vera »die Sache« erläutern. Nennen wir sie die Dreifaltigkeit aus Immerwach, Ausrufezeichen und Optimismus.

»Was sagt ihr da?« Leon bleibt die Luft weg. *»Ihr* seid die Invasoren?«

»Invasoren gibt es nicht, Papa, die hast du erfunden. Wir sind gewöhnliche Menschen, die an die Zukunft glauben, seit wir erweckt worden sind. Wir dachten nur, wir klären dich auf, bevor du die Welt weiter verrückt machst.«

»Wie stellt ihr euch das vor?«

»Wir werden hier und jetzt gemeinsam ein Bekennerschreiben zu Papier bringen. Ich diktiere, du tippst. Ich habe deine alte Erika mitgebracht.«

»Glaubst du ernsthaft, wegen ein paar mehr verkaufter Zeitungen unterstütze ich deinen Verein für den besseren Menschen?«

»Nenn es, wie du willst. Verein, Partei, Bewegung. Äußere dich dafür oder dagegen, ganz gleich. Solange du dem Text auf deiner Titelseite Platz in Originalgröße einräumst. Du hast mal gesagt, eine Nachricht sei nur etwas wert, wenn man sie als Erster hat. Noch kannst du vor allen anderen das Rätsel lösen, das du selbst in die Welt gesetzt hast. Eine klassische Gewinngewinnsituation. So nennst du das doch, oder? Du bekommst sogar Vorsprung. Nimm ihn als Anerkennung, weil du Druck und Papier treu geblieben bist. Wie sagst du immer? Ab morgen treiben wir eine andere Sau durch die Welt.«

Geiselnehmer jener Zeit lieferten Lebensbeweise ihrer Opfer bevorzugt anhand von Aufnahmen mit der aktuellen Ausgabe der Tageszeitung. Das zeigt die Faszination des untergehenden Mediums, dem sich Hard verschrieben hat. Wenn sein Blatt und die Schwesterblätter in aller Welt am nächsten Tag mit der Schlagzeile aufmachen, die Jenny und Coppki ihm gerade liefern, und wenn sich auch nur eine dieser Ausgaben, millionenfach gedruckt, bis zum Jahr 100 nach Coppkis Geburt erhält und einem Lebenslaufdeuter in die Hände fällt, geht ihre Rechnung auf.

»Die letzte Folge der alten Staffel als erste der neuen, und das völlig überraschend? Gar nicht schlecht, muss ich zugeben.« Leon reibt sich die Hände. »*Gefahr gebannt. Optimisten bekennen sich zu Zeichen. Systemkritische Splittergruppe breitet sich aus. Jugend im Griff geheimnisvoller Drogen. Invasion von innen!*«

»Drunter tust du's nicht, oder?«

»Was stellst du dir vor? *Schmierer gehören neuer Spaßpartei an. Nehmen harmloses Mittel, das sie wachhält*? Nein, meine Liebe. Die Jagd hat noch lange kein Ende. Jetzt geht sie erst richtig los.«

»Habe ich doch gewusst, dass du deine Schubladen nicht auf einmal leeren wirst. Aber das Elixier erwähnst du vorerst nicht. Das heben wir uns für später auf.«

»Was sagt Professor Prophet dazu?«

»Ich kann dir vorhersagen, wie deine nächsten vierundzwanzig Stunden verlaufen werden. Wir setzen jetzt den Text auf. Sobald er getippt ist, stehst du auf und läufst in dein Verlagshaus. Du rufst deine engsten Mitarbeiter zusammen, verkündest ihnen, wenn ich ein Wort aus deinem Schatz verwenden darf, den nächsten Knüller und präsentierst das Bekennerschreiben. Später stehst du am Auswurf der Druckstraße und nimmst das erste frische Exemplar vom Band. *Ende der Angst. Invasorentheorie widerlegt. Symbole von harmloser Jungpartei. Nennen sich Optimisten.* Du ärgerst dich über das Wort ›harmlos‹.«

»Schlechte Schlagzeilen machen die Sache nicht besser. Geht das im Lauftext so weiter?«

»In deinem Kommentar wirst du dreimal, bevor der Hahn kräht, deine Tochter verleugnen. Nicht persönlich, so weit reicht deine Berufsehre noch.«

»Aber unsere Ideen und Ideale«, sagt Jenny.

Die Komponistin verstellt ihre Stimme: »*In ihrem Bekennerschreiben gibt sich die weltweit agierende Gruppe als hoffnungslos revolutionär zu erkennen. Verwechseln Irrglauben an den besseren Menschen mit Zuversicht. Träumen von gemeinsamen Träumen.*«

»Gut für euch. Freund und Feind verkauft sich immer. Bessere

Werbung kann man sich nicht wünschen. Aber euch ist klar, dass damit die Zeit der Unschuld vorbei ist. Ab morgen steht ihr im Fadenkreuz der Jäger. Abertausende werden sich mit Kameras bewaffnen und versuchen, euch zu stellen. Hobbydetektive, Hausmeister, Freund und Feind der wilden Stadtmalerei.«

»Das ist Teil unseres Vorhabens. Genau wie deine Serie.«

»Du darfst dich auf keinen Fall zu erkennen geben. Das brächte uns in Teufels Küche.«

»Gib's zu. Selbst *Das Geständnis meiner Tochter* wäre dir doch eine Schlagzeile wert. Erneut ein gelungener Stabwechsel zur nächsten Staffel. *Millionen besorgter Eltern. Optimisten nehmen neuartige Wachdroge*. So geht das unaufhörlich weiter. Anschwellen, Höhepunkt, Abflachen.«

»Habt ihr eine Idee, wie viele ihr jetzt seid?«

»Wenn wir dich und Vera mitzählen …«

Versuchsleiter Coppki bei der Arbeit.

»Also gut: Wisst ihr es ungefähr?«

»Da heute Vollmond ist, sollten wir ab morgen an die vierzig Millionen sein.«

»Macht in der Hauptstadt immerhin fast zwanzigtausend.«

Jenny nickt Leon vielsagend zu.

»Wie viele Zeichen hinterlässt jeder pro Tag?«

»Grob geschätzt rechnen wir im Schnitt mit täglich mindestens zehn.«

»Besser könnte es kaum laufen.« Der Regisseur als Dramaturg und Demiurg in seiner geliehenen Rolle. »Sie werden uns das Blatt auf den Händen reißen.«

»Für dich zählt nur Profit«, wirft Jenny ein. »Rendite ist aber nicht unser Ziel, sondern nur ein mögliches Resultat unserer Unternehmung. Ziel ist ein Produkt, wenn du es so nennen willst, dessen Wert sich nicht beziffern lässt.«

»Lasst mich raten. Wohlstand für alle? Eine gerechte friedliche Welt freier Menschen? All das utopische Gerede, das seit jeher die Menschen blendet und vom wahren Leben abhält. Das Böse des

Menschen gehört zu seiner Natur. Dagegen hilft auch kein Fairnessfaschismus. Ich kenne keine Lehre, die Lüge, Gewalt und Selbstsucht beseitigt hätte.«

»Du weißt genau, wohin sie streben«, wirft die Komponistin ein. »Das Gleiche willst du mit deiner Zeitung doch auch erreichen. Eine aktive, transparente, eng vernetzte Gemeinschaft.«

»Sie wollen kuscheln, ich will Kunden.«

Mein Coppki-Ich hat Mühe, im Spagat Balance zu halten. Sobald es in seine Rolle schlüpft, tritt unbarmherzig das Gesetz der Unschärfe in Kraft. Der Beobachter beeinflusst seinen Versuch. Wir brauchen eine Weile, bis sich ein Gleichgewicht einstellt, bei dem ich denke, also bin ich, obwohl ich nichts bin als die Figur in einem bewegten Traum. Coppki hat alle Energien in einem Punkt versammelt, der wie ein Schwarzes Loch seine Gedanken frisst. Jenny Hard, vergessene Ikone der frühen optimistischen Bewegung, diktiert ihrem Vater den Urtext des Manifests in seine alte Reiseschreibmaschine.

Ein Geist erobert die Welt – es ist der Wachgeist der Zuversicht. Alle alten Seelenmächte haben sich gegen ihn verbündet, die Skepsis, der Pessimismus, Resignation, Zynismus und Angst. Wo ist die utopische Bewegung, die nicht als hoffnungslos optimistisch verschrien worden wäre? Es ist hohe Zeit, dass die Optimisten ihre Anschauungsweise, ihre Zwecke, ihre Tendenzen vor der ganzen Welt offen darlegen.

Leon tippt. Typenhebel treffen Papierbogen auf Gummiwalze. Gedanken werden zu Material. Tacktackatacktacktack. Coppki jubiliert. Die Wirwelt spricht. Ein Konzert für Milliarden.

Kein Vorschüler heutzutage, der die Zeilen nicht aus dem Kopf herunterbeten könnte. *Die Geschichte aller bisherigen Gesellschaften ist die Geschichte von Glaubenskämpfen*. Damals ein unerhörter Ton. An leuchtende Zukünfte glaubt niemand. Keine Vision, nirgendwo. *Menschen aller Herkunft, vereinigt euch.*

»Was soll das für eine Revolution sein, die von Zuckerkügelchen abhängt?«

»Uns ist jedes Mittel recht, unseren Horizont in ein Jenseits auszudehnen, das wir selbst errichten. Wir bringen die Fantasie an die Macht. Davon habt ihr doch immer geträumt. Nun ist es euch auch wieder nicht recht.«

»Ich verstehe. Eine Utopie für das postutopische Zeitalter.«

»Was heißt schon Utopie? Für die Larve ist der Falter Utopie. Seit dem Altertum haben Menschen von einer Weltbibliothek geträumt, zu der jeder allzeit freien Zugang hätte. Wir kennen es nicht mehr anders.«

Wenn sich der Durchbruch einer Idee durch ihre überwältigende Ablehnung ankündigt, dann befinden wir, mein Gesprächskreis und ich, uns nur einen Lidschlag entfernt vom Wendepunkt, den keiner will, aber alle ansteuern. Je monströser das Neue dargestellt wird, desto kräftiger erblickt es das Licht der Welt.

Wir glauben an die Zukunft, an unser aller Zukunft. Wir glauben an das kommende Wir als Heimat aller Ichs. Gemeinsam sind wir mehr, als wir sind.

Leon stöhnt auf. Das Wir. Abgeschreckt von den Fehlversuchen der Vergangenheit, teilt er das allgemeine Unbehagen an jeder Macht der Masse.

»Die Diktatur der Theorie im Namen des Wir? Kein Menschheitsexperiment ist erbärmlicher schiefgegangen.«

»Das waren Diktaturen, ganz unsere Meinung, aber nicht von Massen, sondern von Parteikadern und Mittelmaßeliten, die sich im Namen einer Theorie bereichert haben. Wir reden nicht von Diktatur, sondern von Demokratie, die alle Bereiche umfasst, von der kleinsten Lebens- bis zur Weltgemeinschaft.«

»Ich fürchte, euer Mittel ist euch zu Kopf gestiegen.«

»Es hat uns aufgeweckt, das stimmt. Sieh dir doch mal die Welt an, die ihr uns hinterlasst.«

»Wen meinst du mit ›ihr‹?«

»Selbst ernannte, rückwärts gewandte Leistungsträger, die sich hemmungslos den Gesetzen des Marktes unterwerfen, die wichtigsten Posten besetzen, Grund und Vermögen besitzen und in vollem Wissen um die Lebensgrundlagen ihrer eigenen Nachkommen verbrauchen und vernichten. Statt sie zu verteidigen und zu erweitern, nutzen sie die Freiheiten, die ihre Altvorderen erkämpft haben, um Erreichtes preiszugeben und Überkommenes wiederzubeleben. Sollen wir uns darüber freuen, so weitermachen wie ihr, die ihr schon die Idee einer Utopie gönnerhaft weglächelt? Wir denken die Dinge vom Ende her. Was soll daran falsch sein, sich ein gemeinsames Leben auszumalen, das nach völlig neuen Regeln funktioniert? Warum sollte eine vereinte, gewaltfreie Menschheit nicht möglich sein, die alle Kraft daransetzt, ihren Heimatplaneten in einen gemeinschaftlichen Paradiesgarten zu verwandeln? Versucht doch nur einmal, euch in eine Zukunft zu versetzen, die anderen Gesetzen folgt als den heutigen. Falls ihr dazu überhaupt imstande seid.«

»Das klingt mir jetzt aber arg nach Sippenhaft.«

»Wir nennen es ›Generationenverantwortung‹. Setzt natürlich den Glauben an die Zukunft jenseits des eigenen Daseins voraus. Musst gar nicht so ungläubig gucken. Weiter geht's.«

Eigentum ist an Leben gekoppelt. Mit dem Tod fällt es an die Gemeinschaft zurück.

»Volkseigentum? Wir haben ja gesehen, was aus der Gleichmacherei wurde. Erst die Unterschiede würzen das Miteinander.«

»Jeder gehört erst einmal nur sich selbst. Der Rest befindet sich im Allgemeinbesitz. Das verändert nicht die Rechte an erworbenen Dingen. Jeder darf zeit seines Lebens so reich werden, wie sie oder er kann.«

»Ich kenne Leute, die würden ihr Geld eher verbrennen als es dem Staat zu geben.«

»Den Staat, von dem du sprichst, wird es bald nicht mehr geben.«

»Nirgendwo in der Natur werden materielle Vorteile und Macht durch Geburt vererbt«, ergänze ich in Coppkis Sinn. »Ein echter Neustart zur vereinten Menschheit kommt an der Systemfrage nicht vorbei.«

»Ihr sollt schon noch sehen: Eigentums- und Erbrecht werden so hartnäckig verteidigt wie Inzesttabu und Tötungsverbot.«

»Wir haben keine wirksamere Stellschraube gefunden«, sagt Jenny. »Kein Lebender wird um seine Verdienste gebracht, wenn man biologische von wirtschaftlicher und hierarchischer Erbschaft trennt. Deshalb schreib weiter.«

Wir verzichten auf unser Erbe zugunsten der Gemeinschaft.

»Wenn du auf dein Erbe verzichten willst, dann könnte ich ja auch darauf verzichten, es dir zu vermachen.«

»Einfach lächerlich, als Toter noch über etwas verfügen zu wollen. Deine Enkel werden über dich lachen.«

Großeltern der Welt, verbündet euch mit der Jugend.

Nicht alles, was gedacht wird, wird auch gemacht. Aber alles, was gemacht wird, wurde zuerst gedacht. Jennys Plan geht auf. Zumindest in Coppkis Kopf. Auf der ganzen Welt wachen die Alten auf, beginnen ein neues Leben und vermachen ihre Vermögen den Optimisten. Oder schreiben ihre Testamente zugunsten der Enkel um, die es der Gemeinschaft überlassen. Nichts würde Jenny weniger beeindrucken als Leons Drohung, die einzige Tochter zu enterben.

Der Regisseur greift zum Spott: »Und? Habt ihr schon eine Idee, was ihr mit all dem Geld machen wollt?«

Die Architektin pariert glänzend: »Willst du den Anfang hören oder das Ende?«

»Zuerst das Ende. Dann kann ich den Anfang besser verstehen.«

»Was wir mit dem Geld anstellen wollen? Das Geld abschaffen. Zumindest in der Form, wie wir es heute kennen.«

»Und wie wollt ihr das anstellen?«

»Wir werden eine immaterielle Währung neben das Geld setzen, in der wir alle Geschäfte untereinander abwickeln. Wir nennen sie ›Zukunft‹. Das Geld verliert seinen Wert in dem Maße, wie wir auf die neue Einheit umschwenken.«

»Siehst du, Wendsel, das meine ich. Deshalb werde ich nicht warm mit diesen Optimisten. Das ist doch der reine Fantasmus.«

»Du meinst …?«

»Nein. Der Fanatismus kommt erschwerend dazu. Dann wird die Fee der Blauäugigen und Gutgläubigen zur Furie.«

»Mein lieber Herr Vater.« Jenny hat sich erhoben. »Wir erobern den nächsten unentdeckten Kontinent der Spezies: ihre Zukunft. Vorhersagen werden zur Hauptwährung von geteiltem Reichtum und gemeinsamer Macht. Ihr Kurswert misst sich an ihrer Güte. Die Theorie als letzte Prophetin wird zum Quell des neuen Glaubens an die Kraft des Kommenden. Das ist das Herz des Optimismus.«

»Das Einzige, was mich interessiert, ist die Sache mit dem Wasser, das Menschen wachhält. Ich habe keine Ahnung, was in den Kügelchen steckt, die ich verschicke. Aber mir will nicht in den Kopf, warum man mit einem so schönen, weltweit nachgefragten Produkt Politik verbinden muss.«

»Dann bist du kein Optimist«, hält Jenny ihm vor.

»Zumindest kein naiver.«

»Optimismus ist immer naiv. Das macht ihn erst möglich. Nur die Zuversicht, dass nichts unmöglich ist bis zum Beweis des Gegenteils, bringt die Welt voran. Morgen werden es alle in deiner Zeitung lesen. Schreib.«

Wir vereinigen uns zum Netz des Friedens. Alle Waffen schweigen. Wir schießen nicht auf Unseresgleichen.

»Entschuldigt bitte, aber das sind doch Ansichten eines Irrläufers, der sich den Verhältnissen verweigert.«

»Falls du mich meinst«, sagt Coppki, »trifft deine Beschreibung zu. Mir geht es darum, meine Theorie zu beweisen, indem ich sie verbreite.«

»Wenn deine Gleichung aufgehen soll, dann muss sie auch erklären, warum Menschen als einzige Spezies ihre Artgenossen abschlachten, bloß weil sie an etwas anderes glauben.«

»Wir sind«, springt Jenny ihrem Freund bei, »unseren beiden nächsten Verwandten, Schimpanse und Bonobo, gleichermaßen nahe. Nur Erstere führen Kriege gegeneinander. Wir könnten genauso gut nach den Friedfertigen ausschlagen, bei denen Allianzen von Weibchen ihre Konflikte durch Sex und Zärtlichkeiten lösen.«

»Das glauben wohl auch deine Freunde, die mir auf der Straße freie Umarmungen anbieten. Wenn du mich fragst, habt ihr keine Ahnung von der Realität.«

»Die Realpolitik, lieber Papa, der Traum deiner Generation vom kleinsten gemeinsamen Nenner, ist tot. Wir suchen den größten gemeinsamen Teiler.«

»Es gibt nur eine Produktion, die des Realen.« Leon spricht mit erhobenem Zeigefinger.

»Das Foucault'sche Pendel von Wissen und Macht« – Jenny tut es ihm nach – »schwenkt gerade in unsere Richtung. Damit werdet ihr euch wohl nie anfreunden können. Jetzt verstehe ich, warum Menschen abtreten müssen. Weil wir unbeweglich werden und dem Neuen im Weg stehen.«

»Ich fühle mich noch ziemlich lebendig, mein Kind. Warum versucht ihr nicht, mein Ich von eurem Wir zu überzeugen?«

»Du benutzt uns so, wie wir dich benutzen. Der Medienmogul am Gängelband einer Bewegung, die ihn exklusiv mit Einsichten in ihr Innenleben versorgt. Perfekte Symbiose. Dein Zeitungsimperium macht die Bewegung und ihre Ziele über Nacht weltweit bekannt. Die Kampagne erreicht die Mitte der Gesellschaft. Im Bildteil tauchen verklärte Senioren auf, die mannshohe Ausrufezeichen auf ihre Haustüren malen. Leserreporter mit Bekenntnisberichten kommen zu Wort. Du gehst mit dem Verhassten, weil es dich juckt. Selbst das eigene Ende machst du zum Thema, solange es der Verbreitung deiner Blätter dient. Auf deinen Seiten streiten Leser bald über unseren Plan, die Presse in Gemeineigentum zu überführen.«

»Das überzeugt mich nicht. Auch in eurer Allgemeinschaft bleibt der Mensch böse, egoistisch, feindlich gegen Fremdes.«

Langsam hebt Jenny den Kopf. Sucht Leons Blick. Hält ihm stand.

»Der Mensch ist nur so schlecht, wie es die Verhältnisse erlauben. Das hat die Geschichte oft genug gezeigt. Wer die Verhältnisse verbessert, kann den Menschen verbessern.«

»Dein Glaube an das Gute in Ehren. Aber woher nimmst du ihn?«

»Das Ziel im Prozess der Zivilisation ist die Zivilisierung des Menschen. Du kannst auch sagen: die Beherrschung und Überwindung seines animalischen Kerns.«

»Ihr glaubt tatsächlich an die positivistische Propaganda von damals? Wenn ich mich recht erinnere, hat der Gedanke das Licht der Welt im selben Jahr erblickt, als die Zivilisation in ihre schlimmste Katastrophe stürzte.«

»Es gibt immer mehrere Wege zum Ziel«, sagt Coppki. »Das Wir kommt, so oder so.«

»Und wie wollt ihr das erreichen?«

»Mit einem Pluralismus aus Kräften«, antwortet Jenny, »die fortwährend aufeinander reagieren und sich gegenseitig verstärken.«

»Klingt ganz schön gefährlich.«

»Mach dich nicht lustig. Echte Demokratie muss von ihrem Ziel her definiert werden – der kollektiven Selbst-Ermächtigung.«

»Die Machtenteignung des Einzelnen führt unweigerlich zur Machtergreifung von Interessengruppen: Parteien, Konzerne, Kirchen.«

»Aber Papa. Du redest von statischen Zuständen, die bereits vor unseren Augen zerfließen. Im Prozess verändern sich Gruppeninteressen mit jedem Augenblick. Nichts von dem, was du für ewig hältst, besitzt eine Garantie.«

»Ihr könnt berechnen, was ihr wollt und wie es euch gefällt – am Ende der Gleichung steht immer Vergesellschaftung.«

»Dir fehlt einfach nur die Fantasie, darin das Gute zu sehen. Die Vergesellschaftung, vor der du zurückschreckst, ist längst in vollem Gange. Bald wird niemand mehr seiner Geheimnisse sicher sein. Das kann nur gut gehen, wenn alle über alle alles wissen, was für die Gemeinschaft zählt, nicht einige wenige. Dann verändern sich die Herrschaftsverhältnisse von selbst.«

»Die Karten werden neu gemischt«, sagt Coppki. »Geben, hören, sagen. Jetzt bist du an der Reihe.«

»Ihr solltet eure Rechnung nicht ohne den Wirt machen.«

»Allen Institutionen laufen die Mitglieder weg«, sagt Jenny, »sobald sie die Dynamik der Wünsche und Bedürfnisse nicht mehr ausreichend abbilden. Was spricht dagegen, Interessen öffentlich im Sinn aller Betroffenen zu verhandeln?«

»Was ich sehe, sind mächtige Einrichtungen, lauter Wirs, wenn du so willst, die ihre Interessen verteidigen.«

»Die Tage der Konzerne ohne Kontrolle sind gezählt, wenn Konsumenten immer auch Produzenten sind. Jedem, der etwas beiträgt, das anderen nutzt, steht ein angemessener Anteil zu.«

Die technischen Grundlagen hat die Bewegung längst geschaffen. Wann immer sie sich über ihre Rechner oder mobilen Endgeräte den Plattformen der kommerziellen Netzwerke anvertrauen, tun sie dies durch Masken, die alles ans Paralleluniversum des Zentralinstituts für Gedankenexperimente weiterleiten. Dort sind Kennwörter und Verschlüsselungen bekannt. Wo vorher nur Unternehmen im Interesse ihrer Teilhaber vom Schatz der großen Daten profitierten, können nun alle mit eigenen Berechnungen und Verknüpfungen den Rohstoff der Zukunft erschaffen: immer bessere und wertvollere Prognosen. Bis die ursprüngliche Gegenwelt überflüssig wird und verschwindet.

»Könnten wir nicht wenigstens die Ausrufezeichen beerdigen?«, fragt Leon.

Coppki nimmt sich das Wort: »Du unterschätzt die Kraft der Symbole. Was wäre aus dem Erlöser geworden, wenn sie ihn erschlagen oder zu Tode gesteinigt hätten, statt ihn blind für die Macht der Zeichen auf ein Balkenkreuz zu nageln? Das Markenzeichen der Optimisten steht von Anfang an für ein Lebensgefühl. Ja!«

»Und was glaubst du, wie lange sich so was hält?«, fragt die Komponistin mich.

»›So was‹, wie du sagst, geht nicht mehr weg. Das wache Ich

bleibt der Zuversicht in dankbarer Erinnerung an seine Erweckung verbunden wie dem Duft einer Mutter. Die Dreifaltigkeit lässt sich nicht aufheben. Körper, Geist und Seele als Zeichen, Ziel und Zweck – zur Einheit verschweißt, um in die Zukunft zu sehen und sie zu formen.«

Der doppelte Coppki spricht aus sich, als dächte er laut. Mühelos wird er nun eins mit dem Anderich. Er sieht kein unüberwindliches Hindernis mehr, die Zähmung des Menschen fortzusetzen, das Unbewusste wie ein inneres Haustier in seinen Dienst zu stellen, Instinkt und Intuition als Instrumente der Vernunft – außer dem Schlaf, wo das Tier im Menschen sein besinnungsloses Bewusstsein beflüstert.

Die Kontrolle des Es durch das schlaflose Ich, wenn ich die alten Begriffe hier noch einmal verwenden darf, schließt eine der letzten Lücken auf dem Weg zum Wir. Das allneue Paradigma – Wachstum nach innen statt außen – erreicht die Person. Der Einzelne wird so viel reicher in sich, dass er die Verluste des Privaten an die sich ausweitende Kampfzone öffentlicher Präsenz gut verkraften kann. Anders gesagt: Es spielt keine Rolle mehr, ob die einsame Insel existiert oder nicht.

Fatalisten halten das Schicksal für übermächtig, Optimisten glauben, ihm ins Getriebe greifen zu können. Nicht die Hoffnung stirbt zuletzt, sondern der Wille. Wenn der *Boulevard*, der von nun an *Wir!* heißen wird – mit Ausrufezeichen, das hat Coppki durchgesetzt –, wenn *Die Zeitung von allen für alle* in ihrer nächsten Nummer mit einem Bekennerschreiben in der Typentypik einer alten Klapp-Erika aufmacht, dann sagt das mehr über unsere Existenz als alle Erinnerung.

Coppki, das ewige Kind, auf dem langen Weg, sich selbst zu verstehen. An die seltsame Gruppe, mit der sein Alter Ego zu ihm gekommen ist, hat er sich gewöhnt. Wir dürfen zuschauen, wie er sein Zwischenreich verlässt und uns nach Belieben im Schein des Bewusstseins verschwinden lässt wie einen Schattenmond am Ende der Sonnenfinsternis.

Ein ums andere Mal steigt er hinunter in die Tiefen der Wiederwelt, vergleicht, notiert, sortiert und fördert bei jedem Tauchgang neue Schätze zutage. Er bringt sich bei, Personen mit Stimmen zu verbinden und in Welten zu stellen, die Bühnenbildern gleichen. Dem dubiosen Doppelgänger leiht er seinen Klarinettenbariton mit der beunruhigenden Nebenwirkung, dass ihm seine Stimme aus dessen Mund nicht gefällt.

Das Wörterbuch des dunklen Selbst füllt sich Begriff um Begriff. Mehr Farben, Formen und Klänge, als Coppki sie benennen kann. Umgekehrt findet jedes sagbare Wort eine Entsprechung im gefühlten Hirnstromdiagramm. Nur Düfte hinterlassen Leerstellen im Vokabular der Träume. Deren Welt ist so frei von Geruch und Gestank wie der Raum zwischen den Gestirnen. Was damals wie ein sinnliches Kuriosum erscheint, liefert den Schlüssel für die Sensorik, mit der spätere Generationen unterscheiden werden, ob sie gerade träumen oder wach bei Sinnen sind.

Solch ein Sensorium fehlt Coppki, wenn er sich umringt von Nackten an einem schwarzen Lavastrand zwischen Kieselbrocken sieht. So wie er nicht unterscheiden kann, ob er sich das Labor in der Werkstatt des Großvaters nur sehnlich gewünscht hat oder ihm dort tatsächlich die erste Titration seines Lebens gelang. Er weiß auch nicht, ob er das Holzkreuz, unter dem er in seiner Kindheit schlafen musste, am Abend vor seinem vierzehnten Geburtstag verbrannt und die Asche dem Fluss übergeben hat. Nicht einmal der Tag, an dem seine Großmutter für immer einschlief, um immerwach im Himmel auf ihn zu warten, will ihm seine Wahrheit verraten.

Er hält inne. Schaut auf die Kurven. Lauscht in sich. Vernimmt einen neuen Unterton, der ihm entgegenfliegt. Das Mitschwingen von Angst, Hoffnung, Erwartung. Der gleiche Klang wie im Wachen, nun aber mit Doppler-Effekt. Während sich das Ich mit Erinnerungen unterhält und die Gegenwart verarbeitet, ist das Es als Quelle der Ungeduld ständig heimlich in der Zukunft unterwegs. Nichts wollen wir mehr wissen als das, was kommt. Nichts fürchten wir dabei so sehr wie fatale Gewissheit. Unsicherheit erzeugt Ängste. Doch nur sie lässt Raum für Hoffnung. Ohne das Überraschende droht Langeweile, auch eine Spielart des kleinen Todes.

Irgendwo in meinem Kopf schalten sich zwei unsterbliche Formeln* gleich. Die Gewalt des Schicksals verbündet sich mit dem Licht des Augenblicks. Die Kreiszahl Pi auf sich selbst zurückgeworfen in der Periode ihrer eigenen Ewigkeit, von Alpha bis Omega unendlich ohne Bruch im Kreis ihrer Punkte vereint.

Ich merke, wie es mir zunehmend schwerer fällt, Coppkis Tonfall zu halten. Seine ewigen Aufzählungen, Wortpaare, Stabreime und Verrätselungen hätten auch vor damaligem Publikum keine Gnade gefunden. Dagegen führt er das Zwillingsparadox ins Feld, nach dem zwei gleich alte Geschwister sich trennen, der eine bleibt zu Hause, der andere fliegt annähernd mit Lichtgeschwindigkeit davon, und wenn er zurückkehrt, ist er jünger als der Gebliebene: Weil im Flug die Uhren langsamer ticken.

Ganz ähnlich verhalte es sich mit Biografen und ihren Protagonisten. Der eine durchlebe stetig seine Jahre, der andere reise durch die Zeit zurück und dann wieder heim in seine Tage. Wer sich relativ zum Jetzt bewegt, erlebt weniger und altert langsamer. Nicht er diktiere mir also seinen Stil, sondern ich ihm meinen.

Die Oberirdische bringt uns zurück zum Zentralplatz. Drei Stationen sind es nur bis dahin. Mit jeder hebt sich das Hochhaus unter dem gewaltigen Schriftzug *Hardsoft* weiter über das Traufhöheneinerlei der alten Innenstadt. Der Fluss gibt den Blick frei auf die schwarze Glasfassade, in der sich die Lichter der Großstadt verlieren.

Die Bahnhofsuhr schlägt mit Gong den Datumswechsel an. Händler reißen Pakete auf, legen Packen frei. Papier! Wie fleischig es über Ränder fließt. Weich und fest, schwer und leicht in einem. Vor allem dieser Anmutung wegen, der Versuchung des verbote-

* $mc^2 = h\nu$ (nach A. Einstein: $e = mc^2$, und M. Planck: $e = h\nu$)

nen Tastsinns erlegen, hat mein Gesprächskreis sich als Höhepunkt unserer Reise den Tag ausgesucht, an dem Leon seine neue Staffel startet. Purist, der er ist, lässt er den Verkauf erst genau ab Mitternacht zu. Zuwiderhandlungen werden mit dem Entzug der Lizenz geahndet.

Invasion von innen! Mehr müssen wir nicht lesen. Meine Mitstreiter stehen mir bei. Die Schatten schweigen. Endlich. Ruhe. Sandgelbe Luft. Verfluchte Zukunft. Wir glauben an dich.

Die Ausgabe erzielt die höchste Auflage in der Geschichte des *Boulevard* und seiner Schwesterblätter weltweit, die nun in ihren Sprachen allesamt als *Wir!* erscheinen. Die Komponistin flötet eine Kuckucksterz. Der Regisseur klopft sich auf die Schulter. Der Tänzer klatscht vor Freude in seine Hände. Die Architektin hält meine Hand. Wenn es nur dieser eine Moment war, für den wir den Ausflug unternommen haben, dann hat er sich bereits gelohnt.

Ich sitze da, als hätte Coppki sich nie von der Stelle bewegt.

»Jetzt sag aber bitte nicht: Lass mich Jenny sein.«

»Lass mich bitte Jenny sein. Nimm mich mit auf die andere Seite.«

»Meine Großmutter hat immer gesagt: Träume sterben, wenn sie sich erfüllen.«

10

Als Coppki ins dreiunddreißigste Lebensjahr tritt, fällt sein Geburtstag erneut auf eine Neumondnacht. Beim ersten Mal war er dreizehn geworden. Da lebte er mit seiner Großmutter schon mehr als ein Jahr in einer Hauptstadt, die mit ihren spärlichen Laternen kaum gegen die drückende Dunkelheit ankam. Jetzt herrscht allerorten Festbeleuchtung aus billigem Licht, das die letzten Erinnerungen an die Magie alter Glühlampenherrlichkeit überstrahlt. Nur auf dem Gelände am Fluss, wo ein altes Laborgebäude dem Zwang der Zeit die Würde eines friedlichen Alterns abtrotzt, herrscht weiterhin Finsternis.

Jenny hat sich für ihren Geliebten ein unvergessliches Geschenk einfallen lassen. Als Coppki von seinem täglichen Spaziergang in die City heimkehrt, empfangen ihn mit Fackeln in der Hand und dem Strahlen der Optimisten im Antlitz draußen vor der Tür die zwölf Urfreunde der Nacht, angereist aus aller Welt.

Ein ergreifender Moment für alle. Wie beim Abschied auf dem fernen Campushügel bilden wir einen Kreis, die Arme auf den Schultern des Nachbarn, schauen einander ins Gesicht, dann sagt jeder: Es lebe die Nacht! Raissa macht den Anfang, Vaúvaú übernimmt, João, Jeannette, Joejoe, Shadiye, schon ist die Reihe an Coppki, Professor Onkel Janush, mit fester Stimme, es lebe die Nacht, und als das Wort die Runde gemacht hat, noch einmal alle zusammen. Es lebe die Nacht!

In seiner Laboretage, die er seit ihrer Heimkehr mit Jenny teilt, erwartet mich die nächste Überraschung. Die zwölf haben in den wenigen Stunden ein kleines Wunder vollbracht und die

Behausung so wohnlich hergerichtet, wie es Trödel und Laboreinrichtung erlauben. Zusammengewürfelte Polstermöbel und Obstkisten als Tischchen, freundliche Stoffe vor den lichtdichten Vorhängen. Lampenschirme dämpfen und färben die Strahlen der kalten Sparbirnen. Sogar eine Kochzeile gibt es – Kolben und Bechergläser über Bunsenbrennern und Heizmatten auf der vorderen Steinwerkbank.

Ich könnte nicht sagen, ob Coppki imstande ist, Freude zu zeigen. Wie alles, was ihm der Alltag beschert, nimmt er die Einrichtung als gegeben hin wie eine neu gestaltete Straßenkreuzung oder einen Regenschauer. Eins aber weiß ich sicher: Sein Gleichmut schlägt in Gleichgültigkeit um, sobald er vor der Frage steht, ob sie ihm gefällt. Ästhetisch ist er auf einem Auge blind. Er sieht zwar die Wohlgestalt natürlicher Dinge, die Anmut stillen Wassers, eines Falters, einer Frau. Doch bei menschgemachten Gegenständen fehlt ihm jeder Sinn fürs Schöne.

Im einzigen Raum, den er je gestaltet hat, klebten Spiegelkacheln unter der Decke, von der an Fäden weiße Schaustofffiguren hingen. Die Ordnung der Dinge folgte einem simplen geometrischen Plan wie auf gedachtem Millimeterpapier.

Jenny dreht einen Gashahn auf, lässt den Anzünder über dem Brenner zucken und stellt einen Glasbottich mit dunkelroter Flüssigkeit auf den eisernen Dreifuß. Augenblicklich zieht Glühweinduft durch den Raum, bald durchs ganze Haus, bis er den Maler Wendsel erreicht, der dem Riechruf folgt und mit gläsernen Tassen in der Tür erscheint.

Er verlangsamt seinen Schritt und beobachtet die Szene. Mit gefassten Mienen summen die zwölf jene eingängige Melodie, die bald jedes Kind in der Krippe zu hören bekommt, die erste mit überwältigender Mehrheit aus Tausenden eingereichter Tondichtungen frei gewählte Hymne der Optimisten. *Und der Zukunft zugewandt.* Bis zum Jahreswechsel wird Wendsel dreizehn Nachbarn haben statt zwei.

Aus der Rolle des Malers bin ich nie ganz schlau geworden.

Sicher, er steht für das Gute am Schlaf. Aber wenn ich sein *Panorama der Tage und der Nächte* betrachte, sehe ich vor allem den unerschütterlichen Chronisten am Werk, der jene dramatische Zeit vor dem Vergessen bewahrt hat. Kunsthistoriker verweisen auf den Einsatz eines gezackten Feinspachtels, mit dem er der trocknenden Ölfarbe erstmals eine »Textur von Verwundbarkeit« eingeprägt habe. Sein »Sensorium für unterschwellige Sensationen im Wirkbereich seelischer Spannungen« übersetze auch Ungesagtes in »Fragmente einer Sprache der Sehnsucht«. Wahrscheinlich sei ihm als Ungläubigem nur der »Rückzug ins Ungefähre ungefärbter Ironie« übrig geblieben.

Jäh hellt sich die Miene des Künstlers auf, der sie im Morgenmantel empfängt. Jenny hat den anderen von seinem Lebenswerk vorgeschwärmt. Nun stehe ich mit ihnen in seinem Atelier. Sie wollen es unbedingt selbst in Augenschein nehmen. Zunächst dürfen wir von hinten die Mechanik seiner fortschreitenden Panoramaleinwand bewundern, während er sich im Inneren des Runds zu schaffen macht.

Konstruktion und Funktion der Tonnenrollen hat Wendsel sich selbst ausgedacht. Sobald das unbemalte Ende sich im Uhrzeigersinn auf die Bahn durch den Raum begibt, packen Stahlklammern den Stoff von oben und unten und spannen ihn straff auf. Kreisförmige Schienen im Boden und unter der Decke sorgen für die immer gleiche Zylinderform. Etwa am dritten Tag in Freiheit gerät das Linnen, nachdem er es gründlich grundiert hat, unter die farbgetränkten Pinsel des Malers.

Nach vollendeter Runde öffnen sich die Halterungen und geben das bemalte Tuch zum Aufrollen frei. Die anschwellende Walze füllt den Wohnraum bereits über die Mittelwölbung der Tonne hinaus aus. Jeden Tag drängt die Kunst das Leben ein winziges Stück weiter zurück.

Kürzlich hat Wendsel das Drehwerk mithilfe seines Skatbruders und einzigen Unterstützers, des Unternehmers Leonard Hard, von Handbetrieb auf Elektrokraft umgestellt. Dass es unaufhörlich läuft, entzieht sich spontaner Wahrnehmung. In vierundzwanzig Stunden schafft es kaum zehn Zentimeter*.

Im Zuge der Modernisierung hat Wendsel auf Wunsch seines Mäzens auch eine ebenfalls elektrisch bewegbare Drehbühne in die Mitte des Panoramas gebaut. Bevor er die Gruppe näher treten lässt, hat er einen Tapeziertisch auf die Plattform gestellt, vor dem sich dreizehn Kinoklappstühle reihen. Coppki nimmt in der Mitte Platz, die Übrigen rechts und links von ihm, vor jedem ein Glas dampfender Blutwein. Der Maler hält die Staffelei bereit. Er sitzt auf der Vorderkante einer Hebebühne, die ihn auf Tastendruck in jede beliebige Höhe befördert. Nie zuvor in den fünfunddreißig Jahren Arbeit hat er sich beim Malen zuschauen lassen.

Erstmals hält er sich auch an eine Vorlage, die er in ihrer Rotation von allen Seiten betrachten kann wie ein Modell, das sich um seine eigene Achse dreht. Er verewigt sie in einer verschlüsselten Dimensionalität, die jede Wiedererkennung ausschließt. Umso mehr staunen wir, als er uns auffordert, im Vorbeifahren nach vorgegebenem Takt zu zwinkern, zu nicken, den Kopf zu schütteln oder mit dem Oberkörper zu wackeln und dabei den Bildpunkt zu fixieren, der als Erstes ins Auge fällt.

Plötzlich erscheint das Abstrakte figürlich, die Komposition raumzeitszenisch, der ungestüme Farbfluss aufgeräumt harmonisch. Während er weitermalt, lässt er Janush und seine Jünger ein zweites Mal mit gut sechsunddreißigeinhalb Metern pro Stunde am Panorama der jüngeren Vergangenheit vorbeidrehen, eine Runde in einer Stunde, ein Malerjahr für zwölf Monate Menschheitsgeschichte. Mit entsprechender Blicktechnik kann nun jeder erkennen, wie sie sich zugetragen hat.

Das Panorama verrät mehr über den Verlauf der Historie als jede andere erhaltene Bildquelle aus jener Zeit. Je weiter ich mich von der Leinwand entferne, desto tiefer kann ich hineinblicken.

* Die genaue Zahl liegt bei $9{,}87 = \pi^2$; aus: *Formeln und Tabellen der Kunstgeschichte*

Was aus der Nähe wie festgezurrt wirkt, setzt sich aus der Distanz in Bewegung wie ein Ameisenhaufen von nahem. Sobald ich mich dabei auch noch rühre und meine Blicke über das Tableau gleiten lasse, gerät das gesamte Gebilde in Fluss. Wenn ich dann blinzle und meinen Lidschlag auf den nervösen Takt jener Tage einstelle, kann ich mein gedachtes Daumenkino wie im Raumzeitraffer auf die Verwandlung der Dinge richten.

Der Befund ist nicht von der Hand zu weisen: Die Menschheit durchläuft, je heftiger der Weltgeist im Tempo des Lichts an sein Limit stößt, eine Phase der Beschleunigung wie noch nie in der langen Zeit ihrer Existenz.

Aufregende Monate sind ins Land gezogen, seit sich die Optimisten mit radikalem Programm zum Ausrufezeichen als Symbol ihrer Utopie der Zuversicht bekannt haben. Wenn das Gerede von Ereignissen, die sich überschlagen, einmal zutrifft, dann hier. Kaum ist ihr Pamphlet öffentlich, spaltet sich das Publikum in eine Minderheit jugendlicher Unterstützer und die Masse vehementer Gegner, die nach der Justiz rufen. Gerede von Ritualen macht die Runde. Kaum zwei Wochen lässt sich der *Einsatz geheimer Drogen* unter der Decke halten. Ganze vierzehn Tage, in denen die Welt noch einmal still zu stehen scheint, bevor sie schlaflos ihren Halt verliert.

In Wendsels Panorama zeichnet sich, selbst für Laien unübersehbar, ein radikaler Stilwechsel ab. Er kehrt zur Malweise seiner frühen Periode zurück, der Jahre kurz vor und nach Coppkis Geburt, nicht nur nach meiner Ansicht die beste Zeit, die der Menschheit bis dahin beschieden war. Kenner sprechen von seiner Retrophase, in der er wieder aufleben lässt, was ihn als jungen Meisterschüler bewegt hat. Vieles, worauf Jenny und ihre Generation die Welt von morgen bauen wollen, hat seinen Ursprung in jener wilden, oft übersehenen Zwischenepoche genommen und zu ersten festen Formen gefunden.

Geschichtsbücher erinnern sich an Ökologie- und Friedensbewegung, Frauenemanzipation, Hippie- und Alternativkulturen in den Nischen der Wohlstandsgesellschaft. Den Künstler bewegt vor allem das Gedächtnis einer grenzenlosen Freiheit, als seine Generation daran glaubte, alles sei möglich. Regeln schienen dazu gemacht, sie zu übertreten. Die Kunst löste sich von letzten Fesseln. Film und Theater brachen mit alten Tabus. Malerei und populäre Musik drangen wie im Rausch zu neuen Ufern vor. Nur die Literatur muss sich beim Vordenken des Neuen derart erschöpft haben, dass sie in Ruhe den Sturm der Zeit zu überstehen gedachte. Schriftsteller können zwar Revolutionen beschwören oder auf sie zurückblicken, aber sie zu begleiten oder gar auf sie hinzuwirken, fehlen ihnen Mut oder Mittel.

Halluzinogene Drogen sind zu haben, als wären sie nie verboten worden. Neue Lebensformen blühen auf. Wer will, kann sich für ein Leben mit Gleichgesinnten in Gemeinschaften oder Kommunen entscheiden. Das Ausmaß der Freiheit in Form geschützter Privatheit beschreibt am besten ein verblendeter Terrorismus, der jahrelang in ihrem Schoß gedeiht. Die Kritik am System gehört zum guten Ton. Einen Lidschlag der Geschichte lang geht sogar die Schere zwischen Arm und Reich nicht weiter auf.

Einen Geist wie damals muss Wendsel verspürt haben, als er die Stimmung der aufgeweckten Jugend mit ähnlichen Motiven in seinem Endlosgemälde einfängt. Je öfter ich die Leinwand abschreite, desto mehr Einzelheiten fallen mir auf. Ich denke da weniger an den unübersehbaren Rückgriff auf Kleider, Möbel und die Musik jener seligen Zeit, der eine lange Periode angepasster Jugendersatzdarsteller folgte, mit der Freiheit der Kunst als Spielball der wirtschaftlichen Verhältnisse.

Vielmehr entdecke ich in allen Winkeln die gleichen Anzeichen von Aufbruch, wie sie nur Generationen zeigen, die sich selbst gehören – oder zumindest daran glauben. Nur dass der neuen Bewegung, der wir so viel zu verdanken haben, in ihrer unterkühlten Art das Emotionale abgeht, die Wut und offene Aggressivität ihrer Vorgänger.

Die letzte reguläre Rekrutierung linientreuer Optimisten in

geschlossenen Weihekreisen treibt deren Anteil noch einmal in die Höhe, auf nunmehr sechs Prozent, mehr als zweihunderttausend Teilnehmer allein in der Hauptstadt. Das klingt mächtiger, als es die tatsächlichen Verhältnisse hergeben, ein Schlafloser auf mehr als fünfzehn Schläfer. Aber da sie größtenteils zwischen sechzehn und dreißig sind, mit Schwergewicht von achtzehn bis einundzwanzig, wäre eine Republik der Jugend bereits überwiegend nimmermüde.

Wendsels malerischer Schilderung zufolge erschöpft sich der revolutionäre Geist zunächst in Missachtung der nächtlichen Ruhe. Wo sich vorher verstreute Nachteulen in den Weiten der Metropole verloren, ziehen Tausende durch die Straßen, treffen sich unter Brücken, auf Baustellen, in verbotenen Klubs. Reden, tanzen, Musik hören, aber kaum noch Drogen oder Alkohol, jedenfalls nicht mehr im Übermaß, sondern eher zum weiteren Auflockern der ohnehin euphorischen Stimmung und klammheimlichen Freude, anders zu sein als die müden Bürger in ihren Betten.

Alles ist Party, aber Party ist nicht alles. Der allgemeinen Mobilmachung der Vernunft folgt eine beispiellose Bewusstwerdung der gemeinsamen Aufgaben und Ziele. Man trifft sich auf Versammlungen, Festivals und Kongressen. Im Zentralinstitut laufen Dutzende Gedankenexperimente zur Welt von morgen.

Eine auffällige Verschiebung der Gewichte zeigt sich, wenigstens in Wendsels Pinselfassung, im veränderten Verhältnis zum Eigentum. Ohne äußere Ursache, sogar gegen das elterlich verinnerlichte Verhaltensmuster, Dinge anzuhäufen, tritt ein Verzicht auf das Eigene, dem jeder Beigeschmack von Verlust abgeht. Mehr sein, weniger haben, ohne dabei wirklich über weniger zu verfügen, weil das Haben im zeitweiligen Besitzen mehr zu den Formen des Seins zu passen scheint. Jedenfalls sagt das des Malers Hand, die dem Traum seiner Jugend die Treue hält.

Unter dem wachsenden Druck der Öffentlichkeit, das Geheimnis der Bewegung hinter den Ausrufezeichen zu lüften, tritt Leon alle paar Wochen vor Tausenden in überfüllten Sälen auf die Bühne und kündigt das heiß ersehnte Thema der nächsten Staffel an. Jedesmal gelingt dem schwarz gekleideten Mann ein neuer Coup. Nach der Jagd auf die Schmierer: ihre Enttarnung, nach den wenigen Folgen über die Optimisten: die Enthüllung ihrer Wachdroge, stets als Gedankenexperiment formuliert, das mit Beiträgen aus Leserhand wochen- oder monatelang die Zeitung füllt.

Was wäre, wenn die Menschen plötzlich erführen, der Schlaf sei besiegt? Eine wissenschaftliche Sensation, niemand müsste mehr ein Drittel seines Lebens taten- und willenlos im Dämmerzustand nächtlicher Lähmung verbringen oder auch nur Müdigkeit fürchten. Ein ungefährliches, für jeden erschwingliches Mittel stellte Leib und Seele auf immerwach, frisch wie zur besten Stunde des Tages. Es hellte Sinne und Stimmungen auf, steigerte Leistungs- und Schöpferkraft, Zuversicht, Neugier, Lebenslust und Libido. Die Wirkung des Elixiers müsste so überwältigend sein, dass niemand, der es einmal genommen hat, je wieder darauf verzichten wollte.

*Gefällt mir. Gefällt mir nicht.**

Wendsels wahre Absicht zeigt sich deutlich aus der Distanz. Er tritt mit den ersten Zuschauern seiner Kunst in einen Dialog, um ihnen Mut zu machen. Die letzten Monate – etwa zehn gemalte Meter – haben allen zugesetzt. Schmerzhaft frisch die Erinnerung an den Gegenwind, nachdem sie sich als Nutzer der Wachdroge offenbart haben. Da hilft es nur wenig, dass Hard mit seiner gesamten publizistischen Kraft gleichzeitig eine Kampagne ausruft, das Recht auf Schlaf in die Charta der Menschenrechte und alle Verfassungen aufzunehmen.

In aller biografischen Kürze, die dem Leser genügend Raum für eigene Szenengestaltungen in Coppkis Gedankenexperiment lässt, gebe ich zu Protokoll: Hat man den Optimisten die Ausrufezeichen noch als Jugendsünden durchgehen lassen, so trifft sie nun die geballte Ablehnung der älteren Erwachsenenschaft. Sie speist sich weniger aus der Sorge der Eltern um ihre Kinder als

* *Unzutreffendes bitte streichen.*

aus tiefem Ressentiment gegen Fremdes, ihrer Liebe zum Schlaf und nicht zuletzt aus moralischer Entrüstung.

Ist ein Mensch noch ein Mensch, der ständig unter dem Einfluss eines Mittels steht? Wenn diese Substanz Einzelne über andere erhebt, zwingt das dann nicht allen ihren Gebrauch auf, die mithalten wollen oder müssen? Müsste man die ahnungslose Jugend nicht auf jeden Fall davor schützen?

Ein paar Wochen lang beherrscht das Thema den öffentlichen Diskurs und, in dessen Zentrum, Gesprächsgruppensendungen von oberster bis unterster Schublade. Ohne Näheres über *die Droge* zu wissen, versammelt sich eine hysterisierte Masse im Handumdrehen hinter dem Ruf nach Verbot, Verfolgung und Bestrafung oder wenigstens öffentlicher Ächtung, wie von moderaten Kräften gefordert.

Der Umschwung folgt einem bewährten Muster, wenn Neues aus der Jugend kommt. Es gehört zu den Ritualen der Nestflucht. Sich abheben von den Alten, Sprechweisen, Moden, Haltungen nahezu vollständig verbreiten, bevor sie nennenswert in die Erwachsenenwelt vorzudringen beginnen. Vom Gruppengeist zum Gruppenzwang. Wer nicht mitmacht, wird zum Außenseiter. Dabei erweist sich die Zahlungsmoral der Weltjugend als vorbildlich. Vielen sind die winzigen Beträge für ihr Lebenselixier sogar derart peinlich, dass sie kräftig drauflegen. Manche geben ihr ganzes Taschengeld.

Kommentatoren jener Zeit sprechen von einer Leistungsexplosion unter Schülern, Studenten und jungen Erwerbstätigen. Wer sein eigen Fleisch und Blut plötzlich unter den Klassenbesten weiß, gibt seine Skepsis eher auf. Behauptet das Gedankenexperiment. Und bekommt recht. *Dann nimm halt dein Mittel, in Gottes Namen. Kann ich es auch mal probieren?* Das Will-ich-auch-Gefühl als Dilemma gelebter Dialektik. Nach den Großeltern die Eltern, deren Freunde, Nachbarn, Kollegen.

Jeder Fortschritt verläuft ähnlich. Was gestern alle ablehnten, will morgen jeder haben. Nur das Tempo kann sich deutlich unterscheiden. Wendsels Darstellung zufolge muss es gleichsam über Nacht geschehen sein. Ich mit meinem Laienverstand würde sagen, die Kontraste zwischen Licht und Schatten nehmen urplötzlich zu. Wahrscheinlich ließe sich sogar die Minute berechnen, als Widerstand in Zuspruch umschlägt wie die Farbe des Lackmus. So überstürzt hat sich noch keine Innovation vergleichbarer Tragweite durchgesetzt – und das auch noch gegen die anfangs fast einhellige Kritik skeptischer Wissenschaftler, die in ihren Selbstversuchen wieder und wieder die völlige Wirkungslosigkeit der Kügelchen feststellen und wegen Scharlatanerie Anklage gegen unbekannt erheben.

Ganze Hundertschaften sind angetreten, mit analytischer Raffinesse den Schwindel aufzudecken. Ihre Zweifel an der Wirksamkeit sind zwar bald verflogen. Auch Forscher haben Kinder, die dem Mittel verfallen sind. Da aber Wirkung in ihrem Weltbild nur von Wirkstoffen ausgehen kann, arbeiten sie unter Hochdruck daran, die geheime Substanz zu finden, zu isolieren und zu analysieren. Die Version im Straßenblatt *Wir!*, es handle sich um Wasser, das auf unerklärte Weise manipuliert worden sei und überdies nur anschlage, wenn man daran glaube, brandmarken sie als esoterische Pseudowissenschaft.

Das Wort der selbst ernannten Verteidiger der Aufklärung in der Hauptstadt führt der Direktor der chemischen Laboratorien, Wolfgang Steinberg. Kurz vor dem Sprung auf den Rektorensessel der Universität sucht er Publizität. Die Regierung hat ihm Sofortmittel an die Hand gegeben, das Wirkprinzip der Jugenddroge zu erhellen. Er hat seine besten Kräfte gebündelt. Die Analysemaschinerie läuft rund um die Uhr.

Je länger sich die Suche hinzieht, desto stärker regt sich in Steinberg der Verdacht, einer unbekannten Stoffklasse auf der Spur zu sein. Wenn etwas in unmessbar geringer Konzentration so überwältigend wirken kann wie kein bekanntes Gift der Welt, dann muss der Effekt jenseits der Grenzen bisheriger Erkenntnis liegen.

Sein Gespür fürs Besondere hat den alten Fuchs noch nicht verlassen. Er überwindet sogar seine Abwehr und beauftragt eine Arbeitsgruppe, sich das Wasser der Kügelchen genauer anzusehen. Zu seiner Beruhigung bleibt sie ohne Erfolg. Heimlich gibt er die Hoffnung nicht auf, wenn schon keinen Stein, so doch wenigstens ein Steinchen der Weisen zu finden, eine übersehene Molekülsorte womöglich, die er benennen dürfte. Denn eines wünscht sich Wolfgang Steinberg noch mehr als jede akademische Macht: seinen Namen, verbunden mit einer bahnbrechenden Entdeckung in den Lehrbüchern wiederzufinden.

Seine Vorzimmerdame Jana Kramer liest mit Hingabe jeden Morgen beim Kaffee das frische *Wir!*. Offiziell würde ihr Chef das Drecksblatt, wie er den Vorgänger *Boulevard* einmal genannt hat, nie in die Hand nehmen. Sobald sie sich aber in den Feierabend verabschiedet hat, fischt er die Zeitung aus dem Papierkorb und verschlingt wie ein Seriensüchtiger jede Folge der Immerwachstaffel. Was dieser Unternehmer, Herausgeber und Autor da aus seiner wohlunterrichteten Quelle unters Volk bringt, gehörte auf den Index der verbotenen Schriften, erzeugte es nicht den unbezwingbaren Reiz, jede Einzelheit zu erfahren.

Obwohl sich alles in ihm sträubt, kann der Professordoktordoktor nicht umhin, hinter der Fassade flockiger Texte ein gleichermaßen fremd- wie großartiges Gedankengebäude zu vermuten. Er beschließt, die nächste Veranstaltung des *Wir!*-Machers zu besuchen. Als Leon ihm während seiner Schau die Blicke des Charismatikers zuwirft, die allen das Gefühl geben, nur sie seien gemeint, vergisst Steinberg beinahe, nicht allein in der überfüllten Halle zu sitzen. Aus der Art und Weise, wie dieser bewunderte Ich-Gott seine Neuheiten vorstellt, folgert er jedoch völlig richtig, hier nur den schlauen Verkäufer umwerfender Ideen zu erleben, hinter denen ein kluger Kopf stecken muss.

Coppki, den ich wiederum im Publikum vermute, wäre angetan, könnte er Steinbergs Gedanken lesen, als Leon erstmals von der »Substanz der Seele« wie vom »Wesen des Lebens« spricht. Sämtliche Versuche, sie im Stofflichen dingfest zu machen, etwa ihr Gewicht zu bestimmen, könnten nur fehlschlagen, da sie von grundsätzlich anderer Natur sei. Keine Materie als Ansammlung von Atomen, sondern eher deren Form und Ordnung. Aktiviertes Wasser unterscheide sich in keiner physikalischen Eigenschaft von totem oder ermüdetem. Der Treibstoff des Bewusstseins, 7-24, sei wie die Struktur einer Skulptur, die einem im Kopf herumgeht, aber nicht ihr Körper selbst.

»Herr Hard? Gestatten Sie mir eine Zwischenfrage?«

»Ja, bitte, Professor Steinberg.«

»Worin besteht Ihrer Ansicht nach das Aktive der, wie sagten Sie? Struktur?«

»Wenn ich es richtig deute, handelt es sich um so etwas wie das Streben nach Ebenmaß und Eleganz.«

»Liegt denn das Schöne nicht allein im Auge des Betrachters? Ergo ohne Zuschauer keine Ästhetik?«

»Was Sie meinen, ist das Relative, ich spreche vom Absoluten und Ewigen unerreichbarer Perfektion.«

»Und wie, glauben Sie, könnte sich dem Wasser die Idee vermitteln?«

»Eine gute Frage, doch sie greift unserer Serie ein wenig voraus.«

»Können Sie denn schon etwas andeuten?«

»Wenn Ihnen das als Anregung reicht: Die Attraktion stammt wohl aus der Zukunft.«

Tobender Beifall. Dieser Mensch muss tatsächlich im Kommenden zu Hause sein. Jede Staffel steckt voll versteckter Hinweise auf die nächste. Steinberg gräbt in seinem Gedächtnis. Irgendwo hat er das schon mal gehört, die Gegenwart ergebe sich aus der kommenden Zeit. Doch sosehr er auch grübelt, ihm fällt nur die alte Goldemer ein. Von der hieß es, sie habe die Form von Eiweißmolekülen vorhersagen können. Wenn er recht informiert ist, hat sie vor ein paar Jahren das Zeitliche gesegnet.

Leon hat es wohl seinen publizistischen Verwicklungen mit der Regierung zu verdanken, nun regelmäßig ebenso interessanten wie interessierten Besuch zu bekommen. Im Doppelstockwerk an der Spitze seines Hotels empfängt er Vertreter des Patentamts, die ihn genauso gut kennen wie die Kollegen des Fernsehens. Er trifft auf Politiker und Priester, auf Manager, auf Männer der Geheimdienste, der Armee. Alle bewegt dieselbe Frage, wer hinter dem Geheimnis der Wachdroge steckt. Er fertigt jeden mit dem gleichen freundlichen Hinweis auf Quellen- und Informantenschutz ab.

Doch Hards Besucher wollen mehr. Seine Tochter, mittlerweile Generalbevollmächtigte für den Vertrieb von 7-24, müsse doch Auskünfte über dessen Herstellungsverfahren geben können. Höflich, aber unmissverständlich weist Jenny auf das Betriebsgeheimnis hin. Dessen Schutz genieße woanders sogar phosphathaltige Zuckerbrause.

Das Beispiel kommt ihr nicht von ungefähr. Ihr Vater hat seine Beteiligungen an Unternehmen der Getränkeindustrie genutzt, Coppkis Elixier neben den Kügelchen weitere Verbreitungswege zu öffnen. Der durchschlagende Erfolg gibt ihm mehr als recht. Die Drinks aus schlichten metallblauen Dosen mit der Aufschrift »7-24« steigen im Handumdrehen zum Kultgetränk der Weltjugend auf.

Den Militärs bietet Jenny Kontrakte an, wie sie nach und nach auch alle Konzerne und größere Einrichtungen unterschreiben, die ihre Mitarbeiter rund um die Uhr im Einsatz sehen wollen. Restaurantketten, Fluggesellschaften, Behörden. Sie verlangt Vorkasse, die Töpfe füllen sich, bevor auch nur eine Sendung verschickt worden wäre. So können die Optimisten gelassen den Tag abwarten, an dem die Generäle feststellen, dass sich immerwache, zukunftsfreudige Soldaten wegen einer verbreiteten Schieß- und Tötungshemmung nicht zu Kampfeinsätzen eignen.

Wie nicht anders erwartet, sieht sich Hard in allen Schritten von unsichtbaren Augen beobachtet. Seine Post wird überwacht, seine Telefone, es kommt zu Einbrüchen in Redaktionsbüros und Produktionsanlagen. Papiere, Datenspeicher, Behälter mit der

Aufschrift »Stammsubstanz« werden gestohlen. Analysen in Spitzenlabors ergeben nichts als das bekannte Ergebnis: Wasser in seiner reinsten Form. Nirgendwo Hinweise auf die Quelle seiner Enthüllungen. Der Mann, der so viel weiß, hat scheinbar nichts zu verbergen.

Sobald er sich ins Paradies am Fluss versetzt, um in der geschützten Einrichtung mit zwei Insassen Skat zu spielen, macht Leon sich unsichtbar. Dort herrscht die Vertraulichkeit eines Kirchenstaats. Niemand käme darauf, er könnte sich ausgerechnet hier, bei Theorie und Kunst, den nötigen Nachschub an Ideen verschaffen.

Das Entscheidende an der Geschichte, die Ursache für Coppkis Unruhe, suche ich anfangs vergebens in Wendsels Werk. Wie oft habe ich sein Panorama untersucht, ohne etwas zu bemerken. Alles hat er erfasst, keine Stimmung, keine Einzelheit ausgelassen, die von Belang wäre. Sogar auf das Paradies am Wasser finden sich gepinselte Hinweise. Aus dem rechten Winkel betrachtet, hat er es als Insel dargestellt, von einem kreisenden Fluss umspült.

Bei genauerem Hinsehen spannt die Welt sich dort nicht auf die Außenfläche einer Kugel, sondern in deren Innenwölbung, die einen unendlich schimmernden Firmamentkern umkreist. An klaren Tagen sind die sanft aufsteigenden Landschaften in der Ferne auszumachen. In Küstennähe zeichnet sich die See als aufbäumende Wand über den verlorenen Horizont. Panorama total, des Malers letzter Traum.

Nur vom Zentralinstitut für Gedankenexperimente nicht die Spur einer Spur. Als hätte es nie existiert. Entweder hält es Wendsel wie Hard für eine Spielerei von Spinnern im Wünsch-dir-was-Modus. Oder er hat das Cite! nicht als Teil der Wirklichkeit erkannt, die ihm das Material seiner Arbeit liefert. Wer ständig auf dem Höhepunkt des Augenblicks wirkt wie eine Uhr, die ihre Zeit ins Weltgeschehen schreibt, kann blind werden für die Belange der Zukunft.

Doch Wendsel verschließt keineswegs seine Augen vor der

kommenden Zeit. Auf seine ureigene Weise ist er ein Seher wie sein Nachbar, nur dass er keinen Sog von vorne verspürt, sondern Druck von hinten. Ein geübtes Auge allein reicht indes nicht aus, das neue Element in seiner Technik zu entdecken, mit dem er Dinge sichtbar macht, indem er sie unsichtbar werden lässt. Erkennen kann das Phänomen erst, wer den Zeitlauf auf mehr als das Fünfhunderttausendfache* beschleunigt und vom drehenden Mittelpunkt der Zylinderleinwand aus ein Panoramajahr in einer Minute an sich vorbeigleiten lässt.

Bis heute weiß niemand genau, wie der Maler den Effekt erzielt hat, als ob Rotation seinen Farben Fliehkräfte verliehe. Irgendein verborgener Sinn muss ihm helfen, sich den Blick von Betrachtern vorzustellen, die pro Sekunde sechs Tage durchlaufen. Einzelheiten verlieren sich im Rauschen, dafür werden größere Linien sichtbar. Eben da zeigt sich das Überraschende, vor dem Coppki zurückschreckt. Unsichtbar ins Gewebe der Wirklichkeit verwoben, zieht sich wie ein Spurband für den siebten Sinn das Orakel als gemalter Konjunktiv durchs Bild.

Wer das nun anbrechende Jahr im Panorama mit gut zwei Stundenkilometern abgeht, kann deutlich das Phänomen erkennen, das als *Der Riss* in die Kunstgeschichte eingegangen ist. Übertragen in die Sprache des Films, entsteht das Gefühl, zwei Versionen zu folgen, wobei wie bei einer Kippfigur immer nur die eine oder die andere zu sehen ist. Die optische Trennung vollzieht sich bereits in jener denkwürdigen Woche, als sich die Freunde der Nacht in Wendsels Atelier versammeln. Der Künstler sendet per Pinsel unmissverständliche Nachrichten an die Nachwelt.

Die erstaunlichste Wirkung seiner Dimensionaltechnik zeigt sich erst auf den letzten Blick. Dort, wo die Farbe trocknet, scheint sich das Bild beim Wegschauen flüchtig in einen Spiegel zu verwandeln, der aber keinen Einzelnen zeigt, sondern auf eine verstörende Weise viele. Der Effekt fiel erst auf, als eine Meister-

* Genau 525600

klasse der Kunsthochschule im Museum der Weltkunst versuchte, Ausschnitte des Panoramas zu kopieren und plötzlich ein Grund aus Tausenden gekreuzigter nackter Babys hinter die Szene trat. Die Freunde erleben ihn, als sich die Drehbühne dem Ende ihrer letzten Runde nähert.

Wendsel rückt ins Bild. Er tupft mit seinem fingerdicken Katzenzungenpinsel wolkig die frisch bemalte Leinwand ab, als traute er seiner gewonnenen Ausdruckskraft nicht mehr über den Weg. Doch gerade, indem er sich zurücknimmt, verstärkt sich der Eindruck einer Facettenreflexion aus tausend Augen, die den Einzelnen verschwinden lässt. Wie ein diabolischer Zauberer genießt der Maler das Staunen seines Publikums über den gelungenen Trick.

Die Drehbühne bleibt stehen. Wendsel geht in seine Küche und tischt auf. Unter den Speisen biegt sich der Tapeziertisch. Die Abendmahlfeier kann beginnen. Coppki räuspert sich zur Rede, die er nie halten wird. Nur in seinem Kopf, für immer derselbe Kreisel. *Liebe Mitmenschheit, vergangene, heutige und kommende. Wir, die Zeugen dieser Zeit, haben einen einzigartigen Moment unserer Geschichte erreicht.*

7-24 sei Medium, nicht Botschaft. Die Kraft der Erneuerung stamme aus anderer Quelle. Der Glaube habe sich vom Inhalt abgekoppelt. Wenn erst die Menschen aufgewacht seien, entstehe das Wir nicht durch verwandeltes Wasser, sondern durch die gebündelte Sehnsucht der Seelen. Bislang habe sich das Leben im fein tarierten Wechselspiel aus Zufall und Notwendigkeit selbstständig auf seine Ziele zubewegt, als folgte es einem Leitstrahl. Nun sei die Menschheit mit vereinter Vernunft erstmals imstande, ihr Schicksal selbst zu steuern. Das denkt er dahin, doch er sagt kein einziges Wort.

Wendsel gießt kalten Perlwein in frische Gläser. Coppki erhebt sich zum Toast. Polternd klappt sein Sitz in die Senkrechte. Wie auf ein Zeichen springen die Freunde auf. Zwölf Schläge hochgeschnellter Kinostühle Punkt Mitternacht. Coppki spuckt in sein Glas und rührt mit dem Zeigefinger um. Die anderen tun es ihm nach. Er leert seinen Kelch in einem Zug.

Die Freunde springen auf, stolpern durchs Treppenhaus und laufen zum Fluss. Tauchen ihre Finger ins eiskalte Wasser, nehmen einander bei der Hand. Über der Stadtmitte tobt sich in verglühender Schönheit mit Böllerschüssen ein Kunstgewitter aus. Ruhig blinkt rot dazwischen der Fernsehturm. Daneben das höchste Hotel der Stadt, auf dessen Dach der Schriftzug *Hardsoft* kreist. Das neue Jahr hat begonnen.

Keiner kann später mehr sagen, wer den Anfang gemacht hat. Ein Wort gibt das andere. Irgendwann ist der Geist auf alle übergesprungen. *Das Haus gehört uns.* Schon ziehen sie über die Uferstraße dem Zentralplatz entgegen, Coppki in ihrer Mitte. Er weiß nicht recht, wie ihm geschieht, freut sich aber am Gemeinsamen. Schon folgt ihnen eine rasch wachsende Schar. Aus allen Bezirken strömen Optimisten herbei. *Heute setzen wir ein Zeichen.* Ein Vorgefühl des Tages, an dem sich die Hauptstadt zur ersten immerwachen Metropole der Welt erklären wird.

Was dann drinnen geschehen ist, entzieht sich genauer Kenntnis. Die einen sprechen von Tumult und Chaos, andere beschwören, wie friedfertig und gesittet es zugegangen sei. Tatsache ist, dass im Großen Saal auf die abgefeierte Gala ein Ball mit mehr als zweitausend Gästen in Festkleidung folgen und sein ordnungsgemäßes Ende finden soll. Dass alle tausend Zimmer belegt sind. Dass sich das Foyer unter den hilflosen Blicken des Personals mit jungen Leuten in Anoraks, Kapuzenpullovern und abgetragenen Mänteln füllt. Dass der Liftboy eine »Delegation«, so nennt sie sich, in den Keller fährt. Dass die zwölf in den Maschinenraum vordringen und sich am Schaltschrank der Zentralbeleuchtung zu schaffen machen. Dass plötzlich, unter dem Jubel der Massen draußen, in allen Zimmern des Turms die Lichter ausgehen. Dass wenig später, begleitet von tosendem Beifall, auf den vier Seiten des schwarzen Quaders, hell erleuchtete Fenster riesige Ausrufezeichen in die Nacht strahlen lassen.

Ob tatsächlich am nächsten Morgen alle Gäste ausziehen, um ein paar tausend Nimmermüden Platz zu machen, oder ob sich das Hotel nach Plan leert und in den kommenden Tagen erst allmählich in die Zentrale der Optimistischen Bewegung verwandelt, spielt für den weiteren Verlauf der Geschichte keine wesentliche Rolle. Zu ihrem Gründungsmythos gehört die friedliche Besetzung ebenso wie der Verzicht des Besitzers, Ordnungskräfte zu rufen.

Ob er ihnen das Hochhaus wirklich aus freien Stücken überlässt oder ob nachgeholfen werden muss, lässt sich nach den epochalen Ereignissen der folgenden Monate nicht mehr mit Sicherheit feststellen. Außer Zweifel steht aber, dass die Straßenzeitung *Wir!* und ihre Schwesterblätter weltweit am nächsten Tag erneut mehr Käufer und Leser finden als je zuvor.

11

Ich bin aus meiner Gesprächsgruppe ausgetreten. Im Streit, sagen die fünf, die mich wegen arger Täuschung rausgeworfen haben. Aus freien Stücken, sage ich, der wortlos erhobenen Hauptes die Runde und mein Haus verließ. Ich streite doch nicht darüber, ob es mich gibt. Bei allem Respekt. Dahinter steckt nur Missgunst, weil keiner sonst eine Erstbeschreibung hat.

Kaum kommt die Diskussion bei der anstehenden Heldenkritik auf das Handwerkliche, muss ich, das eigentliche Opfer meiner dürftigen Quellenlage, das vergällte Lob einer Schlauheit ertragen, hinter der sich Faulheit verbirgt. Hinge Wendsels Panorama nicht für jeden besehbar im Museum der Menschheit (was mir wenigstens die Unterstützung des Tänzers zusichert, dem ich die Idee der Schweigetänze verdanke), hätte mir mein Kreis womöglich die Daseinsberechtigung entzogen, und mein Bericht wäre nie erschienen.

Hätte ich nicht mit eigenen Augen das einzige Dokument gesehen, seinen Aufsatz über das Leben in der dritten Person (das Zettelchen ist mir irgendwann in der Wäsche verloren gegangen), so kämen mir womöglich selber Zweifel. Die Geschichte der Menschheit aber, wie sie sich heute darstellt, ergibt einen Sinn nur unter der Annahme, einer wie Coppki habe tatsächlich unter uns geweilt, einerlei, ob als Person oder als Figur.

Heute blicken wir über die Distanz eines Menschenlebens zurück auf den Anfang des dritten Jahrtausends, etwa auf das Jahr dreiunddreißig nach seiner Geburt. Meldungen über subatomare Partikel, die sich schneller bewegen sollen als Licht und damit der Zeit voraus- und entgegeneilen können, sorgen für Aufsehen. Die Messungen entpuppen sich zwar als mangelhaft, doch die Theoretiker sind aufgewacht. Sie übertreffen einander mit immer neuen Modellen für den plausiblen Ablauf von Reisen in vergangene und künftige Zeiten. Ausflüge, die zwar kein Körper, wohl aber der Geist unternehmen könnte.

Da erscheint wie aus dem Nichts auf einer Endlostextrolle in Gestalt eines Möbiusbands unter dem Titel *Mehr als wir sind* das Manuskript eines simulierten Romans in Gestalt einer Biografie, die unübersehbar aus der Zukunft stammt und die Geschichte des Janush Coppki in den Kreisen der Hölle erzählt. Offensichtlich hat es einen Verleger* gefunden und, wie sich hiermit zeigt, auch seine Leser.

Wenn meine Kritiker nun behaupten, ich hätte ihn und sein Leben nur erdacht und in den Himmel geschrieben, um mich in seinem Ruhm zu sonnen, darf ich mich mit gleichem Recht als seine Schöpfung betrachten, die sein Werk aus dem Vergessen reißen und in die Ewigkeit retten soll.

Hätte ich denn eine weitere Elegie auf Leonard Hard schreiben sollen, noch einmal auf meine Weise den Mann im Anarchoschwarz würdigen, dessen Leben schon Dutzende Male zwischen Buchdeckeln erzählt worden ist, mitsamt seinem tragischen Tod auf dem Höhepunkt seines Schaffens?

Jeder hat seine eigene Art, die Bürde der Biografie zu bearbeiten. Was die einen verfluchen, wovor sie flüchten, das feiern die anderen. Väter, Mütter, Siege, Niederlagen, Lob oder Leid. Coppki wäre bereit zur Auseinandersetzung. Aber nur auf Augenhöhe. Stattdessen fühlt er sich heimlich beobachtet von einem Nebenselbst, das sich umgekehrt nicht in die Karten gucken lassen will – um dann aber aus seiner Deckung mehr als ein Wörtchen mitzureden, wenn das Ich unter dem Ballast seiner Vergangenheit um Entscheidungen ringt.

Hört nicht auf eure Helden. Kein Handbuch für gewerbliche Le-

* C. Bertelsmann Verlag, ISBN 978-3-570-10205-3, München 2014

benslaufdeuter, das den Lehrsatz nicht an seinen Anfang stellte. *Sie wollen euch nur schwindlig spielen*. Jeder ordentliche Grundkurs für analytische Biografen beginnt damit. *Stellt die Verhältnisse von Anfang an klar.* Manche machen sich Knoten ins Taschentuch, um es nicht zu vergessen.

Ich benutze kein Textil, wenn ich mich schnäuze. Ein Finger am Nasenflügel, aufgepumpte Lungenflügel, beherztes Blasen aus voller Luftröhre, das reicht Coppki. Stattdessen male ich mir, wenn es nötig erscheint, abends einen Fleck auf die Stirn, um morgens, wenn ich vor den Spiegel trete, sofort zu wissen, ob ich es bin oder der andere.

Wer entwirft denn Szenarien, rechnet sich die Zukunft aus, wagt Prognosen? Etwa der, der da ständig mitreden will? Der auf keinen Fall, denn er lebt in der Möglichkeitsform. Alles was er im Traum verspricht, endet in Enttäuschung. Sämtliche Drohungen und Bedrohungen verlieren sich in Schall und Rauch wie der Nachhall eines Gewitters.

Wie kann es überhaupt sein, dass einer tut, was er nicht will, ohne Ursachen oder Folgen seines Handelns zu verstehen? Warum hat Coppki sich darauf eingelassen, Leon uneingeschränkten Zugang zur 7-24-Stammsubstanz zuzusichern, damit *Hardsoft* es in modischen Erfrischungsgetränken (bald auch Fertiggerichten, Süßspeisen und anderen Snacks) unkontrolliert verbreiten kann?

Hat Jenny ihn nicht davor gewarnt, sein Gedankenexperiment zu verwässern? Hat er ihr nicht selbst auseinandergelegt, wie sich Systeme überhitzen können, die zu schnell ihren Zustand wechseln? Hat Wendsel nicht die Augen verdreht, als sich die Skatfreunde zwischen zwei Partien auf die sofortige flächendeckende Versorgung einigten? Ist nicht sogar Vera, sonst stets auf Leons Seite, auf Distanz gegangen zu ihm, der zu rasch zu viel wollte? Wo verlieren sich reine Vernunft und reine Urteilskraft aus den Augen?

Das sind Fragen, die man seinem Biografen stellt, wenn man

sich ihm zur Beichte beugt. Mir bleibt nichts, als mich meinen Mutmaßungen zu überlassen. Coppkis Glauben an den Triumph des wachen Verstandes ziehe ich ebenso wenig in Zweifel wie seinen Ekel vor dem Tier in sich. Dem ist selbst der Icherzähler seiner Träume hilflos ausgeliefert, wenn er der rätselhaftesten Maschine der Welt bei der Arbeit zuschaut, dem unwillkürlich waltenden Es. Da sitzen Ich und Aber-Ich im selben Boot, auch wenn sie in verschiedene Richtungen rudern.

Die Wochen, in denen sich Coppki, mit Vorräten versorgt, von der Außenwelt abgeschottet, in seinem unterirdischen Wachlabor einschließt, kann ich nur aus anekdotischer Einbildungskraft wiedergeben. Da besitze selbst ich keinen Zugang. Die meiste Zeit wird er sich seinen alten Träumen hingegeben und die Reaktionen seines inneren Wiedergängers beobachtet haben.

Mit den Gedanken ist er währenddessen ständig bei seiner einheitlichen Theorie, die alle Matroschkapuppen von unendlich klein bis groß umfasst, vom Triumph des Etwas über das Nichts bis zum Aufgehen des Alls im Alles. Er sieht das Zyklische des Seins, das mit seinem Ende den Anfang sucht. Nur wenn er den Kreis schließen kann, geht seine Rechnung auf.

Er hat genug über das Leben nachgedacht, um zu wissen, dass sich die Nahtstelle von übermächtiger Notwendigkeit und beherrschbarem Zufall nur schließen lässt, wenn die Spezies als einzige bekannte Instanz im Universum den Spagat zwischen den Sphären schafft. In irgendeiner Nachkommaferne der Kreiszahl Pi, am Scheideweg von Pontius zu Pilatus, müsste ein Satz für die Ewigkeit stecken: Die Herrschaft der Zukunft über die Gegenwart befreit uns von der Vergangenheit.

Nichts habe ich mir im Biografenleben inniger gewünscht, als einmal dabei zu sein, einmal das Heureka mitzuerleben, den Augenblick der Entdeckung, das Bauchkitzeln, die einstürmenden Gedanken über die Folgen. Allein für diesen einen Moment im Schnittpunkt von Ohnmacht und Macht hat es sich gelohnt, für Coppki zu stehen, ihm treu zu bleiben auch in finsteren Tagen.

Nach drei unvergesslichen Kränkungen der Menschheit* endlich Heilung, Erhebung und Vergeltung für Hypokrisis und Hybris: die Selbstermächtigung des Menschen dank seines prognosefähigen Bewusstseins oder, in Coppkis Worten, unseres prophetischen Sinns als Wir.

Mögen Einzelne blind und machtlos sein wie Moleküle in der Zelle oder Nerven im Gewebeverband eines Gehirns, so können sie zusammen bald ihre Zukunft lesen und formen und das neue Menschheitsgefühl erfahren, nicht mehr so hilflos der Willkür des Schicksals ausgeliefert zu sein wie in Zeiten des überforderten Ichs. Endlich die Chance auf vereinte Sicht, auf geteiltes Gewissen, gemeinsame Verantwortung und Gestaltung des irdischen Paradieses. Das Gedankenexperiment will ihm fast zu schön erscheinen, um wahr zu sein.

»Monströs« hat Vera das Wir genannt, als Janush und Jenny ihr einmal die Idee vom kommenden Übermenschen erläuterten, und vor der strukturellen Gewalt durch das Kollektiv gewarnt. Das gelte nur aus der begrenzten Sicht einer Gegenwart, die sich an Gewohntes klammert, hat Coppki ihr erwidert. Und Jenny hat ihm beigepflichtet, wer nie das Dasein in den alten Dunkelzonen kennengelernt habe, werde sich allenfalls wundern, wie die Zivilisation so lange Toleranz gegen gemeinschaftsschädliche Machenschaften aus der Deckung üben konnte. Ihre Generation habe kein Problem damit, sich auf die Hände schauen zu lassen, solange alle im Spiegel des Publikums ihr Selbstbild formen können wie noch keine Generation vor ihr.

Seit Coppki seine unkontrollierbaren Träume durch kontrollierte Gedankenexperimente ersetzt hat und dem zweiten Ich in die Karten schaut, vergeht kein Tag, an dem er nicht im Wir das Heil der Welt erblickt und sein eigenes Ungemach voraussieht. Die vierzig Tage unter Tage, als er auf gefühlter Augenhöhe mit

* Verlust von Zentralstellung, göttlicher Herkunft und Herrschaft im eigenen Haus

der bewegten Wasserhaut des Flusses die Welt vergessen hat und in ihr auch mich, diese knapp sechs Wochen im Wachlabor geben ihm letzte Gewissheit. Sein Bewusstsein lässt ihn keinen Augenblick seines Lebens mehr unbeobachtet. Ohne Schlaf fühlt er sich wie von sich selbst verfolgt. Nie mehr allein. So sieht er auch die Menschen, die nach ihm kommen. Und richtet sich auf zur letzten Tat.

Aus sich herausgehen, ins Freie treten, auf eigenen Beinen stehen, durchatmen. Spätfebruarluft so trockenkalt, den lungenfeuchten Lippensaum in kristalliner Zuckerlinie zarter Taupartikel nachzuzeichnen. Coppkis Worte, nicht meine. Ich würde sagen: Er steht wie ein Freigänger mit Fußfessel am Rand des Vakuums.

Wenn er nur erst das Wasser erreicht, den Fluss, der, einer endlosen Glitzerschlange gleich, durchs Hauptstadtbett gleitet. Fünfzigtausend Kilometer kriechende Wassersäule im Jahr, mehr als anderthalb Millionen seit seiner Geburt, zweimal zum Mond und zurück, eine halbe Milliarde seit Rückzug der Eiszeitberge, drei Einwegstrecken zur Sonne.

Am Uferstreifen stapeln sich zusammengekehrten Scherben gleich die Schuppen der Schlangenhaut, milchglastrübe Eisschollenscheiben, wie vom Winterhimmel gefallen, wo die Fernreisetriebwerke ihre Kratzspuren hinterlassen. Zwischendrin kopfrechnend Coppki, einsamer nie, die Manteltaschen voller Kieselsteine, nur einen Freiheitsgrad vom Sprung ins Nichts entfernt, das ihm alles bedeutet.

Da tippt ihm jemand auf die Schulter, und das bin ich, der seine Geschichte bis zum Ende kennt und ihm sagt, du bist noch nicht so weit, du wirst noch gebraucht. Er sieht mich an aus Augen, die in dieser Jahreszeit dem Gelb der Schneewölfe nachgehen. Ich habe uns aus dem vorangegangenen Kapitel in einer Thermosflasche heißen Glühwein mitgebracht.

Der Mann zittert an Rumpf und Gliedern, als ihm der Duft in die Nase steigt. Faselt im Klang einer klirrenden Klarinette etwas von Sünde und Sühne. Vergiss es und trink, das bringt dich auf andere Gedanken. Dankbarkeit hellt seine Miene auf. Auf der Stelle beruhigt sich sein Leib.

Genau das hat mir meine Gruppe vorgeworfen. Als mitfühlender Biograf zu weit zu gehen. Als ob ich nicht wüsste, dass Coppki auf die ewige Schlange starrt und nur auf das Wort aus seinem Innern wartet. Darf ich es ihm denn verweigern? Verdienen unsere Figuren kein Liebdeinennächstenwiedichselbst? Muss es immer gleich der Essigschwamm sein? Jedem das Seine, glaubt ihr? Dann macht doch euern Dreck allein. Habe ich gedacht, nicht gesagt.

Aber ich habe es drauf ankommen lassen. Auf den ersten Blick verändert sich das Spielfeldbild kaum, wenn eine Figur in der Aufstellung fehlt. Tatsächlich fallen von siebenhundertzwanzig möglichen Beziehungen sechshundert weg, wenn die Teilnehmerzahl sich von sechs auf fünf verringert. Niemand ist so anwesend wie ein Abwesender.

»Warum hast du uns die ganze Zeit vorgemacht, einen wirklichen Menschen zu beschreiben?«

Die Architektin steht neben mir. Sie hat mir eine Decke übergeworfen. Wir finden beide Platz darunter. Die Wolle umhüllt uns mit Wärme.

»Erinnerst du dich noch an den Yeti der Biografik? Der Mann, den ich Coppki nenne, füllt genau die Lücke des fehlenden Bindeglieds aus. Stell dir vor, wir fänden eindeutige Beweise, Buddha oder Jesus oder Mohammed hätten nie gelebt, wie wir sie kennen. Glaubst du, damit wäre ihre Geschichte zu Ende? Im Gegenteil. Eher würden wir sie neu erfinden. Dabei ist es völlig unerheblich, ob sie groß oder klein waren, bärtig oder kahl.«

»Oder weiblich.«

»Ich habe lange überlegt, ob Coppki nicht auch als Frau funktioniert.«

»Ich wüsste nicht, was dagegen spricht.«

»Ehrlich gesagt, habe ich es mir nur nicht zugetraut. Bei der Entscheidung hat er dann schon mitgeredet. Da ist er ein Jüngling um die sechzehn mit der Vergangenheit eines Jungen, der davon träumt, seine Träume zu besiegen. Besser hätte ich es mir kaum ausdenken können. Dass er als kleiner Lagerlaborant die Theorie zu seinem Hobby macht und bis zur Weltformel des Lebens bringt, passt perfekt ins Bild. Der Rest verläuft dann wie ein Ommkaspiel Skat.«

»Mit dem Restrisiko der zwei Karten im Stock.«

»Er muss Hand spielen. Er hat zu hoch gereizt. Alles hängt schließlich am letzten Stich. Ist noch irgendwo eine Trumpfkarte unterwegs oder eine Zehn, verliert er ihn und das ganze Spiel. Kriegt er seinen König durch, sind Triumph und Trophäe sein.«

Die Architektin lacht.

»Du denkst an den leibhaftigen Leon?«

»Dein Vater ist ein Mann aus Fleisch und Blut. Sein Drang nach Ruhm macht Coppkis Spiel erst möglich. Leon hält keine Trümpfe zurück. Er nimmt mit, was er mitnehmen kann.«

»Er ist auch ein Getriebener.«

»Du musst nicht immer recht haben, sagt er, du musst nur öfter richtig liegen als falsch.«

»Hat er sonst keine Funktion für dich?«

»Er sonnt sich im Scheinwerferlicht für etwas, das ein anderer geschaffen hat. Er weiß das in jedem Moment. Und der andere kann unbehelligt die Früchte seiner Leistung genießen.«

»Bist du dazu wirklich fähig?«

»Wäre ich Coppki, müsste ich das verneinen. Nicht aus Mitleid mit Leon. Solche Gefühle wären mir fremd. Genuss könnte ich aber erst empfinden, wenn ich das Finale hinter mir wüsste. Die schwerste Etappe kommt ja noch. Wasser verwandeln war die vergleichsweise leichte Übung. Mich selbst spurlos verschwinden zu lassen nach Methode der Schlange, die sich vom Schwanz her frisst und nach und nach in ein Konzentrat ihrer selbst verwandelt, bis sie, auf einen Punkt verdichtet, mit lautlosem Endknall im Nichts aufgeht, aus dem dann wieder Alles wird – das alles würde ich mir auch noch zutrauen. Aber sicherzustellen, dass die entstandene Leerstelle sich mit Sinn füllt, einem Sinn für die Zukunft der Menschheit in ihrem irdischen Paradies, würde mir ziemliche Kopfschmerzen verursachen.«

»Wie meinst du das?«

»In Coppkis Tagen reicht es nicht mehr aus, einfach nur Prophet zu sein und der Nachwelt ein Werk aus Worten zu vermachen, die sich bewahrheiten oder nicht. Das Format des einsamen Erlösers ist schon lange abgespielt. Wenn du dauerhafte Wirkung erzielen willst, musst du die Menschen befähigen, mit eigener Optik das Orakel weiterzuspinnen.«

»Der alte Traum von einer lebendigen Religion. Wie schön. Woran ließe sich der Erfolg festmachen?«

»Stell dir vor, du schaltest alle Geräte aus, ziehst Stecker, unterbrichst Sicherungen, kappst die Hauptleitung, aber im Zentralinstitut für Gedankenexperimente brennt weiterhin Licht.«

»Genau das ist ihm doch gelungen.«

»Das sagst du, weil du den Schluss schon kennst. Er kann nicht wissen, was nach ihm kommt. Sein Unterfangen steht auf dem wackligen Fundament, dass ein Autor eine oder zwei Generationen später, ohne Zugriff auf Quellen, das Hörensagen zum Epos eines Heiligen verdichtet und in seine Zeit zurücksendet.«

»Und dann kommt eine Gruppe von kleinlichen Besserwissern und verlangt Akteneinsicht. Jetzt verstehe ich deinen Ärger. Ich habe das Mandat, dich um Entschuldigung und Rückkehr in unseren Kreis zu bitten.«

»Soll das heißen …?«

»Genau das. Wir wollen nun auch Figuren aufnehmen, die keine Gebeine hinterlassen.«

Der Weg vom Fuß des Fernsehturms zum Hauptquartier der Optimisten, ehemals Zentralhotel, führt unter der alten Eisenbahntrasse hindurch, die bis heute genutzt wird. Damals erhob sich dahinter ein sogenanntes Warenhaus, sterbende Einrichtung ihrer Art, die auf mehreren Etagen ein möglichst vielfältiges Angebot aller Konsumgüter ausstellt und zum Verkauf anbietet. Mit seiner vollständig bestückten Lebensmittelabteilung, meist im Untergeschoss, macht es den Besuch anderer Einzelhandelsgeschäfte in der Innenstadt überflüssig. Jenny fasst mich am Arm.

»Hey, das war knapp, da unten am eisigen Fluss. Du musst auf dich aufpassen.«

»Ja, Himmel, bin ich denn der Einzige, der sich mit sich selbst verwechselt?«

»Keine Sorge, schon in Ordnung. So geht es uns allen.«

»Du als Architektin, stellst du dir denn nie vor …?«

»Nein. Ich baue keine Häuser, von denen ich mich am Ende stürze. Ich verfüge leider auch nicht über einen Assistenten. Je mehr du dich gleichmachst mit deinem Helden, desto tiefer fällst du, wenn du ihn hinter dir lässt.«

»Muss ich das denn?«

»Sieh es doch mal anders. Du darfst. Es gibt nichts Schöneres, als das Buch zuzuklappen, das man selber aufgeschlagen hat. Da ist noch so viel, was auf dich wartet.«

O Jenny, Jenny, du erklärst mir die Welt. Gibt Liebe uns Widerstandskraft gegen die Widersprüchlichkeit des Lebens?

»Das ist Coppkis große Sorge. Seine Einheit zerfällt vor ihm in zwei Hälften, und er weiß nicht, welcher Richtung er folgen soll: Paradies oder irdisches Dasein. Lässt er sich treiben oder greift er ein?«

»Er hat doch längst das Heft in der Hand.«

»Das täuscht. Zumindest steht er unter dem Eindruck, bisher sei ihm alles geschehen, wie in einem geheimen Weltenplan vorgesehen. Nun geht es um den Weltenplan selbst. Und da muss er Farbe bekennen.«

»Was könnte er denn jetzt noch ausrichten? Wenn ich mich umschaue, hat sich sein Geist schon selbstständig gemacht.«

»In seinem Verständnis ist das alles nur ein Vorgeplänkel. Wenn du so willst, muss er seine Probanden erst wecken, damit der eigentliche Versuch beginnen kann. Sobald alle bei vollem Bewusstsein sind, kann sich niemand mehr damit herausreden, die Dinge verschlafen zu haben. Wenn er jetzt an die kleinsten Wirkeinheiten anknüpft, die das Elixier hervorbringt, und gelangt am anderen Ende der Skala unzweideutig zur Menscheinheit, dann führen zum großen Wir immer noch zwei Wege. Sie beschreiben genau seine Zwickmühle. Vertraut die Spezies auf bewährte Kräfte und überlässt sich ihrem Los? Oder sieht sie ihre Chance und greift dem Schicksal ins Getriebe?«

»Das Seltsame am Großen Plan ist doch: Egal, wie wir uns verhalten, ob wir ihm folgen oder nicht, wir erfüllen ihn immer.«

Die Zentrale der Optimisten, später im Gedenken an die Goldene Zeit im Originalstil zum Themenhotel zurückgebaut, das alle erhaltenen Überreste der kurzzeitigen Fremdnutzung in ein Gesamtkunstwerk einschließt, dieses Hochhaus vom Reisbrett unserer tragischen Architektin gleicht dem Bienenstock, wie er zur Darstellung schwirrend lebendiger Turmgebäude gern verwendet wird. An den Drehtüren herrscht ein Kommen und Gehen wie in der Hochsaison der Honigblüte. Im Foyer kommt uns in seiner tadellosen Uniform Hansen entgegen, ehemals Privatkellner des Multiunternehmers Hard.

»Wie schön, dass Sie wieder bei uns sind, Herr Coppki. Wir haben für Sie gebetet. Sie werden oben schon erwartet.«

Jenny zieht mich durch die Empfangshalle, wo der wöchentliche Markt für Straßenmahlzeiten mit der durchgehend betriebenen Volksküche konkurriert. Panoramamaler Wendsel hat ein paar Motive der öffentlichen Speisung in seinen Paradiesszenen versteckt. Den Optimisten dienen die Markttage und deren vielköpfiges Publikum zur Schaustellung ihrer Lebensweise, die das Sein mit dem Haben versöhnt und dabei das Deftige nicht minder schätzt als Nüsschen, Küchlein und Kaviar. Ethnische und kulinarische Vielfalt bei Essenden wie beim Gegessenen, alle Altersgruppen und Einkommensklassen reichlich vertreten.

Die über tausend Waben des Turms, oft mit Durchbrüchen untereinander verbunden, bevölkern Initiativen, die den Hauptanliegen der Optimisten verpflichtet sind: Gemeinschaftseigentum, Teilhabe, Enteignung der Toten. Jede verfolgt ihre besonderen

Ziele in gleichem Maß wie alle zusammen die gemeinsamen – der schlagkräftige außerparlamentarische Arm der Bewegung, die nach ihrer Gründung als erste Weltpartei in die Parlamente drängt oder sich im Untergrund gegen Machthaber verbündet.

Gleichzeitig füttern sie das System mit Utopien, Visionen und Vorschlägen für die Welt von morgen. Oft müssen sie dazu nur in Schubladen greifen, wo brauchbare Rezepte für fast jeden Bereich seit Jahren vor sich hindämmern. Die Türen sind ausgehängt, über die Flure jagt das Klappern mechanischer Schreibmaschinen.

Weltverbesserer, da hat der Regisseur recht, hat es zu allen Zeiten gegeben. Aber noch nie haben sie in dieser Weise ihre Gemeinsamkeiten gesucht und gefunden und sich unter ihnen vereint, statt in unzähligen Initiativen, Vereinen und Stiftungen zu wetteifern und sich mit kleinlichen Erfolgen zu begnügen. Von ihren Vorgängern unterscheidet sie überdies, kein Endziel anzustreben. Vielmehr machen sie sich daran, einer Zukunft, die in jeder Gegenwart neu entsteht, einen dauerhaften Weg zu ebnen.

Im Doppelstockwerk unterm Dach herrscht bei dichtem Gedränge tausendstimmiges Gebrabbel. Hier feiern die Optimisten seit Monaten durchgehend ihre begehrte 7-24-Party, die nie mehr enden soll. Heute wird einer der beliebten Tage der Schweigetänze begangen. Auf den Tanzflächen gleiten und hopsen die Bewegten nach der Musik in ihrem Kopf. Jedes Stück wird zu Ende getanzt, dann breitet sich von irgendwoher der Impuls des nächsten aus. Die Umstehenden sind im Gespräch, ihre Stimmen gedämpft und doch nicht weniger lebendig als bei der vielfachen Lautstärke früherer Tage.

»Habt ihr Leon gesehen?«

Jenny fragt unbekümmert in Gesichter, die Antwort kommt auf dem gleichen Weg zurück. Leon weiß also, dass wir zu ihm unterwegs sind. Er ist jetzt einer von ihnen. Zumindest zeigt der Regisseur mit Kleidung und jugendlichem Gehabe, dass er sich so fühlt. Kein Parteigänger, Gott bewahre, das brächte er nicht übers Herz. Aber ein zuversichtlicher Immerwacher im späten Sturm und Drang, den das verwandelte Wasser wenigstens um zehn Jahre verjüngt hat, anseiten der blühend schönen Komponistin, mit den Augen heimlich bei der Konkurrenz unter den Teilnehmerinnen. Charmant und rücksichtslos.

»Na, mein alter Rivale? Hast du's dir doch noch mal überlegt? Ist doch auf Dauer zu langweilig ohne uns, oder?«

Coppki, nach wie vor in der Rolle des Versuchsleiters, hat das Draufgängertum der Teilnehmer regelmäßig registriert. Bei Hard macht sich die Nebenwirkung besonders krass bemerkbar. So wenig er an den langfristigen Erfolg der Bewegung glaubt, so unwiderstehlich reizt ihn ihre Nähe.

12

Es riecht nach Chlor, dem aggressiv-reaktiven Element 17 aus den Kreisen der Hölle. Und zum Geruch passt ein Geräusch, das jeder, der es kennt, dem bunten Stimmenvielklang einer belebten Schwimmhalle zuordnen kann. Coppki hat es im Ohr, wenn er im Tiefgeschoss des ehemaligen Zentralhotels einsam seine Bahnen zieht. Nackt wie neuerdings alle Badenden hier unten, nutzt er den abgetrennten Streifen hinter der rot-weißen Kugelkette, den sie ihm freihalten. Das Becken misst fünfundzwanzig Meter in der Länge. Er legt sie im Takt seiner inneren Uhr mit kräftigen Brustschlägen immer in der gleichen Zahl von Sekunden zurück, ziemlich genau in halber Geschwindigkeit des bestehenden Weltrekords*. Täglich seine drei Komma sechs Kilometer in einer glatten Stunde.

Müsste ich eine Hintergrundmusik für die Goldene Zeit auswählen, jener Tage und Wochen des Erwachens, die schon in allen Tönen besungen wurden, dann wäre es der vielstimmige Chor vergnügter junger Gäste in einem gut besuchten Hallenbad. So klingt das Wir in seiner frühen Phase, wie das Wasser selbst, das gurgelt und rauscht und doch noch gelegentlich einzelnen Tropfen gleich Rufe und Wörter und Lacher durchdringen lässt.

Coppki hat die theoretische Trockenzeit hinter sich gelassen und wieder sein Trancetraining in bewegter Schwebemeditation aufgenommen. Nicht der einzige, aber sein geeigneter Weg, die Ereignisse angemessen zu verarbeiten. Wie gern hätte ich die Aufbruchstimmung miterlebt, als aus einer Erfindung, die niemand

* 50 Meter in 0:25,25 Minuten

sich ausgemalt hat, einer Jugenddroge, wie sie kommen und gehen, das heißest begehrte Ding auf dem Planeten wird.

Ich will meine Leser nicht langweilen mit historischen Details, wie sie jeder aus dem Schulunterricht kennt. Wenn ich in den Geschichtsbüchern zurückblättere, fällt mir nur eine vergleichbare Epoche ein: als sich der elektrische Strom ausbreitete und überall die Nacht zum Tage machte. Ansonsten darf ich mich, eher der Vollständigkeit halber, auf einen groben Abriss der Eckpunkte des Großgedankenexperiments *Welt ohne Schlaf* beschränken.

Kein Versuch hat bis dahin mehr Teilnehmer an sich gebunden. Bemerkenswert, wie sich gleichsam über Nacht die Grundwette erledigt. Niemand setzt noch auf ein Ende der Geschichte oder gegen das Neue. Selbst Skeptiker und Gegner zweifeln nicht mehr am durchschlagenden Erfolg. Dass gerade sie nach ihrem Seitenwechsel zu entschiedensten Verfechtern werden, lässt die Akzeptanz, wie Statistiker sagen, durch die Decke schießen.

Befreit von Scham und Heimlichkeit, stürzen sich Jung und Alt und, mit besonderem Eifer, die Steigerer des Bruttosozialprodukts im breiten Mittelfeld zwischen ihnen, auf alles, was 7-24 enthält. Bald gibt es kein Entweichen mehr. Städte und Gemeinden erwägen, es dem Trinkwasser beizumischen. Die letzten Schläfer müssen beim Einkauf darauf achten, garantiert elixierfreies Wasser zu bekommen. Ungläubige wie der Maler Wendsel haben es leichter, wenn sie daran glauben, dass ihr fehlender Glaube sie gegen die Wirkung feit.

Jeder, der sich in die Welt des Schlafs zurückversetzt, mag sich ein eigenes Bild davon machen, wie die Menschen das Geschenk acht zusätzlicher Wachstunden täglich annehmen, wie sie es nur einmal bekommen werden – ein Plus von fünfzig Prozent, das die Freizeit verdoppelt, und zwar in hellster Frische bei ständig höchster Selbstdisziplin. Einen Atemzug der Menschheitsgeschichte lang tritt Entspannung ein, das Leben fühlt sich leichter und heiterer an.

Das Nachtmahl, in der Regel zwischen ein und zwei Uhr morgens eingenommen, reiht sich umstandslos in den Tagesablauf. Nur die wenigsten mögen es daheim einnehmen. Die meisten treibt es vor die Tür, allein schon deshalb, weil es die meisten anderen nach draußen zieht und man dabei sein will. Die Innenstädte sind rund um die Uhr bevölkert wie zuvor nur in belebtesten Stunden. Familien ziehen durch die Nacht, die Sprösslinge pausenlos auf den Beinen. Das Alter der Immerwachen sinkt von Woche zu Woche. Kleinkinder durchlaufen nach ihrem ersten Gehversuch und ersten Wörtern nun einen weiteren Höhepunkt früher Entwicklung: die erste erfolgreich durchwachte Nacht.

Anfangs sähe die Mehrzahl der Eltern die Kleinen zwar lieber weiter nachts im Bett, um sich die Ruhe ungestörter Stunden zu bewahren. Doch die dauerwachen Kinder sind frohgemut und pflegeleicht, dass es nur so eine Freude ist, sie um sich zu wissen. Der äußere Druck erledigt den Rest. Soll der Nachwuchs in der Schule nicht hoffnungslos hinter den Durchschnitt zurückfallen, muss er so zeitig wie möglich an die neue, nimmermüde Lebensweise herangeführt werden. Dazu sind in aller Regel keine großen Überredungskünste nötig. Überall in der Welt ergreifen Kinder die erstbeste Chance, dem verhassten Schlafenmüssen zu entgehen. Dabei stellt sich heraus, dass sie entgegen der gängigen Lehrmeinung häufig schon lange vor ihrem dritten Geburtstag an eine Sache glauben können, wenn sie nur wollen.

Bis zu den Sommerferien stehen so gut wie alle Schüler, ein Großteil der Vorschüler und selbst Tagesstättenkinder ihrem Leben rund um die Uhr zu Diensten. Coppki verfolgt die Zahlen akribisch. Manchmal kommt es mir so vor, als betreibe er sein Gedankenexperiment nur so beherzt, weil er die Kinder von der Angst vor der Nacht befreien will.

Als willkommene Nebenwirkung des Mittels registrieren Gesundheitsämter den Rückgang der Kinderseelenleiden, besonders der epidemischen Hyperaktivität und Aufmerksamkeitsdefizite unter Jugendlichen. Möglich, dass die Zappelei nicht abgenommen hat, sondern unter aufgekratzten Immerwachen weniger auffällt.

Das Thema verschwindet gleichwohl für immer von der Tagesordnung.

Mit dem, was nun anbricht, hat Coppki am wenigsten gerechnet. Gleichzeitig mit der allgemeinen Entspannung hebt eine letzte Phase von Wachstum und Beschleunigung an. Von einer neuen Gründerzeit ist die Rede, begleitet von der heißesten Hochkonjunktur der Wirtschaftsgeschichte alter Prägung.

Die ersten Engpässe zeigen sich in der Gastronomie. Bald können Wirtshäuser und Restaurants nur noch mithalten, wenn sie durchgehend geöffnet haben. Ihnen folgen öffentlicher Nah- und Fernverkehr, Lichtspiel-, Sprech- und Musiktheater, Sport- und Vergnügungsstätten, Geschäfte, Bibliotheken, dann Banken, Ämter, Behörden und am Ende auch Regierungen und Parlamente. Sie müssen Überstunden leisten, um das gesellschaftliche Regelwerk den radikal veränderten Lebensumständen anzupassen.

Wie in einem Räderwerk übersetzen sich erhöhte Nachfrage und Knappheit des Angebots unmittelbar in einen Mangel an Personal und über ein weiteres Getriebe in Vollbeschäftigung der alten Art.* Bereitschaft zur Mehrarbeit wird mehr und mehr zum Standard einer Anstellung. Arbeitnehmer aus den unteren Lohngruppen sehen sich gezwungen oder nutzen die geschenkte Zeit und Kraft, ihr Einkommen aufzubessern. Mit zwei vollen Schichten als niederer Dienstleister kann ein Gehalt das Niveau der Mittelklasse erreichen. Wie von unsichtbarer Hand gesteuert, verwandelt sich das Dürfen in Müssen.

Erhöhter Umsatz auf der einen Seite drückt sich auf der anderen im gesteigerten Konsum der Mehrverdiener aus, was wiederum im produzierenden wie schon im dienenden Gewerbe Zusatzarbeit nach sich zieht. Während sich die Politik wie aufgeschreckt damit befasst, das Recht auf Schlaf in Verfassungen zu schreiben, handeln die Tarifpartner jenen historischen Kompromiss aus, der,

* Im globalen Durchschnitt mehr als 40 Stunden Arbeit pro Woche plus Überstunden

heruntergebrochen auf das ungleich geringere Pensum heutiger Arbeit, im Kern noch immer gilt: Das Fell des Bären wird geteilt, vier der gewonnenen Stunden werden dem Job, die anderen vier der Freizeit zugeschlagen.

Das *Wir!* entwickelt sich zur zentralen Tauschbörse von Ideen, seine Freizeit zu gestalten. Kinos bieten Zusatzvorstellungen an. Eintrittskarten für Kulturereignisse, selbst solche, die bislang vor leeren Rängen abliefen, sind kaum noch zu haben. Ausgemusterte Spielorte kommen zu neuer Blüte. Drittklassige Sänger und Schauspieler tauchen aus der Versenkung auf und treten vor ausverkauften Häusern auf. Neue Fernsehanstalten, Medienhäuser, Produktionsfirmen, Filmstudios schießen aus dem Boden. Ausstellungen verzeichnen Rekordzahlen. Museen machen ihre langen Nächte zur Dauereinrichtung. Nicht mehr lange, und die Hälfte der Menschen arbeitet in der volkseigenen Unterhaltungs- und Verpflegungsindustrie.

Ich könnte jetzt über neue Wohnraumgestaltungen sprechen, als die Schlafzimmer ihrer namengebenden Funktion beraubt werden, während Betten weiterhin wacher Entspannung und privatem Vergnügen dienen. Über veränderte Kleidungs- und Badegewohnheiten, die sprunghaft vermehrte Zeit im Blaulicht von Bildschirmen, den steilen Anstieg des Energie- und Rohstoffverbrauchs, Abgase, Klimabedrohung und aussterbende Arten, wäre nicht auch das alles nur ein Zacken auf der Verlaufskurve einer Geschichte, die sich längst in ihren Schichten verfestigt hat.

Die Menschheit hat so viele Verluste und Niederlagen erlitten, so viel Leid und Zerstörung angerichtet, da kommt es auf ein paar Opfer mehr oder weniger auch nicht an. Kein Preis ist zu hoch für einen Sieg über den gemeinsamen inneren Schweinehund mit seinem ungesunden Menschenverstand, den die Spezies nur mit vereinten Kräften erringen kann.

Vielleicht sollte ich noch das Staunen erwähnen, von dem unsere Großeltern berichten, das letzte seiner Art in der uns bekannten Historie. Noch einmal wundern sich die Teilnehmer am

Weltgesellschaftsspiel, wie rasch alles vonstatten gehen kann. Wie beflügelt sie plötzlich genießen, was sie vorher nur erledigt haben. Wie leicht auf einmal das Unmögliche wird, das uns heute so selbstverständlich erscheint. Wie schnell sie den Schlaf vergessen und sich an ein Leben im Dauerbewusstsein gewöhnen. Schon nach einem Tag erscheint die letzte Nachtruhe wie ein halbes Jahr entfernt, in der zweiten Nacht ist die Erinnerung an den Schlummer vollständig verflogen. Als wäre es nie anders gewesen.

An dieser Stelle könnten Leser einer Coppki-Biografie die ausführliche Schilderung der Umstände erwarten, die schließlich zur Spaltung der Optimistischen Bewegung geführt haben. Meine Gesprächsgruppe fühlt sich zu Recht um ein wesentliches Element unserer gemeinsamen Arbeit betrogen, als ich mich ihrem Wunsch verweigere.

Die Wirkungsgeschichte, klagen sie, gehöre doch zum Muss jeder soliden Lebenslaufbeschreibung. Ein wenig beruhigt sie mein Hinweis, als Figur im Gedankenexperiment meines Helden seien mir die Hände gebunden. Sein gedachter Biograf unterliege dem strikten Reglement der Versuchsleitung. Die schließe alles aus, was sich nach Coppkis Verschwinden zugetragen hat, einschließlich aller Quellen, die er nicht kennen konnte. Jeder Hauch von ewigem Leben, so stünde zu befürchten, würde sein Dagewesensein entweihen.

Glaubt mir, ich hätte mit Freude über die Abtrünnigen berichtet, wäre Coppki Zeuge der Abspaltung geworden und hätte sie nicht nur vorhergesagt. Wie sich Jenny den systemkritischen Schläfern anschließt, die die Geschichtsbücher *Ungläubige* nennen.

Wie gerne hätte ich die Szene auserzählt, als sie bei ihrem ersten Treffen in einem aufgelassenen Schacht der Unterirdischen das *Glaubensbekenntnis der Ungläubigen* in die alte Klapp-Erika hackt. Oder wie die fundamentalistische Fraktion unter den Freunden der Nacht mit weltweit koordinierten Gruppenschlafdemonstrationen die arbeitende Bevölkerung so lange reizt, bis öffentliches Wegdämmern strikt verboten wird. Wie sie nicht nur ihren

Glauben an den Segen einer immerwachen Gesellschaft und damit an Coppkis Versprechen verlieren, je weiter das Elixier ihres Jugendkults die Menschen an die Grenzen des nun endgültig Letztmöglichen treibt. Wie die Verfechter des unbedingten Fortschritts sie dafür hassen und verfolgen wie das eigene schlechte Gewissen.

Die Schläfer sind überzeugt, in einer Welt menschlicher Allgegenwart und Allwissenheit müssten das Schweigen und die Unerreichbarkeit des Einzelnen im Schlaf unbedingt als letzte Bastion des Privaten gegen die totale Überwachung verteidigt werden.

Den stillen Kampf des Künstlers Richard Wendsel aufseiten der Schlafbewahrer schildern selbst mittelmäßige Chroniken seines Lebens umfassend genug. Das Kapitel hat mir Coppki gottlob erspart. Den Quellen zufolge werden unter Schläfern Leute wie sein Nachbar, die niemals der Versuchung durch 7-24 erlegen sind, wie Heilige gehandelt. Wäre ich dazu autorisiert, so könnte ich einen der seltenen Auftritte beschreiben, bei dem Wendsel die natürliche Ordnung der Dinge erläutert, ohne Coppki mit einer Silbe zu erwähnen. Er hält also sein Versprechen, das muss ich ihm lassen. Ich wäre auch bereit, seine These von der Allmacht des Autors als Schöpfer zu feiern, als Maler, Filmer oder Biograf, stünde dagegen nicht seine eindringliche Warnung vor dem Elend der Erzähler, die es ihren Helden recht machen wollen.

Wenn Coppki wüsste, welche Figur er geschaffen hat, als er über mich, seinen Lebenslaufdeuter in ferner Zukunft, nachzudenken begann, würde er seine Regeln vielleicht etwas lockern. Am liebsten wäre mir, er gäbe mir freie Hand. Dann könnte ich ihn neunundvierzig Tage nach seinem Verschwinden ein letztes Mal in pfingstlicher Verklärung auftreten lassen, damit er im Scheitern den endgültigen Triumph seiner Methode erfährt.

Das eigene Leben in der dritten Person beschreiben, darauf muss einer erst einmal kommen. Erst durch mich hat er verstanden, dass es nicht hilft, seine Träume zu beherrschen. Die Doppelgänger der Traumwelt, in die sich die Schläfer zurückziehen, sind dem äußeren Schicksal genauso ausgeliefert wie ihre Gegenspieler, die sich im Innersten Ich nennen dürfen. Der utopische Horizont wird nämlich jeden Moment neu ausgehandelt zwischen Sein und Bewusstsein. Kein Ausweichen oder Entkommen, nur trügerischer Trost durch die Schönheit des Schlafs.

Seine Wiederkehr nach sieben Wochen würde ich vermutlich auch dazu nutzen, Coppkis Traum von einer Universalsprache der Seelen wiederzubeleben. Erst sobald sich, biblisch statt babylonisch gesehen, alle untereinander verständigen, kann sich der Geist eines irdischen Wir verwirklichen. Wenn es mir niemand ausredete, würde ich keinen anderen als den ungläubigen Wendsel einsetzen, das Gedankenexperiment meines Lebens über die Zeit zu retten. Falls die *Welt ohne Schlaf* je eine Fortsetzung finden sollte, dann allenfalls in einem eigenen Werk, in dem Coppki nichts mehr zu sagen hätte. Wir finden es bedenklich, und doch sind wir ergriffen, als der Tänzer es mit erhobenem Pinsel »meine Kirche« nennt.

Coppki verbietet sich solche Gedanken. Er lässt sich auf der marmornen Wärmebank trocknen und lauscht der Musik des Wassers hinter allem Geschrei. Er liebt es, den Chlorgeruch auf der Haut zu behalten. Besonders an einem Tag wie heute, da er als Versuchsleiter noch einmal ins Geschehen eingreifen will. In der Sprache der Raumfahrer zündet er die letzte Stufe, um sich in den äußersten Orbit zu befördern, hinter dem nichts mehr kommt.

Wir! – die *Zeitung von allen für alle* – erscheint nun in immer neuen Auflagen rund um die Uhr. Der Herausgeber und ehemalige Eigner greift nur noch selten ins Tagesgeschäft ein. Lediglich den Start einer neuen Staffel nimmt er zum Anlass, sich in epischer Form ans Publikum zu wenden und die nächste Ausgabe bei einem seiner legendären Auftritte anzukündigen.

Professor Steinberg, dank seiner rigiden Sparpolitik nunmehr Rektor der Hochschule, hat seine regelmäßige Kolumne im Blatt. Das kam so: Seit seinem Saulus-Paulus-Moment in der Nacht nach Leons Vortrag, als er heimlich ein Zuckerkügelchen auf der Zunge zergehen lässt, tüftelt der nimmermüde Chemiker an einem neuen Fundament der Naturforschung. Überwältigt von der Wirkung, hofft er es im Geheimnis des aktivierten Wassers zu finden.

Am Morgen nach seiner Erweckung ruft er Leon an, um mehr über das Mittel zu erfahren. Keine zwei Stunden später sieht sich Hard, der Interviewer, selber ausgefragt. Der Ideenfluss aus Coppkis Kopf in die Köpfe der Leser läuft nun über zwei Vermittlerstellen, die Daten jeweils nur in eine Richtung durchlassen. So glaubt er sich sicherer davor, entdeckt oder verraten zu werden. Die erste besetzt Hard, dem er im Laufe der Monate geduldig seine gesamte Theorie auseinanderlegt, vom Gedächtnis des Wassers und den Wirkmächten der Zukunft über das gemeinsame Grundprinzip von Leben und Bewusstsein bis zum unvermeidlichen Zusammenwachsen der Menschheit zum Überorganismus.

Coppki baut auf Leons Hang zur Nostrifizierung, seine Schwäche, sich Ideen von anderen zu eigen zu machen und damit zu glänzen. Die erforderlichen Eigenschaften, Eitelkeit und das Verschweigen der Quellen, bringt auch Steinberg mit, der zweite Torwächter. Leon überlässt dem Chemieprofessor vertraulich Coppkis Erkenntnisgewinne, als wären es seine eigenen. Steinberg wiederum überträgt, was er für die Spekulation eines halbgebildeten Laien hält, zurück in die Worte der Wissenschaft. Er veröffentlicht Beiträge in bedeutenden Fachzeitschriften, ohne freilich den Ursprung seiner Einfälle zu erwähnen. Hauptsache, niemand kann ihm später das Recht an der Erstveröffentlichung absprechen.

Der plötzliche Ruhm des Professors bietet dem *Wir!*-Chef wiederum den geeigneten Anlass, ihm an prominenter Stelle im Blatt eine eigene Rubrik anzubieten. Steinberg soll den verwandelten Menschen wissenschaftlich auseinanderlegen, was mit ihnen gerade geschieht. Bald steigt sein Stern, wie zuvor in der Fachwelt, auch beim Populärpublikum auf. Seine Texte, von Hard ins Idiom des Durchschnittsmenschen zurückvereinfacht, erzielen höchste Quoten unter den Lesern. Mit seinem Namen verbindet sich der historisch verbriefte Aufschwung bei der naturwissenschaftlichen Allgemeinbildung dank einer Straßenzeitung.

Statistiken belegen, wie rasant seinerzeit das Wissen über die Natur des Wassers und seine wirkmächtige Wandelbarkeit anwächst. Das Bild vom Treibstoff des Bewusstseins in Pillenform brennt sich ins Allgemeingedächtnis. Bald weiß jeder Erstklässler von dem Chemiker und seinen verrückten Ideen, die schon als Weltformel des Lebens gehandelt werden. Es dauert nicht lange, bis die Leute in ihm auch den eigentlichen Urheber des Wachelixiers vermuten, den Mann hinter Hard.

Der Tänzer als stellvertretender Stellvertreter Steinbergs lässt es geschehen, indem er schweigt. Dem Regisseur ist es recht, da seine Serie nun, beglaubigt durch eine Koryphäe, auf wissenschaftlichem Unterbau ruht. Einmal mehr staunt er über meine Weitsicht. Einem Journalisten hätten die Leser das auf Dauer nicht abgenommen. Hard kann sich zurückziehen und Steinbergs Artikel in seiner Serie blumenreich erzählerisch begleiten. Coppki, der einsame Urheber, hat einen Weg gefunden, seinen Gedanken ein Leben nach seinem Tod zu sichern. Das liest sich in Leons unvergleichlicher Prosa dann etwa so:

Ein Wesen gewaltig wie dieses haben die Bücher noch nicht beschrieben. Es wiegt mehr als dreihundert Millionen Tonnen, verschlingt pro Jahr das Gleiche an Fleisch, dazu zwei Milliarden Tonnen Getreide und die zehnfache Masse an Wasser. Seit seinen Ursprüngen im Nebel der Geschichte ist es immer nur gewachsen, ohne dabei zu altern. Kaum etwas an ihm ist mehr als hundert Jahre. Seine Vitalität verdankt es einer fortlaufenden Verjüngungskur durch den Tod seiner Teile. Ältere, verbrauchte und kranke, überdrüssige und verunglückte machen permanent Platz für neue, junge in zunehmender Zahl.

Anfangs stellt es nicht viel mehr dar als die Summe seiner Teile, die sich wie Getriebene vermehren, jeder Konkurrenz entledigen und über alle bewohnbaren Flecken ihres Nährmediums verbreiten, das eine Kugel umspannt. Von Beginn an wächst die Kreatur nach außen und gleichzeitig nach innen. Im Netz von Arbeitsteilung und Abhängigkeit verlieren die Teile ihre Eigenständigkeit wie Zellen in Geweben. Gemeinsam aber können sie leisten, wozu Einzelne niemals fähig wären.

Mit frischer Kraft beginnt das Geschöpf, seine Sphäre aufs Neue zu erobern, nun aber mit Werkzeugen ausgestattet, um auch die letzten unwirtlichen Gebiete zu besiedeln. Doch wohin es auch geht, welche Nischen es findet, sein unstillbarer Drang zu wachsen, ein Fluch ohne Ausweg, steigert seinen Hunger nach Nahrung, Material und Lebensraum ins Unermessliche. Wie eine Pest, die das Paradies befallen hat, wuchernd, gefräßig und gefährlich erfolgreich, scheint es verdammt, die Quellen seiner Existenz bis aufs Letzte auszusaugen.

Tausendfach bohrt es sich in die Tiefe, um sich zu holen, was es braucht. Alles, was irgendwie brennbar ist, verfeuert es, um sich warm und beweglich zu halten. Jeder möglichen Fläche nimmt es ihren natürlichen Bewuchs und besiedelt sie mit seiner künstlichen Natur. Die Ausscheidungen des Ungetüms füllen Täler, schichten mächtige Halden auf, geraten in Flüsse und Meere. Seine Ausdünstungen dringen ins Freie, nehmen ihm den Atem und heizen seine Lufthülle auf.

Seine lebendigen Teile – Tiere, die sich Menschen nennen – haben es im Lauf ihrer Geschichte vom bescheidenen Häuflein aufrechter Pioniere auf eine ansehnliche Milliardenzahl gebracht. Sie leben, verbunden durch ein System von Verkehrswegen, einzeln oder in kleinen Gruppen in Bauten, die sich zu Einheiten von einigen wenigen bis zu vielen hunderttausend zusammenfügen.

Zwischen ihnen herrscht unaufhörlicher Austausch von Daten und Dingen im steten Hin und Her von Geben und Nehmen. Das Ganze arbeitet wie aus sich selbst heraus, kaum anders als die atmenden, essenden, trinkenden und ausscheidenden Humanpartikel selbst. Das Einzige, was dem engmaschig verflochtenen Menschenwesen fehlt und damit hilflos an den Rand seiner Möglichkeiten treibt, ist ein Bewusstsein seiner selbst.

Als das Monstrum erste Anzeichen macht, zu sich zu kommen, ist es längst über jedes erträgliche Maß hinausgewachsen. Aufgebläht döst es der Vollendung seiner Metamorphose entgegen. Dabei träumt es seinen letzten kolossalen Traum, der Milliarden Träume zu einem fantastischen Geflecht vereint.

In diesem Traum sieht es sich schlafen, nicht mehr ruhig wie in früheren Jahren, sondern rastlos wie vor dem Erwachen. Im vorbewussten Dämmern ahnt es bereits, wie es einmal sein will, wenn es selbst über sein Schicksal entscheiden kann. Schlank, friedlich, glücklich, satt und gesund im Einklang mit der Erde, die es ernährt. Dazu ausdauernd und so langlebig, als wäre es unsterblich – schon allein, um den Tag zu erleben, da es in den Weiten des Weltraums seinesgleichen fände. Gemeinsam werden die planetarischen Gemeinschaften andere ihrer Art entdecken, sich mit ihnen zusammentun und in einem kosmischen Organismus vereinen, dessen Pulsschlag in Lichtjahrmillionen zählt.

Von außen betrachtet – vielleicht wird das Wesen längst aus der Ferne beobachtet – zeigen sich Hinweise auf ein baldiges Ende der bewusstlosen Phase. Die Wachstumskurve hat den apokalyptischen Teil hinter sich gelassen und flacht allmählich ab. Im Nachtschatten der blauen Kugel zeichnet sich ein ausgeprägtes Aderwerk hell erleuchteter Verbindungen zwischen aufsprießenden Knotenpunkten ab. Das Rauschen im Äther schwillt in kürzester Zeit an zum überwältigenden Stimmengewirr. Alle Vorbereitungen, theoretische wie praktische, sind getroffen, das Ruder herumzuwerfen und ein bewusstes Gesamtes zum Leben zu erwecken, das wegen eines unglücklichen Philosophen nach dem Gesetz der verbrauchten Wörter nicht Übermensch heißen darf. Obschon es im Grunde seines Wesens nichts anderes ist.

Erst dieses Superhumanum ist in der Lage, sich selbst wieder auf ein gesundes Maß zu schrumpfen, klug mit seinen Ressourcen zu haushalten und jedem Teil seine gerechte Teilhabe an den gemeinsamen Früchten zu gewähren. Es ist, als wartete es nur auf seinen Dornröschenkuss, um als jenes höhere Wesen aufzustehen, das sich selbst erkennt und »Wir« zu sich sagt.

Unter Marionettenspielern herrscht seinerzeit Uneinigkeit in der Frage, ob sie sich dem Publikum zeigen oder besser verborgen bleiben sollen. Coppki hat sich für die Illusion entschieden. Er lässt Leon im Gefühl, allein über den Fortgang der Serie zu bestimmen. In Wahrheit hält er ihn an der langen Leine und nutzt ihn, wenn auch ohne Plan und Vorsatz, nach Strich und Faden aus.

Ich vermute, Hard weiß in jedem Moment, was mit ihm geschieht, und er lässt es zum eigenen Nutzen geschehen. Er ist jetzt sechsundfünfzig und am Zenit seiner Karriere. Wird verehrt wie ein Guru, der den Menschen den Weg weisen kann. Freut sich des späten Ruhms, als hätte er verdrängt, wem er ihn zu verdanken hat.

Aus seiner Sicht verbindet ihn mit Coppki ein fairer Handel. Dazu gehört, dessen Gedankengut so geschickt unters Volk zu bringen, dass niemand den eigentlichen Autor vermisst. Das fällt einem Blattmacher nicht schwer, dem sein Stichwortgeber jedes Mal einen neuen Coup beschert.

Für das heutige Treffen habe ich das Café im Erdgeschoss der Optimistenzentrale gewählt. Leon, noch vor Kurzem Eigentümer der Gewerbeimmobilie, geht hier als Freund des Hauses ein und aus. Der Regisseur sitzt in der hellsten Ecke und hat, gemäß Vereinbarung, Schreibblock und Stift vor sich liegen. Tonaufzeichnungen sind untersagt. Es gab eine Zeit, da hat Hard die Abhängigkeit von Coppki als Gängelung empfunden. Mittlerweile hat er sie so weit zurückgedrängt, dass er tatsächlich glaubt, eine Stimme gehört zu haben, sobald ich verschwunden bin.

Diesmal will er seinen Ohren nicht trauen. Und seinen Augen auch nicht. Nie wieder wird Leon das Gesicht vergessen, das ihm und seiner Zeitung das Todesurteil verkündet. So jedenfalls empfindet er es, als ihm Coppki wie aus heiterem Himmel den letzten Teil seiner Lehre und damit den Abschluss der Serie ankündigt. Genauer gesagt, den vorletzten. Am eigentlich letzten arbeite er noch.

Wachdroge überflüssig. 7-24 hat ausgedient. Verkauf eingestellt. Glaube allein schützt vor Müdigkeit.

»Weißt du eigentlich, was du da sagst?«

»Ich weiß es vermutlich besser als du. Das Senfkorn des Glaubens geht auf.«

Die Nachricht wird noch einmal alle Rekorde brechen, bevor ihr Autor und sein Kolumnist für immer verstummen. Steinberg zieht sich als Würdenträger auf seinen Rektorenposten zurück, als hätte es seine Kolumnen nie gegeben. Bis zuletzt hat er kraft seiner Fachkompetenz öffentlich beschworen, ein stoffliches Prinzip liege dem Sieg über dem Schlaf zugrunde. Er hat den Triumph der Chemie gefeiert, den Materialismus, den Wirkmechanismus von geformtem Wasser. Aber für die Macht der Worte fehlt ihm die Sprache, da er die Schnittstelle von Leib und Seele nicht kennt. Das Jahrhundert der Psychologie steht gerade erst an seinem Anfang.

Auch Hard verlässt das Spiel. In einer Fußnote heißt es noch: *Der Eigentümer hat das* Wir! *der Gemeinschaft überlassen*. Was dort nicht steht: Leon hat keine andere Wahl. Er besitzt nicht genug Zukünfte, die Übernahme in der neuen Währung abzuwehren. Die Kügelchen verschwinden so schnell vom Markt, wie sie erschienen sind. Kein einziges hat sich bis zum heutigen Tag erhalten. Sie sind, wie ihr Inhalt, reine Mutmaßung.

Wäre ich Coppki, würde ich jetzt vielleicht Genugtuung empfinden. Nichts läge ihm ferner in diesem Moment. Er hat zwar mitsamt Vertrieb und Versand den ganzen Hokuspokus namens 7-24 hinter sich gelassen wie eine Brücke, die man nach dem Überqueren sprengt. Ab jetzt werden solche Dinge keine Rolle mehr spielen. Was für ihn nur noch zählt, ist der kommende Morgen.

Ich kann mich hier leider nicht auf eindeutige Quellen beziehen, sondern nur auf den Tag, da alles in Bewegung gerät. Das Datum im Jahr dreiunddreißig nach Coppkis Geburt trägt die Zeitung mit Hards finaler Enthüllung, aber auch das älteste bis in unsere Tage aktive Gedankenexperiment. Damals eines unter Tausenden, mit denen das Zentralinstitut täglich zu tun hat, könnte es von jedem stammen. Doch wer anders käme als Urheber dafür infrage als einmal mehr Coppki?

Was wäre, wenn wir nicht mehr sterben müssten (aber dürften)?

Kein einzelner Gedanke hat die Menschheit seither mehr beschäftigt. Unsterblichkeit und Sterblichkeit in freier Wahl. Wir können nur mutmaßen, was Coppki aus seinen Vorstellungen folgert. Sollte er die Formel für immerwährendes Leben im Kopf gehabt haben, wofür manches spricht, ist sie zu Recht mit ihm untergegangen. Nur ein *postanimalisches Superhumanum*, das muss ihm irgendwann klar geworden sein, wäre imstande, sie anzuwenden, aber keines seiner Teile.

Auch Propheten sind Getriebene. Selbst ein Coppki muss einsehen, wie schnell sich Sensationen verbrauchen, sobald das Neue zum Gewohnten wird. Wenn er zur Vordämmerstunde durch belebte Viertel spaziert, wo Leute in Hochform und bestens aufgelegt ihren Allnachtsgeschäften nachgehen, befällt ihn eine Form von Sehnsucht, die frei ist von Wehmut. So wie sie sich gegen Ende einer vollendeten erfüllten Reise oder Liebe einstellen kann. Es gehört zu den Einsichten, vielleicht auch den Weisheiten, die das Leben mit sich bringt, dass nichts je wieder so wird, wie es war. Nie.

Ich kann nicht beurteilen, ob aus damaliger Sicht, wie zahlreiche Zeugnisse belegen, Todgeweihten tatsächlich allein die Vorstellung Trost spenden kann, nur der Leib höre auf zu leben, nicht aber die Seele. Ob das Bild vom Menscheinander den Abschied erleichtert, wenn man das *Humanum* als zeitlos Gesamtes begreift, das die Seelen aller Gewesenen und Kommenden umfasst. Oder ob die dauernde Verjüngung auf Kosten der Betagten nicht als unverzichtbar für die Unsterblichkeit des Ganzen begriffen wird. Bleibt die Axt nicht sie selbst, auch wenn ihr zehnmal die Klinge und hundertmal der Stiel erneuert worden sind?

Ich kann mir aber vorstellen, was es für Jenny bedeutet haben mag, genau diesen Standpunkt im Plenum der jungen Optimisten am Vormittag desselben Tages vorgetragen zu haben. Das Protokoll verzeichnet daraufhin eine Wortmeldung des Delegierten Leonard Hard, der den Tod als Feigling beschimpft und die Grausamkeit jugendlichen Leichtsinns beklagt, den Feind gerecht zu nennen.

»Wendet euch gegen das Sterben, solange ihr leben wollt. Ihr werdet sehen, dass ihr darin kein Ende findet. Glaubt keinem Engel und keinem Teufel, die euch schon an der Wiege das Todeslied singen. Seid wahre Optimisten und stellt die Systemfrage an sich. Lasst euch nicht verführen vom ewigen Wir.«

Jede Hard-Biografie zitiert seinen Aufruf, keine dreißig Minuten vor dem Attentat, als er die Jugend beschwört, den Menschen zu retten, das Individuum, das Ich.

»Sagt es euren Kindern und Kindeskindern. Das letzte Gebot lautet: Du sollst nicht sterben. Vertraut der Wissenschaft. Wer den kleinen Tod überwunden hat, kann auch den großen besiegen. Wenn ihr euer Eden auf Erden schaffen wollt, müsst ihr das verdammte Ende überwinden. Im Paradies muss niemand sterben. Daran werdet ihr es erkennen.«

Draußen steht die Welt kopf ob der Neuigkeit, das Wunder wirke ohne Wundermittel. Draußen steht ein Mann, der noch nie geschossen hat. Er hätte sein Magazin nicht leeren müssen. Schon beim ersten Knall sitzt der tödliche Treffer. Draußen bricht die Wirklichkeit ein in einen Traum. Der Schütze kniet neben seinem Opfer im Blut, dicht umringt von einer murmelnden Menge. Nie war die Zeitung, die sie in Händen halten, so alt wie in diesem Augenblick. Schluchzen ist zu hören. In keinem Bericht, auch nicht in meinem, dürfen seine letzten Worte fehlen, die am nächsten Tag die Titelseite des *Wir!* bedecken.

»Wer an meinem Grab weint, hat mein Leben nicht verstanden.«

Bis heute hält sich das Gerücht, Leon habe seinen Mörder selber bestellt. Die Autopsie soll ein Krebsleiden aufgedeckt haben, das ihm nur noch wenige Monate gelassen hätte. Das Fehlen eines Obduktionsberichts lässt Zweifel an der Darstellung.

Dem Todesschützen, einem bis dahin unauffälligen, medikamentös gut eingestellten schizophrenen Schläfer, ließen sich keinerlei Hinweise auf Hintermänner entlocken. In seinem Geständnis beschreibt er den Tathergang wie ein Zeuge das Verbrechen eines anderen. Dieser andere müsse sich, bevor er vor dem Eingang zum Hauptquartier der Optimisten Stellung bezog, einen Revolver besorgt haben. Wie und wo, das könne er nicht sagen.

Wir haben die Szene am Originalschauplatz nachgestellt. Aus Sicht der Überwachungskameras kommt der Mann aus dem Nichts.

Der Tänzer sagt, niemand kenne dieses Nichts besser als Wendsel. Wieder und wieder hat er gehört, man müsse den Urheber der Wachdroge beseitigen. Sosehr er sich freut, dass sein Schützling Coppki nirgendwo vorkommt, so sorgt er sich um seinen Mäzen und dritten Mann seiner Skatrunde. In Pamphleten der Schläfer war häufig der Name Hard als Hauptgegner zu lesen.

Abertausende säumen den Leichenzug auf dem Mittelstädtischen Friedhof. Millionen verfolgen die Abschiedsfeier vor dem offenen Sarg auf Großbildleinwänden im Freien oder daheim am Fernseher. In die Kopfseite der Kiste sind zwei Lautsprecher eingelassen, wie sie in Autos Verwendung fanden. In der Stille nach der Grabrede sind deutlich Töne zu vernehmen.

An seinem Grabstein, einem schwarzen Quader mit eingemeißeltem, golden ausgelegtem Ausrufezeichen auf jeder Seite, hängen auf Bügeln vier Kopfhörer. In denen können wir bis heute mithören, was sich der Tote in seiner Unterwelt gerade vorspielen lässt. Die Musik des Zufalls im Zufall der Musik, die ihm ein unbestechlicher Algorithmus auswählt. Stücke aus seiner Zeit, vermischt mit Aktuellem, Pop, Klassik, Jazz, vorgelesenen Gedichten und Romanen. Als ich zum ersten Mal hineinhöre, läuft das alte Zauberstück vom Weg in die unbekannte Fremde. *Alles wartet, nie erträumt, in diesem unzugänglichen Land.*

In Leons Schreibtisch entdecken sie einen handgeschriebenen Nachruf, von ihm selbst verfasst. Er erscheint im *Wir!*, dazu eine autobiografische Skizze, die als Büchlein zum Bestseller wird. Es beginnt mit einem Vierzeiler, der sich ebenfalls in seinen Papieren fand.

Sterbend leben.
Jahre, kalt.
Jung vergeben.
Restlos alt.

Darunter in Prosa ein Protokoll, das nicht nur die Komponistin zu Tränen rührt. *Ich habe zu lange an etwas geglaubt, das ich für mich hielt, für mein unerschütterliches Selbst. Dürfte ich noch einmal leben, dann mit dem Wissen, dass ich der sein kann, der ich sein will. Am entscheidenden Punkt eine andere Richtung einschlagen. Oder auch nicht. Jedenfalls aus freien Stücken. Keine Einsicht kommt zu spät. Ich habe sie Ihm zu verdanken.*

Die Großschreibung wird bis heute kontrovers diskutiert. Die einen berufen sich auf Leons religiöse Prägung. Dafür spräche die Skizze einer nie realisierten Staffel, die mit der Titelblatt füllenden Schlagzeile aufmachen sollte, später Refrain des bekannten Gassenhauers: *Wir sind Gott!* Andere vermuten dahinter einen Zeitgenossen. Zu denen zähle ich, und ich bin mir sicher, ihn zu kennen. Wie auch Vera, die Witwe, die nicht müde wird und nicht schlafen kann, weil sie den Glauben an die Macht des Mittels nicht einfach aufgeben kann wie einen Haarschnitt oder einen Sprachfehler. Sie, nach Ansicht der Komponistin die eigentlich tragische Figur in Coppkis Geschichte, die ihren Interimsgeliebten, so hat sie Janush einmal genannt, nach der Trauerfeier mit der Wut der Verzweiflung zur Seite nimmt.

»Ich weiß nicht mehr, was du für einer bist. Aber ohne dich wäre das alles nicht passiert.«

»Mein Name ist Coppki, Janush Coppki.«

»Hör endlich auf, dich zu verstecken. Du hast mir mal etwas von einem Plan erzählt. Ich begreife allmählich, was du damit meinst.«

»Bestraf bitte nicht den Überbringer der Nachricht. Wenn es einen Plan gibt, dann habe ich ihn erkannt, nicht gemacht.«

»Du verdammter Prophet. Wenn du alles so genau voraussehen kannst, warum hast du es dann nicht verhindert?«

»Du verwechselst Vorsorge und Vorhersage. Vielleicht folgt sein Tod der Logik seines Daseins.«

»Bist du denn vollkommen unfähig zu trauern?«

»Ich sehe darin keinen Sinn. Das Leben geht über Leichen. Das weiß jeder. Was passiert ist, ist passiert.«

»Leon wird uns fehlen.«

»Er ist doch noch da. Nur in einer anderen Form. Sein Geist lebt in uns weiter. Trauern sollten wir um die Vergessenen.«

Wir dürfen nicht übersehen, dass wir uns nach wie vor in einem Gedankenexperiment befinden. Da könnte, aus Sicht der Versuchsleitung, die Beseitigung Hards durchaus ihren Sinn ergeben. Sein Milliardenvermögen übertrifft alle Erwartungen. Jenny als Alleinerbin überträgt es – ein Begriff zur posthumanen Provokation – dem Volkseigentum. Damit macht sie den Vater zum Helden der Bewegung und füllt seine Leerstelle mit unsagbarem Tochterstolz. Die Optimisten verfügen nun über Reserven, nach und nach sämtliche Kommunikationsmittel in ihre Hände zu bringen. Gezahlt wird in Zukunft. Die Wechselkurse alter Währungen verfallen. Leons Vermächtnis verwandelt sich, wie seinem Letzten Willen zum Hohn, in Masse und Macht.

Die geschiedene Frau, Mutter seiner Tochter, geht leer aus. Jennys Angebot zu teilen, lehnt Vera ab. Was sie besitze, habe sie sich noch immer selbst verdient. Unversehens stolpert sie in ihre neue Rolle als Witwe jenes Märtyrers, als der ihr Geliebter bis heute beschrieben wird. Coppki, daran besteht kein Zweifel, hat nur genommen, was er gegeben hat. Die Komponistin aber, Auge um Auge, zahlt es mir mit gleicher Münze zurück.

»Glaubst du nicht, es wäre besser, wir gehen uns eine Zeit lang aus dem Weg?«

»Das hast du schon einmal gesagt.«

»Aber vorher habe ich dir noch etwas mitzuteilen. Eigentlich wollte ich es dir ersparen. In Anbetracht der Lage aber sehe ich dazu keinen Anlass mehr.«

»Damit machst du ihn auch nicht wieder lebendig.«

»Was wäre, wenn ich in deiner Wohnung gewesen wäre, damals, als du bei Jenny und ihren Freunden warst?«

»Was hast du da gesucht?«

»Ich wollte dir nicht nachspionieren. Nur dein Reich einmal ungestört in Augenschein nehmen. Wendsel hat mich reingelassen. Ich wusste ja noch immer so wenig von dir.«

»Und? Bist du fündig geworden?«

»Ich hätte nicht einmal gewusst, wonach ich Ausschau halten

sollte. Du hast immer gesagt, du hättest keine Geheimnisse. Dein Foto, das ich damals in deinem Kellerlager aufgenommen habe, stand auf seinem üblichen Platz. Mir war schon früher aufgefallen, wie schief es im Rahmen hing.«

»Du hast …?«

»Ich wollte es nur im Passepartout zurechtrücken. Da fielen mir die beiden anderen Bilder in die Hände. Zwei Hippies am Campingbus …«

»… meine Eltern.«

»Du hast mir nie erzählt, wie sie waren.«

»Alles, was ich weiß, sagt dieses Bild.«

»Entschuldige. Ich vergesse immer wieder, wie jung du warst. Aber was hat es zu bedeuten, dass deine Mutter auf dem anderen Foto zweimal zu sehen ist?«

»Das ist sie mit ihrer Zwillingsschwester Sanna.«

»Nein. Das ist zweimal dieselbe junge Frau, kurz hintereinander aufgenommen und ins gleiche Bild montiert.«

»Ich glaube, du täuschst dich. Die beiden haben alles getan, möglichst unverwechselbar zu sein.«

»Irrtum ausgeschlossen. Du kannst dich auf meinen Blick verlassen. Das Bild zeigt hundertprozentig nicht zwei verschiedene Frauen. Wenn deine Mutter eine Schwester hatte, dann ist sie zumindest darauf nicht zu sehen.«

Jetzt endlich verstehe ich Coppkis Konstellation. Deshalb also die Fotografin, der Auftrag der Universitätszeitung, der Besuch in seinem Kellerlager, die Rolle der Komponistin.

»Wir waren eine Woche auf der Insel unterwegs, wo ich geboren bin. Oder habe ich mir das etwa nur ausgedacht?«

»Ganz und gar nicht. Die Reise hat so stattgefunden, wie du sie uns geschildert hast. Was wäre, wenn es nicht seine Tante war, mit der er gereist ist?«

»Sondern?«

»Ich weiß, dass du es weißt, aber nicht wahrhaben willst.«

Es folgt eine ausgedehnte Pause, lang genug, in Coppkis Sinn alle anderen Möglichkeiten auszuschließen. Ich muss an unsere Chirurgin denken, verstehe endlich ihre Rolle in meinem Spiel. Sie hat den schwierigsten Part übernommen, die abwesende, aber in jedem Moment in den Köpfen anwesende Überfrau.

»Meine Mutter lebt?«

»Immerhin möglich, sollte sie bei dem Unfall nicht ums Leben gekommen sein. Hast du jemals daran gedacht?«

»Ihre Leiche wurde nie gefunden.«

»Ich bin der Sache nachgegangen. Die du deine Tante nennst, betreibt eine Buchhandlung in der Kleinstadt im Süden, wo auch ihre Eltern leben.«

»Meine anderen Großeltern?«

»Es war nicht schwer herauszubekommen, dass sie nie Zwillinge hatten …«

»Und Rianna …?«

»… aber einen Enkel.«

»Sie wissen von mir?«

»Nein. Deine Mutter hat einen Sohn von zehn Jahren.«

»Ich habe einen Bruder?«

»Er lebt bei den Großeltern, wenn sie bei der Arbeit ist. Sie arbeitet ziemlich viel. Über seinen Vater ist aus ihnen nichts herauszubekommen. Als ob der Junge keinen hätte.«

An dieser Stelle wird erneut lange nichts gesagt.

»Du hast ihn gesehen?«

»Der Kleine sieht dir verdammt ähnlich.«

Coppki lässt mich am leisen Strom seines Denkens lauschen. Mein Bruder ist mein Sohn und zwanzig Jahre jünger als ich. Seine Mutter ist meine Mutter und zugleich seine Ommka. Seine Augen sind meine, die ich von meinem Vater habe. Wenn ich jetzt erfahre, der Kleine hört auf den Namen Jeshek und hat seine ersten Lebensjahre am Strand einer einsamen Insel verbracht, bevor das Höhlenhotel seiner Mutter von den Behörden ausgehoben wird, was würde das ändern?

»Wie heißt er denn?«

»Sie rufen ihn Jeshek.«

Die Komponistin kostet ihren letzten Auftritt in vollen Zügen aus. Nie hat sie ihre Vera entschlossener gegeben als im Plädoyer für meine Existenz durch Sohnvaterschaft.

»Was ist während der Reise zwischen euch passiert?«

»Sanna hat mir erzählt, wie sie und ihre Schwester aufgewachsen sind.«

»Warum sollte sie das tun, wenn es keine Schwester gibt?«

»Vielleicht hat sie etwas zu verbergen.«

»Etwas, das mit dem Tod deines Vaters zu tun hat?«

Die Komponistin lächelt mich lange verständnisvoll an.

»Womöglich hat Vera deinem Helden nur einen Floh ins Ohr setzen wollen.«

»Was soll er mir denn zuflüstern?«

»Dein Vater-warum-hast-du-mich-verlassen klagt weniger über den Verlust des Erzeugers als über die Bürde, ihn zu ersetzen.«

»Findest du das nicht ein wenig weit hergeholt?«

»Bei der Fahndung nach dem inneren Kind sind alle Mittel erlaubt.«

»Was soll er denn noch tun? Schreibt sich sein Leben in der dritten Person von der Seele. Besiegt seine Träume. Lässt sich auf mich ein. Bietet mir sogar das Ich an.«

»Bislang haben wir nur seine Vergangenheit verhandelt. Jetzt muss er sich seiner Zukunft stellen. Er steht vor der Frage, die sich jeder irgendwann stellt: Geht meine Geschichte auf?«

»Du beschreibst es ziemlich treffend. So geht es tatsächlich gerade zu in meinem Kopf. Nenn es meinetwegen die Odyssee des Ödipus. Je weiter er die Mutterfrage verdrängt, desto beharrlicher arbeitet sie in ihm, um das Gedankenexperiment seines Lebens rund und stimmig zu machen.«

»Wäre das nicht vermeidbar?«

»Sehr wohl in der Logik der Person, aber nicht der Figur.«

»Die eine darf sterben, die andere nicht?«

»Besäße Coppki einen Grabstein, müsste die Inschrift lauten:

Hier liegt, was an mir sterblich war. Darauf kann er verzichten. Ein Stein verrät so wenig über den Menschen wie der Haufen Knochen, der von jedem bleibt. Angesichts seiner unausweichlichen Vergänglichkeit ist ihm das Endliche gleichgültig. Unsterblich werden die Helden der Geschichte nicht durch ihr Leben, sondern durch das, was wir uns darüber erzählen. Dazu müsste er, streng genommen, nicht einmal geatmet haben.«

13

Wenn es stimmt, dass die Welt nur eine Behauptung ist, die sich durch nichts beweisen lässt, will ich das Ausrufezeichen an ihrem Ende sein. Dem Nachhall unserer Geschichte lauschen, wenn alles vorbei ist. Für Coppki hat es ohnehin nie einen Unterschied gemacht, ob etwas auf dieser oder jener Seite passiert. Gedacht, gesagt, getan, und dann die Wirkung vermessen. Könnte er sehen, wie ich unseren Abschied auskoste, würde er mir vieles verzeihen.

Wer das Wasser erreicht, das hat er gelernt, hinter dem die Paradiesinsel liegt, soll dreimal die helle Glocke schlagen. Der Fährmann hört sie bis in weite Ferne. Ihr Klöppel hängt unten aus einer gusseisernen Kuppel heraus, die von einem hölzernen Galgen an einer Kette baumelt. Er legt sich bereit in jede Hand.

Für die Anreise empfiehlt sich der Abend, wenn die Glutsonne sich erschöpft in den weichen Horizont sinken lässt und milder Wind die Dunstschwaden des Tages verweht. Doch selbst zur rechten Stunde haben nur wenige das Glück einer ruhigen Überfahrt unterm leuchtenden Himmelsgemälde, in dem uns der Tag noch einmal in allen Farben seine Geschichten erzählt.

Für andere, die in schwere Wetter geraten, wird das Ende der Reise zum Albtraum des Lebens. Hingeworfen, die Knochen siech, die Muskeln schwach, versagende Organe, schwindende Sinne, vergehender Geist, Übelkeit, Schmerzen, Trauer und eine Angst, in der sich alle Ängste eines Lebens zusammenballen können.

Nicht wenige springen von Bord, häufig noch auf den letzten Metern. Weil sie es nicht mehr aushalten, pfeifen sie auf den Garten Eden, der ihnen am anderen Ufer schattige Haine, dampfende Heilbäder, Entspannungsmusik und Massagen inmitten einer Schönheit verheißt, derer Menschen nie fähig wären. Mit Vögeln und Faltern, Blumen und Düften in allen erdenklichen Farben und Formen.

Coppki schwimmt. Wenn es sein muss, bis ans Ende seines Lebens. Das hat er sich immer gewünscht. Aus eigener Kraft das andere Ufer erreichen. Es ist noch nicht zu sehen. Niemand hat ihm verraten, wie weit der Weg sein wird. Nur Wasser bis zum Horizont. Die Nacht will nicht aufhören. Er steuert immer in eine Richtung. Als endlich Morgenlicht aufscheint, sieht er von einem Wellenkamm aus in der Ferne Land.

Nachdem er den Strand betreten hat – kilometerweit weißer Sand ohne eine Menschenseele –, geht er zunächst achtlos zwischen den Gegenständen hindurch, die das Wasser angespült hat. Rundgewaschene Hölzer, ein abgerissener Puppenarm, Kanister, Öldosen, Badeschlappen. Er findet einen Pfad durch die Dünen. Warum denn nicht? Auch im Paradies haben Fußgänger sich an die Gehwege zu halten. Papierkörbe? Einleuchtend. Weshalb sollte Abfall hier herumfliegen. Der Leuchtturm? So findet der Fährmann seinen Weg. Aber der Parkplatz?

Er wandert weiter ins Land über Wege durch Dörfer und Straßen in Vororte und Schnellstraßen auf die Hauptstadt zu. Er kann sich auch täuschen, doch nach allem, was er vorfindet, ist das Paradies nichts anderes als eine naturgetreue Nachbildung alltäglicher Wirklichkeit. Mit Autobahnen, Einkaufszentren, Reihenhaussiedlungen und Einbauküchen. Wahrscheinlich sind Verkehrswege und Gebäude sogar sicherer, sauberer, energieeffizienter, weil jeder im letzten Gepäck neben den Erfahrungen eines Lebens auch ein paar Neuerungen aus dem Diesseits mitbringt.

Da berührt Coppki ein erschütternder Gedanke: Was wäre, wenn die Irdischen längst in Eden lebten und es nur nicht wahrhaben wollten? Weil sie so gern daran glauben, dass es noch kommt?

Als Einrichtung des betreuten Lebens hat das Paradies seine besseren Tage damals noch vor sich. Gelangweilt von der gewissen Zukunft – schier zu Tode, wären sie nicht unsterblich –, haben sich die Paradieserinnen und Paradieser darangemacht, die Erinnerung zu erobern und einander alte Geschichten zu erzählen. Im Verdrängten, Vergessenen, Übersehenen hält ihnen das Große Gemeinsame Gedächtnis Schätze bereit, die nur darauf warten, gehoben zu werden. Was immer sie finden, Zeichnungen, bewegte Bilder, Töne, Klänge, schriftliche Aufzeichnungen, dient dem Wiederaufbau der verlorenen Zeit. Sie schlüpfen in die Haut ihrer Vorfahren, betreten Hütten und Häuser, streifen durch Paläste und Tempelanlagen, lassen sich als unsichtbare Geschichtstouristen standesgemäß unterhalten.

Doch in der Unerbittlichkeit eines Uhrwerks schlägt das Pendel zurück. Trotz seiner unübersehbaren Weite erweist sich das Vergangene als erschreckend endlich. Als dort nichts mehr zu holen ist, kommen die Insassen zur Besinnung und entdecken endlich wieder die Reize der Gegenwart. Damit erfüllt sich das ewige Reich sein letztes Versprechen. Aus historischer Sicht währt die Phase nicht länger als einen Augenblick des Glücks. Da die Zeit aber still zu stehen scheint, wie es nur im Paradies möglich ist, empfinden dessen Bewohner den kurzen Moment wie ein Stück Immerwelt im Gleichmaß der Tage und Jahre.

Just in diesem Moment, der auf den Uhren des Universums keine Dauer besitzt, macht ein Neuzugang unter den Paradiesern von sich reden. Bei seiner Ankunft hinterlässt er den fahrigen Eindruck eines Übernächtigten, der mit den letzten Reserven ringt. Unter anderem sagt er aus, verwandeltes Wasser getrunken zu haben.

Das Häkchen auf dem Anmeldeformular, gibt er zu Protokoll, mit dem er sich der Obhut der Einrichtung überlässt, habe er nur unter Vorbehalt setzen können. Er sei sich nämlich nicht sicher, ob er tatsächlich existiere. Schon länger hege er den Verdacht, Held einer Geschichte zu sein, die ein anderer ihm schreibe. Er sagt nicht Held, sondern Figur. Und nun frage er sich, ob nicht auch Figuren Anspruch auf Zugang zum Paradies und seinen Privilegien hätten.

Seine Not ist mit Sinnen greifbar. Mit Blick auf sein Leiden – er spricht nicht von Leid, sondern von seiner Natur – müsse er davon ausgehen, menschlichen Ursprungs zu sein. Daher würde er gern den Beweis seiner Existenz antreten, und zwar in einer *reductio ad absurdum*. Dazu müsse er zeigen, dass die Annahme, er sei nicht vorhanden, zu einem Widerspruch führe. Niemand solle sich das zu einfach vorstellen. Sich wegzudenken, sei noch die leichtere Übung. Dann aber eine schlüssige Kette von Argumenten zu knüpfen, wieso die Welt ohne ihn eine Leerstelle aufweise, käme der Kubatur einer Kugel gleich.

Manche Wünsche erkennen wir erst, wenn sie sich erfüllen. Coppki macht sich auf den Weg, findet sein Land, seine Stadt, seinen Fluss, das Laborgebäude. Kaum hat er die Schwelle überschritten, zieht es ihn in den Keller. Dort schaltet er das Licht ein, dann die Apparaturen, setzt sich Elektroden, ordnet Kabel, verbindet sich mit dem Gedankenleser und überlässt sich dem endgültigen Nahtraumerlebnis zwischen den Durakkorden der Wirklichkeit und den Molltönen des Möglichen. Weder tot noch lebendig, oder doch sowohl als auch – wenn ich das wüsste!

Unser Regiebuch sieht hier einen letzten Seufzer des Helden vor: *Es ist vollbracht*. Doch Coppki bewahrt bis zum Schluss seinen eigenen Kopf. *Ich habe meine Sache hier getan*, soll er gesagt haben. Das kann man glauben oder nicht. Meine Wahl ist längst getroffen. *Geh und komm nicht wieder!*, habe ich gedacht. Vielleicht habe ich es sogar ausgesprochen.

Als ich in seinem letzten Traum erwache, finde ich mich mit Händen und Füßen an die Pfosten eines Bettes geschnallt. Ich liege auf dem Rücken, meine Augen sind verbunden, ein Tuch bedeckt meinen Körper bis zum Hals. Zum Glück kennt sich meine Nase hier aus. Coppki hat den unterirdischen Trakt eigenhändig entworfen und den Bau bis ins Kleinste überwacht. Nach seinen Plänen steht die Schlafstatt vom Eingang gesehen an der linken Wand. Das Fußende zeigt auf die Schleuse zum Auswertungstrakt. Daneben öffnen sich der Durchgang zur Kochnische und eine spaltschmale Tür ins Minibad.

Das alles kann ich sehen, ohne es sehen zu müssen. Da verrät mir ein Windhauch aus der Lüftungsmaschine, was uns geweckt haben könnte. Federleicht hat sich der Duft von frisch gemähtem Gras auf meine Riechhäute gelegt. Er meldet Frühling und heiteren Himmel, lässt Gärtner im Park ihre Bahnen ziehen und Amseln am Dachfirst Melodien parodieren.

Coppkis letzte Erinnerung reicht in den späten Winter zurück, als Vögel und Pflanzen und Rasenmäher noch stillhielten. Nirgendwo in seinem Gedächtnis findet sich ein Hinweis, was seither geschehen ist. Die Riemen lassen vermuten, dass er nicht freiwillig hier liegt. Er versucht so unauffällig wie möglich, Partie für Partie seine Muskeln zu straffen. Da machen sich die Haftstellen der Elektroden bemerkbar. Augenblicklich lässt er seine Spannung fahren.

Als Rettungsschwimmer hat er gelernt, Sekunden zu dehnen, während sie verstreichen. *Wenn du keine Zeit hast, nimm dir welche.* Die Worte des Bademeisters klingen ihm noch in den Ohren. *Schon ein einziger Atemzug kann dir genügen, Klarheit zu gewinnen.* Er hält die Zeit an, bis er zu sich kommt und sich dort liegen sieht wie einen, den er retten muss. Da schaltet sich mahnend der Meister mit der nächsten Regel ein: *Gefährde dich niemals selbst. Dein Leben ist so wichtig wie das des anderen.* Und vergiss nicht: *Wasser ist das Gift der Ertrinkenden.**

Offenbar bin ich nicht allein im Raum. Ich höre Geflüster.

* Tödliche Dosis: 80 000 Milligramm pro Kilogramm Körpergewicht; sechs Liter auf 75 Kilo

Männliche Stimmen klingen eher wie das Rascheln von feuchtem Laub, weibliche ein wenig mehr wie das Knirschen von körnigem Sand. Jüngeres Flüstern teilt sich heller mit als gereiftes. Ich zähle sechs Sprecher, drei weibliche, drei männliche, darunter ein Kind, wenn ich mich nicht täusche.

Wie auf einem animierten Altargemälde treten sie vor mir auf, gesichtslose Puppen in einem Triptychon aus laufenden Bildern. Noch einmal hat der Halbschlaf seinen Schatten über ihn geworfen. Rechts meldet sich die Vernunft, links das Gefühl, dazwischen weidet in grellen Tönen der Irrsinn seiner Ideen. Ein Strudel hat mich erfasst. Fliehkräfte drängen ins Freie, die Ketten der Erinnerung halten mich auf seiner Bahn. Wie von allen Geistern verlassen schraubt sich das Jetzt durch die Jahre und reißt mich zurück an den Beginn aller Zeit.

Als es ihm da gelingt, sich noch einmal umzudrehen, um den unwahrscheinlichsten Weg zurückzuverfolgen, die direkte Linie vom ersten Licht der Welt bis zur Schwelle seiner Existenz, befällt Coppki tiefer Friede. Allein der Gedanke, inmitten des Chaos der kreisenden Materie als eine Möglichkeit unter Myriaden vorhanden gewesen zu sein, die sich in ihm verwirklicht hat, schenkt ihm den Trost, doch irgendwie gewollt gewesen zu sein. Eines Tages entstanden, ein Ereignispunkt im Weltgeschehen, so zufällig und so notwendig wie das Universum selbst.

Nur dafür hat er all das hier geschaffen, sein Institut, das unterirdische Schlaf- und Wachlabor, sich selbst als Subjekt des endgültigen Versuchs, seine Träume zu besiegen, mich.

Der Fluss seiner Gedanken hätte mich noch bis zum Traumvater tragen können, stiege mir da nicht erneut ein wohlbekannter Geruch in die Nase. Zuerst ist nur ein Rascheln zu hören, wie wenn Papier vorsichtig entfaltet wird, dann Schritte auf leisen Sohlen, vielstimmiges Getuschel. In der Küche versucht jemand, eine Glaskonserve aufzuschrauben. Unverwechselbar trifft ein Handballen ihren Boden. Dann löst sich der Verschluss mit einem Schnalzen.

Ich begreife sofort. Sie fischen ihre Würstchen direkt aus dem Saft. Die Bisse, das Knacken der Wursthaut, selbst ihr Kauen klingt gedämpft. Nun macht sich tief in uns Gerumpel breit, ein Poltern, das wir kennen, seit wir auf der Welt sein dürfen. Oder müssen. Das Tier im Bauch, Fleisch aus eigenem Fleische, regt und streckt sich der Duftquelle entgegen. Dann beginnt es zu knurren, unüberhörbar wie der Urschrei beim Erwachen des ersten Bewusstseins. *Jüngling, ich sage dir, steh auf und geh.* Naim also nur, noch nicht Nirwana.

Ohne Chance auf Gegenwehr haben die Eingeweide das Kommando übernommen. Mein Magen herrscht mich an, als hätte ich seit hundert Jahren nichts gegessen. Der Hunger ist mir bis auf den letzten Grund gefolgt. Nun treibt er mich vorwärts wie einen, der gottlos glücklich mit sich ins Reine kommen darf.

Coppki schnappt Luft und verschluckt sie in dicken Brocken. Da hört er unterdrücktes Glucksen und Kichern. Die Stimmen bekommen Körper. Alle sind da, die seinen innersten Orbit bevölkern. Korken knallen, Gläser klingeln, die Fesseln lösen sich. Er streckt seine Glieder. Als er sich die Binde vom Kopf nimmt und aus Augenschlitzen ins schützende Rotlicht blinzelt, klatscht die kleine Schar Applaus.

Die Architektin steht neben mir, nimmt meine Hand, wie Jenny sie immer gehalten hat, und lacht auf ihre befreiende Weise. Irgendwo im Abseits singt die Komponistin. In der gegenüberliegenden Ecke höre ich die Chirurgin mit einem Jungen sprechen. Er antwortet in Coppkis Stimme, wie sie vor zwanzig Jahren war. Aus der Küche ist das unterdrückte Io-io-io der Freude von Tänzer und Regisseur zu vernehmen.

»Willkommen zurück im Leben.«

Leon hebt sein Glas.

»Wir wussten, dass du es schaffst.«

»Warum habt ihr mich gefesselt?«

»Du hast uns gezwungen.«

Wendsel hält Coppki ein Wurstbrötchen unter die Nase.

»Du warst längst schon weggetreten, nicht mehr ansprechbar. Aber dein Körper wollte aufstehen und herumlaufen, als wäre er noch wach. Du hast um dich geschlagen, sobald wir dich wieder auf die Liege legen wollten.«

Ich beiße beherzt ab.

»Kannst du dich denn an nichts erinnern?«, fragt die Architektin, als hätte Jenny in dem Moment nichts Wichtigeres im Sinn.

»Ich hatte einen verrückten Traum. Er beginnt auf einer Insel, und spielt danach auf einer anderen. Die eine liegt verlassen im Ozean, die andere fliegt einsam durchs All. Und die Insel bin jedes Mal ich.«

Coppki richtet sich auf. Sein Gedächtnis meldet sich zurück.

»Wie lange habe ich geschlafen?«

»Genauso lange wie vorausberechnet«, lässt der Regisseur Leon sagen. »Weißt du noch, wie dein Traum zu Ende geht?«

»Im Traumlabor, jenseits vom Tageslicht. Meine Arme und Beine sind an Bettpfosten geheftet.* Es riecht nach frischem Gras. Meine Augen sind verbunden. Als ich sie endlich wieder öffnen darf, sehe ich die Welt in Rot.«

»Das war nur zur Vorsicht«, sagt die Fotografin. »Damit dich das Licht nicht gleich blendet.«

»Zum Schluss lässt mich der Traum aufstehen und mein Verlies verlassen. Merkt ihr? Ich bin noch ganz wacklig auf den Beinen. Könntet ihr mich bitte etwas stützen?«

Vera und Jenny haken sich unter. Als sie die Treppe erreichen, erzählt Coppki ihnen von seinen Abenteuern, von den märchenhaften Monaten mit Vera, seiner Reise nach Asien, von der Welt ohne Schlaf. Er will auch gesehen haben, wie sich die optimistische Bewegung spaltet, die abtrünnigen Schläfer sich ihre Träume

* Gerüchten zufolge geht der Name des hauptstädtischen Bezirks und von dessen 66 Meter hoher Erhebung, Kreuzberg oder X-Berg, auf dieses Ereignis zurück. Dem ist nicht so.

zurückerobern, aber den alten Namen beibehalten: Freunde der Nacht.

Ihre Widersacher, zukunftsgläubige Realisten, erringen überall die Macht. Sie etablieren ihre korrekte, transparente Weltgesellschaft aus Chancengleichen. Alle wissen immer über alle und alles Bescheid und dienen dem System, das die Einzelnen zum Wohl der Gemeinschaft braucht wie ein Organ die Zellen seines Gewebes.

Coppki erzählt, als wäre das Leben zu Ende, wenn er mit dem Reden aufhörte. Die Verweigerer, so seine Sicht der Dinge, leben im Untergrund und stören mit verstecktem Terror, meist exhibitionistischen Akten, den Frieden der ruhelosen Masse. Die ihrerseits mit einem uralten Problem zu ringen hat: der Langeweile. Der wirtschaftliche Aufschwung liegt schon lange hinter ihnen. Unzufriedenheit macht sich breit. Die Menschen fordern den nächsten Schritt – von der Wissenschaft.

Der Biograf ist in den Kontrollraum des Zentralinstituts für Gedankenexperimente vorgedrungen. Er wohnt jetzt sozusagen in Coppkis Kopf. Als er dort erwacht, findet er sich mit Händen und Füßen an die Pfosten eines Bettes geschnallt. Alle Mitspieler sind um ihn versammelt. Sie befreien ihn und geleiten mich ins Freie. Draußen hat die Natur ihren Winterschlaf beendet. Sie strotzt vor Fruchtbarkeit und Frische. Jenny führt Coppki ans Wasser und ihre Lippen an sein Ohr.

»Schau dich um. Du hast nicht geträumt. Setz dich zu uns.«

Ich brauche eine Weile, bis meine Augen sich ans Helle gewöhnen. Am Ufer steht zwischen Gartenstühlen weiß gewandet ein Tisch, eingedeckt für ein Frühlingsfrühstück, wie es sich die Ommka und der Oppa nur zu Ostern geleistet haben. Platten und Schüsseln mit Salaten und Soleiern, geräuchertem Fisch, kaltem Braten und dampfenden Hartwürstchen. In Schälchen handgemachter Senf verschiedener Sorten, Soßen, dazu tränenscharfe Meerrettichpaste in zwei Varianten, gemüserot oder naturweiß. Wodka aus raureifen Flaschen rinnt zähflüssig in Schnapsgläschen.

Zwölf Freunde heben an. Oblaten werden gereicht. Sträuße bunter Frühlingsblumen quellen aus Kristallvasen hervor. Dazwischen, als Gegengift der letzten Versuchung, frische Triebe des echten Springkrauts, *Impatiens noli-tangere*. An einer Vase lehnt eine Zeitung, die Morgenausgabe des *Wir!*

Jeshek, zu klein für seine zwölf, aber aufrecht, ernst, fast würdevoll, spannt sie zwischen seine Hände und liest. Seine Worte fliegen hinaus über den Fluss. Alle Augen schauen auf ihn. Lauter Kinderaugen.

Niemand will nachher gesehen haben, wie Coppki verschwunden ist. Der Junge behauptet, er habe ihn über das Wasser weggehen sehen, flussaufwärts dem östlichen Horizont entgegen, wo sich sein Punkt im Himmel verlor.

Ich bleibe an Coppkis Seite bis ans Ende unserer Geschichte. Er will noch immer, dass ich ihn verstehe. Wie ist das möglich? Wie ist überhaupt etwas möglich?

Er steht am Bug des schwarzen Kahns, der Pheme heißt. Ich rudere gegen den Strom. Wir bewegen uns auf der Stelle. Damit wir noch hören können, was die Nachrichten bringen. Wenn ich es richtig verstehe, ist von einem weltweiten Aufbegehren die Rede. Wie ein Lauffeuer habe es sich ausgebreitet. Diesmal sei der Geist von den Alten auf die Jungen übergesprungen.

Die Strömung gibt nach. Wir kommen voran und wenden uns um. Die Ufer rund um die Kieselbucht sind nun gesäumt von Tausenden. Gesichter schauen aus den Fenstern des Laborgebäudes, Gestalten drängen sich auf dem Dach. Männer, Frauen, Kinder, Greise. Alle halten ein Blatt in die Höhe: Die Titelseite des neuen *Wir!*

Ich lasse das Boot zurücktreiben, bis wir die Botschaft lesen können. *Die letzten Worte des Propheten*, steht in schlanken Lettern unter dem Bild des Falschen, wie es sich Vera einmal von Leon gemacht hat. Die Schlagzeile können wir hören, bevor sie uns in die Augen springt, angestimmt aus tausend Kehlen.

Nieder mit dem Tod!

Immer wieder ruft die Menge ihren Satz in den jungen Tag. Sogar das Ausrufezeichen an seinem Ende meine ich zu vernehmen. Als sei nicht auch die Sterblichkeit ein Wert an sich.

Und als ich wieder vor mich schaue, ist Coppki schon fort.

Zumindest habe ich das lange geglaubt.